KB268397

골짜기의 백합

Le Lys dans la Vallée

세계문학전집 474

골짜기의 백합

Le Lys dans la Vallée

오노레 드 발자크

송덕호 옮김

민음사

왕립 의학 아카데미 회원 J. B. 나카르* 선생님께

친애하는 박사님, 이 작품은 천천히 힘들게 쌓아 올린 문학적 건조물의 두 번째 층에서 가장 공들인 돌들 가운데 하나입니다. 저는 이 돌에 선생님의 이름을 새기고자 합니다. 옛날에 제 생명을 구해 주신 박사님께 감사드리고 매일 함께하는 친구를 기리기 위함입니다.

— 드 발자크

---

* 장 바티스트 나카르(Jean-Baptiste Nacquart, 1780~1854) 박사는 아주 오래전부터 발자크 집안과 친분이 두터웠는데 특히 오노레 드 발자크에게 많은 애정을 보이며 그의 건강을 보살피고 경제적으로도 많은 도움을 주었다고 한다.

일러두기

1. 인명, 지명 등은 모두 국립국어원의 외래어표기법을 따랐다.

2. 번역 대본은 갈리마르 플레이아드판, 『인간극』 총서 9권(*La Comédie humaine, Tome IX*, Bibliothèque de la Pléiade, Éditions Gallimard, 1978)이다.

3. 독자의 이해를 돕기 위한 주석은 프랑스어 판본의 편집자 주에 옮긴이의 주석이 더해진 것이다.

4. 이 작품은 주인공이 사랑하는 백작 부인에게 보내는 편지 형식의 서간체 소설이다. 이에 1인칭 시점의 존대어로써 원작의 문체적 특성을 살렸다.

차례

나탈리 드 마네르빌 백작 부인께

당신 뜻대로 하리다. 여자보다 남자가 더 많이 사랑할 때, 여자는 우리 남자들이 시도 때도 없이 양식(良識)의 규범을 잊어버리게 하는 특권을 갖고 있어요. 그대들의 이마에 주름 살 하나라도 잡히는 것을 보지 않으려고, 아주 작은 거절에도 슬퍼하는 그대들의 입술 모양이 뾰로통해지지 않도록 우리는 기적처럼 거리를 뛰어넘고, 우리의 피를 바치며, 미래를 소모해 버립니다. 오늘 그대는 내 과거를 원하고 있으니, 여기에 말해 주리다. 다만 나탈리, 이 점만은 꼭 알아주시오. 그대 뜻을 따르기 위해 내키지 않는 내 마음을 짓밟아 없애야 했다는 것을. 이런 일은 처음이오. 그런데 가끔은 충만한 행복감 속에서 나를 사로잡는 갑작스럽고 긴 몽상을 당신은 왜 수상하게 여기는 거요? 그대가 내 침묵에 대해 사랑받는 여인의 귀여운 분노를 보이는 이유는? 내 성격의 대조적인 면들을 이유를 묻지 않고 그냥 즐겁게 봐줄 수는 없었소? 당신 마음속에도 비밀이 있어서 그것을 용서받기 위해 내 비밀이 필요한 거요? 나탈리, 그대는 결국 알아맞히고 말았소. 그리고 어쩌면 그대가 모든 걸 다 아는 편이 더 나을지도 모르겠소. 그렇소, 내 삶은 유령이 지배하고 있어요. 아주 조금만 자극하는 말을 해도 그 유령은 어렴풋이 모습을 드러내며, 내 머리 위를 자주 오락가락한다오. 내 영혼 깊숙한 곳에는 나를 압도하는 추억들이 묻혀 있어요. 그것은 마치 해조류들과 같아서 평온한 날씨에는 얼핏 눈에 보이다가도, 폭풍우의 물결이 일 때는 모래밭 위로 조각조각 던져진다오. 생각을 표현하는 데 필요한 작업 속에는 옛날의 감정들이 담겨 있는데, 그 감정들이 너무도 갑작스럽게 깨어나면 나를 몹시 아프게 합니다. 그러니 지금 하는 고백 속에 혹여 그대의 마음을 다치게 할 파편들이 있다고 해도, 그대 말에 절대 복종해야 한다고 날 위협했던 사실을 떠올리고 그대에게 복종한 나를 부디 벌하지 마시오. 내 마음속 깊은 이야기로 당신의 사랑이 배가되었으면 좋겠소. 저녁에 봅시다.

펠릭스

*

아직 연약한 뿌리가 가정의 흙 속에서 오로지 딱딱한 돌멩이에 부딪치기만 하고, 돋아나는 새잎들은 증오의 손에 찢기며, 꽃은 피는 순간 서리에 상처를 입는 그런 영혼들이 말없이 받아들인 고통의 그림과 가장 쓰라린 애가(哀歌)를, 눈물로 자란 어떤 천재가 어느 날 우리에게 그려주고 들려주게 될까요? 입술은 쓴 젖을 빨고, 미소는 매서운 눈의 타오르는 불길에 짓눌려 버리는 아이의 고뇌를 어떤 시인이 우리에게 얘기해 줄까요? 감수성을 길러주어야 할 주위 사람들에게 억압당한 가련한 심정을 묘사한 소설, 그것이 바로 내 어린 시절의 실화일 것입니다. 갓 태어난 내가 어떤 허영심을 상하게 할 수 있었단 말인가요? 나의 어떤 육체적 혹은 정신적 결함 때문에 어머니는 나를 차갑게 대했던 것일까요? 그러니까 나는 의무적으로 낳은 아이, 우연히 태어난 아이, 혹은 비난받을 태생의 아이였을까요? 3년 동안 가족에게 잊힌 채 시골에서 길러진 후 아버지의 집으로 돌아왔을 때. 나는 너무도 하찮은 존재로 여겨져 사람들의 동정을 받아야 할 정도였습니다. 나는 그 최초의 추락을 딛고 일어설 수 있었던 감정이나 다행스러운 우연을 알지 못합니다. 우리 집에서는 아이는 무지하고 어른은 아무것도 모르기 때문이에요. 형과 두 누이는 내 운명을 달래주기는커녕 재미 삼아 나를 괴롭혔습니다. 작은 잘못들을 숨겨주면서 일찍부터 명예심을 배우는 아이들 간의 묵계가 나에게만은 적용되지 않았습니다. 게다가 나는 형의 잘못으로 벌을 받는 일이 허다했고 그런 부당함을 항의할 수도 없었습니다. 아이들에게서 싹트는 아부 근성이 그들도 역시 무서워하는 어머니의 총애를 받고 싶어서 나를 괴롭히는 핍박에 동참하도록 그들을 부추긴 것일까요? 아이들의 모방 성향 때문이었을까요? 그들의 힘을 시험해 볼 필요가 있었거나 동정심이 없었기 때문일까요? 아마도 그 모든 이유가 합쳐져서 나는 달콤한 형제애를 빼앗겼을 것입니다. 모든 애정을 아예 박탈당한 나는 아무것도 사랑할 수 없었지만, 나는 선천적으로 다정한 성격이었어요! 끊임없이 거부된 그 감성의 탄식들을 모아들이는 천사가 있는 것일까요? 무시당한 감정들이 어떤 영혼들 속에서는 증오로 바뀌지만, 내 영혼 속에서는 그 감정들이 모여 깊이 층을 이루고 있다가 훗날 내 삶 위로 솟아올랐습니다. 성격에 따라서는 몸을 떠는 습관이 근육을 이완시키고 두려움을 생기게 해서 항상 양보하게 만듭니다. 바로 거기에서 사람을 퇴화시키는 유약함이 생겨나고 알 수 없는 어떤 노예적인 것을 전달하지요. 하지만 그 계속된 고통으로 인해 나는 당할 때마다 증가하는 힘을 펼치는 데 익숙하게 되었고, 내 영혼이 정신적 저항을 하게 만들었습니다. 마치 순교자들이 다음에 올 고문을 기다리듯이 언제나 새로운 고통을 기다리면서 내 온 존재는 우울한 체념을 표현해야 했습니다. 그 때문에 어린 시절의 축복과 움직임은 질식되었고, 그런 태도는 지적장애의 징후로 받아들여져 어머니의 불길한 예측을 정당화해 주었습니다. 그런 부당한 일들에 대한 확신은 내 영혼 속에서 오만함을 자극했고, 이 이성의 열매는 그와 유사한 교육이 고무하는 나쁜 경향들을 멈추게 했을 것입니다. 어머니는 나를 버려뒀지만 가끔은 마음에 걸리기도 하는지, 내 교육에 대해 말하면서 자신이 나를 도맡겠다는 의욕을 보이기도 했습니다. 그러자 나는 날마다 어머니와 접촉함으로써 생겨날 괴로움이 떠올랐고, 끔찍하게 소름이 끼쳤습니다. 나는 내가 버려진 데 대해 진심으로 기뻐했고, 정원에서 조약돌을 가지고 놀고 곤충들을 관찰하며 푸른 하늘을 바라볼 수 있어서 행복했습니다. 고립이 나를 몽상으로 이끌었을 테지만, 내 명상 취미는 내 어린 시절의 불행을 설명해 줄 한 사건에서 시작되었습니다. 내가 화제가 되는 일은 거의 없었기 때문에 가정부는 나를 재우는 일을 자주 잊어버렸습니다. 어느 날 저녁, 나는 무화과나무 아래에서 몸을 웅크리고 으레 아이들이 사로잡히기 마련인 호기심 가득한 열정에, 내 조숙한 우수(憂愁)로 인한 일종의 감상적 지성이 더해져 별 하나를 바라보고 있었습니다. 누이들은 놀면서 소리를 지르고 있었고, 나는 멀리서 들리는 그들의 소란을 내 생각의 반주처럼 듣고 있었지요. 소음이 그치고 밤이 되었습니다. 어머니는 우연히 내가 없는 것을 알게 되었습니다. 우리 가정부인 그 끔찍한 카롤린 양은 꾸중을 듣지 않으려고 내가 집을 무서워한다고 주장하며, 어머니의 잘못된 걱정을 부추겼습니다. 만일 나를 주의 깊게 감시하지 않았다면 나는 벌써 도망치고 말았을 것이며, 나는 바보가 아니라 교활하고, 자기에게 맡겨진 모든 아이 중에 나만큼 근성이 나쁜 아이는 한 번도 본 적이 없다고 주장했습니다. 그녀는 나를 찾는 척하며 내 이름을 불렀고, 나는 대답했습니다. 그녀가 무화과나무로 왔습니다. 그녀는 내가 거기에 있는 걸 알고 있었습니다.

"거기에서 대체 뭘 하고 있어요?" 그녀가 내게 물었습니다.

"별을 바라보고 있었어."

"별을 보고 있었던 게 아니야. 그 나이에 천문학을 안다는 거니?" 자기 방 발코니 난간에서 우리 말을 듣고 있던 어머니가 말했습니다.

"아! 마님, 도련님이 물탱크의 수도꼭지를 틀어놔서 정원에 물이 넘쳐요." 카롤린 양이 소리쳤습니다.

큰 소동이 일었습니다. 누이들이 놀면서 물이 나오는 것을 보려고 수도꼭지를 돌렸는데, 물기둥이 사방으로 흩뿌려지는 바람에 물벼락을 맞자 놀란 누이들이 당황해서 꼭지를 잠그지도 못하고 도망쳤던 것입니다. 그런 장난을 생각해 낸 것도 결국은 나여야 했습니다. 나는 결백을 주장했지만 거짓말까지 한다고 혹독하게 벌을 받았습니다. 정말이지 끔찍한 벌이었어요! 별을 향한 내 사랑은 비웃음거리가 되었고, 어머니는 내게 저녁때 정원에 머무르는 것을 금했습니다. 강압적 금지는 어른보다도 어린이의 정열을 훨씬 더 자극하는 법이지요. 어린이는 어른보다 금지된 것만을 생각하는 데 단연 뛰어나며, 그러니 그것은 어린이에게 저항할 수 없는 매력을 갖습니다. 그래서 나는 나의 별을 위해 자주 매를 맞았습니다. 속마음을 털어놓을 사람이 아무도 없었던 나는 별에게 내 슬픔을 얘기해 주었습니다. 그것은 아이가 처음으로 말을 시작할 때 더듬거렸듯이, 어린이가 최초의 자기 생각을 서투르게 표현하는 달콤한 내면의 언어였습니다. 열두 살에 중학교에 입학해서도 나는 형언할 수 없는 희열을 느끼며 별을 바라보았습니다. 인생의 아침에 받은 인상은 그렇게 깊은 흔적을 마음에 남기는 법입니다.

나보다 다섯 살 위인 샤를은 예쁜 아이였습니다. 그는 지금 도 미남입니다. 그는 아버지의 특권자요 어머니의 사랑이었으며, 우리 집안의 희망이었습니다. 일단은 집안의 왕에서부터 출발했습니다. 멋지고 체격이 건장했던 그에게는 가정교사도 있었어요. 부실하고 병약했던 나는 다섯 살 때 마을 기숙학교 의 통학생으로 보내져 아버지의 시종이 아침에 데려다주고 저녁에 데리고 왔습니다. 나는 음식이 별로 없는 도시락 바구니 를 들고 다녔지만, 동급생들은 푸짐한 음식을 가져왔습니다. 궁핍한 나와 풍성한 그들 사이의 대조 때문에 나는 수많은 고 통을 겪었습니다. 투르 지방의 유명한 리예트와 리용이[1] 우리 가 일과 중에, 즉 아침 식사와 귀가 후 집에서 먹는 저녁 식사 사이에 먹는 식사의 주요 메뉴였습니다. 몇몇 미식가들이 높 이 평가하는 이 요리가 투르의 귀족 식탁에 오르는 일은 드 물었습니다. 기숙학교에 입학하기 전에 그에 관한 얘기를 듣 긴 했지만, 나는 그 갈색 잼이 나를 위해 빵에 발리는 것을 보 는 행복을 누린 적이 한 번도 없었습니다 그러나 그것이 기숙 학교에서 유행하지 않았더라도 내게는 고정관념이 되어버려 서 부러움이 누그러지지는 않았을 것입니다. 그것은 파리에서 가장 우아한 공작 부인 중 한 사람이 문지기 여자들이 요리한 스튜를 먹고 싶어서 자기도 여자임을 내세워 그 욕망을 충족 시킨 일과 비슷했습니다. 당신이 눈길 속에서 사랑을 읽는 것

---

1) 리예트는 돼지나 거위 고기를 잘게 다져 잼 상태가 될 때까지 푹 익힌 후 식은 기름에 담가 보관하는 요리고, 리용은 돼지나 거위의 기름진 부위를 소금에 절였다가 기름에 천천히 볶아내는 요리다

처럼 아이들은 그 속에서 갈망을 간파합니다. 그래서 나는 훌륭한 조롱거리가 되었습니다. 거의 모두가 소시민 계급에 속했던 내 동급생들은 그들의 훌륭한 리예트를 내게 보여주면서 그것을 어떻게 만들고, 어디에서 파는지 아느냐, 내게는 왜 없느냐고 물었습니다. 그들은 리용을 자랑하면서 혀로 입술을 핥았습니다. 돼지고기 찌꺼기를 기름에 튀긴 그것은 구운 송로버섯과 비슷했습니다. 그들은 내 도시락 바구니를 뒤졌지만 올리베[2] 치즈나 마른 과일밖에 없는 것을 보고는 "도대체 넌 가진 게 뭐니?" 하면서 못살게 굴었습니다. 나는 그 말을 통해 형과 나 사이에 놓인 차이를 가늠할 수 있었습니다. 버림받은 나와 행복한 타인들이라는 이 대조는 내 어린 시절의 장미를 더럽혔고 내 푸르른 청년기를 시들게 했습니다. 너그러운 마음씨인 줄 잘못 알고 위선적인 태도로 내게 내민 그토록 바라던 달콤한 것을 받으려고 처음으로 손을 내밀었을 때, 나를 속인 그 사기꾼은 빵 조각을 도로 가져갔고, 결과를 예측했던 친구들은 웃음을 터뜨렸습니다. 가장 고결한 정신의 소유자도 허영에 빠질 수 있을진대, 경멸과 조롱을 당하고 우는 어린이를 어떻게 용서하지 않을 수 있겠습니까? 그런 장난으로 얼마나 많은 어린이가 탐욕스러워지고 비굴해졌을까요! 나는 괴롭힘을 당하지 않기 위해 싸웠습니다. 나는 절망에서 오는 용기로 아이들이 무서워하는 존재가 되었지만, 나는 증오의 대상이었고, 그들의 비열한 행위에는 속수무책이었습니다. 어느

---

2) 오를레앙 남부에 있는 마을로서 명품 치즈가 유명하다.

날 저녁, 학교에서 나오는 길에 나는 돌멩이를 가득 싼 손수건
의 공격을 등에 받았습니다. 나 대신 가차 없이 복수해 준 하
인이 그 사건을 어머니에게 보고하자 어머니가 소리쳤습니다.
"저 저주받은 아이는 우리에게 슬픔만 안겨줄 것이야!" 그때
나는 집안에서 내가 혐오감을 일으킨다는 사실을 알고 끔찍
한 자기 불신에 빠졌습니다. 학교에서도 집에서처럼 나만의 세
계에 틀어박혔습니다. 두 번째로 내린 눈이 내 영혼에 뿌려진
씨앗들의 개화를 늦춘 것입니다. 사랑받는 아이들이 내게는
거침없는 악동들로 보였고, 내 자존심은 이러한 관찰에 근거
했기에 나는 계속 외톨이로 남았습니다. 그리하여 내 가엾은
가슴속에 꽉 들어찬 감정들은 표츨될 수 없는 상태가 계속되
었습니다. 내가 항상 우울하고 미움을 받으며 혼자인 것을 본
선생은 내 가족이 나에 대해 가진, 나쁜 성격의 소유자라는
잘못된 혐의를 인정해 버렸습니다. 내가 글을 읽고 쓸 줄 알게
되자 어머니는 나를 퐁르부아로 전학시켰습니다. 그곳은 오라
토리오 종파에서 운영하는 중학교로서 내 또래의 아이들을
"라틴어 걸음마" 반이라고 명명한 학급에 받아들였는데, 거
기에는 지능 지체로 인해 라틴어 기초반으로 가지 못한 학생
들도 남아 있었습니다. 나는 그곳에서 찾아오는 사람 하나 없
이 외톨이 생활을 하며 8년을 지냈습니다. 그 사연을 말하자
면 이렇습니다. 나는 한 달 용돈을 3프랑밖에 받지 못했는데,
그 금액으로는 고작해야 우리에게 필요한 펜, 칼, 자, 잉크, 종
이밖에는 못 샀습니다. 그래서 죽마(竹馬)나 줄넘기 같은 학교
여가 활동에 필요한 것들은 하나도 살 수 없었고, 그 때문에

나는 놀이에서 제외되었습니다. 놀이에 끼려면 부유한 친구들에게 아첨하거나 내가 속한 분단의 힘센 아이들에게 알랑거려야 했겠죠. 아이들이란 비굴한 행동을 아주 쉽게 하게 되지만, 나는 그런 행동은 아주 사소한 것에도 구역질이 났습니다. 나는 나무 밑에 하염없이 앉아 애처로운 몽상에 잠기기도 하고, 도서관 사서가 매월 나누어주는 책들을 읽기도 했습니다. 그 끔찍한 고독의 밑바닥에는 얼마나 많은 고통이 숨겨져 있었는지, 얼마나 극심한 고뇌들이 체념을 낳았는지 모릅니다! 첫 번째 시상식에서 가장 영예로운 두 상인 라틴어 작문상과 번역상을 내가 받게 되었을 때, 내 연약한 영혼이 무엇을 느꼈을지 상상해 보세요! 환호와 팡파르가 울리는 가운데 상을 받으러 단상으로 올라간 나에게는 축하해 줄 아버지도 어머니도 없었지만, 단상 아래에는 내 동급생들의 부모들로 가득 차 있었습니다. 관례에 따라 시상하는 사람에게 가벼운 입맞춤을 해야 했을 때, 나는 그의 품에 뛰어들어 울음을 터뜨리고 말았습니다. 그날 저녁 나는 상장을 난로에 넣어 태워버렸습니다. 시상식 전 일주일은 예행연습 기간이어서 부모들이 그 도시에 와서 묵고 있었습니다. 따라서 동급생들은 아침이 되면 쾌활하게 학교를 빠져나갔지만, 내 부모들은 학교에서 얼마 떨어져 있지 않은 곳에 살았는데도, 나는 섬이나 외국에 가족을 둔 유학생들과 함께 학교에 남았습니다. 저녁 기도 시간에는 개념 없는 친구들이 자기 부모들과 함께했던 맛있는 저녁 식사를 우리에게 자랑했습니다. 당신은 내가 들어가는 사회 범위의 둘레가 커질수록 내 불행도 어김없이 커지는 것을 보게 될 것입니다. 내 안에서만 살도록 선고된 판결을 깨뜨리기 위해 내가 얼마나 큰 노력을 기울였는지 모릅니다. 영혼의 수많은 아픔과 함께 오랫동안 품어온 희망들이 하루아침에 깨져버린 적이 얼마나 많았던지요! 나는 부모님이 학교에 오게 하려고 애정이 가득 담긴 편지를 여러 번 썼습니다. 어쩌면 애정 표현이 과장되었을 수도 있겠지만 그 편지들이 오히려 어머니의 비난을 샀던 것일까요? 어머니는 빈정대며 내 문체를 나무랐습니다. 그래도 나는 절망하지 않고 어머니와 아버지가 학교에 오기만 하면 어떤 조건이든 이행하겠다고 약속했습니다. 누이들에게도 간절하게 도움을 청했지요. 누이들의 본명 축일과 생일에는 버림받은 가엾은 아이들처럼 정확하고 집요하게 편지를 썼지만 허사였습니다. 시상식이 가까워지자 나는 더욱 자주 간청하며 내가 상을 받게 될 거라는 말도 했습니다. 부모님의 침묵을 잘못 해석한 나는 가슴을 설레며 그들을 기다렸고, 친구들에게도 부모가 올 것이라고 말해 두었습니다. 그리고 가족들이 도착해 학생들을 부르러 오는 수위 영감의 발소리가 교정에 울릴 때마다 나는 병적인 흥분을 느꼈습니다. 그러나 그 영감은 한 번도 내 이름을 부르지 않았습니다. 내가 삶을 저주했다고 죄를 고백하던 날, 고해신부는 "슬퍼하는 자에게 복이 있나니!"[3]라는 구세주의 말씀으로 약속된 종려나무가 꽃을 피우는 하늘을 내게 보여주었습니다. 그리하여 나

---

3) 「마태복음」 5장 4절. "슬퍼하는 사람은 행복하다. 그들은 위로를 받을 것이다."

는 교훈적인 환상의 세계가 어린 영혼들을 매혹하는 종교 사
상에 이끌려 첫영성체를 받을 땐 기도의 신비 속으로 깊이 빠
져들었습니다. 열렬한 신앙으로 고무된 나는 순교자 열전에서
읽었던 멋진 기적들이 나를 위해 다시 일어나게 해달라고 하
느님께 기도했습니다. 다섯 살 때 별나라에 날아갔던 나는 열
두 살 때는 성전의 문을 두드리러 갔습니다. 종교적 무아경으
로 인해 내 안에서는 말로 표현할 수 없는 꿈들이 피어났습니
다. 그 꿈들은 상상력을 풍요롭게 했고, 다정한 심성을 배양하
게 했으며, 생각하는 능력을 키워주었습니다. 내가 그 숭고한
비전들을 가지게 된 것은 내 영혼이 거룩한 생애에 익숙해지
도록 만드는 임무를 띤 천사들의 덕이라고 생각하곤 했습니
다. 그 비전들은 내 눈에 사물 내면에 깃든 정신을 보는 능력
을 주었고, 내 마음에는 불행한 시인을 만드는 마법의 기반을
마련해 주었습니다. 시인이 느끼는 것과 실제의 것, 원하는 커
다란 것과 실제로 얻는 작은 것을 비교할 수 있는 비운의 능
력을 지닐 때, 이 마법은 시인을 불행하게 만듭니다. 그 비전
들은 또 내 머릿속에 책을 한 권 써놓아서 내가 표현해야 할
것을 읽을 수 있게 했고, 내 입술 위에는 즉흥시인의 연료를
올려놓았습니다.[4]

아버지는 오라토리오 종파의 교육 능력이 다소 미흡하다고

---

4) 「이사야서」 6장 6절~7절의 비유. "그러자 스랍들 가운데 하나가 제단에
서 뜨거운 돌을 불집게로 집어가지고 날아와서 그것을 내 입에 대고 말하
였다. '보아라, 이제 너의 입술에 이것이 닿았으니 너의 악은 가시고 너의 죄
는 사라졌다.'"

생각했기 때문에 퐁르부아에서 나를 빼내어 파리의 마레 지역에 있는 학교에 넣었습니다. 열다섯 살 때였습니다. 학력평가시험을 치른 결과, 퐁르부아의 수사학도였던 나는 중학교 4학년 등급으로 평가되었습니다. 나는 집과 초등학교, 중학교에서 느낀 고통을 르피트르 기숙학교에 머무는 동안 새로운 형태로 다시 만났습니다. 아버지는 내게 돈을 한 푼도 주지 않았습니다. 학교가 내게 먹을 것과 입을 것을 지급하고, 라틴어와 그리스어 수업이 숨 막힐 지경으로 빽빽한 것을 알자, 그것으로 끝이었습니다. 나는 중학교 시절을 통틀어 1000명 정도의 친구들을 만났지만, 그 누구에게서도 내 경우처럼 무관심한 부모를 볼 수 없었습니다. 부르봉 왕가를 열광적으로 지지한 르피트르 선생은 열성적인 왕당파 당원들이 탕플 사원에서 마리 앙투아네트 왕비를 빼내려 했던 시기에 아버지와 교분이 있었습니다. 그들은 그 시절의 교분을 다시 살렸습니다. 그리하여 르피트르 선생은 아버지가 잊어버린 것을 자기가 보충해야 한다는 의무감에서 매월 내게 돈을 주었지만, 그는 우리 가족의 의도를 모르고 있었으므로 그 액수는 보잘것없었습니다. 기숙학교는 옛날 주아이외즈 저택에 있었는데, 과거 영주들의 처소들이 으레 그렇듯이 경비실이 있었습니다. '수습 교사'가 샤를마뉴 고등학교르 우리를 인솔하기 전의 휴식 시간에, 부유한 친구들은 두아지라는 이름의 경비원이 있는 그곳으로 점심을 먹으러 갔습니다. 르피트르 선생은 진정한 밀매상인 두아지의 상행위를 몰랐거나 묵인했고, 학생들로서는 그를 애지중지하는 것이 이익이었습니다. 그는 우리 비행을 은밀하게 덮어주는 사람이었고, 기숙사에 늦게 복귀했을 때는 술수를 가르쳐주었으며, 금지된 도서의 대여업자들을 우리와 연결해 주는 중개인이었기 때문입니다. 카페오레 한 잔으로 점심을 먹는 것이 귀족적 취미였는데, 나폴레옹 시대의 식민지에서 들여오는 소비재 가격이 터무니없이 올랐기 때문입니다. 부모 세대에게 설탕과 커피는 그저 하나의 사치품이었지만, 우리에게는 그것이 으스댈 수 있는 우월함의 표식이었습니다. 모방하려는 습성이나 식탐, 또는 유행을 전파하는 것으로 충분하지 않을 때, 우리에게는 그 우월함이 정열을 낳는 원천이었던 것 같습니다. 두아지는 우리에게 외상을 주었습니다. 그는 학생의 체면을 생각해서 빚을 갚아주는 누이나 아주머니가 우리 모두에게 있을 것으로 생각했습니다. 나는 그 간이식당의 유혹에 오랫동안 저항했습니다. 만일 나를 심판하는 사람들이 유혹의 힘, 금욕주의로 향한 내 영혼의 영웅적 갈망, 그리고 오랜 저항 기간에 담긴 분노를 안다면, 내가 눈물 흘리는 걸 보고만 있지 않고 닦아줄 것입니다. 하지만 아이인 내가 타인의 경멸을 무시할 만큼 넉넉한 영혼을 가질 수 있었을까요? 그 이후 나는 여러 사회악에 물들어 가는 것을 느꼈고, 그 악의 힘은 내 탐욕 때문에 점점 커졌던 것 같습니다. 5학년이 끝나갈 무렵 아버지와 어머니가 파리에 왔습니다. 부모님이 도착하는 날짜는 형이 알려주었습니다. 형은 파리에 살고 있었지만 단 한 번도 나를 찾아온 적이 없었습니다. 누이들은 여행 중이어서 우리는 함께 파리를 구경해야 했습니다. 첫째 날은 프랑스 국립극장에 쉽게 갈 수 있도록 거기에서 아주 가까운 팔레루아얄에서 저녁 식사를 하기로 했습니다. 나는 뜻밖의 축제 프로그램에 흥분했지만, 내 기쁨은 불행에 익숙해진 사람들을 순식간에 위축시켜 버리는 폭풍우로 인해 맥이 풀리고 말았습니다. 나는 두아지 씨에게 진 100프랑의 빚을 고백해야만 했습니다. 그는 그 돈을 내 부모에게 직접 청구하겠다고 나를 위협했습니다. 나는 형을 두아지의 통역관으로, 내 참회의 대변인으로, 용서의 중개인으로 삼아야겠다고 생각했습니다. 아버지는 관대한 쪽으로 기울었지만, 어머니는 무자비했습니다. 그녀의 짙은 파란색 눈에 내 몸은 굳어버렸고, 어머니는 끔찍한 예언을 퍼부으며 노발대발했습니다. '열일곱 살 때부터 벌써 그런 짓을 하다니 나중에 뭐가 되겠느냐! 네가 정말 내 자식이 맞냐? 네가 집안을 망치려는 거냐? 도대체 집에 너밖에 없느냐? 형 샤를이 선택한 길은 기부금을 따로 마련할 필요가 없더냐? 형은 집안의 명예를 빛내는 행동으로 이미 그럴 만한 가치가 있지만, 너는 그런 게 부끄럽지도 않은 거냐? 두 누이를 지참금도 없이 결혼시킬 것이냐? 돈의 가치도 모르고 너한테 얼마나 돈이 드는지도 모르는 거냐? 배우는 데 설탕과 커피를 어디에 쓴다더냐? 그렇게 행동하다니, 나쁜 짓은 다 배운 거 아니냐? 마라[5]도 너와 비교하면 천사다.' 내 영혼에 엄청난 공포를 쏟아부은 그 충격적인

---

5) 장 폴 마라(Jean-Paul Marat, 1743~1793)는 프랑스 대혁명 이후 공포정치 시기의 과격파 정치인으로 1792년 9월 대학살을 주도한 인물이다. 지롱드 당의 추종자인 샤를로트 코르데가 욕즈 안에 있던 마라를 칼로 찔러 살해했다. 그는 왕당파와 지롱드 당의 적이었다.

질책이 끝난 뒤 형이 나를 기숙사로 데려다주었습니다. 나는 '프로방스 형제' 식당6)에서 저녁도 못 먹었고, 『브리타니쿠스』의 탈마7)를 볼 기회도 잃고 말았습니다. 그것이 12년 동안 떨어져 지내다 만난 어머니와 나의 대면이었습니다.

  내가 고전학 과정을 끝내자, 아버지는 나를 르피트르 선생의 보호 감독하에 두었습니다. 나는 '초월수학'8)을 배우고 법과9) 1년생 과정을 밟으며 고등 연구를 시작해야 했습니다. 기숙사에 방이 생기고, 수업에서 풀려난 나는 이제 빈곤과 휴전이 맺어졌다고 생각했습니다. 그러나 열아홉 살인데도, 아니 어쩌면 열아홉 살이라는 이유로, 아버지는 옛날에 도시락도 없이 초등학교에 보내고, 용돈도 없이 중학교에 보내서 두아지에게 빚을 지게 만들었던 방식을 멈추지 않았습니다. 나는 마음대로 쓸 수 있는 돈이 거의 없었습니다. 파리에서 돈없이 뭘 할 수 있겠습니까? 게다가 내 자유는 교묘하게 구속당했습니다. 르피트르 씨는 기숙사 조교를 시켜 법과 대학까지 나와 함께 가게 했고 나를 교수의 손에 넘겨준 뒤 다시 데리러 오게 했습니다. 어린 소녀라도 그보다는 덜했을 것입니다. 나를 보호하기 위해 어머니의 불안이 불러일으킨 조심성

---

6) 1786년에 프로방스 출신의 두 형제가 팔레루아얄에 개업한 호화 식당으로 남프랑스 요리 전문이었다.
7) 라신의 비극 『브리타니쿠스』에서 네로 황제 역을 맡았던 당대 유명 배우의 이름이다.
8) 당시 샤를마뉴 고등학교에는 '초월수학'이라 명명한 특별 수학반이 있었는데, 초월수란 대수적 수가 아닌 수로서 자연상수 e, 원주율 π 등을 말한다.
9) 발자크는 1816년부터 1819년까지 법과 대학에 다녔다.

은 그 정도였습니다. 내 부모가 파리를 두려워하는 건 당연했습니다. 기숙사에서는 남학생들이 은밀하게 몰두하고 있는 것에 여학생들도 몰두하는 법입니다. 뭐니 뭐니 해도 여학생들은 언제나 애인 얘기를 하고, 남학생들은 여자 얘기를 하겠지요. 그러나 당시 파리에서는 친구들 사이의 주된 화제가 팔레루아얄의 동양적이고 술탄 같은 세계였습니다. 팔레루아얄은 사랑의 엘도라도였습니다.[10] 밤마다 금덩어리들이 몽땅 주조되어 몰려들었습니다. 그곳에서는 가장 순결한 의혹도 사라지고, 우리의 불타는 호기심도 가라앉힐 수 있었습니다. 팔레루아얄과 나는 서로를 향하고는 있지만 만날 수 없는 두 개의 점근선(漸近線)이었습니다. 운명이 어떻게 나의 시도를 좌절시켰는지는 다음과 같습니다. 아버지는 생루이섬[11]에 거주하는 숙모 한 분에게 나를 소개해 주었는데, 나는 매주 목요일과 일요일에 그 집으로 저녁을 먹으러 가야 했습니다. 그 당시 외출하는 르피트르 씨나 르피트르 부인이 나를 그 집까지 데려다 주었고, 저녁에 집으로 돌아가는 길에 나를 데리러 왔습니다. 참으로 별난 여가 시간이었습니다. 리스토메르 후작 부인은 지나치게 격식을 차리는 귀부인으로, 내게는 돈 한 푼도 줄 생각을 하지 않았습니다. 대성당처럼 늙었고, 세밀화처럼 화장했으며, 화려한 옷차림을 한 그녀는 저택에서 마치 루이 15세

---

10) 프랑스 대혁명과 나폴레옹 제국 시대, 그리고 복고왕정 초기까지 팔레루아얄은 매춘부들과 만남의 장소였다.
11) 파리 센강 한복판에 있는 시테섬을 칼한다. 시테섬은 센강 좌안 쪽으로는 세 개의 다리로, 우안 쪽으로는 두 개의 다리로 파리와 연결되어 있다.

가 죽지 않은 것처럼 살고 있었습니다. 그녀는 늙은 부인들과 귀족들만 만났습니다. 그것은 화석이 된 육체들의 모임 같아서 나는 무덤 속에 있는 것만 같았지요. 아무도 나에게 말을 건네지 않았고, 나도 먼저 말을 건넬 용기가 없었습니다. 적의에 차 있거나 차가운 시선들 때문에 나는 그들 모두에게 폐가 될 것 같은 나의 젊음이 부끄러워졌습니다. 내가 도망치는 데 성공할 수 있다고 생각한 것은 그런 무관심 때문이었습니다. 나는 언젠가 저녁 식사가 끝나기만 하면 몰래 빠져나가서 갈르리 드 부아[12]로 뜨리라는 계획을 세웠습니다. 일단 휘스트 놀이가 시작하기만 하면 숙모는 내게 주의를 기울이지 않았고, 숙모의 시종인 장은 르피트르 씨에게 거의 관심을 두지 않았습니다. 그런데 그 불운의 저녁 식사는 턱뼈가 낡았거나 틀니가 불완전해서 불행하게도 오래 끌었습니다. 마침내 어느 날 저녁 8시와 9시 사이에, 도망치는 날의 비앙카 카펠로[13]처럼 나는 가슴을 두근거리며 계단으로 나갔습니다. 그러나 문지기가 빗장 끈을 잡아당겨 내게 문을 열어주었을 때, 나는 길에서 르피트르 씨의 마차를 보았고, 그 영감은 숨 가쁜 목소리로 나를 불렀습니다. 우연은 팔레루아얄의 지옥과 내 젊

---

12) 1786년 팔레루아얄에 조성된 상점가인 갈르리 드 부아(목조 갤러리)에서는 매춘이 성행했다. 나무판자로 된 가건물이었던 갈르리 드 부아는 1826년에 헐렸다.
13) 1825년경, 발자크는 아브랑테스 공작 부인에게 보낸 편지에서 베네치아 귀족의 딸 비앙카 카펠로(1548~1587)에 대한 찬탄을 나타냈다. 평민인 피에트로 보나벤투리를 사랑한 그녀는 열다섯 살 때 애인을 따라 피렌체로 도당쳤다. 그녀는 후에 토스카나 대공비가 되었다.

음의 낙원 사이에 불행하게도 세 번이나 끼어들었습니다. 스무 살인데도 아무것도 모르는 자신이 수치스럽다고 생각한 내가 그 무지를 끝장내기 위해 모든 위험을 무릅쓰겠다고 결심한 날, 르피트르 씨가 마차에 오르는(안짱다리에다 루이 18세처럼 뚱뚱한 그에게는 쉽지 않은 일이었죠.) 사이에 슬그머니 사라지려는 순간, 아, 어머니가 역마차를 타고 도착한 것입니다! 어머니의 시선에 붙들린 나는 마치 뱀 앞의 새처럼 꼼짝할 수 없었습니다. 나는 어떤 우연으로 어머니와 만나게 되었을까요? 그것은 아주 당연한 일이었습니다. 나폴레옹이 마지막 쿠데타를 시도하고 있었습니다. 부르봉 왕가의 복귀를 예감한 아버지는 이미 제국 외교관이 되어 있던 형에게 정세를 알려주려고 온 것이었습니다. 아버지는 어머니와 함께 투르를 출발했습니다. 적군의 행보를 지혜롭게 주시하던 사람들이 보기에 수도가 위기에 빠질 것 같았고, 어머니는 나를 그 위기에서 빼내 투르로 데려갈 임무를 맡았습니다. 불과 몇 분 만에 나는 파리에서 끌려 내려갔습니다. 어머니가 파리에 머물렀다면 내게는 치명적이었을 순간이었습니다. 억압당한 욕망으로 끊임없이 요동쳤던 상상의 고통, 상시적 궁핍으로 음울해진 삶의 권태로 인해 나는 어쩔 수 없이 학업에 전념해야 했습니다. 그건 마치 옛날에 자신의 운명에 지친 사람들이 수도원에 틀어박힌 것과 같았습니다. 내게 학업은 열정이 되었습니다. 젊은이들이 피어나는 청춘의 본성으로 매혹적인 활동에 몰두해야 할 시기에 나를 가두어 놓았으니, 건강에는 치명적일 수도 있을 열정이었습니다.

당신이 무수히 많은 비가(悲歌)를 추측하실 청년기의 이 가벼운 스케치는 청년기가 나의 장래에 미친 영향을 설명하는 데 필요한 것이었습니다. 많은 병적 요소에 감염된 채 스무 살이 지난 나는 여전히 키가 작고 말랐으며 창백했습니다. 의욕에 가득 찬 내 영혼은 겉으로는 허약해 보이는 몸과 싸우고 있었습니다. 그러나 투르의 어느 늙은 의사의 말에 따르면, 내 몸은 무쇠 같은 체질의 마지막 융합을 견뎌내고 있다고 했습니다. 몸은 어린애고 생각은 늙은이였던 나는 많은 책을 읽고 사색도 많이 해서, 머지않아 삶이 가진 험로의 굴곡진 어려움들과 벌판의 모랫길을 만났을 때, 형이상학적으로는 인생을 그 높이에서 정확히 이해했습니다. 내게 달콤한 시기가 찾아온 것은 믿기지 않는 우연 때문이었습니다. 그런 시기에는 영혼 속에 최초의 혼란이 솟아올라 쾌락에 눈뜨며, 모든 것이 맛있고 신선한 법이지요. 나는 학업으로 연장된 사춘기와 늦게서야 초록의 가지를 틔우는 성년기 사이에 있었습니다. 나보다 더 잘 느끼고 사랑할 준비가 된 젊은이는 아무도 없었습니다. 내 이야기를 잘 이해하려면 이 아름다운 나이를 참조하시기 바랍니다. 입술은 거짓말을 몰라 순결하고, 시선은 욕망과 모순되는 수줍음 때문에 무거워진 눈꺼풀로 덮여 있지만 숨김없으며, 정신은 세상의 위선에 굴복하지 않고, 소심한 마음이 처음으로 행동에 옮길 용기와 격렬하게 드잡이하는 그런 나이를.

파리에서 투르까지 어머니와 함께한 여정에 관해서는 말하지 않겠습니다. 어머니의 차가운 태도는 날아오르려는 내 애정을 억눌렀습니다. 새로운 역참에서 출발할 때마다 말을 꺼내리라고 스스로 다짐했지만, 서두를 위해 신중하게 생각해 둔 문장들은 눈길 한 번, 말 한마디에 질겁해서 쑥 들어가고 말았습니다. 오를레앙에서 잠자리에 들 때, 어머니는 내가 아무 말도 하지 않는다고 나무랐습니다. 나는 어머니의 발밑에 몸을 던지고 뜨거운 눈물을 흘리면서 어머니의 무릎을 안고 사랑 가득한 내 마음을 열어 보였습니다. 나는 사랑에 굶주린 유창한 변론으로 어머니에게 감동을 주려고 했는데, 그 어조는 계모의 오장육부라도 휘저어 놓았을 것입니다. 내게 돌아온 어머니의 대답은 내가 연극을 한다는 것이었습니다. 어머니가 나를 버렸다고 볼멘소리를 하자, 어거니는 내게 삐뚤어진 자식이라고 했습니다. 나는 그렇게 비통한 심정으로 블루아에 이르자 루아르강에 몸을 던지려고 다리 위를 뛰었습니다. 그러나 다리의 난간이 높아서 자살은 미수에 그쳤습니다.

집에 도착하자, 나를 전혀 기억하지 못하는 두 누이는 애정보다는 놀라움을 보였습니다. 그러나 나중에 돌아보니 누이들은 내게 충만한 우애를 지닌 것 같았습니다. 나는 4층에 있는 방 하나를 사용했습니다. 어머니가 스무 살 청년인 나를 기숙학교에서 입던 초라한 속옷과 파리에서 입던 옷 이외엔 다른 속옷이나 옷도 없이 버려둔 사실을 얘기한다면, 내 궁핍의 정도를 이해할 것입니다. 내가 어머니가 떨어뜨린 손수건을 주워서 살롱의 한쪽 끝에서 다른 쪽 끝까지 날듯이 달려가면 마치 마님이 하인에게 하듯이 차갑게 고맙다는 말밖에 하지 않았습니다. 어머니의 마음속에 내 사랑의 가지를 꽂을 수 있는 무른 곳이 있는지 관찰해야 했던 나는 무례함을 지참금의 일부로 여기는 리스토메르 가문의 모든 여자들처럼 어머니에게서도 메마르고 호리호리하며 카드놀이를 좋아하는, 이기적이고 무례한 키 큰 여자를 보았습니다. 삶에서 어머니의 눈에 보이는 건 지켜야 할 의무밖에 없었습니다. 내가 만난 차가운 여자들은 모두가 어머니처럼 의무를 종교로 삼았습니다. 어머니는 사제가 미사 때 향을 받듯이, 우리의 숭앙을 받았습니다. 어머니가 가슴속에 지니고 있던 얼마 안 되는 모성애는 형이 다 빨아들인 것 같았습니다. 어머니는 날카롭게 비꼬는 말로 우리를 끊임없이 찔러댔는데, 몰인정한 사람들이나 쓰는 그 무기를 어머니는 아무런 응수도 할 수 없는 우리에게 사용했습니다. 그렇게 가시 돋친 울타리에도 불구하고 본능적인 감정은 아주 많은 뿌리와 통해 있고, 어머니가 불어넣어 주는 (단념하면 너무도 큰 대가를 치르게 될) 종교적 공포도 많은 것들과 관계되어 있어서, 우리의 극도로 잘못된 사랑은 훗날 최종 심판을 받는 날까지 계속되었습니다. 그날에는 아이들의 복수가 시작되고, 과거에 대한 실망에서 생겨나 진흙 찌꺼기들로 자라난 무관심이 무덤 위에까지 이어지는 법입니다. 그 끔찍한 횡포는 내가 투르에서 충족시키려고 미친 듯이 궁리했던 향락적 상념들을 몰아냈습니다. 나는 낙담한 채 아버지의 서재에 파묻혀서 내가 전혀 모르는 온갖 책들을 읽기 시작했습니다. 책을 읽는 시간이 길었기 때문에 어머니와의 접촉은 많이 피할 수 있었지만, 그동안 내 정신 상태는 나빠져만 갔습니다. 가끔은 사촌 리스토메르 후작과 결혼한 누나가 나를 위로하려고 했지만, 분노에 사로잡힌 나를 진정시키지는 못했습니다. 나는 죽고 싶었습니다.

당시 나와는 무관한 큰 사건들이 일어나려는 참이었습니다. 파리에서 루이 18세와 만나기 위해 보르도를 출발한 앙굴렘 공작[14]은 그가 지나는 도시마다 부르봉 왕가의 복귀로 늙은 프랑스를 사로잡은 열광적인 환영을 받았습니다. 적통 왕자들에 흥분한 투렌 지방, 떠들썩한 도시, 깃발이 내걸린 창문들, 나들이옷을 입은 주민들, 축제 준비, 그리고 뭔지 모르지만 대기 중에 퍼져 취하게 하는 어떤 것으로 인해 나는 왕자를 위해 열리는 무도회에 참석하고 싶은 생각이 들었습니다. 내가 대담하게도 그런 바람을 어머니에게 말했을 때, 몸이 아파서 축제에 참석할 수 없었던 어머니는 엄청나게 화를 냈습니다. 그렇게 아무것도 모르다니 넌 콩고에서 왔니? 어떻게 우리 집안이 그 무도회에 불참할 거라고 생각할 수 있지? 아버지와 형이 없으니 네가 가야 하지 않겠니? 네겐 어머니도 없니? 어머니는 자식들의 행복을 생각하지 않는다니? 거의 인정받지 못했던 아들이 한순간에 중요한 인물이 되었습니다. 나는 나의 중요성과, 나의 간청을 받아들인 어머니가 비꼬면서 도출해 낸 많은 이유로 어안이 벙벙해졌습니다. 나는

---

14) 루이 18세의 동생으로, 복고왕정 시대에 형의 뒤를 이어 왕이 된 샤를 10세이다. 그는 1814년 3월 12일에 보르도로 갔고, 5월 25일에 파리로 돌아가는 길에 투르에 들러 열렬한 환영을 받았는데, 이때는 투르 시청에서 무도회가 열렸고, 그 후 8월 6일에 두 번째로 투르에 들렀을 때는 파피옹 관(館)의 정원에서 무도회가 열렸다.

누이들에게 묻고 나서야 어머니가 그런 식의 반전을 좋아한다는 것, 그리고 어쩔 수 없이 내 옷차림에 신경을 쓰고 있다는 사실을 알게 되었습니다. 투르의 재단사들은 옷을 준비하는 어머니의 까다로운 요구에 놀라 아무도 내 옷을 맡으려 하지 않았습니다. 그래서 어머니는 단골로 이용하는 삯바느질꾼을 불렀는데, 그녀는 시골의 용도에 따라 온갖 종류의 바느질을 할 줄 아는 사람이었습니다. 비밀리에 연푸른색 예복이 내 몸에 맞춰 그런대로 제작되었습니다. 비단 스타킹과 새 무도화는 쉽게 구해졌습니다. 남성용 조끼는 짧게 입는 것이 유행이었으므로 아버지 조끼 중에서 하나를 입을 수 있었습니다. 나는 가슴 장식이 달린 드레스셔츠를 처음으로 입었는데, 원통 모양의 주름이 내 가슴을 불룩하게 부풀리며 넥타이 매듭에 감겼습니다. 옷을 입은 내 모습은 너무나 나 같지 않았지만, 누이들의 찬사로 투렌 사람들 앞에 나설 용기가 생겼습니다. 어려운 시도였습니다. 그 축제에는 부름을 받은 사람들이 너무나 많았기 때문에 선택된 사람이 많을 수 없었습니다.[15] 나는 키가 작은 덕택에 파피옹 관의 정원에 설치된 천막 아래로 슬그머니 끼어들어서 왕자가 앉아 있는 상석 가까이 갔습니다. 그런데 한순간 나는 더위에 숨이 막혔고, 처음 참석해 본 공개 축제의 등불들, 붉은 천과 금빛 장식, 그리고 화장과 다이아몬드 때문에 눈이 부셨습니다. 내 몸은 남자들과 여

15) 「마태복음」 22장 '혼인 잔치의 비유' 14절, "부르심을 받은 이들은 많지만 선택된 이들은 적다."

자들의 무리에 떠밀렸습니다. 그들은 층층으로 몰려들며 뿌연 먼지 속에서 서로 몸을 부딪혔습니다. 군악대의 열띤 금관 악기가 연주하는 부르봉 왕가의 찬가들도 "앙굴렘 공작 만세! 국왕 만세! 부르봉 왕가 만세!"라는 군중의 환호 소리에 파묻혔습니다. 축제는 열광의 도가니였습니다. 저마다 사나운 열성으로 실력 이상의 힘을 발휘하여 쿠르봉 왕가의 떠오르는 태양을 향해 달려가려고 애쓰는, 그야말로 파벌적 이기주의였습니다. 그 때문에 나는 냉담해졌고 몸을 웅크리며 나만의 세계에 틀어박혔습니다.

그 소용돌이 속에 지푸라기처럼 끌려 들어간 나는 앙굴렘 공작이 되어 깜짝 놀란 군중 앞에서 활보하는 왕자들 사이에 섞이고 싶은 유치한 욕망이 일었습니다. 투르 사람의 미련한 부러움이 그렇게 귀족적인 소망을 피어나게 했는데, 그것은 내 성격과 환경 때문이었습니다. 몇 달 후 나폴레옹 황제가 엘바섬에서 돌아오고 파리의 전 시민이 앞다투어 황제 앞으로 달려갔을 때, 다시 한 번 내 앞에 제시된, 그 어마어마한 숭배를 부러워하지 않은 사람이 있었을까요? 자기들의 감정과 생명을 오로지 한 영혼 안에 내려놓는 대중, 그 위에 군림하는 제국이 영광을 위해 갑자기 나를 제물로 바친 것입니다. 그 영광은 먼 옛날 드루이드교 여사제들이 갈리아족[16]을 희생 제물로 바쳤듯이 오늘날 프랑스인들을 제물로 바치는 여사제였습니다. 바로 그때 나의 야심 찬 욕망을 끊임없이 자극하며 내

---

16) 프랑스인들의 선조다.

가 왕권 한복판으로 몸을 던져 그 욕망을 이루게 할 여자를 갑자기 만났습니다.

여자에게 같이 춤추자고 청하기엔 너무 수줍음을 타기도 했지만, 동작을 틀릴까 봐 두렵기도 했던 나는 제풀에 시무룩해져 몸 둘 바를 몰랐습니다. 군중 때문에 어쩔 수 없이 제자리걸음을 하며 거북해서 힘들어하고 있을 때, 구두 가죽의 압박과 열기로 부은 내 발을 한 장교가 밟았습니다. 이 짜증스러운 일로 나는 축제에 싫증이 나버렸습니다. 밖으로 나가기는 불가능해서 나는 한쪽 구석에 비어 있는 긴 의자 끝으로 대피해 시선을 고정하고 우거지상을 한 채 움직이지도 않고 있었습니다. 내 허약한 외관에 속은 한 여인이 어머니의 기분 좋은 즐거움을 기다리며 막 잠들려고 하는 어린아이로 착각하고, 둥지에 내려앉는 새의 몸짓으로 내 곁에 사뿐히 앉았습니다. 그 순간 나는 여인의 향기를 느꼈고, 그 향기는 내 영혼 속에서 동방의 시가 빛났듯이 빛나기 시작했습니다. 옆에 앉은 여인을 바라보자, 나는 축제보다 그 여인이 더욱 눈이 부셨습니다. 그녀는 나의 모든 축제가 되었습니다. 이전의 내 삶을 잘 이해했다면, 내 마음속에 솟아난 감정들을 짐작할 수 있을 것입니다. 내 눈은 별안간 둥글고 하얀 그녀의 어깨에 사로잡혔습니다. 나는 그 위에 몸을 굴리고만 싶었습니다. 마치 처음으로 벌거벗어 수줍은 듯 살짝 분홍빛을 띤 어깨, 영혼을 지닌 정숙한 어깨였습니다. 반들반들한 피부는 빛을 받아 비단처럼 빛을 터뜨리고 있었습니다. 한 가닥 선이 좌우 어깨를 나누고 있었는데, 내 눈은 손보다 대담하게 그 선을 따라 훑어 내려갔습니다. 가슴을 두근거리며 그녀의 앞가슴을 보려고 몸을 길게 뺀 나는 얇은 천으로 정숙하게 덮여 있는 젖가슴에 완전히 매혹되고 말았습니다. 완벽하게 둥근 하늘빛 봉우리 두 개가 물결치는 레이스 속에 포근히 놓여 있었습니다. 그녀의 머리에 있는 아주 세세한 것들도 내 마음에 무한한 향락을 일깨우는 기폭제였습니다. 소녀처럼 부드러운 목 위로 매끈한 머리카락의 반짝임, 빗이 그려 놓아 마치 신선한 오솔길인 양 나의 상상이 달음질치는 하얀 선들, 그 모든 것에 나는 정신을 차릴 수가 없었습니다. 나는 아무도 보고 있지 않음을 확인한 후, 어머니의 젖가슴에 달려드는 어린애처럼 그녀의 등에 얼굴을 묻고 머리를 굴리며 어깨 전체에 입을 맞췄습니다. 그녀는 날카로운 비명을 질렀으나 음악 소리에 묻혀 잘 들리지 않았습니다. 그녀가 몸을 돌려 나를 보며 말했다. "선생님?" 아! 만일 그녀가 "꼬마야, 왜 그러니?"라고 말했더라면, 나는 그녀를 죽였을지도 모릅니다. 그러나 "선생님?"이라는 말에 내 눈에서는 뜨거운 눈물이 솟아났습니다. 거룩한 분노에 찬 시선, 사랑스러운 등과 조화를 이룬 회색 머리칼의 왕관형 머리로 장식한 숭고한 머리를 보자 나는 화석처럼 굳어버렸습니다. 모욕을 당한 부끄러움의 붉은 빛이 그녀의 얼굴에 반짝였으나, 자기가 그 광기의 원인임을 이해하고, 참회의 눈물 속에 깃든 무한한 숭배를 짐작하는 여인의 용서로 이미 마음이 누그러져 있었습니다. 그녀는 여왕의 몸짓으로 자리를 떴습니다. 그러자 나는 내 상황이 우스꽝스러움을 감지했습니다. 내가 사부아 사람들의 원숭이처럼 볼품없는 옷차림을 하고 있음을 그때 겨우 깨달은 것입니다.[17] 나는 자신이 부끄러웠습니다. 나는 방금 훔친 사과의 맛을 음미하며, 빨아들인 피의 온기를 입술에 간직한 채, 아무것도 후회하지 않고 하늘에서 내려온 그녀를 시선으로 좇으며 망연자실하게 남아 있었습니다. 가슴속 커다란 열기로 최초의 육체적 경험에 사로잡힌 나는 아무도 없는 무도회장을 떠돌았지만, 내 미지의 여인을 다시 찾을 수는 없었습니다. 나는 딴사람이 되어 집으로 돌아와 잠자리에 들었습니다.

새로운 영혼, 알록달록한 날개를 지닌 영혼이 애벌레를 없애버렸습니다. 그러니까 내가 찬미하던 별이 푸른 하늘에서 떨어져 밝음과 반짝임과 신선함을 그대로 간직한 채 여인이 된 셈이지요. 나는 사랑에 대해 아무것도 모르면서 갑자기 사랑하게 되었습니다. 남자의 가장 강렬한 감정, 그 최초의 난입이란 기묘한 일이 아닐까요? 나는 숙모의 살롱에서 몇몇 예쁜 여자들을 만났지만, 내게 아주 작은 느낌이라도 남긴 여자는 하나도 없었습니다. 그러니까 정열이 남성성 전체를 끌어안을 때 배타적 정열을 결정하는 데는 어떤 시기, 별들의 결합, 특수한 사정들의 연결, 모든 여자들 가운데서도 어떤 한 여인이 존재하는 것일까요? 나는 내가 선택한 여인이 투렌에 살고 있으리라 생각하면서 감미롭게 공기를 들이마셨고, 당시의 푸른 하늘에서는 지금까지 다른 어느 곳의 하늘에서도 보지 못한

---

17) 당시 사부아 사람들은 대부분 굴뚝 청소원이나 원숭이들의 재주를 보여 주는 흥행사였다.

색깔을 발견했습니다. 나는 정신적으로는 희열에 차 있었지만, 겉으로는 심각하게 아픈 것처럼 보여서, 어머니는 후회 섞인 근심을 했습니다. 불행이 다가오는 것을 느끼는 동물들처럼 나는 정원 한쪽 구석으로 가 웅크리고 앉아서 내가 훔쳤던 키스를 머릿속에 그렸습니다. 그 기념할 만한 무도회 며칠 후, 어머니는 내가 공부를 포기하고, 어머니의 위압적인 시선에도 무덤덤하며, 빈정거려도 아랑곳하지 않고 우울한 나의 태도를 내 또래의 청년들이 겪어야 하는 자연스러운 고비로 생각했습니다. 의학적으로 알 수 없는 그런 증상에는 시골이 영원불멸의 치료제인지라 시골이 나를 무기력에서 벗어나게 하는 가장 좋은 방법으로 여겨졌어요. 어머니는 나를 프라펠로 보내 며칠 동안 머무르게 하기로 했습니다. 그곳은 몽바종과 아제르리도 사이의 앵드르강에 면한 성으로, 어머니 친구의 저택이었는데, 틀림없이 어머니가 그 친구에게 은밀한 지시를 해두었을 겁니다. 그렇게 해서 자유를 얻은 날, 나는 사랑의 바다를 맹렬하게 헤엄쳐서 횡단해 버렸습니다. 나는 그녀의 이름을 몰랐습니다. 그녀를 뭐라고 부르고, 어디에서 찾아야 할까요? 게다가 누구한테 그녀에 대해 얘기할 수 있을까요? 사랑을 시작할 때 젊은이들의 마음을 사로잡기 마련인 설명할 수 없는 불안은 내 수줍은 성격 때문에 더욱 커졌고, 희망 없는 정열에는 마침표를 찍게 되는 우울증이 시작되었습니다. 나는 그저 들판을 가로질러 가고 오고 달리는 것밖에는 더 바랄 것이 없었어요. 아무것도 의심하지 않으면서 뭔가 기사도적인 것을 담고 있는 어린아이의 용기를 내어 나는 투렌의 성들을 모두

뒤지기로 작정했습니다. 나는 걸어서 여행하면서 예쁜 망루가 보일 때마다 "저기야!"라고 중얼거렸습니다.

그리하여 어느 목요일 아침, 나는 생텔루아 성문을 지나 투르에서 나와 생소뵈르 다리를 건넜습니다. 나는 모든 집을 올려다보며 퐁셰르에 이르렀고, 그로부터 쉬농으로 가는 길로 접어들었습니다. 난생처음으로 나는 누구의 질문도 받지 않고 내 마음대로 나무 밑에서 쉬기도 하고 천천히 걷거나 빨리 걸을 수 있었지요. 모든 젊은이는 크건 작건 여러 가지 강압적인 힘에 억눌립니다. 그런 힘에 짓밟힌 가엾은 존재가 처음으로 자유의지를 사용해 보니, 아무것도 아닌 일에서조차도 영혼에 뭔가 활짝 피어난 느낌이 전달되었지요. 그날은 많은 이유가 모여 환희 가득한 축제가 되었습니다. 유년 시절의 내 산책은 도시 밖으로 4킬로미터를 벗어나지 못했어요. 퐁르부아 근교에서의 산책이나 파리에서의 산책도 전원의 자연미에 관한 내 생각을 망치지는 않았습니다. 그렇지만 내게 친숙한 투르의 풍경 속에서 숨 쉬는 아름다움의 감성이 내 삶의 초기 추억 속에 남아 있었지요. 그래서 풍경시에는 완전히 풋내기였지만, 나는 나도 모르는 사이에 까다로워졌습니다. 그것은 예술을 직접 해보지 않은 사람들이 가장 먼저 머릿속에 이상을 그리는 것과 같아요. 프라펠 성으로 가려면 도보로 가거나 말을 타고 가는 사람들은 샤를마뉴라고 일컬어지는 광야를 지나가는 지름길을 택합니다. 그곳은 셰르강 분지와 앵드르강 분지를 가르는 고원의 정상에 있는 황무지로서 샹피에 있는 지름길로 이어져 있습니다. 평탄한 모래밭인 이 광야는 약 4킬로미터를 가는 동안 우울해지지간, 작은 숲을 지나면 프라펠이 속해 있는 사셰 읍으로 가는 길이 나옵니다. 쉬농 도로로 통해 있는 이 길은 발랑 저 너머 아르탄 고장까지 물결 모양의 평원을 따라 큰 장애둘 없이 뻗어 있습니다. 바로 거기에 몽바종에서 시작되어 루아르강에서 끝나는 골짜기 하나가 보이는데, 양편 언덕 위에 자리한 성들 아래로 뛰어오르는 것만 같습니다. 멋진 에메랄드 술잔 같은 그 골짜기의 바닥에 앵드르강이 뱀처럼 흐르고 있어요. 이 광경을 본 나는 광야의 권태 또는 길의 피로가 마련해 준 관능적 경이로움에 사로잡혔습니다. '여성의 꽃인 그 여인이 이 세상 어딘가에 살고 있다면, 그곳은 바로 여기다!' 나는 이런 생각을 하면서 호두나무에 몸을 기댔습니다. 그날 이후로 내가 사랑하는 그 골짜기에 다시 올 때마다 나는 반드시 그 나무 밑에서 쉽니다. 내 생각을 숨김없이 털어놓는 그 나무 아래에서 나는 그곳을 떠난 마지막 날 이후로 흘러간 시간 동안 내가 겪은 변화들에 관해서 검토해 봅니다. 그녀는 그곳에 살고 있었습니다. 내 마음은 조금도 틀리지 않았어요. 내가 광야의 비탈에서 제일 먼저 본 작은 성이 그녀의 집이었습니다. 내가 나의 호두나무 밑에 앉았을 때, 그 집 지붕의 슬레이트와 유리창이 정오의 태양을 받아 반짝반짝 빛나고 있었습니다. 그녀의 퍼케일 천 드레스는 포도밭의 야생 살구나무 밑에서 하얀 점으로 보였습니다. 그녀는 당신이 아직은 아무것도 모르지만 이미 알고 있듯이 "골짜기의 백합"이었습니다. 그녀는 미덕의 향기로 그 골짜기를 가득 채우며 하늘로 떠오르고 있었습니다. 스치듯 겨우 한 번 보았을 뿐 다른 계기도 없이 내 영혼을 가득 채운 무한한 사랑, 그 사랑의 표현을 나는 보았습니다. 햇빛을 받으며 양쪽의 푸른 강변 사이로 흐르는 기나긴 물의 띠, 그 사랑의 골짜기를 흔들거리는 레이스로 장식하는 미루나무들의 행렬, 강으로 인해 언제나 다른 모양으로 둥글어지는 언덕 위의 포도밭들, 그 사이로 몸을 내민 떡갈나무 숲, 대조적인 모습으로 멀어져가는 흐린 지평선들이었죠. 약혼녀처럼 아름답고 순결한 자연을 보고 싶다면, 어느 봄날 그곳에 가 보세요. 당신 마음의 쓰라린 상처를 달래고 싶으면, 가을이 끝날 무렵 그곳에 다시 가 보세요. 봄에는 그곳에서 사랑이 하늘 가득 날갯짓하고, 가을에는 없는 사람들을 생각게 합니다. 병든 폐는 유익한 신선함을 호흡하고, 눈은 영혼에 평화로운 달콤함을 전해 주는 금빛 수풀 위에서 편히 쉰답니다. 그때 앵드르강의 폭포 위에 자리한 물레방아가 떨리는 그 골짜기에 소리를 주었고, 미루나무들은 웃으며 몸을 흔들었으며, 하늘에는 구름 한 점 없고, 새들이 노래하고 매미가 울어, 그곳에서는 모든 것이 멜로디였습니다. 내가 투렌을 왜 사랑하는지 더는 묻지 마십시오. 내가 투렌을 사랑하는 것은, 사람들이 자기의 요람을 사랑하거나 사막의 오아시스를 사랑하는 것처럼 사랑하는 게 아니라, 예술가가 예술을 사랑하듯 그곳을 사랑합니다. 당신을 사랑하는 만큼 그곳을 사랑하진 않지만, 투렌이 없었다면 아마 나도 살아 있지 않을 것입니다. 내 눈은 왠지 모르게 그 하얀 점, 넓은 정원에서 빛나는 여인에게 자꾸 돌아가곤 했습니다. 마치 건드리면 시들어버리는 메

꽃의 방울이 초록의 덤불들 한가운데에 열려 있는 것 같았어요. 나는 감격하여 그 꽃바구니 같은 골짜기 밑으로 내려갔고, 이내 마을을 하나 보았습니다 그 마을은 내 마음에 넘쳐나는 시정으로 인해 유일무이하게 느껴졌어요. 물의 초원 한가운데에서 작은 숲들을 머리에 이고 우아한 곡선으로 재단된 섬들, 그 섬들 사이에 놓인 세 개의 물레방아를 상상해 보세요. 강을 뒤덮은 채 그 위로 고개를 내밀어 강의 변덕에 몸을 맡기고 물결 따라 움직이며 물레방아 바퀴가 일으키는 강의 풍랑에 몸을 움츠리는 형형색색의 생명력 넘치는 수생식물들, 이들을 물의 초원 말고 달리 어떤 이름으로 부를 수 있을까요! 여기저기에 자갈 더미들이 쌓여 있고, 그 위로 강물이 부서지면 술 장식 모양이 되어 햇빛에 반짝입니다. 아마릴리스, 수련, 백련,[18] 골풀, 풀협죽도 들이 아름다운 융단을 이루어 강가를 장식하고 있습니다. 들보가 썩어 흔들리는 다리의 기둥들은 꽃으로 덮여 있고, 난간은 구성한 잡초와 부드러운 이끼가 낀 채 강 위로 기울어져 있었지만 무너지지는 않았습니다. 낡은 배들과 어부의 그물들, 어느 목동의 단조로운 노래, 섬 사이로 떠다니거나 루아르강이 실어다 준 굵은 모래톱 자르[19] 위에서 몸을 단장하는 오리들, 챙 없는 모자를 삐딱하게 쓰고 노새에 짐을 싣는 방앗간 소년들, 이 작은 모습들 하나하나가 놀랍도록 소박한 광경을 연출하고 있었습니다.

---

18) 당시에는 '물백합'이라 불렀다.
19) 자갈 많은 모래톱을 의미하는 루아르 방언이다.

다리 너머 두세 채의 농가와 비둘기 탑, 작은 망루들, 정원이나 인동덩굴, 재스민, 클레마티스 울타리로 나누어진 30여 채의 누옥들을 상상해 보세요. 그리고 모든 문 앞에는 꽃이 피어난 퇴비가 있고, 길에는 암탉과 수탉 들이 나와 있어요. 이곳이 바로 퐁드뤼앙이라는 마을인데, 이 예쁜 마을 위에는 아주 많은 특징을 지닌 십자군 시대의 오래된 성당이 있어서 화가들이 그림을 그리려고 찾아온답니다. 이 전체를 오래된 호두나무들과 연한 금빛 잎사귀의 어린 미루나무들로 둘러싸 보세요. 그리고 따뜻하고 안개 낀 하늘 아래로 끝이 보이지 않을 만큼 펼쳐진 기나긴 초원 가운데에 단아한 장식용 건축물들을 넣어보세요. 그러면 이 아름다운 고장의 수많은 전망 가운데 하나를 상상할 수 있을 겁니다. 나는 강 좌안에 나 있는 사셰 길을 따라가면서 건너편 강변을 채우고 있는 언덕들을 자세하게 관찰했습니다. 그리고 마침내 어느 성의 정원에 이르렀는데, 수령이 100년이 넘은 나무들로 단장된 것을 보고 그곳이 프라펠 성이라는 것을 알았습니다. 내가 도착했을 때 마침 점심 식사를 알리는 종이 울렸습니다. 식사 후, 내가 투르에서 걸어왔으리라고 생각하지 못한 그 집의 주인은 자기 소유지 주변을 둘러보게 했습니다. 그 덕택에 나는 어떤 곳에서는 골짜기에서 빠져나온 일부를, 다른 곳에선 전체를 보는 등 골짜기의 모든 모습을 골고루 볼 수 있었지요. 나는 루아르강의 아름다운 금박에 이끌려 지평선으로 눈길이 자주 갔습니다. 그곳에선 바람에 이는 물결들 사이로 범선들이 환상적인 형상을 그려내며 바람에 실려 멀어져 갔습니다. 나는 어느 산등성이를 오르면서 처음으로 아제(Azay) 성에 감탄했습니다. 그것은 아름답게 컷팅하여 앵드르강으로 세팅하고 꽃들로 가려진 기둥들 위에 조립된 다이아몬드였습니다. 이어서 한 골짜기에서는 사셰 성의 낭만주의적 양식들을 보았습니다. 경박한 사람들에겐 너무 엄숙하고, 고뇌하는 영혼의 시인들에겐 소중한, 그런 조화들로 가득 차 우수에 찬 저택이었어요. 그래서 그 후 나는 그곳의 정적, 오래되어 윗부분에 잎이 없는 거목들, 그리고 고적한 골짜기에 퍼져 있는 알 수 없는 어떤 신비로운 것을 사랑하게 되었지요! 그러나 옆 언덕 비탈에서 보이는 귀여운 작은 성은 첫눈에 반한 이후 다시 볼 때마다 기분이 좋아서 걸음을 멈추곤 했습니다.

"아니! 당신은 멀리서도 예쁜 여자의 냄새를 맡는군요. 사냥개가 사냥감 냄새를 맡듯이 말이에요." 내 나이에는 언제나 꾸밈없이 표현되기 마련인 반짝이는 욕망의 빛을 내 눈 속에서 읽은 주인이 말했습니다.

나는 마지막 말이 거슬렸지만, 그 작은 성의 이름과 소유자의 이름을 물었습니다.

"저 성은 클로슈구르드라고 해요. 투렌에서 유서 깊은 가문의 장손인 모르소프 백작 소유의 예쁜 집이지요. 이 가문의 역사는 루이 11세로 거슬러 올라갑니다. 성(姓)이 유래한 사건이 있어요. 문장(紋章)과 가문의 명성과도 관계가 있죠. 그는 교수대에서 살아난 사람의 후손이랍니다.[20] 그래서 모르

---

20) 모르소프(Mortsauf)는 모르(mort, 죽음)와 소프(Sauf, 모면한)라는 두

소프 가문의 문장은 금색 바탕에 네 끝이 T자 모양으로 된 검은 십자가가 그려져 있고, 십자가 중앙에는 밑동이 없는 금색 백합 한 송이가 놓여 있다오. 그리고 '신이여 우리 국왕을 구하소서'라는 명구(銘句)가 함께 새겨져 있지요. 백작은 망명에서 돌아와 이 영지로 와 정착했어요. 이 땅은 그의 부인 소유인데, 부인은 르농쿠르 지브리 가문의 르농쿠르 아가씨죠. 그녀의 가문은 곧 대가 끊길 겁니다. 모르소프 부인이 외동딸이니까요. 저 집안의 명성에 비하면 재산이 얼마 안 된다는 게 참 이상해요. 자존심 때문인지 필요에 의해서인지는 몰라도, 그들은 항상 클로슈구르드에만 있고 아무도 만나지 않아요. 지금까지는 부르봉 왕가에 대한 충성심이 은둔하는 명분이 될 수 있었지만, 왕이 복귀한다고 해서 그들의 생활 방식이 바뀔지는 의문이에요. 내가 작년에 이곳으로 왔을 때 예의상 그들을 찾아갔었지요. 그들도 답례차 우리 집에 왔고, 저녁 식사에 우리를 초대했어요. 겨울에는 몇 달 동안 못 만났고, 정치적 사건들 때문에 우리가 여기로 돌아오는 것이 늦춰져서 내가 프라펠에 있게 된 건 얼마 되지 않았어요. 모르소프 부인은 어딜 가나 상석에 앉을 수 있는 분입니다."

"부인은 투르에 자주 갑니까?"

"절대로 가지 않아요. 그런데 최근에 갔었지요. 앙굴렘 공작이 왔을 때였어요. 공작께서는 모르소프 씨에게 아주 친절한 태도를 보였어요."

단어의 결합이다.

"바로 그 여자예요!" 내가 소리쳤어요.

"그 여자라니, 누구요?"

"아름다운 어깨를 가진 여자요."

"투렌에서는 어깨가 아름다운 여자들을 많이 만날 겁니다." 그가 웃으면서 말했습니다. "당신이 피곤하지 않다면, 함께 강을 건너 클로슈구르드로 올라갈 수 있어요. 그러면 그 어깨를 확인할 수 있을 테니까."

나는 기쁨과 부끄러움으로 얼굴을 붉히며 제안을 받아들였습니다. 그토록 오래전부터 눈으로 어루만지던 그 작은 성에 도착한 시각은 오후 4시쯤이었습니다. 풍경 속에서는 아름답게 보이던 그 집이 실제로는 수수했습니다. 집 정면에는 창문이 다섯 개 있는데, 남쪽으로 향한 정면의 양쪽 끝으로 낸 창문들은 두 개의 별채처럼 보이도록 건축상의 기교를 부려 4미터가량 앞으로 나와 있어서 저택에 우아한 멋을 주고 있습니다. 가운데의 창문은 문으로 사용하고, 그 앞에 있는 두 개의 낮은 계단을 내려오면 층을 이룬 정원이 있었는데, 이 정원은 앵드르강을 따라 나 있는 좁은 초원까지 닿아 있습니다. 출입로의 아카시아와 옻나무 들이 그림자를 드리운 정원 맨 끝의 테라스와 초원 사이에는 지방 도로가 있어서 서로 분리되어 있지만, 초원도 정원의 일부를 이루고 있는 것처럼 보입니다. 도로가 움푹 들어가 있어서 한쪽은 테라스가 침범해 있고, 다른 한쪽은 노르망디식 울타리가 가장자리를 두르고 있기 때문입니다. 잘 설계된 경사면들이 주택과 강 사이의 거리를 충분하게 벌려놓고 있어서 물이 주는 즐거움을 빼앗기지 않고도 물 가까이에 있는 위험에서 벗어날 수 있습니다. 거주 공간 밑으로는 마차고, 마구간, 창고, 부엌이 있는데, 다양하게 열려 있는 문들이 아치형을 그리고 있습니다. 지붕은 모서리가 우아한 윤곽을 그리고 있고, 가로대가 있는 이중 물매식 시설과 납으로 만든 꽃다발을 얹은 박공으로 장식되어 있습니다. 대혁명 동안 버려졌을 지붕은 남향집 지붕 위에서 자라는 납작하고 불그스름한 이끼로 인해 녹이 슬어 있었습니다. 현관 앞 낮은 층계의 유리문 위에는 종(鐘)이 하나 달려 있는데, 거기엔 여전히 블라몽 쇼브리 가문의 방패꼴 문장이 새겨져 있습니다. "4등분 된 방패는 빨간색 바탕에 종 모양을 청색과 백색으로 상하 대칭시킨 무늬를 넣은 기다란 직사각형을 중앙에 두고 양쪽에 살색 손바닥이 그려진 그림이 대각선 대칭으로 두 부분, 그리고 금색 바탕에 검은 창 두 개가 V자를 뒤집은 모양으로 끝을 맞댄 부분이 대각선 대칭으로 두 부분"이었습니다. 그리고 "누구든 보시되, 절대로 손대지는 마시오!"라고 새겨진 명구는 내게 무척 깊은 인상을 주었습니다. 빨간색의 그리폰[21] 한 마리와 용 한 마리가 황금 사슬로 묶여 있는 종의 받침대는 조각 효과가 멋지게 나타나 있었습니다. 공작의 관(冠)과 황금 열매가 달린 녹색 종려나무 한 그루로 이루

---

21) 그리스 전설에 나오는 괴물로 그리스어로는 그리포스라고 하며 그리핀으로도 불린다. 유럽 가문의 문장으로 사용되기도 하는데, 머리와 날개는 독수리, 몸통은 사자이고, 나머지 다른 신체 부분들은 다양한 모습으로 변형되기도 한다. 패기와 용기의 결합을 의미하며, 강력한 군사력과 탁월한 지도력을 상징한다.

어진 꼭대기 무늬는 대혁명 때 훼손되었습니다. 그런 황폐화는 혁명 공안위원회 서기였던 스나르가 1789년 이전에 사셰의 대법관이었다는 사실로 설명되지요.[22]

그런 배치는 꽃처럼 만들어진 그 작은 성에 기품 있는 면모를 부여해서, 마치 지상에 붙어 있지 않은 것 같은 느낌이 들게 합니다. 골짜기에서 보면 1층이 2층처럼 보이지만, 마당 쪽에서 보면 여러 개의 꽃바구니로 생기를 띤 잔디밭 옆으로 나 있는 폭넓은 모랫길과 같은 높이에 있습니다. 저택 좌우로는 포도밭, 과수원, 그리고 호두나무가 심어진 몇몇 경작 가능한 토지들이 가파른 경사를 이루고 있는데, 그 무성한 숲들이 저택을 둘러싸고 앵드르 강변까지 닿아 있습니다. 강기슭에는 나무들이 무성하게 뒤덮여 있는데, 그 푸르름은 자연 그대로의 색조를 띠고 있습니다. 나는 클로슈구르드 옆으로 나란히 난 길을 올라가면서 그토록 훌륭하게 배치된 전경에 감탄했고, 행복이 담긴 그곳의 공기를 들이마셨습니다. 그러니까 정신적 기질에도 육체적 기질처럼 전기가 통한다거나 급격한 온도 변화가 있는 것일까요? 내 가슴을 영원히 바꿔 놓을지도 모를 은밀한 사건들이 가까워지면서, 동물들이 화창한 날씨를 예감하고 즐거워하듯이 내 가슴은 두근거렸습니

---

22) 스나르(Senar)는 사셰의 대법관이 아니었지만, 1786년부터는 사셰를 관할하는 릴부샤르의 판관 역할을 자주 대행했다. 1791년에 투르에 설립된 혁명 위원회의 의장이 된 그는 공포정치의 대리인이었으며, 발자크는 생마르탱과 부르봉 공작 부인의 문제가 자주 언급된 그의 회고록을 읽었음이 확실하다.

다. 내 생애에서 아주 특별한 그날을 성대하게 축하할 수 있
는 상황들은 하나도 빠져 있지 않았습니다. 자연은 사랑하는
남자를 만나러 가는 여자처럼 예쁘게 단장했고, 내 영혼은
처음으로 자연의 목소리를 들었으며, 내 눈은 중학교 때 몽상
속에서 상상으로 그렸던 것과 똑같이 풍성하고 다채로운 자
연을 찬양했습니다. 그 몽상이 내게 미친 영향에 관해서는 당
신에게 몇 마디 서툰 말로 이미 설명했습니다. 그것은 내 삶
이 상징적으로 예언된 묵시록 같은 것이었기 때문입니다. 행
복하거나 불행한 사건은 저마다 이상한 이미지로 그 몽상에
연결되어 있는데, 오로지 영혼의 눈에만 보이는 관계입니다.
우리는 시골 경작에 필요한 건물들인 창고, 포도 압착실, 외
양간, 마구간 등으로 둘러싸인 첫 번째 마당을 가로질러 갔
습니다. 집 지키는 개가 짖는 소리를 듣고 하인이 나와 우리
를 맞았습니다. 그는 백작님은 아침에 아제로 가셨는데 곧 돌
아오실 것 같고, 백작 부인은 집에 계신다고 말했습니다. 내가
묵는 집 주인이 나를 쳐다보았습니다. 나는 그가 남편이 부
재중일 때 모르소프 부인을 만나지 않으려고 할까 봐 불안해
하고 있었지만, 그는 하인에게 우리가 온 것을 알리라고 말했
습니다. 나는 어린애 같은 갈망에 떼밀려 집을 가로지르는 긴
대기실 안으로 잽싸게 들어갔습니다.

“어서 들어오세요!” 그때 금방울 같은 목소리가 말했습니다.

모르소프 부인은 무도회에서 단 한 마디밖에 하지 않았지
만, 나는 그녀의 목소리를 알아보았습니다. 그 목소리는 내 영
혼을 뚫고 들어와, 한 줄기 햇살이 죄수의 지하 독방을 가득

채우며 금빛으로 물들이듯이 내 영혼을 가득 채웠습니다. 그녀가 내 얼굴을 기억해 낼 수 있을 것이라는 생각이 들자 도망치고 싶었지만, 때는 이미 늦은 상황이었습니다. 그녀가 문 입구에 모습을 보였고, 우리의 눈길이 서로 만났습니다. 그녀와 나, 둘 중 누구의 얼굴이 더 붉어졌는지는 모르겠습니다. 한마디도 하지 못할 만큼 어안이 벙벙해진 그녀는 하인이 안락의자 두 개를 우리 가까이에 가져다 놓자, 타피스리 직조기 앞의 자기 자리로 돌아가 앉았습니다. 그녀는 침묵의 구실을 만들기 위해 바늘을 뽑아 수(繡)의 눈을 몇 개 세더니 고개를 들고는 셰셀 씨를 향해 온화하면서도 도도한 표정으로 무슨 좋은 일이 있어서 찾아왔느냐고 물었습니다. 내가 출현한 진짜 이유를 알고 싶었을 텐데도 그녀는 우리 두 사람 어느 쪽도 쳐다보지 않았고, 줄곧 강 위에만 시선을 고정하고 있었습니다. 하지만 그녀의 듣는 태도로 보아 시각장애인들처럼 말의 극히 미세한 어조 속에서 영혼의 동요를 알아채는 듯이 보였습니다. 그리고 그것은 사실이었습니다. 셰셀 씨는 내 이름과 나에 관한 이야기를 해주었습니다. 나는 몇 달 전에 투르에 왔는데, 전쟁으로 파리가 위험해지자 부모가 나를 집으로 데려온 것이다. 투렌에서 태어났지만 투렌을 모르는 내게서 어머니는 과도한 공부로 인해 허약해진 청년을 보았고, 그래서 휴양차 프라펠로 보내졌는데, 내가 처음으로 와보는 자기 땅을 안내하다가 언덕 밑에 와서야 내가 투르에서 프라펠까지 걸어왔다는 사실을 말해 주었고, 이미 극도로 허약해진 내 건강을 걱정하던 차에 클로슈구르드에 들어와 있다는 사실을 알고 내가 쉬어 가도록 그녀가 허락하리라고 생각했다고 말했습니다. 셰셀 씨의 말은 사실이었지만, 행복한 우연이란 심하게 꾸며낸 듯이 보이는 법이어서 모르소프 부인은 얼마간의 의심을 거두지 않았습니다. 그녀가 차갑고 엄한 시선을 내게 돌렸고, 나는 알 수 없는 굴욕감 때문이기도 하지만 속눈썹에 맺힌 눈물을 감추기 위해 눈꺼풀을 내리깔았습니다. 위엄이 서린 성의 여주인은 땀이 맺힌 내 이마를 보았고, 어쩌면 눈물까지도 간파했을 터입니다. 그녀가 내게 필요할 수도 있는 것을 제안하며 위안이 되는 호의를 표현했기 때문입니다. 그래서 나도 말을 할 수 있게 되었지요. 나는 실수를 저지른 소녀처럼 얼굴을 붉히며 노인처럼 떨리는 목소리로 고맙지만 괜찮다고 대답했습니다.

"제가 바라는 건 다만," 나는 눈을 들어 그녀의 눈을 보며 대답했습니다. 그녀의 시선과 마주치는 것이 두 번째였지만 그것은 섬광처럼 빠른 순간이었습니다. "여기에서 쫓겨나지 않는 것입니다. 피로로 온몸이 마비되어 걸을 수가 없을 것 같아요."

"어찌 아름다운 우리 고장의 환대를 미심쩍어하세요?" 그녀가 내게 말했습니다. 그리고 그녀의 이웃을 향해 몸을 돌리며 덧붙였습니다. "클로슈구르드에서 저녁 식사하는 즐거움을 우리에게 주시겠지요?"

나는 나의 보호자가 그 제안을 수락할 마음이 들 만큼 간절한 기원이 작열하는 시선을 그에게 던졌습니다. 제안의 그런 형식은 거절을 바라는 것이었죠. 사교계에 익숙한 셰셀 씨가 그 말의 미묘한 차이를 구별할 수 있었던 반면, 경험이 없는 청년은 한 아름다운 여인의 말은 생각과 일치할 것이라고 굳게 믿었습니다. 그래서 나는 저녁에 돌아오는 길에 나의 집주인이 "내가 그곳에 머무른 건 당신이 그러기를 죽어라 원했기 때문이오. 하지만 당신이 일을 잘 수습하지 않는다면 나는 어쩌면 그들과 관계가 나빠질지도 몰라요."라는 말을 듣고 깜짝 놀랐습니다. "당신이 일을 잘 수습하지 않는다면"이라는 말로 인해 나는 오랫동안 몽상에 빠졌습니다. 내가 모르소프 부인의 마음에 들었다면 그녀는 자기 집에 나를 데리고 간 사람을 원망할 수는 없을 테지요. 그러므로 셰셀 씨는 내게 그녀의 관심을 끌 능력이 있다고 생각했고, 그런 생각을 했다는 건 내게 그 능력을 주는 게 아니었을까요? 이런 해석은 내게 도움이 필요했던 순간에 나의 희망을 더욱 확고하게 만들었습니다.

"어려울 것 같습니다. 셰셀 부인이 우리를 기다리고 있어요." 그가 대답했습니다.

"부인과는 날마다 같이 계시잖아요. 부인께 알려드릴 수도 있어요. 혼자 계시나요?" 백작 부인이 말했습니다.

"켈뤼스 신부님과 함께 있어요."

"잘됐네요! 우리와 함께 식사하세요." 그녀가 초인종을 울리기 위해 자리에서 일어나며 말했습니다.

이때는 셰셀 씨가 그녀를 솔직하다고 생각했고, 내게 추켜세우는 눈길을 던졌습니다. 그 지붕 아래에서 저녁 시간을 보낼 것이 확실해지는 순간부터 나는 마치 영원을 가진 것 같았습니다. 많은 불행한 존재들에게 내일은 의미 없는 단어이며, 당시의 나도 내일에 아무런 믿음도 갖지 않은 사람들 축에 속해 있었습니다. 그래서 나만의 시간이 얼마간 주어질 때면 나는 거기에 평생의 쾌락을 담곤 했지요. 모르소프 부인은 고장에 관해, 수확에 관해, 포도밭에 관해 얘기를 꺼냈지만, 내게는 생소한 내용이었습니다. 집안의 여주인으로서 그런 식의 태도는 교육을 받지 못했거나 대화 바깥으로 내친 사람에 대한 경멸을 입증하는 법이지만, 백작 부인의 경우는 당혹감 때문이었습니다. 처음에는 그녀가 나를 아이로 취급하는 척하는 것으로 생각했고, 나는 전혀 이해하지 못하는 무거운 주제들에 관하여 이웃집 여인과 이야기를 나눌 수 있는 셰셀 씨처럼 서른 살 남자들의 특권을 부러워했으며, 모든 게 그를 위한 것으로 생각하고 화가 났지만, 그로부터 몇 달 후 나는 여인의 침묵이란 얼마나 의미심장한지, 얼마나 많은 생각들로 산만한 대화를 가리고 있는지 알았습니다. 처음에 나는 안락의자에서 편안하게 쉬려고만 했다가 백작 부인의 목소리를 듣는 마법에 빠지면서 내 위치가 유리하다는 사실을 알게 되었습니다. 그녀의 영혼이 내쉬는 숨결은 플루트의 키 아래에서 소리가 나뉘듯이 굽이치는 음절들 속에서 펼쳐졌습니다. 물결치듯 귀에 닿은 숨결은 피의 흐름을 빠르게 재촉했습니다. ‘이’로 끝나는 단어를 말하는 방식은 어떤 새가 노래하고 있다는 생각이 들게 했고, 그녀가 발음하는 ‘슈’는 애무 같았으며, ‘트’를 공격하는 방식은 마음의 독재를 고발하고 있었습니다. 그녀는 그렇게 자기도 모르는 채 낱말의 의미를 넓혔고, 듣는 이의 영혼을 초인적 세계로 끌어들였습니다. 인간 목소리의 콘서트를 듣기 위해, 그녀의 입술을 빠져나오는 그녀의 영혼이 실린 공기를 들이마시기 위해, 내 가슴에 백작 부인을 꼭 껴안는 열정으로 그 말의 빛을 껴안기 위해, 내가 끝낼 수도 있었을 대화를 계속하도록 얼마나 여러 번 내버려 두었으며, 얼마나 여러 번 부당하게 꾸지람을 들었던가요! 그녀가 웃을라치면 그것은 즐거운 제비의 노랫소리요, 그녀가 슬픔을 이야기할 때는 여자 친구들을 부르는 백조의 음성이 아니었을지요! 백작 부인의 방심 덕택에 나는 그녀를 관찰할 수 있었습니다. 내 눈길은 말하고 있는 아름다운 여인의 몸 위를 미끄러지며 즐거움을 만끽하고 있었고, 그녀의 허리를 껴안기도 하고, 그녀의 두 발에 입을 맞추었으며, 그녀의 곱슬한 머릿결 속에서 놀았습니다. 그런데도 나는 공포에 사로잡혀 있었습니다. 그것은 살아가면서 진정한 정열의 무한한 기쁨을 느낀 사람들이라면 이해할 수 있을 터입니다. 내가 그렇게도 열렬히 입을 맞추었던 그녀의 어깨에 내 눈길이 묶여 있음을 그녀가 불시에 알아채지나 않을까 두려웠습니다. 그런 두려움은 유혹을 더욱 자극했고, 나는 거기에 굴복해 그녀의 어깨를 마냥 바라보고 있었지요! 내 눈은 옷감을 뚫고 그녀의 등을 양분하는 아름다운 선의 시작을 나타내는 작은 점을 다시 보았습니다. 우유 속에 빠진 파리 같은 그 점은 무도회 이후 밤이 되면 언제나 어둠 속에서 타오르고 있었습니다. 어둠 속에서는 상상력이 뜨겁게 불타고 삶은 순결한 젊은이들의 잠이 넘쳐흐르는 것 같잖아요.

나는 어디에서나 눈길을 끌었을 백작 부인의 주요한 특징들을 당신께 간략하게 묘사할 수 있습니다. 하지만 지극히 정확한 데생, 가장 따뜻한 색깔로는 전혀 표현할 수 없을 것 같아요. 그녀의 얼굴은 비슷하게라도 그릴 수 있는 화가를 찾기가 불가능한 그런 얼굴 가운데 하나입니다. 내면의 불길이 반영된 모습을 그릴 줄 알고, 과학이 부인하고 말로도 옮기지 못하지만 연인의 눈에는 보이는 그 빛나는 기운을 표현할 수 있는 손을 가진 화가여야 합니다. 그녀의 가느다란 회색빛 머리카락은 그녀에게 자주 고통을 주었는데, 그 고통은 혈액이 머리 쪽으로 갑자기 몰리는 데 원인이 있는 것 같았습니다. 모나리자처럼 튀어나온 그녀의 둥근 이마는 표현하지 못한 생각들과 품고 있는 감정들, 쓰디쓴 물속에 잠긴 꽃들로 가득 차 있는 것 같았습니다. 갈색 점들이 뿌려진 초록빛 감도는 그녀의 눈은 대체로 생기가 없었지만, 그녀의 아이들에 관한 문제일 때, 체념한 여인들의 삶에서는 드문 기쁨이나 고통을 생생하게 표출하지 못할 때, 그녀의 눈은 생명의 근원에서 불타올라 그 근원을 고갈시켜 버리고 말 것처럼 날카로운 광채를 발했습니다. 그 번득임은 그녀가 내게 엄청난 경멸을 퍼부을 때 내게서 눈물을 뽑아냈고, 아무리 대담한 사람이라도 눈을 아래로 떨구게 하기에 충분했습니다. 페이디아스[23]가 조각한 듯한 그리스형 코는 두 개의 아치로 우아하게 굽이치는 입술에 모아져 달걀형 얼굴에 정신성을 부여했고, 하얀 동백꽃 직물에 비할 만한 얼굴빛은 두 뺨이 예쁜 장밋빛 톤으로 붉게 물

---

23) 기원전 480년경~430년. 고대 그리스의 조각가로서 파르테논 신전의 조각상들을 제작하는 데 주도적 역할을 했을 것으로 추정된다. 아테네 전성기였던 페리클레스 시대의 대표적 조각가로 알려져 있다.

들어 있었습니다. 그녀는 통통했지만 키가 커서 그 우아함을 잃지 않았고, 큰 체격의 몸매를 아름답게 유지하는 데 필요한 살도 적당히 올라 있었습니다. 나를 사로잡았던 눈부신 보물인 어깨가 팔뚝과 연결되어도 주름이 하나도 잡히지 않는 것처럼 보인다는 사실을 안다면 당신도 그런 종류의 완벽함을 곧바로 이해할 것입니다. 그녀의 머리 아랫부분에도 움푹 팬 곳이 없습니다. 어떤 여자들은 그로 인해 목덜미가 흡사 나뭇가지처럼 보이지요. 그녀의 근육어는 줄 모양이 전혀 드러나 있지 않고 어느 부분이든 선이 동그랗게 구불구불한 굴곡을 이루고 있어서 시선이 따라가기도 어렵고 붓으로 그리기도 난감합니다. 보송보송한 솜털은 두 뺨을 타고 내려오다가 목의 평평한 부분에서 사라지면서 빛을 머금으니 마치 비단처럼 보였습니다. 예쁜 모양의 작은 두 귀는 그녀의 표현에 따르면 노예의 귀이며 어머니의 귀였습니다. 훗날 내가 그녀의 마음속에 자리 잡았을 때 그녀는 "모르소프 씨가 돌아오셨어요!"라고 말하곤 했는데 틀림이 없었습니다. 나는 그때까지 아무 소리도 듣지 못했거든요. 멀리서 나는 소리도 들을 만큼 청각이 뛰어난 나였는데도 말이에요. 그녀의 팔은 아름답고, 손가락 끝이 살짝 굽은 손은 길었는데, 고대의 조각상처럼 가느다란 줄무늬들을 가진 손톱 밑으로 살이 나와 있었습니다. 둥근 허리보다 평평한 허리가 더 좋다고 한다면 당신은 기분이 좋지 않겠지요. 당신이 예외가 아니라던 말입니다. 둥근 허리는 힘이 있다는 표시지만, 그런 체구를 가진 여자들은 오만하고 고집불통이며, 부드럽기보다는 관능적입니다. 반대로 평평한 허리를 가진 여자들은 헌신적이고 섬세함이 가득하며 우울해지기 쉽고 다른 여자들보다 더 여성적입니다. 평평한 허리는 유연하고 연약한데, 둥근 허리는 잘 휘어지지 않고 질투심이 강합니다. 당신은 이제 그녀가 어떻게 생겼는지 알게 됐습니다. 그녀의 발은 품위 있는 여인의 발로서 걸을 일이 거의 없어서 쉽게 피로해지고 옷자락 바깥으로 살짝 빠져나올 땐 눈을 즐겁게 해줍니다. 그녀는 두 아이의 어머니였는데도 나는 그녀보다 더 소녀 같은 여자를 만나본 적이 한 번도 없습니다. 그녀의 모습에서는 어떤 타고난 천진난만함이 풍겼는데, 거기에는 알 수 없는 어떤 금지된 것과 꿈꾸는 것이 더해져서 나를 그녀에게 끌어들이고 있었습니다. 마치 화가가 감정의 세계를 자기 고유의 재능으로 옮겨 놓은 인물에게로 우리를 끌어들이는 것처럼요. 게다가 눈에 보이는 그녀의 특징은 오직 비유를 통해서만 표현될 수 있습니다. 우리가 디오다티 별장[24]에서 돌아오는 길에 꺾었던 히스꽃의 순결한 야생의 향기를 떠올려 보세요. 당신은 그 꽃의 검은색과 분홍색을 무척 찬양했었지요. 그러면 짐작이 갈 겁니다. 세상에서 멀리 있는 이 여인이 어떻게 그렇게 우아할 수 있으며, 표정은 꾸밈이 없고, 자기 것이 된 것들에 세심하게 주의를 기울이며, 검은색이면서 동시에 분홍색일 수 있는지 말이에요. 그녀의 몸은 갓 피어난 나뭇잎들 사이에서 우리가 찬탄해 마지않는 생명력을 지

---

24) 바이런 경이 살았던 제네바 호숫가의 별장. 발자크는 1832년에 카스트리 공작 부인과 함께, 1834년에는 한스카 부인과 함께 이곳을 찾았다.

넀고, 그녀의 정신에는 야생인의 심오한 간결성이 있었습니다. 그녀는 감수성은 어린아이였고, 고통으로 인해 엄숙했으며, 성의 안주인이자, 아가씨처럼 아직 젊고 예뻤습니다. 그래서 그녀는 자리에 앉거나 일어나는 몸가짐도, 침묵하거나 한마디를 툭 던지는 방식도 꾸밈없이 사랑스러웠습니다. 모든 사람의 안전을 책임지고 불행을 감시하는 파수꾼처럼 평소에는 정신을 가다듬고 주의 깊은 그녀에게서도 가끔은 미소가 새어나왔습니다. 그것은 그녀의 생활이 요구하는 품행 아래에 묻혀 있던 잘 웃는 천성이 드러나는 것이었습니다. 그녀의 애교는 신비로워서, 여자들이 던지는 추파라는 생각이 드는 게 아니라 꿈을 꾸게 했으며, 생생한 불꽃을 가진 그녀 제1의 천성을, 그녀가 처음에 품었던 푸른 꿈들을 엿볼 수 있게 했습니다. 마치구름이 잠시 걷힐 때 하늘을 보는 것 같았어요. 본의 아니게 드러난 그런 사실은 욕망의 불길로 말라버린 마음속의 눈물을 느끼지 못하는 사람들을 생각에 잠기게 했습니다. 그녀는 동작이 거의 없고, 특히 눈길을 거의 주지 않아서(그녀의 아이들을 제외하고는 아무도 쳐다보지 않았어요.) 그녀의 말과 행동에는 믿을 수 없을 만큼 위엄이 서려 있었습니다. 그것은 여자들이 어떤 고백으로 자기들의 품위를 손상하는 순간에 취할 수 있는 그런 태도였습니다. 그날 모르소프 부인은 줄무늬가 많이 있는 분홍색 드레스를 입고, 단이 넓은 목 주름장식과 검은 허리띠에 검은 편상화를 신고 있었습니다. 그녀의 머리 위로 격식 없이 감아올린 머리칼에는 조개껍데기로 된 장식용 빗이 꽂혀 있었습니다. 이상이 불완전하지만 내가 약속했던 그녀의 스케치입니다. 그러나 가족을 향해 끊임없이 발산하는 그녀의 영혼은 태양이 빛을 발산하듯 아낌없이 퍼주는 가족 부양의 정수였습니다. 그러나 그녀 내면의 본성, 맑을 때의 태도와 흐릴 때의 체념 등 성격이 드러나는 삶의 그 모든 소용돌이는 날씨의 작용처럼 예기치 않은 순간적 상황들로 인한 것입니다. 배경은 비슷하지만 제각각 다르게 드러나는 그 상황들에 대한 묘사는 이 이야기의 사건들과 필연적으로 섞이게 될 것입니다. 비극이 대중의 눈에 위대하게 보이는 것처럼 이것은 학자의 눈에 위대하게 보이는 진정한 가정적 서사시로서 당신은 이 이야기에서 눈을 떼지 못할 것입니다. 그것은 내가 관계한 부분 때문이기도 하지만 수많은 여인의 운명과 흡사하기 때문입니다.

클로슈구르드의 모든 것은 진정한 영국적 청결함의 특징을 지니고 있었습니다. 백작 부인이 머무르는 살롱은 전체가 나무 내장이었으며, 회색이 두 가지 농담(濃淡)으로 칠해져 있었습니다. 벽난로의 장식으로는 위에 트로피가 달린 마호가니 통나무 속에 추시계가 들어 있었고, 금빛 망사 무늬의 커다란 백자 꽃병 두 개가 있었습니다. 꽃병에는 아프리카 희망봉의 히스꽃들이 꽂혀 있었습니다. 램프 하나가 콘솔 위에 있었고, 벽난로 앞에는 트릭트랙 주사위 놀이판이 있었습니다. 술장식이 없는 흰색 퍼케일 면 커튼은 넓은 무명 끈 두 개에 묶여 있었습니다. 초록색 장식 줄로 가장자리를 두른 회색 덮개들이 의자에 씌워져 있었는데, 백작 부인의 베틀 위로 늘어뜨려진 타피스리는 그녀의 가구가 그렇게 감춰진 이유를 충분히 설명해 주고 있었습니다. 그 간결함은 위대함에 닿아 있었습니다. 그 후 내가 본 집들 가운데 어느 집도 클로슈구르드의 그 살롱에서 내가 사로잡혔던 것만큼 풍요롭고 충만한 느낌을 주지 못했습니다. 백작 부인의 삶처럼 조용하고 묵상에 잠긴 그 살롱에서 그녀가 하는 일은 수도원처럼 규칙적일 거라는 짐작이 들었습니다. 내 사상의 대부분은, 과학과 정치의 지극히 과감한 사상까지도 꽃에서 향기가 발산되듯이 그곳에서 태어났습니다. 그곳은 미지의 식물이 초록빛으로 물들이고 있어서 내 영혼이 많은 열매를 맺을 수 있도록 꽃가루를 뿌려주었고, 그곳에 빛나는 뜨거운 태양은 내 좋은 자질은 북돋우고 나쁜 자질은 말라버리게 해주었습니다. 창밖으로는 퐁드뤼앙 마을이 펼쳐진 언덕에서부터 아제 성까지 이르는 골짜기가 한눈에 들어왔고, 반대편 언덕의 굴곡을 다라 프라펠의 탑들, 그리고 사셰 읍의 성당과 마을, 봉건시대 영주의 낡은 성이 초원을 굽어보고 있었습니다. 그곳은 가족이 주는 사랑 말고는 다른 감정이 없는 안정된 삶과 조화를 이루며 영혼에 평온함을 주고 있었습니다. 내가 만약 무도회 드레스를 입은 그녀의 눈부신 모습을 보지 않고 그곳에서 백작과 두 아이 사이에 있는 그녀를 처음으로 만났다면, 내 사랑의 미래를 망치리라고 생각하며 후회했던 그 미친 듯한 키스를 그녀에게서 빼앗지 않았을 것입니다. 차라리 불행이 나를 가둔 어두운 상황에서 나는 무릎을 꿇고 그녀의 편상화에 입을 맞추며 거기에 눈물 몇 방울을 떨구고 앵드르강에 몸을 던지러 갔을 것입니다. 그러나 이미 신선한 재스민 같은 그녀의 살결을 건드렸고 사랑이 가득한 컵으로 우유를 마신 나는 영혼 속에 초인적 쾌락의 욕구와 희망을 지니고 있었습니다. 나는 살고 싶었고, 야생인이 복수의 시간을 엿보듯 기쁨의 시간을 기다리고 싶었습니다. 나는 나무에 매달리고 싶었고, 포도밭을 기고 싶었으며, 앵드르강 속에 숨고 싶었습니다. 이미 베어 문 맛있는 사과를 다 먹기 위해 밤의 정적과 삶의 권태, 태양의 열기를 공범으로 만들고 싶었습니다. 설령 그녀가 노래하는 꽃[25]이나 학살자 모건[26] 일당이 묻어둔 보물을 요구했다 하더라도 나는 확실한 보물과 말 못 하는 꽃을 얻기 위해 그것을 갖다 바쳤을 것입니다! 나의 우상을 오랫동안 응시하면서 몽상에 빠져 있던 나는 하인이 들어와 백작에 관해 그녀에게 말하는 소리를 듣고 깨어났습니다. 나는 그때에야 비로소 아내에게는 남편이 있다는 당연한 사실을 생각했습니다. 나는 그 생각으로 현기증이 났습니다. 그리고 이내 그 보물의 소유자를 보고 싶다는 분노의 음울한 호기심이 일었습니다. 나는 두 감정에 사로잡혔습니다. 증오와 두려움. 그것은 거칠 것이 하나도 없고 무엇이든 무서움 없이 달려드는 증오와, 싸움에 대해, 그 결과에 대해, 특히 '그녀'에 대해 막연하지만 현실적인 두려움이었습니다. 말로 표현할 수 없는 예감에 사로잡힌 나는 그 굴욕적인 악수가 싫었습니다. 나는 이미 아무리 거친 의지들이라도

---

25) 맨드레이크. 사람의 형상을 닮은 약용 식물로서 땅에서 뽑아내면 신음한다고 하는 마법의 식물이다.
26) 17세기의 유명한 영국 해적으로, 발자크는 『13인당 이야기』의 서문에서 '해적들의 아킬레우스'라고도 불렀다.

충돌하면 약해지고 마는 탄력적인 어려움들을 어렴풋이 느끼
고 있었습니다. 나는 정열적인 영혼들이 찾아 헤매는 해결책
들을 오늘날 사회생활에서 빼앗아 가는 그 타성의 힘이 두려
웠습니다.

"모르소프 씨입니다." 그녀가 말했습니다.

나는 겁먹은 말처럼 벌떡 일어났습니다. 그 동작을 셰셀 씨
와 백작 부인이 놓치지 않고 보았지만, 그런 무언의 관찰은 내
게는 아무것도 아니었습니다. 여섯 살쯤 되어 보이는 소녀가
"아버지가 오셨네요."라고 말하면서 들어와 분위기를 바꾸었
기 때문입니다.

"왔니, 마들렌?" 소녀의 어머니가 말했습니다.

셰셀 씨가 손을 내밀자, 아이도 손을 내밀었습니다. 그리고
내게 놀라움에 찬 작은 인사를 보내고는 나를 뚫어지게 쳐다
보았습니다.

"따님 건강에 대해서는 흡족하신가요?" 셰셀 씨가 백작 부
인에게 말했습니다.

"좋아졌어요." 벌써 그녀의 허리께로 몸을 바짝 붙인 딸의
머리를 쓰다듬으며 그녀가 대답했습니다.

나는 셰셀 씨의 질문으로 마들렌이 아홉 살이라는 걸 알았
습니다. 나는 잘못 알았다며 약간의 놀라움을 나타냈고, 그런
나의 놀람은 어머니의 표정을 어둡게 했습니다. 내 소개자는
의미심장한 눈길을 내게 보냈습니다. 사교계 사람들은 그런
식의 눈길들로 우리에게 제2의 교육을 합니다. 그곳에는 분명
어머니의 상처가 있을 터인데, 그 보호 장치는 존중되었어야

했습니다. 생기 없는 눈과 희미한 빛을 받은 도자기처럼 하얀 피부를 가진 허약한 아이 마들렌은 도시 환경에서는 아마 생존하기 어려울 것 같았습니다. 알을 품듯 그녀를 품은 시골의 공기와 어머니의 보살핌이 타국의 혹독한 기후에도 불구하고 온실로 옮겨진 식물처럼 연약한 그 몸 안에 생명을 유지해 주고 있었습니다. 마들렌은 어머니를 전혀 닮지 않았지만 어머니의 영혼을 가진 듯 보였고, 그 영혼이 그녀를 지탱하고 있었습니다. 숱이 없는 검은 머리칼, 움푹 들어간 눈, 홀쭉한 뺨, 야윈 팔과 좁은 가슴은 삶과 죽음 간의 다툼, 그때까지는 백작 부인이 승리한 중단 없는 결투를 말해 주고 있었습니다. 마들렌은 일부러 활발한 척했는데, 그것은 아마도 어머니에게 슬픔을 주지 않으려고 그러는 것 같았습니다. 아무도 자기를 보고 있지 않을 때면 수양버들처럼 축 늘어져 있었기 때문입니다. 당신이 보았다면 자기 나라에서 떠나와 구걸하며 굶주림의 고통으로 기진맥진하지만, 구경꾼들을 위해 용기를 내어 짐짓 가장하는 보헤미아 소녀 같다고 했을 것입니다.

"자크는 어디 두고 왔어?" 까마귀 날개처럼 두 갈래로 가지런히 나뉜 머리칼 사이의 하얀 가르마에 입을 맞추며 어머니가 물었습니다.

"아버지랑 같이 와요."

그때 백작이 아들의 손을 잡고 들어왔습니다. 제 누이를 그대로 옮겨 놓은 듯한 자크에게서도 똑같이 허약한 징후가 보였습니다. 그토록 빼어나게 아름다운 어머니 옆에 있는 허약한 두 아이를 보니 백작 부인의 관자놀이를 적시는 슬픔의 근원을 짐작하지 않을 수 없었습니다. 그것은 생각을 말하지 못하게 하는 슬픔이었습니다. 그런 생각들을 털어놓을 대상은 신밖에 없지만, 이마에는 끔찍한 자국을 남기는 법입니다. 모르소프 씨는 내게 인사하며 관찰하기보다는 경계하는 사람의 어설프게 불안한 눈길을 던졌습니다. 그런 경계는 분석에 익숙하지 않기 때문에 생깁니다. 그의 아내는 그에게 상황을 설명하고 내 이름을 말해 준 뒤 자기 자리를 내어주고 나갔습니다. 어머니의 눈에서 자기들의 빛을 끌어내리려는 듯 그녀의 눈만 바라보던 아이들이 그녀와 함께 가려고 했으나 그녀는 "그대로 있어요, 사랑하는 천사들!"이라고 말하며 손가락을 입술에 갖다 댔습니다. 아이들은 복종했지만, 시선은 흐려졌습니다. 아! '사랑하는'이라는 말을 들을 수만 있다면 하지 못할 일이 어디 있을까요? 그녀가 자리에 없자 나도 아이들처럼 덜 따뜻했습니다. 내 이름은 나에 대한 백작의 태도를 변하게 했습니다. 쌀쌀하고 거만했던 그가 다정하기까지는 아니라도 적어도 정중하고 상냥하게 바뀌어 경의를 표했고, 나를 맞아서 기쁜 듯 보였습니다. 옛날에 나의 아버지는 국왕들을 위해 헌신하며 중대하지만 은밀하고, 위험하지만 실효를 거둘 수도 있었던 역할을 했습니다. 일이 절정에 달했을 때 나폴레옹의 대두로 만사가 틀어져 버렸고, 은밀한 음모자들이 흔히 그러듯이 아버지는 힘들고 부당한 비난을 받으며 시골과 사생활의 안온함 속에 은신하고 말았습니다. 그것은 이판사판으로 뛰다가 정치라는 기계의 축으로 사용된 뒤 궤멸하고 마는 사람들의 피할 수 없는 대가였습니다. 나는 우리 가문의 지위도, 선조들도, 미래에 대해서도 전혀 알지 못했고, 모르소프 백작이 기억하는 그 패배한 운명의 자초지종도 역시 몰랐습니다. 그러나 백작은 오래된 이름을 한 사람의 가장 고귀한 특질로 여겼기 때문에, 그것으로 나를 당황하게 만든 그 접대가 설명될 수 있었지만, 그 진정한 이유는 나중에야 알았습니다. 어쨌든 당장은 그 갑작스러운 변화로 인해 나는 편안해졌습니다. 두 아이가 우리 세 사람의 대화가 다시 시작되는 것을 보았을 때, 마들렌은 아버지의 손에서 머리를 빼고 열린 문을 보더니 뱀장어처럼 밖으로 빠져나갔고, 자크도 그 뒤를 따라갔습니다. 둘 다 어머니에게 다시 간 것이지요. 그들의 목소리와 움직이는 소리가 들려왔기 때문입니다. 멀리서 들으니, 그것은 사랑하는 벌집 주위에서 꿀벌들이 윙윙거리는 소리와 흡사했습니다.

나는 백작을 바라보면서 그의 성격을 간파해 보려고 했지만, 몇몇 주요한 특징들에만 관심을 두다 보니 생김새의 피상적 관찰에 머무를 수밖에 없었습니다. 그는 고작 마흔다섯 살의 나이였지만, 60대에 가까워 보였습니다. 18세기를 끝냈던 거대한 파멸 속에서 급속하게 늙어버린 것입니다. 머리카락이 없는 그의 뒷머리를 수도사처럼 둘러싼 반원형 머리털이 검은색이 섞인 회색 털 뭉치를 이루어 양쪽 관자놀이를 스쳐 귀에서 끝나 있었습니다. 그의 얼굴은 콧등에 피가 묻은 하얀 늑대의 얼굴과 약간 비슷했습니다. 생명의 근본이 변질되어 위장이 약해지고 오랜 병으로 기질이 나빠진 사람의 코처럼 코가 빨갛게 물들어 있었기 때문입니다. 그의 평평한 이마는 뾰

족한 얼굴 하관에 비해 너무 넓었고, 가로로 불규칙한 주름이 잡혀 있어서 정신의 피로가 아니라 야외의 생활 습관을, 끊임 없는 역경을 극복하기 위해 쏟는 노력이 아니라 그 역경의 무 게를 말해 주고 있었습니다. 창백한 색조를 띤 얼굴빛 중앙에 돌출된 갈색의 광대뼈는 그에게 장수를 보장해 줄 만큼 충분 히 강한 골격을 나타냈고, 노랗고 거친 그의 맑은 눈은 겨울 의 햇살처럼 열기 없는 빛을 드리우고 있었습니다. 생각 없이 불안하고 대상 없이 의심하는 눈이었지요. 그의 입은 난폭하 고 거만했으며, 턱은 곧고 길었습니다. 야위고 키가 큰 그는 관 례의 가치에 기대어 권리상으로는 타인의 위에, 실제로는 타 인의 밑에 있음을 스스로 아는 신사의 태도를 지니고 있었습 니다. 되는대로 살아가는 시골 생활로 인해 그는 외관을 소홀 히 했습니다. 그의 복장은 농부들도 이웃들도 그의 영지 자산 말고는 아무것도 고려하지 않는 시골 사람의 복장이었습니다. 까무잡잡하고 긴장한 그의 손은 말을 탈 때나 일요일에 미사 에 갈 때만 장갑을 낀다는 사실을 입증하고 있었습니다. 그의 신발은 더러웠습니다. 10년간의 망명 생활과 10년간의 농부 생활이 그의 용모에 영향을 주긴 했지만, 귀족의 흔적은 남아 있었습니다. 가장 증오에 찬 자유주의자(당시에는 아직 만들어 지지 않은 단어였지만)라면 그에게서 기사의 충성심과 《라코티 디엔》지[27]의 열혈 독자가 지닌 불후의 신념을 쉽게 간파해 냈

---

27) 프랑스 대혁명 세력과 맞서기 위해 1792년에 창간된 과격 왕당파 신문 이다.

을 것입니다. 그는 자신의 대의명분에 열정적이고, 정치적 반감은 솔직하게 표현하며, 자기 당에 개인적으로 봉사할 수 없어서 당을 잃을 가능성이 매우 높고, 프랑스 사정에 대해서는 아는 바가 없는 그 신앙인을 우러러보았을 것입니다. 백작은 사실 어떤 일에도 협조하지 않고, 무엇이든 악착같이 차단하며, 자기에게 할당된 자리에서 무기를 들고 기꺼이 죽지만, 자기 돈을 내놓기 전에 목숨을 내놓을 만큼 인색한 그런 우파 사람들 가운데 한 사람이었습니다. 저녁 식사를 하는 동안 나는 그의 움푹 꺼져 생기를 잃은 두 뺨에서, 그리고 아이들에게 슬쩍슬쩍 던지는 그의 눈길에서 성가신 사념들의 흔적을 보았습니다. 그 사념들의 고통은 표면에서 사라지곤 했지요. 그를 본다면 그걸 이해하지 못할 사람이 있을까요? 자기 아이들에게 운명적으로 생명력 없는 몸을 물려준 그를 비난하지 않을 사람이 누가 있겠습니까? 그가 스스로 자신을 단죄하긴 했지만, 다른 사람들이 자기를 심판할 권리는 부정했습니다. 스스로 잘못을 알지만, 저울에 단 고통의 총량을 보상할 만큼 위대함이나 매력이 없는 권력처럼 씁쓸한 그의 내면생활은 괴팍한 성격과 끊임없이 불안한 눈으로 인해 거칠어졌을 것입니다. 그리하여 양쪽 옆구리에 매달린 두 아이를 데리고 그의 아내가 돌아왔을 때, 나는 불행의 낌새를 느꼈습니다. 그것은 마치 지하실의 둥근 천장 위를 걸을 때 발이 어느 정도 깊이를 의식하는 것과 같은 느낌이었죠. 그 네 사람이 모인 것을 보고 내 눈길에 그들을 담아 한 사람씩 그들의 용모와 각각의 태도를 관찰하자, 어떤 아름다운 일출 후의 예쁜 풍경을 회색

보슬비가 흐리게 하는 것처럼 우수에 젖은 생각들이 내 마음에 떨어졌습니다. 대화의 주제가 바닥나자. 백작은 셰셀 씨는 아랑곳하지 않고 나를 다시 등장시켜 나도 모르는 우리 가문의 이야기 몇 가지를 자기 아내에게 들려주었습니다. 그가 내게 나이를 물었습니다. 내가 나이를 말하자 백작 부인은 그녀의 딸에게 내가 보였던 놀라움을 내게 돌려주었습니다. 아마도 그녀는 내가 열네 살로 보였던가 봅니다. 나중에 안 사실이지만 그것은 그녀를 내게 아주 강하게 묶어준 두 번째 끈이었습니다. 나는 그녀의 영혼 속을 읽었습니다. 희망이 그녀에게 던져준 때늦은 햇살로 환해진 그녀의 모성애가 떨고 있었습니다. 스무 살이 지난 내가 그렇게 허약하고 무른데도 원기 왕성한 것을 본 그녀에게 "내 아이들도 살 것이다!"라고 어떤 목소리가 외친 것 같았습니다. 그녀는 호기심에 찬 눈으로 나를 바라보았고, 그 순간 우리 사이에 있던 많은 얼음이 녹아내리는 것을 느꼈습니다. 그녀는 내게 묻고 싶은 것이 많아 보였고, 그것들을 모조리 간직해 두었습니다.

"공부 때문에 건강이 나빠지셨더라도 우리 골짜기의 공기가 낫게 해드릴 거예요." 그녀가 말했습니다.

"현대 교육은 아이들에게 치명적입니다. 아이들에게 수학을 욱여넣고 과학으로 때려죽여서 때가 되기도 전에 못쓰게 만들어버립니다." 백작이 다시 말했습니다. "당신은 이곳에서 휴양해야 합니다. 당신은 당신에게 굴러떨어진 관념의 눈사태 아래에 깔려 버렸어요. 공공 교육을 종교 단체에 맡겨서 악을 예방하지 않는다면, 이 망할 시대는 모든 사람에게 영향을 끼치는 그런 교육을 우리에게 부과할 겁니다!” 그가 내게 말했습니다.

그 말을 들으니, 그가 언젠가 선거에서 왕당파를 위해 일할 만한 재능을 가진 사람에게 투표하기를 거부하면서 했던 말을 충분히 이해할 수 있었습니다. 그는 선거 운동원에게 “나는 재기발랄한 사람들을 언제나 경계할 것입니다.”라고 대답했답니다. 그는 우리에게 정원을 한 바퀴 돌자고 제안하면서 자리에서 일어났습니다.

“백작님…….” 백작 부인이 그에게 말했습니다.

“또 뭐요! 여보……?” 그가 대답하며 거만하고 거칠게 몸을 돌렸습니다. 그 태도는 자기 집에서 절대자이기를 원하지만, 사실은 그렇지 못하다는 사실을 드러내고 말았습니다.

“이분은 투르에서 걸어오셨어요. 셰셀 씨도 그걸 모르고 프라펠을 안내하셨답니다.”

“무모한 일을 했군요. 아무리 젊은 나이라도 말이오……!” 그가 내게 말했습니다. 그리고 유감의 표시로 머리를 흔들었습니다.

대화가 다시 시작되었습니다. 나는 그의 왕정주의가 얼마나 집요한지, 그의 물 안에서 충돌 없이 지내려면 얼마나 신중해야 하는지를 이내 알았습니다. 신속하게 가문의 제복으로 갈아입은 하인이 저녁 식사를 알렸습니다. 셰셀 씨는 모르소프 부인에게 팔을 내주었고, 백작은 유쾌하게 내 팔을 잡고 식당으로 갔습니다. 식당은 1층의 공간 구성상 살롱과 짝을 이루고 있었습니다.

식당은 투렌 산 하얀 타일이 깔려 있었고, 벽은 가슴 높이까지 목재를 대고 꽃과 열매로 가장자리를 둘러싼 커다란 널빤지 모양으로 니스 칠을 한 벽지가 발라져 있었습니다. 창문들에는 빨간 선(縇)으로 장식을 넣은 무명 커튼이 있었습니다. 찬장은 불[28]의 오래된 가구였으며, 수제 타피스리를 갖춘 의자들의 나무는 조각을 새겨 넣은 떡갈나무였습니다. 풍성하게 차려진 식탁에는 사치스러운 것은 전혀 없었습니다. 모양이 제각기 다른 가문의 은그릇, 그때는 아직 재유행하지 않았던 작센의 사기그릇, 팔각형 물병들, 손잡이가 마노로 된 나이프, 그리고 병들 밑에는 중국의 칠기도 된 원형 받침들이 있었습니다. 그러나 니스 칠을 한 금빛 양동이들 안에 담긴 꽃들은 늑대 이빨 모양으로 들쭉날쭉했습니다. 나는 그 옛것들이 좋았고, 레베이옹[29] 벽지와 꽃들로 장식된 벽지의 테두리가 아름답다고 생각했습니다. 나의 모든 돛을 부풀린 만족감으로 인해 나는 그녀와 나 사이에 놓인 해결할 수 없는 어려움들을 보지 못했습니다. 그것은 고독과 시골이 매우 긴밀하게 결합한 생활 때문이었습니다. 나는 그녀의 오른쪽 곁에서 그녀에게 마실 것을 따라 주었습니다. 그래요, 뜻밖의 행복이었지요! 나는 그녀의 옷깃을 스쳤고, 그녀의 빵을 먹었습니다. 3시간 후에는 내 생명이 그녀의 생명과 섞였습니다! 마침내 우리는 그 엄청난 키스로, 우리 서로에게 수치심을 일으

---

28) 불(Boulle)은 17세기 프랑스의 유명한 가구 제조인이다. 조개껍데기와 구리를 박은 목제 가구를 만드는 데 탁월했다고 한다.

29) 벽지 회사 이름이다. 1789년에 제작이 중단되었다.

킨 일종의 비밀을 통해 연결되었습니다. 나는 비겁한 영광을 지닌 사람이었습니다. 나는 백작의 마음에 들려고 애썼고, 그는 나의 모든 아첨에 넘어갔습니다. 나는 개라도 애무했을 것이고, 아이들의 아주 작은 요구에도 아양을 떨었을 것입니다. 아이들에게 굴렁쇠도, 마노 구슬도 갖다주었을 것이고, 말도 되어주었을 것입니다. 나는 아이들이 나를 자기들 물건처럼 빨리 독점하지 않는 것이 원망스러웠습니다. 천재에게 직관이 있듯이 사랑에도 직관이 있는 법이어서 나는 맹렬함이, 침울함이, 반감이 내 희망을 파괴할 것이라는 사실을 막연히 알고 있었습니다. 저녁 식사는 내 마음의 완전한 기쁨으로 끝났습니다. 그녀의 집에 있는 동안 나는 그녀의 실제적인 차가움도, 백작의 공손함에 가려진 무관심도 생각할 수 없었습니다. 사랑에도 인생처럼 사춘기가 있어서 그 시기에는 자급자족하는 법입니다. 나는 열정의 은밀한 동요에 따르기 마련인 어색한 대답을 몇 번 했지만, 아무도, 그녀조차도 눈치채지는 못했습니다. 그녀는 사랑에 관해 무지했으니까요. 남은 시간은 꿈만 같았습니다. 그 아름다운 꿈은 따뜻하고 향기로운 저녁, 달빛을 받으며 초원과 강변과 언덕들을 장식하는 하얀 환상들 속에서 앵드르강을 건널 때 깨졌습니다. 그것은 학명을 모르는 청개구리 한 마리가 우수에 찬 단 하나의 음으로 일정한 간격을 두고 끊임없이 부르는 맑은 노래가 들려왔기 때문입니다. 그러나 그 엄숙한 날 이후로 나는 한없는 희열 없이는 그 노래에 귀를 기울이지 않습니다. 잠시 후 나는 예전에 그랬듯이 그곳에서도 목석같은 불감증을 인지했습니다. 그때까지 내 감정은 그 불감증으로 인해 무뎌져 있었습니다. 나는 그것이 항상 그런 것인지 생각하며 내가 어떤 치명적 영향을 받고 있다고 믿었습니다. 과거의 불길한 사건들이 내가 맛보았던 순전히 개인적인 기쁨들과 더불어 발버둥 치고 있었습니다. 프라펠로 돌아오기 전에 클로슈구르드를 바라보니, 아래쪽에 투렌 지방에서 '투'라고 불리는 배 한 척이 물푸레나무에 매여 강물에 흔들리고 있는 것이 보였습니다. 그 '투'는 모르소프 씨의 소유로 낚시에 이용되는 배였습니다. 누군가에게 들릴 위험이 없어지자 셰셀 씨가 내게 말했습니다.

"자! 당신의 아름다운 어깨를 다시 보았는지 물어볼 필요도 없군요. 모르소프 씨가 당신에게 베푼 환대를 축하해야겠어요! 놀랍게도 당신은 단번에 그곳 심장부에 닿았어요."

내가 당신에게 이야기해 준 말끝에 나온 이 말은 무너진 내 마음을 다시 일으켜 주었습니다. 나는 클로슈구르드를 떠난 후 한마디도 하지 않았는데, 셰셀 씨는 내 침묵이 행복감 때문이라고 생각했습니다.

"어떻게요?" 나는 빈정거리는 투로 대답했는데, 그것은 안에 담긴 정열을 그대로 드러내는 것처럼 보일 수도 있었습니다.

"누가 됐든 그가 그렇게 환대한 적이 없어요."

"고백하자면 저 자신도 그 환대에 놀랐습니다." 그의 마지막 말이 내게 드러낸 쓸쓸한 마음을 감지한 내가 그에게 말했습니다.

내가 세상 물정에 너무 어두워 셰셀 씨가 느낀 감정의 원인을 이해할 수는 없었지만, 그래도 그가 자기 감정을 드러낸 표현에 나는 깜짝 놀랐습니다. 그는 뒤랑이라는 성에 열등감을 지니고 있어서 프랑스 대혁명 동안 엄청난 재산을 모은 그의 아버지 성을 부인하는 어리석은 짓으로 조롱거리가 되었습니다. 그의 아내는 셰셀 가문의 유일한 상속자였습니다. 셰셀 가는 오래된 의회 가문으로서 파리 법관들 대부분의 가문처럼 앙리 4세 시대의 부르주아 계급이었지요. 높은 지위에 오르려는 야망을 품은 셰셀 씨는 자기가 꿈꾸는 운명에 도달하기 위해 원래 성인 뒤랑을 없애고 싶어 했습니다. 처음에는 뒤랑 드 셰셀이라고 했고, 다음에는 D. 드 셰셀이라고 했다가, 그때는 드 셰셀 씨로 불렸습니다. 왕정복고 시대에는 루이 18세가 하사한 증서에 의해 백작의 작위로 세습 재산을 수립했습니다. 그의 자녀들은 그가 열성으로 이룬 열매들을 그 위대함도 모르는 채 따게 될 것입니다. 어떤 왕자의 비꼬는 말이 자주 그의 머리를 무겁게 눌렀습니다. "셰셀 씨는 대개 자신을 뒤랑으로 내보이지 않아."라는 말이었지요. 이 말은 투렌 지방을 오랫동안 즐겁게 해주었습니다. 벼락출세한 사람들은 원숭이 같은 재주를 지니고 있습니다. 그들이 높은 곳까지 올라가는 것을 보면, 기어 올라가는 동안의 민첩함에 감탄하게 되죠. 하지만 꼭대기에 도달한 그들에게서는 수치스러운 면들만 보입니다. 셰셀 씨의 이면은 욕망으로 똘똘 뭉쳐진 천박함으로 이루어져 있었습니다. 작위와 그는 지금까지도 만날 수 없는 두 개의 접선입니다. 어떤 포부를 갖고 그것을 정당화하는 일에는 무리가 따르는 법입니다. 그러나 자신의 포부를 표명하고 그것을 추종한다는 것은 끊임없는 조롱거리를 이루어 소인배들의 먹이가 되고 말지요. 그런데 셰셀 씨는 힘센 사람처럼 일직선으로 올라가진 못했습니다. 대의원에 두 턴 당선되었고, 두 번 낙선했습니다. 어제는 기관장인가 하면 오늘은 아무것도 아니어서 장 자리 하나도 차지하지 못했습니다. 그의 성공과 실패는 그의 성격을 버려놓았고, 불구가 된 야심가의 아픔을 주었습니다. 신사이고, 정신적인이며, 큰일을 할 수 있는 사람이긴 하지만, 시기하는 데 정신을 쏟는 투렌 토박이들의 삶은 부러움이 지배하는 까닭에 그것이 상류사회의 그에게는 아마도 치명적이었던 것 같습니다. 남의 성공을 배 아파하는 사람들, 우거지상을 한 사람들, 누구를 칭찬하는 데 반대하며 독설을 쉽게 내뱉는 사람들은 그 상류사회에서 성공하기 어렵습니다. 적게 원했던 그는 더 많이 얻을 수 있었던 것 같습니다. 그러나 불행하게도 그는 우월감이 커서 언제나 똑바로 서서 걸으려고 했습니다. 그때 셰셀 씨는 야망의 황혼기에 있었고, 왕당파가 그에게 미소 짓고 있었습니다. 어쩌면 그는 한껏 점잔을 빼고 있었는지도 모르지만, 내게는 그가 더할 나위 없었습니다. 게다가 아주 단순한 이유로 그는 내 마음에 들었고, 나는 그의 집에서 처음으로 휴식을 취할 수 있었습니다. 그가 내게 보인 관심은 아마도 미약했겠지만, 거절만 당한 불행한 아이였던 내게는 부성애의 이미지로 보였습니다. 환대의 보살핌은 그때까지 나를 짓눌렀던 무관심과 너무도 대조적이어서 나는 아무 속박 없이 거의 애무받다시피 생활하는 데 대해 아이 같은 고마움을 나타냈습니다. 프라펠의 주인 내외는 내 행복의 여명에 아주 잘 스며들어서 내가 즐겨 되살리는 추억들 속에는 그들이 뒤섞여 있습니다. 훗날, 정확하게는 국왕이 세습 재산 인증서를 하사할 때, 내가 셰셀 씨에게 얼마간 도움을 줄 수 있어서 기뻤습니다. 셰셸 씨는 돈을 호사스럽게 써서 그의 이웃들 몇몇은 매우 불쾌해했습니다. 그는 아름다운 말들과 우아한 마차들을 수시로 바꾸었고, 그의 아내는 옷치장에 지나치게 신경을 썼습니다. 그는 손님을 많이 초대했고, 하인도 그 고장의 관습상 필요보다 많아서 마치 왕자를 보는 것 같았습니다. 프라펠의 토지는 광활했습니다. 그런 이웃과 사치에 비해, 모르소프 백작은 투렌에서 합승마차와 역마차 중간쯤 되는 가정용 이륜마차 수준에 넉넉지 않은 재산 때문에 클로슈구르드를 경작해야만 했으므로 국왕의 특별한 배려로 그의 가문에 뜻밖이었을 광채가 비치는 날까지는 투렌 사람일 뿐이었습니다. 가문의 문장이 십자군 시대부터 시작되는 몰락한 가문의 둘째 아들을 그가 환대한 것은 귀족이 아닌 이웃의 많은 재산을 비하하고 그의 삼림과 토지, 목장을 깎아내리려는 의도였습니다. 셰셸 씨는 백작을 충분히 이해했습니다. 그래서 그들은 언제나 서로 공손하게 대했지만, 앵드르강을 사이에 두고 나누어진 클로슈구르드 영지와 프라펠 영지는 두 여주인이 창문을 통해 서로 신호를 주고받을 수 있는 거리인데도 그들 사이에 있어야 할 기분 좋은 친밀감이나 일상의 관계는 전혀 없었습니다.

모르소프 백작이 고독하게 사는 건 질투 때문만은 아니었습니다. 그가 처음 받은 교육은 대가문의 자제들 대부분이 받는 불완전하고 피상적인 교육이었습니다. 거기에 사교계에 관한 가르침, 궁중의 관습, 왕우나 높은 지위의 중책 실습이 보충되었지요. 모르소프 씨는 정확하게 두 번째 교육이 시작되던 시기에 망명했으므로 두 번째 교육은 받지 못했습니다. 그는 프랑스에서 왕정이 빠르게 재건될 거라고 믿는 사람들 가운데 한 사람이었죠. 그런 확신 속에서 그의 망명 생활은 무위도식하는 가운데서도 가장 한심했습니다. 콩데 군[30]이 해산되었을 때, 그의 용맹함은 그를 가장 충성스러운 이들 가운데 하나로 이름을 올리게 했습니다. 그는 머지않아 백색 깃발[31] 아래로 돌아가리라는 기대를 품었고, 그래서 여느 망명자들처럼 부지런한 생활을 하려고 노력하지 않았습니다. 아마도 그에게는 천한 노동의 땀으로 빵을 얻기 위해 자기 가문의 이름을 포기할 용기가 없었는지도 모릅니다. 언제나 이튿날이면 돌아갈 것 같은 희망, 그리고 어쩌면 명예심이 작용하여 외국의 권력을 위해 봉사할 수도 없었습니다. 그의 용기는 고통으로 약해져 갔습니다. 충분한 식량도 없이 도보로 시작된 기나긴 경주는 언제나 사라져 버리고 마는 희망과 함께 그의 건강을 해쳤고, 영혼을 좌절시켰습니다. 그의 궁핍은 점점 극에 달했습니다. 많은 사람에게 가난이 자극제가 되긴 하지만, 어떤 사람들에게는 용해제가 되는데, 백작은 후자에 속

---

30) 루이 16세의 사촌인 콩데 공이 프랑스 대혁명에 맞서 싸우기 위해 1791년에 독일의 라인강 좌안에 있는 보름스에서 창설한 군대로 오스트리아 군과 협력하여 대혁명 세력과 싸우다 1801년에 해체되었다.
31) 부르봉 왕가의 상징. 현재 프랑스 국기인 삼색기는 프랑스 대혁명이 그 기원이지만, 부르봉 왕가의 왕정 체제하에서는 백색 기가 국기였다.

했습니다. 헝가리의 길을 가다 길 위에서 잠을 자고, 에스테라지 왕자[32]의 양치기들과 양고기 한 조각을 나누어 먹었던, 귀족으로서 주인에게서는 받지 않았을, 그리고 실제로 프랑스 적들의 손은 여러 번 거절했던 빵을 나그네로서 양치기들에게 구걸했던 이 가엾은 투렌의 귀족을 생각하면, 나는 그가 승리 속에서 우스꽝스러운 사람으로 보일 때조차도 이 망명자에게 마음속으로 악의를 느낀 적이 없었습니다. 모르소프 씨의 백발이 내게는 무서운 고통을 의미했고, 망명자들에게 너무도 깊이 공감한 까닭에 나는 그들을 판단할 수 없었습니다. 백작에게서는 프랑스적이고 투렌적인 명랑함이 사라지고 말았습니다. 그는 우울해졌고 병에 걸려 알지 못하는 독일의 어느 자선 구호소에서 치료를 받았습니다. 그의 병은 장간막염으로 흔히는 죽음에 이르지만, 병이 나아도 기질의 변화를 일으켜 대부분은 심기증(心氣症)의 원인이 됩니다. 그의 영혼 가장 깊은 곳에 묻힌 사랑의 감정은 오직 나만이 알아냈습니다. 그것은 저속한 사랑이어서 그의 생명을 위태롭게 했을 뿐만 아니라 그의 미래까지도 망쳤습니다. 12년간의 역경 끝에 그는 나폴레옹 칙령으로 귀국이 허락된 프랑스 쪽으로 눈을 돌렸습니다. 그 고통의 보행자는 어느 아름다운 저녁에 라인 강을 건너면서 스트라스부르의 종탑을 보았을 때 기절하고 말았습니다. "'프랑스! 프랑스! 저기가 프랑스다!'라고 나는 외

---

32) 에스테라지(1765~1833)는 헝가리의 장군이자 외교관으로 당시 오스트리아 제국에서 가장 많은 토지를 소유하고 있었다.

쳤다오. 어린애가 다쳤을 때 '엄마!' 하고 외치듯이 말이오."
그가 내게 했던 말입니다. 태어나기 전에는 부유했던 그는 가
난해졌습니다. 연대를 지휘하거나 국가를 다스리도록 태어난
그에게 권한도 미래도 없었습니다. 건강하고 튼튼하게 태어난
그가 불구의 몸으로 완전히 쇠약해져서 돌아왔습니다. 인간
과 사물이 성장한 나라에서 교육을 받지 못했으니 당연히 행
사할 수 있는 영향력도 없는 그는 자기에게 아무것도 없음을,
심지어 육체적 정신적 힘도 없음을 알았습니다. 재산이 없는
그에게 가문의 이름은 무거워졌습니다. 그의 확고부동한 견
해, 콩데 군 복무 전력, 그의 슬픔, 추억, 잃어버린 건강 등으
로 인해 그에게는 신경과민이 생겼습니다. 조롱의 나라인 프
랑스에서는 거의 배려받지 못하는 증상이지요. 그는 절반은
죽은 상태로 멘 지방에 도착했습니다. 그곳에는, 아마 내란 때
문에 생긴 우연이겠지만, 혁명 정부가 잊어버리고 매도 명령
을 내리지 않은 엄청난 면적의 농장이 있었습니다. 그리고 그
의 소작인이 자신을 농장의 주인처럼 믿게 하며 그를 위해 보
존해 두고 있었습니다. 농장 근처의 지브리 성에 살고 있던 르
농쿠르 가문이 모르소프 백작이 왔다는 것을 알고, 르농쿠르
공작이 그의 주거를 마련하는 데 필요한 시간만큼 지브리에
머물라고 그에게 제안했습니다. 르농쿠르 가족은 백작에게 귀
족다운 관대함을 베풀었고, 백작은 그곳에서 몇 달 동안 머물
며 건강을 회복했습니다. 그는 그 첫 번째 휴식 기간 동안 자
신의 고통을 감추려고 애썼습니다. 르농쿠르 가문은 막대한
재산을 잃었습니다. 모르소프 씨는 가문의 이름으로 보아 그

들의 딸에게 어울리는 결혼 상대였습니다. 르농쿠르 양은 서른다섯 살의 병들고 늙은 남자와의 결혼이 못마땅하기는커녕 행복하게 보였습니다. 그녀는 결혼으로 블라몽 쇼브리 왕자의 누이이며 그녀의 큰어머니인 베르뇌이 공작 부인과 함께 살 수 있는 권리를 얻었습니다. 공작 부인은 그녀의 양어머니였습니다.

부르봉 공작 부인의 친한 친구인 베르뇌이 부인은 어느 종교 모임의 일원이었습니다. 그 모임의 정신적 중심은 투렌 태생이며 '미지의 철학자'라는 별명을 가진 생마르탱 씨였습니다. 이 철학자의 제자들은 신비적 계시론의 높은 사변이 권고하는 미덕들을 실천하고 있었습니다. 그 교리는 거룩한 세계들의 열쇠를 주며, 숭고한 운명으로 나아가는 인간의 여러 변모를 통해 존재를 설명하고, 타락하기 쉬운 계율의 의무에서 인간을 해방하며, 삶의 고통에 퀘이커교의 한결같은 온화함을 적용하고, 우리 내면에 깃든 천사성에 일종의 모성적 감정을 불어넣음으로써 고뇌를 무시하라고 명합니다. 그것은 미래를 생각하는 스토아주의입니다. 로마 교회의 가톨릭교에서 나와 원시 교회의 그리스도교로 회귀하는 이 신앙의 요소는 적극적 기도와 순수한 사랑입니다. 그래도 르농쿠르 양은 그녀의 큰어머니가 여전히 고수했던 로마 교황의 교회 품 안에 머물렀습니다. 혁명의 고통을 몹시 심하게 겪은 베르뇌이 공작 부인은 만년에 열성적 신앙심을 갖고, 생마르탱의 표현 그대로 사용하자면 '천상 사랑의 빛과 내면 기쁨의 향유'를 사랑하는 수양딸의 영혼 속에 부어주었습니다. 백작 부인은 큰어머니의 집에 자주 오던 그 평화와 미덕의 지식인을 큰어머니가 돌아가신 후에도 클로슈구르드에 여러 번 초대했습니다. 생마르탱은 투르의 르투르미 사에서 인쇄한 그의 마지막 책들을 클로슈구르드에서 감독했습니다. 인생의 파란만장한 위기들을 경험한 노부인들의 지혜에서 나온 생각으로 베르뇌이 부인은 클로슈구르드를 결혼한 수양딸에게 주어 자기의 거처로 삼았습니다. 노인들이 은혜를 베풀 때는 완전하게 베풀지요. 공작 부인은 조카딸에게 모두 물려주고 자기가 전에 지내던 방도 백작 부인이 쓰게 하며 자기는 그 위에 있는 방으로 만족했습니다. 큰어머니의 갑작스러운 죽음은 그 결합의 기쁨 위에 어둠을 드리웠고, 클로슈구르드와 신부의 맹목적 영혼에 지울 수 없는 슬픔을 새겨 놓았습니다. 백작 부인이 투렌에 정착한 초기는 그녀의 생애에서 행복하진 않더라도 걱정이 없는 유일한 시기였습니다.

외국 체류의 역경을 겪은 후, 모르소프 씨는 온화한 미래를 막연하게 예감한 데 만족하여 영혼의 회복기를 가졌습니다. 그는 활짝 꽃핀 희망의 취할 듯한 향기를 그 골짜기에서 들이마셨습니다. 재산을 생각해야 했던 그는 농사일을 준비하기 시작했고, 얼마간 기쁨을 맛보는 것으로 시작했습니다. 그러나 자크의 출생은 현재와 미래를 파괴하는 날벼락이었습니다. 의사가 신생아에게 선고를 내렸기 때문입니다. 백작은 아이의 어머니에게 그 사실을 철저하게 숨겼습니다. 그런 다음에 그는 자기도 진찰을 받았고, 절망적인 대답을 받았는데, 그것은 마들렌의 출생으로 확인되었습니다. 이 두 사건은 치명적 선고에 관한 일종의 내적 확실성으로, 망명자의 병적 경향을 증대시켰습니다. 가문의 이름은 영원히 사라지고, 나무랄 데 없이 순결한 그의 젊은 아내는 그의 곁에서 불행해졌으며, 모성의 기쁨은 가지지도 못한 채 모성의 고뇌에 바쳐졌습니다. 새로운 고뇌가 싹을 틔운 과거 생활의 그 '부식토'가 그의 마음에 떨어지더니 마침내는 그를 파멸시키고 말았습니다. 백작 부인은 현재를 통해 과거를 짐작했고, 미래를 읽었습니다. 잘못을 느끼는 한 남자를 행복하게 만드는 일보다 더 어려운 일은 없지만, 백작 부인은 천사나 다름없는 그 일을 시도했습니다. 그녀는 하루아침에 의연해졌습니다. 그녀는 심연 속으로 내려간 후, 거기에서 아직 하늘을 볼 수 있음을 알고 자선단체의 수녀가 모든 이를 위해 품는 사명감으로 오로지 한 남자를 위해 몸을 바쳤습니다. 그리고 그가 자신과 화해할 수 있도록 그녀는 그가 스스로 용서하지 않는 일을 용서했습니다. 백작은 인색해졌고, 그녀는 자기에게 부과된 궁핍을 받아들였습니다. 그는 반감을 표현하는 것으로만 세상살이를 아는 모든 이들이 그렇듯이 자신이 속지나 않을까 두려워했고, 그녀는 고독 속에 머무르며 그의 의심을 군말 없이 받아들였습니다. 그녀가 꾀를 내어 그가 기분 좋은 것을 원하게 만들자, 그는 자기 생각에 자신감을 느끼고 어디에서도 갖지 못할 우월함의 쾌감을 자기 집에서 맛보았습니다. 이어 그녀는 결혼 생활이 계속되면서 백작에게 히스테리가 있다는 것을 알고는 악의와 쑥덕공론의 고장에서 그가 일탈하면 아이들에게 해를 입힐 수 있으므로 클로슈구르드에서 절대 나가지 않기로 결심했습니다. 그리하여 아무도 모르소프 씨의 실제적 무능을 의심하지 않았으니, 그녀가 그의 손상된 부분을 두터운 담쟁이덩굴 망토로 보호했기 때문입니다. 그러므로 불평하는 게 아니라 만족하지 못하는 백작의 변덕스러운 성격은 아내에게서 온화하고 수월한 땅을 만났고, 그는 그곳에 누워 은밀한 고통이 신선한 박하향으로 누그러지는 것을 느꼈습니다.

이 내력은 셰셀 씨가 자기의 은밀한 울분과 함께 들려준 이야기를 아주 간략하게 표현한 것입니다. 세상을 잘 아는 그가 클로슈구르드에 묻힌 몇몇 비밀들을 읽을 수 있었던 거지요. 그러나 모르소프 부인이 고귀한 태도로 세상은 속였다 해도, 사랑의 총명한 감각은 속일 수 없었습니다 내 작은 방에 혼자 있을 때, 나는 진실의 예감 때문에 침대에서 벌떡 일어났습니다. 그리고 그녀 방의 창문이 보이자, 나는 프라펠에 그대로 있을 수가 없어서 옷을 입고 발소리를 죽이고 내려가 나선형 계단이 있는 탑의 문을 열고 성을 나갔습니다. 밤의 차가움이 내게 평온함을 주었습니다. 나는 물랭루주 다리로 앵드르 강을 건너 클로슈구르드 앞에 있는 그 축복받은 배에 이르렀습니다. 아제 쪽으로 난 맨 끝의 창문에서 빛이 반짝이고 있었습니다. 나는 옛날의 묵상에 다시 잠겼지만, 이번에는 사랑의 밤을 노래하는 가수의 빠른 장식음과 물의 나이팅게일이라 불리는 개개비의 단일 음조가 섞인 평화로운 묵상이었습니다. 그때까지 내 아름다운 미래를 덮고 있던 어둠을 걷어내는 유령들처럼 스쳐가는 생각들이 내 안에서 깨어났습니다.

영혼과 감각들이 똑같이 매료되었습니다. 그녀에게 이르는 내 욕망이 얼마나 맹렬했던지요! 미친 사람처럼 '그녀를 가질 수 있을까?'라는 말을 얼마나 많이 중얼거렸는지 모릅니다. 앞의 며칠 동안 우주가 나를 위해 커졌다면, 그 우주는 단 하룻밤 사이에 중심을 가지게 되었습니다. 그녀에게 나의 욕망과 야망이 연결되고, 나는 그녀의 찢어진 마음을 기워주고 채워주기 위해 그녀의 전부가 되고 싶었습니다. 물레방아 판을 지나는 물의 속삭임 가운데 사셰의 종탑에서 간간이 들려오는, 시각을 알리는 종소리와 함께 그녀의 창문 아래에서 보낸 밤은 얼마나 아름다웠는지 모릅니다. 별에서 나온 그 꽃이 내 삶을 밝혀준 빛, 그 빛에 잠긴 그날 밤, 나는 우리가 세르반테스의 『돈키호테』를 읽으며 조롱하는 가엾은 카스티야 기사의 신념으로 내 영혼을 그녀와 약혼시켰습니다. 우리는 그 신념으로 사랑을 시작하잖아요. 하늘이 밝아오고 새가 지저귀기 시작하자 나는 프라펠 정원으로 도망치듯 돌아왔습니다. 나는 시골의 그 누구에게도 들키지 않았고, 내 탈출을 눈치챈 사람도 아무도 없었습니다. 나는 점심 종이 울릴 때까지 잤습니다. 점심 식사가 끝나자, 날이 더웠는데도 나는 앵드르강과 섬들, 골짜기와 언덕들을 다시 보기 위해 초원으로 내려갔습니다. 그것들을 열렬하게 찬미하는 사람 같았지요. 하지만 달아나는 말의 속도에 버금가는 빠른 발걸음으로 나는 나의 배, 나의 수양버들, 나의 클로슈구르드를 다시 보았습니다. 정오의 시골이 그렇듯이 사방이 고요하고 가볍게 흔들리고 있었습니다. 움직임 없는 녹음이 하늘의 푸른 배경 위에 뚜렷한 윤곽을 그리고 있었습니다. 풀잠자리, 가뢰 같은 햇빛으로 사는 곤충들이 물푸레나무와 갈대 사이를 날아다녔습니다. 양 떼는 그늘에서 되새김질하고 있었고, 포도밭의 붉은 흙은 뜨겁게 달아오르고 있었으며, 독 없는 뱀들은 비탈을 따라 미끄러져 갔습니다. 내가 잠들기 전에는 참으로 신선하고 아기자기했던 풍경이 그렇게 바뀌다니요! 나는 갑자기 배에서 뛰어내려 클로슈구르드 주위를 돌기 위해 길을 올라갔습니다. 백작이 나오는 것을 본 것 같았기 때문입니다. 내 생각이 맞았습니다. 그는 울타리를 따라 걷다가 강을 따라 뻗어 있는 아제 길 쪽의 문으로 접어든 것 같았습니다.

"오늘 아침 잘 지내셨는지요, 백작님?"

그는 나를 흐뭇하게 바라보았습니다. 자기를 그렇게 부르는 것을 듣는 일이 흔치 않았지요.

"잘 지냈소. 그런데 이 더위에 산책하는 걸 보니 시골을 좋아하는군요?" 그가 말했습니다.

"공기 좋은 곳에서 살게 하려고 저를 이곳으로 보내지 않았겠습니까?"

"그래요! 그러면 우리 호밀 베는 걸 보러 가시겠소?"

"좋습니다. 그런데 솔직히 말해서 저는 정말 아무것도 모릅니다. 밀과 호밀, 미루나무와 사시나무도 구분하지 못합니다. 농사에 대해서도, 땅을 경작하는 여러 방법에 대해서도 아는 게 전혀 없습니다." 내가 그에게 말했습니다.

"그래요! 갑시다. 저 위 작은 문으로 들어가세요." 그가 걷던 걸음으로 돌아가며 유쾌하게 말했습니다.

그는 울타리를 따라 안쪽에서 올라갔고, 나는 바깥쪽에서 올라갔습니다.

"셰셀 씨 댁에서는 아무것도 배우지 못할 겁니다. 그분은 너무도 큰 지주라서 관리인의 계산서를 받는 일 말고는 다른 일을 할 수가 없어요." 그가 말했습니다.

그는 여러 마당과 건물들, 관상용 정원, 과수원과 텃밭을 내게 보여주었습니다. 그리고 마지막으로 그는 강을 따라 길게 늘어선 아카시아와 옻나무 오솔길 쪽으로 나를 데리고 갔습니다. 그 오솔길 끝에 있는 벤치에서 모르소프 부인이 두 아이를 돌보고 있는 것이 보였습니다. 윤곽이 뚜렷이 드러난 채 떨고 있는 그 작은 나뭇잎들 아래의 여인은 얼마나 아름다운지요! 그녀는 아마도 내 천진난만한 조급함에 놀랐을 테지만, 우리가 그녀에게 갈 것을 잘 알면서도 자리를 뜨지 않았습니다. 백작이 그곳에서 보여준 골짜기의 전망은 나의 찬탄을 자아냈습니다. 그것은 우리가 지나온 언덕들에 따라 펼쳐 보였던 여러 모습과는 전혀 다른 모습을 보여줍니다. 당신이 보았다면 스위스의 한 작은 곳이라고 말했을 것 같아요. 앵드르강으로 모여드는 물줄기들이 흐르는 초원이 길게 드러나며 멀리 자욱한 안개 속으로 사라져 갑니다. 몽바종 쪽으로는 광활한 녹색 들판이 보이고, 다른 쪽으로는 모두 언덕들과 나무들, 바위들로 막혀 있습니다. 우리는 모르소프 부인에게 인사하러 가기 위해 걸음을 재촉했습니다. 그때 그녀는 갑자기 마들렌에게 읽어주던 책을 떨어뜨리고 발작적으로 기침하는 자크를 무릎 위로 안았습니다.

"저런! 무슨 일이오?" 창백해진 백작이 외쳤습니다.

"목이 아파요. 괜찮아질 거예요." 나를 보지 못한 듯한 아이의 어머니가 대답했습니다.

그녀는 자크의 머리와 등을 같이 잡고 있었습니다. 그녀의 눈에서는 두 줄기 빛이 나와 그 가엾고 연약한 아이에게 생명력을 넣어주고 있었습니다.

"당신은 정말 경솔하기 이를 데 없어요. 아이를 차디찬 강변에 데리고 나와 돌 벤치에 앉히다니 말이오." 백작이 독살스럽게 말했습니다.

"아니, 아버지, 벤치는 뜨거워요." 마들렌이 큰 소리로 말했습니다.

"저 위는 숨 막히게 더워요." 백작 부인이 말했습니다.

"여자들은 언제나 자기 합리화에 급급하지!" 백작이 나를 바라보며 말했습니다.

나는 그의 말에 찬성하거나 반대하는 눈길을 보이지 않으려고 목이 아프다고 칭얼거리는 자크만 바라보고 있었습니다. 그러자 아이의 어머니는 그를 데리고 갔습니다. 자리를 뜨기 전에도 그녀는 남편의 말을 들었습니다.

"저렇게 건강하지 않은 아이들을 낳았으면 보살피는 법이라도 알아야지!" 그가 말했습니다.

참으로 부당한 말이었습니다. 그러나 그는 자존심 때문에 자기 아내를 희생시켜 자신을 정당화하기까지 했습니다. 백작 부인은 비탈과 층계를 날듯이 올라갔습니다. 나는 그녀가 현관문으로 사라지는 것을 보았습니다. 모르소프 씨는 벤치에 앉아 고개를 숙이고 생각에 잠겼습니다. 나는 그 상황이 몹시 견디기 힘들었습니다. 그는 나를 쳐다보지도 않았고, 말을 건네지도 않았습니다. 산책하는 동안 그의 마음속에 나를 확고하게 심으려는 속셈은 물거품이 되어버렸습니다. 내 기억으로는 그때보다 끔찍한 15분을 보낸 적이 평생 없습니다. 나는 굵은 땀방울을 흘리며 '가버릴까? 가지 말까?'라고 생각했습니다. 자크가 어떻게 됐는지 보러 가는 것을 잊게 할 만큼 얼마나 많은 슬픈 생각들이 그의 머릿속에 떠올랐을까요! 그가 갑자기 일어서더니 내 곁으로 왔습니다. 우리는 돌아서서 아름다운 골짜기를 바라보았습니다.

"산책은 나중으로 미루시죠, 백작님." 내가 다정하게 말했습니다.

"나갑시다! 불행하게도 나는 그런 발작을 자주 보는 데 익숙해 있소. 난 그 아이의 생명을 유지하기 위해서라면 내 목숨도 아무 미련 없이 줄 거요."

"자크가 좀 나아져서 잠들었어요, 여보." 아름다운 목소리가 말했습니다. 모르소프 부인이 오솔길 끝에 문득 모습을 보였습니다. 그녀는 원망이나 쓰린 감정도 없이 다가와 내 인사에 답했습니다. "클로슈구르드를 좋아하시는 걸 보니 저도 기뻐요." 그녀가 내게 말했습니다.

"여보, 내가 말을 타고 델랑드 씨를 데리러 가도 되겠소?" 자기의 부당함을 용서받고 싶은 마음을 내비치며 그가 말했습니다.

"조금도 염려하지 마세요. 자크가 어젯밤에 잠을 자지 못했을 뿐 다른 건 없어요. 아이가 신경이 너무 예민해서 나쁜 꿈을 뀄어요. 그래서 다시 재우려고 제가 줄곧 이야기를 들려주었어요. 기침도 순전히 신경성이라 목 캔디로 진정시켰더니 마침내 잠들었어요." 그녀가 말했습니다.

"가엾은 당신!" 그가 두 손으로 그녀의 손을 잡으며 그녀에게 눈물 어린 시선을 보냈지만, 나는 어찌 된 영문인지 몰랐습니다.

"아무것도 아닌 걸 쓸데없이 걱정하세요? 호밀밭으로 가세요. 아시잖아요! 당신이 그곳에 안 계시면 호밀 다발들을 거둬들이기도 전에 다른 마을의 이삭 줍는 여자들이 밭에 들어가도 소작인들은 내버려 둘 거예요."

"저는 농사 첫 수업을 들으러 갑니다, 부인." 내가 그녀에게 말했습니다.

"좋은 선생을 두셨어요." 그녀가 백작을 가리키며 대답했습니다. 백작은 입을 오므리며 흡족한 미소를 지었습니다. 그런 모습을 친근한 표현으로는 '애교를 떤다'라고 하지요.

나는 두 달 후에야 그녀가 무서운 불안 속에서 그날 밤을 보냈으며, 아들이 급성 폐쇄성 후두염에 걸리지 않았을까 걱정했다는 것을 알았습니다. 그런데 나는 사랑의 상념으로 부드럽게 흔들리는 그 배 안에서 그녀가 촛불을 고마워하며 창문으로 나를 보고 있으리라 상상했었지요. 그 촛불은 죽음의 공포로 주름진 그녀의 이마를 비추고 있었는데도 말입니다. 급성 폐쇄성 후두염이 투르를 덮쳐 구시무시한 참화를 입혔습니다. 우리가 문 앞에 이르자 백작이 감격한 목소리로 내게 말했습니다. "모르소프 부인은 천사요!" 이 말은 나를 비틀거리게 했습니다. 나는 그 가족을 아직 피상적으로만 알고 있었습니다. 그리고 그런 경우 젊은 영혼을 사로잡는 지극히 자연스러운 회한이 내게 외쳤습니다. '네가 무슨 권리로 이 깊은 평화를 깨뜨리려 하는가?'

손쉽게 승리를 거둘 수 있는 젊은이를 듣는 사람으로 만나 흐뭇한 백작은 부르봉 왕가의 귀환이 준비되고 있는 프랑스의 미래에 관해서 내게 말했습니다. 우리의 중심 없는 대화 속에서 나는 참으로 유치한 이야기들을 듣고는 엄청나게 놀랐습니다. 그는 기하학적으로 명백한 사실들을 몰랐으며, 교육받은 사람들을 두려워했고, 뛰어난 사람들을 부정했습니다. 그리고 어쩌면 그가 옳을지도 모르겠지만, 그는 진보를 비웃었습니다. 마침내 나는 그에게서 엄청나게 많은 고통의 섬유질을 식별해 냈습니다. 그 때문에 그는 조금이라도 상처받지 않으려고 그렇게도 많은 주의를 기울일 수밖에 없었고, 이어지는 대화는 정신노동이 되었던 겁니다. 내가 그의 결함을 손으로 만져본 것처럼 확실하게 알고 나자, 나는 백작 부인이 그 결함들을 쓰다듬어 주는 만큼이나 유연하게 순응했습니다. 내 인생의 다른 시기였다면 나는 의심할 여지 없이 그에게 상처를 주었을 것입니다. 하지만 아이처럼 소심하고, 스스로는 아무것도 모른다고 생각하거나 어른들은 모르는 것이 없다고 생각하던 나는 그 참을성 있는 농민이 클로슈구르드에서 이룬 기적에 깜짝 놀랐습니다. 나는 감탄하며 그의 계획을 들었습니다. 결국 본의 아닌 아첨으로 그 늙은 신사의 호감을 샀고, 나는 그 예쁜 땅과 위치, 그 지상낙원을 프라펠보다 훨씬 높이 평가하며 부러워했습니다.

"프라펠은 둔중한 은 제품이지만, 클로슈구르드는 보석상자군요!" 내가 그에게 말했습니다.

이후로 그는 이 말을 한 사람을 인용하며 자주 반복했습니다.

"그런데 우리가 이곳으로 오기 전에는 황폐한 땅이었다오." 그가 말했습니다.

그가 씨뿌리기와 묘목에 관해 얘기할 때 나는 온 정신을 귀에 모았습니다. 시골 일이 처음인 나는 물건값에 대해, 경작 방법에 대해 질문을 퍼부어 댔고, 그는 내게 그 많은 것을 자세하게 가르쳐주어야 하는 게 즐거워 보였습니다.

"그런데 내가 당신에게 뭘 가르치고 있는 거지?" 그가 놀라며 내게 물었습니다.

그 첫째 날부터 백작은 집으로 돌아가서 아내에게 말했습니다. "펠릭스 씨는 호감이 가는 젊은이요!"

저녁에 나는 어머니에게 프라펠에 묵고 있음을 알리며 옷과 내의를 보내달라고 편지를 썼습니다. 당시 커다란 혁명이 이루어진 사실도 모르고, 그것이 내 운명에 미칠 영향도 생각하지 못했던 나는 법학 공부를 마치기 위해 파리로 돌아갈 생각을 하고 있었는데, 학교는 11월 초에나 개강하기 때문에 내게는 두 달 반의 시간이 있었습니다.

내가 그곳에 머무르던 초기에 나는 백작과 친한 사이가 되려고 노력했는데, 그것은 참혹한 인상을 받은 시기였습니다.

나는 그 사람에게서 이유 없이 화를 내는 성격과 절망 상태에
서의 민첩한 행동을 발견하고 무서워했습니다. 그는 자기 안
에서 콩데 군의 매우 용감한 귀족으로 갑작스럽게 돌아가기
도 하고, 심각한 상황이 닥치면 폭탄처럼 정치에 구멍을 낼 수
도 있고, 올곧음과 용기가 발동하면 시골의 작은 성에 살아야
하는 사람을 델베,[33] 봉샹,[34] 샤레트[35] 같은 사람으로 만들려
는 의욕의 포물선 섬광들을 만나기도 했습니다. 어떤 가정을
할 때는 코를 실룩거리고 이마를 번쩍이며 두 눈에서 천둥이
뿜어져 나왔지만 이내 부드러워졌습니다. 나는 모르소프 씨
가 내 눈이 말하는 의미에 놀라 생각해 보지도 않고 나를 죽
이지나 않을까 두려웠습니다. 그 당시에 나는 오로지 다정다
감하기만 했습니다. 남자들을 아주 놀랍게 변화시키는 의지가
내 안에서 막 솟아나기 시작하던 때였습니다. 내 과도한 욕망

---

33) 모리스 델베(Maurice d'Elbée, 1752~1794)는 왕당파의 지도자이자 가
톨릭 왕당파 군대의 두 번째 총사령관으로 방데 반란을 지휘했으며, 숄레
전투에서 중상을 입고 공화군의 포로가 되어 총살당했다.
34) 봉샹 후작(Charles-Melchior Artus de Bonchamp, 1760~1793)은 프랑
스 대혁명 당시 공화파 군대에 맞서 싸운 왕당파로서 방데 반군 최고의 전
술 지도자였다. 미국 독립전쟁에도 참전했던 그는 1793년 10월의 2차 숄레
전투에서 치명상을 입고 사망했으나, 그의 마지막 유언에 따라 5000명의 공
화파 포로들을 풀어준 것으로 유명하다. 그는 왕당파와 공화파 모두로부터
존경을 받았다.
35) 프랑수아 드 샤레트(François de Charette, 1763~1796)는 왕당파 군인
이자 정치인으로 방데 반란의 지도자 중 한 사람이다. 부르봉 왕가와 가톨
릭에 충성한 그는 많은 전공을 세웠지만 결국 공화군의 포로가 되어 낭트에
서 총살되었다. 나폴레옹은 그를 가리켜 위대한 군사 지도자라고 했다.

은 공포의 충격과 흡사한 감수성의 신속한 동요를 일으켰습니다. 싸움이 두렵지는 않았지만, 공유한 사랑의 행복을 맛보지도 못하고 목숨을 잃긴 싫었습니다. 어려움과 욕망이 두 개의 평행선을 이루며 커져만 갔습니다. 내 감정을 어떻게 말할까? 나는 딱하게도 어찌할 바를 몰랐습니다. 나는 우연을 기대하기도 했고, 주의 깊게 지켜보기도 했으며, 아이들과 친해져서 나를 좋아하게 했고, 집 안의 물건들과도 동화되려고 애썼습니다. 백작은 자기도 모르는 사이에 내 앞에서 감정을 덜 억제하게 되었습니다. 그리하여 나는 그의 갑작스러운 기분 변화라든지, 이유 없는 깊은 슬픔, 돌연한 격분, 신랄하고 억센 불평, 증오에 찬 차가움, 억압된 광기의 몸짓, 아이 같은 신음, 절망 빠진 인간의 비명, 예기치 못한 분노 등을 알았습니다. 이런 경우 정신적 본성은 육체적 본성과 구별되어 정신적 본성에 절대적인 것은 아무것도 없는 법입니다. 결과의 강도는 성격의 범위나 어떤 사실에 대해 우리가 취합하는 생각들의 범위에 비례하기 때문이지요. 클로수구르드에서의 내 태도와 내 삶의 미래는 그 변덕스러운 의지에 달려 있었습니다. 내가 그 집에 들어가면서 '그가 나를 어떻게 맞을까?' 하고 생각할 때, 당시 활짝 피어나기도 쉽고 위축되기도 쉬운 내 영혼을 누르는 고뇌가 어땠는지는 당신에게 표현하기 어려울 것 같습니다. 눈처럼 흰 그의 이마에 갑자기 폭풍우가 모여들 때면 내 마음이 얼마나 불안에 떨었던지요! 그것은 끊임없는 경계 수하였습니다. 그리하여 나는 그 사람의 횡포 아래로 떨어졌습니다. 내 고뇌를 통해 나는 모르소프 부인의 고뇌를 짐작할 수 있었

습니다. 우리는 암묵적인 눈길을 교환하기 시작했습니다. 그녀
가 눈물을 참고 있을 때 가끔은 내 눈물이 흐르기도 했습니
다. 백작 부인과 나는 그렇게 고통을 통해 서로를 느꼈습니다.
생생한 고통과 무언의 기쁨, 때로는 깊이 가라앉았다가도 때
로는 떠오르는 희망으로 가득 찬 그 처음 40일 동안, 나는 얼
마나 많은 발견을 했던지요! 어느 날 저녁에 나는 석양 앞에
서 경건한 생각에 잠겨 있는 그녀를 발견했습니다. 석양은 산
꼭대기를 관능적으로 붉게 물들이며 골짜기를 침대처럼 보여
주고 있어서, 자연이 그 피조물들을 사랑으로 초대하는 저 영
원한 「아가서」의 목소리에 귀를 기울이지 않을 수 없었습니다.
소녀가 날아가 버린 환상들을 다시 잡고 있었을까요? 여인이
남몰래 어떤 비교로 고뇌하고 있었던 걸까요? 나는 그녀의 자
세에서 최초로 고백하기에 좋은 어떤 방심 상태가 보인다고
생각하고 말했습니다.

"힘든 나날들입니다!"

"내 마음을 읽으셨네요. 그런데 어떻게?" 그녀가 내게 말했
습니다.

"우리는 서로 참 많은 점이 닮았습니다. 우리는 고통과 기
쁨의 특권을 지닌 소수의 사람에 속합니다. 이런 사람들의 민
감한 자질은 커다란 내면의 울림을 낳으며 일제히 진동하지
요. 그리고 신경의 본성은 사물의 원리와 항구적 조화를 이룹
니다. 그들을 부조화만 있는 환경 속에 놓아보세요. 끔찍한 고
통을 받게 될 것입니다. 그런가 하면 자기들과 공감대를 형성
하는 생각들, 감각들, 또는 사람들을 만나게 되면 그들의 기쁨

은 열광에까지 이릅니다. 그런데 우리에겐 제3의 상태가 있어서 그 상태의 불행은 같은 병에 걸린 영혼들만이 알지요. 그리고 그들에게서는 우애로운 이해심이 서로 만나게 됩니다. 우리에게는 선에도 악에도 자극받지 않는 일이 일어날 수 있습니다. 그때는 움직임을 표현할 수 있는 오르간이 진공 속에서 우리에게 작용하며, 대상도 없이 열광하고, 멜로디를 만들지 않고도 소리를 내며, 강한 음을 울려도 정적 속으로 사라져 버립니다. 허무의 무용성에 반항하는 영혼의 끔찍한 모순이지요. 알지 못하는 상처에서 흐르는 피처럼 먹을 것이 없어 우리의 힘이 몽땅 빠져나가 버리는 가혹한 게임입니다. 감수성이 세차게 흘러 끔찍하게 쇠약해지고 말할 수 없이 우울해지지만, 고해실도 그것을 들어주지는 않습니다. 제가 우리의 공통적인 고통을 표현하지 않았습니까?" 내가 대답했습니다.

그녀가 몸을 떨었습니다. 그리고 여전히 지는 해를 바라보며 대답했습니다. "그렇게 젊은 나이에 어떻게 그런 것들을 알아요? 과거에 여자였어요?"

"아! 제 어린 시절은 기나긴 질병 같은 것이었습니다." 내가 감격한 목소리로 대답했습니다.

"마들렌이 기침하는 소리가 들리네요." 그녀가 서둘러 자리를 뜨며 대답했습니다.

백작 부인은 내가 그녀의 집에 늘 붙어 있어도 그에 대해 의혹을 품지 않았습니다. 거기엔 두 가지 이유가 있었습니다. 첫째, 그녀는 아이처럼 순수해서 생각이 멀리 벗어나지 않았습니다. 둘째로는 내가 백작을 즐겁게 해주었기 때문에 나는 발톱과 갈기가 없는 그 사자의 양식이었습니다. 그리고 마침내 나는 우리가 모두 수긍할 수 있을 것으로 보이는 나의 방문 이유를 찾아냈습니다. 나는 트리트랙 주사위 놀이를 몰랐고, 모르소프 씨가 그걸 가르쳐주겠다고 해서 내가 수락한 것입니다. 우리의 합의가 이루어지는 순간, 백작 부인은 내게 연민의 눈길을 보내지 않을 수 없었습니다. 그 눈길은 '당신은 늑대의 입 안으로 뛰어들고 있어요!'라는 의미였지요. 처음에는 그 눈길을 전혀 이해하지 못했지만, 셋째 날이 되자 내가 무엇에 걸려들었는지 알았습니다. 참아내지 못할 것이 없는, 내 어린 시절의 열매인 인내심은 그 시련의 시기에 성숙해졌습니다. 백작이 설명해 준 놀이의 원리나 규칙을 내가 잘못 적용했을 때 잔인한 조롱에 몰두하는 것이 그에게는 행복이었습니다. 내가 오래 생각하면 그는 놀이가 늦어져서 지루하다고 불평했고, 내가 빨리 하면 자기가 급해진다고 화를 냈습니다. 내가 승점 기록을 잊어버리거나 잘못 써 넣으면 그 기회를 이용하여 내가 너무 서두른다고 말했습니다. 그것은 마을 학교 교사의 탄압이며 회초리의 횡포였습니다. 한 악동의 손아귀에 떨어진 에픽테토스[36]에게 나를 비유해야만 당신이 그 개념을 파악할 수 있을 겁니다. 우리가 돈 내기를 할 때는 그가 언제나 이겼고, 그것은 그에게 수치스럽고 졸렬한 기쁨

---

36) 노예 출신의 스토아학파 철학자로서 그의 철학은 로마 황제 마르쿠스 아우렐리우스에게 깊은 영향을 주었다. 노예 시절에 주인이 때리는 회초리를 다리가 부러질 때까지 태연하게 견뎌내고 절름발이가 되었다는 일화가 있다.

을 주었습니다. 백작 부인의 한마디는 그런 나를 완전하게 위로해 주었고, 백작에게는 정중함과 예의를 빨리 자각하게 했습니다. 얼마 지나지 않아 나는 예기치 않은 고통의 화염 속으로 떨어졌습니다. 그 일로 내 돈이 떨어졌기 때문입니다. 가끔은 아주 늦을 때도 있는데, 내가 자리를 뜰 때까지 백작은 줄곧 그의 아내와 나 사이에 있었지만, 나는 그녀의 마음속으로 스며들 순간을 발견하리라는 희망을 늘 품고 있었습니다. 하지만 사냥꾼의 고통스러운 인내심으로 기다리는 그 순간을 획득하려면 내 영혼을 끊임없이 찢어발기며 내 돈을 몽땅 빼앗아 가는 그 짓궂은 게임을 계속허야만 하지 않았던가요! 우리가 초원에 펼쳐지는 햇빛과 잿빛 하늘의 구름, 안개 자욱한 언덕, 또는 강의 보석 속에 떨고 있는 달빛을 바라보며 그저 말없이 있었던 적이 벌써 몇 번이던가요! 그때 우리가 주고받은 말은 이런 말밖에 없었습니다.

"아름다운 밤이에요!"

"밤은 여자입니다, 부인."

"정말 고요해요!"

"예, 여기에선 온전히 불행해질 수가 없겠어요."

이 대답을 들은 후 그녀는 타피스리 자수대로 돌아갔습니다. 나는 마침내 그녀의 폐부 깊은 곳이 움직이는 소리를 들었습니다. 그것은 애정이 자기 자리를 원하는 소리였습니다. 돈이 없으면 그 집에서의 저녁 시간도 끝이었습니다. 나는 어머니에게 돈을 보내달라고 편지를 썼지만, 어머니는 나를 꾸짖으며 일주일 분의 돈도 주지 않았습니다. 그러면 누구에게 돈을 부탁한단 말인가요? 내 인생이 걸린 문제였는데 말입니다!
그리하여 나는 내 최초의 커다란 행복 속에서 과거에 사방에
서 나를 공격했던 고통을 다시 만났습니다. 파리, 중학교, 기
숙학교에서는 생각의 절제를 통해 벗어났기 때문에 내 불행
은 소극적이었지만, 프라펠에서의 불행은 적극적으로 되었습
니다. 나는 도둑질의 욕구를 느꼈습니다. 영혼에 긴 자국을 남
기는, 그래서 우리의 자존심을 없애고 싶지 않다면 억눌러야
만 하는 그 상상의 범죄, 그 무시무시한 집착을 말입니다. 어
머니의 인색함으로 인해 감내해야 했던 잔인한 명상과 고뇌의
기억은 마치 심연의 깊이를 측정하려는 듯 실수 없이 그 가장
자리에 도달한 사람들의 성스러운 너그러움을 젊은이들을 위
해 나에게 불어넣어 주었습니다. 인생이 열리며 밑바닥의 바
싹 마른 자갈을 보여주는 그 시기에 식은땀을 섭취한 나의 올
곧음이 더욱 강해지긴 했지만, 끔찍한 인간적 정의가 검을 꺼
내어 한 사람의 목을 겨눌 때마다 나는 '형법은 불행을 모르
는 사람들이 만든 것이다.'라고 생각했습니다. 그런 궁지에 몰
린 나는 셰셀 씨의 서재에서 트리트랙에 관한 책을 발견하고
는 그 책을 열심히 읽었습니다. 그런 다음엔 셰셀 씨가 내게
얼마간 가르침을 주고 싶어 했어요. 덜 힘들게 지도를 받은 나
는 실력을 향상할 수 있었고, 암기한 규칙과 셈을 응용할 수
있었습니다. 며칠 지나지 않아 나는 나의 스승을 제압할 수
있었지만, 내가 이기면 그의 기분이 아주 고약해졌습니다. 그
의 두 눈은 호랑이의 눈처럼 번득였고, 얼굴에는 경련이 일었
으며, 두 눈썹은 그 누구에게서도 본 적이 없는 모양으로 움직

였습니다. 그의 불평은 응석받이 어린애의 그것이었습니다. 때로는 주사위를 내던지고 화를 내기 시작했으며, 발을 구르며 자기의 주사위 통을 물어뜯고 내게 욕설을 퍼부었습니다. 그런 난폭함도 끝이 있었습니다. 내가 우월한 게임을 하게 되면, 나는 내 뜻대로 게임을 끌고 가며 마지막에 가서는 거의 비길 정도가 되도록 조절했습니다. 게임 전반부에서는 그가 이기게 했다가 후반부에서는 균형을 회복하는 방식으로 말이죠. 자기 제자가 그렇게 빨리 우위를 차지한다는 사실이 백작에게는 세상의 종말보다 더 놀라운 일이었을 겁니다. 하지만 그는 제자의 우위를 절대로 인정하지 않았습니다. 우리 게임의 변함없는 결말이 그의 정신을 사로잡은 새로운 먹이였습니다.

"확실히 내 가엾은 머리가 지쳤어. 게임 막판에 당신이 항상 이기는 건 내 머리가 힘을 잃었기 때문이오." 그가 말했습니다.

게임을 아는 백작 부인은 처음 주사위를 던질 때부터 내 술책을 눈치채고 무한한 애정의 표시라고 짐작했습니다. 이런 세세한 내용들은 트리트랙 게임이 지독한 고난도임을 아는 사람들만이 공감할 수 있습니다. 이 작은 일이 말하지 못한 것이 얼마나 많은지요! 그러나 사랑은 보쉬에[37]의 신처럼 가난한 자의 물컵과 이름 없이 죽은 병사의 노력을 가장 화려한 승리보다 값지게 여깁니다. 백작 부인은 젊은 가슴을 아프게 하는

---

37) 보쉬에(1627~1704)는 17세기 프랑스의 신부이며 종교사상가로, 고전주의적 산문으로 유명하다.

무언의 감사를 내게 보냈습니다. 그녀가 자기 아이들에게나 주는 눈길을 내게 보냈던 것입니다! 그 축복받은 저녁 이후로 그녀는 내게 말할 때는 언제나 나를 쳐다보았습니다. 그 집을 떠날 때 내가 어떤 상태에 있었는지는 설명할 수 없을 것 같습니다. 내 영혼이 내 육체를 흡수해 버려서 중력이 없어지는 바람에 나는 걷는 것이 아니라 날고 있었습니다. 나를 빛으로 가득 채운 그 눈길을 나 자신 안에서 느끼고 있었습니다. 그것은 마치 그녀의 "안녕히 가세요!"라는 말이 내 영혼 속에서는 부활절에 부르는 성가 「오 아들들아, 오 딸들아!」에 담긴 화음으로 울리는 것만 같았습니다. 나는 새로운 생명으로 태어나고 있었습니다. 그러니까 내가 그녀에게 중요한 사람이 된 것입니다! 나는 자줏빛 배내옷을 입고 잠들었습니다. 불꽃들이 어둠 속에서 내 감긴 눈앞으로 줄지어 지나갔습니다. 불에 탄 종이의 재 위를 줄지어 날아가는 예쁜 불꽃 유충들 같았습니다. 내 꿈속에서 그녀의 목소리는 내가 모르는 어떤 만질 수 있는 것이 되었고, 빛과 향으로 나를 감싼 후광이 되었으며, 내 정신을 애무하는 멜로디가 되었습니다. 이튿날, 나를 맞는 그녀의 태도에는 마음을 허락하는 감정의 충만함이 보였고, 그때부터 나는 그녀의 목소리에 담긴 비밀을 알아가기 시작했습니다. 그날은 내 생애에서 가장 특별한 날 중 하나입니다. 저녁식사를 마치고 우리는 언덕 위를 산책했습니다. 우리는 아무것도 나지 못하는 황무지로 갔습니다. 땅은 돌투성이였고 메말랐으며 부식토도 없었습니다. 그래도 떡갈나무 몇 그루와 산사나무 열매가 가득한 수풀이 있었습니다. 그러나 풀은 없고 오그라든 엷은 황갈색 이끼가 노을빛을 받아 붉게 깔려 있어서 발을 디디면 미끄러웠습니다. 나는 마들렌이 미끄러지지 않게 손을 잡고 있었고, 모르소프 부인은 자크의 팔을 끼고 있었습니다. 앞서가던 백작이 몸을 돌리더니 지팡이로 땅을 두드리며 무서운 어조로 내게 말했습니다. "이게 바로 내 삶이오! 오! 하지만 당신을 알기 전이지." 자기 아내에게 용서의 눈길을 던지며 그가 다시 말했습니다. 이미 늦어버린 정정이었습니다. 백작 부인의 얼굴이 창백해졌습니다. 어느 여자가 그런 충격을 받고도 그녀처럼 비틀거리지 않을 수 있을까요?

"이곳에선 달콤한 향기가 납니다! 빛의 조화도 정말 아름다워요!" 내가 외쳤습니다. "저는 이 황무지가 제 것이라면 좋겠어요. 땅을 파보면 어쩌면 보물을 발견할 수도 있을 것 같아요. 하지만 가장 확실한 부는 백작님의 이웃 사람들입니다. 게다가 이렇게 눈을 즐겁게 해주는 전망과 영혼이 물푸레나무와 오리나무 사이를 헤엄치는 저 굽이치는 강을 보고 비싼 돈을 내지 않을 사람이 누가 있을까요. 취향의 차이를 아시겠어요? 백작님에게는 이 땅이 그저 황무지지만, 제게는 낙원입니다."

그녀가 눈으로 내게 고마움을 나타냈습니다.

"전원시로군!" 그가 쓸쓸한 어조로 말했습니다. "여기는 당신 같은 이름을 가진 사람이 살 곳이 못 돼요." 그리고 말을 중단했다가 다시 말했습니다. "아제의 종소리가 들려요? 내게는 종이 울리는 소리가 뚜렷이 들리는데."

모르소프 부인이 겁먹은 얼굴로 나를 쳐다보았고, 마들렌은 내 손을 꼭 쥐었습니다.

"집으로 돌아가서 트리트랙 한판 하시겠습니까?" 내가 그에게 말했습니다. "주사위 소리가 종소리를 들리지 않게 해드릴 겁니다."

우리는 두서없이 얘기를 나누며 클로슈구르드로 돌아왔습니다. 백작은 정확한 부위를 말하지 못한 채 심한 고통을 호소했습니다. 살롱에 도착하자 우리 사이에는 야릇한 불안감이 감돌았습니다. 백작은 안락의자에 파묻혀 명상에 잠겨 있었습니다. 그의 아내는 병의 징후를 잘 알고, 그것이 다가오고 있음을 예견했기 때문에 그의 명상을 방해하지 않았습니다. 나도 그녀를 따라 침묵을 지켰습니다. 그녀가 내게 가라는 말을 입 밖에도 꺼내지 않으려고 하는 것은, 트리트랙 게임으로 백작의 기분이 좋아져서 폭발하면 그녀를 죽일 수도 있는 그 치명적인 신경과민이 없어질 수도 있으리라고 생각했기 때문일 겁니다. 백작이 트리트랙 게임을 하게 만드는 것보다 어려운 일은 없었습니다. 백작은 언제나 그 게임을 몹시 하고 싶어했는데도 말입니다. 새침데기 아가씨와 흡사한 그는 당연하게 보이지 않으려고 간청해 주기를, 억지로 하게 해주기를 원했습니다. 아마도 천성이 그렇기 때문이겠지요. 재미있는 얘기를 나누다가 내가 공손한 태도를 잠깐 잊기라도 하면 그는 뚱해지고 떨떠름해지고 기분이 상해서 무슨 말이든 반박하며 화를 냈습니다. 그가 기분이 나쁜 것을 알고 게임 한판 하자고 제안하면, 그는 "우선 시간이 너무 늦었고, 하고 싶은 생각도 없는데."라고 말하며 거드름을 피웠습니다. 결국은 당신이 자기의 본심을 모르게 만드는 여자들에게서 보이는 것처럼 너저분한 위선이었습니다. 나는 연습하지 않으면 잊어버리기 아주 쉬운 기술을 유지하게 해달라고 몸을 낮춰 그에게 애원했습니다. 그럴 때는 그가 게임을 하도록 결심하게 만들기 위해 나는 미친 듯이 넉살을 떨어야 했습니다. 그는 현기증이 나서 계산을 할 수 없다고 투덜댔고, 머리가 바이스로 죄는 듯이 아프며, 귀에서는 휘파람 소리가 들리고, 숨이 차다면서 숨을 크게 내쉬었습니다. 마침내 그는 게임 테이블에 앉는 데 동의했습니다. 모르소프 부인은 아이들을 재우고 집의 하인들에게 기도하도록 이르기 위해 우리 곁을 떠났습니다. 그녀가 없는 동안 모든 게 순조로웠고, 나는 모르소프 씨가 이기도록 이끌어 갔으므로 그의 얼굴이 기쁨으로 활짝 펴졌습니다. 자기 자신에 대해 불길한 예언을 뽑아내던 슬픔으로부터 도취한 사람의 기쁨으로, 거의 이유 없는 광적인 웃음으로 급변하는 것을 본 나는 불안을 느끼며 얼어붙었습니다. 나는 그가 그렇게 솔직하게 감정을 드러낸 것을 본 적이 없었습니다. 우리의 친밀한 교제는 열매를 맺어서 그는 나를 더는 거북해하지 않았습니다. 그는 매일 자기의 절대 권력 안에 나를 가두어 놓고 자기 기분에 줄 새로운 먹이를 확보해 두려고 했습니다. 정신병은 제 나름의 식욕과 본능이 있어서 지주가 자기 땅을 더욱 넓히려고 하는 것처럼 자기 제국의 공간을 늘리고 싶어 하는 생물로 정말 보이기 때문입니다. 백작 부인이 내려와 그녀의 타피스리를 좀 더 밝게 비추기 위해 트리트랙 테이블 옆으로 왔습니다. 그러나 그녀는 불안한 기색을 잘 숨기지 못하고 자기 일을 시작했습니다. 그리고 나도 손쓸 겨를이 없이 재난을 부르는 한 수가 놓이자, 백작의 얼굴이 바뀌었습니다. 유쾌했던 얼굴이 어두워졌고, 발그레했던 얼굴이 노래졌으며, 두 눈이 흔들렸습니다. 그리고 내가 예상할 수도, 바로잡을 수도 없는 최후의 불행이 닥쳤습니다. 모르소프 씨는 패배를 결정짓는 치명적인 수를 스스로 두었던 것입니다. 그 즉시 그는 벌떡 일어나서 테이블을 내게 던지고 등잔을 바닥에 내치더니 콘솔을 주먹으로 치고 살롱 안을 펄쩍펄쩍 뛰어다녔습니다. 걸어 다녔다고는 말할 수 없을 것 같습니다. 그의 입에서 쏟아져 나온 욕설과 저주와 폭언, 앞뒤가 맞지 않는 말들은 중세 시대처럼 고대의 어떤 신들린 사람을 믿게 할 만했습니다. 내 태도가 어땠을지 상상해 보세요!

"정원으로 가세요." 그녀가 내 손을 쥐며 말했습니다.

나는 백작이 내가 없어진 것을 눈치채지 못하게 나왔습니다. 천천히 걸어서 간 테라스에서도 식당에 인접한 그의 침실에서 나오는 그의 외침과 신음 소리가 들렸습니다. 폭풍우를 뚫고, 비가 그치기 직전에 부르는 나이팅게일의 노래처럼 솟아오르는 천사의 목소리도 간간이 들렸습니다. 나는 끝나가는 8월의 가장 아름다운 밤에 아까시나무 밑을 산책하면서 백작 부인이 오기를 기다렸습니다. 그녀는 몸짓으로 오겠다는 약속을 내게 했습니다. 며칠 전부터 우리 사이에는 어떤 해명이 필요하다는 분위기가 감돌고 있어서 우리 영혼에 넘치도록 가득한 샘을 솟아나게 할 첫마디에 그것이 터져 나올 것 같았습니다. 어떤 부끄러움 때문에 우리의 완벽한 교감의 시간이 늦어진 것일까요? 넘쳐날 것 같은 생명력을 억제하는 동안, 사

랑하는 남자에게 자신을 보이기 전에 젊은 여자들을 흔들어
대는 수줍음을 이기지 못해 자기의 내면을 벗겨 보이기를 망
설이는 동안, 감수성을 죽이는 공포의 혼란과 흡사한 그 떨림
을 내가 사랑하는 만큼 아마 그녀도 사랑했을 것입니다. 우리
는 우리의 생각들을 쌓아 올림으로써 이제 필요해진 그 최초
의 속내 이야기를 우리 스스로 키워 놓았습니다. 1시간이 지
났습니다. 나는 벽돌로 된 난간에 앉아 있었습니다. 그때 그녀
발소리의 울림이 나부끼는 드레스의 너울거리는 소리에 섞여
밤의 고요한 대기에 활력을 주었습니다. 그것은 가슴 벅찬 감
동입니다.

“모르소프 씨가 이제 잠들었어요.” 그녀가 말했습니다. “그
이가 그럴 때는 물 한 잔에 양귀비 머리 몇 개를 우려서 드려
요. 그러면 발작이 많이 가라앉아요. 아주 간단한 처방인데
언제나 같은 효험을 보인답니다. 그런데요……,” 그녀는 어조
를 바꿔 가장 호소력 있는 억양으로 말했습니다. “지금까지
철저하게 감춰온 비밀을 불행한 우연 때문에 당신에게 보이고
말았어요. 아까 그 기억을 마음속에 묻어두겠다고 약속해 주
세요. 저를 위해서 그렇게 해주세요. 부탁이에요. 맹세하라고
하진 않겠어요. 신의 있는 사람으로서 ‘예’라고만 해주시면 저
는 만족할 거예요.”

“제가 굳이 ‘예’라고 말할 필요가 있겠습니까?” 내가 그녀에
게 말했습니다. “우리는 서로를 이해하는 사이 아니던가요?”

“망명 중에 견뎌낸 오랜 고통의 결과를 보고 모르소프 씨를
탐탁지 않게 생각하지 마세요.” 그녀가 다시 말했습니다. “내일

이면 자기가 무슨 말을 했는지 완전히 모를 거예요. 그러면 당신도 그가 훌륭하고 다정한 사람이라고 생각하실 거예요."

"부인, 백작님을 변호하려고 하지 마세요." 내가 대답했습니다. "원하시는 건 뭐든 다 할게요. 그렇게 해서 모르소프 씨를 새사람으로 만들 수만 있다면, 부인에게 행복한 삶을 드릴 수만 있다면, 저는 당장이라도 앵드르강에 뛰어들겠습니다. 제가 바꿀 수 없는 단 한 가지는 제 의견입니다. 제 안에서 그보다 강하게 짜여 있는 것은 없습니다. 저는 부인에게 목숨을 드릴 수는 있지만, 양심을 드릴 수는 없습니다. 양심의 소리를 듣지 않을 수는 있지만, 말하지 못하게 할 수가 있을까요? 그런데 제 생각에 모르소프 씨는……."

"알겠어요." 그녀가 이상하게 서둘러 내 말을 끊으며 말했습니다. "당신이 옳아요. 백작님은 새침데기 아가씨처럼 신경질적이죠." 그녀는 광기의 개념을 약화시키기 위해 에두른 표현을 사용해 말했습니다. "하지만 어쩌다 그래요. 기껏해야 일 년에 한 번, 몹시 더울 때요. 망명 생활이 얼마나 많은 화(禍)를 불러왔는지! 아름다운 삶을 얼마나 많이 잃었는지요! 나는 확신해요. 그이는 위대한 전사였고, 나라의 자랑이었어요."

"그건 저도 알아요." 이번에는 내가 그녀의 말을 끊으며 말했습니다. 그리고 나를 속이는 건 쓸데없는 일이라는 사실을 그녀가 이해하게 했습니다.

그녀는 말을 멈추었다가 한 손을 이마 위에 얹고 다시 말했습니다. "도대체 누가 우리 안에 당신을 만들어 냈을까요? 신께서 내게 구원의 손길을, 나를 응원하는 강렬한 우정을 보내려 하신 걸까요?" 그녀가 한 손으로 내 손을 힘주어 누르며 말했습니다. "당신은 착하고 너그러우시니까요……." 그녀는 눈을 들어 하늘을 바라보았습니다. 그녀의 은밀한 희망을 확인시켜 줄 확실한 증거를 찾으려는 듯이요. 그리고 다시 내게로 눈길을 돌렸습니다. 내 영혼 속으로 던진 그 영혼의 눈길에 감전된 나는 사교계가 따르는 판례대로라면, '요령 부족'이었습니다. 그러나 어떤 영혼들에게는 그것이 흔히 어떤 위험에 직면했을 때의 아름다운 황망함이기도 하고 충격을 예견하고 싶은 욕구이며, 오지도 않을 불행에 대한 걱정이 아닐지, 그리고 더 흔하게는 어떤 마음에 물어보는 갑작스러운 질문이거나 함께 소리를 울리는지 알기 위해 한번 쳐보는 것이 아닐까요? 완벽한 입문을 예견하는 순간에 내 안에서 몇 가지 생각이 섬광처럼 떠올라 나의 천진함을 더럽힌 얼룩을 씻어내라고 부추겼습니다.

"얘기를 더 하기 전에," 나는 우리의 깊은 침묵 속에서 확연하게 들리는 심장의 고동 소리 떠문에 변한 목소리로 말했습니다. "과거의 기억을 정화하도록 허락해 주시겠습니까?"

"말하지 마세요." 그녀가 내 입술에 손가락을 댔다가 바로 떼면서 급히 말했습니다. 그녀는 너무 높이 있어서 어떤 모욕도 도달할 수 없는 여인처럼 고귀한 태도로 나를 바라보다가 당황한 목소리로 말했습니다. "뭘 말하고 싶어 하는지 알아요. 내가 받은 처음이자 마지막, 그 단 한 번의 모욕 말이죠! 그 무도회에 대해선 절대로 말하지 마세요. 그리스도교인으로서는 당신을 용서했다 하더라도, 여자로서는 아직도 시달리고 있어요.”

“하느님보다 매정하시면 안 됩니다.” 나는 차오르는 눈물을 속눈썹에 매단 채 말했습니다.

“나는 더 엄격해야 하는데 더 약해요.” 그녀가 답했습니다.

“하지만,” 나는 아이가 반항하듯 말했습니다. “제 말 좀 들어보세요. 부인 생애 처음이자 마지막이고 단 한 번뿐일 거라는 말씀은…….”

“그럼 말해 보세요! 안 그러면 내가 당신의 말을 듣기를 두려워한다고 생각하실 것 같으니까요.” 그녀가 말했습니다.

그래서 나는 그때가 우리 삶에서 유일한 순간임을 감지하고 주의를 집중하라는 어조로 그녀에게 말했습니다. 무도회의 여자들은 내가 그때까지 보아온 여자들처럼 모두 내 관심을 끌지 못했지만, 그녀를 보자 공부로만 점철된 삶과 대담하지 못한 영혼을 지니고 있던 나는 어떤 강렬한 감정에 사로잡혔는데, 그런 감정을 느껴본 적이 없는 사람들만이 나를 비난할 수 있을 테지만, 남자의 마음을 그토록 가득 채운 그 욕망에는 그 누구도 저항하지 못하며, 모든 것을, 심지어는 죽음까지도 불사할 것이라고…….

“그럼, 경멸은?” 그녀가 내 말을 막으며 말했습니다.

“그러면 부인은 저를 경멸하셨단 말씀입니까?” 내가 대답했습니다.

“그 일에 대해서는 더 말하지 말아요, 우리.” 그녀가 말했습니다.

“얘기해야 합니다!” 나는 초인적인 고통으로 인해 흥분해서 대답했습니다. "저 자신 전부의 문제이고, 알려지지 않은 제 삶의 문제이며, 부인께서 아셔야 할 비밀의 문제입니다. 아니면 저는 절망해서 죽을 겁니다! 그리고 부인의 문제이기도 하지 않습니까? 부인은 본의든 아니든 시합의 승자들에게 주어질 빛나는 화관을 손에 든 귀부인이었습니다."

나는 그녀에게 내 유년 시절과 청년 시절을 얘기해 주었습니다. 당신에게 얘기했듯이 거리를 두고 판단하며 말한 것이 아니라, 아직도 피가 흐르는 상처를 지닌 젊은이의 열렬한 토로였습니다. 내 목소리는 숲속 나무꾼들의 도끼처럼 울려 퍼졌습니다. 앙상한 가지들로 뒤덮인 죽은 세월, 기나긴 고통들이 큰 소리를 내며 그녀 앞에 쓰러졌습니다. 나는 당신에게는 털어놓지 않았던 세세한 내용들, 그 끔찍한 얘기들을 격정적인 표현으로 그녀에게 묘사했습니다. 나는 내 빛나는 맹세의 보물과 내 욕망의 순결한 황금, 영원한 겨울로 차곡차곡 쌓인 알프스의 빙하 아래 보존된 불타는 온 마음을 펼쳐 보였습니다. 이사야의 뜨거운 돌[38]과 함께 되풀이된 내 고뇌의 무게로 억눌린 내가 그녀의 말을 기다리고 있을 때, 고개를 숙이고 내 말을 듣고 있던 그녀가 어둠을 밝히는 눈길을 주었고, 단 한 마디로 지상과 천상의 세계에 생명을 불어넣었습니다.

---

38) 「이사야서」 6장 6절~7절. "날개가 여섯 개 달린 천사들 가운데 하나가 제단에서 뜨거운 돌을 불집게로 집어 내게로 날아왔다. 천사는 그것을 내 입에 대고 말하였다. '이것이 네 입술에 닿았다. 너의 악은 가시고 너의 죄는 사라졌다.'"

"우리의 어린 시절은 같았군요!" 그녀가 순교자들의 후광이 빛나는 얼굴을 내게 보여주며 말했습니다. '그러니까 나 혼자만 고통을 받은 것이 아니었다!'라는 똑같은 위안의 생각 속에서 우리의 영혼이 결합한 짧은 침묵이 지나간 후, 백작 부인이 그녀의 사랑하는 아이들에게 말할 때의 목소리로 내게 말했습니다. 아들들이 죽었을 때 그녀가 딸이라는 사실이 얼마나 죄스러웠는지 말입니다. 그녀는 어머니의 허리춤에 매인 딸의 상태에서 오는 고통과 중학교 세계에 던져진 아이의 고통이 무엇이 다른지 내게 설명해 주었습니다. 나의 고독은 그녀의 영혼을 끊임없이 멍들게 한 맷돌의 영향에 비하면 낙원이나 마찬가지였습니다. 그것은 그녀의 진정한 어머니인 큰어머니가 그녀를 그 끔찍한 고문에서 빼내어 구해 준 날까지 계속되었습니다. 그녀는 되살아나는 그 고문의 고통을 내게 얘기해 주었습니다. 단검 앞에서는 물러서지 않는데 다모클레스[39]의 검 아래에서는 죽을 만큼 예민한 신경을 타고난 사람에게 사소한 트집은 설명할 수 없고 견디기 힘든 고문이었습니다. 감정의 고귀한 표출이 얼음처럼 차가운 명령으로 차단되기도 하고, 냉정한 입맞춤을 받기도 했으며, 잇달아 비난받으며 침묵을 강요당하기도 하고, 삼켜버린 눈물은 아직도 그녀 마음속에 맺혀 있는 등, 요컨대 수도원의 수많은 강압이 외부 사람들의 눈에는 영광스럽게 찬양받는 모성애의 외관으로 가려져 있었습

---

39) 기원전 4세기 시칠리아 시라쿠사의 참주 디오니시오스 1세의 신하로서 왕의 권력을 부러워하자, 참주가 그를 말총 한 올에 매단 검 밑에 앉게 하여 참주의 행복은 언제나 불안하고 위태로움을 깨닫게 한 일화로 유명하다.

니다. 그녀의 어머니는 그녀를 자랑하고 칭찬했습니다. 그러나 이튿날에는 훈육자의 승리를 과시하는 데 필요한 그 발림 말의 대가를 그녀는 비싸게 치러야 했습니다. 복종과 다정함의 힘으로 어머니의 마음을 얻었다고 생각해서 그녀가 자기 마음을 열어 보이면, 그 속 깊은 이야기를 무기로 삼아 폭압이 다시 나타났습니다. 밀정도 그렇게 비겁하게 배신하지는 않을 것입니다. 소녀 시절 그녀의 모든 기쁨과 기념일들에는 비싼 값을 치러야 했습니다. 그녀가 행복한 것이 마치 잘못이라도 한 것처럼 질책받았기 때문입니다. 그녀의 귀족 교육은 사랑으로 베풀어진 적이 한 번도 없었습니다. 상처를 주는 빈정거림만 있을 뿐이었죠. 그녀는 어머니를 조금도 원망하지 않았습니다. 그녀는 어머니에게 사랑보다 공포심을 더 느끼는 자신을 책망하기만 했습니다. 어쩌면 이 천사는 그 혹독함이 필요하다고 생각하지 않았을까요? 현재의 삶을 마련해 준 것이라고 말입니다. 그녀의 말을 들으니, 내가 형편없는 코드로 튕겨대던 욥의 하프[40]가 이제는 그리스도교인의 손가락으로 연주되면서 십자가 아래에서 성모송을 부르며 화답하는 것 같았습니다.

"우리는 이곳에서 만나기 전에도 똑같은 하늘 아래 살고 있었군요. 부인은 동방에서, 저는 서방에서요."

그녀는 절망적인 움직임으로 머리를 흔들었습니다. "당신이

---

40) 구약성서의 욥은 시련과 인내의 상징으로서 의인의 전형으로 꼽힌다. 「욥기」 30장 30절. "나의 수금은 장송곡이나 울리고 나의 피리는 통곡 소리나 반주하게 되었구나."

동방이고 내가 서방이에요.” 그녀가 말했습니다. “당신은 행복하게 살 것이고, 저는 고통으로 죽을 겁니다. 남자들은 자기네들 스스로 여러 가지 삶의 일들을 만들어가지만, 내 삶은 영원히 고정되어 있어요. 여성은 유부녀들의 순결의 상징인 금반지로 묶여 있어서 이 무거운 사슬은 어떤 힘으로도 끊을 수 없어요.”

우리는 그렇게 같은 가슴의 쌍둥이임을 느꼈기 때문에, 그녀는 같은 샘물을 마신 형제 사이에 나누는 속 깊은 이야기들을 도중에서 끝내려는 생각은 전혀 품지 않았습니다. 순수한 마음이 열리는 순간에 자연스럽게 나오는 한숨을 쉰 후, 그녀는 결혼 초기, 처음의 실망들, ‘새롭게 반복되는’ 모든 불행을 내게 이야기해 주었습니다. 그녀도 나처럼 사소한 일들을 겪었습니다. 그러나 투명한 본질을 지닌 영혼들에게는 극히 작은 충격에도 본질 전체가 요동칠 만큼 큰일입니다. 호수에 던진 돌 하나가 수면과 물속 깊은 곳을 똑같이 흔드는 것과 마찬가지죠. 결혼할 때 그녀에게는 모아 둔 돈이 있었습니다. 그것은 즐거운 시간, 젊은 날의 수많은 욕망을 대변하는 약간의 금화였어요. 그녀는 궁핍했을 때 그것을 남편에게 주면서도 그것이 금화가 아니라 추억이라는 말은 하지 않았습니다. 그녀의 남편은 그에 대해 신경 쓴 적이 한 번도 없었고, 자기가 그녀에게 빚을 지고 있다고 생각하지도 않았습니다! 망각의 고인 물속에 삼켜진 그 보물의 대가로 그녀는 모든 것을 청산해 주는 눈물 어린 눈길마저도 받지 못했습니다. 너그러운 영혼에게 그런 눈길은 어려운 시절에 빛을 발하는 영원한

보석이나 매한가지인데 말이죠. 그녀가 걸어온 길은 걸음걸음
이 얼마나 고통스러웠을까요! 모르소프 씨는 살림에 필요한
돈을 주는 것도 잊어버렸습니다. 여자의 온갖 소심함을 무릅
쓰고 그녀가 생활비를 요구할 때, 그는 비로소 꿈에서 깨어났
습니다. 그리고 그는 마음에 상처를 주는 잔인한 말을 단 한
번도 삼간 적이 없습니다! 그 폐인의 병적 본성이 드러났을
때 그녀는 얼마나 큰 공포에 사로잡혔는지 모릅니다! 그의 광
적인 분노가 처음으로 폭발했을 대, 그녀는 꺾이고 말았습니
다. 남편을, 한 여자의 삶을 지배하는 그 위압적 인물을 아무
렇지도 않게 바라보기까지, 그녀는 힘든 성찰을 얼마나 많이
거듭해야만 했던지요! 두 번의 출산에는 얼마나 끔찍한 재앙
이 따랐던지요! 사산한 두 아이를 보았을 땐 얼마나 큰 충격
에 휩싸였을까요? 무슨 용기로 '내가 아이들에게 생명을 불어
넣을 거야! 이 아이들을 날마다 다시 낳겠어!'라고 생각했을
까요? 여자들이 구원을 끌어내는 마음손과 손안에서 장애를
느꼈을 때 얼마나 절망했을까요! 그녀는 어려움을 극복할 때
마다 그 끝없는 불행이 가시밭길 사바나를 펼쳐놓는 것을 보
았습니다. 새로운 바위를 오를 때마다 그녀는 건너야 할 사막
을 다시 보았습니다. 그것은 남편을, 아이들의 체질을, 그리고
그녀가 살아야 할 고장을 잘 알게 될 때까지 계속되었습니다.
집에서 고이 보살핌을 받다가 나폴레옹에게 발탁된 아이처럼
그녀가 진흙과 눈밭을 걷는 데 발이 익숙해지고, 이마는 총탄
에 익숙해지며, 인격 전체가 군인의 수동적 복종에 길들 때까
지 말입니다. 내가 당신에게 간추려드리는 이 내용은 가슴 아

폰 사건들과 패배한 부부싸움, 부질없는 시도들 같은 부수적인 사실들과 함께 당시 펼쳐진 어둠 속에서 그녀가 내게 들려준 것들입니다.

"결국," 그녀가 말을 맺으며 내게 말했습니다. "클로슈구르드를 개선하는 데 내가 얼마나 수고를 해야 할지, 그가 자기 이익에 가장 쓸모 있는 것을 원하게 하려면 얼마나 힘들게 구슬려야 할지 알려면 이곳에 몇 달 계셔야 할 거예요. 내가 권유한 일이 시작부터 성공하지 못하면 얼마나 어린애 같은 심술에 사로잡히는지 몰라요! 잘되면 자기 공으로 돌리고 떨듯이 기뻐하고요. 내가 온몸을 바쳐 그의 시간 낭비를 줄여주고, 그의 공기를 향기롭게 해주며, 그가 돌을 뿌려둔 길에 모래를 깔고 꽃이 피어나게 하는데도, 불평을 언제나 들어주려면 인내심이 얼마나 필요할지 모르겠어요. 내가 그 보상으로 받는 건 언제나 반복되는 '난 죽을 거야. 내겐 삶이 버거워!'라는 끔찍한 말이죠. 집에 사람들이 와서 기분이 좋을 때는 그런 게 다 사라지고 상냥하고 공손해져요. 가족에게는 왜 그렇게 하지 못할까요? 가끔은 정말 기사 같은 이 남자에게 결핍된 이 성실성을 어떻게 설명해야 할지 모르겠어요. 그이는 지난번 시에서 열린 무도회를 위해 그랬던 것처럼 내게 장신구를 구해 주기 위해 아무도 모르게 말을 타고 전속력으로 파리까지 달려갈 수 있는 사람이에요. 자기 집에는 인색한 그가 내가 원한다면 나를 위해 낭비도 할 것 같아요. 그 반대여야 하는데 말이에요. 나는 아무것도 필요하지 않지만, 살림살이에는 돈이 많이 들어요. 나는 그이에게 행복한 삶을 만들어주고 싶어서 내가 어머니라는 생각은 하지 않고 그이의 희생자라고 생각하는 데 익숙해진 것 같아요. 내게 비열해 보이는 역할을 비굴하게 할 수만 있다면 어리광을 좀 부려서 그이를 아이처럼 다룰 수도 있겠죠. 하지만 집안의 이익을 위해선 내가 정의의 여신상처럼 침착하고 엄격해야 해요. 그렇지만 나 역시 외향적이고 다정한 성격이에요!"

"어째서 백작님의 여주인이 되어 이끌어 가는 영향력을 사용하지 않으세요?" 내가 말했습니다.

"나 혼자만의 문제라면 정당한 논쟁에 반대해서 몇 시간이고 입을 다물고 있는 그이의 둔한 침묵을 이길 수도 없고, 참으로 유치한 근거를 지닌 논리 없는 견해에 대꾸할 수도 없어요. 내게는 약자와 어린이에 맞설 용기가 없어요. 저항하지 못하고 그냥 당할 수밖에요. 아마 나도 힘에는 힘으로 맞서겠지만, 내가 불쌍하게 여기는 사람들에게 맞설 에너지가 내겐 없어요. 만약에 마들렌을 구하기 위해서 아이에게 어떤 일을 억지로 강요해야 한다면, 나는 마들렌과 함께 죽을 거예요. 연민은 내 모든 섬유질을 느슨하게 하고 내 신경을 부드럽게 만들어요. 최근 10년 동안의 격렬한 흔들림도 나를 무너뜨렸고요. 이제는 내 감수성도 너무 자주 공격받아서 가끔 일관성이 없는데, 어떻게 해도 회생시키지 못해요. 내가 폭풍우를 견뎌낸 에너지도 가끔은 내게 없어요. 그래요, 가끔은 나도 패배자예요. 내 몸을 풀어주는 해수욕과 휴식이 없다면 나는 죽을 겁니다. 모르소프 씨가 나를 죽일 테고, 그이는 내 죽음 때문에 죽을 거예요."

“몇 달 동안이라도 클로슈구르드를 떠나 있으면 어떨까요? 아이들을 데리고 바닷가로 가시면 어때요?”

“우선, 내가 멀리 간다면 모르소프 씨는 자기가 끝났다고 생각할 거예요. 자기 처지를 믿으려 하지 않는다 해도 의식하고는 있어요. 그이의 내면에는 인간과 환자라는 서로 다른 두 본성이 만나고 있어서 거기서 생기는 모순이 기이한 행동들을 잘 설명해 주지요! 다음으로는, 그이가 당연히 흔들리겠지요. 여기에서 만사가 악화될 거예요. 머리 위를 맴도는 솔개로부터 아이들을 보호하는 데 전념하는 가족 어머니의 모습을 아마 당신도 내게서 보셨을 거예요. 거기에 모르소프 씨가 요구하는 보살핌이 더 있죠. 몹시 힘든 역할이에요. 그이는 ‘부인은 어디 있지?’라고 항상 묻고 다녀요. 그건 아무것도 아니에요. 나는 자크의 가정교사이자 마들렌의 감독자이기도 해요. 그것도 아무것도 아니죠! 나는 집사이자 재산 관리인이에요. 토지 경작이 이곳에서는 가장 힘든 산업이라는 사실을 당신이 알게 될 때, 내 말의 범위를 언젠가는 알게 될 거예요. 우리는 현금 수입이 거의 없고, 우리 농장은 절반 경작이어서 지속적인 감독이 필요한 시스템이죠. 곡식과 가축, 온갖 종류의 수확물들을 직접 팔아야 해요. 우리의 경쟁 상대는 우리 소작인들인데, 그들은 주점에서 소비자들과 흥정해서 자기 것들을 먼저 판매한 뒤에 가격을 결정해요. 우리 농사의 수많은 어려움을 당신에게 설명하자면 지루해하실 거예요. 내가 아무리 호의를 베푼다 해도, 나는 우리 소작인들이 우리 퇴비로 자기네들 땅을 비옥하게 만들지나 않을까 밤낮없이 감시할 수가 없어요. 나는 우리 농작물을 수확하는 사람들이 수확물을 나눌 때 소작인들과 흥정하지나 않는지 보러 갈 수도 없고, 판매하기에 적당한 때를 알 수도 없어요. 그런데 모르소프 씨의 나쁜 기억력을 생각해 보세요. 그리고 당신이 보았듯이 그이가 자기 일에 어쩔 수 없이 전념하게 만드는 내 노력을 생각해 보세요. 내 짐이 얼마나 무거운지, 그 짐을 잠시라도 내려놓기가 불가능하다는 사실을 이해하실 거예요. 내가 없다면 우리는 파산할 거예요. 그이의 말은 아무도 듣지 않을 겁니다. 그이의 명령은 대부분 앞뒤가 안 맞아요. 게다가 아무도 그이를 좋아하지 않죠. 그이는 불평이 너무 심하고, 지나치게 전제적이니까요. 그리고 약한 사람들이 흔히 그러듯이 그이는 아랫사람들의 말을 너무 쉽게 들어서 여러 가족을 결합해 주는 자애로움을 자기 주위에 불러일으키지 못해요. 내가 떠난다면, 하인들 그 누구도 이곳에서 일주일을 머물지 못할 거예요. 저 납으로 만든 꽃다발이 우리 지붕에 붙어 있듯이 내가 클로슈구르드에 얽매여 있다는 사실을 이제 잘 아시겠죠. 나는 당신에게 아무 사심도 없었어요. 클로슈구르드의 비밀은 이 지방 전체가 몰라요. 그런데 당신은 이제 알게 되었죠. 클로슈구르드에 대해 좋은 말과 호의적인 말 외에는 아무 말도 하지 마세요. 그러면 나의 존경과 감사를 받으실 거예요.” 그녀는 부드러워진 목소리로 덧붙였습니다. “그 대가로 당신은 언제든 클로슈구르드에 다시 오실 수 있고, 다정한 마음들과 함께하실 거예요.”

“저는 고통을 받은 것도 아닙니다! 부인만이……,” 내가 말했습니다.

"아니에요!" 화강암이라도 갈라놓을 체념한 여인들의 미소를 지우지 못하고 그녀가 말했습니다. "내 고백에 놀라지 마세요. 내 삶을 꾸밈없이 보여드리는 거지, 당신이 상상으로 바라는 것이 아니에요. 우린 둘 다 장단점이 있어요. 만약에 내가 어떤 낭비벽 있는 사람과 결혼했다면, 나는 파산당했을 거예요. 정열이 넘치는 어떤 향락적인 젊은이와 결혼했다면, 그는 인기가 많았겠지만 나는 아마 그를 곁에 두지 못했을 테고, 그에게 버림받아서 질투로 죽었을 거예요. 나는 질투가 심하거든요!" 그녀는 지나가는 폭풍우의 천둥소리처럼 흥분한 어조로 말했습니다. "그러니까 모르소프 씨는 자기가 사랑할 수 있는 만큼 나를 사랑해요. 자기 마음속에 애정으로 넣어두는 것을 몽땅 내 발에 쏟아부어요. 막달라 마리아가 남은 향유를 구세주의 발에 쏟아부었듯이 말이에요. 정말이에요! 사랑은 지상의 법칙을 벗어나는 운명적인 예외예요. 모든 꽃은 시들기 마련이고, 커다란 기쁨에 내일이 있다면 그건 슬픈 내일이지요. 현실의 삶은 고뇌의 삶이에요. 그 이미지가 테라스 발치에 찾아온 이 쐐기풀 안에 있어요. 햇빛도 없는데 줄기 위에서 언제나 푸르게 있죠. 이곳에도 북쪽 지방처럼 하늘에 미소가 있어요. 드문 게 사실이지만 고통을 꽤 덜어줘요. 결국 오로지 어머니 역할만을 하는 여자들은 기쁨보다는 희생으로 묶이는 게 아닐까요? 나는 여기에서 사람들과 내 아이들에게 내리치려는 폭풍우가 보이면 그것을 내게로 끌어당겨요. 그렇게 방향을 돌려놓으면 나도 모르는 어떤 감정을 느끼면서 은밀한 힘이 생겨나요. 전날의 체념은 언제나 이튿날의 체념에 대비하게 해주었지요. 게다가 하느님은 나를 희망 없이 두지 않아요. 처음엔 내 아이들의 건강 때문에 절망했지만, 지금은 아이들이 자라날수록 건강이 좋아지고 있어요. 어쨌든 우리 집도 아름다워졌고, 재산도 회복되고 있어요. 남편의 노년이 나로 인해서 행복하지 않을지 어떨지는 아무도 몰라요. 정말이에요! 인생을 저주한 사람들을 달래어 데리고 와서 푸른 종려나무 가지를 손에 들고 대심판관 앞에 서는 사람,[41] 그 사람은 고통을 희열로 바꿨어요. 내 고통이 가족의 행복에 이용된다면, 고통은 좋은 것이잖아요?"

"그래요." 내가 그녀에게 말했습니다. "하지만 그 고통은 필요한 것이었습니다. 우리의 바위 안에서 익은 열매의 맛을 보기 위해 제 고통이 필요한 것처럼요. 이제 어쩌면 우리는 함께 그것을 맛보고, 그 기적을 찬양하겠지요? 영혼에 범람하는 이 사랑의 격류를, 말라가는 잎들을 소생시키는 이 수액을 말입니다. 그러면 삶은 이제 버겁지 않게 되고, 우리 것도 아닙니다. 하느님! 제 말이 들리지 않으시나요?" 나는 종교 교육 덕택에 익숙해진 신비주의 언어를 사용하며 다시 말했습니다. "우리가 서로를 향해 어떤 길들을 걸었는지 아십니까? 대양의 쓰디쓴 물 위를 건너 꽃이 만발한 두 개의 푸른 강변 사이, 산자락에서 반짝이는 모래 위를 흐르는 달콤한 샘을 향해 어떤 자석이 우리를 인도했던가요? 동방박사들처럼 우리는 같은

---

41) 「요한묵시록」 7장 9절. 천복을 누리는 순교자들을 뜻한다.

별을 따라오지 않았습니까? 지금 우리는 아기 성자가 깨어나는 구유 앞에 있습니다. 그분은 벌거벗은 나무들의 이마를 향해 화살을 쏘고, 즐거운 외침으로 세계를 소생시키며, 끊임없는 기쁨으로 삶에 의욕을 부여하고, 밤에는 잠을, 낮에는 환희를 주실 것입니다. 도대체 누가 우리 사이의 매듭을 해마다 다시 묶어주었을까요? 우리는 남매보다 더한 사이 아닌가요? 하늘이 맺어준 것을 절대로 풀지 마십시오. 부인이 말씀하신 고통은 씨 뿌리는 사람[42]의 손으로 풍부하게 뿌려진 곡물이었습니다. 그래서 햇빛 중에서도 가장 아름다운 햇빛을 받아 벌써 황금빛이 된 수확물이 꽃을 피울 것입니다. 상상해 보세요! 보세요! 하나하나 모두 따러 함께 가시지 않겠습니까? 제가 부인께 감히 이런 말씀을 드리다니, 제 안에 어떤 힘이 있는 걸까요! 그러니 대답해 주세요. 그러지 않으면 앵드르강을 다시 건너지 않겠습니다."

"당신은 내게 '사랑'이라는 말을 피하셨어요." 그녀가 엄한 목소리로 내 말을 끊으며 말했습니다. "하지만 당신은 내가 모르는, 그리고 나로선 절대로 허용할 수 없는 감정에 대해 말했어요. 당신이 어린아이니까 한 번 더 용서하지만, 이번이 마지막이에요. 내 마음은 모성애에 도취해 있는 거나 마찬가지라는 사실을 알아두세요! 나는 사회적 의무를 다한다거나, 하늘나라의 영원한 행복을 얻으려는 계산으로 모르소

---

42) 「마가복음」 4장 8~9절, 「마태복음」 13장 8절, 「누가복음」 8장 8절 등에 나오는 씨 뿌리는 사람의 비유다.

프 씨를 사랑하는 게 아니에요. 그이는 내 심장의 모든 조직에 저항할 수 없는 감정으로 연결되어 있어요. 내가 겁탈당해서 결혼했냐고요? 결혼은 그의 고난에 대해 내가 연민을 느꼈기 때문에 결정했어요. 시대의 불행을 고치고, 돌파구를 달리다가 다쳐서 돌아온 사람들을 위로하는 것이 여자들의 일 아니었던가요? 당신에게 뭐라고 말할까요? 당신이 그이를 즐겁게 해 주는 걸 보고 알 수 없는 어떤 이기적 만족감을 느꼈다고 할까요? 그것이 순수한 모성애 아닌가요? 그러니까 당신은 내 고백을 통해 절대로 게을리해서는 안 될 '세' 아이를 충분히 보지 않았나요? 나는 그들의 머리 위로 회복의 이슬이 내리게 해야 해서 내 영혼을 아주 작은 부분이라도 변조됨이 없이 밝게 빛나도록 만들어야 해요. 어머니의 젖을 상하게 하지 마세요! 내 지어미 역할은 조금도 흔들리지 않아요. 그러니 더는 그렇게 말하지 마세요. 아주 간단한 이 금기 사항을 당신이 존중하지 않는다면, 미리 말해 두지만, 우리 집의 문은 당신에게 영원히 닫혀버리고 말 거예요. 나는 강요된 형제애보다 더 확실한, 순수한 우정과 자발적인 형제애를 믿었어요. 잘못된 생각이었어요! 나는 심판관이 아닌 친구, 질책하는 목소리가 살인의 목소리가 되는 위험한 순간에 내 말을 들어주는 친구, 함께하면 아무것도 두려울 게 없는 성스러운 친구를 원했어요. 젊음은 고귀하고, 거짓이 없으며, 희생할 수 있고, 사리사욕이 없어요. 고백하건대, 나는 당신의 끈질김을 보고 하느님의 어떤 섭리일 거라고 믿었어요. 나는 사제가 만인의 소유이듯이 오직 나 혼자만의 영혼을 소유하고, 내 고통이 넘쳐

날 때 남김없이 털어놓을 수 있고, 울음을 참을 수 없는데 그 걸 계속 삼키면 숨이 막힐 것 같을 때 울 수 있는 그런 마음을 소유할 거라고 생각했어요. 그렇게 해서 저 아이들에게는 몹시 소중한 내 존재가 자크가 어른이 될 때까지 연장될 수 있을 것 같았죠. 하지만 너무 이기적이지 않은가요? 페트라르카의 라우라[43]가 다시 시작될 수 있을까요? 내가 틀렸어요. 하느님은 그걸 원하시지 않아요. 군인이 친구 없이 죽듯이 내 자리에서 죽어야 할 거예요. 내 고해신부는 거칠고 엄해요. 그리고…… 이젠 큰어머니도 안 계시거든요!”

달빛에 반짝이는 두 줄기 굵은 눈물이 그녀의 눈에서 나와 뺨을 타고 흘러내려 턱까지 닿았습니다. 나는 때맞춰 손을 내밀어 눈물을 받았고, 그녀의 말이 불러일으킨 경건한 탐욕으로 그 눈물을 마셨습니다. 그녀의 말은 10년간 남몰래 흘린 눈물, 소모된 감수성, 한결같은 보살핌, 끝없는 불안이 보증하는 것이었습니다. 당신네 여성 가운데 가장 고결한 비범함이죠! 그녀는 살짝 어안이 벙벙해진 얼굴로 나를 쳐다보았습니다.

“이건 처음으로 하는 사랑의 영성체입니다.” 내가 그녀에게 말했습니다. “그렇습니다. 저는 방금 부인의 고통을 함께 나눴고, 저를 부인의 영혼에 결합했습니다. 그리스도의 거룩한 피를 마심으로써 우리를 그리스도에게 연결하듯이 말입니다. 희망 없이 사랑하는 것도 행복입니다. 아! 지상의 어떤 여인이

---

43) 페트라르카는 프랑스 르네상스에 큰 영향을 준 이탈리아의 시인으로서, 그가 사랑한 여인인 금발의 아름다운 라우라는 영감의 원천이었다.

이 눈물을 들이마신 만큼 큰 기쁨을 내게 줄 수 있을까요! 내게는 고통으로 바뀌고 말 그 약속을 받아들이겠습니다. 저는 아무 사심 없이 부인께 저를 바치겠습니다. 그리고 부인이 원하는 사람이 되겠습니다."

그녀는 몸짓으로 내 말을 멈추게 하고, 깊은 목소리로 말했습니다. "우리 관계를 묶어주는 끈을 당신이 절대로 조이지 않는다면, 이 약속에 동의할게요."

"네. 하지만 부인이 제게 주는 것이 적을수록 저는 더 확실하게 소유해야 합니다." 내가 말했습니다.

"의심으로 시작하는군요." 그녀가 의심에 대해 침울함을 나타내며 대답했습니다.

"아닙니다. 그건 순수한 소유입니다. 저는 아무에게도 불리지 않은 부인의 이름을 하나 갖고 싶습니다. 우리가 열중하는 감정이 그래야 하는 것처럼요."

"많은 걸 바라는군요. 하지만 난 당신이 생각하는 것보다 속이 좁진 않아요. 모르소프 씨는 나를 블랑슈라고 부르죠. 세상에서 유일하게 내가 가장 사랑했던 분이 큰어머니신데, 그분이 나를 앙리에트라고 부르셨어요. 그러니 당신에게 다시 앙리에트가 될게요."

나는 그녀의 손을 잡고 입을 맞추었습니다. 그녀는 여성을 우리 남성보다 훨씬 우월하게 만드는 자신감, 남성을 압도하는 그런 자신감 속에서 내게 손을 맡겼습니다. 그녀는 벽돌 난간에 몸을 기대고 앵드르강을 바라보았습니다.

"저기요, 한달음에 경주장 끝까지 가는 건 반칙 아닌가요?

당신은 순진하게 드린 술잔을 한 모금에 끝내버렸어요. 하지만 진실한 감정은 나뉘지 않는 법이니, 전부여야 하겠죠. 그렇지 않으면 진실한 감정이 아니죠." 그녀는 잠시 침묵했다가 내게 말했습니다. "모르소프 씨는 무엇보다도 충성스럽고 자존심이 강한 성격이에요. 당신은 아마도 나를 위해서 그이가 한 말을 잊어버리려고 하시겠지요. 그이가 무슨 말을 했는지 전혀 알지 못하면 내일 내가 가르쳐드릴 거예요. 당분간 클로슈구르드에는 모습을 보이지 마세요. 그러면 그이가 당신을 한층 높게 평가할 거예요. 돌아오는 일요일, 성당에서 나오는 길에 그이가 당신을 직접 찾아갈 거예요. 나는 그이를 잘 알아요. 그이는 자기 잘못을 뉘우칠 것이고, 행동과 말에 책임을 지는 사람으로 자기를 대해 준 당신을 좋아할 거예요."

"닷새 동안이나 부인을 보지 못하고 목소리도 듣지 못하다니요!"

"앞으로는 나한테 그런 뜨거운 말은 절대로 하지 마세요." 그녀가 말했습니다.

우리는 침묵 속에 테라스를 두 바퀴 돌았습니다. 그리고 그녀는 내 영혼을 소유하고 있음을 증명하는 명령조로 말했습니다. "늦었어요. 이제 헤어져요."

나는 그녀의 손에 입을 맞추려고 했지만, 그녀는 망설이다가 손을 내어주며 부탁하는 목소리로 말했습니다. "내가 당신에게 손을 줄 때만 잡으세요. 내 자유로운 의지에 맡겨주세요. 안 그러면 난 당신의 소유물이 될 것이고, 그래선 안 돼요."

"안녕히 계십시오." 내가 그녀에게 말했습니다.

나는 그녀가 열어준 아래의 작은 문으로 나왔습니다. 그녀는 문이 거의 닫히는 순간에 다시 문을 열고는 내게 손을 내밀며 말했습니다. "사실 오늘 저녁에 당신은 정말 훌륭했어요. 내 미래를 전부 위로해 주었거든요. 잡으세요, 친구, 어서요!"

나는 그녀의 손에 여러 번 입을 갖추었습니다. 그리고 내가 눈을 들었을 때, 나는 그녀의 눈에 고인 눈물을 보았습니다. 그녀는 테라스로 다시 올라가 초원을 건너가는 나를 잠시 바라보았습니다. 내가 프라펠로 가는 길에 접어들었을 때도 달빛에 비친 그녀의 하얀 드레스가 아직 보였습니다. 그리고 얼마 후에는 그녀의 방에 불이 켜졌습니다.

'오, 나의 앙리에트! 이 지상에서는 절대로 빛나지 않을 가장 순수한 사랑을 그대에게 바칠 거야!'라고 나는 속으로 말했습니다.

나는 걸음을 뗄 때마다 뒤를 돌아보며 프라펠로 돌아왔습니다. 나는 형언할 수 없는 어떤 만족감을 내 안에서 느꼈습니다. 찬란한 여정이 마침내 열린 것입니다! 그 여정은 젊디젊은 가슴을 듬뿍 채운 헌신을 향해 있었으며, 내 안에서 아주 오랫동안 잠들어 있던 힘이었습니다. 단 한 걸음에 새로운 삶에 들어선 사제처럼 나는 거룩한 축복을 받으며 그녀에게 바쳐졌습니다. "네, 부인!"이라는 간단한 말 한마디로 나는 저항할 수 없는 사랑을 오직 내 마음속에만 간직하고, 이 여인을 조금씩 사랑 안으로 끌어들이기 위해 우정을 절대로 남용하지 않겠다고 약속했습니다. 모든 고귀한 감정들이 깨어나 내 안에서 어수선한 목소리들을 들려주었습니다. 비좁은 침실로 들어가기 전에 나는 별들이 뿌려진 하늘 아래에 기분 좋게 머물며 내 안에서 울리는 상처받은 산비둘기의 노래, 그 천진한 고백의 순수한 소리를 더 듣고 싶었습니다. 내게로 모두 몰려오는 것 같은 그 영혼의 향기를 대기 속에 모으고 싶었습니다. 자신을 깊이 망각한 채 상처받았거나 약한 사람들, 또는 고통받는 사람들을 대하는 그녀의 신념, 법의 속박이 무색한 그녀의 헌신을 보며 나는 그 여인이 얼마나 위대해 보였는지 모릅니다! 그녀는 성녀와 순교자의 화형대 위에서 태연하게 있었습니다! 내가 어둠 속에 나타난 그녀의 얼굴을 보고 깜짝 놀랐을 때, 나는 순간 그녀가 한 말의 의미, 그 비밀스러운 의미를 깨달았다고 생각했고, 그러자 그녀는 내게 완전히 숭고해졌습니다. 어쩌면 자기의 작은 세계에서 그녀가 했던 역할을 내가 그녀에게 해주기를 바라지 않았을까요? 그녀는 아마도 내게서 힘과 위안을 끌어내고 싶었던 게 아닐까요? 나를 그렇게 자기 영역 안에, 자기와 나란히, 또는 자기보다 높은 곳에 놓고 말입니다. 몇몇 과감한 우주 건설자들은 별들이 그런 방식으로 운동과 빛을 서로 전달한다고 말합니다. 그런 생각이 들자, 나는 갑자기 하늘 높이로 들어 올려졌습니다. 나는 그 옛날 내가 꾸던 꿈속의 하늘에 있었고, 내 어린 시절의 고통은 내가 잠겨 있던 무한한 행복으로 여겨졌습니다.

눈물 속에 스러져간 천재들, 제대로 평가받지 못한 마음들, 클래리사 할로[44] 같은 알려지지 않은 성녀들, 인정받지 못한

---

44) 영국 작가 새뮤얼 리처드슨(1689~1761)의 소설 『클래리사, 또는 어느

아이들, 결백한 추방자들이여, 당신들은 한결같이 황량한 고독 속에 삶을 시작했고, 어딜 가나 차가운 얼굴, 닫힌 마음과 막힌 귀들만 보았지만, 절대로 눈물을 보이지 마시길! 당신들에게 어떤 마음이 열릴 때, 어떤 사람이 당신들의 말을 들어줄 때, 어떤 눈길이 당신들에게 화답할 때, 그때의 무한한 기쁨은 오직 당신들만이 알 수 있습니다. 불행한 날들이 단 하루로 지워집니다. 과거의 잊히지 않은 고통, 침잠, 절망, 우수는 당신들의 고백을 들어주는 영혼에 당신들의 영혼을 묶어주는 끈들입니다. 그때 우리 억제된 욕망의 아름다운 한 여인은 한숨과 잃어버린 사랑을 물려받아 도든 배신당한 애정을 더욱 키워서 우리에게 돌려줍니다. 그녀는 설명합니다. 예전의 슬픔이란, 영혼이 결합하는 날 그녀가 주는 영원한 행복의 대가로 운명이 요구하는 추징금이라고. 그 거룩한 사랑을 명명할 새로운 이름은 오직 천사들만이 알고 있습니다. 마찬가지로 사랑하는 순교자들이여, 가련하고 외로운 내게 모르소프 부인이 갑자기 어떤 존재가 되었는지는 오직 당신들만이 잘 알 것입니다!

그 일은 화요일에 있었습니다. 나는 산책하면서도 앵드르 강을 건너지 않고 일요일까지 기다렸습니다. 그 닷새 동안 클로슈구르드에서는 큰 사건들이 있었어요. 백작이 여단장 임명장과 생루이 십자훈장을 받았고, 연금 4000프랑을 받게 되

젊은 여인의 이야기』(1748)의 주인공으로, 불행한 유년 시절과 비련의 삶을 산다.

었습니다. 르농쿠르 지브리 공작은 프랑스 귀족원 의원으로 임명되었고, 산림 두 개를 되찾았으며, 궁중 업무를 다시 맡았습니다. 그리고 그의 부인도 황실 영지로 편입되어 매도되지 않았던 재산을 되찾았습니다. 그래서 모르소프 백작 부인은 멘 지방[45]에서 손꼽히는 부유한 상속녀가 되었습니다. 그녀의 어머니는 지브리의 수입에서 떼어둔 10만 프랑을 그녀에게 가져다주었습니다. 그 돈은 그때까지 한 푼도 주지 않았던 그녀의 결혼 지참금이었는데, 백작은 궁핍했을 때도 그에 대해서는 한마디도 하지 않았습니다. 겉으로 드러나는 생활과 관련된 그의 행동은 모든 무욕함 중에서도 가장 의연한 모습을 보여주었습니다. 백작은 그 돈에 자기가 모아 둔 돈을 더해 약 9000프랑의 연 소득을 가져다주는 이웃 영지 두 곳을 매입할 수 있었습니다. 그는 문득 할아버지의 작위를 이어받을 자기 아들에게 두 가문의 부동산을 합하여 세습 재산을 마련해 주어야겠다고 생각했습니다. 그렇게 해도 마들렌에게 손해가 되지 않을 것이, 마들렌은 르농쿠르 공작의 총애를 받아 틀림없이 훌륭한 결혼을 하리라고 생각했기 때문입니다. 그런 조치들과 행운은 망명 귀족의 상처를 얼마간 달래주었습니다. 르농쿠르 공작 부인의 클로슈구르드 방문은 그 고장의 일대 사건이었습니다. 나는 그녀가 대귀족 부인이라는 사실을 고통스럽게 상기했고, 그러자 귀족의 기품 있는 감정 때

---

45) 앙시앵레짐 시대에 귀족의 영지를 나타내는 전통적 지방의 명칭으로, 오늘날의 마옌(Mayenne)도와 사르트(Sarthe)도 일대를 포함하는 지역이다.

문에 내게는 보이지 않던 계급 의식을 그녀의 딸에게서 발견했습니다. 나는 뭐란 말입니까? 패기와 능력밖에는 아무런 미래도 없는 불쌍한 나는 말입니다. 나는 나 자신이나 다른 사람들에게 왕정복고가 어떤 결과들을 가져다줄지 생각하지 못했습니다. 일요일에 셰셀 씨 부부, 켈뤼스 신부님과 함께 성당에 간 나는 우리에게 지정된 미사석에서 공작 부인과 그녀의 딸, 백작과 그의 아이들이 있는 다른 쪽의 측면 미사석을 갈망에 찬 눈길로 바라보았습니다. 나의 우상을 가린 밀짚모자는 흔들림이 없었고, 나를 잊은 듯한 그 모습 때문에 나는 과거 어느 때보다도 더욱 격렬하게 그녀에게 집착하는 것 같았습니다. 이제는 나의 사랑하는 앙리에트이며, 그녀로 나의 삶을 꽃피우고 싶은 그 앙리에트 드 르농쿠르 귀부인은 열심히 기도하고 있었습니다. 그녀의 알 수 없는 어떤 깊은 복종의 태도에는 신앙심이 깃들어 있어서 그녀의 자세는 성스러운 조각상 같았고, 그 모습은 내 마음을 깊이 파고들었습니다.

　마을 사제들의 관례에 따라 저녁 기도는 미사가 끝나고 얼마 후에 올리기로 되어 있었습니다. 성당에서 나올 때, 셰셀 부인은 이웃들에게 더위 속에 앵드르강과 초원을 두 번이나 건너느니 프라펠에서 2시간을 기다리는 게 어떻겠냐고 자연스럽게 제안했습니다. 그 제안은 기꺼이 받아들여졌습니다. 셰셀 씨는 공작 부인에게 팔을 내주었고, 셰셀 부인은 백작의 팔을 받아들였으며, 나는 백작 부인에게 팔을 주었는데, 나는 처음으로 그 아름답고 신선한 팔을 내 옆구리에 느꼈습니다. 본당에서 프라펠로 돌아가기 위해서는 사셰 숲을 지나가

야 했습니다. 숲은 나뭇잎 사이로 새어드는 햇빛이 오솔길의
모래 위에 예쁜 빛을 만들어내고 있었습니다. 그것은 흡사 그
림이 그려진 비단 같았어요. 나는 우쭐한 기분과 잡다한 생각
때문에 심장이 심하게 두근거렸습니다.

"무슨 일이에요? 심장이 너무 빨리 뛰잖아요……?" 내가 감
히 말을 꺼내지 못해 아무 말 없이 몇 걸음을 가자, 그녀가 내
게 말했습니다.

"부인께 좋은 일들이 있는 걸 알았습니다. 사랑하는 사람
들이 대개 그렇듯이 저도 막연한 불안을 느끼고 있습니다. 지
체 높은 분이 되셨으니, 부인의 우정에 조금이라도 금이 가지
않을까요?" 내가 그녀에게 말했습니다.

"내가요! 피! 그런 생각을 또 한다면, 당신을 경멸하는 게
아니라 영원히 잊어버리겠어요." 그녀가 말했습니다.

나는 넋을 잃고 그녀를 바라보았는데, 그녀도 그런 내 감정
을 느낀 것 같았습니다.

"우리는 법의 혜택을 받았을 뿐 선동하거나 청원하지 않았
어요. 하지만 우리는 구걸하지도 않고 탐욕을 부리지도 않을
거예요. 게다가 당신도 알다시피 나도 모르소프 씨도 클로슈
구르드를 벗어날 수 없어요. 그이는 내 권유로 왕실 근위대장
직을 사양했어요. 우리는 아버지가 직책을 갖게 되신 걸로 충
분해요! 어쩔 수 없는 우리의 겸양이……," 그녀는 쓴 미소를
지으며 말했습니다. "벌써 우리 아이에게 큰 도움이 되었는걸
요. 아버지가 가까이 모시고 계신 국왕께서 황송하게도 우리
가 사양했던 예우를 자크에게 넘겨주겠다고 말씀하셨답니다.

자크의 교육을 생각해야 하는데, 이젠 심도 있게 논의할 문제
가 되었어요. 자크는 르농쿠르와 모르소프, 두 가문을 대표하
게 될 테니까요. 오직 자크를 위하는 것만이 내 소망의 전부
예요. 그래서 지금은 내 걱정이 더 커져버렸어요. 자크는 생존
해야 할 뿐만 아니라 가문의 이름에 걸맞은 사람이 되어야 해
요. 이 두 의무는 서로 모순이죠. 지금까지는 내가 자크의 체
력을 살피며 그에 맞는 공부를 시키는 것으로 충분했지만, 우
선 첫 번째 문제는 내 마음에 드는 가정고사를 어디서 찾을까
요? 그리고 나중에는 어떤 친구가 무서운 파리에서 나를 위해
그 아이를 보호해 줄까요? 정신적으로는 모든 게 함정이고, 육
체적으로도 위험한 그 파리에서 말이에요. 그래서 말인데요,"
그녀는 흥분한 목소리로 내게 말했습니다. "당신의 이마와 눈
을 보고 당신이 높은 곳에서 살아야 하는 새들 가운데 하나
라고 생각하지 않을 사람이 있을까요? 높이 날아오르세요. 그
리고 때가 되면 사랑하는 우리 아이의 대부가 되어주세요. 파
리로 가세요. 당신의 형이나 아버지가 당신을 도와주지 않으
면, 우리 가족이, 특히 사업 수완이 좋으신 내 어머니가 확실
하게 큰 영향력을 행사해 주실 거예요. 우리의 영향력을 이용
하세요! 그러면 당신이 어떤 길을 선택해도 지지와 도움을 받
을 거예요. 그러니까 당신의 넘치는 힘을 고귀한 야망에 쏟으
세요……."

"알겠습니다." 나는 그녀의 말을 끊으며 말했습니다. "야망
을 연인으로 만들라는 말씀. 제가 부인에게 전부가 되기 위해
서 그 연인은 필요치 않습니다. 그렇습니다. 저는 이곳에서의

절제를 저곳의 혜택으로 보상받고 싶지 않습니다. 가겠습니다. 저 혼자 힘으로 성장하겠습니다. 부인에게서는 무엇이든 받겠지만, 다른 사람들에게는 아무것도 원하지 않습니다.”

“어린애 같아!” 그녀가 중얼거렸지만, 만족한 미소를 참지는 못했습니다.

“게다가 저는 제 모든 것을 바쳤습니다.” 내가 그녀에게 말했습니다. “우리 처지를 깊이 고려한 끝에, 절대로 풀리지 않는 끈으로 저를 당신에게 묶어놓겠다고 생각했습니다.”

그녀가 가볍게 몸을 떨더니 발길을 멈추고 나를 쳐다보았습니다.

“무슨 뜻이죠?” 우리를 앞서가던 두 커플은 그대로 가게 놔두고 그녀의 아이들은 곁에 둔 채 그녀가 말했습니다.

“그러니까요,” 내가 대답했습니다. “제가 어떻게 부인을 사랑하기를 원하시는지 솔직하게 말씀해 주시라는 말입니다.”

“내 큰어머니가 나를 사랑하셨듯이 사랑해 주세요. 내 이름 중에서 큰어머니가 선택하신 이름으로 나를 부르도록 허락했으니, 큰어머니의 권리를 당신에게 드린 거예요.”

“그럼 완전한 헌신으로 희망 없이 사랑하겠습니다. 네, 인간이 신을 위해 하는 일을 당신을 위해 하겠습니다. 그것을 요구하신 거 아닙니까? 신학교에 입학해서 사제가 되어 졸업하겠습니다. 그리고 자크를 키우겠습니다. 당신의 자크는 또 다른 나처럼 될 것입니다. 정치적 견해, 사상, 에너지, 인내심 등 자크에게 모든 걸 주겠습니다. 그렇게 해서 저는 제 사랑이 수정 속에 은으로 만든 형상처럼 종교 속에 편입되어 의심받을 일

없이 당신 곁에 머물겠습니다. 한 남자를 사로잡는 이 과도한 열정을 걱정하실 필요는 조금도 없습니다. 저는 이미 그 열정에 한 번 정복된 적이 있습니다. 저는 불꽃 속에 저를 태워 정화된 사랑으로 당신을 사랑할 것입니다.”

그녀는 얼굴이 창백해지더니 급히 말했습니다. “펠릭스, 언젠가는 당신의 행복에 장애가 될 수도 있는 관계에 당신을 속박하지 마세요. 그런 자살행위의 원인이 되었다는 슬픔으로 저는 죽을 거예요. 그러니까 어린애같이 사랑의 절망이 신의 부름이란 말이에요? 인생을 판단하려면 삶의 시련을 기다려요. 난 그걸 원해요. 명령이에요. 성당과도 여자하고도 결혼하지 마세요. 어떤 식으로도 결혼하지 마세요. 내가 당신에게 금지하겠어요. 자유롭게 지내세요. 당신은 스물한 살이에요. 당신에게 어떤 미래가 예정되어 있는지 아직 몰라요. 세상에! 내가 당신을 잘못 보았을까요? 그래도 난 어떤 사람의 영혼을 파악하는 데 두 달이면 충분하다고 생각했어요.”

“당신은 어떤 희망을 품고 계십니까?” 내가 눈에 불꽃을 튀기며 말했습니다.

“친구, 내 도움을 받아요. 출서하고 돈을 모아요. 그러면 내 희망이 무엇인지 알게 될 거예요. 그러니까……,” 그녀는 비밀을 하나 슬쩍 내비치는 듯이 말했습니다. “지금 잡고 있는 마들렌의 손을 절대로 놓지 말아요.”

그녀가 몸을 기울여 내 귀에 대고 한 말이었습니다. 그녀가 얼마나 내 미래에 신경을 쓰고 있는지 입증하는 말이었죠.

“마들렌? 당연하죠!” 내가 말했습니다.

이 두 마디 말로 우리는 흥분에 찬 침묵 속에 다시 잠겼습니다. 우리 마음은 커다란 혼란에 휩싸였습니다. 마음에 깊은 자국을 내어 영원한 각인을 남길 것 같은 그런 혼란 말입니다. 우리는 프라펠 정원으로 들어가는 목재 대문이 보이는 곳에 있었습니다. 덩굴식물과 이끼, 풀과 가시덤불로 덮인 두 개의 허물어진 대문 기둥이 아직도 눈에 선합니다. 그때 갑자기 어떤 생각이, 백작의 죽음에 관한 생각이 화살처럼 뇌리를 스쳤고, 내가 그녀에게 말했습니다. "당신 말을 이해했습니다."

"정말 다행이에요." 그녀가 대답했지만, 어조로 보아 내가 생각한 가정을 그녀는 한 번도 해본 적이 없는 것 같았습니다.

나는 그녀의 순수함에 감탄해 눈물을 흘렸지만, 그 눈물은 이기적 정열로 인해 쓰디썼습니다. 나는 나 자신을 돌아보며 그녀가 자유를 바랄 정도로 나를 사랑하지는 않는다고 생각했습니다. 사랑이 죄 앞에서 뒷걸음치는 한, 그 사랑엔 한계가 있는 것 같아요. 사랑은 무한해야 하는데 말입니다. 나는 마음이 찢어지게 아팠습니다.

'그녀는 날 사랑하지 않아.'라고 나는 생각했습니다.

내 마음을 읽히지 않기 위해 나는 마들렌의 머리에 입을 맞추었습니다.

"저는 당신의 어머니가 두렵습니다." 대화를 이어가기 위해 백작 부인에게 내가 말했습니다.

"나도 그래요." 그녀가 아이 같은 몸짓으로 대답했습니다. "하지만 잊지 말아야 할 것은 어머니를 언제나 공작 부인 마님이라고 부르고, 어머니께 말할 때는 삼인칭을 써야 한다는 거예요. 지금 젊은 세대는 그런 존중한 형식의 관행을 잃어버렸는데, 되찾아 올 거죠? 날 위해서 그렇게 해요. 더욱이 나이가 많든 적든 여성을 존중하고, 귀천의 구별을 문제 삼지 않고 인정하는 건 아주 훌륭한 교양에서 나오는 거예요. 당신이 기존의 상류층 사람들에게 표하는 경의는 당신에게 돌아갈 경의의 담보물이 아닐까요? 사회 안에서는 모든 게 연계되어 있어요. 로베레 추기경과 우르비노의 라파엘로는 옛날에 똑같이 존경받는 두 세력이었어요.[46] 당신은 고등학교에서 대혁명의 젖을 빨아서 당신의 정치사상은 혁명에 공감할 수도 있겠지만, 삶을 살아가다 보면 잘못 규정된 자유의 원칙들이 국민의 행복을 만들어내는 데 얼마나 무능한지 알게 될 거예요. 르농쿠르 가문의 사람으로서 나는 귀족이란 무엇인가, 또는 무엇이어야 하는가를 생각하기 전에, 시골 아낙으로서 내 상식은 사회는 계급에 의해서만 존재한다는 거예요. 당신은 지금 선택을 잘 해야 하는 인생의 갈림길에 서 있어요! 당신의 정당 편에 서세요." 그리고 그녀는 웃으며 덧붙였습니다. "특히 그 당이 승리할 때 말이에요."

나는 애정의 열기 아래 정치적 깊이가 숨겨진 이 말에 깊은 감명을 받았습니다. 이 조합은 여성에게 아주 커다란 매력을 부여합니다. 그런 여성은 모두 가장 날카로운 추론에 감정

---

46) 훗날 교황 율리오 2세(재위 1503~1513)가 되는 로베레 추기경은 르네상스를 대표하는 학문과 예술의 보호자로, 산피에트로 대성당 재건을 계획하고, 라파엘로를 기용해 바티칸궁의 벽화를 맡겨 그 결과로 「아테네학당」이 완성되었다.

의 형태를 제공할 줄 알지요. 백작의 행동을 정당화하고 싶은 앙리에트는 아첨의 효과를 내가 처음으로 보았을 때 내 마음속에서 솟아날 생각들을 예견한 것 같았습니다. 자기 성 안에서는 왕이며 역사적 후광으로 둘러싸인 모르소프 씨가 내 눈에는 웅장한 크기로 보였습니다. 그런데 고백하건대, 나는 백작이 공작 부인과 자기 사이에 거리를 두는 걸 보고 몹시 놀랐습니다. 그것도 비굴한 방식으로 말이죠. 노예에게도 자존심이 있어서 폭군 중에서도 가장 난폭한 폭군한테만 복종하려고 합니다. 내 사랑 전부를 지배하며 나를 떨게 하던 사람의 비굴한 모습을 본 나는 굴욕감 같은 것을 느꼈습니다. 그런 마음의 변화로 인해 나는 여성들의 고통을 이해할 수 있었습니다. 한 남자의 영혼과 결합한 여자들의 너그러운 영혼은 하루도 빠짐없이 그 남자의 비굴한 행동을 땅속에 묻어줍니다. 존경은 어른이나 아이나 똑같이 보호해 주는 울타리이며, 각자 자기 쪽에서 정면으로 서로를 바라볼 수 있습니다. 나는 어렸기 때문에 공작 부인을 공손하게 대했습니다. 그러나 그녀가 다른 사람들에게는 그저 공작 부인이었지만, 내게는 나의 앙리에트의 어머니였기 때문에 내가 표하는 경의에는 일종의 신성함이 배어 있었습니다. 우리가 프라펠의 넓은 안뜰로 들어서자, 일행들이 보였습니다. 모르소프 백작이 공작 부인에게 아주 우아하게 나를 소개하자, 부인은 냉정하고 신중한 태도로 나를 살펴보았습니다. 르농쿠르 부인은 당시 쉰여섯 살이었지만 완전히 젊어 보였고, 품격 있는 범절을 지니고 있었습니다. 짙은 파란색의 눈, 주름진 관자놀이, 야위고 쇠약해진 얼굴, 당당하고 곧은 체구, 드문 움직임, 딸에게 눈부시게 유전된 엷은 황갈색을 띤 하얀 살결을 본 나는, 광물학자가 스웨덴의 금속을 식별하듯 신속하게 그녀가 나의 어머니와 같은 차가운 혈통임을 알 수 있었습니다. 그녀가 쓰는 말은 옛날의 궁정 언어였습니다. 그녀는 '우아'를 '애'로, '프루아'를 '프레'로, '포르퇴르'를 '포르퇴'로 발음했습니다. 나는 아첨하지도 않았고, 점잔을 빼지도 않았습니다. 내가 아주 적절하게 처신했기 때문에 저녁 기도를 올리러 갈 때 백작 부인이 내 귀에 대고 속삭였습니다. "완벽해요!"

백작이 내게로 오더니 내 손을 잡고 말했습니다. "펠릭스, 우리 사이가 틀어진 건 아니죠? 내가 좀 과격했더라도 당신의 늙은 친구니까 용서해 주시오. 우리는 아마 저녁 식사까지 여기에 있을 것 같은데, 우리가 목요일에 당신을 초대하겠소. 공작 부인께서 떠나기 전날이오. 나는 끝내야 할 일이 좀 있어서 투르에 갑니다. 클로슈구르드를 잊지 마시오. 내 장모님과 잘 사귀어 두기를 권합니다. 장모님의 살롱이 포부르 생제르맹[47]에서 선도적 역할을 할 거요. 상류사회의 전통을 유지하고 계시고, 아주 해박한 교양도 갖추고 계시지요. 유럽 귀족의 문장(紋章)은 처음부터 끝까지 다 아십니다.'

백작의 훌륭한 취향은, 아마도 집안 요정의 권유를 따랐겠지만, 그가 소송에서 승리함으로써 펼쳐진 새로운 상황 속에서 드러났습니다. 그는 거만하거나 무례하지 않았고, 과장하

---

47) 파리의 귀족들이 사는 구역이다.

지도 않았습니다. 그리고 공작 부인에게도 보호자의 태도가 없었습니다. 셰셀 씨 부부는 다음 목요일의 만찬 초대를 고맙게 수락했습니다. 공작 부인은 나를 마음에 들어 했는데, 부인의 시선으로 보아 내게서 자기 딸이 얘기해 준 남자의 모습을 찾고 있음을 알 수 있었습니다. 우리가 저녁 기도를 끝내고 돌아오자, 공작 부인은 내 가족에 관해 질문하고, 이미 외교단에서 일하고 있는 방드네스라는 사람이 친척인지 물었습니다. 내가 "제 형입니다."라고 대답하자 부인이 절반쯤은 다정해졌습니다. 공작 부인은 나의 이모할머니인 리스토메르 후작 부인이 그랑리외 가문 사람이라고 알려주었습니다. 그녀의 매너는 모르소프 씨가 나를 처음 본 날 그랬던 것처럼 정중했습니다. 지상의 왕자들이 당신과 그들 사이에 거리감을 느끼게 하는 고압적인 눈빛도 그녀의 시선에서 사라졌습니다. 나는 우리 가문에 대해 거의 아무것도 몰랐습니다. 공작 부인은 나는 이름조차 모르는 옛날 사제인 나의 종조부가 참사원 의원이었으며, 형은 승진되었고, 역시 내가 모르는 헌장의 한 조항에 따라 아버지가 다시 방드네스 후작이 되었다는 사실을 내게 전해 주었습니다.

"저는 클로슈구르드의 일개 농노에 불과합니다." 나는 백작 부인에게 아주 낮은 목소리로 말했습니다.

왕정복고의 요술 지팡이가 제정 치하에서 자란 아이들을 깜짝 놀라게 할 만큼 신속하게 실행되었습니다. 그런 개혁이 나와는 아무 상관이 없었습니다. 모르소프 부인이 던지는 최소한의 말, 아주 단순한 몸짓만이 내게는 중요한 사건이었습니다. 나는 참사원이 무엇인지도 몰랐고, 정치나 사교계의 일도 전혀 알지 못했습니다. 내게는 페트라르카가 라우라를 사랑한 이상으로 앙리에트를 사랑하겠다는 야심밖에는 다른 야심이 없었습니다. 그런 무관심으로 인해 공작 부인은 나를 어린애로 취급했지요. 프라펠에는 사람들이 많이 왔습니다. 저녁 식사에 모인 우리는 30명이었습니다. 자기가 사랑하는 여자가 모든 여자들 가운데 가장 아름답고, 뜨거운 시선들을 한 몸에 받으며, 그녀의 눈빛이 자기 혼자에게만 정숙하게 향하고 있음을 안다는 것, 그리고 그녀 목소리의 온갖 뉘앙스를 알고 있어서 그녀가 겉으로 가볍게 던지거나 놀리는 말 속에서도 변함없는 생각의 증표들을 찾아낼 수 있다는 것은 한 젊은이에게 얼마나 황홀한 일인지요! 사람들의 심심풀이가 못마땅해서 가슴속에 고통스러운 질투를 느낄 때조차도 그건 황홀한 일입니다. 백작은 자기가 주목의 대상이 된 데 기분이 좋아서 거의 젊은이 같았습니다. 그의 아내는 그의 기분이 좀 바뀌기를 바랐습니다. 나는 마들렌과 함께 놀았습니다. 마음이 가는 대로 행동하는 여느 아이들처럼 마들렌은 악의는 없지만 아무도 봐주지 않는 장난기가 가득한 놀라운 관찰력으로 나를 웃겼습니다. 그날은 아름다운 하루였습니다. 아침에 태어난 한마디, 희망 하나가 자연을 찬란하게 만들었습니다. 그리고 매우 즐거워하는 나를 본 앙리에트도 즐거워했습니다.

"구름 낀 잿빛 삶을 건너 맞이한 그 행복이 그이에게는 아주 좋았던 것 같아요." 이튿날 그녀가 내게 한 말이었습니다.

이튿날 나는 자연스럽게 클로슈구르드에서 하루를 보냈습니다. 그곳에서 닷새 동안 추방당해 있었던 나는 내 생명의 갈증을 느꼈던 것이지요. 백작은 취득 계약 서류를 작성하기 위해 6시가 되자마자 투르로 떠났습니다. 어머니와 딸 사이에는 심각한 불화의 씨앗이 싹트고 있었습니다. 공작 부인은 백작 부인이 자기를 따라 파리로 가기를 원했습니다. 딸에게 궁중의 직책을 얻어주고, 백작도 사양을 번복하면 고위직에 오를 수 있으리라는 생각이었습니다. 사람들이 행복한 여인으로 알고 있는 앙리에트는 자기의 끔찍한 고통과 남편의 무능함을 아무에게도, 심지어는 어머니의 심중에도 드러내 보이기를 원치 않았습니다. 그래서 집안의 비밀을 어머니가 조금도 눈치채지 못하도록 모르소프 씨를 투르로 보내 공증인들과 교섭하게 한 것입니다. 그녀가 말했듯이 클로슈구르드의 비밀을 아는 사람은 오로지 나뿐이었습니다. 그 골짜기의 맑은 공기와 푸른 하늘이 마음속의 화와 질병의 쓰라린 고통을 얼마나 달래주는지, 클로슈구르드의 집이 아이들의 건강에 얼마나 좋은 영향을 주는지 경험한 그녀가 이유 있는 근거를 들어 거부했지만, 딸의 불행한 결혼을 슬퍼하기보다는 굴욕감을 느낀 공작 부인도 끈질기게 맞섰습니다. 앙리에트는 어머니가 자크와 마들렌에게는 거의 관심이 없다는 것을 알았습니다. 무서운 발견이었죠! 결혼 전의 딸에게 행사하던 전횡을 결혼한 딸에게도 습관적으로 계속하는 모든 어머니들처럼, 공작 부인도 말대꾸를 용납하지 않는 태도로 일관했습니다. 때로는 자기 의견에 동의하게 하려고 엉큼한 친절을 가장하다가도, 때로는

부드러움으로 얻지 못한 것을 두려움으로 얻기 위해 뼛속까지
시릴 정도로 차가운 태도를 보였습니다. 그러다가 자기 노력
이 헛수고였음을 알고는 내가 우리 어머니에게서 보았던 것과
똑같이 빈정거리기 시작했습니다. 앙리에트는 열흘 동안 젊은
여자들이 자신의 독립을 확립하는 데 필요한 반항으로 인해
생기는 온갖 괴로움을 맛보았습니다. 행복하게도 가장 훌륭한
어머니를 가진 당신은 이런 일들을 이해할 수 없을 겁니다. 인
정이 메마르고 차가우며 계산적이고 야심 많은 여인과, 절대
로 고갈되지 않을 온화하고 신선한 어짊기 충만한 딸 사이의
갈등에 대한 개념을 잡으려면, 당신은 내 마음이 그녀를 끊
임없이 비유했던 백합을 상상해야 할 것입니다. 윤이 나는 강
철 기계의 톱니바퀴 속에서 으꺼지는 백합을요. 어머니는 딸
과 일치하는 점이 하나도 없었습니다. 그녀는 왕정복고의 특
혜를 이용하지 못하고 고독한 생활을 계속할 수밖에 없는 딸
의 진정한 어려움들을 조금도 짐작할 수 없었습니다. 그녀는
딸과 나 사이에 어떤 일시적 사랑이 있다고 생각했습니다. 자
기의 의심을 표현하려고 사용한 이 "일시적 사랑"이라는 말로
인해 두 여인 사이에는 이후 그 어떤 것으로도 메울 수 없는
심연이 열리고 말았습니다. 가족들이 견디기 힘든 그런 불화
들을 철저하게 묻어두긴 하지만, 그 안으로 들어가 보세요. 그
러면 거의 모든 가정에서 치유할 수 없는 깊은 상처들을 보게
될 겁니다. 그 상처들 때문에 자연스러운 감정들이 위축됩니
다. 그것은 마음이 맞으면 영원히 변치 않게 되어, 죽음에 반
격을 가해 검은 멍이 지워지지 않는 감동적이고 현실적인 정

열일 수도 있고, 마음을 서서히 얼어붙게 해 영원히 이별할 때도 눈물이 나오지 않는 잠재적 증오일 수도 있습니다. 어제도 오늘도 고통을 받고, 모든 사람 때문에 속상해하며, 심지어는 고통받는 두 천사(이들은 자기들이 견디는 병이나 자기들이 원인이 된 불행의 공범이 아니지만) 때문에도 마음이 아픈 그 가엾은 영혼이 자기 속을 조금도 썩이지 않고 스스로를 가시나무 울타리 세 겹으로 둘러싸서 폭풍우로부터, 모든 접촉으로부터, 모든 상처로부터 막아주려는 남자를 어떻게 사랑하지 않을 수 있겠습니까? 나는 그들의 논쟁이 가슴 아팠지만, 그로 인해 그녀가 가끔 내 마음속으로 다시 뛰어드는 걸 느낄 땐 행복했습니다. 앙리에트가 내게 새로운 아픔을 고백했기 때문입니다. 그리하여 나는 그녀의 고통 속 평정심과 그녀가 발휘할 줄 아는 강한 인내심을 엿볼 수 있었습니다. 나는 "내 큰어머니가 나를 사랑한 것처럼 날 사랑해 줘요."라는 말의 의미를 매일 조금씩 더 깨달아 갔습니다.

"그러니까 당신은 야망이 전혀 없군요?" 저녁 식사를 하면서 공작 부인이 굳은 표정으로 내게 말했습니다.

"마님, 저는 세계를 정복할 만한 힘을 제 안에 느끼고 있지만, 이제 겨우 스물한 살이고 혈혈단신입니다." 나는 진지한 시선으로 그녀를 바라보며 대답했습니다.

그녀는 놀란 표정으로 딸을 쳐다보았습니다. 그녀는 딸이 나를 곁에 두려고 내 안의 야망을 없애버렸다고 생각했습니다. 르농쿠르 공작 부인이 클로슈구르드에 머무는 동안은 끊임없이 거북한 시간이었습니다. 백작 부인은 내게 귀족 사회의 예의범절을 부탁했고, 조용하게 하는 말을 두려워했습니다. 그녀의 마음에 들기 위해서는 위장 갑옷을 입어야 했습니다. 마침내 목요일이 되었고, 이날은 지루한 의전의 날이었습니다. 말하자면 일상적 활달함의 다정한 말에 익숙하고 자기들의 의자가 제자리에 놓여 있고 집의 여주인이 오로지 자기들한테만 신경 쓰는 걸 보는 데 길든 연인들이 싫어하는 그런 날 말입니다. 사랑은 사랑 그 자체 말고는 다 싫어하는 법이지요. 공작 부인은 궁정의 화려함을 누리러 떠났고, 클로슈구르드에서는 모든 것이 예전의 질서를 되찾았습니다.

백작과의 작은 불화는 내가 전보다 훨씬 더 깊이 그곳에 발을 들여놓는 결과를 가져왔습니다. 나는 아무 의심도 사지 않고 언제든 그 집에 갈 수 있게 되었고, 내 과거의 삶 덕택에 아름다운 영혼 속을 덩굴식물처럼 뻗어갈 수 있게 된 겁니다. 그 안에서는 감정을 공유하는 마법의 세계가 나를 향해 열려 있었습니다. 신뢰 위에 쌓아 올린 우리의 남매 같은 결합은 시시각각으로 두터워져 갔습니다. 우리는 제각기 자기 위치에서 자리를 잡았습니다. 백작 부인은 나를 유모처럼 보호하며 순전한 모성애의 하얀 모포로 나를 감싸주었고, 내 사랑은 그녀 앞에서는 천사 같았지만, 그녀에게서 멀어지면 맹렬해져서 벌겋게 달궈진 쇠처럼 변했습니다. 그녀를 향한 내 사랑은 이중적이었습니다. 나는 수없이 많은 욕망의 화살을 하나씩 쏘아 올렸지만, 화살들은 넘을 수 없는 창공의 정기 속에서 생을 다하며 하늘로 사라졌습니다. 젊고 혈기 왕성한 의지를 지닌 내가 왜 그렇게 정신적 사랑을 지나치게 믿었냐고 당신이 물으신다면, 고백하건대 나는 아직 그 여인을 괴롭힐 만큼 성인이 되지 못했었습니다. 그녀는 언제나 자기 아이들에게 무슨 재앙이 닥치지나 않을까 걱정했고, 남편에게 발작이나 격렬한 기분의 변화가 일어나지 않을까 초조하게 대기하고 있었으며, 자크나 마들렌의 병으로 상심하지 않을 때는 남편에게 시달렸고, 남편이 진정되어 조금이라도 휴식을 취할라치면 두 아이 중 한 아이의 침대맡을 지켜야 했습니다. 너무 강한 말소리도 그녀의 존재를 흔들었고, 욕망도 그녀에게 해를 입혔습니다. 그녀에게는 사랑도 가려져야 했고, 힘에도 부드러움이 섞여야 했습니다. 한마디로 그녀가 다른 사람들을 대하는 것과 똑같이 그녀를 대해야 했지요. 그리고 당신이 정말 여성스러우니 하는 말이지만, 그 상황에는 황홀한 우수, 성스럽게 달콤한 순간들, 말 없는 희생 뒤에 오는 만족감이 들어 있습니다. 그녀의 의식은 전염성이 강했고, 이승에서 보상받지 못하는 그녀의 헌신은 끈질기게 지속되어 경외심을 갖게 했습니다. 그처럼 강렬하고 은밀한 신앙심은 그녀의 다른 미덕들을 연결하는 끈이 되어 주위에 정신적 향불처럼 작용했습니다. 그리고 나는 어렸습니다! 얼마나 어렸냐면, 그녀가 아주 드물게 허락하긴 했어도, 그녀의 손에 입을 맞출 때 내 마음을 온통 거기에 집중할 정도였으니까요. 그런데 그녀는 손등만 주었지, 손바닥은 절대로 주려고 하지 않았습니다. 아마도 그녀에게는 손바닥이 관능적 쾌락이 시작되는 경계였던 것 같아요. 두 영혼이 그렇게 열렬하게 서로를 끌어안지 않았다면, 육체도 더 끈질기게, 더 성공적으로 제어되지 못했겠지요. 결국 나중에 나는 그 충만한 행복의 원인을 깨달았습니다. 당시 내 나이에는 어떤 관심거리도 마음을 딴 데로 돌리지 못했고, 어떤 야망도 격류처럼 터져버린 그 감정의 흐름을 거스르지 못했습니다. 그 흐름은 모든 걸 휩쓸어 가며 물결을 일으키니까요. 그렇습니다. 시간이 지나면 남자들은 한 여인 안에 있는 여성을 사랑하지만, 첫사랑의 여인은 모든 걸 사랑하는 법입니다. 그녀의 아이들이 내 아이들이고, 그녀의 집이 내 집이며, 그녀의 관심이 내 관심이고, 그녀의 불행은 내게는 가장 큰 불행입니다. 그녀의 옷과 가구들을 사랑하고, 내 돈이 없어진 것을 알았을 때보다 그녀의 밀이 바람에 쓰러진 것을 보았을 때 더 화가 납니다. 벽난로 위에 놓인 골동품들을 흐트러뜨리는 손님을 얼마든지 질책할 수도 있습니다. 그 거룩한 사랑으로 우리는 타인 속에 살게 되지만, 시간이 지나면 애석하게도 타인의 삶을 자기 자신 안으로 끌어들여 그녀의 젊은 감성으로 우리의 빈약해진 능력들을 살찌우라고 요구합니다. 나는 곧 그 집의 일원이 되었고, 처음으로 무한한 온화함을 느꼈습니다. 지친 몸에 목욕 같은 그런 온화함을 고통받은 영혼이 느끼는 거지요. 그럴 때 영혼의 표면은 전체가 생기를 띠게 되고, 아주 깊은 주름 속까지 어루만져집니다. 당신은 나를 이해하지 못할 것입니다. 당신은 여자이고, 여기에서는 주기만 하고 준 만큼 받지는 못하는 행복에 관해 이야기하고 있으니까요. 남의 집안에서 단 한 사람만이 안주인의 수혜자로서, 그녀 애정의 은밀한 중심으로서 특별한 기쁨을 누립니다. 개들도 당신을 보고 짖지 않고, 하인들도 개들처럼 당신의 보이지 않는 인식표를 알아봅니다. 비뚤어진 데가 전혀 없는 아이들은 자기 몫이 절대로 줄어들지 않을 것이며, 자기들 생명의 빛이 당신에게 유익하리라는 사실을 알고 있으니, 이 아이들에게는 예리한 정신이 있는 셈이지요. 아이들은 당신에게 재롱을 떨며, 자기들이 좋아하는 사람과 자기들을 예뻐해 주는 사람들에게만 떼를 씁니다. 아이들은 정신적 조심성을 지니고 있으며, 결백한 공범들입니다. 까치발로 다가와서 당신에게 미소를 짓고는 소리 없이 가버립니다. 당신에게는 누구나 친절하고, 모두가 당신을 사랑하며, 모두 당신을 보고 웃습니다. 참다운 정열은 아름다운 꽃들 같아서 그 꽃들을 피운 땅이 척박할수록 보는 즐거움이 더한 법입니다. 그러나 마음의 가족을 찾은 집 안에서 그처럼 동화되어 감미로운 혜택을 누렸다면, 내게는 그 가족에 대한 책임도 있었습니다. 그때까지도 모르소프 씨는 나를 거북해했습니다. 내게는 그의 결점들만 무수히 보였고, 그러자 그의 삶 전체에 그 결점들이 작용하고 있음을 이내 느꼈습니다. 나는 백작 부인이 자기의 일상적 투쟁을 내게 묘사하면서 얼마나 고상하고 자비롭게 표현했는지 알았습니다. 도저히 봐줄 수 없는 그 성격의 모든 면면을 알게 된 거지요. 아무것도 아닌 일에 대해 끊임없이 늘어놓는 푸념, 겉으로는 아무 징후도 없는 병에 대한 하소연, 생명의 꽃을 꺾어버리는 선천적 불만족, 그리고 해마다 새로운 제물을 집어삼키려는 듯한 횡포의 끊임없는 요구를 나는 들었습니다. 저녁에 우리가 산책할 때는 그가 직접 산책을 주도했습니다. 하지만 그 산책이 어떠했든, 그는 언제나 싫증을 냈습니다. 집으로 돌아오면, 그는 그 권태의 무거운 짐을 다른 사람들에게 내려놓았습니다. 자기 뜻과는 반대로 아내가 가기를 원하는 곳으로 자기를 데려갔기 때문이라며 아내 탓을 했고, 자기가 우리를 안내한 것은 기억하지 못하고, 지극히 사소한 일상까지도 아내의 통제를 받으므로 자기의 의지나 생각은 가질 수도 없고 집안에서 자기는 아무것도 아니라고 불평했습니다. 자기의 그런 거친 불만을 말없이 참고 있으면, 자기 힘에 한계를 느끼고 화를 냈습니다. 그는 종교가 아내들에게 남편들의 마음에 들게 하라고 명령하고 있지 않은지, 다이들의 아버지를 무시하는 게 옳은 일인지 신랄하게 따졌습니다. 결국에 그는 언제나 아내의 마음에 못을 박는 공격을 가했습니다. 그래서 아내가 자기 말에 반응을 보이면, 그는 그렇게 강압적이고 무능한 사람들 특유의 쾌감을 맛보는 것 같았습니다. 가끔은 침울한 함구증과 병적 낙담을 가장해 갑자기 아내를 질겁하게 만들었고, 그러면 그는 아내의 눈물겨운 보살핌을 받았습니다. 어머니가 놀랄 것은 아랑곳하지 않고 자기 마음대로 행동하는 응석받이 아이들과 비슷한 그는 자크와 마들렌처럼 자기를 다독여 주기를 바랐고, 아이들을 질투하기도 했습니다. 그리하여 결국 나는 백작이 아주 중대한 상황에서든 아주 사소한 상황에서든 트릭트랙 주사위 놀이를 할 때 나에게 하는 것과 같이 하인들과 아이들, 그리고 자기 아내에게 행동한다는 사실을 알게 되었죠. 칡넝쿨과 흡사한 고충들(이 가족의 움직임을 압박하고 호흡을 어렵게 했으며, 가늘지만 여러 가닥의 실로 살림 운영을 휘감고, 가장 요긴한 행위들을 복잡하게 만들어 재산 증식을 더

디게 한 그런 고충들)을 그 뿌리와 가지까지 낱낱이 알게 되던 날, 나는 경악했으며 내 사랑도 그에 압도당해 마음속으로 숨어버렸습니다. 하느님, 나는 무엇이었습니까? 내가 마신 눈물은 내 안에 숭고한 열광 같은 것을 낳았고, 나는 그 여인의 고통과 결합하는 행복을 발견했습니다. 나는 밀수입자가 벌금을 내듯이 얼마 전에는 백작의 횡포에 굴복했습니다. 그 후에는 앙리에트 곁에 가장 가까이 있으려고 폭군의 매질에 기꺼이 몸을 내주었습니다. 백작 부인은 내 의도를 간파하고 자기 곁에 자리를 하나 내주었고, 자기의 고통을 나누어 가지도록 허락함으로써 내게 보답했습니다. 마치 그 옛날, 회개한 배교자가 형제들과 함께 하늘을 날고 싶어서 곡예단에서 죽는 은총을 얻은 것과 같았습니다.

"난 당신 없이는 이런 생활에 짓눌려 죽을 거예요." 어느 날 저녁에 앙리에트가 내게 말했습니다. 그날은 백작이 몹시 더운 날 파리들처럼 여느 때보다 더욱 매섭고 날카로웠으며, 변덕이 심했습니다.

백작은 잠자리에 들었습니다. 앙리에트와 나는 저녁 한때를 아까시나무 아래에서 머물렀습니다. 아이들은 저녁 노을빛에 젖어 우리 주위에서 놀고 있었습니다. 우리는 말이 뜸했고, 그것도 순전히 감탄사뿐이었습니다. 그로 인해 우리는 생각이 서로 연결되어 있음을 알았습니다. 우리는 그 생각들을 통해 우리가 공유한 고통을 달래고 있었습니다. 말이 모자랄 때는 침묵이 우리의 영혼을 충실하게 섬겼습니다. 말하자면 장애물 없이 서로의 영혼 안으로 들어갔지만, 입맞춤으로 초대되진 않았던 거지요. 두 영혼 모두 생각이 마비된 상태의 황홀함을 맛보면서 똑같은 몽상 속으로 들어갔고, 강물 속에 함께 잠겼다가 상쾌해져서 빠져나왔습니다. 마치 질투가 날 만큼 완벽하게 결합되었지만, 지상의 끈은 하나도 없는 두 요정 같았지요. 우리는 바닥 없는 심연 속으로 갔다가 지상으로 돌아왔습니다. 빈손의 우리는 눈빛으로 서로에게 물었습니다. "하고많은 날 중에 우리에게 주어질 단 하루가 있을까요?" 쾌감이 우리에게 뿌리 없이 태어난 꽃들을 꺾어 줄 때, 육체가 자꾸 속삭이는 까닭이 뭘까요? 그토록 평화롭고 그토록 순수한 오렌지 빛깔로 난간의 벽돌들을 비추는 저녁나절의 무기력한 시정(詩情)에도 불구하고, 두 아이가 떠드는 소리를 우리에게 부드러운 소리로 전달해 주어 우리의 평온이 방해받지 않는 그 종교적 분위기에도 불구하고, 내 핏줄 속에서는 쾌락의 불길을 알리는 신호처럼 욕정이 너울대고 있었습니다. 석 달 후, 나는 내게 주어진 몫에 더는 만족하지 못하기 시작했습니다. 그래서 나는 앙리에트의 손을 부드럽게 쓰다듬었고, 그렇게 해서 내 몸을 뜨겁게 달구는 풍성한 쾌락으로 갈아타려 했습니다. 앙리에트는 다시 모르소프 부인이 되어 내게서 손을 거두어 갔습니다. 내 눈에 눈물이 고였고, 그것을 본 그녀는 내 입술에 손을 가져다대고 그윽한 눈길로 나를 쳐다보았습니다.

"잘 알아두세요. 이런 행동은 내게 눈물을 안겨주는 거예요! 그렇게 큰 호의를 바라는 우정은 정말 위험해요." 그녀가 내게 말했습니다.

나는 폭발하고 말았습니다. 그리고 비난을 퍼붓기 시작했습니다. 나는 내 괴로움에 관해 이야기했고, 그것을 참아내기 위해 괴로움을 조금만 덜어달라고 요구했습니다. 나는 용기를 내 그녀에게 말했습니다. 내 나이에는 감각이 온통 영혼이라고 해도 그 영혼에도 성별이 있으며, 내가 죽을 수는 있겠지만 입술을 닫고 죽지는 않겠다고 말입니다. 그녀는 오만한 시선을 던지며 내게 침묵을 명령했습니다. 그 시선에는 아메리카 원주민 추장이 말한 "그럼 나는 장미 위에 있단 말인가?"[48] 라는 의미가 담겨 있는 것 같았습니다. 어쩌면 내 생각도 틀렸는지 모릅니다. 프라펠의 대문 앞에서 내가 우리의 행복은 한 사람의 무덤에서 생겨날 거라는 생각을 그녀에게 잘못 표현한 날 이후로, 나는 거친 정열이 각인된 소망으로 그녀의 영혼을 더럽힌 것이 수치스러웠습니다. 그녀가 말하기 시작했습니다. 그리고 꿀처럼 달콤한 어조로 그녀는 나에게 전부가 될 수 없다는 사실을 내가 알아야 한다고 했습니다. 그녀가 그 말을 하는 순간, 내가 그녀의 말을 따른다면 나는 우리 두 사람 사이에 깊은 심연을 파는 꼴이 되리라고 생각했습니다. 나는 고개를 떨궜습니다. 그녀가 계속해서 말했습니다. 그녀에겐 신도

---

48) 아스테카 제국의 마지막 황제인 쿠아우테목(1495~1525)이 1521년에 에스파냐의 코르테스에게 붙잡혀 고문당할 때 같이 고문받던 신하의 하소연을 듣고 한 말이다. 발자크가 살던 19세기에는 프랑스에 변형된 여러 이름으로 소개되어 있었고, 발자크는 그를 추장으로 표현했다. 오늘날 멕시코 시티에는 그의 동상이 서 있으며, 동전과 지폐에 그의 얼굴을 넣는 등 다방면으로 그를 기리고 있다.

인간도 모욕하지 않고 한 형제를 사랑할 수 있다는 종교적 확신이 있으며, 거룩한 사랑의 현실적 이미지를 그런 믿음으로 이룰 수 있는 어떤 온화함이 존재한다고 했습니다. 그녀가 존경하는 생마르탱의 표현으로는 그 거룩한 사랑이란 세상의 생명이죠. 만약에 내가 그녀에게 그녀의 늙은 고해신부 같은 사람, 연인보다는 못해도 형제보다는 더 가까운 어떤 사람이 될 수 없다면, 우리는 더는 만나지 말아야 했습니다. 그녀는 눈물이나 괴로움 없이는 견디지 못하는, 그 가중된 생생한 고통을 신에게 바치며 죽을 수 있을 것입니다.

"나는 주어야 할 것보다 많이 주어서 이젠 아무것도 남은 게 없어요. 그리고 그 때문에 이미 벌을 받고 있고요." 그녀는 이렇게 말을 마쳤습니다.

그녀를 달래야 했습니다. 다시는 고통의 원인이 되지 않겠으며, 스무 살인 내가 노인들이 각내를 사랑하듯 그녀를 사랑하겠다고 약속해야 했습니다.

이튿날 나는 이른 시각에 갔습니다. 회색 살롱에 놓인 꽃병에 꽂아둘 꽃이 그녀에게 없었습니다. 나는 그녀에게 꽃다발 두 개를 만들어 주려고 꽃을 찾아 들판과 포도밭으로 달려 나갔습니다. 그런데 밑동을 잘라 꽃을 한 송이씩 꺾으면서 꽃들을 감탄스럽게 바라보다 보니, 색깔과 잎들이 참 조화롭고 시정을 지니고 있다는 생각이 들었습니다. 눈길이 매혹당하면 지적 능력 속에 나타나는 시정 말이에요. 마치 음악의 악절들이 사랑하고 사랑받는 사람들의 마음속 깊은 곳에 수많은 추억을 깨우는 것처럼요. 색깔이 조직된 빛이라면, 곡조의 조합이 나름의 의미를 지니듯이 색깔에도 어떤 의미가 있지 않을까요? 자크와 마들렌이 합세하여 우리 세 사람은 우리가 사랑하는 그녀를 위해 깜짝 선물을 하기로 즐겁게 모의했습니다. 우리는 현관 앞 계단의 마지막 계단들을 우리가 꺾어 온 꽃들의 본부로 정하고, 나는 그 위에 꽃다발 두 개로 어떤 감정을 그려보기로 마음먹었습니다. 두 개의 꽃병에서 포말을 일으키며 솟아나 거품 머리의 파도를 늘어뜨리고, 그 한가운데에서는 하얀 장미와 은 술잔 모양의 백합들로 이루어진 내 소망이 우뚝 솟아오른 꽃의 샘, 상상이 가시나요? 그 신선한 원단 위에서 수레국화와 물망초, 보리지꽃 등 온갖 푸른 꽃들이 반짝였습니다. 하늘 속에 붙들린 그 푸른 꽃들의 색조는 하얀색과 너무나도 잘 어울렸습니다. 그것은 두 개의 순수함 아니겠어요? 아무것도 모르는 순수함과 모든 것을 아는 순수함, 아이의 생각과 순교자의 생각이죠. 사랑에도 문장(紋章)이 있습니다. 백작 부인은 남몰래 그것을 해독했습니다. 그녀는 내게 예리한 눈길을 던졌습니다. 상처를 건드린 환자의 비명과 흡사한 그런 눈길이었어요. 그녀는 부끄럽기도 하고 황홀하기도 했습니다. 그 눈길 속에 깃든 보상이 얼마나 컸던지요! 그녀를 행복하게 해주고, 그녀의 마음에 생기를 주다니, 그보다 더한 격려가 있을까요! 그래서 나는 사랑을 위해 카스텔 신부49)의 이론을 생각해냈고, 그녀를 위해 유럽에서 사라

---

49) 카스텔(1688~1757)은 예수회 신부로서 『색채 광학』의 저자이며, 음계가 색채에 대응하는 색채 하프시코드를 고안했다.

진 학문을 다시 찾아냈습니다. 동양에서 향기 나는 색깔로 쓴 책을 유럽에서는 문갑의 꽃들이 대신하지요. 태양의 딸들, 사랑의 빛줄기 아래에서 피어난 꽃의 자매들에 의해 자기 느낌을 표현하게 하는 건 얼마나 멋진 일인가요! 나는 곧바로 야생 식물군의 생산물들과 친해졌습니다. 훗날 내가 그랑리외에서 만난 사람이 꿀벌들과 친해지듯이 말이죠.

프라펠 체류의 남은 기간 동안, 나는 일주일에 두 번씩 그 시적 작품을 완성하기 위해 기나긴 작업을 다시 시작했습니다. 그 작품에는 온갖 종류의 다양한 화본과(禾本科) 식물들이 필요했습니다. 나는 그 식물들에 관해 식물학자보다는 시인으로서 깊이 연구했고, 식물들의 생김새보다는 정신성을 더 연구했습니다. 한 송이 꽃을 그것이 유래한 장소에서 발견하기 위해 나는 종종 엄청나게 먼 거리를 갔습니다. 물가로, 작은 골짜기로, 바위산 꼭대기로, 황야 한복판으로 갔고, 숲속과 히스가 무성한 땅 복판에서는 팬지꽃을 수집했습니다. 그렇게 다니는 동안, 나는 어떤 기쁨들을 스스로 터득하게 되었는데, 그것은 깊은 생각 속에 사는 학자나 특수작물에 몰두하는 영농인, 도시 안에 박혀 사는 수공업자들, 계산대에 붙박여 사는 상인들은 모르는 기쁨이지만, 몇몇 산림인들, 나무꾼들, 몽상가들은 아는 기쁨이었습니다. 자연 속에는 의미가 무한하고 가장 위대한 정신적 개념의 수준까지 높아지는 장면들이 있습니다. 가령 꽃을 피운 히스 한 송이가 이슬에 젖어 햇빛을 받으면 반짝이는 결정체로 덮이는데, 때마침 그 장면을 목격하는 단 한 사람에게 그것은 장식된 무한성입니다.

또는 무너질 것 같은 바위들로 둘러싸이고 모래로 가로막혀 이끼에 덮인 채 향나무들이 서 있는 숲의 한 모퉁이는 알 수 없는 어떤 거칠고 무서운 야생성으로 당신을 사로잡으며, 거기에서는 흰꼬리수리의 날카로운 울음소리가 들려오기도 합니다. 또는 목초 지대도 없이 돌투성이이며, 비탈은 가파르고, 사막을 닮은 지평선을 가진 더운 황야, 그곳에서 나는 숭고하고 외로운 꽃 한 송이를 만났습니다. 황금빛 수술 주위로 보랏빛 비단 나팔을 펼친 아네모네, 그것은 골짜기에 홀로 핀 내 하얀 우상의 감동적 이미지였어요! 또는 커다란 연못들, 그 위로 자연이 식물과 동물 사이의 중간 생물인 초록빛 반점들을 던지면, 그곳으로 며칠 사이에 생명이 찾아와 식물과 곤충들이 떠다닙니다. 정기 가득한 천상의 세계 같아요! 또 있습니다. 배추 가득한 텃밭과 포도밭이 있고, 작은 말뚝으로 울타리를 둘렀으며, 웅덩이 위에 세워져 몇몇 변변찮은 호밀밭으로 에워싸인 초가집은 가난한 많은 사람들의 표상이지요! 또는 대성당의 중앙 홀과 흡사한 숲의 긴 오솔길은 나무들이 기둥처럼 늘어서 있고, 그 가지들은 궁륭의 아치 모양을 이루며, 그 궁륭 끝에는 멀리 숲속의 빈터가 보입니다. 그것은 그늘이 섞인 빛을 받고 있거나 나뭇잎들 사이로 점점이 박힌 노을의 붉은 색조를 띠고 있어서 노래하는 새들로 가득한 성가대의 스테인드글라스처럼 보입니다. 다음에 그 시원하고 울창한 숲을 벗어나면 백악질의 휴경지가 나오는데, 그곳에서는 포식한 뱀들이 뜨겁고 소리 나는 이끼 위로 우아하고 가느다란 머리를 쳐들고 제집으로 돌아갑니다. 이런 화폭들 위에 때로는 생명의 물결처럼 넘쳐흐르는 햇빛의 격류를, 때로는 어느 노인의 이마에 잡힌 주름살처럼 줄지어 늘어선 먹구름의 무리를, 때로는 연한 푸른색 줄무늬들이 늘어선, 희미하게 오렌지색을 띤 하늘의 차가운 색조들을 더해 보세요. 그런 다음 귀를 기울여 보세요. 정적이 끼어드는 가운데 야릇한 화음들이 들려 올 테니까요. 9월과 10월, 두 달 동안 내가 3시간도 연구하지 않고 만든 꽃다발은 단 하나도 없었습니다. 말하자면 나는 시인의 달콤한 몰입 속에서, 오래가지 못할 꽃들로 우화(寓話)를 엮고 있었던 것입니다. 그 우화에는 나로서는 인생의 가장 대조적인 면들이 그려져 있었습니다. 이저 내 기억을 더듬어가게 될 장엄한 광경들이지요. 지금도 나는 당시 자연 위에 펼쳐졌던 영혼의 기억을 그 위대한 장면에 자주 연결한답니다. 아직도 하얀 드레스가 잡목림 속에서 펄럭이고, 잔디 위에서 나부끼던 나의 지배자를 그곳에서 거닐게 합니다. 그녀의 마음은 사랑의 꽃술이 가득한 꽃받침 하나하나에서 약속된 열매처럼 자라나고 있었습니다.

어떤 고백도, 어떤 무분별한 정열의 증거도 그 꽃의 교향곡보다 더 전염성이 강하지 않았습니다. 나는 잘못된 내 욕망 때문에 그 교향곡에 노력을 기울였습니다. 베토벤이 음표로 표현했던 노력처럼요. 그것은 깊은 반성과 하늘을 향한 놀라운 비약입니다. 꽃다발을 볼 때 모르소프 부인은 오직 앙리에트일 뿐이었습니다. 그녀는 끊임없이 꽃다발을 보러 와서 그것으로 마음의 평화를 얻곤 했습니다. 그녀는 내가 꽃다발에 넣은 모든 생각을 그대로 받아들였습니다. 꽃다발을 받기 위해 타피스리 직조기 위에서 머리를 들 때, 그녀는 "어머나, 정말 아름다워요!"라고 말했습니다. 당신이 꽃다발을 세세히 뜯어본다면 이 달콤한 교감을 이해할 것입니다. 시의 한 부분을 보고 사디[50]를 이해하듯이 말입니다. 당신은 5월의 초원에서 모든 생물에게 수태(受胎)의 흥분을 전해 주는 향기를 맡아본 적이 있나요? 그 향기는 당신이 배를 타고 물결에 손을 적시며 바람에 머리칼을 날리게 하지요. 그러면 당신의 생각은 숲속의 작은 수풀들처럼 생기를 되찾습니다. 향기풀이라는 작은 풀 한 포기가 그 감춰진 조화의 가장 강력한 원인 중 하나입니다. 또한 그 누구도 그 향기풀을 무탈하게 자기 곁에 간직할 수 없습니다. 하얀색과 초록색이 섞인 망사 드레스처럼 줄무늬가 있는 그 풀의 반들거리는 잎을 꽃다발 속에 넣어보세요. 한없이 발산되는 향기가 당신의 마음 깊은 곳에서 수줍음으로 짓눌려 있는 장미꽃 봉오리들을 휘저어 놓을 것입니다. 도자기 꽃병의 나팔 모양 병목 주위를 투렌 지방의 포도밭에 있는 꿩의비름 특유의 하얀 털 뭉치 꽃으로만 조성하여 가장자리가 풍성한 모양을 상상해 보세요. 순종하는 여자 노예의 모습처럼 둥글게 말려 의도적으로 꾸민 형태가 어렴풋한 이미지를 줍니다. 그 위로 나선형을 이룬 하얀 종 모양의 메꽃들과 분홍색 금작화의 작은 가지들이 나옵니다. 거기에는 멋지게 채색되어 반들거리는 잎사귀들을 단 떡갈나무의 어린 새

---

50) 13세기 페르시아의 시인이며 이슬람교 신비주의 탁발승으로 『부스탄(과수원)』과 『굴리스탄(장미 정원)』의 작가다. 프랑스에는 1834년에 번역 소개되었고, 발자크는 그를 가리켜 '페르시아의 호메로스'라고 했다.

싹들 몇 개와 약간의 풀들이 섞여 있어요. 모두 수양버들처럼 겸손하게 엎드려, 기도하듯 수줍게 애원하며 몸을 내밀고 있습니다. 그 위로 꽃을 피운 가냘픈 잔가지들을 보세요. 노란색에 가까운 꽃밥을 풍부하게 쏟아내는 자줏빛 은방울꽃이 그것들을 끊임없이 흔들어댑니다. 그리고 야생과 수생 포아풀의 눈처럼 하얀 피라미드, 열매를 맺지 못하는 참새귀리의 초록빛 머리칼, 바람의 이삭이라고 불리는 겨이삭들의 술 달린 깃털 장식을 보세요. 이들은 보랏빛 감도는 희망입니다. 최초의 꿈들에 주어지는 상이에요. 꽃을 피운 이 풀들 주위로 빛이 퍼지고 있는 아마 색을 배경으르 그 희망이 뚜렷이 드러납니다. 그런데 또 그보다 위에는 벵글 장미 몇 송이가 드문드문 박혀 있습니다. 그 주위로는 당근 잎의 흐트러진 레이스와 황새풀의 깃털, 깃 모양의 조팝나무 줄기들, 야생 파슬리의 작은 산형화서(繖形花序), 열매를 맺은 클레마티스의 황금빛 머리칼, 유백색 용담(龍膽)의 예쁜 목걸이들, 서양가새풀의 산방화서(繖房花序), 분홍색과 검은색 꽃이 달린 현호색(玄胡索)의 흩어진 줄기들, 포도나무의 덩굴손, 인동덩굴의 구부러진 새 순들이 들어차 있습니다. 요컨대 이 순박한 식물들은 모두 더욱 헝클어지고, 더욱 고통스러우며, 불꽃과 세 겹의 독침을 지니고 있고, 창끝 모양의 잎사귀들은 가장자리가 톱니처럼 생겼습니다. 그리고 영혼 깊은 곳의 뒤틀린 욕망처럼 고통받는 줄기들을 지니고 있지요. 넘쳐나는 사랑의 이 장황한 격류 속에서 매우 아름다운 두 겹의 붉은 양귀비 한 송이가 열릴 태세를 갖춘 꽃술들을 달고 솟아오릅니다. 그리고 타오르는 붉은 광채의 불티들을 별 모양의 재스민 위로 뿌리며 끊임없이 내리는 꽃가루 비를 제압합니다. 반짝이는 수많은 작은 조각들 속에 햇빛을 반사하여 대기 속에서 눈부시게 빛나는 아름다운 구름이지요! 향기풀 속에 감춰진 최음제 향기에 취한 여인이라면 순종적인 생각들의 그 호사로움을 이해하지 못할 사람이 어디 있겠습니까? 길들지 않은 행동들로 당황한 그 순백의 애정을, 억제되었지만 끈질기고 영원한 정열이 100번이나 되풀이한 싸움에서 거부당한 행복을 요구하는 사랑의 그 붉은 욕망을 말입니다. 이 이야기를 현미경의 십자 선에 비춰 보세요. 미세한 부분들이 새롭게 드러나고, 미묘한 대비와 아라베스크 장식들이 보일 것입니다. 감동한 나의 여왕은 거기에서 더욱 성숙하게 피어난 꽃 한 송이와 그 꽃에서 떨어지는 눈물 한 방울을 볼 것입니다. 그러면 그녀는 거의 자제하지 못하게 될 것이고, 그녀 아이의 목소리나 천사가 심연의 가장자리에서 그녀를 붙들어야 할 것입니다. 우리는 신에게 무엇을 바치나요? 향기와 빛과 노래, 즉 우리 본성의 가장 정화된 표현이지요. 그렇다면 신에게 바치는 모든 것을 그 빛나는 꽃의 시를 통해 사랑에 바쳤던 게 아닐까요? 그 꽃의 시는 마음속에 자기의 멜로디를 끊임없이 웅얼거려 주면서 숨어 있는 관능을, 무의식적인 희망을, 어느 더운 밤의 거미줄처럼 불이 붙었다가 꺼지는 환상들을 어루만집니다.

이 객관적 즐거움은 우리에게 큰 도움이 되었습니다. 사랑하는 사람을 오랫동안 응시하거나, 여러 모습에 스며들어 깊은 곳까지 샅샅이 훑어보면서 즐기는 시선 때문에 불편했던 마음을 따돌릴 수 있었기 때문입니다. 그것이 그녀에게는 무엇이었는지 내가 감히 말하지는 못하지만, 내게는 무너지지 않는 둑에 들어 있는 물이 새어 나오는 균열 같은 것이었습니다. 그 균열은 필요에 따라서는 어떤 역할을 함으로써 흔히 불행을 방지하지요. 단식에는 치명적인 탈진기 따릅니다. 단에서 사하라까지[51] 여행자에게 만나를 제공하는 하늘에서 하나씩 하나씩 떨어진 빵 몇 조각이 탈진을 예방해 줍니다. 그렇지만 나는 그 꽃다발들로 앙리에트를 자주 놀라게 했습니다. 그녀는 양팔을 늘어뜨리고 격렬한 몽상에 깊이 잠겼습니다. 그런 몽상을 하는 동안에는 여러 생각이 가슴을 부풀게 하고 이마에 생기를 주며, 생각들이 파도로 밀려왔다가 물거품으로 솟구치면서 성가신 권태를 위협하기도 하고 묵인하기도 하지요. 그 이후로 나는 그 누구를 위해서도 꽃다발을 만들지 않았습니다! 우리끼리 사용하기 위해 우리가 그 꽃의 언어를 만들어 냈을 때, 우리는 주인을 속이는 노예의 만족감과 흡사한 만족을 느꼈습니다.

　그달의 남은 날들 동안, 내가 정원을 지나 급히 올 때, 이따금 그녀가 유리창에 얼굴을 대고 있는 모습이 보였습니다. 그

---

51) "단에서 사하라까지"라는 표현은 구약성경에서 여러 번 되풀이되는 "단에서부터 브엘세바까지"라는 구절의 변형이다. 단은 성경 속 이스라엘 자손들 가운데 가장 융성한 지파 중 하나로, 이스라엘 최북단에 정착했지만, '출애굽' 이후 긴 유랑 끝에 「사사기」에 이르면, 이스라엘 최남단인 네게브 사막의 '브엘세바(오늘날의 베르셰바)'에 도착한다. 즉 성경에서 "단에서부터 브엘세바까지"는 '이스라엘 영토 전체'를 가리키는 관용적 표현이다.

리고 내가 살롱으로 들어서면 그녀는 직조기 앞에 있었습니다. 우리가 시간 약속을 한 적은 없었는데도, 내가 제시간에 도착하지 않으면, 가끔 그녀의 하얀 자태가 테라스를 서성이기도 했습니다. 그리고 내가 갑자기 나타나면 그녀가 놀라서 "당신을 마중하러 나왔어요. 막내 아이에게는 좀 예쁘게 보여야 하지 않을까요?"라고 말했습니다.

백작과 내가 했던 잔인한 트릭트랙 주사위 게임은 중단되었습니다. 그는 최근에 사들인 토지 때문에 승인, 검증, 경계 획정, 측량 등 많은 업무를 해야 했어요. 그는 지시도 내려야 하고, 주인의 눈으로 살펴서 아내와 함께 결정해야 하는 밭일로 바빴습니다. 백작 부인과 나는 두 아이를 데리고 그를 보기 위해 새로 매입한 땅에 자주 갔습니다. 아이들은 거기까지 가는 동안 사슴벌레, 딱정벌레 등 곤충들을 쫓아가기도 하고, 꽃다발을 만들기도 했는데, 정확히 말하면 꽃다발을 엮어 만든 화환이었습니다. 사랑하는 여자와 거닐기, 그녀에게 팔을 내주고, 그녀에게 길을 선택해 주기! 이 무한한 기쁨들은 삶을 만족스럽게 해줍니다. 그때 하는 말은 신뢰도가 매우 높지요. 갈 때는 우리끼리만 갔지만 돌아올 때는 장군과 함께였습니다. 장군이라는 호칭은 백작의 기분이 좋을 때 우리가 그를 기분 좋게 놀리려고 붙인 별명입니다. 길을 오갈 때의 이 두 가지 양상은 대조적이어서 우리의 즐거움에는 미묘한 차이가 있었습니다. 그 대조의 비밀은 자기들의 결합을 방해받는 마음들만이 알지요. 돌아올 때도 똑같이 행복했지만, 시선이나 악수에는 불안이 섞여 있었습니다. 가는 동안에는 그렇게 자유로웠던 말이 돌아올 때는 비밀스러운 의미를 지녔는데, 우리 가운데 한 사람이 함정이 있는 질문에 잠시 뜸을 들였다가 대답하거나, 어떤 주제로 시작된 토론이 그런 수수께끼 같은 형식으로 계속될 때 그랬습니다. 수수께끼 같은 형식은 우리 프랑스어가 아주 적합하고 여자들이 아주 기발하게 잘 만들어내지요. 두 마음이 대중으로부터 분리되어 세상의 법을 따돌리고 결합하는 미지의 영역에서처럼 그런 식으로 서로가 통하는 즐거움을 맛보지 않은 사람이 있을까요? 어느 날 나는 분별없는 희망을 품었다가 이내 산산조각이 난 적이 있었습니다. 우리가 무슨 이야기를 하고 있느냐는 백작의 물음에 앙리에트가 이중의 의미가 있는 말로 대답해서 백작이 비웃었을 때였어요. 그 선의의 조롱을 마들린이 재미있어하자, 뒤이어 부인의 얼굴이 빨개졌고, 내게 엄한 눈길을 보내면서 지난번에 나무랄 데 없는 아내로 남기 위해 내게서 손을 빼간 것처럼 마음을 거둬갈 수도 있다는 뜻을 암시했습니다. 그러나 순전히 정신적인 그런 결합에는 매력이 많은 법이어서 이튿날 우리는 다시 시작했습니다.

다시 태어나는 행복으로 가득한 시간과 날과 주간 들은 그렇게 재빨리 지나가 버렸습니다. 그리고 투렌의 진정한 축제인 포도 수확 철이 되었습니다. 9월 말경에는 수확기보다 햇볕이 덜 뜨거우므로 볕에 그을리거나 지치는 것을 걱정할 필요 없이 밭에 있을 수 있습니다. 밀을 베는 일보다 포도송이를 따는 일이 더 쉽지요. 과일은 도두 익어 있습니다. 수확이 끝나고 빵 값이 싸져서 풍요로움이 삶을 행복하게 해줍니다. 흘린 땀만큼 돈이 묻혀 있는 밭일의 결과 때문에 생겼던 걱정은 가득 찬 곡간과 채워지게 될 지하 저장고 앞에서 사라져 버립니다. 포도 수확은 추수 연회의 즐거운 디저트 같은 것이어서, 가을이 찬란한 투렌에서 하늘은 언제나 미소를 짓습니다. 이 환대의 고장에서는 포도를 수확하는 사람들에게 숙소와 음식을 제공합니다. 가난한 사람들에게는 해마다 영양이 풍부하고 잘 요리된 음식을 먹을 수 있는 유일한 식사이기 때문에, 그들은 가부장적 가정에서 아이들이 생일잔치에 집착하듯 그 식사에 집착합니다. 그래서 그들은 주인이 인색하지 않게 대접해 주는 집으로 떼를 지어 달려가지요. 그러면 그 집은 사람들과 식량으로 가득합니다. 포도 압착기들은 줄곧 열려 있습니다. 술통을 만드는 노동자들, 웃어대는 처녀들을 태운 수레들, 한 해 중 다른 시기를 다 합친 것보다도 많은 급여를 받을 수 있어서 시도 때도 없이 노래하는 사람들의 움직임으로 전체가 활기를 띠는 것 같습니다. 그뿐만 아니라 쾌활함의 또 다른 원인은 신분이 섞인다는 것입니다. 여자들, 아이들, 주인들과 하인들 모두가 그 신이 내린 포도 따기에 참여하니까요. 이런 다양한 상황들로 대대로 전해 오는 즐거움을 설명할 수 있습니다. 한 해의 마지막 아름다운 시기에 펼쳐지는 이 흥겨운 웃음은 그 옛날 라블레에게 바쿠스적 영감을 불어넣어 위대한 작품이 태어나게 했지요. 언제나 아팠던 자크와 마들렌은 포도 수확에 참여한 적이 없었습니다. 나도 마찬가지여서 아이들은 자기들이 나와 같은 감정인 것을 알고 나는 알 수 없는 아이다운 즐거움을 보였습니다. 아이들의 어머니는 우리를 포도 수확에 데려가겠다고 약속했습니다. 우리는 그 고장의 바구니를 제작하는 빌렌으로 가서 아주 예쁜 바구니들을 주문했습니다. 우리 네 사람에게 몇십 미터의 포도밭이 주어졌고, 우리는 가위로 포도송이를 따게 되었습니다. 그러나 우리는 포도를 너무 많이 먹지 않기로 약속했습니다. 투렌의 굵은 '코(co)'[52]를 포도밭에서 따 먹는 것이 아주 맛있는 일로 보여서 사람들은 식탁 위에 가장 아름다운 포도도 거들떠보지 않았습니다. 자크는 내가 다른 어느 곳으로도 포도 수확을 구경하러 가지 않고 클로슈구르드 울타리 안에서만 있겠다는 약속을 하게 했습니다. 언제나 아파하며 얼굴빛이 창백한 두 작은 존재가 그날 아침나절 동안보다 더 상쾌하고 더 발그레하며 그만큼 활동적이고 야단스러웠던 적이 없습니다. 그들은 재잘거리기 위해서 재잘거렸고, 뚜렷한 이유도 없이 저쪽으로 갔다가 종종걸음 쳤다가 다시 돌아오곤 했습니다. 다른 아이들처럼 그들에게도 생명력이 넘쳐서 털어내야 할 것처럼 보였습니다. 모르소프 부부도 아이들이 그러는 것을 본 적이 없었습니다. 나는 그들과 함께 다시 아이가 되었습니다. 어쩌면 그들보다 더 어린아이였을지도 모릅니다. 나도 역시 내 수확물을 기대했기 때문입니다. 우리는 가장 화창한 날씨에 포도밭으로 가서 그곳에서 반나절을 보냈습니다. 누가 제일 아름다운 포도송이를 찾아내는지, 누가 가장 먼저 바구니를 채우는지, 우리가 얼마나 경쟁했는지 모른답니다! 포도나무와

---

52) 당도가 가장 높은 포도의 한 종류다.

어머니 사이를 수없이 오갔습니다. 어머니에게 보여주지 않고 딴 포도송이는 하나도 없었습니다. 내가 바구니를 들고 마들렌을 따라가서 마들렌처럼 "내 건 어때, 엄마?" 하고 그녀에게 말하자, 그녀는 젊음이 가득한 쾌활한 웃음을 터뜨렸습니다. 그녀는 "얘야, 너무 흥분하지는 말아야지!" 하고 내게 말했습니다. 그리고 손으로 내 목과 머리칼 속을 차례로 만진 다음, 볼을 가볍게 두드리며 덧붙였습니다. "땀에 흠뻑 젖었네!" 내가 그처럼 애무하는 것 같은 목소리로 연인들끼리의 반말을 들은 것은 그때 단 한 번뿐이었습니다. 나는 산사나무 열매와 산딸기의 붉은 열매들로 덮인 예쁜 울타리를 바라보았습니다. 아이들의 외침 소리에 귀를 기울였습니다. 포도를 수확하는 아낙네들의 무리, 통을 가득 실은 수레, 등에 채롱을 진 남자들을 바라보았습니다……! 아! 나는 그 전부를 기억 속에 새겼습니다. 그녀가 어린 아몬드나무 아래에서 양산을 펼친 채 싱싱하고 혈색 좋게 웃음을 머금고 서 있던 모습까지 전부를. 그런 다음 나는 포도송이들을 따기 시작했습니다. 그리고 바구니를 채워서 포도 수확 통에 비우러 갔습니다. 나는 말없이 꾸준하게, 열심히 몸을 움직였습니다. 천천히, 절도 있는 걸음으로 영혼을 자유롭게 했습니다. 나는 그런 기계적인 동작 없이는 금방이라도 모든 걸 불살라 버릴 것만 같은 정열의 흐름을 조절하면서 삶을 운반하는 육체노동의 형언할 수 없는 기쁨을 맛보았습니다. 나는 단조로운 노동 속에 얼마나 많은 지혜가 담겨 있는지 알았고, 수도원의 규칙을 이해하게 되었습니다.

백작에게서 무뚝뚝하거나 잔인한 모습이 보이지 않은 것은 실로 오랜만이었습니다. 장차 르농쿠르모르소프 공작이 될 그의 아들이 그렇게 건강한 모습으로, 발그레한 하얀 얼굴이 포도로 얼룩진 것을 본 그의 마음은 기뻤습니다. 그날은 포도 수확의 마지막 날이어서 장군은 저녁에 클로슈구르드 앞에서 복귀한 부르봉 왕가를 축하하기 위해 춤을 추게 해주겠다고 약속했습니다. 그렇게 해서 축제는 모두에게 완전해졌습니다. 돌아오는 길에 백작 부인이 내 팔을 잡았습니다. 그녀는 가슴의 온전한 무게가 심장에 느껴질 만큼 내게 몸을 기댔는데, 자기의 기쁨을 전하고 싶은 어머니의 몸짓이었습니다. 그리고 내 귀에 속삭였습니다. "당신이 우리에게 행복을 안겨주네요!"

물론, 잠 못 이루는 그녀의 수많은 밤과 불안, 하느님의 손이 받쳐주고는 있지만 만사가 각박하고 힘든 그녀의 지난 삶을 아는 나에게 그녀가 그토록 풍요로운 목소리로 힘주어 들려준 그 말은 세상의 어떤 여자도 그 이상으로 줄 수 없는 기쁨을 내게 펼쳐주었습니다.

"한결같이 불행했던 나날들이 끝나고 삶이 희망으로 아름다워졌어요." 그녀는 잠시 쉬었다가 말했습니다. "오! 날 떠나지 마세요! 내 순수한 미신을 저버리면 절대로 안 돼요! 동생들을 지켜주는 맏아이가 되어주세요!"

나탈리, 여기에 소설 같은 요소는 하나도 없습니다. 감정들이 무한하게 깊다는 것을 알아내려면 젊은 시절에 살았던 여러 커다란 호숫가에서 그 호수들에 수심 측량기를 던져봤어야 합니다. 많은 사람에게 정열이 말라버린 강변들 사이로 흘러간 용암의 세찬 급류였다고 하더라도, 극복할 수 없는 어려움들 때문에 억눌린 정열이 화산의 분화구를 맑은 물로 채운 영혼들도 있지 않을까요?

그와 비슷한 축제가 또 있었습니다. 모르소프 부인은 아이들이 삶의 여러 일들에 익숙해지게 하고, 힘든 노동을 통해 돈을 번다는 사실을 알게 해주고 싶었습니다. 그래서 그녀는 아이들에게 농사의 확률로 결정되는 수입을 설정해 주었습니다. 자크에게는 호두나무의 생산물이, 마들렌에게는 밤나무의 생산물이 배당되었습니다. 그로부터 며칠 후, 우리는 밤과 호두를 수확했습니다. 마들렌의 밤나무들을 장대로 치러 갔고, 밤나무가 자라는 척박한 땅의 광택 없이 메마른 벨벳 위로 밤송이의 밤들이 튀어 오르며 떨어지는 소리를 들었고, 소녀가 진지하고 심각하게 밤 더미의 가치를 평가하는 것을 보았습니다. 그녀에게 그 가치는 자기가 무제한으로 얻는 기쁨을 상징하는 것이었지요. 아이들 곁에서 유일하게 백작 부인을 대신하는 몸종인 마네트도 축하해 주었습니다. 아무리 적은 재산이라도 기후의 변화에 따라 위험해지는 일이 아주 흔해서, 그것을 거두어들이는 데 필요한 수고의 광경을 통한 교육이었던 거예요. 그것은 어린 시절의 천진난만한 행복이 초가을의 장중한 색조 속에서 매혹적으로 보이는 장면이었습니다. 마들렌은 자기만의 곳간을 가졌습니다. 나는 그곳에서 그녀의 기쁨을 함께 나누며 그녀가 자기의 갈색 재산을 채워가는 것을 보고 싶었습니다. 그런데 말이죠, 채롱에 담겨 있던 밤들이 흙이 섞인 노르스름한 털 뭉치 바닥 위로 쏟아져 구를 때마다 내던

소리를 떠올리면, 나는 지금도 마음이 설렌답니다. 백작이 일부를 집으로 가져갔고, 클로슈구르드 주변의 사람들과 마름들이 저마다 '미뇬(귀여운 아가씨)'에게 살 사람들을 구해 주었습니다. '미뇬'은 그 고장에서 농부들이 오지인들에게 선뜻 부여하는 다정한 형용사지만, 오직 마들렌 혼자만이 소유한 명칭 같았습니다.

자크는 호두나무 수확에 그다지 만족하지 못했습니다. 며칠 동안 비가 내렸어요. 그래서 나는 호두를 잘 간직하고 있다가 조금 후에 팔자고 조언하며 그를 위로해 주었습니다. 셰셀 씨가 내게 가르쳐주기를, 호두나무가 브르에몽, 앙부아즈, 부브레 지방에서는 아무 쓸모도 없다고 했습니다. 그런데 투렌에서는 호두 기름을 많이 사용합니다. 자크는 호두나무 한 그루마다 적어도 40수를 벌 수 있었는데, 200그루를 가지고 있으니 그 금액이 상당했지요! 그는 말을 타기 위해 승마 장비를 사고 싶어 했습니다. 그의 그런 바람은 가족의 논란이 되었습니다. 아버지는 수입이 불안정하니 호두나무가 흉작인 해에도 평균 수입을 가질 수 있도록 저축해 둘 필요성에 대해 깊이 생각해 보라고 권했습니다. 나는 백작 부인이 침묵을 지키는 마음을 알아차렸습니다. 그녀는 자크가 아버지의 말에 귀를 기울이고, 아버지는 그녀가 준비해 준 숭고한 거짓말 덕택에 자기에게는 없는 존엄을 약간은 되찾은 것을 보고 기분이 좋았습니다. 내가 당신에게 말하지 않았던가요? 이 여인을 묘사하자면 지상의 언어로는 그녀의 특징과 천품을 표현하기가 불가능하다고 말입니다! 그런 종류의 장면들이 연출되면, 영혼은 희열을 맛봅니다. 분석하지도 않아요. 하지만 그 희열은 나중에 삶이 흔들리면 그 어두운 바닥 위로 얼마나 뚜렷이 드러나는지 모릅니다! 그것은 마치 다이아몬드처럼, 혼합물이 가득한 생각들, 그러니까 사라진 행복의 추억 속에 녹아 있는 회한 속에 박혀 반짝입니다. 최근에 사들인 두 영지에 모르소프 부부가 그렇게도 고심해서 붙인 이름이 '카신'과 '레토리에르'인데, 이 이름들이 '성지'나 '그리스' 같은 가장 아름다운 이름보다 나를 감동하게 만든 이유가 무엇일까요? "사랑하는 이는 사랑한다고 말하라!"라고 라퐁텐은 외쳤지요. 이 이름들은 강신술에서 사용하는 점성술 언어가 가진 부적의 효능을 지니고 있습니다. 이 이름들이 내게 마법을 설명해 줍니다. 그리고 잠들어 있는 인물들을 깨우면 그들은 이내 일어나서 내게 말합니다. 그들은 나를 이 행복한 골짜기에 데려와 하늘과 풍경들을 창조합니다. 하지만 강신술은 항상 영계(靈界) 영역에서 행해지잖아요? 그러니 내가 그렇게 허물없는 장면들을 당신에게 이야기하는 것을 보고 놀라지 마세요. 그 단순하고 거의 공동에 가까운 생활에서 가장 사소한 일도 겉으로는 약해 보이는 연결 같았지만, 나와 백작 부인을 단단하게 결합해 준 매듭이었습니다.

백작 부인에게는 아이들의 이권도 아이들의 허약한 건강과 똑같이 상심의 원인이었습니다. 나는 얼마 안 가서 그녀가 집 안에서 하는 자기의 은밀한 역할에 대해 내게 말해 준 내용의 진실을 인지하게 되었습니다. 그래서 나는 정치인이 알아야 할 그 고장의 세세한 부분들을 알게 되면서 서서히 그 집안일에 발을 들여놓기 시작했습니다. 10년간의 노력 끝에 모르소프 부인은 자기 토지의 경작법을 바꾸었습니다. 그녀는 토지를 '넷으로 나누었습니다.' 이것은 새로운 방법의 결과를 설명하기 위해 이 고장에서 사용하는 표현인데, 이 방법에 따르면 경작자들은 해마다 토지에서 한 종류의 작물을 거둬들이기 위해 4년마다 한 번씩 밀을 파종합니다. 농부들의 고집을 꺾기 위해서는 임대차 계약을 해지하고, 영지를 커다란 소작지 네 개로 나누어 그 '절반'만 가져야 했습니다. 투렌과 그 주변 고장에서만 행해지는 소작 제도입니다. 지주는 성실한 소작인들에게 거주할 집과 작업소, 종자들을 제공하고, 경작 비용과 농산물은 나눕니다. 이 분배는 지주에게 돌아갈 절반을 받아오는 책임을 맡은 '마름'이 감독합니다. 농산물마다 분배의 성질이 항상 변하기 때문에 회계가 복잡하고 비용이 많이 드는 체계입니다. 백작 부인은 클로슈구르드 주변에 남겨 둔 땅들로 다섯 번째 농지를 만들어 모르소프 씨가 경작하게 했습니다. 거기에는 백작에게 일을 시키려는 목적과 '반타작 소작인들'에게 새로운 방법의 우수성을 명백한 사실로 증명해 보이려는 목적이 있었습니다. 그녀는 농사를 지휘하는 여주인으로서 천천히, 그리고 여성의 끈질김으로 아르투아와 플랑드르 지방의 농장 구도 위에 자신의 소작지 두 곳을 재건하게 했습니다. 그녀의 의도를 짐작하기는 쉽습니다. 반타작 임대차 계약이 만료된 후에 백작 부인은 클로슈구르드의 수입을 단순화하기 위해 소작지 네 곳을 두 곳의 훌륭한 농장으로 조성하여 부지런하고 머리 좋은 사람들에게 돈을 받고 임대하고자 했습니다. 먼저 죽을 것을 염려한 그녀는 백작에게는 징수하기 쉬운 수입을, 아이들에게는 아무리 무능해도 위험에 처하지는 않을 재산을 남겨 주려고 노력했습니다. 그때에는 10년 전에 심은 과실수들이 큰 수확을 올리고 있었습니다. 장차 있을지도 모를 모든 분쟁으로부터 영지를 보장해 줄 울타리들도 자라 있었고요. 포플러와 느릅나무들도 모두 잘 자랐습니다. 새로 사들인 땅들도 있지만, 새로운 영농 시스템을 모든 땅에 도입하면, 네 개의 커다란 농장으로 분할된 클로슈구르드의 땅은 두 곳이 아직 구축되지 않았지만, 각 농장에서 4000프랑씩 5프랑짜리 은화로 1만 6000프랑을 가져다줄 수 있었습니다. 포도밭이나 농장들을 연결하는 임야 200에이커, 그리고 표본 농장은 계산에 넣지도 않았습니다. 그녀의 네 농장에 나 있는 길들은 모두 클로슈구르드에서 쉬농 도로까지 직선으로 연결된 대로에 이를 수 있었습니다. 그 대로에서 투르까지의 거리는 20킬로미터밖에 되지 않아서 소작인들은 그녀를 놓치려 하지 않았지요. 특히 백작이 이루어낸 진보와 그의 성공, 토지 개량 사업에 대해 모두가 말하고 있을 때는 더욱 그랬습니다. 그녀는 매입한 두 영지에 각각 1만 5000프랑 정도를 투입하게 해서 주인이 살던 집을 두 개의 큰 농가로 개조하려 했습니다. 마르티노라는 사람을 관리인으로 보내서 1, 2년 동안 경작한 후에 더 좋은 조건으로 임대하기 위해서였죠. 마르티노는 그녀의 마름들 가운데 가장 훌륭하고 성실한 사람인데, 곧 실직할 상황이었습니다. 소작지 네 곳의 반타작 임대차 계약이 끝나서 그 소작지들을 두 농장으로 합쳐 돈을 받고 임대할 때가 다가왔기 때문입니다. 그녀의 생각은 아주 단순했지만, 써야 할 3만 몇 천 프랑으로 복잡해져서 당시 그녀와 백작의 기나긴 논쟁의 대상이 되었습니다. 무서운 논쟁이었지만 그녀는 두 아이의 이익만 생각하며 버텼습니다. '내가 만약 내일 죽는다면 무슨 일이 일어날까?' 하는 생각에 그녀는 가슴이 두근거렸습니다. 화를 낼 줄 모르고 자기 주위에 마음의 깊은 평화가 가득 퍼지기를 바라는 온화하고 평화로운 영혼들만이 압니다. 그런 싸움에는 힘이 얼마나 필요하며, 싸움을 시작하기 전에는 심장에 얼마나 많은 피가 파도처럼 몰리는지, 싸움이 끝난 후 아무것도 얻지 못했을 때 얼마나 큰 무력감이 온몸을 엄습하는지를요. 결실의 계절이 좋은 영향을 준 덕택에 그녀의 아이들이 그나마 덜 창백하고 덜 야위어서 더 활발했을 때, 그녀가 아이들이 노는 모습을 젖은 눈으로 좇으며 마음을 다잡고 다시 힘이 솟는 만족감을 느끼고 있을 때, 그 가엾은 여인은 신랄하게 반대하는 모욕적인 독설과 날카로운 공격을 받았습니다. 그런 변화가 두려운 백작은 변화의 이점과 가능성을 옹고집으로 부인했습니다. 이론의 여지가 없는 논증에 그는 여름날 햇볕의 영향을 의심하는 어린애의 항변으로 대응했습니다. 백작 부인이 이겼지요. 양식이 광기를 누른 그 승리가 그녀의 상처를 달래주어서 그녀는 아픈 기억을 잊었습니다. 그날 그녀는 건축 문제를 결정하기 위해 카신과 러토리에르로 산책 삼아 갔습니다. 백작은 앞에서 혼자 걸었고, 아이들은 우리와 떨어져서 갔으며, 우리 두 사람은 맨 뒤에서 천천히 그들을 따라갔습니다. 그녀가 부드럽고 낮은 소리로 내게 말하고 있었기 때문입니다.

그녀의 말은 그 소리로 인해 가는 모래 위에서 바다가 속삭이는 잔물결 같았습니다.

그녀는 성공을 확신하고 있었습니다. 그녀가 내게 말했습니다. 투르에서 쉬농까지 운행에 경쟁이 붙을 것이며, 어떤 사람의 전언에 따르면 마네트의 사촌인 부지런한 남자가 노선 중간에 큰 농장을 갖고 싶어서 기획했다는 것이었습니다. 그의 가족이 많은데, 큰아들은 마차를 몰 것이고, 둘째 아들은 운송업을 할 것이며, 아버지는 도로 중간에 자리를 잡고, 중앙에 있는 '라 라블레'라는 임대 농장에서 중계를 감독하며 그의 마구간에서 나오는 거름으로 땅을 개량하며 경작할 계획이라고 했습니다. 클로슈구르드 지적에 있는 '보드'라는 두 번째 농장은 네 소작인 중 한 사람인 성실하고 똑똑하며 부지런한 사람이 새로운 경작법의 이점들을 감지하고 벌써 임대차 계약을 신청한 상태였습니다. 카신과 레토리에르는 그 고장에서 가장 좋은 땅이었습니다. 일단 농장이 구축되고 최대 가치로 경작되기만 하면 투르에 공표하는 것만으로도 충분할 것이었습니다. 그러면 2년 안에 클로슈구르드는 정기 수익이 약 2만 4000프랑에 상당하는 가치가 될 것이고, 모르소프 씨가 되찾은 멘 지방의 그라블로트 농장은 얼마 전에 9년 동안 7000프랑에 계약되었으니, 준장의 연금은 4000프랑인 셈이었습니다. 이 수입은 아직 큰 자산이 되진 못했지만, 아주 넉넉한 생활은 보장해 줄 터였습니다. 그녀는 나중에 여러 가지 다른 상황들이 좋아지면, 아마도 언젠가는 파리에 가서 자크의 교육을 보살필 수 있을 것이라고도 했습니다. 2년 안에 그 추정 상속인의 건강이 튼튼해진다면 말이죠.

그녀의 '파리' 발음이 얼마나 뜰리던지요! 그 계획의 저변에는 내가 있었고, 그녀는 친구로서 가능한 한 나와 떨어지려 하지 않았습니다. 그 말에 나는 발끈해서 그녀가 나를 모른다고 말했습니다. 그리고 말은 안 했지만, 나는 자크의 가정교사가 되기 위해 밤낮으로 공부해서 내 학업을 마칠 계획이었다고, 그것은 그녀의 마음속에서 다른 한 젊은이를 알게 된다는 생각을 견디지 못하기 때문이라고 했습니다. 내 말을 들은 그녀는 심각해졌습니다.

"안 돼요, 펠릭스. 그건 당신이 사제가 되겠다는 거나 마찬가지예요. 당신이 단 한 마디로 어머니로서의 내 마음속 깊은 곳까지 닿았다고 해도, 여자로서의 나는 당신을 너무도 진지하게 사랑해서 당신이 집착의 희생자가 되도록 놔둘 수가 없어요. 구제할 수 없는 나쁜 평판이 그 희생의 대가일 텐데, 그러면 나도 그에 대해 아무것도 할 수 없을 거예요. 오! 안 돼요, 내가 당신에게 해가 돼서는 절대로 안 돼요! 방드네스 자작인 당신이 가정교사? '자신을 팔지 말라!'라는 고귀한 좌우명을 가진 당신이! 당신이 리슐리외라도 해도 당신의 인생은 영원히 막혀 버릴 거예요. 당신은 당신 가문의 가장 큰 슬픔의 원인이 될 거예요. 이봐요, 당신은 우리 어머니 같은 여자가 보호자의 시선 속에 무례함을, 말 속에는 비하를, 인사 속에는 경멸을 넣는다는 사실을 돌라요."

"당신이 나를 사랑한다면, 세상은 내게 어떻게 할까요?"

그녀는 내 말을 못 들은 척하고 말을 계속했습니다. "우리

아버지는 훌륭하신 분이어서 내가 부탁하는 것은 언제든 들어주시겠지만, 당신이 세상에서 보잘것없는 자리에 있다면 용서하지 않으실 거고, 당신을 후원하는 것도 거부하실 거예요. 나는 당신이 황태자의 가정교사라고 해도 보고 싶지 않아요! 사회를 있는 그대로 받아들이세요. 살면서 잘못을 범하지 말아요. 이 제안이 무분별한 것은……."

"사랑 때문이에요." 내가 낮은 목소리로 말했습니다.

"아니요, 자비심이에요." 그녀가 눈물을 참으며 말했습니다. "그 분별없는 생각에서 당신의 성격이 보여요. 당신의 마음이 당신을 해칠 거예요. 나는 이 순간부터 당신에게 어떤 것을 가르칠 권리를 주장하겠어요. 가끔은 당신을 위해 이 여자의 눈으로 보게 해주세요. 그래요, 나의 클로슈구르드 구석에서 나는 당신의 성공을 말없이, 아주 기쁘게 보고 싶어요. 가정교사에 관해서는 그러니까 마음 쓰지 말아요. 옛날에 예수회 학자였던 노 신부님을 찾아볼 거예요. 우리 아버지도 당신 이름을 지니게 될 아이의 교육을 위해서는 기꺼이 돈을 내실 거예요. 자크는 내 자부심입니다. 그렇지만 열한 살이에요." 그녀는 잠시 쉬었다가 말했습니다. "하지만 자크도 당신과 비슷한 점이 있어요. 당신을 처음 봤을 때 난 당신이 열세 살인 줄 알았어요."

우리는 카신에 도착했고, 자크와 마들렌, 그리고 나는 꼬마들이 어머니를 따라다니듯이 그녀를 따라다녔습니다. 그러나 우리가 그녀를 방해하게 되자, 나는 그녀와 잠시 떨어져서 과수원으로 갔습니다. 과수원지기인 형 마르티노가 마름인 동생 마르티노와 함께 나무들을 베어버릴 것인지 말 것인지를 따지고 있었습니다. 그들은 그 문제를 자기들의 재산 문제인 것처럼 의논하고 있었습니다. 그래서 나는 백작 부인이 얼마나 사랑을 받고 있는지 알았습니다. 나는 삽 위에 한 발을 올려놓고 삽자루에 팔꿈치를 괸 채 두 사람의 과수학 전문가들의 말을 듣고 있는 가난한 날품팔이꾼에게 내 생각을 말했습니다.

"아! 맞습니다, 선생님." 그가 대답했습니다. "훌륭한 부인이지요. 아제의 추한 여편네들처럼 거만하지도 않아요. 그 여편네들은 도랑을 2미터나 파줘도 한 푼 주기는커녕 우리를 뒈져 가는 개처럼 보는 것 같아요! 그 부인이 이 고장을 떠나는 날엔 동정녀 마리아께서도 우실 겁니다. 우리도 그렇고요. 그분은 자기 몫을 알고 계시지만서도, 우리 고생도 알고 계셔서 그 점을 고려해 주시지요."

나는 얼마나 기분이 좋았던지, 가지고 있던 돈을 몽땅 그 사람에게 주고 말았습니다.

며칠 후, 자크를 위해 조랑말 한 마리가 왔습니다. 훌륭한 기수인 아버지가 힘든 승마에 자크가 서서히 적응하게 하려는 의도였습니다. 아이에게는 호두를 팔아서 산 예쁜 기수복이 있었습니다. 자크가 아버지를 대동하고 첫 번째 레슨을 받던 날 아침에, 깜짝 놀란 마들렌이 잔디밭에서 팔짝팔짝 뛰며 소리를 질렀습니다. 잔디밭 주위를 자크가 달리고 있었어요. 그것은 백작 부인에게는 아이들을 출산한 이후 최초의 커다란 축제였습니다. 자크는 어머니가 수놓아 준 주름장식 칼라가 달린 하늘색 직물 프록코트에 에나멜가죽 허리띠를 매고, 하얀 주름 바지를 입고 스코틀랜드 기수모를 쓰고 있었는데, 그의 잿빛 머리털 몇 뭉치가 굽이치며 삐져나와 있었습니다. 그는 정말 멋져 보였습니다. 집의 하인들도 모두 모여 가족의 기쁨을 나눴습니다. 그 어린 상속자는 지나가면서 어머니에게 미소를 지었습니다. 그리고 두려움 없이 늠름한 자세를 유지했습니다. 그렇게도 자주 죽음이 임박해 보이던 그 아이에게 그 최초의 남자다운 활동은 그토록 아름답고 사랑스럽고 싱그러운 아이를 그녀에게 보여주는 그 산책을 통해 아름다운 미래의 희망을 보장해 주는 것이었으니, 그녀에게 얼마나 달콤한 보상입니까! 다시 젊어져서 오랜만에 미소를 짓는 아버지의 기쁨, 집 안 하인들 모두의 눈 속에 그려진 행복, 투르에서 돌아온 르농쿠르의 조마사 영감이 아이의 고삐를 쥔 방식을 보고 "자작님, 좋아요!"라고 외치는 소리, 모르소프 부인은 그런 일들이 너무 벅차서 눈물을 흘렸습니다. 고통 속에서는 그토록 침착하던 그녀가 모래 위에서 말을 타는 자기 아이를 놀란 눈으로 바라볼 때는 기쁨을 억제하지 못할 만큼 약했습니다. 그녀가 자크를 햇볕에 산책시키며 앞날을 생각하고 자주 눈물짓던 바로 그 모래 위였죠. 그때 그녀가 내 팔에 몸을 기대며 후회 없이 말했습니다. "내가 괴로웠던 적이 없었던 것만 같아요. 오늘은 우리 곁에 있어요."

레슨이 끝나자, 자크가 어머니의 품 안으로 뛰어들었습니다. 그녀는 아이를 받아 기쁨에 넘쳐 힘껏 끌어안았습니다. 그리고 끝없이 입을 맞추고 쓰다듬었습니다. 나는 기수를 위해 식탁을 장식하려고 마들렌과 함께 멋진 꽃다발 두 개를 만들러 나갔습니다. 우리가 살롱으로 돌아오자, 백작 부인이 내게 말했습니다. "10월 15일은 확실히 대단한 날이 될 거예요! 자크가 첫 번째 승마 수업을 받았고, 나는 방금 내 가구 장식의 마지막 수를 놓았으니까요."

"그렇담, 블랑슈, 당신에게 보상해 주고 싶구려." 백작이 웃으며 말했습니다.

그가 그녀에게 팔을 내어주고 첫째 마당으로 그녀를 데려갔습니다. 거기에서 그녀는 아버지가 준 사륜마차를 보았습니다. 백작은 그 마차를 위해 영국에서 말 두 마리를 샀는데, 그 말들과 함께 르농쿠르 공작의 말들이 와 있었습니다. 승마 수업을 하는 동안 조마사 영감이 첫째 마당에 모든 것을 준비해 둔 것이었습니다. 우리는 마차를 처음으로 시승하면서 클로슈구르드에서 쉬농 도로까지 직선으로 이르게 될 대로의 노선을 보러 갔습니다. 새로 사들인 땅 덕택에 새로운 영지들을 가로질러서 낼 수 있는 노선이었습니다. 돌아오는 길에 백작 부인이 우수에 가득 찬 모습으로 내게 말했습니다. "너무 행복해요. 내게는 행복이 병 같은 것이어서 내가 짓눌리고 말아요. 그리고 꿈처럼 사라져버릴까 봐 두려워요."

나는 너무도 정열적으로 사랑했기 때문에 질투가 날 수밖에 없었지만, 그녀에게 줄 수 있는 게 아무것도 없었습니다. 나는 극심한 고통 속에서 그녀를 위해 죽을 방법을 찾고 있었습니다. 그녀가 무슨 생각을 하느라고 그렇게 눈이 흐려졌냐고 내게 물어서 나는 내 생각을 있는 그대로 말했습니다. 그녀는 내 생각에 어떤 선물보다도 감동했습니다. 그리고 현관 앞 낮은 층계로 나를 데려간 후 내 귀에 속삭이며 내 마음을 위로해 주었습니다. "큰어머니께서 나를 사랑하셨던 것처럼 사랑해 주세요. 그것이 당신 생명을 내게 주는 거 아닌가요? 내가 그렇게 당신 목숨을 가진다면, 나는 당신에게 항상 의무 감을 느끼지 않겠어요?"

"타피스리를 마칠 시간이었어요." 그녀가 살롱으로 돌아가 며 말했습니다. 나는 맹세를 새롭게 하듯 그녀의 손에 입을 맞추었습니다. "펠릭스, 내가 왜 이 긴 작업을 굳이 시작했는 지 당신은 모르겠지요? 남자들은 자기가 매일 하는 일에서 슬 픔에 저항하는 방법을 찾고, 일하는 와중에 슬픔에서 벗어나 지만, 우리 여자들은 고통에 맞서 마음속에 의지할 데가 하나 도 없어요. 내가 슬픈 이미지에 사로잡혔을 때, 나는 몸을 움 직여서 고통을 조절할 필요를 느꼈어요. 그래야 아이들과 남 편에게 미소 지을 수 있잖아요. 나는 힘을 다 써버린 후에 찾 아오는 무력함을 그렇게 모면했어요. 흥분되는 순간들도 그랬 고요. 일정한 시간 간격으로 팔을 들어 올리는 행동으로 내 생각을 흔들어 재우고, 폭풍우가 우르릉거리는 영혼에 밀물과 썰물의 평화를 전해 주었어요. 그런 식으로 감정을 조절한 거 죠. 한 땀 한 땀마다 내 비밀 이야기를 넣었어요. 아시겠어요? 음…… 마지막 안락의자의 타피스리를 만들면서 당신 생각을 너무 많이 했어요! 그래요, 너무 많이요. 당신이 꽃다발 안에 넣은 말을 나는 내 그림으로 표현했어요."

저녁 식사는 즐거웠습니다. 자크는 내가 월계관 대신 그에게 꺾어 온 꽃들을 보고 보살핌을 받는 여느 아이들처럼 팔짝 뛰어 내 목에 매달렸습니다. 그의 어머니는 나의 불충한 행동으로 토라진 척했습니다. 당신은 아시지요. 그 사랑스러운 아이가 그 질투의 꽃다발을 어머니에게 얼마나 멋지게 바쳤는지! 저녁에 우리 세 사람이 함께 트릭트랙 주사위 놀이를 했습니다. 나 혼자서 모르소프 부부와 대적했는데, 백작은 상냥했습니다. 이윽고 해가 떨어지자, 부부는 나를 프라펠로 가는 길까지 바래다주었습니다. 감정에서 생기가 사라지는 대신 조화로움이 깊이 배어드는 그런 고요한 저녁이었습니다. 그날은 그 가엾은 여인의 생애에서 유일한 하루였습니다. 힘든 시간이면 그녀가 추억을 떠올리며 자주 어루만지던 빛나는 점 하나였어요. 사실 승마 수업은 얼마 안 가서 불화의 원인이 되었습니다. 아버지가 아들에게 폭언을 퍼부으리라는 백작 부인의 염려는 빗나가지 않았습니다. 자크는 이미 수척해져 있었고, 그의 아름다운 푸른 눈에는 눈그늘이 졌습니다. 그는 어머니에게 슬픔을 주지 않으려고 말없이 고통을 견디는 편을 택했습니다. 나는 그를 아픔에서 구할 방법을 찾았습니다. 그래서 백작이 화를 내기 시작하면 아버지에게 피곤하다고 말하라고 했지만, 그런 임시방편으로는 충분하지 않았습니다. 결국 아버지 대신 조마사 영감이 승마를 가르쳐야 했습니다. 아버지는 자크를 이리저리 끌고 다니지 않고서는 놓아주지 않았으니까요. 고성과 말다툼이 다시 시작되었습니다. 백작의 끊임없는 불평은 여성들에 대한 인식 부족에 원인이 있었습니다. 그는 하루에도 스무 번씩 마차와 말과 제복에 대해 아내를 힐책했습니다. 결국 그런 부류의 성격과 병을 가진 사람들이 걸고 넘어지기 좋아하는 사건이 일어났습니다. 카신과 레토리에르의 불량한 벽과 바닥이 무너지는 바람에 예상했던 비용을 절반 이상 초과하고 만 것입니다. 그 소식을 알리러 온 일꾼은 백작 부인에게 말하지 않고 모르소프 씨에게 알리는 잘못을 저질렀습니다. 처음엔 조용히 시작된 말다툼이 점점 악화되더니 며칠 전부터 진정되었던 백작의 심기증(心氣症)이 가엾은 앙리에트에게 연체금을 요구했습니다.

바로 그날 나는 아침 식사를 마치고 10시 반에 프라펠을 출발했습니다. 클로슈구르드에서 마들렌과 함께 꽃다발을 만들러 가기 위해서였습니다. 마들렌은 테라스의 난간 위로 꽃병 두 개를 내게 가져다주었습니다. 나는 주위의 정원들로 나가 아주 아름답지만 매우 드문 가을꽃을 찾아다녔습니다. 내가 마지막으로 꽃을 찾아 돌아왔을 때, 분홍색 허리띠에 톱니 모양의 케이프를 입은 내 어린 부관이 보이지 않았습니다. 그때 클로슈구르드에서 고함 소리가 들려왔습니다.

"장군이……," 마들렌이 울면서 내게 말했습니다. 장군은 그녀가 아버지에 대한 증오를 나타낼 때 쓰는 말이었습니다. "장군이 우리 어머니를 나무라고 있어요. 빨리 가서 어머니를 지켜주세요."

나는 계단을 날듯이 뛰어가서 백작과 그의 아내 눈에 띄지 않고 인사도 없이 살롱에 도착했습니다. 미친 사람의 날카로운 고함을 들은 내가 모든 문을 닫은 후 돌아오니 그녀의 드레스만큼이나 창백해진 앙리에트가 보였습니다.

"펠릭스, 당신은 절대로 결혼하지 마시오." 백작이 내게 말했습니다. "여자는 악마의 조종을 받아요. 악이 존재하지 않는다면 가장 덕망 있는 여자가 악을 만들어낼 것이오. 여자들은 모두 원래가 짐승들이오."

나는 그때 밑도 끝도 없는 추론을 들었습니다. 모르소프 씨는 지난번에 했던 자기의 부정론이 옳다면서 새로운 경작법을 인정하려 들지 않는 농부들의 어리석은 말들을 되풀이했습니다. 그는 만약에 자기가 클로슈구르드를 운영했다면 두 배는 더 부유해졌을 거라고 주장했습니다.

난폭하고 모욕적인 말을 하면서 그는 욕을 퍼붓고 가구에서 가구로 뛰어다녔으며 가구들을 옮겨 놓았다가 두들기기도 했습니다. 그러더니 어떤 말을 하다가 증단하더니 갑자기 자기 골수가 타들어 가고 뇌수가 돈처럼 한꺼번에 쑥 빠져나간다고 말했습니다. 그는 아내 때문에 파산했다는 것이었습니다. 그 불행한 사람은 자기가 소유하고 있던 3만 몇 천 프랑의 연수입 가운데 그녀가 2만 프랑 이상을 그에게서 빼앗아 갔다고 했습니다. 공작의 재산과 공작 브인의 재산은 연 수입 5만 프랑도 더 나가는 가치가 있는데, 그것은 자크에게 지정된 것이었습니다. 백작 부인이 고결한 미소를 지으며 하늘을 바라보았습니다.

"그래, 블랑슈," 그가 소리쳤습니다. "당신은 내 사형집행인이지. 당신이 나를 죽여. 내가 당신에게 짐이 되니까 말이야. 너는 나를 없애고 싶겠지. 너는 위선의 괴물이야. 웃다니! 펠릭스, 저 여자가 왜 웃는지 아시오?"

나는 말없이 고개를 떨궜습니다.

"저 여자가," 백작이 자기 질문에 자기가 대답하면서 다시 말했습니다. "저 여자가 내 모든 행복을 빼앗아 갔소. 저 여자는 내 것이면서 당신 것인데, 내 아내라고 우겨요! 내 성(姓)을 쓰면서 신과 인간의 법이 부과하는 의무를 전혀 이행하지 않아요. 저 여자는 인간과 신에게 거짓말을 하고 있어요. 내가 자기를 혼자 두게 하려고 나를 너무 뛰어다니게 해서 녹초가 되게 만들어요. 내가 자기 마음에 안 들어. 저 여자는 날 증오한단 말이오. 계속 아가씨로 보이려고 온갖 기술을 다 동원하지. 저 여자는 날 궁핍하게 만들어서 내가 미치게 해요. 그러면 모든 게 내 가엾은 머리 탓이 되니까. 저 여자가 날 조금씩 말려 죽이고 있어요. 그러면서 자신이 성녀인 양 매달 영성체를 해요."

그때 백작 부인이 뜨거운 눈물을 흘리며 울었습니다. 그 남자의 끝없는 비하로 모욕을 당한 그녀는 대답으로 "므시외! 므시외! 므시외!"라는 말만 할 뿐이었습니다.

나는 백작의 말로 그와 앙리에트를 보기가 무안해졌지만, 그 말은 내 마음을 심하게 흔들었습니다. 정절과 섬세함의 감정에 대한 말이었기 때문입니다. 그것은 말하자면 첫사랑의 성질이잖아요.

"저 여자는 내 돈을 써서 순결해요." 백작이 말했습니다. 그 말에 백작 부인이 소리쳤습니다. "므시외!"

"그게 뭐지?" 그가 말했습니다. "당신의 그 오만한 므시외라는 말 말이오. 내가 주인이 아니라고? 그러니까 당신에게 내가 주인이란 걸 가르쳐줘야겠소?"

그가 하얀 늑대의 얼굴을 그녀에게 보여주며 그녀 쪽으로 걸음을 옮겼습니다. 그의 노란 눈에는 숲에서 나온 굶주린 짐승과 흡사한 눈빛이 서려 있어서 얼굴이 보기 흉하게 일그러져 있었습니다. 앙리에트는 맞을 각오로 안락의자에서 바닥으로 스르르 내려앉았지만, 맞지는 않았습니다. 그녀는 의식을 잃고 완전히 기진맥진해서 마룻바닥에 널브러지고 말았습니다. 백작은 마치 희생자의 피가 얼굴에 튀어 오르는 것을 느끼는 살인자처럼 얼이 빠져 있었습니다. 나는 그 불쌍한 여인을 품에 안았습니다. 백작은 마치 자기는 그녀를 안을 자격이 없다는 듯 내가 그녀를 안도록 내버려 두었습니다. 그러나 그는 내 앞에 가서 살롱에 인접한 침실의 문을 열어주었습니다. 내가 한 번도 들어가 보지 않은 성스러운 침실이었습니다. 나는 백작 부인을 서게 하여 한 팔로 잠시 붙들고 다른 한 팔로는 그녀의 허리를 감았습니다. 그 사이에 모르소프 씨는 침대 커버와 솜이불, 침구를 치웠습니다. 그리고 우리는 그녀를 들어 올려 옷을 입은 그대로 침대 위에 눕혔습니다. 앙리에트는 정신이 들자 우리에게 몸짓으로 허리띠를 풀어달라고 했습니다. 모르소프 씨가 가위를 찾아서 허리띠를 잘랐고, 내가 소금을 코에 대주어 호흡하게 하자 그녀가 눈을 떴습니다. 백작은 슬프기보다는 수치스러움 때문에 방을 나갔습니다. 깊은 침묵 속에 2시간이 지났습니다. 앙리에트는 내 손에 자기 손을 맡긴 채 말은 하지 못하고 내 손을 꼭 쥐었습니다. 그녀는 가끔 눈을 들어 아무 소음도 없이 조용하게 있고 싶다고 눈으로 내게 말했습니다. 그리고 잠시 사이가 있었는데 그때 그녀가 팔꿈치를 괴고 다시 일어나서 내 귀에 속삭였습니다. "불행한 사람! 만약 당신이 뭔가를 안다면……."

그녀는 머리를 베개 위에 다시 뉘었습니다. 과거의 아픈 추억이 현재의 고통과 연결되자 그녀에게 신경성 경련이 일어났고, 나는 오직 사랑의 자성(磁性)을 통해서만 그 경련을 진정시켰습니다. 나는 아직 그 효과를 몰랐지만, 본능적으로 사용했어요. 나는 다정하게 완화된 힘으로 그녀를 받쳐주었습니다. 그녀가 마지막으로 발작을 일으키는 동안 그녀가 나를 바라보던 눈길 때문에 나는 울었습니다. 그 신경 발작이 멈췄을 때 나는 그녀의 헝클어진 머리칼을 매만져 주었습니다. 내 생애에서 단 한 번 만져본 머리였습니다. 그런 다음 나는 그녀의 손을 다시 잡고 갈색과 회색이 어우러진 침실과 페르시아 커튼이 달린 소박한 침대, 옛날식으로 장식된 의상으로 덮여 있는 테이블, 누빈 매트가 깔린 초라한 소파를 오랫동안 바라보았습니다. 그곳은 얼마나 시정(詩情)이 넘쳐나던지! 자기 자신을 위한 사치라고는 찾아볼 수 없었습니다! 그녀의 사치는 가장 우아한 깔끔함이었습니다. 성스러운 인종(忍從)으로 가득한 수녀의 고결한 방이었습니다. 결혼한 수녀. 유일한 장식은 침대 머리맡의 십자가뿐이었습니다. 그 위에는 큰어머니의 초상화가 보였습니다. 그리고 성수반(聖水盤) 양쪽에는 그녀가 아이들을 그린 연필화와 아이들이 어렸을 때 잘라둔 머리카락이 있었습니다. 넓은 세계로 나가면 가장 아름다운 미인들도 무색해질 여인이 그렇게 은둔해 있다니요! 그것이 명문가의 딸이 언제나 눈물짓는 규방의 모습이었습니다. 그때도 그녀는 쓰라린 심정에 북받치면서도 자기를 위로해 줄 수 있을 사랑을 밀어내고 있었습니다. 구제할 길 없이 감춰진 불행이었어요! 희생자는 사형집행인을 위해, 사형집행인은 희생자를 위해 눈물을 흘렸습니다. 아이들과 하녀가 들어왔을 때 나는 밖으로 나왔습니다. 백작이 나를 기다리고 있었는데, 그는 이미 나를 자기 아내와 자기 사이를 중재하는 힘으로 인정하고 있었습니다. 그는 내 손을 잡고 "가지 말고 있어요, 펠릭스!"라고 소리쳤습니다.

"애석하게도," 내가 그에게 말했습니다. "셰셀 씨 댁에서 모임이 있는데, 손님들이 제가 없는 이유를 추궁이라도 하면 곤란합니다. 하지만 저녁 식사 후에 다시 오겠습니다."

그는 나와 함께 밖으로 나와 한마디 말도 없이 아래쪽 문까지 나를 바래다주더니 자기가 무엇을 하고 있는지도 모르는 채 프라펠까지 나를 따라왔습니다. 프라펠에서 마침내 내가 그에게 말했습니다. "제발, 백작님, 부인께서 원하신다면 집안일을 운영하도록 맡겨두십시오. 그리고 더는 부인을 괴롭히지 마십시오."

"나는 오래 살지 못할 거요." 그가 진지한 표정으로 말했습니다. "아내가 나 때문에 오랫동안 고통받지 않을 겁니다. 내 머리가 터질 것 같아요."

그리고 그는 자신도 의식하지 못하는 이기주의에 빠진 채 돌아갔습니다. 저녁 식사를 마치고 모르소프 부인의 소식이 궁금해서 다시 갔더니 그녀는 이미 좋아져 있었습니다. 만약 그녀에게 그런 것이 결혼의 기쁨이었다면, 그와 비슷한 장면들이 자주 되풀이되었다면, 그녀는 어떻게 살 수 있었을까요? 벌을 받지도 않고 서서히 죽여가는 행위 아닙니까! 그날 저녁, 나는 백작이 자기 아내를 어떤 전대미문의 고문으로 괴롭히는지 알게 되었습니다. 그런 소송은 어떤 법정으로 송치해야 할까요? 그런 상념들로 얼이 빠진 나는 앙리에트에게 아무 말도 할 수 없었습니다. 그래서 나는 밤을 새워 그녀에게 편지를 썼습니다. 나는 서너 통의 편지를 썼는데, 지금은 다음과 같은 시작 부분만 남아 있습니다. 내 마음에 흡족하지 않았던 부분이지요. 하지만 내가 보기에는 아무것도 표현하지 못한 것 같기도 하고, 오직 그녀에게만 신경 써야 하는데도 너무 내 말만 한 것 같기도 하지만, 이 부분을 읽어보면 당신은 그때 내 마음이 어떤 상태였는지 알 수 있을 것입니다.

"모르소프 부인께,

제가 도착했을 때 당신에게 말할 필요가 없었던 것들이 얼마나 많았는지 모릅니다. 길을 가는 동안 생각했는데, 당신을 보면 잊어버리는 것들이죠. 그렇습니다. 사랑하는 앙리에트, 나는 당신을 보기만 하면 당신 영혼에서 반사되는 빛에 어울리는 말을 찾지 못하겠습니다. 그 빛으로 당신의 아름다움은 더욱 커지지요. 그리고 나는 당신 곁에서 무한한 행복을 느끼기 때문에 현재의 감정이 지난날 삶의 감정들을 지워버립니다. 매번 나는 더 넓은 세상에 태어나 마치 커다란 바위산을 오르며 한 걸음 뗄 때마다 새로운 지평선을 발견하는 여행자 같습니다. 새로운 대화를 나눌 때마다 내가 가진 거대한 부에 새로운 보물을 더하지 않았던가요? 바로 거기에 길고 무궁무진한 애착의 비밀이 있다고 저는 믿습니다. 그래서 나는 당신에게서 떨어져 있어야만 당신에 대해서 당신께 얘기할 수 있습니다. 당신 앞에 있으면 눈이 너무 부셔서 바라볼 수가 없고, 너무 행복해서 내 행복을 가늠해 볼 수 없으며, 당신으로 너무 가득 차 있어서 내가 될 수 없고, 당신에게 너무 감동해 말을 할 수 없으며, 현재의 순간을 잡으려고 너무 열중해 있어서 과거를 떠올릴 수 없습니다. 그 한결같은 도취를 충분히 이해하시고, 그러는 내 잘못을 용서하시기 바랍니다. 당신 곁에서 나는 오직 느낄 수만 있습니다. 그런데도 나는 당신께 감히 말하건대, 사랑하는 앙리에트, 당신이 준 수많은 기쁨 속에서도 어제 내 영혼을 가득 채웠던 희열과 비슷한 행복을 느낀 적이 없습니다. 당신이 초인적 용기로 악에 맞서 싸운 그 끔찍한 소동 후에, 그 불행한 장면으로 인해 내가 들어갈 수 있었던 당신의 그 어둑한 침실 한가운데에서 당신이 오로지 나한테만 돌아오던 그때였어요. 한 여인이 죽음의 문턱에서 삶의 문턱에 이르러 소생의 희미한 빛이 그녀의 이마에 미묘한 변화를 일으킬 때, 그 여인이 어떤 빛으로 빛날 수 있는지는 오직 나만이 알았습니다. 당신의 목소리는 얼마나 아름다웠던지요! 당신의 아름다운 목소리가 내는 소리 속에는 지나간 고통의 희미한 느낌이 신의 위안에 섞여 다시 나타났고, 그 신의 위안을 통해 당신이 처음에 했던 생각들을 내게 줌으로써 마침내 내 마음을 달래주었으니, 말이란 것이, 당신의 말조차도, 내게는 얼마나 하찮아 보였는지 모릅니다. 나는 당신을 인간의 온갖 찬란함으로 빛나는 존재로 알았습니다. 그러나 어제 나는 신의 뜻이라면 내 사람이 될 수도 있을 새로운 앙리에트를 어렴풋이 보았습니다. 어제 나는 육체의 질곡에서 벗어난 알 수 없는 어떤 존재를 막연하게 느꼈습니다. 육체의 질곡 때문에 우리가 영혼의 불길을 흔들지 못하잖아요. 실신 상태의 그대는 참으로 아름다웠고, 허약함 속에서도 위엄이 있었어요.53) 어제 나는 그대의 아름다움보다 더 아름다운 어떤 것을, 그대의 목소리보다 더 달콤한 어떤 것을, 그대의 눈빛보다 더 반짝이는 빛을, 말로는 표현할 수 없는 향기를 발견했어요. 어제는 그대의 영혼이 눈에 보이고 만질 수도 있었어요. 아! 나는 내 가슴을 열어젖히고 그 안에서 그대를 소생시킬 수 없어서 무척 애가 탔습니다. 나는 어제 마침내 그대가 내게 불어넣는 존칭의 두려움을 떨쳐냈어요. 이렇게 존칭을 쓰지 않는 것이 우리 사이를 더 가깝게 하지 않았나요? 그대가 발작으로 인해 우리의 공기를 들이마시게 되었을 때, 나는 그대와 함께 호흡하면서 호흡한다는 것이 무엇인지 알았답니다. 한순간에 얼마나 많은 기도를 하늘에 올렸는지! 그대가 내 곁에 더 있게 해달라고 하느님께 간청하러 가기 위해 뛰어넘은 그 모든 공간을 지나는 동안에도 내 숨은 끊어지지 않았으니, 사람은 기쁨이나 고통으로 죽지는 않습니다. 그 순간은 내 영

---

53) 지금까지는 존칭을 쓰다가 이 문장부터 연인 사이의 친근한 반말투로 바뀌는데, 우리말의 반말과는 성격이 약간 다르므로 존대어를 적절하게 넣어 옮긴다.

혼 속에 매몰되어 내 눈을 눈물로 적시지 않고는 밖으로 다시
는 나타나지 않을 추억을 남겼어요. 기쁨을 느낄 때마다 그 추
억의 골이 넓어질 것이고, 고통을 느낄 때마다 더 깊이 패겠지
요. 그래요, 어제 내 영혼을 뒤흔든 두려움들은 앞으로 다가
올 내 모든 고통을 비교하는 기준이 될 거예요. 마찬가지로 그
대가 내게 아낌없이 베풀어준 기쁨들은, 사랑하는 내 인생의
영원한 팬지꽃54)이여! 신의 손이 내게로 흘러나오게 해줄 모
든 기쁨을 지배할 겁니다. 그대는 내게 거룩한 사랑을 깨닫게
해주었습니다. 힘과 지속성이 충만해 의심도 질투도 모르는
이 확고한 사랑을."

깊은 우수가 내 영혼을 좀먹고 있었습니다. 그 내면생활의
광경이 사회적 정서를 모르는 어린 마음에는 가슴 아픈 것이
었습니다. 세상의 입구에서 그 심연을, 바닥없는 심연을, 죽은
바다를 본 것입니다. 불행한 일들의 그 끔찍한 합주로 인해 내
머리에는 생각들이 끝없이 떠올라 사회생활의 첫걸음에 나는
거대한 잣대 하나를 가지게 되었습니다. 다른 장면들을 이 자
에 갖다 대면 왜소할 수밖에 없었죠. 셰셀 씨 부부는 내가 슬

---

54) 삼색제비꽃이라고도 불리는 이 꽃은 생각하는 사람의 모양과 흡사하다
하여 프랑스어 '팡세(생각, pensée)'에서 유래했다. 영국에서는 소년의 사랑
을 상징하며, 셰익스피어의 희극『한여름 밤의 꿈』에서는 달빛에 떨어진 에
로스의 화살에 맞아 보라색으로 멍든 꽃으로서, 이 꽃의 즙을 잠든 사이에
눈꺼풀에 바르면 깨어나서 처음 보는 사람을 사랑하게 되는 사랑의 미약으
로 나오기도 한다.

퍼하는 것을 보고 내 사랑이 불행하다고 생각했습니다. 그래서 다행스럽게도 나의 위대한 앙리에트가 내 정열로 인해서 조금도 해를 입지 않았습니다.

이튿날, 내가 살롱에 들어섰을 때, 그녀는 그곳에 혼자 있었습니다. 그녀는 내게 손을 내밀면서 잠시 나를 응시하더니 내게 말했습니다. "그러니까 친구는 앞으로도 언제나 지나치게 다정하겠죠?" 그녀의 눈이 촉촉해졌습니다. 그녀가 자리에서 일어나더니 절망적으로 애원하는 투로 말했습니다. "이제 그런 식으로 내게 편지하지 말아요!"

모르소프 씨는 상냥했습니다. 원기를 회복한 백작 부인은 얼굴이 평온했습니다. 그러나 진정되긴 했지만 없어지지 않은 전날의 고뇌가 안색에는 드러나 있었습니다. 저녁에 발밑에서 바스락거리는 가을의 낙엽을 밟으며 우리가 산책할 때 그녀가 말했습니다. "고통은 끝이 없는데, 기쁨은 끝이 있어요." 그녀의 일시적 행복과 대비되는 그녀의 고뇌를 드러낸 말이었습니다.

"인생을 나쁘게 말하지 말아요." 내가 그녀에게 말했습니다. "부인은 사랑을 모르십니다. 사랑에는 하늘까지 퍼지는 기쁨이 있습니다."

"말하지 마세요." 그녀가 말했습니다. "그런 건 조금도 알고 싶지 않아요. 그린란드 사람이 이탈리아에 가면 죽을 거예요! 나는 당신 곁에 있으면 평온하고 행복해요. 당신에게는 내 생각을 다 말할 수 있어요. 내 믿음을 깨지 말아요. 당신은 왜 사제의 미덕과 자유인의 매력을 갖지 못할까요?"

"부인은 독 당근 잔도 들이켜게 할 수 있습니다." 나는 그녀의 손을 빠르게 뛰는 내 가슴에 갖다 대며 말했습니다.

"또!" 그녀가 소리치며 마치 무슨 격렬한 고통이라도 느낀 듯이 손을 뺐습니다. "그러니까 당신은 내 상처에서 나오는 피를 친구의 손이 닦아주게 만드는 서글픈 기쁨을 내게서 앗아가고 싶은 거예요? 나를 더 괴롭게 하지 말아요. 당신은 내 괴로움을 다 알지 못해요! 가장 비밀스러운 괴로움들이 가장 삼키기 어려운 법이에요. 당신이 만약 여자라면, 자존심 강한 영혼이 혐오감 섞인 우울에 빠졌을 때 그 우울이 무엇인지 이해할 수 있을 거예요. 그 영혼은 자기가 관심의 대상이 되었음을 알지만, 그 관심으로는 아무것도 바로잡지 못해요. 그런데 사람들은 그 관심으로 모든 것을 바로잡는다고 생각해요. 며칠 동안은 내 비위를 맞출 것이고, 사람들은 자기가 저지른 잘못을 용서받으려고 할 거예요. 그러면 내가 아무리 불합리한 생각을 나타내도 동의를 받아낼 수 있을 거예요. 나는 그런 자기 비하와 위무에 굴욕감을 느껴요. 사람들은 내가 모든 것을 잊었다고 생각하면 바로 그 위무를 멈춰버려요. 자기 주인의 후한 용서는 오로지 자기 잘못에 있을 뿐인데……."

"죄악에 있어요." 내가 급히 말했습니다.

"삶의 조건이라는 게 역겹지 않아요?" 그녀가 내게 슬픈 미소를 던지며 말했습니다. "그리고 나는 그런 일시적 권력을 사용할 줄 몰라요. 지금 나는 쓰러진 상대방에게 최후의 일격을 가하지 못한 기사들과 비슷해요. 우리가 존경해야 할 사람이 땅에 쓰러진 걸 보았고, 그를 일으켜 세워서 다시 공격받게 했으며, 그의 몰락으로 그가 괴로워하는 것보다 더 괴로워하고,

유익한 목적이라 해도 일시적 영향력을 이용해서 불명예스럽
게 됐어요. 고귀하지 못한 그런 싸움에 자기의 힘을 소모하
고, 영혼의 보고를 탕진하며, 치명상을 입은 순간에만 군림하
다니! 차라리 죽는 게 나아요. 내게 아이들이 없다면, 나는 이
삶이 흘러가는 대로 몸을 맡길 거예요. 하지만 나의 이 보잘
것없는 용기도 없다면 아이들이 어떻게 되겠어요? 삶이 아무
리 고통스럽다 해도 나는 아이들을 위해서 살아야 해요. 당신
이 내게 사랑 얘기를 하지요……? 자! 친구, 약한 사람들이 다
그러듯이, 만약에 내가 그 사람에게 가차 없이 나를 경멸할 권
리를 부여한다면 내가 어떤 지옥에 떨어질지 생각해 보세요.
나는 의심받고는 살 수 없을 거예요! 순결한 행실이 내 힘이
돼요. 사랑하는 아이님, 정절에는 성스러운 물이 있어요. 우리
는 그 물에 몸을 담갔다가 하느님의 사랑으로 새로워져서 나
와요.”

“내 말을 들어보세요, 앙리에트. 나는 여기에 일주일밖에
있지 못해요. 내가 바라는 건……,”

“아! 당신이 떠나는군요…….” 그녀가 내 말을 막으며 말했
습니다.

“하지만 아버지가 나를 어떻게 하실지 알아야 하지 않겠습
니까? 곧 석 달째가 돼요…….”

“나는 날짜를 세보지도 않았어요” 그녀는 마음이 혼란한
여자가 체념하듯 말했습니다. 그녀는 깊은 생각에 잠겼다가
말했습니다. “우리 걸어요. 프라펠로 가요.”

그녀는 백작과 두 아이를 부르고 숄을 가져오라고 했습니

다. 그리고 준비가 다 되자, 그렇게도 느리고 조용하던 그녀
가 파리 여자처럼 활발해졌습니다. 우리는 프라펠을 방문하기
위해 함께 출발했습니다. 백작 부인이 굳이 그곳을 방문할 이
유는 없었습니다. 그녀는 셰셸 부인에게 애기하려고 노력했어
요. 다행히도 셰셸 부인은 구구절절 장황한 대답을 늘어놓았
습니다. 백작과 셰셸 씨는 사업 얘기를 나누었습니다. 나는 모
르소프 씨가 마차와 말을 자랑하지나 않을까 걱정했지만, 그
는 완벽한 교양을 보여줬습니다. 그의 이웃인 셰셸 씨는 카신
과 레토리에르에서 이루어지는 공사에 관해 백작에게 물었습
니다. 나는 질문을 들으면서 백작이 그렇게 아픈 기억을 가진
대화 주제에 아무 대답도 하지 않으리라 생각하고 백작을 바
라보았습니다. 그러나 그는 지역의 농업 상태를 개선하고, 건
강하고 위생적인 건물을 가진 아름다운 농장을 구축하는 것
이 얼마나 시급한 일인지 논증하며 급기야는 자기 아내의 생
각을 자기 것으로 만들었습니다. 나는 낯이 뜨거워져서 백작
부인을 지켜보았습니다. 어떨 때는 지극히 섬세함을 보여주던
사람에게서 그것이 없는 상태를 보고, 그 치명적인 장면도 잊
어버리고, 그렇게도 난폭하게 반대했던 생각들을 자기 것으로
만들며, 자기 확신에 차 있는 모습을 본 나는 아연실색하고
말았습니다.

셰셸 씨가 "들어간 돈을 만회할 수 있다고 생각하십니까?"
라고 묻자, 그는 확신에 찬 몸짓으로 "그 이상입니다!"라고 대
답했습니다.

그런 유의 발작은 '정신착란'기라는 말로밖에는 설명할 수

없었습니다. 천상의 여인 앙리에트는 흡족해하고 있었습니다. 백작은 사려 깊은 사람이며 훌륭한 관리인이고 우수한 농학자로 보이지 않았던가요? 그녀는 자크의 머리를 기쁘게 쓰다듬었습니다. 그녀는 자신을 위해서나 그녀의 아들을 위해 기뻤습니다! 얼마나 무서운 희극이며 얼마나 조롱하는 드라마인가! 나는 그 모습에 질려버렸습니다. 훗날, 내게 사회 무대의 막이 올랐을 때, 나는 모르소프 같은 사람들을 얼마나 많이 보았던가! 빛나는 충절도, 신앙심도 그보다 못한 사람들을. 어떤 기이하고 매서운 힘이 미친 사람에게 천사를, 성실하고 시적인 사랑을 가진 남자에게 악녀를, 소인배에게 대인 여성을, 붉은털원숭이처럼 못생긴 남자에게 아름답고 숭고한 여자를 영원히 던져준단 말입니까. 고결한 주아나에게 디아르 대위를 던져준 것은 당신도 보르도 이야기를 통해 아시지요. 보제앙 부인에게는 다주다를, 데글몽 부인에게는 그녀의 남편을, 데스파르 후작에게는 그의 아내를 던져주지 않았습니까?[55] 당신에게 고백하건대, 나는 이 수수께끼의 의미를 오랫

---

55) 언급된 인물들은 모두 발자크의 『인간극』에 등장한다. 『마라나 가문의 여인들(Les Maranas)』(1834)의 주인공 주아나 데 만치니는 이탈리아 출신으로, 원치 않는 결혼을 한 끝에 남편 디아르 대위를 권총으로 쏘아 죽인다. 다주다 후작은 『고리오 영감(Le Père Goriot)』(1835)에서 연인이었던 보제앙 자작 부인을 버리고 에스파냐의 부유한 상속녀 로슈피드 양과 결혼한다. 데글몽 후작은 『서른 살 여인(La Femme de trente ans)』(1834)에서 어리석고 냉담한 남편의 전형을 보여준다. 데스파르 후작은 『금치산(L'Interdiction)』(1836)에서 재산을 노린 아내에 의해 금치산자로 몰려 소송을 벌인다. 본 작품 『골짜기의 백합』(1836)의 수신자인 나탈리 드 마네르

동안 추적했습니다. 나는 많은 미스터리를 파헤쳐서 몇 가지 자연법칙의 원인과 신에 관련된 몇몇 상형문자의 의미를 알아 냈지만, 그 수수께끼의 의미는 여전히 오리무중이라, 인도의 브라만들만이 알 수 있을 상징 구조로 이루어진 골치 아픈 도형처럼 아직도 계속 연구 중입니다. 여기에서는 악령이 너무도 뚜렷하게 지배자라서 나는 하느님을 비난할 엄두가 나지 않습니다. 구제할 길 없는 불행이여, 도대체 누가 당신을 즐겨 엮어내는가? 그렇다면 앙리에트와 그녀의 알려지지 않은 철학자가 옳은 걸까요? 그들의 신비주의가 인류의 일반적 의미를 담고 있는 걸까요?[56]

내가 그 고장에서 보낸 마지막 날들은 나뭇잎이 다 떨어진 가을이었습니다. 그 아름다운 계절에 언제나 아주 맑고 따뜻한 투렌의 하늘을 때때로 구름이 가려 어둑한 날들이었죠. 내가 떠나기 전날, 저녁 식사 전에 모르소프 부인이 테라스로 나를 데려갔습니다.

빌은 에스파냐 출신으로, 보르도의 귀족 폴 드 마네르빌 백작과 결혼한 후 파리에 정착한다. 나탈리가 펠릭스의 연인이 되고, 남편에게 막대한 빚을 지워 파산하게 만들어 돈벌이를 위해 인도로 떠나도록 종용하는 이야기는 『결혼 계약(Le Contrat de mariage)』(1835)에서 자세히 다뤄진다.

56) 생마르탱은 악의 존재를 다음과 같이 증명하고 있다. "적의 모든 폭력은 낟알이 추려져서 분리되는 체와 같은 것이다. 체로 인하여 내가 감지할 모든 고난은 체가 흔들릴 때마다 내 옛날 옷의 주름을 하나씩 떼어낼 것이다. (……) 그 이상으로 괴로움을 당하는 사람은 가장 유순하고 가장 온화한 사람들이다. 우리는 황금을 걸러내듯이 그 사람들을 망가뜨리지 않고 가장 좁은 경로로 지나가게 할 수 있다."(생마르탱, 『욕망의 인간』, 「노래 21」과 「노래 23」)

“나의 사랑하는 펠릭스,” 헐벗은 나무들 아래를 말없이 한 바퀴 돈 후에 그녀가 말했습니다. “당신은 이제 세상으로 나갈 거예요. 나는 마음으로 당신을 따라가고 싶어요. 고통을 많이 당한 사람들은 경험도 많아요. 외로운 영혼들이 이 세상에 대해 아무것도 모른다고 생각하지 마세요. 그들은 세상을 판단해요. 내가 친구에 의지해 살아야 한다 해도, 나는 그 친구의 마음이나 의식 속에서 불편한 존재가 되고 싶진 않아요. 전투가 한창일 때는 모든 규율을 기억하기가 정말 어려운 법이에요. 어머니가 아들에게 주는 몇 가지 가르침을 당신에게 주고 싶어요. 당신이 떠나는 날, 긴 편지를 한 통 줄게요. 세상과 사람들에 관해서, 이익들의 커다란 움직임 속에서 어려움을 해결하는 방법에 관해서, 여자로서 내 생각들을 알게 될 거예요. 파리에 간 후에 읽겠다고 약속해 주겠지요? 내 기도는 우리 여자들만의 비밀인 감정적 환상의 표현이에요. 그것을 이해하기가 불가능하다고 생각하진 않지만, 이해된 것을 알면 아마 우리 여자들이 슬퍼질지도 몰라요. 그러니 여자가 홀로 거닐기 좋아하는 이 작은 오솔길들을 내게 남겨줘요.”

“약속할게요.” 나는 그녀의 손에 입을 맞추며 말했습니다.

“아!” 그녀가 말했습니다. “당신에게 맹세해 달라고 부탁할 것이 또 있어요. 하지만 먼저 그러겠다고 약속하세요.”

“오! 그러겠습니다.” 나는 마음 변치 말라는 부탁일 거라고 생각하며 말했습니다.

“내 문제가 아니에요.” 그녀가 쓴 미소를 지으며 말했습니다. “펠릭스, 어떤 살롱에서든 절대로 도박은 하지 마세요. 누구의 살롱이든 예외는 없어요."

"도박은 절대로 하지 않을게요." 내가 대답했습니다.

"좋아요." 그녀가 말했습니다. "당신이 도박으로 낭비할지도 모를 시간을 잘 사용할 방법을 생각해 두었어요. 다른 사람들이 이르든 늦든 패배하게 될 때, 당신은 항상 이기리라는 사실을 알게 될 거예요."

"어떻게요?"

"편지를 보면 알 거예요." 그녀가 밝게 대답했습니다. 그녀의 밝은 모습 때문에 할머니 할아버지 들의 충고에 따르기 마련인 심각한 분위기가 없어졌습니다.

백작 부인은 1시간가량 내게 이야기했습니다. 그녀는 지난 석 달 동안 얼마나 세심하게 나를 살폈는지 밝히면서 그녀가 내게 가진 애정의 깊이를 증명해 주었습니다. 그녀는 내 마음의 가장 비밀스러운 곳까지 들어와 그곳에 자기 마음을 놓아두려고 노력했습니다. 그녀의 어조는 다양하게 변화하며 호소력이 있었고, 그녀의 말은 어머니의 입술에서 빠져나와 말투로나 내용으로나 우리가 이미 얼마나 많은 끈으로 서로를 얽어매고 있는지 보여주었습니다.

"만약 당신이" 그녀는 말을 끝마치며 말했습니다. "내가 얼마나 걱정하며 당신의 길을 따라갈지, 당신이 제대로 가면 얼마나 기뻐할지, 당신이 모서리에 부딪치면 내가 얼마나 눈물을 흘릴지를 안다면! 내 애정은 비할 데가 없다는 걸 믿어주세요. 의지로도 어떻게 할 수 없는, 신의 부름을 받은 사랑이에요. 아! 나는 당신이 행복하고, 힘 있고, 존경받는 모습을 보고 싶어요. 당신은 내게 현실의 꿈과 같은 사람일 거예요.”

그녀는 나를 울리고 말았습니다. 그녀는 온화하면서도 무서웠습니다. 그녀의 감정이 너무 과감하게 드러나 있었고, 너무도 순수해서 쾌락에 목마른 젊은이에게는 실낱같은 희망도 보이지 않았습니다. 그녀의 마음속에서 너덜너덜해진 내 육신에 대한 보상으로 그녀는 내게 그치지도 않고 변질되지도 않을 성스러운 사랑의 빛을 뿌려주었습니다. 그 사랑은 오직 영혼만을 충족시켜 주었죠. 내가 그녀의 어깨를 탐했던 사랑의 알록달록한 날개로는 닿을 수 없는 높이까지 그녀는 올라갔습니다. 그녀 곁에 이르기 위해서는 세라핌[57]의 하얀 날개라도 가져야 했습니다.

“무슨 일이든,” 내가 그녀에게 말했습니다. “‘나의 앙리에트라면 뭐라고 할까?’를 생각할게요.”

“좋아요. 난 당신의 별과 성전이 되고 싶어요.” 그녀는 내 어린 시절의 꿈을 암시하고, 그 꿈을 실현해야 한다고 말하며 내 욕망을 따돌리려고 애썼습니다.

“당신은 나의 종교이며 빛이 될 것입니다. 당신은 내 전부가 될 거예요.” 내가 외쳤습니다.

“안 돼요.” 그녀가 대답했습니다. “내가 당신 쾌락의 원천이 될 수는 없어요.”

그녀는 한숨을 쉬더니 내게 비밀스러운 고통의 미소를 지었

---

57) 9품계의 천사들 가운데 최고 계급의 천사로, 여섯 개의 날개가 있어서 육익천사라고도 불린다.

습니다. 그것은 순간적으로 반항하는 노예의 미소였습니다. 그
날부터 그녀는 사랑하는 여자가 아니라 가장 사랑하는 여자
였습니다. 그녀는 내 마음속에 자리 하나를 원하는 여자가 아
니고, 희생이나 과도한 쾌락으로 마음에 새겨지는 그런 여자
도 아니었습니다. 그렇습니다. 그녀는 내 마음 전부를 가졌고,
근육이 작동하는 데 필요한 존재가 되었습니다. 그녀는 피렌체
시인의 베아트리체, 베네치아 시인의 때 묻지 않은 라우라 같
은 존재가 되었습니다.[58] 그녀는 위대한 사상의 어머니, 구원
하는 해결책의 알려지지 않은 원인, 미래의 후원자, 잎이 무성
한 나무들 틈에 있는 백합처럼 어둠 속에서 빛나는 빛이 되었
습니다. 그렇습니다. 그녀는 불붙은 부분은 잘라내고, 위험에
처한 것은 일으켜 세우는 높은 결단력을 가르쳐주었습니다.
그녀는 승자들을 이기고, 패배하면 재기하며, 가장 강한 투사
들을 꺾어버리는 콜리니[59] 같은 집요함을 내게 주었습니다.

　이튿날, 나는 프라펠에서 점심을 먹은 뒤 내 이기적인 사랑
에 무척 너그러웠던 집주인 부부에게 작별 인사를 하고 클로
슈구르드로 갔습니다. 모르소프 부부는 나를 투르까지 배웅
할 계획이었습니다. 투르에서 나는 밤에 파리로 출발해야 했
습니다. 투르까지 가는 동안 백작 부인은 다정하게 말이 없었

---

58) 피렌체 시인은 단테를, 베네치아 시인은 페트라르카를 가리킨다. 다만
페트라르카는 토스카나 출신으로, 만년에 잠깐 베네치아에 머물렀다.
59) 가스파르 드 콜리니는 16세기 프랑스의 귀족이자 해군 제독으로 프랑
스 종교전쟁 당시 신교도의 지도자로서 성바르톨로메오 대학살 때 파리에
서 처참하게 살해되었다.

습니다. 그녀는 처음엔 두통이 있다고 하더니, 이내 얼굴을 붉
히며 내가 떠나는 게 못내 섭섭하다고 말함으로써 처음의 거
짓말을 곧바로 얼버무렸습니다. 백작은 셰셀 씨 부부가 없을
때 앵드르 골짜기를 보고 싶으면 자기 집으로 오라고 했습니
다. 우리는 눈물도 보이지 않고 용감하게 헤어졌습니다. 그러
나 자크는 병약한 아이들처럼 감성이 움직여 눈물 몇 방울을
흘렸습니다. 반면에 벌써 여성스러운 마들렌은 어머니의 손을
꼭 쥐었습니다.

"사랑하는 아가!" 백작 부인이 자크에게 정열적으로 입을
맞추며 말했습니다.

투르에서 혼자가 되어 저녁 식사를 마치자, 나는 젊은 나이
에 느낄 수 있는 어떤 설명할 길 없는 격정에 사로잡혔습니다.
나는 말 한 필을 빌려 투르와 퐁드뤼앙 사이의 거리를 1시간
15분 만에 주파했습니다. 그곳에 도착하자 나는 그런 미친 짓
이 부끄러워 말에서 내려 길을 내달렸습니다. 그리고 첩자처
럼 발소리를 죽여 테라스 아래에 이르렀습니다. 백작 부인은
테라스에 없었습니다. 나는 그녀가 괴로워하고 있으리라 생각
했어요. 내게는 작은 문 열쇠가 있었기 때문에 문을 따고 들
어갔습니다. 그때 그녀가 해 질 녘 풍경 위에 새겨진 달콤한
우수를 호흡하기 위해 두 아이와 함께 슬프고 느리게 현관 앞
낮은 계단을 내려오고 있었습니다.

"어머니, 펠릭스 아저씨예요." 마들렌이 말했습니다.

"맞아요, 접니다." 나는 그녀의 귀에 속삭였습니다. "아직은
어렵지 않게 부인을 볼 수 있는데, 내가 왜 투르에 있지? 하는

생각이 들었어요. 일주일 후면 이루지 못할 욕망을 지금 채우지 않을 이유가 있겠습니까?”

“아저씨는 우리를 떠나지 않아요, 어머니.” 자크가 깡충깡충 뛰며 외쳤습니다.

“조용히 해.” 마들렌이 말했습니다. “오빠 때문에 장군님이 여기로 오시겠어.”

“현명하지 못한 처사예요. 정말 터무니없어요!” 그녀가 말했습니다.

그녀의 목소리가 눈물 속에 이룬 그 화음이라니! 그것은 사랑의 고리대금을 상환하는 것이나 마찬가지였습니다.

“이 열쇠를 돌려드리는 걸 깜빡했습니다.” 나는 그녀에게 미소를 지으며 말했습니다.

“그렇다면 다시는 오지 않으려고요?” 그녀가 말했습니다.

“우리가 헤어지는 건가요?” 나는 그녀를 바라보며 말했습니다. 나의 시선에 그녀는 무언의 대답을 감추기 위해 눈을 내리깔았습니다.

나는 정신적 고양의 절정에 이른 후 긍적인 황홀경의 시작점에 도달한 영혼들의 행복한 마비 상태 속에서 얼마간을 보낸 후 출발했습니다. 나는 끊임없이 뒤를 돌아보며 느린 걸음으로 떠났습니다. 고갯마루에서 마지막으로 골짜기를 바라보았을 때, 내가 처음 왔을 때의 모습과 큰 차이를 보여주는 풍경에 충격을 받았습니다. 그때는 나의 욕망과 희망이 푸르기도 하고 불타오르기도 했던 것처럼 그 골짜기도 푸르렀고 불타오르지 않았던가? 한 가정의 어둡고 우울한 내막을 알게 된 그때는, 니오베[60] 같은 그리스도교 여인의 고뇌를 함께 나누며 그녀와 함께 슬퍼하고 어두워진 영혼이 되어 그 골짜기가 내 사념의 색조에 따라 달라 보였던 것입니다. 그때 들판은 헐벗었고, 미루나무 잎들도 떨어졌으며, 남아 있는 잎들은 녹슨 색깔을 띠고 있었습니다. 포도나무 가지들은 소각되었고, 나무들의 꼭대기는 옛날에 왕들이 자기 옷 색깔로 삼고 권력의 자줏빛을 슬픔의 갈색으로 감추었던 것 같은 '까무잡잡한' 무거운 색조를 띠고 있었습니다. 여전히 내 생각과 일치된 골짜기는 훈훈한 노란 햇살이 스러져가면서 아직도 내 영혼의 이미지를 생생하게 나타내고 있었습니다. 사랑하는 여인을 떠나는 상황은 사람의 천성에 따라 끔찍하기도 하고 간단하기도 합니다. 나는 갑자기 언어를 모르는 낯선 외국에 있는 것 같았습니다. 나는 내 영혼이 이제는 연결되지 않은 것처럼 느껴지는 사물들을 보면서 그 어느 것에도 매달릴 수 없었습니다. 그러자 내 사랑의 영역이 펼쳐지면서 나의 사랑하는 앙리에트가 황야에서 불쑥 솟아올랐습니다. 그녀의 기억으로만 경험했던 그 황야에서 말입니다. 그녀는 참으로 경건하게 숭배할 모습이어서 나는 아무도 모르는 나만의 그 거룩함 앞에서 한 점 얼룩도 없이 머무를 거라고 결심하며 레위족 신관들의 하얀 사제복으로 갈아입는 상상을 했습니다. 완전히 하얀

---

60) 그리스 신화에 나오는 테베의 왕비로서 암피온 왕과 사이에 7남 7녀를 두었으나 레토 여신을 모독한 죄로 아이들을 모두 잃고 비탄에 빠져 돌이 되었다. 자식 잃은 어머니의 슬픔을 상징한다.

사제복을 입지 않고서는 라우라 테 노베스[61] 앞에 모습을 보이지 않았던 페트라르카를 모방한 것이지요. 아버지의 집으로 돌아와 그녀의 편지를 읽을 수 있는 첫날 밤을 얼마나 초조하게 기다렸는지 모릅니다. 마치 수전노가 몸에 지폐 뭉치를 지니고 다니면서 손으로 더듬어 보듯이 나는 여행하는 내내 편지에 손이 갔습니다. 밤에는 앙리에트가 자기 의지를 표명한 그 편지지에 입을 맞추었습니다. 그녀의 손에서 나온 신비로운 향기를 맡아야 했습니다. 그녀 목소리의 억양이 명상에 잠긴 내 지성 안으로 들어올 것이었습니다. 나는 그녀의 편지를 읽을 때마다 침대에서, 완전한 정적 속에서, 처음으로 읽듯이 읽었습니다. 나는 사랑하는 사람이 쓴 편지를 달리 어떻게 읽을 수 있는지 알지 못합니다. 그렇지만 낮에 일하면서 편지를 읽다가 중단하고 가증스러운 고요함 속에서 다시 읽는, 사랑받을 자격이 없는 사람들도 있지요. 나탈리, 밤의 정적 속에 갑자기 울려 퍼지는 사랑스러운 목소리가 여기 있습니다. 네거리에 도착한 내게 손가락으로 참된 길을 가리키기 위해 몸을 일으킨 고결한 사람이 여기 있습니다.

내 경험의 흩어진 요소들을 모아서 당신에게 전해 주고, 그것으로 당신이 능숙하게 처신하며 건너야 할 세상의 위험들에 대비하도록 하는 일이 얼마나 행복한지 모르겠어요. 며칠

---

61) 페트라르카의 뮤즈 라우라의 모델로 알려진 실존인물 이름이다.

밤 동안 당신의 일을 생각하면서 모성애가 허용된 기쁨을 느 꼈답니다. 당신이 살아갈 삶 속으로 내가 미리 들어가 보며 이 편지를 한 문장 한 문장 쓰는 동안, 나는 때때로 창가로 가곤 했어요. 창가에서 달빛에 비친 프라펠 탑을 보면서 나는 '그는 자는데, 나는 그를 위해 깨어 있어.'라고 자주 생각했어요. 내 생애 최초의 행복, 그러니까 요람 속에서 잠든 자크를 지켜보 며 젖을 물리기 위해 자크가 깨기를 기다리던 때를 떠올리게 했던 그런 행복한 기분이었어요. 당신은 몇 가지 가르침으로 영혼을 단련해야 할 어린 남자예요. 당신이 많은 고통을 받았 던 그 끔찍한 중학교에서는 배울 수 없었던 것들이죠. 하지만 우리 여자들에게는 당신네 남자들에게 그것을 소개할 특권이 있어요. 이 사소한 것들이 당신의 성공에 영향을 미치고, 성공 을 준비해 주며, 성공을 확고하게 해줘요. 한 남자가 살아가면 서 지켜야 할 행위의 체계를 이렇게 만들어내는 것은 바로 정 신적 모성애가 아닐까요? 어린이도 쉽게 이해하는 모성애 말 이에요. 친애하는 펠릭스, 내가 이 글에서 얼마간 오류를 범한 다 해도 나는 우리의 우정에 무욕(無欲)을 새기겠어요. 그것 이 우리 우정을 성스럽게 만들 테니까요. 당신을 세상에 맡기 는 건 당신을 포기하는 게 아닐까요? 하지만 나는 당신의 아 름다운 미래를 위해 나의 쾌락을 희생할 만큼 당신을 사랑합 니다. 넉 달이 다 되어가네요. 그때부터 나는 이상하게도 당신 으로 인해 우리 시대를 지배하는 풍속과 법에 대해 깊이 생각 해 보았어요. 내가 큰어머니와 나눈 대화들, 그 대화의 의미 도 큰어머니를 대신하는 당신 것이지만, 모르소프 씨가 내게 얘기해 준 자기 삶의 사건들, 궁정이 아주 친숙했던 우리 아버지의 말씀들, 가장 큰 사태와 가장 사소한 상황들, 그 모든 것들이 거의 혼자 몸으로 사람들 가운데로 곧 뛰어들게 될 내 양아들 같은 당신을 위해 기억 속에서 솟다났어요. 어떤 사람들은 자기의 장점을 경솔하게 발휘해서 몰락하고, 또 어떤 사람들은 자기의 단점을 잘 활용해 성공하기도 하는 이 나라에서 당신은 지금 아무 조언도 없이 진출하려는 참이에요.

무엇보다도 먼저, 총체적으로 고려한 사회에 관해 내 의견을 간략하게 표현할 테니 깊이 생각해 보세요. 당신에게는 아주 적은 말로도 충분하니까요. 나는 사회의 기원이 하느님인지, 아니면 인간이 만들어낸 것인지 몰라요. 사회가 어느 방향으로 움직이는지도 몰라요. 내게 확실해 보이는 건 사회의 존재예요. 당신이 사회를 벗어나서 살지 않고 받아들이는 이상, 당신은 사회의 구성 조건을 좋은 것으로 생각해야 해요. 사회와 당신 사이에는 당장에 계약 같은 것이 맺어질 거예요. 오늘날의 사회는 인간에게 득이 되기보다는 인간을 이용하고 있지요? 나는 그렇게 생각해요. 하지만 인간은 사회에서 혜택보다는 책임을 더 많이 발견하거나 사회로부터 받는 혜택을 너무 비싸게 사고 있어요. 이런 문제들은 개인이 아니라 입법자들과 관련이 있어요. 그래서 나는 사회가 당신의 이익을 해치든 당신의 이익에 도움이 되든 따지지 말고 모든 일에서 일반 법칙을 따라야 한다고 생각해요. 이 원칙이 당신에게 간단해 보일 수 있어도 적용하는 건 어려워요. 그것은 수액과 같은 것이어서 아주 가는 모세관까지 스며들어 나무에 생기를 주고 푸르름을 보존하게 해주며 꽃을 피우고 아주 훌륭한 열매를 맺게 해 모든 사람의 찬탄을 자아냅니다. 펠릭스, 법칙이 모두 책에 쓰여 있진 않아요. 풍속도 법칙을 만들어 내지요. 가장 중요한 법칙은 가장 알려지지 않은 것들이에요. 당신의 행동과 언설, 바깥 생활, 세상에 당신을 보이는 방식이나 돈에 접근하는 방식을 규제하는 법률을 가르쳐주는 선생이나 논설, 학교는 없어요. 그 은밀한 법칙을 어기면, 사회를 지배하지 못하고 사회 밑바닥에 남게 됩니다. 이 편지가 당신의 생각과 중복이 많이 되더라도, 여자로서 내 전략을 당신에게 털어놓아 볼게요.

모든 사람을 희생해 교묘하게 취득한 개인 행복론으로 사회를 설명하는 것은 파탄으로 이끄는 견해입니다. 이 견해를 곧이곧대로 유추하면, 법이나 세상 또는 개인이 피해를 인지하지 못한다면, 자기가 은밀하게 그것을 차지한다 해도 그게 무엇이든 적절하고 정당하게 획득한 것이라고 믿기에 이르지요. 이 헌장에 따르면, 능란한 도둑은 죄가 없어지고, 자기 의무를 저버린 여자도 그 사실을 아무도 모른다면 행복하고 얌전한 여자가 돼요. 단 하나의 증거도 남기지 않고 한 사람을 죽여 보세요. 그렇게 해서 당신이 맥베스처럼 어떤 왕관을 쟁취한다면 당신은 잘한 거예요. 당신의 이익이 최고법이 되죠. 문제는 당신과 당신의 만족 사이에 놓이는 도덕적 법률적 어려움들을 증인도 증거도 없이 어떻게 피해 가느냐 하는 거죠. 사회를 그렇게 보는 사람에게 행운을 일구는 문제는 100만 프랑이냐 감옥이냐, 정치적 지위냐 불명예냐를 걸고 하는 도박으로 축소되고 말아요. 게다가 도박판은 모든 도박꾼을 수용할 만큼 공간이 충분하지 않아서 일을 한번 꾸미려면 천재적인 힘이 필요해요. 나는 지금 종교적 믿음이나 감정에 대해 말하는 게 아니라, 황금과 철로 된 톱니바퀴와 사람들이 매달리는 그 즉각적인 결과들에 대해 말하고 있어요. 사랑하는 내 마음의 아들이여, 이런 범죄자들의 이론에 대해 나와 같은 혐오감을 느낀다면, 당신이 보기에는 사회가 오직 의무론으로만 설명될 수 있을 거예요. 건전한 이성이라면 그게 정상이에요. 맞아요. 당신들은 수없이 다양한 형태로 서로에게 빚을 지고 있어요. 내 생각인데요, 공작과 대귀족은 노동자나 가난한 사람들이 그들에게 진 빚보다 훨씬 많은 빚을 노동자나 가난한 사람들에게 지고 있어요. 짊어진 의무는 사회가 인간에게 제시하는 혜택에 비례해서 커지고, 상업적으로나 정치적으로 진실한 이 원칙에 따르면, 책임의 중대성은 어디에서나 이익의 크기에 비례해요. 누구나 나름의 방식으로 빚을 갚아요. 레토리에르의 우리 불쌍한 사람이 노동에 지쳐 잠자리에 들 때, 자기 의무를 다하지 않았다고 생각해요? 그는 분명히 높은 지위에 있는 많은 사람들보다 자기 의무를 더 훌륭하게 완수했어요. 당신이 당신의 지성과 능력에 알맞은 지위를 원하는 사회를 그렇게 생각해 보았을 때, 당신은 이런 금언을 근본 원리로 삼을 필요가 있어요. "자기의 양심이나 공공의 양심에 반하는 일은 절대로 삼갈 것." 내 주장이 당신에게는 사족으로 보일 수 있지만, 간곡히 부탁하건대, 그래요, 당신의 앙리에트가 당신에게 간곡하게 부탁해요, 이 두 가지 말의 의미를 아주 깊이 생각해 보세요. 외관상 단순해 보이는 이 말은 정직, 명예, 충절, 예절이 당신에게 행운을 가져다줄 가장 확실하고 신속한 도구라는 뜻이에요. 이 이기적인 세상에서는 한 무리의 사람들이 당신에게 말할 거예요. 감정으로 길을 갈 수 없다고, 도의심을 너무 존중하면 갈 길이 늦어진다고 말이에요. 당신은 버릇없고 못 배운 사람들, 또는 미래를 내다보지 못하는 사람들을 보게 될 거예요. 그들은 자기에게 아무 도움도 안 된다는 구실로 아이를 때리고, 노파에게 무례하게 구는 죄를 범하며, 사람 좋은 노인과는 잠시도 지루한 시간을 보내지 않으려고 해요. 훗날 당신은 그 사람들이 스스로 만들어놓은 가시에 걸려 아주 사소한 일로 행운을 놓치는 것을 보게 될 거예요. 그런가 하면 일찍부터 이 의무론에 능통한 사람은 전혀 장애물을 만나지 않을 겁니다. 어쩌면 좀 늦게 성공할지도 모르지만, 다른 사람들이 파산할 때 그의 행운은 견고하게 유지될 겁니다.

이 이론을 실제로 적용하는 데는 무엇보다도 먼저 처세술이 필요하다고 당신에게 말한다면, 당신은 아마도 법에 대한 내 해석에서 궁정의 느낌이나 르농쿠르 가문에서 내가 받은 교육의 냄새가 좀 난다고 생각할지도 모르겠네요. 오 친구여! 나는 겉으로는 아주 사소해 보이는 이 가르침을 가장 중요하게 생각해요. 상류사회의 풍습도 당신이 지닌 해박하고 다양한 지식만큼이나 필요해요. 그게 지식을 보완해 주는 일이 종종 있었지요. 실제로는 무식하지만, 타고난 재치가 있어서 자기 생각을 곧잘 실현하는 사람들은 자기들보다 더 품위 있는 사람들이 이룰 수 없었던 권세에 도달했어요. 펠릭스, 난 학교에서 일률적으로 받은 당신의 교육이 당신을 조금이라도 망치지나 않았는지 알고 싶어서 당신을 주의 깊게 지켜보았어요. 당신에게는 아주 작은 부분이 부족한데, 그것을 당신이 깨달을 수 있다는 걸 확인하고는 얼마나 기뻤는지 몰라요. 그건 하느님만이 아실 거예요! 우리 전통 속에서 자라난 많은 사람에게 매너는 순전히 표면적인 것이에요. 우아한 예절, 아름다운 태도는 마음에서, 남다른 품격의 넉넉한 감정에서 비롯하기 때문이죠. 바로 그 때문에 어떤 귀족들은 교육을 받았는데도 못된 말투를 지녔는가 하면, 부르주아 계급의 어떤 사람들은 선천적으로 훌륭한 취향을 타고나서 조금만 배워도 어설프게 모방하지 않고 훌륭한 매너를 습득하지요. 이 골짜기를 평생 벗어나지 않을 가엾은 여자의 말을 믿어줘요. 이 고상한 말투, 이 우아한 단순함이 말 속에, 몸짓 속에, 옷차림 속에, 심지어 집 안에까지 새겨져 있어서 저항할 수 없는 매력을 지닌 구체시(具體詩) 같은 것을 이루고 있잖아요. 이 단순함의 근원을 마음속에서 길어 올릴 때 그 힘을 상상해 보세요! 펠릭스, 예절이란 타인들을 위해 자신을 잊은 태도를 보이는 겁니다. 많은 사람에게 예절은 사람들 사이의 가식적 태도여서 지속적이지 못해요. 자기가 손하를 보면 금세 본색을 드러내고 말아요. 그러면 귀족도 비천한 사람이 되죠. 그래서 나는 당신이 이랬으면 좋겠어요, 펠릭스, 진정한 예절에는 그리스도 사상이 들어 있어요. 그것은 자비의 꽃과 같아서 정말로 자신을 잊어버려야 해요. 앙리에트를 생각해서 물 없는 샘은 절대로 되지 말아요. 정신과 형식을 갖추세요! 이 사회의 미덕에 자주 속아 넘어가는 것을 두려워하지 말아요. 겉으로 보기에는 많은 씨앗이 바람에 흩날려 간 것 같지만, 당신은 조만간 그 씨앗들의 열매를 거둬들일 거예요. 우리 아버지께서 옛날에 말씀하시기를, 예절을 잘못 이해하면 남들에게 가장 상처를 주는 행동 중 하나가 약속을 남발하는 것이라고 하셨어요. 당신이 할 수 없는 일을 부탁받으면 헛된 희망을 조금이라도 품지 않도록 명확하게 거절하세요. 그런 뒤에는 당신이 베풀고 싶은 것을 재빨리 주세요. 그러면 당신은 거절의 덕과 선행의 덕이라는 이중의 성실성을 얻을 테고, 그것이 당신의 성품을 엄청나게 드높여 줄 거예요. 어떤 호의에 감사하는 마음보다 꺾인 희망에 대한 원망이 더 큰지 어떤지는 잘 모르겠어요. 특히 이런 사소한 일들은 그야말로 내 판단이므로 나는 내가 안다고 생각하는 것을 길게 늘어놓을 수도 있어요. 그러니 신뢰하지도 말고 시시하다는 태도를 보이지도 말고 열렬한 반응을 보이지도 마세요. 이게 세 가지 암초니까요! 지나치게 큰 신뢰는 존경심을 떨어뜨리고, 시시하게 여기는 태도는 경멸을 불러올 수 있으며, 열의는 이용당하기 쉬워요. 그리고 무엇보다도 살아가면서 둘이나 셋 이상의 친구를 두지 마세요. 당신의 완전한 신뢰는 친구들의 재산이에요. 당신의 믿음을 여러 사람에게 준다는 것은 그들을 배신하는 게 아니겠어요? 만일 당신이 다른 사람들보다 몇몇 사람과 더 친해진다면 당신 자신을 경계하세요. 언젠가는 그들이 당신의 경쟁자나 반대자 또는 적이 될지 모르니 항상 조심해

야 해요. 살다 보면 어쩌다 그렇게 되고 말아요. 그러니 차갑
지도 뜨겁지도 않은 태도를 견지하면서 중용의 길을 찾아낼
줄 알아야 해요. 그래야 아무 위험 없이 살아갈 수 있어요. 그
래요. 신사는 필랭트의 비굴한 친절과 알세스트의 가혹한 미
덕으로부터[62] 똑같이 거리를 두고 있다는 사실을 생각해 보
세요. 희극 시인의 천재성이 귀족 관객들이 포착하는 진정한
중용의 증거 속에서 빛나고 있잖아요. 물론 누구나 친절을 가
장한 이기주의의 지극한 경멸보다는 미덕의 우스꽝스러움 쪽
으로 마음이 쏠리기 마련이겠지만, 그 어느 쪽으로부터도 자
기를 보호할 줄 알 거예요. 시시하게 여기는 태도에 대해서 말
하자면, 몇몇 어리석은 사람들은 당신의 그런 태도를 보고 당
신이 매력적인 사람이라고 말하겠지만, 인간의 능력을 측정
하고 평가하는 데 익숙한 사람들은 당신의 결점을 끌어낼 것
이고, 그러면 당신의 평판은 급속하게 나빠질 거예요. 시시하
다는 태도는 약한 사람들의 수단이니까요. 그런데 약자들은
불행하게도 사회의 멸시를 받아요. 사회는 그 각각의 구성원
들에게서 부품의 기능만을 보니까요. 게다가 그런 사회가 아
마 옳을지도 몰라요. 자연에서도 불완전한 존재는 도태되잖아
요. 여자의 감동적인 보호도 어쩌면 맹목적인 힘에 맞서 싸울
때, 통찰력 있는 마음으로 물질의 난폭함을 물리칠 때 느끼

---

62) 몰리에르의 희극『인간 혐오자(Le Misanthrope)』(1666년 초연)의 등장
인물들인 필랭트와 알세스트는 서로 친구 사이인데, 고지식한 알세스트가
위선에 치를 떨며 비판적인 반면, 필랭트는 위선을 사회적 예의범절의 일종
이라고 주장한다.

는 기쁨에서 생겨났는지도 몰라요. 하지만 사회는 친어머니라기보다는 계모여서 자기의 허영심에 아첨하는 아이들을 예뻐해요. 열의에 대해서 말하자면, 이것은 젊음이 처음으로 범하는 숭고한 실수로서 자기의 힘을 펼칠 때 현실적 만족감을 느껴요. 그래서 남에게 속기 전에 자기 자신에게 속는 것으로 시작해요. 그러니 열의는 당신의 감정을 공유한 사람을 위해, 여자와 하느님을 위해 간직해 두세요. 세상의 시장이나 정치 공론에 보물들을 내놓지 말아요. 그들은 그 대가로 당신에게 채색 유리 세공품을 교환해 줄 거예요. 매사에 고결함을 명령하는 목소리를 믿어야 해요. 그 목소리는 당신이 쓸데없이 헌신하지 말라고 간청하는 거니까요. 불행하게도 사람들은 당신의 가치는 고려하지 않고 유용성으로 당신을 평가하기 때문이에요. 당신의 시적 정신에 새겨지는 이미지를 사용해서 말하자면, 숫자가 엄청나게 큰 크기로 되어 있든, 금박으로 되어 있든, 연필로 쓰였든 간에 그것은 오직 숫자일 뿐 아무것도 아니에요. 우리 시대의 어떤 사람이 말했듯이 "절대로 열의를 갖지 말라!"는 겁니다. 열의는 속임수에 가까워서 계산 착오를 초래해요. 당신은 당신보다 높은 사람들에게서 당신의 열의와 조화를 이루는 열의를 절대로 찾지 못할 거예요. 왕족들은 여자들처럼 무엇이 되었든 자기들이 당연히 받아야 할 것으로 생각하니까요. 이 원리가 참 서글프지만 그게 사실이에요. 하지만 영혼의 꽃을 꺾진 않아요. 당신의 순수한 감정을 사람들이 닿을 수 없는 곳에 놓아두세요. 그러면 그 감정의 꽃들은 열렬하게 찬양받을 수 있고, 예술가는 각별한 정성을 기울이며 걸작을 꿈꿀 거예요. 친구여, 의무는 감정이 아니랍니다. 해야 할 일을 하는 것은 좋아하는 일을 하는 게 아니에요. 남자는 자기 조국을 위해 침착하게 죽으러 가야 하지만, 한 여자에게는 자기 목숨을 행복하게 바칠 수 있어요. 예법에서 가장 중요한 규칙 한 가지는 당신 자신에 관한 거의 절대적인 침묵이에요. 아무 때나 단순히 안면만 있는 사람들에게 당신 자신에 관해서 얘기하는 척해 보세요. 당신의 고통이나 기쁨 또는 관심사를 그들에게 말해 보세요. 처음엔 관심을 보이다가 바로 무관심해지는 걸 보실 거예요. 그러다가 지루해지면 집의 여주인이 공손하게 당신 말을 중단시키지 않더라도 교묘하게 불가피한 구실을 대며 자리를 들 거예요. 하지만 당신은 당신 주위에 공감대를 형성하며 견실한 사귐으로 상냥하고 재치 있는 사람으로 인정받길 원하죠? 그러면 그들이 스스로 이야기하게 하고, 겉으로는 개인과 상충하는 문제들을 제기해서라도 그들을 무대에 등장시킬 방법을 찾아보세요. 그러면 그들의 얼굴은 생기를 띠고 그들의 입은 당신에게 미소를 지을 거예요. 그리고 당신이 가고 나면 모두가 당신을 칭찬할 거예요. 비겁한 아첨이 어디에서 시작하고 우아한 대화는 어디에서 끝나는지 당신의 의식과 마음의 소리가 그 한계를 말해 줄 거예요. 대중 연설에 관해 한마디만 더 할게요. 친구여, 젊음은 항상 어떤 성급한 판단을 하는 경향이 있어요. 그것은 자랑거리가 되기도 하지만 해를 끼치기도 해요. 바로 그 때문에 옛날 교육은 어른들 옆에서 젊은이들이 인생을 공부하는 동안에 침묵할 것을 명한 거예요. 여술계에 수습생들이 있듯이,

옛날 귀족 계급에게는 자기들을 먹여살리는 주인에게 충성하는 시동들이 있었기 때문이에요. 오늘날 젊은 세대는 온실 지식을 소유하고 있어서 아주 신랄해요. 그 지식으로 행동과 사상, 글을 엄격하게 판단하지요. 아직 사용해 보지 않은 칼날로 단도질을 해댑니다. 이런 나쁜 버릇은 갖지 마세요. 당신의 판결은 당신 주위의 많은 사람에게 상처를 주는 검열이 될 거예요. 누구든 당신이 공개적으로 주는 손해보다 남몰래 입히는 상처를 용서하지 않을 거예요. 젊은이들은 인생에 대해서도, 인생의 어려움에 대해서도 아무것도 모르기 때문에 너그럽지 않아요. 늙은 비평가는 선하고 온화한데 젊은 비평가는 무자비해요. 후자는 아무것도 모르고, 전자는 다 알죠. 게다가 모든 인간 행위의 밑바닥에는 그 행위를 결정하는 이유가 미궁처럼 있어서 최후의 판단은 하느님 몫이에요. 당신 자신에게만 엄격하세요. 당신의 행운이 당신 앞에 있더라도 이 세상 그 누구도 도움 없이는 자기 것으로 만들 수 없어요. 그러니 우리 아버지의 집을 자주 다니세요. 당신에게는 문이 열려 있어요. 그곳에서 당신이 새롭게 맺게 될 관계들은 수많은 경우에 유용할 거예요. 하지만 우리 어머니에게는 손톱만큼도 양보하지 마세요. 어머니는 자기 뜻에 놀아나는 사람은 짓밟아 버리고, 자기에게 저항하는 사람의 자신감은 높이 사거든요. 어머니는 금속과 비슷해서 두드리면 다른 금속과 합쳐질 수 있지만, 그보다 단단하지 못한 것과 접촉하면 뭐든지 다 부숴버려요. 그러니까 우리 어머니와 친해지세요. 어머니가 당신에게 선의를 베풀고 싶어 하면 여러 살롱에 당신을 소개해 주실 거예요. 그러면 당신은 그곳에서 듣고 말하고 대답하는 법, 당신을 소개하는 법, 자리에서 물러나는 법 등 사교계의 필수 지식을 얻게 될 거예요. 그리고 분명한 언어, 즉 복장보다 더 우월한 것도 아닌 '잘은 모르지만'이라는 말이 정수를 이루는 건 아니지만, 그 말을 사용하지 않으면 아무리 뛰어난 재능을 가진 사람이라도 절대로 인정받지 못할 거예요. 나는 내가 바라는 당신의 모습을 머릿속에 미리 그려보아도 조금도 과장하지 않을 거라고 확신할 만큼 당신을 잘 알고 있어요. 꾸밈없는 몸가짐, 온화한 어조, 교만하지 않은 긍지, 노인 공경, 비굴함이 없는 자상함, 그리고 무엇보다도 신중하죠. 당신의 재치를 마음껏 펼치되 다른 사람들에게 오락거리를 제공하진 마세요. 만약 당신의 탁월함이 어느 평범한 사람의 감정을 상하게 한다면 그는 그때는 입을 다물고 있다가 나중에 당신에 대해서 "아주 재미있는 사람이야!"라고 경멸적인 말을 할 테니까요. 당신의 탁월함이 언제나 사자 같은 위용을 갖추기를 바라요. 그리고 사람들의 비위를 맞추려고 애쓰지 마세요. 그들과의 관계는 그들이 화를 낼 수 없을 만큼 무례한 정도로 차가움을 보여주세요. 사람들은 누구나 자기를 경멸하는 사람을 존경해요. 그리고 당신은 그 경멸하는 태도로 여자들의 호의를 얻을 겁니다. 여자들은 당신이 사람들을 거의 존경하지 않는다는 이유로 당신을 높이 평가해요. 평판이 나쁜 사람들에게는 절대로 곁을 내주지 마세요. 설령 평판이 잘못되었다고 하더라도 말이에요. 세상은 우리의 우정과 증오에 대해 똑같이 해명을 요구하기 때문이에요. 그런 점에서 당신의 판단은 오랫동안 신중하게 숙고한 것으로서 바꾸지 못할 만큼 확정적이어야 해요. 당신에게서 배격당한 사람들이 당신의 배척이 정당했다는 사실을 보여줄 때, 당신의 평판은 드높아질 거예요. 그렇게 해서 당신은 사람들 사이에서 한 사람을 성장시키는 무언의 존경심을 불러일으킬 거예요. 그러면 당신은 마침내 사람들이 좋아하는 젊음, 마음을 끄는 우아함, 그리고 승리를 보존하는 지혜로 무장하게 돼요. 내가 방금 당신에게 말한 모든 내용은 "노블레스 오블리주!"라는 옛말 한마디로 요약될 수 있어요.

이제 이 계율들을 당신이 하게 될 일들의 전략에 적용하세요. 당신은 여러 사람의 말을 듣게 될 거예요. 기교가 성공의 요소라거나, 군중을 뚫고 나가는 비결은 사람들을 분열시켜서 길을 비켜주게 만들어야 한다거나 하는 말들을요. 그런 원리들이 중세 시대에는 통했어요. 그때는 왕자들에게 서로를 거꾸러뜨릴 수 있는 쟁쟁한 힘이 있었어요. 하지만 오늘날에는 모든 일이 백일하에 드러나 있어서 그런 방법은 당신에게 몹시 나쁜 결과를 가져다줄 거예요. 실제로 당신은 충직하고 진실한 사람을 만날 수도 있고, 음험한 적, 그러니까 비방이나 중상, 사기를 일삼는 사람을 만날 수도 있어요. 그럴 때 당신에겐 그 사람보다 더 강력한 조력자가 없다는 걸 알아두세요. 후자의 적은 자기 자신이니, 당신은 정당한 무기를 사용해 그를 쓰러뜨릴 수 있어요. 그는 조만간 멸시당하게 될 테니까요. 전자의 경우, 당신은 정직함으로 그의 존경심을 얻을 수 있어요. 그와의 이해관계가 잘 조정되면(모든 일이 잘 풀리므로) 그는 당신에게 도움이 될 거예요. 적을 만드는 걸 두려워하지 마세요. 앞으로 당신이 살아갈 세상에서 적이 없는 사람은 불행한 사람이에요. 하지만 웃음거리나 나쁜 평판의 대상이 되지 않도록 노력하세요. 내가 '노력'이라는 말을 쓴 것은, 파리에서는 누구나 항상 자유롭지 않으며 치명적 상황의 영향을 받을 수 있기 때문이에요. 당신은 파리에서 개울의 진흙탕도, 떨어지는 기왓장도 피할 수 없을 거예요. 도덕에도 개울이 있어요. 명예를 잃은 사람들은 그 개울의 진흙탕에 빠져서 제일 고귀한 사람들에게 진흙을 끼얹으려고 하지요. 그러나 당신은 당신이 내린 최후의 결정이 어떤 상황에서도 흔들림이 없음을 보여준다면 언제나 존경받을 수 있어요. 그런 야망의 충돌 속에서, 얽혀 있는 난제들의 한복판에서 항상 사실만을 향해 직진하세요. 문제를 향해 단호하게 나아가세요. 그리고 오직 한 가지 점에 관해서만 온 힘을 다해 싸우세요. 당신은 모르소프 씨가 얼마나 나폴레옹을 증오하는지 알지요. 그이는 나폴레옹을 끊임없이 저주하며 마치 법이 죄인을 감시하듯 그를 감시했고, 앙기앵 공작[63]을 살려달라고 매일 저녁 나폴레옹에게 청원했어요. 그의 죽음은 그이가 눈물을 흘린 유일한 죽음이었고, 유일한 불행이었지요. 그래요, 그이는 그가 장군들 가운데 가장 용감한 장군이라고 찬양하며 내게 그의 전술에 대해 자주 설명해 주었어요. 그 전략은 이익의 싸움에도 적용될

---

63) 앙기앵 공작(1772~1804)은 부르봉 왕가의 방계인 콩데 가문의 마지막 후손으로, 나폴레옹을 반역한 죄로 처형당했다.

수 있지 않을까요? 전쟁에서는 그 전략이 사람과 공간을 절약해 주듯이 이익 싸움에서 시간을 절약해 줄 것 같아요. 이 사실을 생각해 보세요. 우리 여자들이 본능적이고 감정적으로 판단하는 그런 일들에 대해서는 여자가 자주 잘못을 범해요. 나는 한 가지 점은 고집할 수 있어요. 어떤 기교도, 어떤 속임수도 결국엔 드러나게 되어 해를 끼치지만, 내가 보기엔 어떤 사람이 정직성이라는 토대 위에 서 있기만 하면 어떤 상황이라도 덜 위험하다는 사실이에요. 나의 예를 들면, 클로슈구르드에서 나는 모르소프 씨의 성격으로 인해 모든 분쟁을 예견하고, 이의를 제기하면 즉시 중재하게 할 수밖에 없어요. 이의 제기는 그이에게 하나의 병 같은 것이어서 자기가 져도 좋아해요. 나는 꼬여 있는 곳으로 곧장 들어가서 상대방에게 "우리 풀어요, 아니면 자르든가!"라고 말함으로써 나 스스로 모든 일을 끝냈어요. 당신은 앞으로 남들에게 효용 가치가 있어서 그들을 도와주는 일이 종종 있을 테지만 그에 대한 보상은 별로 받지 못할 거예요. 그렇지만 사람들에 대해 불평하면서 배은망덕한 사람들만 있다고 거들먹거리는 사람들을 따라 하진 마세요. 그건 자기가 다른 사람들보다 우월하다는 거잖아요? 나아가 세상을 잘 알지 못한다고 고백하는 좀 어리석은 사람 아닌가요? 선행을 고리대금업자가 돈을 꿔주듯이 하시겠어요? 선행 그 자체를 위해서 해야 하지 않을까요? 노블레스 오블리주!(귀족에겐 의무가 있어요!) 그렇지만 사람들에게 배은망덕을 강요하는 그런 도움은 주지 마세요. 그런 사람들은 당신과는 불구대천의 원수가 될 테니까요. 파산의 절망이 있듯이 의무의 절망도 있어요. 막대한 힘을 제공해 주는 의무잖아요. 당신은 남들에게서 가능한 한 최소한으로 받으세요. 그 누구의 졸개도 되지 말고 오직 당신 자신의 주인이 되세요. 친구여, 난 지금 당신에게 인생의 사소한 것들에 관해서만 의견을 말하고 있어요. 정계에서는 모든 양상이 달라져요. 당신의 인격을 지배하는 규율이 커다란 이익 앞에서는 유연해진답니다. 하지만 만약 당신이 큰 인물들이 움직이는 영역에 도달한다면, 당신은 신처럼 당신이 내린 결단의 유일한 판관이 될 거예요. 그땐 당신이 한 인간이 아니라 살아 있는 법이 될 거예요. 한 개인이 아니라 국가의 화신이 될 거라는 말이죠. 그런데 당신이 심판할 때는 당신도 역시 심판받아요. 훗날 당신은 여러 세기를 거듭하며 심판을 받을 거예요. 당신은 역사를 잘 알고 있으니 진정한 위대함을 낳는 감정과 행위가 어떤 것인지 분간해 낼 수 있잖아요.

이제 중대한 문제에 이르렀어요. 여자들을 대할 때 당신의 처신 문제예요. 당신이 가게 될 살롱에서 사소한 겉멋을 부리는 데 몰두해 이목을 끌지 않겠다는 원칙을 세우세요. 지난 세기에 아주 크게 성공했던 한 남자는 하룻저녁에 단 한 사람하고만 시간을 보내는 습관이 있었어요. 그것도 소외되어 보이는 여자들에게 전념했죠. 이 사람은 그 시대를 지배했어요. 그는 현명하게도 언젠가 때가 되면 모든 사람이 자기에게 끊임없는 찬사를 보내리라고 계산한 거죠. 젊은이들은 대부분 가장 소중한 재산, 즉 사회생활의 절반을 차지하는 인간관계를 만드는 데 필요한 시간을 허비해요. 젊은이들은 젊다는 사실 자체만으로도 사랑을 받기 때문에 사람들의 관심을 끌기 위해 해야 할 일이 거의 없어요. 하지만 이 봄은 짧으니, 그것을 잘 이용할 줄 알아야 해요. 영향력 있는 여자들과 돈독한 관계를 맺어가세요. 영향력 있는 여자들은 나이 많은 부인들이고, 당신에게 모든 가문의 인척 관계와 비밀들, 그리고 당신을 목적지까지 빠르게 데려다줄 수 있는 지름길을 가르쳐줄 거예요. 그 부인들은 당신을 진심으로 도와줄 겁니다. 신앙심이 깊지 않은 부인들에게는 후원자가 되는 것이 그녀들의 마지막 사랑이어서 당신을 완벽하게 도와줄 것이고, 당신을 치켜올려서 누구나 탐내는 사람으로 만들어줄 거예요. 젊은 여자들은 멀리하세요! 내가 지금 당신에게 하는 이야기 속에 조금이라도 사심이 있을 거라곤 생각하지 마세요! 쉰 살의 여자는 당신을 위해 무엇이든 할 테지만, 스무 살의 여자는 아무것도 하지 않을 거예요. 스무 살의 여자는 당신의 생애 전부를 원하지만, 쉰 살의 여자는 당신에게 짧은 시간, 관심을 요구할 뿐이죠. 젊은 여자들은 다 농담거리로 생각하고 농담이나 나누세요. 젊은 여자들은 진지한 사고를 할 능력이 없어요. 친구여, 젊은 여자들은 이기적이고 편협하며 진실한 우정이 없어요. 자기밖에 사랑하지 않아서 당신을 희생시켜서 성공하려고 할 거예요. 그뿐인가요. 그 여자들은 모두 자기를 위해 헌신하기를 원해요. 그런데 당신의 처지도 남의 헌신이 필요할 거란 말이에요. 그러니 두 요구는 양립할 수 없어요. 어떤 젊은 여자도 당신의 이익과 합치하지 못할 테고, 모두 다 당신이 아니라 자기를 생각할 거예요. 그 여자들은 당신을 위한 애정보다는 허영심으로 당신에게 해를 입힐 거예요. 아무 가책도 받지 않고 당신의 시간을 빼앗고, 당신의 행운을 놓치게 하며, 세상에서 가장 우아하게 당신을 파멸시킬 거예요. 만약에 당신이 불평한다면, 그녀들 가운데 가장 어리석은 여자라 해도 그녀의 장갑이 세계와 맞먹는 가치가 있고 그녀를 섬기는 것보다 더 영광스러운 일은 없다는 것을 당신에게 증명해 보일 거예요. 그 여자들 모두 당신에게 행복을 안겨준다고 말할 것이고, 당신의 아름다운 미래를 망각하게 할 거예요. 그 여자들이 말하는 행복은 불안정하지만, 당신의 영광은 확실해요. 자기들의 환상을 충족시키기 위해, 일시적으로 끌리는 기분을 지상에서 시작해 하늘에서까지 계속될 사랑으로 바꾸기 위해 그 여자들이 어떤 위험한 술책을 사용하는지 당신은 몰라요. 그 여자들이 당신을 떠나는 날, "이젠 사랑하지 않아요."라는 말로 당신을 버리는 걸 정당화할 거예요. "사랑해요."라는 말로 자기들의 사랑을 변호했듯이 말이에요. 그리고 사랑은 뜻대로 되지 않는 거라고 말할 거예요. 앞뒤가 맞지 않는 주장이죠! 진정한 사랑은 영원하고 무한하며 항상 변함이 없다는 걸 믿으세요. 사랑은 동등하고 순수하며, 격렬하게 증명할 필요도 없는 거예요. 백발에서 사랑이 보여요. 마음은 언제나 젊어요. 사교계 여자들에게는 그런 모습이 전혀 없어요. 모두가 그런 척 연극을 할 뿐이죠. 어떤 여자는 자기의 불행으로 당신의 관심을 끌고, 여자들 가운데서 가장 온화하고 가장 까다롭지 않은 여자로 보일 거예요. 하지만 자기가 당신에게 필요한 사람이 되면, 그 여자는 서서히 당신을 지배하며 자기 뜻대로 당신을 움직이게 할 거예요. 당신이 외교관이 되어 인간과 이권과 국가를 연구하면서 이리저리 왔다 갔다 하고 싶다고요? 안 될 말이에요. 당신은 파리에, 또는 그녀의 땅에 머물러 있을 거예요. 그 여자는 당신을 자기 치마폭에 교활하게 꿰매어 둘 테니까요. 그리고 당신이 헌신적으로 보일수록 그 여자는 더 배은망덕하게 될 거예요. 또 어떤 여자는 복종으로 당신의 관심을 끌면서 당신의 시녀가 되어 소설처럼 세상 끝까지 따라가며 당신을 놓지 않으려고 자기 몸을 내던져 위험한 관계를 맺고는 당신의 목에 돌멩이처럼 매달릴 거예요. 어느 날 당신이 물에 빠져 죽어도 그 여자는 물 위로 떠올라 살아남을 겁니다. 교활하지 않은 여자들에게도 함정은 무한하게 있어요. 여자가 불신을 거의 사지 않고 승리를 거둔다면 참 멍청한 거죠. 가장 덜 위험한 여자는 이유도 모른 채 당신을 사랑하고 까닭 없이 당신을 떠나고 허영심으로 당신을 다시 만나는 바람둥이 여자일 거예요. 하지만 그 여자들은 모두 현재나 미래에 당신에게 해로운 사람들이에요. 아주 젊은 여자가 사교계에 나가서 쾌락과 허영심 가득한 만족을 경험하면 절반은 타락하게 되어 당신을 타락시킬 거예요. 그곳에는 당신이 언제나 머물 수 있는 고요한 영혼의 정숙한 여자가 없을 거예요. 아! 당신을 사랑할 여자는 외로울 거예요. 그녀의 가장 아름다운 축제는 당신의 눈길이고, 당신의 말로 살아갈 테니까요. 그러니 그 여자가 당신에게 이 세상 전부가 되길 바라요. 그녀에게는 당신이 전부일 테니까요. 그녀를 많이 사랑해 줘요. 그녀에게 슬픔도 주지 말고, 바람도 피우지 말아요. 질투 나게 하지도 말고요. 사랑받는다는 것, 이해받는다는 것은 가장 큰 행복이에요. 당신이 그런 행복을 맛보길 바랄게요. 하지만 당신 영혼의 꽃을 해치진 마세요. 당신의 애정을 둘 마음을 굳게 믿으세요. 그 여자는 절대로 자기 자신이 될 수 없을 거예요. 그녀는 절대로 자신을 생각하지 않고 당신만을 생각할 거예요. 그녀는 당신과 조금도 논쟁하지 않을 것이고, 자기만의 이익을 생각하지 않을 것이며, 당신이 아무것도 보지 못하는 곳에서 당신을 위해 직감으로 위험을 감지해 낼 줄 알 거여요. 그녀 자신의 위험은 망각하고요. 그래서 결국 고통을 겪게 되더라도 그녀는 불평 없이 감내할 거예요. 당신의 관심을 끌려고 짐짓 꾸미지도 않겠지만, 당신이 그녀에게서 사랑하게 될 부분에 대해서는 스스로 존중하려고 할 거예요. 그런 사랑에 대해 더 큰 사랑으로 보답하세요. 혹여 당신이 다행스럽게도 당신의 가없은 친구인 나에게는 언제나 없는 것, 그러니까 함께 숨 쉬며 함께 느끼는 사랑을 만난다면, 그 사랑이 아무리 완벽하다고 해도 어느 골짜기에 당신을 위해 한 어머니가 살고 있다는 것을 생각해 주세요. 그 어머니의 마음은 당신이 가득 채운 감정으로 너무도 깊이 패어서 당신은 절대로 그 바닥을 찾을 수 없을 거예요. 맞아요, 난 당신으로선 절대로 알 수 없을 만큼 큰 애정을 당신에게 지니고 있어요. 그 애정이 어떠한 것인지 모습을 드러내려면 당신은 당신의 아름다운 지성을 잃어야 할 테고, 그러면 당신은 나의 헌신이 어디까지 갈 수 있을지 알지 못할 거예요. 젊은 여자들은 모두가 정도의 차이는 있지만 교활하고 빈정거리며 허영심이 많고 경박하고 씀씀이가 헤프니까 당신에게 피하라고 하고, 영향력 있는 부인들, 내 큰어머니처럼 교양이 풍부하고 지체 높고 위엄 있는 노부인들과 친교를 맺으라고 말한 내가 수상쩍은가요? 그런데 그 노부인들은 당신에게 큰 힘이 될 것이고, 은밀한 비난들을 물리치고 당신을 보호해 줄 것이며, 당신에 대해 당신 입으로는 차마 할 수 없는 얘기를 대신해 줄 거예요. 요컨대 순수한 마음씨를 가진 천사를 위해 당신의 열정을 아껴두라고 당신에게 일렀으니 내가 관대하지 못한 걸까요? 내가 첫 부분에서 권유한 대부분이 '노블레스 오블리주'라는 말 속에 들어 있다면, 당신이 여자들과 맺을 관계에 관한 내 의견도 다음과 같은 기사도의 말 속에 들어 있어요. "모든 여성에게 봉사하되 한 여성만을 사랑할 것."

당신의 학식은 풍부하고, 고통으로 묵힌 당신의 마음은 때 묻지 않은 채 그대로 있어요. 당신 안에서는 만물이 아름답고 선해요. "그러니 원하세요!" 이제 당신의 미래는 오직 그 한마디, 위대한 사람들의 말 안에 있어요. 당신은 당신의 앙리에트에게 순종하지 않을 건가요? 당신의 앙리에트가 당신에 대해, 당신이 세상과 맺을 관계에 대해 어떻게 생각하는지 계속 말해 주도록 허락하지 않을 건가요? 나는 영혼 속에 당신과 내 아이들을 위해 미래를 보는 눈을 지니고 있어요. 그러니 그 능력을 당신을 위해 사용하겠어요. 그것은 내 삶의 평화가 내게 부여해 준 신비로운 재능으로, 퇴화하지 않고 고독과 침묵 속에 잘 보존되어 있어요. 당신이 그 보답으로 내게 커다란 행복을 안겨주기를 바랄게요. 나는 당신이 사람들 틈에서 성장하는 걸 보고 싶어요. 당신의 성공 가운데 단 하나라도 내 이마에 주름이 생기게 하면 안 돼요. 나는 당신이 하루빨리 당신 가문의 이름에 어울리는 높이까지 출세하길 바라며, 당신의 위대함을 향한 욕망보다 내가 더 크게 이바지했다고 생각할 수 있기를 바라요. 이 은밀한 협력이 내가 스스로 허용할 수 있는 유일한 기쁨이에요. 기다릴게요. 작별 인사는 하지 않겠어요. 우리가 떨어져 있어서 당신이 내 손을 입술로 가져갈 수는 없지만, 당신은 내 마음속에서 당신이 어떤 자리를 차지하고 있는지 아주 잘 엿보았을 거예요.

당신의 앙리에트

이 편지를 다 읽고 나자, 내가 어머니의 혹독한 마중으로 아직 얼어붙어 있던 순간에 내 손가락 아래에서 모성애의 심장이 고동치는 것을 느꼈습니다. 나는 백작 부인이 이 편지를 투렌에서 읽지 말라고 한 이유를 짐작했습니다. 그녀는 틀림없이 내가 그녀의 발밑에 쓰러져 눈물로 그녀의 발을 적시는 걸 볼까 봐 두려웠겠지요.

나는 그때까지 내게는 남과 같았던 형 샤를을 마침내 알게 되었습니다. 그러나 그는 사람들과의 아주 사소한 교분까지도 거드름을 피우는 바람에 우리가 형제애를 나누기에는 너무 많은 거리를 벌려 놓았습니다. 모든 온화한 감정은 평등한 영혼을 바탕으로 생겨나는 법인데, 우리 사이에는 결합점이 하

나도 없었습니다. 그는 머리나 가슴으로 짐작할 수 있는 아무
것도 아닌 것들을 현학적으로 내게 가르치려 들었고, 어떤 것
에 관해서든 내게 반대하는 것 같았습니다. 내가 나의 사랑을
버팀목으로 삼지 않았다면, 형은 내가 아무것도 모른다고 생
각하는 척하면서 나를 변변찮은 바보로 만들었을 것입니다.
그런데도 형은 나를 사교계에 소개했습니다. 바보 같은 내가
그의 자질을 돋보이게 하리라고 생각했겠죠. 유년기의 불행이
없었다면 보호자 노릇을 하는 그의 허영심을 형제애로 생각
했을 수도 있어요. 하지만 정신적 고독은 지상의 고독과 똑같
은 결과를 낳아요. 정적 속에서는 아무리 가벼운 울림이라도
느낄 수 있고, 자기 안으로 침잠하는 습관은 예민한 감수성을
발달시켜서 우리를 건드리는 애정의 아주 작고 미묘한 차이에
도 반응하게 하죠. 모르소프 부인을 알기 전에는 모진 눈길에
도 상처받았고, 한마디 거친 말투에도 마음을 다쳤더랬어요.
나는 그 때문에 신음했지만, 따뜻한 애정의 삶은 조금도 알지
못했어요. 그런데 클로슈구르드에서 돌아온 후에 나는 여러
경우의 비교가 가능해졌고, 그것은 내 조숙한 지식을 다듬어
주었어요. 직접 체험한 고통에 근거한 관찰은 불완전하죠. 행
복도 역시 제 나름의 빛을 갖고 있어요. 나는 샤를의 속임수
에 넘어가지 않았던 만큼 그가 가진 형의 우월한 권위 아래에
더욱 기꺼이 짓눌려 있었습니다.

　나는 르농쿠르 공작 부인 댁에 혼자 갔어요. 그곳에서 나는
앙리에트에 관한 얘기는 전혀 듣지 못했습니다. 사람 좋은 노
공작을 제외하고는 아무도 내게 앙리에트 얘기를 하는 사람

이 없었는데 그게 아주 자연스럽기까지 했어요. 그런데 공작이 나를 맞이한 태도로 보아 딸이 은밀하게 추천했을 거라는 짐작은 갔죠. 사교계의 새내기인 내가 그 큰 세계를 보고 바보처럼 얼이 빠진 상태를 벗어나기 시작했을 때, 그 세계가 야심을 가진 이들에게 제공하는 수단들을 이해하고 기쁨을 맛보기 시작했을 때, 앙리에트의 행동 강령을 기분 좋게 실천하며 그 깊은 진리에 탄복하고 있을 무렵, 3월 20일의[64] 사건이 일어났습니다. 형은 왕실을 따라, 나는 편지를 열심히 쓰며 연락을 유지하고 있던 백작 부인의 충고에 따라, 르농쿠르 공작을 수행하며 겐트[65]로 갔습니다. 공작은 내가 마음을 다해 머리에서 발끝까지 부르봉 왕가에 충성하는 걸 보고는 평소 가졌던 호의가 마음에서 우러난 보호로 바뀌었습니다. 공작은 친히 나를 전하께 소개했습니다. 불행할 때의 신하는 적고, 젊음은 순진한 예찬과 계산 없는 충성심을 지니는 법이지요. 국왕은 사람을 볼 줄 아는 분이었습니다. 튈르리 궁에서는 잘 보이지 않았던 것이 겐트에서는 크게 두드러져 보였어요. 나는 루이 18세의 마음에 드는 행운을 얻었습니다. 모르소프 부인이 그녀의 아버지에게 보낸 편지를 방데 군의 밀사가 급히 가져왔는데, 그 안에는 내게 전하는 말도 있어서 나는 자크가 아프다는 걸 알았습니다. 아들의 건강이 나빠진 데다가 두 번째 망명이 시작되었는데 자신이 함께하지 못해 절망에 빠졌

---

64) 1815년 2월 26일에 엘바섬을 탈출한 나폴레옹이 파리에 입성한 날이다.
65) 벨기에의 대도시로 나폴레옹의 백일천하 등안 루이 18세가 피해 있던 곳이다.

다는 내용으로 모르소프 씨가 몇 마디를 덧붙였는데, 그것으로 내 사랑하는 여인의 상황을 짐작할 수 있었습니다. 그녀가 한순간도 쉬지 못하고 밤낮으로 자크의 머리맡을 지키고 있을 때 그는 틀림없이 그녀를 괴롭혔겠지요. 괴롭힘에는 초월해 있지만, 아이를 간호하는 데 온 정신을 쏟고 있을 땐 그것을 물리칠 힘이 없는 앙리에트에게는 삶의 짐을 덜어주었던 우정의 도움이 절실했을 테지요. 모르소프 씨만 맡아주어도 큰 도움이 되었을 겁니다. 나는 백작이 그녀를 괴롭히려고 위협했을 때 그를 밖으로 데리고 나간 적이 이미 여러 번 있었습니다. 선의의 계략이지요. 그게 성공했을 때 나는 열렬한 감사의 뜻을 담은 그녀의 눈길을 받을 수 있었어요. 사랑하는 사람은 그런 눈길 속에서 약속을 봅니다. 나는 그때 빈 회의[66]에 파견된 형 샤를과 같은 경력을 밟아나가고 싶어서 초조했고, 내 생애를 걸고 앙리에트의 예언을 실현함으로써 형의 예속에서 벗어나고 싶었는데도, 그런 내 야망과 독립의 열망, 그리고 국왕의 곁을 떠나지 않겠다는 생각 등 그 모든 것이 모르소프 부인의 마음 아픈 모습 앞에서 퇴색해 버리고 말았습니다. 나는 내가 진정 사랑하는 내 최고의 여인을 돕기 위해 겐트의 궁을 떠나기로 결심했는데, 그때 내게 신의 은총이 내렸습니다. 방데 군이 파견한 밀사가 프랑스로 돌아갈 수 없는 상황이 되었는데, 국왕은 왕명을 지니고 프랑스에 갈 헌신적

---

66) 오스트리아 빈에서 열린 이 회의는 1814년 11월 1일에 열려 1815년 6월 9일에 폐막했다.

인 사람이 필요했습니다. 르농쿠트 공작은 국왕이 그런 위험한 임무를 맡는 사람은 절대로 잊지 않을 거라는 사실을 잘 알고 있었지요. 공작은 내 의견은 묻지도 않고 무조건 동의하라고 했고, 나는 훌륭한 일을 수행하면서 동시에 클로슈구르드에 갈 수 있다는 사실이 너무 기뻐서 수락했습니다.

겨우 스물한 살 나이에 국왕을 알현한 나는 프랑스로 돌아와 다행스럽게도 파리와 방데에서 전하의 뜻대로 임무를 완수할 수 있었습니다. 5월이 끝나갈 무렵, 나폴레옹 당국이 쫓고 있다는 정보를 전해 들은 나는 자기 영지의 성으로 돌아가는 사람처럼 가장해 도피해야 했습니다. 영지에서 영지로, 숲에서 숲으로, 방데 북부, 보카주, 푸아투를 걸어서 가로지르며 때에 따라서는 길을 바꾸기도 했지요. 소뮈르에 이른 나는 소뮈르에서 쉬농으로 갔고, 쉬농에서는 단 하룻밤만에 뉘에이 숲까지 갔습니다. 그 숲의 황야에서 말을 타고 있는 백작을 만났어요. 그는 말 엉덩이에 나를 태우고 자기 집으로 데려갔습니다. 가는 동안 나를 알아볼 수 있는 사람은 아무도 만나지 않았지요.

"자크는 좀 나아졌다오." 그의 첫마디였습니다.

내가 맹수처럼 쫓기는 외교적 보병과 같은 처지를 백작에게 털어놓자, 이 귀족은 그의 왕정주의로 무장하며 나를 맞아들이는 위험을 셰셀 씨에게 양보하려 하지 않았습니다. 클로슈구르드가 보이자 지난 여덟 달이 꿈만 같았습니다. 백작이 나보다 먼저 들어가며 그의 아내에게 말했습니다. "내가 당신에게 누구를 데려왔는지 맞혀 보시겠소……? 펠릭스요."

"설마요!" 그녀가 두 팔을 내려뜨리며 매우 놀란 얼굴을 했습니다.

내가 모습을 보였을 때 우리는 둘 다 움직이지 못했습니다. 그녀는 안락의자에, 나는 현관 입구에 못이 박혀버린 듯했지요. 우리는 단 한 번의 눈길로 잃어버린 시간을 다 찾고 싶어 하는 두 연인처럼 갈망하는 시선을 고정한 채 서로 바라보았습니다. 그러나 속마음을 들켜버린 데 놀라서 부끄러움을 느낀 그녀가 자리에서 일어났고, 나는 그녀에게 다가갔습니다.

"당신을 위해 기도를 많이 했어요." 내게 입을 맞추도록 손을 내민 후 그녀가 말했습니다.

그녀는 내게 아버지의 안부를 물었습니다. 그리고 내가 피곤하리라 생각하고 내 잠자리를 준비하러 갔습니다. 그동안 백작은 내가 먹을 것을 준비하도록 일렀어요. 나는 배가 고파 죽을 지경이었거든요. 내 침실은 그녀의 침실 위에 있었습니다. 그녀의 큰어머니가 쓰시던 방이었죠. 그녀는 그 방으로 직접 나를 안내하려고 생각했는지 층계의 첫째 단에 발을 올려놓았다가 백작에게 안내하게 했습니다. 내가 돌아보자, 그녀는 얼굴을 붉히며 잘 자라는 인사를 남기고는 황급히 자리를 떴습니다. 내가 저녁 식사를 하려고 내려왔을 때, 나는 워털루 패전, 나폴레옹의 도피, 동맹군의 파리 진격과 예상되는 부르봉 왕가의 귀환 소식을 알게 되었습니다. 그 사건들이 백작에게는 전부였지만, 우리에게는 아무것도 아니었어요. 당신은 아이들을 어루만진 다음으로 가장 큰 소식이 무엇인지 아세요? 창백하고 야윈 백작 부인을 보고 내가 얼마나 놀랐는지에 대해서 말하는 게 아니기 때문입니다. 내가 놀라는 몸짓이 일으킬 수 있는 참화를 알고 있었으므로 나는 그녀를 볼 때는 기쁨만을 나타냈습니다. 우리에게 가장 중요한 뉴스는 "얼음을 드릴게요!"였습니다. 작년에 그녀는 다른 음료가 없어서 얼음물을 좋아하는 나를 위해 시원한 물이 없는 것을 자주 원통해 했습니다. 그녀가 얼음 창고를 짓기 위해 얼마나 사람들을 채근했는지는 하느님만이 아실 겁니다. 사랑에는 한마디 말, 한 번의 눈길, 부드러운 목소리, 겉으로 나타나는 가벼운 관심으로도 충분하다는 사실을 당신은 누구보다도 잘 알고 있습니다. 사랑의 가장 아름다운 특권은 저절로 증명된다는 점이지요. 그러니까 그녀의 말, 그녀의 눈길, 그녀의 기쁨이 그녀의 감정 범위를 내게 드러냈다는 말입니다. 옛날에 주사위 놀이를 할 때 행동으로 내 모든 감정을 그녀에게 말해 주었듯이요. 그런데 그녀가 지닌 애정의 천진난만한 증거는 넘쳐났습니다. 내가 도착한 지 일주일이 되는 날, 그녀는 다시 싱싱해졌고, 건강과 기쁨과 젊음으로 반짝였습니다. 나는 더욱 아름답게 피어난 나의 사랑하는 백합을 다시 찾았습니다. 그와 더불어 내 마음의 보배도 불어난 것을 알았습니다. 눈에 보이지 않으면 감정이 퇴색하고 영혼의 특징들이 지워지며 사랑하는 사람의 아름다움이 줄어드는 건 오직 소인배들이나 저속한 연인들에게서나 있는 일 아닐까요? 열렬한 상상력을 지닌 사람들, 종교적 열광이 핏속을 흘러 안색이 새로운 자줏빛을 띠게 되고 정열이 불변의 형태가 되는 사람들에게는 부재(不在)가 극심한 고통의 소산으로서 초기 그리스도교인들의 신앙을 강화하여 그들에게 하느님을 보이게 해주지 않았던가요? 사랑이 가득한 마음을 지닌 사람에게는 자기가 희구하는 모습에 더 큰 가치를 부여하면서 꿈의 불길로 채색된 그 모습을 엿보고자 하는 끊임없는 소망이 있잖아요? 사람들은 흔히 자기가 사랑하는 모습에 생각을 넣어서 아름다운 이상을 전달하려는 흥분을 느끼지 않던가요? 과거는 추억에 추억을 더하여 더욱 커지고, 미래는 희망으로 풍요로워집니다. 그리하여 번개 구름이 넘쳐나는 두 마음 사이에서 첫 만남은 갑작스러운 번갯불을 쏟아내며 대지를 소생시키고 비옥하게 만드는 고마운 소나기 같은 것으로 변합니다. 그런 생각과 느낌을 그녀도 가지고 있음을 알았을 때 나는 얼마나 달콤한 희열을 맛보았는지 모릅니다. 앙리에트의 행복이 커가는 과정을 얼마나 황홀한 눈으로 지켜보았는지 몰라요! 아마도 사랑하는 이의 눈길 아래에서 다시 살아나는 여성은 의심으로 죽임을 당하거나 수액이 없어서 줄기에서 말라 죽는 여성보다 더욱 큰 감정의 증거를 제공하는지도 모릅니다. 이 두 여성 중 어느 쪽이 더 눈물겨운지는 모르겠어요. 초원에 가져오는 5월의 효과처럼, 시든 꽃에 주는 햇빛과 물의 효과처럼, 모르소프 부인의 부활은 자연스러웠습니다. 우리 사랑의 골짜기처럼 앙리에트는 겨울을 난 뒤 봄에 다시 태어났습니다. 저녁을 먹기 전에 우리는 우리가 애정하는 테라스로 내려갔습니다. 그곳에서 그녀는 전에 보았던 때보다 더 허약해지고 아직 병을 앓고 있는 것처럼 말도 없이 어머니의 허리춤에 매달려 걷는 가엾은 아이의 머리를 연신 쓰다듬으며 아픈 아이의 침대맡에서 보낸

숱한 밤들을 내게 얘기해 주었습니다. 지난 석 달 동안 그녀는
완전히 안에서만 생활했다고 했습니다. 그녀는 어두운 궁전
같은 곳에 살면서, 불빛이 반짝이고 그녀에게는 금지된 축제
가 열리는 호화로운 모임에 들어가는 게 두려워 그 모임의 입
구에서 한 눈으로는 아이를, 다른 눈으로는 어렴풋한 한 사람
을 지켜보았고, 한쪽 귀는 아픈 소리에 귀를 기울이고, 다른
한쪽 귀로는 어떤 목소리를 들으려고 했다는 것입니다. 그녀
는 고독의 암시를 받은 시들에 대해 말했습니다. 여태껏 어느
시인도 짓지 못한 시들이었지만, 그 모든 시를 순수하게, 아주
작은 사랑의 흔적도 없이, 관능적인 생각의 자취도 없이, 동방
의 달콤한 시정도 없이 프랑지스탄[67]의 한 송이 장미처럼 말
해 주었어요. 백작이 우리가 있는 곳으로 왔을 때도 그녀는
남편에게 오만한 눈길을 던지며 얼굴을 붉히지 않고 자기 아
들의 이마에 입을 맞출 수 있는 긍지에 찬 여자로서 똑같은
어조로 말을 계속했습니다. 그녀는 기도를 많이 했고, 아이가
죽지 않기를 바라면서 손을 모은 채 수많은 밤을 지새우며 자
크를 지켰습니다.

 "나는 아이를 살려달라고 하느님께 빌기 위해 지성소의 문
앞까지 갔었어요." 그녀가 말했습니다. 그녀는 환상을 보았다
고 했고, 그 환상에 대해 내게 이야기해 주었습니다. 그러나
그녀가 천사 같은 목소리로 "내가 자는 동안에도 내 마음은

---

67) frangistan. '프랑크족'과 '스탄(~의 나라)'의 합성어로, 중세에 이슬람교
도들이 유럽을 지칭하던 단어다.

깨어 있었어요!”라는 경이로운 이야기를 하는 순간, 백작이
그녀의 말을 끊으며 대꾸했습니다.

“그 말은 당신이 거의 미쳤었다는 뜻이오.”

그녀는 격심한 고통을 느끼고 입을 다물었습니다. 마치 처
음으로 상처를 받은 것처럼, 마치 13년 동안 이 남자가 자기
가슴에 줄곧 화살을 쏘아왔다는 사실을 잊어버린 것처럼. 고
결한 새가 하늘을 날다가 거친 산탄에 맞은 것처럼, 그녀는 어
처구니없이 허탈해지고 말았습니다. 그녀가 잠시 멈췄다가 말
했습니다.

“이봐요! 백작님, 도대체 당신 머릿속에선 내 말이 단 한마
디도 용서가 안 되나요? 내 약점을 너그럽게 봐주고 여자인
내 생각을 이해해 줄 수는 절대로 없는 건가요?”

그녀는 말을 멈췄습니다. 이 천사는 벌써 자기가 한 말을
후회하고 있었습니다. 그리고 자기의 과거와 미래를 한눈에
가늠하고 있었습니다. 그녀가 이해받을 수 있을지, 곧 지독한
폭언이 터져나오게 한 건 아닐까? 그녀의 관자놀이에서 파란
핏줄이 세차게 팔딱였고, 눈물은 흘리지 않았지만, 그녀의 푸
른 두 눈은 빛을 잃었습니다. 그녀는 눈길을 땅으로 떨구고 내
눈길 속에서 그녀의 커진 고통과 간파된 감정, 내 영혼 속에
서 위로받는 그녀의 영혼, 그리고 특히 충직한 개처럼 가해자
의 힘이나 특질에 상관 없이 자기 주인에게 상처를 입힌 사람
을 물어뜯을 준비가 된 젊은 사랑으로 채색된 동정의 눈길을
보지 않았습니다. 그 잔인한 순간에는 백작이 취하고 있던 우
월한 태도를 보아야 했습니다. 그는 자기 아내를 이겼다고 생

각하고, 같은 생각을 되풀이하는 말을 그녀에게 우박처럼 퍼부었습니다. 마치 똑같은 소리를 내는 도끼질 같았습니다.

"백작님은 여전히 똑같으시군요?" 백작을 데리러 온 조마사 때문에 그가 부득불 우리 곁을 떠나자 내가 말했습니다.

"여전해요." 자크가 내게 대답했습니다.

"여전히 훌륭하시단다, 아들아.' 그녀가 아이들의 비판에서 모르소프 씨가 벗어나게 하려는 말이었습니다. "너희들은 현재만 알고 과거는 모르잖아. 그래서 너희들은 아버지를 공정하게 비판할 수 없을 거야. 아버지가 잘못하시는 걸 보는 게 괴롭더라도 가문의 명예를 위해서는 그런 비밀은 아주 깊은 침묵 속에 묻어야 한다."

"카신과 레토리에르에는 무슨 변화가 있어요?" 그녀를 괴로운 생각에서 끌어내기 위해 내가 물었습니다.

"기대 이상이에요." 그녀가 말했습니다. "건물을 다 짓고 나서 훌륭한 소작인 두 사람을 만났어요. 그들이 하나는 세금을 내고 4500프랑에, 다른 하나는 5000프랑에 임차했는데, 임대 기한은 15년이에요. 그 두 개의 새로운 농장에 벌써 나무 3000그루를 심었어요. 마네트의 친척은 라블레를 가지게 되었다고 매우 좋아하고 있어요. 마르티노는 보드를 차지했고요. 우리 소작인 네 사람의 재산은 초원과 임야인데, 양심 없는 몇몇 소작인들처럼 우리 경작지에 사용할 퇴비를 그곳으로 가져가지 않아요. 그렇게 우리 노력은 최고로 훌륭한 성공을 거뒀어요. 클로슈구르드는 우리가 성의 농장이라고 부르는 저축 없이도, 그리고 임야나 밭 없이도 1만 9000프랑의 연금을 가져다주고, 심은 나무들에서도 상당한 연금이 준비되어 있어요. 나는 우리 관리인인 마르티노에게 할당된 우리 땅을 주게 하려고 분투하고 있어요. 지금은 자기 대신 아들에게 일을 맡길 수 있죠. 마르티노는 모르소프 씨가 녹봉지에 농가를 지어 주면 3000프랑을 내놓겠대요. 그러면 우리는 클로슈구르드의 주변 땅들을 정리하고, 쉬농 도로까지 계획했던 큰길을 완성할 수 있어요. 그러면 우리는 포도밭과 임야만 돌보면 되죠. 왕이 돌아오면, 우리 연금도 다시 받을 테고, 며칠 동안은 우리네 여자의 상식과는 반대로 가겠지만 우린 합의를 볼 거예요. 그러면 자크의 재산은 확고부동해지는 거죠. 그 일이 이루어지고 나면 나는 백작이 마들렌을 위해 재산을 모으게 할 거예요. 게다가 관례에 따라 왕이 지참금을 주겠죠. 마음이 편해요. 내 할 일이 끝나게 되니까요. 당신은 어때요?" 그녀가 내게 말했습니다.

나는 그녀에게 내 임무를 설명해 주었고, 그녀의 충고가 얼마나 유익하고 현명했는지 알게 해주었습니다. 그렇게 여러 사건을 예감하다니 천리안을 갖고 태어났느냐고 물었어요.

"편지에 쓰지 않았던가요? 나는 오직 당신을 위해서만 놀라운 능력을 발휘할 수 있어요. 그 사실은 내가 고해성사를 보는 라베르주 신부님께만 말했지요. 그랬더니 하느님의 도움으로 설명하시더군요. 아이들 건강에 대한 걱정 때문에 깊은 명상에 잠긴 후에는 내 눈에 지상의 것들은 보이지 않고 다른 영역이 보이는 일이 자주 있었어요. 그때 자크와 마들렌에게서 빛이 나면 아이들이 얼마 동안은 건강하고, 아이들이 안개에 싸여 있는 걸 보면 아이들이 곧 앓게 되었어요. 당신은 언제나 빛나고 있는 것이 보일 뿐만 아니라 부드러운 목소리가 들려요. 그 목소리는 말은 하지 않고 마음으로 전달하면서 당신이 해야 할 일을 설명해 주더군요. 어떤 법칙으로 아이들과 당신만을 위해서 이 놀라운 능력을 사용할 수 있을까요?” 그녀가 몽상에 잠기며 말했습니다. 그리고 잠시 멈췄다가 말했습니다. “하느님께서 아버지 역할을 하시려는 걸까요?”

“당신에게만 복종하라는 뜻으로 생각할게요!” 내가 그녀에게 말했습니다.

그녀는 우아함이 가득한 미소를 내게 보냈습니다. 나는 그 미소로 마음이 너무 황홀해져서 치명적 타격을 받아도 느끼지 못할 정도였습니다.

“왕이 파리로 복귀하면 즉시 파리로 가세요. 클로슈구르드를 떠나요.” 그녀가 다시 말했습니다. “지위와 총애를 탐하는 것도 품위 없는 일이지만, 그것을 받을 수 있는 곳에 있지 않는 것도 어리석은 일이에요. 큰 변화가 있을 거예요. 왕에게 능력 있고 믿을 만한 사람들이 필요할 테니 왕의 곁에 꼭 있어요. 당신이 젊은 나이에 정계에 입문하면 자리를 잘 잡을 수 있어요. 정치인들은 배우들과 마찬가지로 재능이 드러나지 않는 업무상의 일들이 있어서 그 일들을 배워야 해요. 아버지는 슈아죌 공작에게서 그런 걸 배우셨어요.” 그녀는 잠시 멈췄다가 말했습니다. “나를 생각해요. 영혼 전부가 내 것이라는 우월함의 기쁨을 맛보게 해줘요. 당신은 내 아들이잖아요?”

“아들요?” 내가 뾰로통한 태도르 말했습니다.

“아들일 뿐이에요.” 그녀가 나를 놀리며 말했습니다. “내 마음속에 아주 좋은 자리를 차지한 거 아니에요?”

저녁 식사를 알리는 종이 울렸습니다. 그녀는 내 팔을 붙잡고 기분 좋게 몸을 기댔습니다.

“키가 자랐네요.” 계단을 오르며 그녀가 말했습니다. 현관 앞 작은 계단에 이르렀을 때, 마치 내 눈길이 너무 격렬하게 그녀에게 닿았다는 듯이 그녀가 내 팔을 흔들었습니다. 그녀는 눈을 아래로 향하고 있었지만 내가 자기만 쳐다보고 있는 걸 잘 알았습니다. 그때 그녀가 짐짓 초조하다는 듯 매우 우아하고 애교스러운 태도로 말했습니다. “자, 우리의 사랑스러운 골짜기를 좀 봐요.” 그녀는 몸을 돌려 우리 머리 위로 하얀 비단 양산을 씌워주며 자크를 그녀의 몸에 바짝 붙였습니다. 그리고 고갯짓으로 앵드르강과 낚싯배, 초원을 내게 가리켰습니다. 그 고갯짓은 내가 그곳에 머물며 산책을 함께한 이후로 그녀가 아지랑이 피어오르는 지평선, 골짜기의 안개 낀 굴곡과 마음을 통하고 있음을 증명하는 것이었습니다. 자연은 그녀의 생각을 보호해 주는 망토였습니다. 이제 그녀는 나이팅게일이 밤새워 탄식하는 것도, 늪지의 가수가 구슬픈 곡조로 노래하며 반복하는 것도 알고 있었습니다.

저녁 8시에 나는 한 장면을 목격하고 깊이 감동하고 말았습니다. 그때까지 한 번도 못 본 장면이었는데, 그녀가 아이들이 잠자리에 들기 전에 식당에서 시간을 보내는 동안, 나는 항상 모르소프 씨와 함께 주사위 게임을 하고 있었기 때문입니다. 종이 두 번 울리자 집안 사람들이 모두 모였습니다.

"당신은 우리 집 손님이니 우리 수도원의 규율을 따라야
죠?" 그녀는 이렇게 말하며 내 손을 잡고 진실로 경건한 여성
들의 특징인 악의 없는 놀림의 빛으로 나를 이끌었습니다.

백작은 우리 뒤를 따랐습니다. 주인 부부, 아이들, 하인들
모두가 모자를 벗고 평소의 자기 자리로 가서 무릎을 꿇었습
니다. 그날의 기도는 마들렌 차례였습니다. 사랑스러운 소녀는
아이의 목소리로 기도문을 낭독했습니다. 그 천진난만한 어
조가 전원의 조화로운 정적 속에서 또렷이 울려 퍼지며 기도
문에 천사들의 축복인 순결의 성스러운 동심을 부여했습니다.
내가 들었던 기도 가운데 가장 감동적인 기도였습니다. 아이
의 말에 자연은 가볍게 누른 오르간 소리를 동반한 듯 저녁의
수많은 속삭임으로 화답했습니다. 마들렌은 백작 부인의 오
른쪽에, 자크는 왼쪽에 있었습니다. 두 아이의 우아한 머리 사
이로 어머니의 땋은 머리가 솟아 있었고, 모르소프 씨의 완전
한 백발과 노란 두개골이 그들을 굽어보고 있어서 한 폭의 그
림을 이루고 있었습니다. 그 그림의 색깔들이 어떻게 보면 기
도의 멜로디로 일깨워진 생각들을 마음속에 반영하고 있는
것 같았어요. 요컨대 숭고미의 표시인 통일성의 조건들을 충
족하기 위해 석양의 누그러진 빛이 명상에 잠긴 방 안의 사람
들을 감쌌습니다. 그 빛은 방을 붉게 물들이며 시적이거나 미
신적인 영혼에 하늘의 불길이 계급의 구분 없이 교회가 바라
는 평등 속에서 그곳에 무릎을 꿇은 하느님의 충실한 종들을
찾아왔다는 믿음을 주었습니다. 옛날 씨족 생활 시대로 거슬
러 올라가 생각하니 소박함으로 이미 위대한 그 장면이 더욱

커지는 것이었습니다. 아이들은 아버지에게 저녁 인사를 했고, 하인들도 우리에게 인사했으며, 백작 부인은 아이들을 양손으로 나누어 잡고 자리를 떴습니다. 나는 백작과 함께 살롱으로 돌아갔습니다.

"우리가 저곳에선 당신의 구원을 빌고, 여기에선 당신의 지옥을 보게 하는구려." 그가 내게 트릭트랙 주사위 놀이판을 가리키며 말했습니다.

백작 부인이 30분 후에 우리에게 돌아와 타피스리 자수대를 우리 테이블 옆으로 당겨 놓았습니다.

"이건 당신에게 드릴 거예요." 그녀가 캔버스를 펼치며 말했습니다. "그런데 석 달 전부터는 작업이 영 지지부진해요. 이 빨간 카네이션에서 이 장미꽃으로 넘어갔을 때 우리 가엾은 아들이 아팠거든요."

"자, 자, 그 얘긴 하지 맙시다." 모르소프 씨가 말했습니다. "6대 5네요, 어사님."

잠자리에 들었을 때 나는 그녀의 방에서 그녀가 오가는 소리를 들으려고 정신을 집중했습니다. 그녀는 평온하고 순수하게 있었겠지만, 나는 참을 수 없는 욕정이 불러일으킨 분별없는 생각에 시달렸습니다. 나는 생각했습니다. '어째서 그녀는 내 사람이 될 수 없을까? 어쩌면 그녀도 나처럼 소용돌이치는 감각의 흥분 속에 빠져 있지 않을까?' 1시에 나는 아래로 내려갔습니다. 나는 소리 내지 않고 걸음을 옮길 수 있었습니다. 나는 그녀의 방문 앞에 이르자 바닥에 누워 문틈에 귀를 대고 그녀의 아이처럼 고르고 부드러운 숨소리를 들었습니다.

나는 추위가 엄습해 오자 다시 올라가서 침대로 들어가 아침까지 조용히 잤습니다. 내가 벼랑 끝까지 나아가 악의 심연을 측정하고 그 바닥에 대해 의문을 품다가 그 추위를 느끼고 완전히 흥분되어 물러나면서 발견한 기쁨은 어떤 숙명과 어떤 본성에 기인하는 것인지 모르겠습니다. 그 밤, 내가 미친 듯이 눈물을 흘리며 그녀의 방문 앞에서 보냈던 그 시간을 그녀는 전혀 알지 못한 채 이튿날 나의 눈물과 입맞춤 위를, 파괴되었다가 존경받고, 저주받았다가 찬양받은 그녀의 미덕 위를 밟고 걸어 다녔습니다. 몇몇 사람들의 눈어는 어리석어 보이는 그 시간은 군인들을 밀어붙이는 미지의 감정이 몰고 온 것입니다. 몇몇 군인들은 자기네들 목숨을 그렇게 걸었다고 내게 말한 적이 있습니다. 포대 앞으로 돌진하건 그들이 포탄을 피할 수 있을지, 장 바르[68]처럼 화약통 위에 앉아 담배를 피우며 확률의 심연 위에 걸터앉으면 행복할지를 알기 위해서 말입니다. 이튿날, 나는 꽃을 따러 나가서 꽃다발 두 개를 만들었습니다. 백작이 그 꽃다발들에 찬사를 보냈습니다. 그는 그런 것에는 조금도 감동하지 않는 사람이며, "그는 에스파냐에서 지하 감옥을 만든다."는 샹스네[69]의 말이 그를 위해 한 말 같은데도 말입니다.

　나는 클로슈구르드에서 며칠을 보냈습니다. 프라펠에는 잠

---

68) 17세기 프랑스 해군 함장이다.

69) 리바롤과 함께 프랑스 대혁명에 반대하는 왕당파 신문 《사도행전》을 펴내며 재치 넘치는 경구로 유명했으나, 1794년 7월 20일, 서른다섯 살에 단두대에서 처형되었다.

간씩 방문했지만 그래도 저녁 식사는 세 번이나 했습니다. 프랑스 군대가 들어와 투르를 점령했습니다. 나는 분명 모르소프 부인의 생명이요 건강이었지만, 그녀는 내게 샤토루로 가서 이수됭과 오를레앙을 거쳐 서둘러 파리로 돌아가라고 재촉했습니다. 나는 저항하고 싶었지만, 그녀는 자기 안의 정령이 한 말이라며 명령했기 때문에 복종할 수밖에 없었습니다. 우리의 작별이 이번에는 눈물에 젖었고, 그녀는 장차 내가 살아갈 모진 세상을 걱정했습니다. 이해관계와 열광과 쾌락의 소용돌이 안으로 들어가지 않으면 진정 안 되는 걸까요. 그것들로 인해 파리는 순수한 양심과 순결한 사랑에는 위험한 바다가 되어버리는데 말입니다. 나는 아무리 하찮은 일이라도 그날 일어난 일들과 내 생각을 매일 저녁 그녀에게 편지를 쓰겠다고 약속했습니다. 그녀는 그 언약을 듣고 내 어깨에 힘없이 머리를 기대며 말했습니다. "하나도 잊지 말아요. 내게는 전부 다 재미있을 거예요."

그녀는 공작과 공작 부인에게 쓴 편지를 내게 주었습니다. 나는 파리에 도착한 다음 날 그들 집으로 갔습니다.

"그대는 운이 좋아요." 공작이 내게 말했습니다. "여기에서 저녁을 먹고 오늘 저녁 나와 함께 궁으로 갑시다. 그대의 운이 찾아왔어요. 왕께서 오늘 아침에 그대 이름을 부르면서 '젊고 능력 있는 충신'이라고 말씀하셨소. 그리고 그대가 임무를 훌륭하게 완수한 후에 그대가 어느 곳에서 일을 당한 건지, 그대가 죽었는지 살았는지 알지 못하니 안타깝다고 하셨소."

그날 저녁, 나는 국사원 청원심사관이 되었고, 루이 18세 곁에서 그의 재위 기간이 끝날 때까지 비밀 업무를 맡게 되었습니다. 그것은 눈부신 총애는 없지만 총애를 잃을 염려도 없는 신뢰의 자리로서, 정부의 핵심에 들어감으로써 내게 부귀영화를 가져다줄 원천이었습니다. 모르소프 부인이 정확하게 보았으니, 나는 그녀에게 권력과 부, 행복과 학문 등 전부를 빚진 셈이었어요. 그녀는 나를 인도하며 용기를 북돋아 주었고, 내 마음을 정화해 주었으며, 내 소망에 일관성을 부여했습니다. 그런 일관성이 없다면 젊음의 힘은 쓸데없이 낭비되겠지요. 얼마 후에는 동료 한 사람이 생겼습니다. 우리는 여섯 달씩 근무하게 되었지요. 필요한 경우에는 서로 대신해서 근무할 수도 있었습니다. 우리에게는 궁의 방 하나가 주어졌고, 우리 마차가 생겼으며, 여행해야 할 때는 비용으로 넉넉한 보수를 받았습니다. 특이한 신분이었어요. 훗날 정적들도 뛰어난 정의였다고 경의를 표했던 정치에서 군주의 비밀 사도가 되고, 내적으로나 외적으로 모든 일을 판단하는 군주의 말을 듣고, 공개적 영향력이 없으면서도 때로는 몰리에르의 라포레[70]처럼 서로 의견을 교환하며, 오랜 경험의 망설임을 느끼면 젊음의 의식으로 확신을 주는 일을 했으니까요. 더욱이 우리의 미래는 야망을 충족시킬 수 있는 보장이 주어진 상태였습니다. 국사원의 예산으로 받는 청원심사관의 봉급 외에도 국왕은 개인 금고에서 한 달에 1000프랑씩 내게 주었고, 얼마간의

---

70) 몰리에르의 하녀. 몰리에르는 새로 쓴 작품에 대해 그녀의 의견을 자주 물었다고 한다.

특별 수당도 자주 건넸습니다. 왕은 스물세 살의 젊은이가 자신에게 맡겨진 그 과중한 업무를 오래 견디지 못하리라는 것을 느꼈을 겁니다. 하지만 지금은 귀족원 의원이 된 내 동료는 1817년 8월 무렵이 되어서야 비로소 국사원 청원심사관 직에 임명되었습니다. 우리 일은 뛰어난 자질이 필요했기 때문에 선발이 매우 어려웠고, 국왕은 결정하는 데 오랜 시간이 걸렸습니다. 왕께서는 황송하게도 당신이 망설이는 젊은이들 가운데 누가 나와 가장 잘 맞을 것 같냐고 내게 물었습니다. 그들 가운데에는 르피트르 기숙학교의 동창도 있었지만, 내가 그를 지명하지 않자, 전하께서는 이유를 물으셨습니다.

"전하께서는 모두 똑같이 충성스럽긴 하나 능력은 각기 다른 사람들을 고르셨습니다. 저는 가장 유능하며 언제나 저와 화합할 수 있으리라는 확신이 드는 사람을 지명했습니다."라고 대답했습니다.

내 판단은 국왕의 판단과 일치했고, 내가 한 희생에 대해 항상 고마워했습니다. 그때 왕께서 내게 말씀하셨습니다. "그대는 수상이 될 것이오." 왕은 그런 상황을 내 동료에게도 알게 하셨고, 동료는 그 도움의 대가로 내게 깊은 마음의 정을 주었습니다. 르농쿠르 공작이 내게 표한 경의가 기준이 되어 나는 사교계의 경의를 한 몸에 받았습니다. '국왕께서 이 젊은이에게 비상한 관심을 두고 계시니, 그는 장래가 유망하며, 국왕께서 그를 높이 평가하신다'는 말이 재능을 대신했을 테지만, 그 말은 젊은이들에게 베푸는 환대에는 권력자에게 주어지는 어떤 것이 있다는 의미를 담고 있었습니다. 르농쿠르 공작 댁에서든, 그즈음에 사촌인 리스토메르 후작(내가 전에 드나들었던 생루이섬의 늙은 친척 댁의 아들)과 결혼한 내 누이 댁에서든, 나는 나도 모르는 사이에 포부르 생제르맹에서 가장 영향력 있는 사람들과 친분을 맺게 되었습니다.

앙리에트는 곧 그녀의 종조모인 블라몽 쇼브리 공작 부인에게 나를 소개했고, 공작 부인의 배려로 '프티샤토'[71]라고 일컬어지는 사교계의 중심에 나를 넣었습니다. 앙리에트는 나에 관하여 정성을 다한 편지를 공작 부인에게 보냈고, 공작 부인은 즉시 자기를 보러 오도록 나를 초대했습니다. 나는 공작 부인과 관계를 돈독히 하여 그녀의 마음에 들 수 있었습니다. 그리하여 그녀는 나의 후견인이 되었을 뿐만 아니라 어떤 모성애 같은 감정을 가진 친구가 되었습니다. 늙은 공작 부인은 나에게 자기 딸 데스파르 부인을 비롯해 랑제 공작 부인, 보제앙 자작 부인, 모프리뇌즈 공작 부인을 연결해 주는 데 정성을 다했습니다. 그들은 당시 번갈아가며 유행을 선도하던 여인들로서 내게는 너무도 수려한 부인들이었기 때문에 그녀들 곁에서는 자만하지 않고 항상 그녀들을 기분 좋게 해주려고 노력했습니다. 형 샤를은 이제 나를 배척하지 않고 그때부터 내게 의지했습니다. 하지만 나의 빠른 성공이 그에게 은밀한 질투를 불러일으켰으니 훗날 내게 많은 슬픔을 준 원인이 되었습니다. 나의 아버지와 어머니는 기대하지도 않았던 그 행

---

71) 당시 프랑스의 귀족 사회에서 으뜸가는 사교계로서 그곳에 받아들여지는 사람은 최고의 영광으로 생각했다.

운에 놀라서 그들의 허영심이 채워짐을 느끼고 마침내 나를 아들로 인정했습니다. 그러나 부모님의 감정이 어떤 면에서는 인위적이었기(연기했다고까지는 말 못 하겠어요.) 때문에 그들이 부모로 돌아왔다는 사실은 깊은 상처를 입은 마음에 거의 영향을 미치지 못했습니다. 더욱이 이기심으로 더럽혀진 애정은 공감하기 어려우며, 마음은 모든 종류의 계산과 이익을 혐오하는 법이지요.

나는 사랑하는 앙리에트에게 착실하게 편지를 썼고, 그녀는 한 달에 한두 번 답장했습니다. 그녀의 정신은 내 위를 맴돌았고, 그녀의 생각은 거리를 가로질러 와서 내게 순수한 분위기를 만들어 주었습니다. 어떤 여자도 내 마음을 끌지 못했습니다. 국왕도 그런 나의 조심성을 알았습니다. 왕은 그런 면에서는 루이 15세와 같은 과여서,[72] 웃으면서 나를 '방드네스 아가씨'라고 불렀지만, 그는 내 절제 있는 품행을 크게 마음에 들어 했습니다. 나는 내 유년기와 특히 클로슈구르드에서 몸에 밴 인내심이 국왕의 총애를 얻는 데 큰 도움이 되었다고 자신합니다. 국왕은 내게 언제나 좋은 분이었습니다. 그는 틀림없이 내 편지를 읽어보고 싶은 마음이 들었던 것 같아요. 내 아가씨 같은 생활에 오래 속지는 않으셨거든요. 어느 날, 공작이 궁정에서 근무하고 있을 때 나는 왕께서 불러주시는 것을 받아쓰고 있었는데, 르농쿠르 공작이 들어오는 것을 보시고는 우리를 심술궂은 눈길로 바라보셨습니다.

---

72) 루이 18세의 할아버지인 루이 15세는 여성 편력으로 유명하다.

"그래, 그 모르소프 녀석은 여전히 살고 싶어 하는가?" 왕께서 은방울이 구르듯 아름다운 목소리로 공작에게 물었습니다. 왕은 그런 목소리에 매서운 독설을 마음껏 실어 전달하는 능력이 있었습니다.

"여전하옵니다." 공작이 대답했습니다.

"모르소프 백작 부인은 내가 진정 여기에서 보고 싶은 천사지만, 내가 아무것도 할 수 없다면 내 사무관이,"라고 말씀하시면서 나를 향해 몸을 돌렸습니다. "더 행복할 것이오. 그대에게 여섯 달 휴가를 주겠소. 우리가 어제 말한 젊은이를 그대의 동료로 삼기로 결심했으니 클로슈구르드에서 재미있게 보내시오, 카토[73] 씨!" 그리고 왕은 미소를 지으며 집무실 밖으로 굴러 나갔습니다.

나는 투렌으로 제비처럼 날아갔습니다. 나는 처음으로 내가 사랑하는 여인 앞에 단지 어수룩함을 좀 벗어난 정도가 아니라 가장 세련된 살롱에서 예절을 익히그 가장 우아한 부인들로부터 교육을 받은 후 우아한 청년의 모습으로 나타난 것입니다. 나는 마침내 고통의 대가를 수확했고, 가장 아름다운 천사의 경험을 활용했습니다. 그녀에게 하늘은 나 같은 아이를 수호할 임무를 맡긴 것이죠. 내가 프라펠에 처음 머물던 석 달 동안 내 옷차림이 어땠는지 강신은 알지요. 방데의 임무

---

73) 기원전 1세기 로마의 정치인이자 철학자로 카이사르에게 맞서 로마 공화정을 수호했으며, 부패가 만연한 로마의 정치 상황에서 올곧고 청렴결백한 인물의 상징이 되었다. 단테의 『신곡』을 비롯한 여러 문학 작품에 비유로 등장한다.

를 수행할 당시, 내가 클로슈구르드로 돌아왔을 때 나는 사냥꾼 같은 복장을 하고 있었습니다. 붉어진 흰색 단추가 달린 초록색 상의에 줄무늬 바지, 가죽 각반에 단화를 신고 있었지요. 행군과 숲속 총림으로 인해 차림이 너무 엉망이 되어버려 백작은 어쩔 수 없이 내게 속옷을 빌려줘야 했어요. 그러나 이번에는 2년 동안의 파리 체류와 국왕과 함께 지낸 습관, 부(富)의 몸가짐, 나의 완전한 성장, 클로슈구르드로부터 내게 발산한 맑은 영혼에 자석처럼 결합한 온화한 영혼의 설명할 수 없는 광채를 받은 젊은 용모, 그 모든 것이 내 모습을 바꿔놓았습니다. 내게는 교만하지 않은 자신감이 있었고, 젊은 나이인데도 국가 업무의 정상에 있다는 내면의 만족감이 있었습니다. 나는 이 세상에서 가장 사랑스러운 여인의 은밀한 지원임을, 그녀의 숨겨진 소망임을 의식하고 있었습니다. 쉬농 국도에서 클로슈구르드에 이르는 신작로에서 마부들의 채찍 소리가 났을 때, 그리고 최근에 만들어진 둥그런 울타리 한가운데에서 내가 알지 못하는 철책 문이 열릴 때, 어쩌면 내게 자만심이 조금 일었는지도 모릅니다. 나는 백작 부인을 놀라게 해주고 싶어서 내가 간다는 편지를 하지 않았는데, 그건 이중으로 잘못을 저지른 셈이었습니다. 첫째는, 그녀가 오랫동안 바라왔지만 불가능한 일로 치부해 버린 기쁨이 주는 충격을 느꼈다는 점이고, 둘째는, 계산된 놀람은 모두 나쁜 취미라는 사실을 그녀가 내게 증명해 보였다는 점이었습니다.

앙리에트가 아이만 보았던 곳에서 청년을 보았을 때, 그녀는 비장한 모습으로 느리게 움직이며 땅바닥으로 눈길을 떨구었습니다. 그녀는 내면의 기쁨을 감춘 채 손을 내밀어 입을 맞추게 했습니다. 나는 그녀의 미모사 같은 떨림으로 그녀의 기쁨을 알았습니다. 그녀가 나를 다시 보기 위해 얼굴을 들었을 때, 그녀의 얼굴은 창백했습니다.

"이런, 그대의 옛 친구들을 잊지 않았군요?" 변하지도 늙지도 않은 모르소프 씨가 내게 말했습니다.

두 아이는 내 목으로 뛰어올랐습니다. 문 앞에는 자크의 가정교사인 도미니스 신부의 근엄한 얼굴이 보였습니다.

"네, 저는 앞으로 일 년에 여섯 달씩 휴가를 받을 겁니다. 그럴 때마다 여기에 있을 거고요." 내가 백작에게 말했습니다. "그런데 무슨 일 있어요?" 나는 집안사람들이 모두 보는 앞에서 백작 부인의 허리를 감싸기 위해 팔을 둘러 그녀를 부축하며 그녀에게 말했습니다.

"오! 괜찮아요. 아무것도 아니에요." 그녀가 펄쩍 뛰며 말했습니다.

나는 그녀의 영혼을 읽어내고 그녀의 은밀한 생각에 답했습니다. "당신의 충실한 노예를 못 알아보시겠어요?"

그녀는 내 팔을 잡고 백작과 아이들, 신부, 급히 나온 사람들 곁을 떠나 잔디밭을 돌아 그들에게서 멀리 떨어져 있지만 그들 눈에 여전히 보이는 곳으로 나를 데려갔습니다. 목소리가 그들에게 조금도 들리지 않을 거라는 판단이 들었을 때 그녀가 말했습니다. "내 친구 펠릭스, 지하의 미로 속에서 살아가는 데 오로지 실 한 가닥밖에 없어서 그것이 끊어질까 떠는 두려움을 용서하세요. 나는 당신에게 영원히 앙리에트이

며, 당신은 절대로 나를 버리지 않을 것이고, 나보다 중시하는
건 아무것도 없으며, 당신은 언제나 헌신적인 친구일 거라고
다시 말해 줘요. 갑자기 미래가 보였는데, 당신은 여느 때처럼
빛나는 얼굴로 나를 바라보지 않고, 내게서 등을 돌리고 있었
어요."

"앙리에트, 하느님보다 더 숭배하는 우상, 백합, 내 인생의
꽃, 나의 의식인 당신, 나는 진정 당신의 마음속에 육화되어
있어서 내 몸은 파리에 있어도 내 영혼은 이곳에 있음을 어떻
게 모르실 수 있나요? 여기까지 오는 17시간 동안 마차 바퀴
가 구를 때마다 생각과 욕망의 세계가 펼쳐지다가 당신을 보
자마자 폭풍우처럼 터져버렸다고 당신에게 굳이 말해야만 할
까요……."

"말해요, 말하라고요! 나는 나에 대해선 확신해요. 나는 죄
없이 당신을 이해할 수 있어요. 하느님은 내가 죽는 걸 바라시
지 않아요. 하느님이 피조물들에 숨결을 불어 넣듯이, 메마른
땅 위의 구름에서 비를 뿌리듯이 내게 당신을 보내셨어요. 말
해 줘요, 말해 주세요! 당신은 나를 성스럽게 사랑하나요?"

"성스럽게."

"영원히?"

"영원히."

"베일 속에서, 하얀 화관을 쓰고 있어야 하는 동정녀 마리
아처럼?"

"눈에 보이는 동정녀 마리아처럼."

"누이처럼?"

“너무나 사랑하는 누이처럼.”

“어머니처럼?”

“남몰래 욕망하는 어머니처럼.”

“기사답게, 희망 없이?”

“기사답게, 하지만 희망을 품고.”

“마지막으로, 당신의 그 고약하고 작은 파란 무도복을 입은, 아직 스무 살밖에 되지 않은 당신처럼?”

“오! 그보다 더. 나는 이렇게 당신을 사랑하고 있어요. 당신을 더욱 사랑해요, 마치……,” 그녀가 잔뜩 불안한 눈으로 나를 바라보았습니다. “당신의 큰어머니가 당신을 사랑하듯이.”

“행복해요. 내 두려움을 말끔히 없애 주었어요.” 그녀는 우리의 은밀한 대화에 놀란 가족이 있는 쪽으로 돌아가며 말했습니다. “하지만 여기에선 아이가 되세요! 당신은 아직 아이니까요. 국왕과 있을 땐 어른이 되는 게 당신의 방침이지만, 잘 알아두세요, 신사 양반, 이곳에선 여전히 아이로 남아 있는 게 당신의 전략이에요. 아이로서 당신은 사랑받을 거예요! 나는 남자의 힘에는 언제나 저항할 테지만 아이에겐 어떻게 저항할 수 있겠어요? 전혀 못 해요. 아이는 내가 동의하지 않으면 아무것도 원할 수 없어요.”

“비밀 얘기를 했어요.” 그녀가 백작을 바라보며 장난스러운 태도로 말했습니다. 그때 그녀의 아가씨 같은 모습과 본래 성격이 다시 보였습니다. “저는 실례할게요. 옷을 갈아입어야겠어요.”

나는 지난 3년 동안 그렇게 행복이 가득한 그녀의 목소리를 들은 적이 없었습니다. 내가 당신에게 말했던 제비의 예쁜 지저귐을, 어린애 같은 음계들을 처음으로 알았습니다. 나는 자크에게는 사냥 장비 일습을, 마들렌에게는 그녀의 어머니가 언제나 사용하는 반짇고리를 선물했습니다. 드디어 나는 옛날 어머니의 절약 때문에 내가 감당해야 했던 인색함을 메꾼 셈이었습니다. 자기가 받은 선물을 서로 보여주며 즐거워하는 두 아이의 기쁨은 자기에게 관심을 보이지 않으면 항상 침울한 백작의 기분을 상하게 한 것 같았습니다. 나는 마들렌에게 비밀 신호를 보내고 나와 대화하기를 원하는 백작의 뒤를 따랐습니다. 그는 테라스 쪽으로 나를 데려갔지만, 그가 심각한 일을 얘기할 때마다 우리는 현관 앞 계단에 멈춰 섰습니다.

"내 가엾은 펠릭스," 그가 내게 말했습니다. "당신에겐 아이들이 모두 행복하고 건강해 보이지. 그런데 나는 좋은 그림에 그림자를 드리우고 있다오. 아이들의 병을 내가 가져왔는데, 그 병을 내게 주신 하느님께 감사한다오. 옛날엔 내게 무슨 병이 있는지 몰랐는데, 이제 그걸 알았소. 유문(幽門)이 병들어서 이제 아무것도 소화할 수가 없어요."

"어떤 우연으로 의과대학의 교수 같은 학자가 되셨습니까?" 내가 미소를 지으며 그에게 말했습니다. "백작님의 주치의는 그다지 조심성이 없는 것 같습니다. 백작님께 그런 말을 하다니……."

"하느님께서도 의사들에게 진찰받지 말라고 하신다오." 상상 환자들 대부분이 의술에 대해 느끼는 혐오감을 드러내며 그가 소리쳤습니다.

그리하여 나는 비정상적인 대화를 참아내야 했습니다. 그는 내게 지극히 터무니없는 속내 이야기를 했는데, 자기 아내와 하인들과 아이들과 생활에 대한 불만을 늘어놓으며 친구에게 날마다 같은 얘기를 반복하는 데서 분명한 즐거움을 얻는 것 같았습니다. 나는 그런 사실들을 모르는 친구로서 그 얘기에 놀랄 수도 있고, 예의상 관심 깊게 그의 말을 들어야 했습니다. 그는 내게 만족했을 겁니다. 내가 그의 말에 깊은 주의를 기울였으니까요. 나는 상상을 초월하는 그의 성격을 파악하고 그가 아내에게 가하는 새로운 고문을 알아내려고 했습니다. 그런 고문에 대해서 그녀는 내게 침묵하니까요. 앙리에트가 현관 앞 작은 계단에 나타났을 때 그 독백은 끝났습니다. 백작은 그녀가 보이자 고개를 끄덕이며 내게 말했습니다. "펠릭스, 당신은 내 말을 잘 들어주지간, 여기에선 아무도 나를 동정하지 않는다오!"

그는 나와 앙리에트의 대화에 혼란을 가져다주리라고 생각한 듯, 아니면 그녀를 위한 기사도 정신으로 우리 둘만 남겨두는 것이 아내에게는 기쁨이라는 사실을 아는 듯 우리 곁을 떠났습니다. 그의 성격은 정말 설명할 수 없는 결과를 낳았습니다. 그는 약한 사람들이 모두 그렇듯이 질투심이 강했지만, 아내의 성스러움에 대한 신뢰는 무한했기 때문입니다. 어쩌면 높은 미덕의 우월성으로 상처 입은 자존심의 고통이 백작 부인의 뜻에 언제나 대립하는 결과를 낳았는지도 모릅니다. 아이들이 선생님이나 어머니에게 대들듯이 백작도 대드는 게 아닐지. 자크는 학습 시간이었고, 마들렌은 몸을 단장하고 있었으므로 나는 백작 부인과 함께 오롯이 테라스를 산책할 수 있었습니다.

"그러니까 사랑하는 천사님, 사슬은 더욱 무거워지고 모래는 뜨겁게 타오르며 가시가 더 많아졌나요?" 내가 그녀에게 말했습니다.

"조용히 하세요." 내가 백작과의 대화에서 암시받은 생각들을 그녀가 짐작하고 말했습니다. "당신이 여기에 있으니 다 잊혔어요! 나는 지금 하나도 고통스럽지 않고, 고통스러웠던 적도 없어요!"

그녀는 하얀 옷에 바람을 넣으려는 듯, 눈처럼 하얀 벌집 모양의 얇은 망사와 하늘거리는 소매, 산뜻한 리본, 기다란 외투, 세비녜 스타일의 머리에 둥글게 말려 굽이치는 머리칼을 산들바람에 맡기려는 듯 가볍게 몇 걸음을 옮겼습니다. 나는 그녀가 타고난 즐거움을 만끽하며 아이처럼 뛰어놀려는 소녀의 모습을 처음으로 보았습니다. 나는 그때 알았습니다. 행복의 눈물을, 여자에게 기쁨을 줄 때 남자가 느끼는 환희를.

"내 생각으로 애무하고 영혼으로 입을 맞추는 아름다운 인간의 꽃이여! 오 나의 백합이여! 줄기 위에 언제나 순결하고 곧게 피어나, 언제나 하얗고 자랑스럽고 향기로우며 외로운 꽃이여!" 내가 그녀에게 말했습니다.

"그만하시죠, 신사 양반." 그녀가 미소 띤 얼굴로 말했습니다. "당신에 관한 얘기를 해줘요. 전부 다 해줘요."

그리하여 우리는 떨리는 나뭇잎들이 둥근 천장을 이루어 흔들리는 아래에서 긴 대화를 나누었습니다. 곁가지를 친 여담도 끝없이 이어져서 넘쳐났지요. 대화를 제대로 이어가다가 도중에 샛길로 빠졌다가 다시 돌아오고 하면서 나는 그녀에게 내 생활과 업무 상황을 알려주었고, 파리에 있는 내 아파트가 어떻게 생겼는지도 묘사해 주었습니다. 그녀가 모두 다 알고 싶어 했으니까요. 그리고 당시에는 행복이 뭔지 제대로 알지 못했으므로 그녀에게 숨길 것이 하나도 없었습니다. 그렇게 내 영혼과 과중한 업무로 가득한 생활을 세세히 알게 되고, 엄격한 청렴성 없이는 아주 쉽게 부정을 저지르고 부자가 될 수 있는 업무 영역인데, 나는 아주 엄중하게 업무를 수행해서 국왕이 나를 '방드네스 아가씨'라고 부를 정도라는 사실까지 알게 된 그녀는 내 손을 잡더니 그 손에 기쁨의 눈물을 떨구며 입을 맞추었습니다. 그 갑작스러운 역할 이동, 그토록 엄청난 찬사, 그토록 신속하게 표현되었지만 더 빠르게 이해된 생각은 '여기에 바로 내가 원하던 지도자가 있고, 그게 바로 내 꿈이에요!'였습니다. 그 행위 안에는 온갖 고백이 다 들어 있었고, 그녀의 낮춘 자세는 위대함을 담고 있었으며, 사랑은 감각의 금지된 구역에 깃들어, 천상에 있는 것들이 폭풍우를 이루며 내 마음으로 쏟아져 내려 나를 으스러뜨렸습니다. 나는 왜소해짐을 느끼며 그녀의 발밑에서 죽고만 싶었습니다.

"아! 당신은 모든 면에서 언제나 우리를 능가할 거예요. 당신이 어떻게 나를 의심할 수 있어요? 사람들이 조금 전에 날 의심했잖아요, 앙리에트." 내가 말했습니다.

"지금은 아니에요." 그녀가 표현하기 어려운 온화함으로 나를 바라보며 말했습니다. 오직 내게만 그녀의 눈빛이 가려졌습니다. "하지만 이렇게 잘생긴 당신을 보면서 생각했어요. '마들렌을 위한 우리 계획이 틀어지겠구나. 당신 마음속에 감춰진 보물을 짐작하고 당신을 좋아하며 우리의 펠릭스를 우리에게서 훔쳐 가서 이곳의 모든 것을 깨뜨릴 어떤 여자 때문에.'라고 말이에요."

"여전히 마들렌이군요!" 내가 놀람을 나타내며 말하자 그녀는 별로 개의치 않았습니다. "그러니까 난 마들렌에게나 충실하라는 말인가요?"

우리가 침묵 속에 잠겼을 때 공교롭게도 모르소프 씨가 끼어들었습니다. 나는 어려움들이 곤두선 대화를 참아내야 했습니다. 당시 국왕이 따르는 정책에 관한 내 진지한 대답들이 백작의 생각과 부딪쳤기 때문입니다. 백작은 전하의 의중을 설명해 달라고 나를 다그쳤습니다. 다섯 개 농장에 만족하고 있는지, 옛날 도로의 나무들을 잘라낼 것인지, 백작의 말들과 농사 상황에 관해 내가 질문해도 그는 여전히 심술궂은 노처녀처럼, 집요한 어린애처럼 다시 정책 문제로 되돌아가곤 했습니다. 그런 종류의 정신은 보통 빛이 반짝이는 장소에 부딪히고, 그 무엇도 뚫고 들어가지 못하면서 윙윙거리며 그곳으로 계속 돌아오며, 마치 커다란 파리들이 유리창을 따라 붕붕거리며 귀를 피곤하게 하듯이 영혼을 지치게 하는 법이니까요. 앙리에트는 아무 말도 하지 않았습니다. 젊은 나이의 열기가 불을 붙일 수도 있는 그 대화를 끝내기 위해 나는 동조를 의미하는 단음절로 대답하며 쓸데없는 논쟁을 피하려 했지만, 모르소프 씨는 워낙 명민한 사람인지라 그런 내 공손한 태도가 모욕적이라는 걸 바로 감지했습니다. 자신이 항상 옳다고 해준 데 화가 난 그가 분노를 표출했을 때, 그의 눈썹과 이마의 주름이 움직이며 그의 노란 눈에 불꽃이 일었고, 붉은 코는 더욱 붉어졌습니다. 내가 그의 발광이 시작되는 것을 처음으로 목격하던 날 같았어요. 앙리에트가 애원하는 눈길로 나를 바라보았습니다. 그것은 그녀가 아이들을 변호하고 두둔할 때 사용하던 권위를 나를 위해서는 발휘할 수 없음을 이해해 달라는 눈길이었습니다. 그래서 나는 더할 나위 없는 솜씨를 발휘하여 그의 괴팍한 정신을 조종하며 백작의 말에 진지하게 대꾸했습니다.

"불쌍한 양반, 불쌍한 양반!" 그녀는 이 두 단어를 여러 번 중얼거렸고, 그 말은 내 귀에 산들바람처럼 와닿았습니다. 그러다 그녀가 끼어들어도 되겠다고 생각했을 때 걸음을 멈추며 우리에게 말했습니다. "두 분 정말 재미없다는 거 아세요?"

이 물음에 여성에게 지켜야 할 기사도적 복종으로 돌아간 백작이 정치 얘기를 중단했습니다. 그런데 이번에는 우리가 사소한 일들을 얘기해 백작을 따분하게 했습니다. 그러자 그는 같은 공간을 그렇게 계속 돌아다니면 머리가 어지럽다고 하면서 우리 마음대로 산책할 수 있도록 우리 곁을 떠났습니다.

내 슬픈 짐작이 맞았습니다. 이 환자를 끈질기게 괴롭히는 환상을 15년 동안 달래준 그 골짜기의 온화한 풍경, 훈훈한 대기, 화창한 하늘, 도취하는 시정이 이제는 효과가 없어지고 만 것입니다. 다른 사람들 같으면 거친 것이 사라지고 모난 것도 무디어지는 인생의 시기에 늙은 귀족의 성격은 과거보다 더욱 공격적으로 변했습니다. 몇 달 전부터는 이유도 없이, 자기 의견의 근거를 대지도 않고 반대를 위한 반대를 했고, 모든 일에 이유를 물었으며, 조금만 늦어지거나 사소한 것을 생략해도 불안해했고, 집안일에 사사건건 끼어들며 아주 작은 집안일도 보고하라고 하면서 아내와 하인들을 힘들게 했으며, 이들에게 자유의사의 여지를 조금도 주지 않았습니다. 옛날에는 어떤 특별한 동기가 없으면 화를 낸 적이 없었지만, 이제 그는 언제나 화를 냈습니다. 아마도 그때까지는 재산 관리와 농업 투기, 사회단체 운동 등이 그의 불안을 달래고 정신을 활동하게 해 그의 괴팍한 기질이 드러나지 않았던 것 같습니다. 그런데 이제는 할 일이 없어진 탓에 자기 질병과 드잡이를 하고, 밖으로 뻗어나가지 못하는 병이 고정관념으로 나타나서 정신적 '자아'가 육체적 '자아'를 지배하게 되었는지도 모릅니다. 그는 자기 자신의 주치의가 되었습니다. 그는 의학 서적들을 뒤적여 자기가 책에서 읽은 병에 걸렸다고 생각하고 자기 건강을 위해 듣도 보도 못 한 여러 가변적이며 예측 불가능한, 따라서 절대로 만족시킬 수 없는 예방책들을 취하고 있었습니다. 어떤 때는 그가 소리 나는 걸 원치 않아서 백작 부인이 그의 주변을 절대 정적으로 만들어놓으면, 갑자기 무덤 속에 있는 것 같다고 불평하며 소리를 내지 않는 것과 트라피스트[74] 사이에는 중간이 있는 거라고 말했습니다. 어떤 때는 지

---

74) 1664년 프랑스 노르망디의 트라프 지방에서 결성된 수도원으로 침묵 엄수와 금욕적 공동생활, 노동 등 엄격한 수도 생활을 지향한다.

상의 사물들에 대한 완벽한 무관심을 가장하기도 했습니다. 그때는 집 안 전체가 안도의 숨을 쉬며 아이들이 뛰어놀고 집 안일들이 아무런 방해도 없이 수행되었는데, 그런 소음들 속에서 느닷없이 그가 비통하게 소리를 질렀습니다. "나를 죽이려는 거야!" 그는 "여보, 당신 아이들의 일이라면 아이들에게 고통스러운 게 무엇인지 당신이 잘 짐작할 수 있지 않겠소."라고 아내에게 말했는데, 그런 부당한 말에다 날카롭고 차가운 어조까지 실어서 더욱 부당한 말로 만들었습니다. 그는 시도 때도 없이 옷을 입었다 벗었다 했고, 아주 가벼운 기온의 변화까지 지켜보며 온도계를 보지 않고는 아무 일도 하지 않았습니다. 아내가 어머니처럼 주의를 기울이는데도 그는 어떤 음식도 자기 입맛에 맞지 않다고 생각했습니다. 그는 위가 상해서 소화가 고통스러운 까닭에 언제나 불면증이 있다고 주장했기 때문입니다. 그런데도 그는 가장 뛰어난 의사도 감탄할 만큼 완벽하게 먹고 마시고 소화하고 잠을 잤습니다. 그의 변덕스러운 명령은 하인들을 지치게 했습니다. 하인들이 모두 그렇듯이 일정한 틀에 박힌 그들은 끊임없이 반대되는 계통의 요구에 복종할 수가 없었습니다. 백작은 앞으로 자기 건강에 바깥공기가 필요할 테니 창문을 모두 열어두라고 명령했다가, 며칠 뒤에 공기가 너무 습하거나 너무 더워서 참을 수 없게 되자 하인들을 질책하며 싸움을 걸었고, 자기가 옳다고 주장하기 위해 전에 내린 명령을 부인하기 일쑤였습니다. 그런 기억력 장애 혹은 기만은 그의 아내가 그의 잘못이라고 이의를 제기하며 바로잡아 보려고 했지만, 그를 꺾을 수는 없었습니다. 클로슈구르드에서 생활하기는 그처럼 차마 견딜 수 없는 지경에 이르렀으니, 깊은 학식을 지닌 도미니스 신부도 몇몇 문제들의 해답을 찾는 쪽으로 방향을 정하고 혼자 격리되어 틀어박혀 버리고 말았습니다. 백작 부인은 이제는 그런 미친 듯한 분노를 과거처럼 가족의 테두리 안에 가둬둘 수 있으리라고 기대하지 않았습니다. 너무 빨리 노인이 되어버린 백작의 이유 없는 격분이 도를 넘는 장면들을 하인들이 이미 목격했고, 바깥으로는 비밀이 조금도 새어나가지 않게 할 만큼 하인들이 백작 부인에게는 충성스럽다 할지라도, 그녀는 인간의 존경심으로 더는 견디지 못할 그 광기가 공개적으로 폭발하지나 않을까 싶어 매일 두려움에 떨었습니다. 아내에게 저지른 백작의 끔찍한 행동들을 나는 나중에서야 자세히 알았습니다. 그는 그녀를 위로하기는커녕 불길한 예견으로 그녀를 괴롭혔고, 앞으로 다가올지도 모를 불행에 대한 책임을 그녀에게 뒤집어씌웠습니다. 그가 아이들에게 복종하도록 강요했던 몰상식한 투약을 그녀가 거부했기 때문입니다. 백작 부인이 자크와 마들렌을 데리고 산책하고 있을 때, 백작이 폭풍우가 올 거라고 예언했습니다. 하늘이 맑은데도 말이지요. 혹여 그 예측이 들어맞기라도 하면, 자기애에 심취한 그는 아이들의 병에 무감각해졌습니다. 반대로, 아이 중 하나가 아프기라도 하면 백작은 아내가 채택한 간호 방법에서 고통의 원인을 찾는 데 혈안이 되었고, 지극히 사소한 것으로 트집을 잡으며 언제나 다음과 같은 살인적인 말로 결론지었습니다. "당신아이들이 다시 아프게 되는 건, 당신이 그렇게 되기를 간절히 바랐기 때문이오." 그는 집안 운영의 아주 사소한 일에서도 그렇게 행동했습니다. 그는 사물의 가장 나쁜 면만 보았고, 그의 늙은 마부의 표현에 따르면 사사건건 '악마의 변호인'이 되었습니다. 백작 부인은 자크와 마들렌에게 자기와 다른 식사 시간을 정해 주어 병에서 비롯한 백작의 끔찍한 행동을 피하게 하고, 격렬한 비난을 모두 자기 쪽으로 향하게 했습니다. 마들렌과 자크는 아버지를 좀처럼 보지 못했습니다. 백작은 이기주의자 특유의 환각 때문에 자기가 만들어낸 악에 대한 의식이 전혀 없었습니다. 우리가 나눈 속 깊은 대화에서 그는 무엇보다도 자기가 식솔들 모두에게 너무 좋은 사람이었다고 탄식했습니다. 그래서 그는 마치 원숭이가 하듯이 자기 주위에 있는 모든 것을 도리깨질해서 쓰러뜨리고 부순다는 것이었습니다. 그리고 희생자에게 상처를 준 뒤에는 자기는 손도 대지 않았다고 했습니다. 그래서 나는 백작 부인을 다시 만났을 때 보았던, 그녀의 이마에 면도날로 그은 듯한 선들이 생긴 연유를 알게 되었습니다. 고결한 영혼들에게는 자기의 고통을 표현하지 못하게 막는 수치심이 있어서 자기가 사랑하는 사람들에게는 달콤한 자비의 감정으로 그 고통의 범위를 도도하게 감추는 법입니다. 그러므로 나는 내 간청에도 불구하고 앙리에트에게서 그 깊은 이야기를 단번에 뽑아내지 못했습니다. 그녀는 나를 슬프게 할까 봐 걱정했고, 내게 고백하다가도 갑자기 얼굴을 붉히면서 멈추곤 했지만, 나는 백작의 무위도식 때문에 클로슈구르드의 가정적 고통이 더욱 심해졌음을 이내 짐작했습니다.

　“앙리에트,” 며칠 후 내가 그녀에게 새롭게 생겨난 불행의 깊이를 헤아렸음을 보여주며 그녀에게 말했습니다. “백작님이 이제는 자기가 신경 쓰지 않아도 된다고 생각할 만큼 당신이 땅을 잘 정리한 것이 잘못 아니었을까요?”

　“펠릭스,” 그녀가 미소를 지으며 말했습니다. “내 상황이 아주 위급해서 다른 데 신경 쓸 겨를이 없어요. 온갖 방법을 동원해 봐서 이젠 남은 방법도 없다니까요. 맞아요, 괴롭힘이 줄곧 심해져만 가요. 모르소프 씨와 나는 늘 같이 있으니까 내가 그 괴롭힘을 몇 개로 작게 분산해서 누그러뜨릴 수가 없어요. 어떻게 해도 내게는 똑같이 고통스러울 것 같아요. 투렌의 옛 산업의 흔적으로 뽕나무 몇 그루가 아직 남아 있는 클로슈구르드에 누에 농장을 만들자고 모르소프 씨에게 권유해서 그이의 주의를 딴 데로 돌려보려고도 생각했지만, 그이가 집에서는 여전히 폭군일 테고, 그러면 나는 그런 시도로 인해 더 많은 근심이 생길 것 같다는 생각이 들었어요. 감독관님, 젊은 시절에는 사람의 나쁜 자질이 사회에 의해 억제되고, 자유분방한 비상은 정열의 작용으로 저지되고 인간적 존중으로 인해 방해받는다는 사실을 알아두세요. 나중에 나이가 들어서 혼자 있게 되면 작은 결함들이 오랫동안 억눌려 있었던 만큼 더욱 끔찍하게 나타나요. 인간의 나약함은 본래 비겁한 속성을 지니고 있어서 평화도 휴전도 허용하지 않아요. 그 나약함을 어제 받아주면 오늘 다시 요구하고, 내일도 마찬가지, 그리고 앞으로도 계속 요구하게 돼요. 나약함은 양보 속에 자리 잡고 앉아서 양보의 범위를 넓혀가지요. 힘은 관대해서 자명한 이치를 따르고 정당하며 평화롭지만 나약함으로 생긴 강한 집착은 무자비해요. 식탁에서 먹을 수 있는 과일보다 몰래 훔친 과일을 더 좋아하는 아이들처럼 행동할 수 있을 때 행복감을 느껴요. 그래서 모르소프 씨는 나를 놀라게 할 때 진정한 기쁨을 느끼는 거예요. 그리고 아무도 속이지 않는 그 사람이 나를 속이면서 희열을 맛보는 거죠. 속임수가 드러나지만 않으면 말이에요.”

내가 도착하고 한 달쯤 지난 어느 날 아침, 아침 식사를 마치고 나오면서 백작 부인이 내 팔을 잡고 과수원 쪽으로 난 격자문을 빠져나가 포도밭으로 나를 데려갔습니다.

“아! 그이가 나를 죽일 거예요.” 그녀가 말했습니다. “그렇지만 나는 살고 싶어요. 내 아이들을 위해서라도 말이에요! 단 하루도 편한 날이 없으니 어떡해요! 늘 가시덤불 속을 걷고, 매 순간 쓰러질 뻔하면서도 그때마다 힘을 모아 균형을 유지하고 있어요. 그렇게 에너지를 소모하련 어떤 사람도 버틸 수 없을 거예요. 내가 노력을 기울여야 할 영역을 잘 알고 있다면, 내 저항이 정해져 있다면, 영혼은 그것을 따를 거예요. 하지만 아니에요. 매일 공격의 성질이 바뀌어 무방비 상태인 나를 덮쳐요. 내 고통은 한 가지가 아니고, 가지각색이에요. 펠릭스, 펠릭스, 그이의 횡포가 얼마나 악랄한 모습을 하고 있는지, 의학 서적들이 그이에게 얼마나 야만적인 처방들을 권했는지 당신은 상상도 못 할 거예요. 오! 내 친구 펠릭스……” 그녀는 속내 이야기를 채 마치지도 못한 채 내 어깨에 머리를 기대며 말했습니다. “어떻게 될까요? 어떻게 해요?” 그녀가 말로 하지 못한 생각들을 떨쳐내며 다시 말했습니다. "어떻게 저항해야 할까요? 그이는 나를 죽일 거예요. 아니, 내가 스스로 죽을 거예요. 그래도 그건 죄악이에요! 도망쳐야 할까요? 그럼 내 아이들은! 이혼해야 할까요? 하지만 15년 동안 결혼 생활을 한 뒤에 모르소프 씨와는 살 수 없다고 아버지께 어떻게 말해요? 아버지나 어머니가 오시면 그 사람은 절도 있고 얌전하며 예의 바르고 영적인 사람이 될 거예요. 게다가 결혼한 여자들에게 아버지가 있어요, 어머니가 있어요? 결혼한 여자들은 몸이고 재산이고 다 남편들 소유잖아요. 나는 평온하게 살았고, 행복하진 않았지만 내 정숙한 고독 속에서 얼마간 힘을 얻었음을 인정해요. 하지만 그런 소극적인 행복마저 빼앗긴다면 나도 역시 미쳐버리고 말 거예요. 내 저항의 바탕에는 강력한 이유가 있어요. 개인적 이유가 아니에요. 영원한 고통을 미리 선고받은 가엾은 사람들을 세상에 태어나게 하는 건 죄악 아닌가요? 그렇지만 내 행위는 아주 중대한 문제들을 일으키니까 혼자 결정할 수는 없어요. 나는 심판자이면서 심판을 받는 사람이에요. 내일 투르에 가서 비로토 신부님과 상의해야겠어요. 내 새로운 상담 신부님인데, 내가 사랑하는 덕망 높은 라베르주 신부님이 돌아가셨거든요." 그녀는 잠깐 말을 끊었다가 다시 말했습니다. "엄격하시긴 했어도 그분이 지닌 사목의 힘은 언제나 그리울 거예요. 그분의 후임 신부님은 온화한 천사여서 꾸짖지 않고 동정하시는 분이죠. 그래도 종교의 품 속에서는 어떤 용기가 다시 생기지 않을까요? 성령의 목소리를 들으면 어떤 이유가 확고해지지 않을까요?" 그녀가 눈물을 거두고 하늘을 올려다보며 다시 말했습니다. "하느님, 무슨 죄로 저를 벌하시나이까? 하지만 하느님을 믿어야 해요." 그녀는 손가락으로 내 팔을 누르며 말했습니다. "그래요, 우리 하느님을 믿어요, 펠릭스. 거룩하고 완벽하게 천국에 도달하려면 우리는 벌건 아궁이 같은 시련을 거쳐야 해요. 내가 입을 다물어야 할까요? 하느님, 제가 친구의 품속에서 울면 안 되는 건가요? 제가 친구를 너무 사랑하는 걸까요?" 그녀는 마치 나를 잃을까 봐 두려운 듯 자기 가슴으로 나를 끌어안았습니다. "내게 이 의혹들을 풀어줄 사람이 누굴까요? 내 양심은 거리낄 것이 없어요. 별들은 저 위에서 인간들을 비추고 있어요. 어째서 인간의 별인 영혼은 불길로 친구를 감싸주지 않을까요? 순수한 생각으로만 다가가는데 말이에요."

나는 부인의 축축한 손을 더 축축한 내 손안에 꼭 쥔 채 그 무서운 울부짖음을 잠자코 듣고 있었습니다. 내가 힘주어 그녀의 손을 꼭 쥐자 앙리에트도 똑같은 힘으로 화답했습니다.

"당신들 거기에 있어요?" 백작이 모자도 쓰지 않고 우리 쪽으로 오며 소리쳤습니다.

내가 돌아온 후부터 백작은 악착같이 우리 대화에 끼어들려고 했습니다. 어떤 재미를 바랐을 수도 있고, 백작 부인이 내게 고통을 얘기하며 내 품속에서 불평을 늘어놓을 거라고 생각했을 수도 있고, 그도 아니면, 자기는 조금도 공유하지 못하는 즐거움을 질투했을 수도 있겠죠.

"저이는 나만 따라다녀요!" 그녀가 절망스럽게 말했습니다. "우리 밭을 보러 가요. 저 사람을 피하자고요. 우리를 볼 수 없게 몸을 낮추고 울타리를 따라가요."

우리는 울창한 울타리를 방호물로 삼아 뛰어서 밭에 이르렀고, 이내 백작에게서 멀리 떨어진 아몬드나무 가로수길로 접어들었습니다.

그때 내가 그녀의 팔을 내 가슴에 끌어안으며 고뇌하는 그녀를 바라보기 위해 걸음을 멈추고 말했습니다. "사랑하는 앙리에트, 옛날에 당신은 상류 사교계의 위험한 길을 가로질러 나를 현명하게 이끌어주었어요. 이번에는 입회인도 없는 그 결투를 당신이 끝내도록 돕기 위해 제가 몇 말씀 드리고 싶어요. 그 결투에서 당신은 반드시 패하고 말 거예요. 동등한 무기로 싸우지 않으니까요. 미친 사람과는 더 이상 싸우지 마세요……."

"쉿!" 그녀가 두 눈에 고인 눈물을 참으며 말했습니다.

"제 말 좀 들어보세요, 앙리에트! 당신을 향한 사랑으로 어쩔 수 없이 참고 견뎌야만 하는 그런 대화를 1시간 동안 하고 나면, 내 생각은 왜곡되고, 머리가 무거워지는 일이 자주 있어요. 백작님으로 인해서 내 지성이 의심스러워지고, 똑같은 생각들이 반복되면 나와는 상관없이 내 뇌리에 새겨집니다. 특징이 분명한 편집광은 전염되지 않지만, 광증이 사물을 생각하는 방식 속에 들어 있고 언제나 하는 이야기 아래 숨어 있을 땐 가까이 사는 사람들에게 큰 피해를 줄 수 있어요. 당신의 인내심은 숭고하지만, 그 인내심이 당신을 우둔한 상태로 만들지 않을까요? 그러니 당신과 당신의 아이들을 위해 백작님과의 관계를 바꾸세요. 당신의 훌륭한 배려가 백작님의 이기심을 키웠고, 당신은 어머니가 애지중지하는 아이에게 하듯이 백작님을 대했어요. 하지만 지금 당신이 살고 싶다면……
아니," 나는 그녀를 바라보며 말했습니다. "당신은 살고 싶으
시잖아요! 백작님에게 당신의 지버력을 행사하세요. 백작님이
당신을 사랑하고 두려워한다는 사실을 알고 계시잖아요. 더
욱 두려워하게 만드세요. 백작님의 산만한 의지에 당신의 올
곧은 의지로 맞서세요. 백작님이 당신이 더 양보하도록 만들
어갔던 것처럼 당신의 힘을 넓혀가세요. 광인들을 독방에 가
두는 것처럼 백작님의 병을 정신의 영역 안에 가둬두시란 말
입니다."

"자기야," 그녀가 쓴웃음을 지으며 말했습니다. "그런 역할
은 매정한 여자만 할 수 있어요. 나는 어더니라서 형벌을 집행
하는 사람이 못 돼요. 그래요, 나는 고통을 받을 줄만 알지 남
들을 고통스럽게 만들진 못해요. 절대로!" 그녀는 말했습니다.
"명예롭거나 위대한 결과를 얻기 위한 것이라고 해도 난 못 해
요. 내 마음이 거짓을 말하게 하고 목소리를 가장하고 눈살
을 찌푸리기도 하고 망가진 몸짓도 해야 하지 않겠어요……?
그런 허위는 내게 요구하지 말아요. 나는 모르소프 씨와 그의
아이들 사이에 있을 수 있으니, 그이가 가하는 타격을 내가 받
아서 이곳에 있는 그 누구에게도 닿지 못하게 할 거예요. 이
게 상반된 많은 이해를 조정하기 위해 너가 할 수 있는 전부
예요."

"그대를 열렬히 사랑합니다! 성녀, 진정한 성녀여!" 나는 땅
에 무릎을 꿇고 그녀의 옷에 입맞춤하고 흐르는 눈물을 옷자
락으로 닦으며 그녀에게 말했습니다.

“하지만 백작님이 당신을 죽인다면,” 내가 그녀에게 말했습니다.

그녀는 얼굴이 창백해졌고, 하늘을 올려다보며 대답했습니다. “하느님의 뜻대로 이루어지겠죠!”

“국왕께서 당신에 대해 당신 아버님께 뭐라고 말씀하셨는지 아세요? ‘그러니까 그 모르소프 녀석은 여전히 살아 있군!’이라고 하셨어요.”

“국왕의 말씀으론 농담이지만 여기에선 범죄예요.” 그녀가 대답했습니다.

우리가 조심했는데도 불구하고 백작은 우리의 흔적을 따라 쫓아오고 말았습니다. 그는 땀에 흠뻑 젖은 채 백작 부인이 내게 그 중대한 말을 하기 위해 멈춰 선 호두나무 아래로 왔습니다. 나는 그를 보자마자 포도 수확에 관해 얘기하기 시작했습니다. 그가 부당한 의심을 했을까요? 그건 모르겠습니다. 그러나 그는 호두나무들이 뿜어내는 싱그러움도 아랑곳하지 않고 말없이 우리를 살펴보고만 있었습니다. 백작은 매우 의미심장하게 군데군데 말을 중단하며 의미 없는 말을 몇 마디 한 뒤에 가슴과 머리가 아프다고 했습니다. 그는 조용히 툴툴거리며 우리의 동정을 구하지도 않았고, 우리에게 과장된 이미지로 고통을 묘사하지도 않았습니다. 우리는 그런 그의 불평에 주의를 기울이지 않았습니다. 집으로 돌아올 때 그는 더욱 아픔을 느꼈고, 침대에 누워야겠다고 말했으며, 격식도 차리지 않고 평소와는 다른 성격의 사람처럼 침대로 들어갔습니다. 우리는 그의 우울한 기분으로 주어진 휴전을 이용해 마들렌을 데리고 우리가 좋아하는 테라스로 내려갔습니다.

"우리 물 위에서 산책해요." 몇 바퀴를 돈 후에 백작 부인이 말했습니다. "오늘 관리인이 우리를 위해 낚시를 하기로 했는데 그거 구경하러 갈 거예요."

우리는 작은 문으로 나가서 낚싯배 있는 곳으로 간 뒤 깡충 뛰어 올라탔습니다. 그리고 우리는 마침내 앵드르강을 천천히 거슬러 올라갔습니다. 우리는 하찮은 것들에도 재미있어하는 세 아이처럼 강가의 풀들과 파란색과 초록색의 아가씨들을 바라보았고, 백작 부인은 통절한 슬픔 가운데서도 그토록 고요한 기쁨을 맛볼 수 있다는 데 놀라워했습니다. 하지만 우리의 투쟁에는 아무 관심 없이 운행하는 자연의 정적은 우리에게 위안의 매력을 행사하는 게 아닐까요? 억제된 욕망으로 가득 찬 사랑의 동요는 물의 동요와 조화를 이루고, 인간의 손때가 조금도 묻지 않은 꽃들은 지극히 은밀한 자기들의 꿈을 표현하며, 배의 관능적인 흔들림은 영혼 속에 떠다니는 생각들을 어렴풋이 모방합니다. 우리는 그 중의적 시가 우리를 마비시키는 듯한 영향을 느꼈습니다. 자연의 음폭으로 조립된 말은 신비로운 우아함을 펼쳤고, 불타는 듯한 초원에 태양이 광활하게 쏟아붓는 햇빛을 나누어 가진 시선은 더욱 찬란한 빛을 지녔습니다. 강은 우리가 그 위를 날고 있는 오솔길 같았습니다. 마침내 도보에 필요한 움직임으로 산만해지지 않은 우리의 정신은 창조된 세상을 독점했습니다. 매우 우아한 몸짓과 아주 도발적인 발언과 함께 자유로워진 소녀의 떠들썩한 기쁨도 역시 자유로운 두 영혼의 생생한 표현이 아니었을까요? 이 두 영혼은 행복한 사랑으로 채워졌던 젊음을 누린 사람이라면 모두 아는, 플라톤이 꿈꾼 그 경이로운 피조물[75]을 상상으로 즐겨 만들어 냅니다. 표현 불가능한 세부 속에서가 아니라 총체 속에서 그 시간을 당신에게 묘사하기 위해서는 이렇게 말하겠습니다. 우리는 우리를 둘러싼 모든 존재와 모든 사물 안에서 서로 사랑했다고 말입니다. 그러니까 우리는 각자가 바라던 행복을 우리 외부에서 느꼈던 것입니다. 그 행복은 백작 부인이 장갑을 벗고 은밀한 열기를 식히려는 듯이 그녀의 아름다운 두 손을 물속에 넣고 있을 정도로 생생하게 우리 내면에 스며들었습니다. 그녀의 두 눈은 말하고 있었지만, 대기를 머금은 장미처럼 반쯤 열린 그녀의 입은 욕망을 향해서는 닫혀 있었던 것 같습니다. 당신은 저음이 고음과 완벽하게 결합한 멜로디를 알고 계시지요. 그 멜로디는 그때 우리 두 영혼의 멜로디를 언제나 내게 상기시켜 주었습니다. 다시는 만나지 못했던 그 멜로디를 말입니다.

"낚시는 어디에서 해요?" 내가 그녀에게 말했습니다. "부인 소유의 강가에서만 낚시할 수 있다면 말입니다."

"뤼앙 다리 근처예요." 그녀가 내게 말했습니다. "아! 지금은 뤼앙 다리부터 클로슈구르드까지 이르는 강이 우리 소유예요. 모르소프 씨가 2년간 모은 돈과 못 받았던 연금을 합쳐서 초원 40아르팡을 얼마 전에 매입했거든요. 놀라워요?"

"저는 골짜기 전체가 부인 댁 소유였으면 좋겠어요!" 내가

---

75) 플라톤의 『향연』에 나오는 남녀 양성구유 인간을 말한다.

큰 소리로 말했습니다.

그녀는 미소로 답했습니다. 우리는 뤼앙 다리 바로 아래, 앵드르 강폭이 넓어서 사람들이 낚시하는 장소에 도착했습니다.

“이봐, 마르티노?” 그녀가 말했습니다.

“아! 백작 부인 마님, 오늘은 우리가 운이 없습니다. 물레방아에서부터 여기까지 거슬러 올라와서 3시간 전부터 있었는데, 하나도 잡지 못했어요.”

우리는 마지막 그물질을 구경하기 위허 강가에 배를 대고 부이야르 그늘에 세 사람이 함께 자리를 잡았습니다. 부이야르는 껍질이 하얀 미루나무 일종으로서 다뉴브강과 루아르강 등 큰 강이면 아마 다 있을 텐데, 봄이면 비단 같은 하얀 솜털을 날리며 꽃이 흐드러지게 피는 나무입니다. 백작 부인은 위엄 있는 평정을 되찾았습니다. 그녀는 내게 자기의 고통을 드러내고, 막달라 마리아처럼 울지 않고 욥처럼 부르짖은 걸 후회하는 것 같았습니다. 사랑도 축제도 방탕도 없지만 향기와 아름다움은 없지 않은 막달라 마리아 말입니다. 그녀의 발치에 끌려온 예망(曳網)에는 물고기들이 가득했습니다. 탕슈 잉어, 돌잉어, 곤들매기, 농어, 그리고 거대한 잉어 한 마리가 풀밭 위에서 팔딱였습니다.

“공교로운 일입니다.” 관리인이 말했습니다.

일꾼들은 눈을 크게 뜨고 놀라며 요정을 닮은 그녀를 바라보았습니다. 그 요정의 요술 지팡이가 그물을 건드린 것만 같았지요. 그때 말을 타고 초원을 가로질러 전속력으로 달려오는 조마사가 보였습니다. 그러자 그녀는 무섭게 몸을 떨었습니다. 자크는 우리와 함께 있지 않았고, 어머니들에게 처음 드는 생각은 베르길리우스가 매우 시적으로 말했듯이 아무리 작은 사건이라도 가슴에 자기 아이들을 끌어안는 것입니다.

"자크!" 그녀가 외쳤습니다. "자크는 어디 있어요? 내 아들에게 무슨 일이 생겼어요?"

그녀는 나를 사랑하고 있지 않았습니다! 그녀가 나를 사랑했다면, 내 고통에 대해서도 그렇게 절망에 찬 암사자의 표현을 했을 테니까요.

"마님, 백작님께서 매우 아프십니다."

그녀는 한숨을 돌리고는 마들렌을 데리고 나와 함께 달렸습니다.

"천천히 오세요." 그녀가 내게 말했습니다. "이 아이가 열이 나지 않게요. 당신도 알다시피 이렇게 더운 날 모르소프 씨가 뛰어다녀서 땀이 난 거예요. 호두나무 아래에서 멈추는 바람에 그게 불행의 원인이 됐을 수도 있어요."

그녀가 혼란의 와중에서 한 이 말은 그녀의 영혼이 순수함을 인정하는 것이었습니다. 백작의 죽음은 불행인 것을! 그녀는 신속하게 클로슈구르드에 도착해 벽의 틈 사이로 빠져나가 밭을 가로질러 갔습니다. 나는 정말 천천히 돌아왔습니다. 앙리에트의 표현은 나를 깨우쳐 주었습니다. 그러나 그것은 벼락이 번쩍 내리치며 곳간에 넣어둔 수확물들을 망치는 것과 같았습니다. 물 위를 산책하는 동안 나는 내가 그녀의 총아인 줄로만 알았습니다. 나는 그녀가 한 말이 진심이었음을 참담하게 감지했습니다. 전부가 아닌 연인은 아무것도 아닙니다.

그러니까 나는 사랑의 욕망으로 혼자서만 사랑했던 것입니다. 그것은 원하는 것을 다 아는 사랑, 바라는 애무에 미리 빠져서 영혼의 쾌락으로 만족하는 사랑이었습니다. 거기엔 미래를 위해 남겨두는 쾌락이 섞여 있기 때문입니다. 설령 앙리에트가 사랑했다고 하더라도, 그녀는 사랑의 기쁨도 사랑의 폭풍우도, 아무것도 몰랐습니다. 그녀는 하느님과 함께 있는 성녀처럼 감정 그 자체로 살고 있었습니다. 나는 꿀벌 떼가 꽃 핀 어느 나뭇가지에 달라붙어 있듯이 그녀의 생각과 인정받지 못한 감각들이 달라붙는 대상이었습니다. 하지만 나는 원칙이 아니었고, 그녀의 삶에서 일어난 사고였습니다. 나는 그녀 삶의 전부가 아니었습니다. 폐위된 왕인 나는 누가 내게 왕국을 돌려줄 수 있을지 생각하며 갔습니다. 나는 미칠 듯한 질투 속에서 감히 아무것도 하지 못한 나를, 내가 보기에 진실하다기보다는 미묘한 애정 관계를 소유가 만들어내는 실정법의 사슬로 얽어매지 못한 나를 질책했습니다.

어쩌면 호두나무의 냉기가 원인이었을 백작의 병은 몇 시간만에 위중해졌습니다. 나는 오리제 씨라는 유명한 의사를 찾으러 투르에 가서 저녁 무렵이 되어서야 그를 데리고 왔습니다. 의사는 밤새도록, 그리고 이튿날도 클로슈구르드에 머물렀습니다. 그는 조마사에게 거머리를 아주 많이 잡아 오라고 보내긴 했지만, 피를 뽑아내는 일이 급하다고 판단했는데, 그에게는 사혈침(瀉血鍼)이 하나도 없었습니다. 나는 사나운 날씨였는데도 그 즉시 아제로 달려가 외과의사 델랑드 씨를 깨워서 강제로 새가 날듯이 오게 했습니다. 10분만 늦었어도 백작은 죽었을 것입니다. 사혈이 그를 살렸습니다. 그 처음의 성공에도 불구하고 의사는 가장 위험한 염증성 발열을 예상했습니다. 20년 동안 아주 건강했던 사람들도 잘 걸리는 병의 하나였습니다. 심한 충격을 받은 백작 부인은 자기가 그 치명적병세의 원인이라고 생각했습니다. 나의 배려에 대해 감사를 표할 힘도 없는 그녀는 내게 미소를 몇 번 보내는 것으로 그쳤습니다. 그 미소는 그녀가 내 손에 입을 맞추는 것과 마찬가지였습니다. 나는 그 미소에서 불륜의 사랑에 대한 후회를 읽고 싶었지만, 그것은 그토록 순수한 영혼 속을 들여다보기에도 아픈 회개하는 행동이었고, 그녀 혼자만이 상상의 죄를 지었다고 스스로 비난함으로써 그녀가 고귀하게 바라본 사람에대한 감탄 섞인 애정의 표출이었습니다. 물론 그녀는 라우라데 노베스가 페트라르카를 사랑했듯이 나를 사랑하고 있었습니다. 프란체스카 다 리미니가 파올로를 사랑하듯 사랑한 건아니었습니다.[76] 그 두 종류의 사랑을 꿈꾼 사람에게는 무서운 발견이었습니다! 백작 부인은 멧돼지 우리와 흡사한 그 방에서 더러운 안락의자에 앉아 몸이 축 처진 채 두 팔을 늘어뜨리고 있었습니다. 이튿날 저녁, 의사가 떠나기 전에 밤을 새운 백작 부인에게 병이 오래갈 테니 간병인을 두라고 말했습니다.

---

76) 프란체스카 다 리미니는 13세기 라벤나 귀족의 딸로서, 아버지에 의해 리미니의 영주 아들과 정략결혼을 한다. 이후 시동생 파올로를 사랑하게 되어 10년간 불륜을 이어가다, 남편의 손에 두 사람 모두 살해된다. 단테가 『신곡』 「지옥편」에서 이 이야기를 다뤄 유명해졌다.

“간병인을요.” 그녀가 대답했습니다. “아니, 아니에요. 우리가 간병할 거예요.” 그녀는 나를 쳐다보며 외쳤습니다. “우리에게 그이를 살릴 의무가 있어요!”

그 외침을 들은 의사는 놀람 가득한 눈으로 관찰하는 눈길을 우리에게 던졌습니다. 그렇게 표현된 말은 미수에 그친 어떤 중대한 죄를 의사가 의심하게 하기에 알맞았습니다. 그는 일주일에 두 번씩 오겠다고 약속하고, 델랑드 씨에게 지켜야 할 절차를 지시한 뒤 위험한 징후들을 일러주며 그런 징후들이 나타나면 투르로 자기를 데리러 오라고 했습니다. 나는 백작 부인이 적어도 이틀에 하룻밤은 잠을 잘 수 있도록 해주기 위해 밤에는 내가 그녀와 교대로 백작 곁을 지키게 해달라고 부탁했습니다. 그렇게 해서 나는 어려움이 없진 않았지만 사흘째 되는 밤에는 그녀가 잠자리에 들게 했습니다. 집 안의 모든 활동이 휴식에 들어갔을 때, 백작이 살짝 선잠에 드는 순간 앙리에트의 방에서 고통스러운 신음 소리가 들려왔습니다. 나는 몹시 불안해져서 그녀를 보러 갔습니다. 그녀는 기도대 앞에서 무릎을 꿇고 눈물에 흠뻑 젖어 자신을 비난하고 있었습니다. “하느님, 이것이 귓속말의 대가라면 다시는 불평하지 않겠습니다.” 그녀가 울부짖었습니다.

“그이를 혼자 두고 왔군요!” 그녀가 나를 보고 말했습니다.

“부인이 울면서 신음하는 소리가 들렸어요. 그래서 당신이 너무 걱정돼서요.”

“오! 난 아무렇지도 않아요.” 그녀가 말했습니다.

그녀는 모르소프 씨가 잠들었는지 확인하기를 원했습니다.

우리는 함께 내려가서 램프 불빛에 그를 비춰보았습니다. 백작은 잠이 들었다기보다는 피를 너무 많이 뽑아내 약해져 있었습니다. 그는 두 손을 휘저으며 이불을 끌어 올리려고 했습니다.

"이건 죽어가는 몸짓이라고 하던데요." 그녀가 말했습니다. "아! 이분이 우리가 원인이 된 이 병으로 죽는다면 나는 절대로 결혼하지 않을 거예요. 맹세해요." 그녀가 엄숙한 동작으로 백작의 머리 위로 손을 뻗으며 덧붙였습니다.

"저는 백작님을 살리기 위해 최선을 다했어요." 내가 그녀에게 말했습니다.

"오! 당신은 훌륭해요. 하지만 나는 큰 죄인이에요." 그녀가 말했습니다.

그녀는 백작의 일그러진 이마 위로 몸을 숙여 자기 머리칼로 땀을 닦아준 다음 거룩하게 입을 맞추었습니다. 그러나 나는 그녀가 그 애무를 마치 속죄 의식처럼 이행하는 것을 보고 은밀한 기쁨을 느꼈습니다.

"블랑슈, 물 좀." 백작이 꺼져가는 목소리로 말했습니다.

"보세요, 나밖에 모르잖아요." 그녀가 그에게 물을 가져다주며 내게 말했습니다.

그리고 그녀는 우리를 연결하고 있던 감정들을 사랑 가득한 태도와 어조에 담아 환자에게 제물로 바치며 모욕하려고 애썼습니다.

"앙리에트," 내가 그녀에게 말했습니다. "가서 좀 쉬세요. 제발 부탁이에요."

“이제 앙리에트는 없어요.” 그녀가 황급히 내 말을 가로채며 말했습니다.

“병이 나지 않으려면 좀 주무세요. 아이들과 ‘이분께서 몸소’ 자신을 돌보시라고 명령하고 있어요. 이기심이 숭고한 미덕이 되는 경우가 있습니다.”

“알았어요.” 그녀가 말했습니다.

그녀는 내게 몸짓으로 자기 남편을 부탁하고는 자리를 떠났습니다. 그 몸짓에 후회의 애원하는 힘과 더불어 어린 시절의 우아함이 없었다면 장차 어떤 정신착란의 조짐으로 보일 수도 있었을 것입니다. 그 순수한 영혼의 평소 상태와 비교할 때 끔찍한 그 장면은 나를 공포로 몰아넣었습니다. 나는 그녀의 의식이 흥분될 때가 두려웠습니다. 의사가 다시 왔을 때, 나는 그에게 나의 하얀 앙리에트를 찌르는 질겁한 흰담비의 불안감을 그에게 드러내 보여주었습니다. 신중하게 털어놓긴 했지만 그 비밀 이야기는 오리제 씨가 품은 의혹을 없애주었습니다. 의사는 병[77]을 규명하면서 백작은 어떻게 해도 그 병에 걸릴 수밖에 없었으며, 호두나무 아래 머무른 일도 해롭다기보다는 유익한 일이었다고 말함으로써 그 아름다운 영혼의 동요를 진정시켜 주었습니다.

백작은 52일 동안 삶과 죽음 사이를 오갔습니다. 앙리에트와 나는 각각 스물여섯 밤씩 교대로 그의 곁을 지켰습니다. 물론 모르소프 씨는 우리의 병간호와 오리제 씨의 처방을 우

---

77) 증상으로 보아 이 병은 폐렴이거나 장티푸스일 가능성이 크다.

리가 꼼꼼하고 정확하게 이행한 덕분에 살아났습니다. 오리제 씨는 의사 철학자 같았습니다. 의사 철학자들은 아름다운 행동이 오로지 어떤 의무의 은밀한 수행에 지나지 않을 때는 통찰력 있는 관찰을 통해 그 행동을 의심할 수 있는 사람들입니다. 그는 백작 부인과 나 사이에서 벌어지는 영웅적 전투를 지켜보며 탐색하는 듯한 시선으로 우리를 염탐하지 않을 수 없었습니다. 그만큼 그는 자기가 감탄하면서 속을까 봐 두려웠기 때문입니다.

"이런 유의 병에 걸렸을 때는," 그가 세 번째 왕진을 왔을 때 내게 말했습니다. "백작만큼이나 심각하게 나빠지면 죽음은 정신 속에서 민첩한 보조자를 만나는 법입니다. 의사, 간병인, 그리고 환자 주변인들이 환자의 생명을 손안에 쥐고 있어요. 그때는 단 한마디 말이나 몸짓으로 표현된 두려움이 독의 힘을 지니고 있기 때문입니다."

오리제는 그렇게 말하면서도 내 얼굴과 태도를 유심히 관찰했지만, 내 눈 속에서는 순진한 영혼의 맑은 표현만이 보일 뿐이었습니다. 사실 그 잔인한 병이 진행되는 동안, 때로는 지극히 순수한 양심에도 흠집을 내는 본의 아닌 나쁜 생각이 내 머릿속에서는 털끝만큼도 들지 않았습니다. 자연을 거시적으로 관조하는 사람에게는 만물이 동화작용을 통해 통일성을 지향하는 것으로 보입니다. 정신계도 비슷한 원칙에 따라 지배될 테죠. 순수 영역에서는 만물이 순수합니다. 앙리에트 곁에서는 하늘의 향기를 호흡하고 비난받을 만한 욕망은 그녀에게서 영원히 멀어지게 되는 것 같았습니다. 그러므로 그녀는 행복일 뿐만 아니라 미덕이기도 했습니다. 우리가 언제나 한결같이 주의를 기울이고 정성을 다하는 것을 본 의사의 말과 태도에는 알 수 없는 어떤 경건하고 감동적인 것이 있었습니다. 그는 이렇게 생각하는 듯했습니다. '이 사람들이야말로 진짜 환자들이다. 이들은 자기들의 상처를 감추고 그것을 잊고 있지 않은가!' 이 탁월한 사람에 따르면, 그렇게 망가진 사람들에게는 꽤 예사로운 것과는 대조적으로, 모르소프 씨는 인내심이 많고 절대복종했으며 한 번도 불평하는 일 없이 지극히 놀라운 유순함을 보여주었습니다. 건강이 좋아진 그는 가장 간단한 일도 수많은 관찰 없이는 하지 않았습니다. 최근까지만 해도 그렇게도 부인하던 의학에 대한 그런 복종의 비밀은 죽음에 대한 은밀한 두려움이었습니다. 누구나 인정하는 용사에게서 보이는 또 다른 대조 아닌가요! 그의 불행이 가져다준 새로운 성격의 몇 가지 기묘함은 이 두려움으로 충분히 설명할 수 있을 것입니다.

나탈리, 내가 당신에게 사실을 고백하면 믿을까요? 그 50일과 다음 달은 내 인생에서 가장 아름다운 시절이었어요. 비와 시냇물과 격류가 흘러들고 나무들과 꽃들, 강가의 자갈들과 암벽의 가장 높은 부분들이 떨어지는 커다란 강이 아름다운 골짜기에 있듯이 사랑은 영혼의 무한한 공간 안에 있지 않을까요? 강은 폭풍우로도, 천천히 흘러드는 맑은 샘으로도 넓어지지요. 그렇습니다. 사랑할 때는 모든 일이 사랑으로 흘러듭니다. 백작 부인과 나는 최초의 커다란 위험이 지나가자 병에 익숙해졌습니다. 백작의 간호에 필요해서 생겨난 끊임없는 어수선함에도 불구하고 그렇게도 지저분하게 보였던 그의 방은 깨끗하고 아기자기해졌습니다. 우리는 이내 무인도에 표류한 두 사람처럼 되었습니다. 불행 때문에 고립되기도 했지만 그 불행이 사회의 졸렬한 관행을 잠재우기도 했기 때문입니다. 그리고 환자에 대한 관심으로 인해 우리는 다른 어떤 사건으로도 허용되지 않을 접촉점들을 가질 수밖에 없었습니다. 전에는 그렇게도 머뭇거렸던 우리의 손이 백작을 돌보면서 서로 몇 번이나 만났는지 모릅니다! 내가 앙리에트를 거들고 도와야 하지 않았습니까! 주목받는 군인의 필요성에 비할 수 있을 필요성으로 인해 급한 일이 자주 있었던 까닭에 그녀는 식사하는 걸 잊어버리곤 했습니다. 그래서 내가 그녀에게 식사를 챙겨주었는데, 때로는 무릎 위에 놓고 서둘러서 먹어야 했기 때문에 그에 따른 잔일이 수없이 많았습니다. 그것은 반쯤 열린 무덤 옆에서 노는 유년기의 장면이었습니다. 그녀는 백작의 고통을 면할 수 있게 해주는 준비물들을 내게 다급하게 주문했고, 수없이 자잘한 일들을 내게 시켰습니다. 위험의 강도 때문에 마치 전투하듯 일상생활의 일들을 특징짓는 미묘한 구분들을 없애버렸던 초기에는 아무리 자연 그대로의 여자라고 해도 모든 여자는 사람들이나 자기 가족을 대할 때 말과 시선과 몸가짐 속에 으레 지니고 있어서 벗어내기가 적절치 않은 겉치레를 그녀는 불가피하게 벗어던졌습니다. 그래서 새가 지저귀기 시작할 때면 나와 교대하기 위해 아침 옷을 입은 채 오던 그녀가 아니었던가요? 그 옷이 때로는 내 간절한 염원 속에서 내 것이라고 여겼던 눈부신 보물을 다시 볼 수 있게 해주었답니다. 그녀가 위엄있고 당당한 태도를 유지하면서도 친근해지지 않을 수 있었을까요? 게다가 처음 며칠 동안은 위험 때문에 우리 친밀한 결합의 무람없는 태도 안에 있는 모든 열정적 의미가 다 없어져 버려서 그녀는 조금도 거리낄 것이 없었습니다. 그러다가 곰곰이 생각해 볼 때가 되자, 태도를 바꾸는 것이 그녀에게나 나에게나 모욕일 수도 있다는 생각이 들었던 것 같습니다. 우리는 모르는 사이에 절반쯤은 결혼한 상태에 길들어 있었던 거지요. 그녀는 나에 대해서도 자기 자신에 대해서도 확신하며, 아주 품위 있게 자신 있는 모습을 보여줬습니다. 그래서 나는 그녀의 마음속으로 한 걸음 더 들어간 것이고요. 백작 부인은 다시 나의 앙리에트가 되었고, 앙리에트는 그녀의 두 번째 영혼이 되려고 무진 애를 쓴 사람을 더욱 사랑할 수밖에 없었습니다. 얼마 안 가서 나는 그녀의 손을 기다리지 않아도 되었습니다. 원한다는 의미의 아주 작은 눈짓만으로도 언제나 다무 저항 없이 내게 맡겨졌으니까요. 우리가 환자의 잠자는 소리에 귀를 기울이던 그 긴 시간 동안 나는 그녀의 아름다운 몸의 윤곽을 넋을 잃고 눈으로 좇을 수 있었습니다. 그녀는 내 시선을 피하지 않았습니다. 우리가 서로 합의한 보잘것없는 쾌락, 다정한 시선, 백작을 깨우지 않으려고 낮은 소리로 하는 말, 두려움, 말하고 또 말하는 희망, 오랫동안 떨어져 있던 두 마음이 마침내 완전하게 융합하게 된 수많은 사건이 현재 장면의 고통스러운 그림자 위로 생생하게 드러났습니다. 우리는 아무리 열렬한 애정이라도 흔히 꺾이고 마는 그 시련 속에서 우리의 영혼을 철저하게 알았습니다. 열렬한 애정은 언제라도 애정을 드러내는 데 저항하지 않으며, 삶을 살아가는 일이 때로는 무겁게도 보이고 때로는 가볍게도 보인다는 변함없는 일관성을 느낄 때 뚜렷이 드러나는 법입니다. 당신은 가장의 병이 얼마나 큰 타격을 주는지, 사업을 얼마나 중단시키는지, 그리고 모든 일에는 시간이 모자란다는 사실을 아시겠지요. 가장의 생활이 흐트러지면 집 안의 움직임과 가족의 움직임에 문제가 생깁니다. 모든 일이 모르소프 부인 몫으로 떨어지긴 했어도 바깥일에는 여전히 백작이 필요했습니다. 그는 소작인들에게 가서 이야기를 나누고, 사업가들을 찾아가기도 했으며, 기금을 받아왔으니까요. 그녀가 영혼이라면 그는 육체였지요. 나는 바깥일이 조금도 위험해지지 않고도 그녀가 백작을 돌볼 수 있도록 집사를 자처하고 나섰습니다. 그녀는 고마움도 표하지 않고 허물없이 모두 동의했습니다. 그렇게 집안일을 공유하고 그의 이름으로 명령을 전달하는 일은 또 하나의 달콤한 공동생활이었습니다. 나는 저녁이면 그녀의 방에서 그녀와 함께 그녀의 관심사와 아이들에 관해 자주 이야기를 나누었습니다. 그 정담은 우리의 임시 결혼 생활에 외관까지도 부여해 주었습니다. 앙리에트는 내가 그녀의 남편 역할을 하게 하고 식탁에서 남편의 자리에 앉게 하며 관리인에게 지시하도록 나를 보내는 일을 함께하면서 얼마나 기뻐했는지 모릅니다. 그 모든 일은 완전히 순수하게 행해졌지만, 은밀한 쾌락이 없지 않았습니다. 세상에서 제일 고결한 여인이 법의 엄격한 준수와 숨겨진 욕망의 만족이 결합하는 측면을 발견하는 데서 느끼는 쾌락이지요.

병으로 인해 힘이 없어진 백작은 아내도 집안사람들도 괴롭히지 않았습니다. 그러자 백작 부인은 자신을 되찾았고 나를 차지하고 나를 수많은 배려의 대상으로 만들 권리를 가졌습니다. 아마도 막연하게 품었겠지만 기분 좋게 드러난 생각을 그녀에게서 발견했을 때 내가 얼마나 기뻐했던지요! 그것은 그녀의 인격과 품성의 모든 가치를 내게 드러내 보이려는, 그녀가 이해받았을 때 그녀 안에서 일어나는 변화를 내가 알 수 있도록 해주려는 생각이었습니다 집안일의 차가운 분위기 속에서 끊임없이 닫혀 있던 그 꽃은 내 눈길을 받아, 오로지 나를 위해서만 활짝 피어났습니다. 그녀가 기쁘게 자신을 펼쳐 보이면 나도 그녀에게 호기심 가득한 사랑의 눈길을 던지면서 그 기쁨을 함께 느꼈습니다. 그녀는 생활의 온갖 사소한 것들을 통해 내가 그녀의 생각 속에 얼마나 존재하는지 내게 증명해 보였습니다. 내가 환자의 침대 머리맡에서 밤을 지새운 뒤 늦게 자는 날이면 앙리에트는 아침에 누구보다도 먼저 일어나서 내 주위에 가장 절대적인 침묵이 지배하게 했습니다. 자크와 마들렌은 주의를 받지 않고 멀리서 놀았습니다. 그녀는 내 식기를 자기가 직접 식탁에 놓는 권한을 갖기 위해 많은 속임수를 썼습니다. 그리고 마침내 그녀가 내 식사를 차리게 되었을 때는 움직임 속에 기쁨이 반짝였고, 제비의 야성적 섬세함이며, 발갛게 상기된 두 뺨, 떨리는 목소리, 그 스라소니 같은 침투력이라니! 영혼의 그런 표출이 묘사될까요? 그녀는 피로에 자주 짓눌렸지만, 그렇게 지쳤을 때도 혹시 내게 문제가 생기면, 나와 그녀의 아이들을 위해 다시 힘을 내 날렵하고 활기

차게, 그리고 기쁘게 달려왔습니다. 그녀는 자기의 애정을 대기의 햇살 속에 던지기를 얼마나 좋아했던지요! 아! 나탈리, 그래요, 어떤 여인들은 이승에서 천사들의 성령이 지닌 특권을 나눠 갖고 있어서, 무명의 철학자 생마르탱이 말했던 총명하며 선율이 아름답고 향기로운 그 빛을 그 성령들처럼 퍼뜨린답니다. 나의 신중함을 확신하는 앙리에트는 우리의 미래를 감추고 있는 무거운 장막을 들어 올려 그녀 안에 있는 두 여인을 내게 보여주었습니다. 무뚝뚝한데도 나를 유혹했던 사슬에 매인 여인과 온화함으로 내 사랑을 영원하게 해줄 자유로운 여인을. 얼마나 다릅니까! 모르소프 부인은 추운 유럽으로 옮겨져 박물학자가 지키는 우리 안에서 횃대 위에 슬프게 앉아 말없이 죽어가는 벵골 새였고, 앙리에트는 갠지스 강가의 작은 숲속에서 동방의 시를 노래하며 살아 있는 보석처럼 언제나 꽃피어 있는 거대한 볼카메리아[78]의 붉은 꽃들 사이를 가지에서 가지로 날아다니는 새였습니다. 그녀의 미모는 더욱 아름다워졌고, 그녀의 정신도 되살아났습니다. 그 계속되는 기쁨의 불길은 우리 두 마음 사이의 비밀이었습니다. 앙리에트에게는 세상의 대리인인 도미니스 신부의 눈이 모르소프 씨의 눈보다 더 무서웠기 때문입니다. 그러나 그녀는 나처럼 기발하게 우회해 생각하는 데서 커다란 기쁨을 찾았습니다. 그녀는 농담으로 만족감을 숨겼고, 더욱이 그녀가 품은 애정의

---

78) 자바섬 원산의 열대 관목으로 진홍색과 하얀색 꽃이 피며 향기는 재스민 향과 비슷하다.

증거를 감사의 빛나는 누각으로 덮었습니다.

"우리가 당신의 우정을 거친 시련 속에 들게 했어요, 펠릭스! 신부님, 우리가 자크에게 허락하듯 이분한테 자유를 드려도 될까요?" 그녀가 식탁에서 말했습니다.

엄격한 신부는 상냥한 미소로 답했습니다. 그것은 마음속을 읽고 그 마음을 순수하게 생각하는 신앙인의 미소였습니다. 게다가 그는 천사들이 불어넣는 감탄 섞인 존경심을 백작 부인에게 표했습니다. 그 50일 동안, 백작 부인은 우리의 애정이 갇혀 있던 한계를 두 번 넘었던 것 같습니다. 그러나 그 두 사건도 여전히 베일에 싸여 있다가 최후의 고백을 하던 날에서야 벗겨졌습니다. 백작이 병석에 든 초기의 어느 날 아침, 그녀가 내 순결한 애정에 허용했던 순수한 특권을 내게서 거둬가면서 나를 너무 가혹하게 대했던 것을 후회하고 있을 때 나는 그녀를 기다리고 있었습니다. 그녀는 나와 교대해야 했습니다. 피곤에 지친 나는 벽에 머리를 기대고 깜빡 잠이 들었습니다. 그러다 나는 이마에 장미꽃 같은 뭔가 서늘한 것이 닿는 것을 느끼고는 잠에서 퍼뜩 깨어났습니다. 세 걸음 떨어진 곳에 백작 부인이 보였습니다. 그녀가 말했습니다. "저 왔어요." 나는 나가려다 말고 아침 인사를 하려고 그녀의 손을 잡았습니다. 축축한 그녀의 손이 떨리는 것이 느껴졌습니다.

"어디 아파요?" 내가 말했습니다.

"왜 그런 질문을 해요?" 그녀가 내게 물었습니다. 나는 당황해서 얼굴을 붉히며 그녀를 바라보았습니다. "꿈을 꾸었어요." 내가 말했습니다.

백작의 회복을 긍정적으로 예고한 오리제 씨가 마지막으로 왕진하던 무렵의 어느 날 저녁, 나는 자크와 마들렌과 함께 현관 앞 낮은 층계 아래에 있었고, 우리 세 사람은 모두 계단에 엎드려 있었습니다. 밀짚 줄기와 핀을 장착한 갈고리를 이용해서 만든 막대기 놀이[79]를 하면서 주의를 집중하느라고 납작 엎드려 있었던 것입니다. 모르소프 씨는 잠들어 있었습니다. 말이 마차에 연결되기를 기다리는 동안 의사와 백작 부인은 살롱에서 낮은 소리로 이야기를 나눴습니다. 오리제 씨는 떠났지만 나는 그의 출발을 보지 못했습니다. 앙리에트는 의사를 배웅한 뒤 창문에 기대어 우리가 모르는 사이에 얼마 동안 우리를 지켜본 것 같았습니다. 하늘은 구릿빛을 띠고 들판에서는 수많은 잡음이 메아리로 들려오는 더운 저녁 나절이었습니다. 하루의 마지막 햇살이 지붕 위에서 스러져가고, 정원의 꽃들은 대기를 향으로 채우고 있었으며, 외양간으로 돌아오는 가축들의 방울 소리가 멀리서 울려왔습니다. 우리는 백작을 깨울까 봐 큰소리를 억누르며 그 훈훈한 시간의 정적에 순응하고 있었습니다. 그런데 갑자기 물결치는 듯한 옷자락 소리에 섞여 탄식을 급하게 억제할 때 목구멍이 수축하면서 나는 소리가 내 귀에 들려왔습니다. 나는 살롱으로 뛰어들어갔고, 백작 부인이 창문 옆으로 난 틈에 주저앉아 손수건을 얼굴에 대고 있는 것을 보았습니다. 그녀는 내 발소리를 알

---

79) 막대기들을 섞어서 흩어놓고 다른 막대기를 움직이지 않고 갈고리로 하나씩 빼내는 아이들의 놀이다.

아들고는 자기를 혼자 있게 해달라고 명령하는 몸짓을 했습니다. 그러나 나는 그녀가 너무 걱정되어 그녀에게 다가가서 강제로 손수건을 치워냈습니다. 그녀의 얼굴은 눈물로 흠뻑 젖어 있었습니다. 그녀는 자기 방으로 도망치듯 가버리더니 기도 시간이 되어서야 나왔습니다. 그 50일 만에 처음으로 나는 그녀를 테라스로 데리고 나가서 그녀의 격한 감정을 설명해 달라고 했습니다. 그러나 그녀는 지나치게 쾌활한 척하며 오리제가 가져다준 좋은 소식 때문이라고 둘러댔습니다.

"앙리에트, 앙리에트," 내가 그녀에게 말했습니다. "내가 당신이 우는 걸 보았을 때 당신은 그 소식을 알고 있었어요. 우리 둘 사이에 거짓말은 괴물처럼 당측해요. 어째서 그 눈물을 닦지 못하게 했어요? 그 눈물이 나 때문이었어요?"

"이런 생각이 들더군요." 그녀가 내게 말했습니다. "저분의 병이 내게는 고통의 중단 같은 것이었다고. 이젠 모르소프 씨를 위해서는 떨지 않아요. 나를 위해서 떨어야 해요."

그녀의 말은 옳았습니다. 백작의 회복은 그의 변덕스러운 기분이 되살아나면서 예고되었습니다. 그는 아내도 나도 의사도 그를 간호할 줄 모르며, 우리는 모두 그의 병과 기질, 고통과 적절한 치료법을 모른다고 말하기 시작했습니다. 뭔지는 모르지만 어떤 학설에 심취한 오리제는 기질이 왜곡되었다고 했습니다. 그러나 백작은 유문에만 신경 써야 한다고 했습니다. 어느 날, 백작은 염탐하거나 건너짚는 사람처럼 심술궂은 눈으로 우리를 쳐다보았습니다. 그리고 미소를 띠며 자기 아내에게 말했습니다. "그러니까 여브, 만일 내가 죽었다면 당신은 틀림없이 슬퍼했겠지만, 솔직하게 말해 봐요. 당신은 단념했을 거라고……."

"나는 장밋빛과 검은색으로 된 궁중의 상복을 입었겠지요." 그녀가 남편의 입을 다물게 하려고 웃으며 대답했습니다.

그러나 회복기 환자의 허기를 양껏 채워주는 데 반대한 의사가 현명하게 정해 준 음식들에 대해서는 과거의 어떤 것과도 비교할 수 없는 유난스러운 폭력과 고함의 장면이 있었습니다. 백작의 성격이, 말하자면 잠들어 있었던 만큼 더욱 끔찍하게 드러났기 때문입니다. 의사의 처방과 집안 하인들의 복종으로 힘을 얻고, 그 싸움에서 남편을 제압할 방법을 가르쳐 준 나로 인해 고무된 백작 부인은 용기를 내어 저항하게 되었습니다. 그녀는 광기와 울부짖음에 맞서 차분한 태도를 보이는 방법을 알고 있었습니다. 그녀는 백작을 있는 그대로, 어린 아이로 여김으로로써 그의 모욕적인 말을 듣는 데 익숙해졌습니다. 나는 그녀가 마침내 그 병든 정신에 대해 지배권을 장악하는 것을 보고 행복했습니다. 백작은 소리를 질렀지만 복종했습니다. 소리를 많이 지른 후에는 더욱 복종했습니다. 싸움의 결과는 뻔했지만 앙리에트는 야위고 약한 그 노인의 모습에 가끔은 눈물을 흘렸습니다. 그의 이마는 곧 떨어질 낙엽보다도 노랗고, 눈은 생기를 잃었으며, 손은 떨고 있었습니다. 그녀는 자신의 엄격함을 자책했고, 그녀가 그의 식사량을 가늠하며 의사가 금지한 이상으로 주었을 때 백작의 눈에서 보이는 기쁨을 책망하지 않았습니다. 게다가 그녀는 내게 그랬던 것보다 백작에게 더욱 온유하고 은혜로운 모습을 보였습니다.

그렇지만 거기에는 내 마음을 무한한 기쁨으로 가득 채운 차이점들이 있었습니다. 그녀의 몸이 강철로 된 것이 아니었기 때문에 백작의 변덕이 약간 지나칠 정도로 급하게 이어지거나 자기가 이해받지 못한다고 불평을 늘어놓을 때는 백작의 시중을 들도록 하인들을 부를 줄 알았습니다.

백작 부인은 백작의 회복에 대해 하느님께 감사를 드리러 가길 원했습니다. 그녀는 감사 미사를 예약하고 성당에 가기 위해 내게 함께 가달라고 부탁했습니다. 나는 성당으로 그녀를 데려갔지만, 미사가 진행되는 동안 셰셀 씨 부부를 만나러 갔습니다. 성당에서 돌아오는 길에 그녀는 나를 질책하려 했습니다.

"앙리에트," 내가 그녀에게 말했습니다. "나는 거짓말을 할 줄 몰라요. 나는 물에 빠진 적을 구하기 위해 물에 뛰어들 수 있어요. 그의 몸을 덥히기 위해 내 망토도 벗어줄 수 있어요. 결국엔 그를 용서하겠지만, 모욕은 잊지 않는답니다."

그녀는 아무 말 없이 내 팔을 그녀의 가슴으로 끌어안았습니다.

"당신은 천사예요. 당신의 감사 기도는 틀림없이 진심이었을 겁니다." 나는 말을 계속했습니다. "평화 왕자[80]의 어머니

---

80) 에스파냐 카를로스 4세 치하의 국무대신이었던 돈 마누엘 고도이(don Manuel Godoy)의 별칭이다. 그는 1793년에 프랑스 왕 루이 16세를 구하려고 했지만 실패했고, 이 때문에 프랑스와의 전쟁이 시작되어 1795년에 프랑스에 패하고 평화 조약을 맺은 데서 연유한다. 여기에서는 1808년에 '아란후에스 반란' 때 봉기군이 고도이를 죽이려 했던 사건을 환기하고 있다.

는 그녀를 죽이려고 했던 분노한 폭도들의 손에서 구출되었어요. 그리고 여왕이 그녀에게 '뭘 하고 있었나요?'라고 묻자, 그녀는 '그들을 위해 기도했습니다'라고 대답했어요. 여성은 그렇습니다. 나는 남자이기 때문에 불완전할 수밖에 없습니다."

"절대로 자학하지 말아요." 그녀가 내 팔을 격렬하게 흔들며 말했습니다. "당신이 나보다 훨씬 나을 테니까요."

"그래요." 내가 다시 말했습니다. "난 단 하루의 행복을 위해 영원을 바칠 테니까요. 그런데 당신은……!"

"그런데 나는?" 그녀가 내게 거만한 시선을 던지며 되물었습니다.

나는 그녀의 번갯불 같은 눈길을 피하려고 말없이 눈을 아래로 떨구었습니다.

"나라니!" 그녀가 다시 말했습니다. "어떤 '나'를 말하는 거예요? 나는 내 안에 내가 여럿 있는 걸 느껴요! 이 두 아이도 나예요." 그녀는 마들렌과 자크를 가리키며 덧붙였습니다. "펠릭스," 그녀가 비통한 어조로 말했습니다. "그러니까 당신은 내가 이기적이라고 생각해요? 날 위해 자기 삶을 희생한 사람에게 보상하기 위해서 내가 영원을 다 바칠 수 있으리라고 생각해요? 그런 생각은 끔찍해요. 종교적 감정을 영원히 해치고 말아요. 그렇게 타락한 여자가 다시 일어설 수 있을까요? 그의 행복이 그녀의 죄를 없애줄 수 있을까요? 당신은 곧 내가 이런 문제들에 관해 결정하게 하겠죠……! 그래요, 결국 나는 당신에게 내 양심의 비밀을 밝혔어요. 그런 생각이 내 마음을 자주 스쳐갔고, 그때마다 나는 가혹한 참회를 통해

속죄했어요. 그 때문에 눈물도 많이 흘렸어요. 그저께 당신이
설명해 달라고 했던 눈물도……."

"보통 여자들이 비싼 값을 매기는 것들에 너무 큰 중요성
을 부여하지 마세요. 당신은 달라요……."

"오!" 그녀가 내 말을 가로막으며 말했습니다. "당신에겐 그
게 중요하지 않아요?"

그 논리는 모든 추론을 그치게 했습니다.

"그럼," 그녀가 말했습니다. "이걸 알아두세요! 그래요, 내
가 비겁하게도 나를 생명줄로 여기는 저 불쌍한 노인을 버린
다 쳐요. 하지만 친구, 우리 앞에 있는 저 두 아이 마들렌과
자크는 아버지와 함께 남지 않을까요? 자, 당신에게 물을게요.
당신은 저 아이들이 저 비정상적인 사람의 지배를 받으며 석
달을 살 수 있다고 생각해요? 내가 해야 할 일을 하지 않고 나
만 생각한다면……," 그녀에게서 거만한 미소가 새어 나왔습
니다. "그건 두 아이를 죽이는 거 아닐까요? 아이들은 분명히
죽고 말 거예요. 하느님," 그녀가 외쳤습니다. "우리가 이런 얘
기를 왜 할까요? 결혼하세요. 그리고 나를 죽게 내버려 둬요!"

그녀가 이 말을 너무도 애절하고 심오한 어조로 말하는 바
람에 내 반항하는 정열이 막혀버리고 말았습니다.

"당신은 저 위 호두나무 아래에서 소리쳤어요. 나는 방금
이 오리나무 밑에서 소리쳤고. 그게 다예요. 이제부터는 입을
다물 거예요."

"저는 주님의 인자하심 때문에 죽을 겁니다." 그녀가 하늘
을 올려다보며 말했습니다.

우리는 테라스에 도착했고, 그곳에서 햇빛을 받으며 안락의자에 앉아 있는 백작을 보았습니다. 약한 미소로 겨우 생기를 띤 그 녹아내린 얼굴의 모습은 잿더미에서 나온 불꽃도 꺼뜨렸습니다. 나는 난간에 기대어 그 죽어가는 사람이 그려 보이는 광경을 물끄러미 바라보았습니다. 그의 양옆으로는 여전히 병든 두 아이가 있었고, 그의 아내는 잠을 자지 못해 창백했으며, 과도한 노동과 불안 그리고 어쩌면 그 끔찍한 두 달 동안의 기쁨으로 수척해져 있었습니다. 그런데 그 장면의 감정들은 과도하게 채색되어 있었습니다. 고통받는 이 가족은 살랑거리는 나뭇잎에 둘러싸여 있었고, 나뭇잎 사이로는 흐린 가을 하늘의 탁한 빛줄기가 새어들고 있었습니다. 나는 그들의 모습을 보면서 내 안에서 육체를 정신에 매어놓는 끈들이 풀어지는 것을 느꼈습니다. 나는 가장 건장한 격투사들이 싸움의 정점에서 경험한다고 하는 정신적 우울, 그러니까 가장 용감한 사람을 겁쟁이로 만들고 신을 믿지 않는 사람을 독실한 신자로 만드는 일종의 차가운 광기를 처음으로 느꼈습니다. 그 광기는 모든 것을, 심지어 생명체에 가장 필수적인 감정들, 명예, 사랑까지 무관심하게 만들어버리지요. 의심은 우리 자신에 대한 인식을 제거하고 삶에 대해 혐오감을 주기 때문입니다. 신경이 예민한 가엾은 존재들이여, 그대들의 풍성한 신경 구조가 알 수 없는 어떤 치명적 정령에게 무방비로 내맡겨져 있으니, 그대들의 동족은 어디에 있으며, 그대들을 심판할 이들 또한 어디에 있을까요? 노련한 협상가이자 용맹한 장수였던, 그리고 벌써 프랑스 장군의 지휘봉에 손을 뻗고 있던 그 대담한 청년이 어떻게 내 눈앞에 있는 무고한 암살자가 될 수 있었는지 나는 이해했습니다! 지금 장미 화관을 쓰고 있는 내 욕망도 그런 종말을 맞을 수 있지 않을까요? 신앙이 없는 사람처럼 여기에 신의 섭리가 어디 있는지 물으며 원인과 결과의 공포에 사로잡힌 나는 두 뺨을 타고 흘러내리는 눈물을 주체할 수 없었습니다.

"왜 그래요, 나의 착한 펠릭스 아저씨?" 마들렌이 예의 그 앳된 목소리로 내게 물었습니다.

그리고 앙리에트가 염려하는 눈길로 그 검은 증기와 암흑을 걷어내자, 내 영혼 속에는 햇빛 같은 빛줄기가 비쳐 들었습니다. 그때 조마사 영감이 투르에서 온 편지 한 통을 내게 가져다주었습니다. 그걸 본 내게서 나도 모르게 놀람의 외침이 터져 나왔고, 그 바람에 모르소프 부인도 몸을 떨었습니다. 내각의 소인이 보였습니다. 국왕이 나를 소환하는 것이었습니다. 나는 그녀에게 편지를 내밀었고, 그녀는 눈으로 읽었습니다.

"떠나는 거로군!" 백작이 말했습니다.

"나는 어떻게 되는 거예요?" 그녀가 처음으로 태양 없는 사막을 예견하며 내게 말했습니다.

우리 두 사람은 똑같이 머릿속이 하얘져 버리고 말았습니다. 우리가 서로에게 필요한 존재라는 사실을 그렇게 절실하게 느낀 적이 한 번도 없었기 때문입니다. 백작 부인은 무슨 일이든 내게 말할 때는 그때까지 들어보지 못한 새로운 목소리로 말했는데, 심지어는 냉랭하기까지 했습니다. 마치 줄 몇 개가 없고 남은 줄도 느슨하게 풀려버린 악기 같았습니다. 그녀의 동작은 무기력했고, 시선에도 빛이 없었습니다. 나는 그녀의 생각을 내게 털어놓기를 간청했습니다.

"내게 생각이 있겠어요?" 그녀가 말했습니다.

그녀는 자기 방으로 나를 데려가서 그녀의 소파에 앉힌 다음 화장대 서랍을 뒤져 내 앞에 무릎을 꿇고 말했습니다. "이건 1년 전부터 내게서 빠진 머리카락이에요. 이걸 가져가세요. 당신 거예요. 언젠가는 당신이 내력과 이유를 알게 될 거예요."

나는 그녀의 이마를 향해 천천히 몸을 숙였습니다. 그녀는 내 입술을 피하려고 몸을 굽히지 않았으며, 나는 죄책감 없이, 민감한 쾌감도 없이, 그러나 엄숙한 연민과 함께 거룩하게 입술을 대었습니다. 그녀는 모든 것을 희생하려고 했을까요? 그녀도 내가 그랬던 것처럼 벼랑 끝으로만 가고 있었던 걸까요? 그녀가 사랑에 몸을 맡기려고 했다면, 그녀는 그렇게 깊은 침착함과 종교적 시선을 지니지 못했을 것이고, 그녀의 맑은 목소리로 나에게 이렇게 말하지도 않았을 것입니다. "이젠 나를 원망하지 않지요?"

나는 밤이 시작될 무렵에 출발했습니다. 그녀는 프라펠 국도까지 나와 동행하기를 원했습니다. 그리고 우리는 호두나무에서 멈춰 섰습니다. 나는 그녀에게 호두나무를 가리키며 4년 전에 거기에서 그것을 어떻게 보았는지 말했습니다. "골짜기가 정말 아름다웠어요!" 내가 외쳤습니다.

"그럼 지금은?" 그녀가 쾌활하게 말했습니다.

"당신이 호두나무 아래에 있으니 골짜기는 우리 거예요."

내가 그녀에게 말했습니다.

그녀는 고개를 숙였고, 우리는 그곳에서 작별 인사를 했습니다. 그녀는 마들렌과 함께 다시 마차에 올랐고, 나는 혼자서 내 마차에 올랐습니다. 파리로 돌아온 나는 다행히도 급한 업무들로 정신이 없었기 때문에 사교계를 멀리할 수밖에 없었습니다. 사교계도 나를 잊었지요. 나는 모르소프 부인과 소식을 주고받으며 그녀에게 매주 내 일기를 보냈고, 그녀에게서는 한 달에 두 번씩 답장이 왔습니다. 막연하고 충만한 삶이었습니다. 떠나기 전 마지막 2주 동안 깊은 숲속에서 꽃으로 된 시를 다시 만들며 감탄했던, 풀이 우거지고 꽃이 만발한 그 알려지지 않은 장소와 유사한 삶이었어요.

오 사랑에 빠진 그대여! 당신 스스로 아름다운 의무를 부과하고, 성당이 교인들에게 매일 규율을 부여하듯 자기가 실천할 규율을 스스로 짊어지세요. 로마의 종교가 창안한 엄격한 계율은 위대한 사상에서 나왔으며, 희망과 두려움을 보존하는 행위를 반복함으로써 영혼 속에 의무의 밭이랑을 계속해서 좀 더 앞으로 내가는 것입니다. 감정들은 그 파인 개울 속에서 언제나 생생하게 흐르며 물을 붙들어 모으고 맑게 해 마음을 끊임없이 새롭게 하고, 숨겨진 믿음의 풍성한 보물로 삶을 풍요롭게 합니다. 그 믿음은 신성한 수원(水源)으로서, 유일한 사랑을 향한 단 하나의 생각이 그 안에서 끝없이 샘솟습니다.

중세 시대로 돌아간 기사도를 연상시키는 나의 정열이 어떻게 알려졌는지 모르겠습니다. 어쩌면 왕과 르농쿠르 공작이 내 이야기를 나눴을지도 모르지요. 사람들에게 알려지지 않은 아름다운 여성, 고독 속의 위대한 여성을 경건하게 사랑하고 의무감 없이 정조를 지키는 한 청년의 소설 같으면서도 단순한 이야기가 십중팔구는 이 최고위층으로부터 포부르 생제르맹의 한복판으로 퍼져나가지 않았을까요? 사교계의 살롱에서 나는 관심의 대상이 되었지만 나는 불편하기만 했습니다. 왜냐하면 절제하는 삶을 일단 경험하고 나면 끊임없는 연출의 불빛을 참을 수 없게 되는 장점이 있기 때문입니다. 연한 색깔만 보는 데 익숙해진 눈이 강렬한 햇볕에 상처를 입듯이 강렬한 대비를 싫어하는 사람들도 있는 법입니다. 당시의 나는 그랬습니다. 지금 당신은 놀랄 수도 있겠지만, 좀 더 참고 기다리면 현재 방드네스의 별난 행동들이 설명될 것입니다. 그리하여 나는 자상한 여성들과 나에게 완벽하게 들어맞는 세계를 발견했습니다. 베리 공작의 결혼[81] 이후 궁정은 화려함을 되찾았고 프랑스의 축제들도 다시 열렸습니다. 외국의 점령이 끝났고, 번영이 다시 나타났으며, 즐기는 일이 가능해졌습니다. 유럽 전역에서 신분과 계급이 높은 저명인사들, 엄청난 재력가들이 지성의 수도로 모여들어 북적댔습니다. 이곳에서는 다른 나라들의 장점들과 확대된 악덕들이 서로 만나 프랑스 정신으로 벼려집니다. 한겨울에 클로슈구르드를 떠난 지 5개월 후, 나의 착한 천사는 아들의 병이 위중하다는 이야

---

81) 베리 공작은 루이 18세의 조카이자 샤를 10세의 둘째 아들로서 1820년에 암살되었다. 그의 죽음은 왕당파와 자유주의자들의 갈등이 더욱 첨예해지는 계기가 되었다. 그가 결혼했을 때는 1816년 6월 17일이다.

기가 담긴 절망적인 편지를 내게 보냈습니다. 아들이 그 병을 벗어나긴 했지만, 미래에 대한 두려움을 남겼습니다. 의사는 가슴에 취해야 할 예방 조치에 대해 말해 주었는데, 의학의 입으로 발음된 그 '가슴'이라는 단어는 어머니의 모든 시간을 검게 물들이는 무서운 말이었습니다. 앙리에트가 한숨을 돌리고 자크가 회복기에 들어서자마자 자크의 여동생이 불안감을 불러일으켰습니다. 어머니의 재배에 너무나도 잘 부응했던 그 예쁜 화초 같은 마들렌이 예고된 위기를 겪고 있었지만, 그 연약한 체질에는 무서운 일이었습니다. 자크의 오랜 투병 때문에 생긴 피로로 이미 쇠약해진 백작 부인에게는 그 새로운 타격을 견뎌낼 기운이 없었습니다. 그리고 두 소중한 존재가 그렇게 고통받는 모습을 본 그녀는 남편의 성격 때문에 두 배로 받는 고통에는 무감각해졌습니다. 따라서 갈수록 혼란스러워진 데다 자갈까지 실린 폭풍우는 그녀의 마음속에 가장 깊이 심긴 희망을 거친 파도로 뿌리째 뽑아버리고 말았습니다. 게다가 그녀는 백작의 횡포에 자포자기하고 말았으니, 백작은 마지못해 잃어버린 땅을 되찾은 셈이었습니다. 그녀는 내게 이렇게 썼습니다.

"내가 전력을 다해 아이들을 감싸고 있는데 모르소프 씨에 맞서서 힘을 쓸 수 있었겠어요? 죽음에 저항하고 있는데 그의 공격으로부터 나를 지켜낼 수 있었겠어요? 오늘 양편으로 우울한 두 아이를 데리고 풀이 죽은 채 홀로 걷다 보니 삶에 대해 극복할 수 없는 혐오감이 들었어요. 아무 움직임도 없이 테라스에 있는 자크를 볼 때 누가 때린다 해도 아픔을 느낄 수 있을 것이며 누가 사랑한다고 해도 응답할 수 있을까요? 야위어서 퀭하게 커지고 노인처럼 움푹 꺼진 자크의 아름다운 두 눈만으로 아이가 살아 있음을 알 수 있는데 그게 바로 죽음의 전조인 것을요! 앞서가는 지능이 허약한 신체와 대비되는 걸까요? 내 옆에 있는 이 예쁜 마들렌, 그렇게 활발하고 어리광을 부리며 그토록 혈색 좋던 아이가 이제는 죽은 것처럼 하얗게 되어 내 눈에는 머리카락과 눈까지 창백해져 버린 것 같아요. 마들렌이 생기 없는 눈빛으로 나를 돌아봐요. 마치 내게 작별을 고하고 싶다는 듯이 말이에요. 어떤 요리로도 마들렌을 유혹하지 못하는데, 혹여 아이가 어떤 음식을 원하기라도 할 때는 너무도 기이한 식욕 때문에 내가 질겁하고 말아요.[82] 맑기만 한 이 아이가 내 마음속에서 자라났긴 해도 내게 그런 식욕을 털어놓을 때는 얼굴을 붉힌답니다. 나는 아무리 노력해도 아이들을 즐겁게 해줄 수 없어요. 두 아이 모두 내게 미소를 짓지만, 그 미소는 내가 아양을 떨어서 빼앗은 것이지 아이들에게서 나온 게 아니에요. 아이들은 내 애무에 반응하지 못해서 울어요. 고통이 아이들의 영혼 속에 있는 모든 것을, 심지어 우리를 연결하는 끈까지도 금지해요. 이제 클로슈구르드가 얼마나 슬픈지 아시겠죠. 모르소프 씨는 거치적거릴 것 하나 없이 이곳을 지배하고 있어요. 오 나의 친구여, 당신은 나의 영광이에요! (그녀의 편지는 한 걸음 더 나아갔습니

____

82) 위황병(철결핍성빈혈) 증세다.

다) 나를 더욱 사랑하려면 진정으로 사랑해야 해요. 생기도 없고 당신에게 이롭지도 않으며 고통으로 돌처럼 굳어진 나를 사랑하려면 말이에요."

그 어느 때보다도 뼛속 깊이 생생한 아픔을 느끼던 그때, 그녀의 영혼 속에서만 살면서 아침의 찬란한 미풍과 붉게 물든 저녁의 희망을 그 영혼에 보내려고 애쓰던 그때, 나는 엘리제 부르봉[83]의 살롱에서 여왕의 신분에 버금가는 한 유명한 귀부인을 만났습니다. 막대한 부, 정복[84] 이후 낮은 신분과는 섞이지 않은 순수한 혈통의 가문 출신, 영국 귀족 가운데 가장 뛰어난 한 노인과의 결혼, 이 모든 이점도 그 부인의 아름다움과 우아함, 몸가짐, 정신, 매혹되기도 전에 눈이 부신 어떤 광채를 돋보이게 하는 부속물에 지나지 않았습니다. 그녀는 시대의 우상이었으며, 베르나도트[85]가 말한 벨벳 장갑을 낀 철권, 즉 성공에 필요한 자질을 갖추고 있었던 만큼 더욱더 파리 사교계를 지배했습니다. 당신은 영국인들의 특이한 개성, 인사를 전혀 나누지 않는 사람들과 자기들 사이에 두는 저 건널 수 없는 오만한 영불해협과 차가운 세인트조지 해협

---

83) 루이 15세 즉위 초기에 건축된 엘리제 부르봉 궁은 왕정복고기에 베리 공작 부처의 관저였다. 이곳의 살롱에서는 화려한 파티가 자주 열렸다.
84) 11세기 프랑스 노르망디의 영주 기욤(윌리엄 1세, 정복왕)의 잉글랜드 정복을 말한다.
85) 장 바티스트 쥘 베르나도트(1763~1844)는 프랑스 혁명군의 장군 출신이며 나폴레옹의 반대파였지만 나폴레옹이 황제가 된 뒤에는 총사령관을 지내고 1818년에 스웨덴과 노르웨이의 왕이 되었다.

을 알고 계시지요. 인류는 그들이 밟고 지나가는 개미집과 흡사합니다. 그들은 자기들이 인정한 사람들만 인간으로 알고 나머지 다른 사람들의 언어는 듣지 않습니다. 입술을 움직이고 눈으로 보는 게 분명한데도 소리도 눈길도 그들에게는 닿지 않습니다. 그들에게는 그 사람들이 존재하지 않는 거나 마찬가지입니다. 영국인들은 자기네 섬의 이미지를 그렇게 제공합니다. 이 섬에서는 법이 만물을 지배하고 각 분야에서도 모두 획일적이며, 미덕의 실행은 일정한 시간에 작동하는 톱니바퀴의 필수적인 작용으로 보입니다. 영국 여성은 가정이라는 황금 새장에 갇혀 있지만, 그 안에 있는 먹이통과 물통, 횃대와 사료는 경이롭습니다. 그런 그녀의 주위에는 번들거리는 강철 요새들이 솟아 있어서 그녀에게 저항할 수 없는 매력을 부여합니다. 어느 민족도 결혼한 여성의 위선을 그보다 훌륭하게 갖춘 적이 없습니다. 무슨 일이든 죽음과 사회생활 사이에 그 위선이 놓여 있기 때문이죠. 그녀에게는 수치와 명예 사이에 아무 간격이 없습니다. 전적으로 잘못했거나 아예 잘못이 없거나. 그것은 전부 아니면 무, 햄릿의 '사느냐 죽느냐'입니다. 이 양자택일은 관습으로 익숙해진 항구적 경멸과 결합하여 영국 여성을 세상에서 분리된 존재로 만들어버립니다. 가엾은 존재지요. 마지못해 정숙해서 언제든 타락하기 쉽고, 마음속에는 항시 거짓이 숨겨져 있지만 외관상으로는 매력적입니다. 왜냐하면 이 민족은 모든 것을 형식 속에 집어넣었기 때문입니다. 거기에서 이 나라 여성들 특유의 아름다움이 나옵니다. 첫째로, 그녀들에게 삶의 정수는 어김없이 애정에 대한 열광입니다. 둘째로는, 지나칠 정도의 자기 배려고, 마지막으로는 섬세한 사랑인데, 영국 여성을 단숨에 표현한 셰익스피어의 천재성이 돋보이는 『로미오와 줄리엣』의 유명한 장면에 무척 우아하게 그려졌지요. 그들의 많은 것을 부러워하는 당신에게, 겉으로는 헤아릴 수 없어도 즉시 알게 되는 그 하얀 세이렌들[86]을 당신은 모른다고 내가 어떻게 말할 수 있겠습니까? 이들은 사랑은 사랑으로 충분하다고 믿으며, 영혼에는 음계가 단 하나밖에 없고 목소리에도 음절이 하나밖에 없는 까닭에, 즐거움을 변주하지 못해서 즐거움 속에 우울을 끌어들입니다. 사랑의 바다를 헤엄쳐 보지 않은 사람은 감각의 시에 담긴 무엇인가를 끝내 알지 못할 테니, 이는 자기 리라에 줄〔弦〕 몇 개가 빠진 채로 살아가는 것과 같습니다. 당신은 내가 이 말을 하는 이유를 알고 있습니다. 나와 더블리 후작 부인의 연애 사건은 유명한 스캔들이 되었습니다. 감각이 우리의 결정에 절대적 지배력을 가지는 나이에 그 감각의 열기가 너무도 강하게 억제되어 있던 한 청년에게는 클로슈구르드에서 서서히 진행되는 순교로 고통받는 성녀의 이미지가 너무 강렬하게 빛을 발했고, 그 때문에 나는 유혹에 저항할 수 있었습니다. 나의 그 충직함이 아라벨 부인의 주의를 끈 빛이었습니다. 나의 저항이 그녀의 정열을 자극했습니다. 그녀가 바란 것은 많은 영국 여자들이 바라듯이 격렬한 폭음과 특별한 일이

---

86) 그리스 신화에 나오는 바다의 님프들이다. 아름다운 여성의 얼굴에 독수리의 몸을 하고 고혹적인 노래로 뱃사람들을 유혹하여 바다에 빠져 죽게 했다는 세이렌은 여성의 치명적 유혹이나 속임수를 비유할 때 자주 쓰인다.

었습니다. 영국인들이 미각을 일깨우기 위해 매운 양념을 원하듯이 그녀는 마음에 주는 먹이로 후추와 고추를 원했습니다. 이 여자들의 생활 속에 밴 언제나 완벽한 일 처리와 체계적 규칙성의 습관은 무기력증을 불러오고, 그 때문에 이들은 소설 같은 일과 어려운 것을 동경하게 됩니다. 나는 그런 특성을 고려할 줄 몰랐습니다. 내가 차가운 무시 속에 들어앉을수록 더들리 부인은 더욱 몸이 달아올랐습니다. 그녀가 자랑스럽게 생각한 그 싸움은 몇몇 살롱의 호기심을 자극했고, 그것이 그녀에게 반드시 승리해야 한다는 생각이 들게 만든 첫번째 행복이었습니다. 아! 모르소프 부인과 나에 관해 그녀의 입에서 빠져나왔다는 그 끔찍한 말을 어떤 친구가 내게 전해주었다면 나는 구원받았을 겁니다.

"난 그 멧비둘기 같은 탄식은 딱 질색이야!" 그녀의 말이었습니다.

나탈리, 나는 여기에서 내 죄를 변명하고 싶은 게 아니라, 한 남자가 한 여자에게 저항할 수단이 당신네 여자들이 우리 남자들의 구애를 피하는 수단보다 적다는 사실을 당신에게 보여주려는 겁니다. 우리 풍습은 남성들에게 거침없이 저지하는 것을 금하고 있지만, 당신네 여자들에게는 그것이 연인에게 던지는 미끼가 될 뿐만 아니라 당신들이 지켜야 할 예법이기도 하지요. 반대로 남성의 오만에 관한 법률은 우리 남성들에게 유보된 권리를 웃음거리로 만들어버립니다. 우리는 당신들이 호의의 특권을 누릴 수 있도록 당신들에게 겸손이라는 독점권을 남겨둡니다. 하지만 역할을 바꿔보세요. 남성은 조롱 앞에서 무너집니다. 나는 내 정열을 그대로 간직하고는 있었지만, 긍지와 헌신과 아름다움이라는 삼중의 유혹에 계속 무감각하게 있을 나이가 아니었습니다. 아라벨 부인이 주인공이었던 무도회에서 그녀가 받은 찬사를 내 발밑에 놓았을 때, 화장이 내 취향에 맞는지 알고 싶어서 내 눈치를 살필 때, 내 마음에 들어서 그녀가 쾌감으로 전율할 때, 나는 그녀의 흥분에 감동했습니다. 게다가 그녀는 내가 그녀에게서 빠져나갈 수 없는 위치에 있었습니다. 나는 외교 모임에서 보낸 몇몇 초대는 거절하기 어려웠습니다. 그녀의 자질은 모든 살롱의 문을 열었습니다. 자기 마음에 드는 것을 얻기 위해 여성들이 발휘하는 그 능란한 솜씨를 이용해 그녀는 식탁에서 내 옆에 자기가 앉도록 여주인이 배려하게 했습니다. 그런 다음 그녀는 내 귀에 속삭였습니다. "모르소프 부인처럼 나를 사랑해 준다면 난 당신에게 모든 걸 바칠 거예요." 그녀는 웃으면서 내게 가장 보잘것없는 조건을 내걸기도 하고, 어떤 고난이 닥쳐도 비밀을 지키겠다고 약속하는가 하면, 자기가 나를 사랑하는 걸 허락만 해달라고도 했습니다. 어느 날 그녀는 소심한 양심을 완전히 무너뜨리기에 충분하고, 청년의 억제할 수 없는 욕망에 부응하는 말을 내게 하기도 했습니다. "당신의 영원한 친구지만 당신이 원할 때는 애인이 되어드릴게요!" 마침내 그녀는 내 충직한 성격을 이용해 나를 함몰시키려는 계획으로 내 침실 하인을 자기편으로 만들었고, 어느 저녁 파티에 내 욕망을 자극하리라는 확신을 품기에 충분할 정도로 아름다운 모습으로 나타났습니다. 그리고 파티가 끝난 후 나는 내 집에서 그녀를 발견했습니다. 이 격렬한 폭음은 영국에 울려 퍼졌고, 영국 귀족들은 자기네들의 가장 아름다운 천사의 추락에 하늘이 놀란 듯 대경실색했습니다. 더들리 부인은 영국의 하늘에 있던 자기 구름에서 내려와 현실의 힘으로 낮아졌고, 자기희생을 통해 그 유명한 재앙의 원인이 된 미덕의 여인(CELLE)이 사라지기를 원했습니다. 아라벨 여사는 성전 꼭대기의 악마처럼 그녀의 열렬한 왕국이 가진 가장 부유한 나라들을 내게 보여주는 데서 기쁨을 느꼈습니다.[87]

바라건대 내 편지를 너그러운 마음으로 읽으셨으면 합니다. 이 편지에서 중요한 것은 인간의 삶에서 가장 흥미로운 문제이며, 사람들 대부분이 굴복하는 위기로서, 나는 오직 그 암초에 등댓불을 밝히기 위해 설명하고 싶은 것입니다. 참으로 날씬하고 가냘프고 아름다운 부인이며, 엷은 황갈색의 가는 머리칼 아래로 너무나도 귀여운 이마를 가진 부서지고 깨지기 쉬우며 부드러운 우윳빛 여자, 인광처럼 덧없을 것 같은 광채를 지닌 그 인간은 철로 된 조직체입니다. 아무리 날뛰는 말이라도 그녀의 예민한 손목과 겉으론 부드러워 보이지만 그 무엇에도 꺾이지 않는 그녀의 손에 저항할 수는 없습니다. 그녀는 암사슴의 발을 가졌습니다. 마른 근육질의 그 작은 발은 형언할 수 없는 우아함에 감싸여 있었습니다. 그녀는 싸움에서 아무것도 두려워할 것이 없는 힘을 가졌으며, 어떤 남자도 말을 타고 그녀를 쫓아갈 수 없습니다. 그녀는 장애물 경주에서 켄타

---

87) 「마태복음」(4장 5절~8절)과 「누가복음」(4장 5절~9절)에 빗댔다.

우로스도 누르고 상을 받을 것입니다. 그녀는 말을 멈추지 않고도 꽃사슴과 수사슴 들을 쏘아 맞힙니다. 그녀의 몸에서는 땀이 나지 않으며, 대기 속에서 불을 빨아들이고, 살지 못한다는 형을 받아도 물속에서 살 것입니다. 또한 그녀의 정열은 그야말로 아프리카의 정열입니다. 그녀의 욕망이 사막의 회오리바람처럼 몰아칩니다. 그녀의 눈 속에는 사막의 이글거리는 광막함이 그려집니다. 그곳에는 하늘빛과 사랑이 가득하고, 언제나 변하지 않는 하늘이 있으며, 별이 빛나는 서늘한 밤이 있습니다. 클로슈구르드와는 얼마나 대조적인가요! 동양과 서양입니다. 한 여자는 최소한의 수분만을 섭취하며 생명을 유지하고, 다른 한 여자는 자기 영혼을 분비해 자기 충복들을 빛나는 분위기로 감싸줍니다. 후자는 발랄하고 날씬하며, 전자는 느리고 기름집니다. 그런데 당신은 영국의 풍속을 일반적 의미로 생각해 본 적이 없나요? 그건 물질 예찬 아닐까요? 궁리 끝에 교묘하게 적용된 한정적 에피쿠로스주의 말입니다. 영국이 무슨 일을 하든 또는 무슨 말을 하든, 영국은 어쩌면 자신도 모르게 물질주의자입니다. 영국은 종교적이며 도덕적인 자부심을 지니고 있지만 거기에는 신의 영성, 가톨릭적 영혼이 없어서 그 어떤 위선으로도, 위선을 아무리 잘 연기한다 해도 풍요롭게 하는 은총은 대신하지 못할 것입니다. 영국은 물질성의 극히 작은 부분까지도 개선하는 가장 높은 수준의 생활 과학을 소유하고 있습니다. 당신의 실내화를 세계에서 제일 우아한 실내화로 만들어주고, 당신의 속옷에 형언할 수 없는 풍미를 주며, 서랍장 안쪽에는 삼나무를 덧대 향을 넣습니다. 또

교묘하게 풀어지는 그윽한 차를 시간에 맞춰 따라 주고, 먼지를 쓸어내며, 첫째 계단부터 집 안의 가장 구석진 곳까지 카펫을 박는가 하면, 지하실 벽도 솔로 털어내고, 문에 달린 노크도 광택을 내며, 사륜마차의 용수철을 유연하게 하고, 재료를 영양이 풍부하고 솜털처럼 부드러운 과육으로 만들어 그 안에서는 영혼이 향락 아래 소멸하며, 끔찍하게 단조로운 안락함을 낳아 대립도 없고 자발성도 없는 삶을 제공함으로써 요컨대 당신을 기계로 만들어버립니다. 그리하여 나는 그런 영국적 호사 속에서 갑자기 한 여인을 알게 되었고, 아마도 여성 가운데 유일할 것 같은 그녀는 빈사 상태에서 부활한 그 사랑의 그물로 나를 휘감았습니다. 나는 그 넘치는 사랑에 엄격한 금욕으로 응답했습니다. 저항하기 힘든 아름다움을 지닌 그런 사랑은 그 안에 든 전기의 힘으로 비몽사몽의 상아 문을 통해 당신을 천국으로 인도하거나 날개 돋친 허리에 당신을 앉혀 그곳에서 빼내기도 합니다. 무서울 정도로 배은망덕한 사랑은 그 사랑이 죽인 시체들 위에서 웃습니다. 추억 없는 사랑, 영국 정치와 흡사한 잔인한 사랑이며, 남자라면 거의 모두가 빠지는 사랑입니다. 당신은 이미 문제를 파악하고 있습니다. 사람은 물질과 정신으로 이루어져 있지요. 동물성이 그 안에서 끝나고 천사가 시작됩니다. 바로 거기에서 우리가 예견하는 미래의 운명과 아직 완전히 떨어져 나오지 못한 이전 본능의 기억 사이에서 우리가 모두 느끼는 싸움, 즉 육체적 사랑과 거룩한 사랑의 싸움이 생겨납니다. 어떤 이는 이 두 사랑을 하나로 합치고, 어떤 이는 금욕하지요. 어떤 이는 여성 전체를 뒤져가

며 이전의 욕망을 채우려 하고, 어떤 이는 여성 전체를 오로지
한 여자에게 이상화하여 그녀 안에 온 우주를 압축합니다. 또
어떤 사람들은 물질의 쾌락과 정신의 쾌락 사이에서 우유부단
하게 떠다니며, 어떤 사람들은 육체가 주지 못하는 것을 육체
에서 구함으로써 육체를 정신화합니다. 사랑에 대한 이런 일반
적 성질들을 생각하면서, 사람마다 타고난 기질이 달라 서로에
게 끌리기도 하고 밀어내기도 한다는 점, 그리고 서로를 충분
히 알아보지 못한 채 맺은 약속이 그런 차이 앞에서 쉽게 깨
질 수 있다는 사실까지 함께 생각해 보세요. 여기에 생각으로
사는 사람, 감정으로 사는 사람, 행동으로 사는 사람들이 각자
의 기대 속에서 저지르는 착각과 오해까지 더한다면, 결국 똑
같이 복잡한 두 존재가 한 관계 안에서 서로를 제대로 알아보
지 못해 불행에 이르는 일이 얼마나 자연스러운지 이해하게
될 것입니다. 그러면 사회가 냉혹하게 단죄하는 불행들 앞에서
당신은 훨씬 너그러운 마음을 갖게 될 것입니다. 아무튼 아라
벨 부인은 우리를 이루고 있는 미묘한 물질의 본능, 기관, 욕구,
미덕과 악덕을 만족시켜 주었습니다. 그녀는 육체의 연인이었
고, 모르소프 부인은 영혼의 신부였습니다. 연인이 충족시켜
주는 사랑에는 한계가 있습니다. 물질은 유한하며, 그 속성들
이 지닌 힘은 계산이 가능한 것이어서 포화상태에 이르는 걸
피할 수 없기 때문입니다. 나는 파리에서 더들리 부인 옆에 있
을 때면 알 수 없는 공허감을 자주 느꼈습니다. 무한은 마음의
영역이며, 클로슈구르드에서는 사랑의 한계가 없었습니다. 나
는 아라벨 부인을 정열적으로 사랑했습니다. 물론 그녀 안에

있는 동물성이 탁월하긴 했지만 그녀의 지성도 뛰어났습니다. 그녀의 조롱하는 말은 모든 영역에 걸쳐 있었습니다. 하지만 나는 앙리에트를 사랑했습니다. 밤에는 행복감에 눈물을 흘렸고, 낮에는 후회로 울었습니다. 어떤 여자들은 아주 영리해서 지극히 천사 같은 자비심 아래 질투심을 감춥니다. 더들리 부인처럼 서른 살이 넘은 여자들이 그렇습니다. 그래서 이 여자들은 느끼고 계산할 줄 알며, 현재의 즙을 짜내 미래를 생각할 줄 압니다. 부상을 인지하지 못하고 열렬하게 사냥감을 추격하는 사냥꾼들의 에너지로 흔히는 정당하게 앓는 소리도 억누를 수 있습니다. 아라벨은 모르소프 부인에 대해서는 일절 언급하지 않고도 내 영혼 속에서 그녀를 죽이려고 시도했습니다. 내 영혼 속에서 언제나 그녀가 보였기 때문이죠. 아라벨의 정열은 그 꺾이지 않는 사랑의 숨결로 되살아났습니다. 그녀에게 유리한 비교를 통해 승리하기 위해 그녀는 젊은 여자들 대부분이 그러듯이 의심하거나 귀찮게 하거나 호기심 많은 태도를 보이지 않았습니다. 그러나 뜯어 먹을 먹이를 잡아 아가리에 물고 자기 소굴로 가져가는 암사자처럼 그녀는 그 무엇에도 자기의 행복이 흔들리지 않도록 감시했고, 복종하지 않는 포획물인 양 나를 감시했습니다. 나는 그녀가 보는 앞에서 앙리에트에게 편지를 썼지만, 그녀는 단 한 줄도 읽지 않았고, 편지 겉에 쓰인 주소를 알려고 무슨 수단을 쓰지도 않았습니다. 내게는 자유가 있었습니다. 그녀는 이렇게 생각하는 것 같았습니다. '만약에 내가 그를 잃는다면, 그건 오로지 내 탓일 거야.' 그리고 그녀는 내가 요구하면 망설이지 않고 자기 목숨을 내게 내어줄 만큼 헌신적인 사랑에 떳떳하게 의지했습니다. 마침내 그녀는 내가 만약 그녀를 떠나면 그녀는 그 즉시 죽어버릴 거라는 믿음을 내가 갖게 했습니다. 그 점에 관해서는 남편의 장작더미 위에서 함께 타 죽는다는 인도 과부들의 관습을 찬양하는 그녀의 말을 들어야 했습니다. “인도에서는 이 관습이 귀족 계급에만 주어진 특전이라고는 하지만, 그리고 그런 면에서 그 특권의 오만한 위대함을 짐작하지 못하는 유럽인들은 그것을 잘 이해하지 못한다고는 해도, 솔직히 말해 봐요,” 그녀가 내게 말했습니다. “우리의 이 평평한 현대 풍습 안에서 귀족은 이제 비범한 감정에 의해서만 다시 일어설 수 있을까요? 부르주아들에게 그들이 죽는 방식과 다르게 죽는 것 외에는 내 혈관을 흐르는 피가 그들의 피와 다르다는 사실을 어떻게 가르쳐줄 수 있어요? 천한 집안에서 태어난 여자들도 우리에게만 주어져야 할 다이아몬드, 옷감, 말, 심지어 문장까지 가질 수 있다니, 이름을 살 수 있으니까 그렇잖아요! 하지만 사랑한다는 것은 법에 맞서서 꼿꼿이 머리를 쳐들고 자신이 선택한 우상을 위해 침대 시트에서 수의를 잘라내며 죽는 일이고, 전능한 신에게서 신을 만들 권리를 훔쳐내 세상과 하늘을 한 사람에게 맡기는 일이에요. 무슨 일이 있어도, 심지어는 미덕을 위한 것이라 해도 그를 배신하지 않는 것이 사랑이에요. 왜냐하면 의무라는 명분으로 그에게 몸을 허락하지 않는 것은 ‘그 사람’이 아닌 어떤 것에 자신을 바치는 게 아닐까요……? 사람이든 생각이든 배신은 언제나 있어요! 그게 바로 하층민 여자들은 도달하지 못하는 위대함이에요. 그 여자들은 오직 평범한 두 가지 길밖에 몰라요. 미덕의 대로 아니면 매춘부의 진흙탕 길이죠!" 보시다시피 그녀는 자랑스럽게 행동했고, 모든 허영심을 신격화함으로써 그것들을 기만했으며, 오직 내 무릎에서만 살 수 있다는 듯이 나를 높이 추켜올렸습니다. 그녀의 정신적 유혹도 역시 모두 노예 자세와 완전한 복종으로 표현되었습니다. 그녀는 온종일 내 발치에 누워 말없이 나만 바라보며 머무르는 방법을 알았습니다. 술탄의 후궁 여인처럼 쾌락의 시간을 애타게 기다리고, 그것만을 기다리는 것처럼 보이며 능숙한 교태로 그 시간을 앞당기기도 했습니다. 그 처음 6개월을 어떤 말로 묘사할 수 있을까요? 나는 쾌락이 넘치는 사랑을 무기력하게 향유하는 데 사로잡혀 있었고, 경험에서 얻은 지식과 함께 변화된 여러 방식으로 그 사랑을 즐겼지만, 그 가르침은 격정적 열정 아래 숨겼습니다. 감각의 시가 갑자기 드러나는 그런 쾌락은 젊은이들을 연상의 여성들에게 붙잡아 매는 강력한 사슬이 됩니다. 그러나 이 사슬은 죄수의 족쇄이며, 영혼에 지워지지 않을 흔적을 남기고, 순진한 풋사랑에 예견된 환멸을 놓아둡니다. 꽃들만 많을 뿐인 풋사랑은 정교한 조각이 새겨지고 꺼지지 않는 불길이 타오르는 보석들로 치장된 황금 술잔에 술을 담을 줄 모릅니다. 알지도 못한 채 꿈꾸기만 했던 쾌락, 나의 '은밀한 언어를 담은 꽃다발' 속에 표현했던 쾌락, 영혼의 결합으로 천배나 뜨겁게 달궈진 그 쾌락을 맛보면서 나는 그 아름다운 술잔으로 마신 자기만족을 스스로 정당화하기 위한 역설도 빠뜨리지 않았습니다. 육체에서 빠져나온 내 영혼이 무한한 권태 속에 길을 잃고 지상에서 멀리 날아갈 때면, 나는 그 쾌락이 물질을 파기하고 정신을 숭고한 비행으로 만들어주는 방법이라고 종종 생각하곤 했습니다. 더들리 부인은 많은 여자들처럼 과도한 행복 끝에 이르게 되는 흥분을 이용해 맹세로 나를 구속했습니다. 그리고 욕망의 입김으로 클로슈구르드의 천사를 모독하는 말을 내게서 끌어냈습니다. 일단 배신자가 된 나는 사기꾼이 되었습니다. 나는 마치 모르소프 부인이 그토록 사랑했던 그 고약하고 작은 파란색 옷을 입었을 때와 여전히 똑같은 어린애인 양 그녀에게 계속 편지를 썼습니다. 그러나 고백하건대, 비밀이 누설됨으로써 내 희망의 그 아름다운 성에 불러올 수 있는 재앙을 생각하면 나는 그녀의 천리안 능력이 두려웠습니다. 나는 기쁨의 와중에도 갑작스러운 고통으로 몸이 얼어붙었고, 성서의 "카인아, 아벨은 어디 있느냐?'처럼 높은 곳에서 앙리에트의 이름을 부르는 목소리를 듣는 일이 자주 있었습니다. 내 편지에 답장이 없었습니다. 나는 무서운 불안에 사로잡혀 클로슈구르드로 떠나고만 싶었습니다. 아라벨은 반대하지 않았지만 당연히 나와 함께 투렌에 가겠다고 했습니다. 장애를 만나 더욱 심해진 그녀의 변덕이라든가, 뜻하지 않은 행운으로 증명된 그녀의 예감 등 모든 상황이 그녀에게 진정한 사랑이 생겨난 원인이 되었습니다. 그녀가 그렇게도 유일한 것으로 원했던 그 진실한 사랑 말입니다. 그 여행에서 그녀는 여자의 육감으로 나를 모르소프 부인으로부터 완전히 떼어놓을 방법을 발견했습니다. 반대로 나는 두려움에 눈이 멀고 진실한 정열의 고지식함에 사로잡혀 내가 빠지게 될 함정을 보지 못했습니다. 더들리 부인은 지극히 굴욕적인 양보를 제안하면서 내가 어떤 이의도 제기하지 못하도록 미리 막을 쳤습니다. 그녀는 투르 근처의 시골에 남아서 아무도 모르게 변장한 채 낮에는 외출하지 않을 것이고, 우리는 그 누구의 눈에도 띄지 않는 밤에 시간을 정해 만난다는 데 동의했습니다. 나는 투르에서 말을 타고 클로슈구르드를 향해 출발했습니다. 내가 클로슈구르드에 그렇게 간 데는 나름의 이유가 있었습니다. 밤에 다니려면 말이 필요했기 때문이죠. 내 말은 에스더 스탠호프 부인[88]이 후작 부인에게 보낸 아랍산(産) 말이었는데, 이 후작 부인이 내가 가지고 있던 유명한 렘브란트의 그림과 맞바꿔 준 것이었습니다. 그래서 그 그림은 지금 런던에 있는 그녀의 집 거실에 있지요. 그렇게 특이하게 얻은 말이었습니다. 나는 6년 전에 걸어서 갔던 길을 가다가 호두나무 아래에서 멈추었습니다. 그곳에서 나는 하얀 드레스를 입고 테라스 끝에 서 있는 모르소프 부인을 보았습니다. 나는 그 즉시 그녀를 향해 번개 같은 속도로 달려 마치 종탑까지 가는 야외 경주를 하듯 직선거리를 뛰어넘어 몇 분 만에 담장 아래까지 갔습니다. 사막의 제비가 뛰어오르는 엄청난 소리를 그녀가 들었을 때 나는 테라스 모퉁이에 우뚝 멈춰 섰고, 그녀가 내게 말했습니다. "아! 당신

---

88) 영국 조지 3세 시대에 수상과 재무장관 등을 지낸 윌리엄 피트의 조카이며 기행으로 유명한 그녀는 레바논 고원지대의 한 수도원에서 예언자로 불리며 여왕처럼 살다가 1839년 63세에 폐결핵으로 죽었다. 라마르틴의 『동방 여행』에 그녀에 관한 자세한 묘사가 있고, 발자크의 『잃어버린 환상』에도 언급된다.

이 왔군요!"

이 세 단어에 나는 벼락을 맞은 것만 같았습니다. 그녀는 내 연애 사건을 알고 있었습니다. 누가 그녀에게 말해 줬을까요? 그녀의 어머니였습니다. 훗날 그녀는 어머니의 그 불쾌한 편지를 내게 보여줬습니다. 전에는 그토톡 생기 가득했지만 무관심하게 약해진 목소리, 윤기 없이 희미한 소리가 오래 묵은 고통을 드러내며, 되살아날 길 없이 잘려버린 꽃들의 알 수 없는 어떤 냄새를 발산하고 있었습니다. 토양을 모래로 영원히 뒤덮어 버리는 루아르강의 범람과도 흡사하게 배반의 폭풍이 녹음 우거진 풍요로운 초원을 사막으로 만들며 그녀의 영혼을 훑고 지나갔습니다. 나는 작은 문으로 말을 들여놓고 명령을 내려 잔디밭에서 쉬게 했습니다. 백작 부인이 천천히 걸음을 옮기며 외쳤습니다. "아름다운 말이에요!" 그녀는 내가 그녀의 손을 잡지 않도록 가슴 앞으로 팔짱을 낀 채 있었고, 나는 그녀의 의도를 짐작했습니다. "모르소프 씨에게 알리러 갈게요." 그녀가 내 곁을 떠나며 말했습니다.

나는 당황한 채 그 자리에 서서 떠나가는 그녀를 붙잡지 못하고 지켜보기만 했습니다. 그녀는 여전히 고귀하고 서두름 없이 의젓하며 내가 본 그 어느 때보다도 하얬지만, 이마에는 지극히 쓰라린 우수의 낙인이 찍혀 있었고, 빗물을 너무 많이 머금은 백합처럼 고개를 떨구고 있었습니다.

"앙리에트!" 나는 곧 죽을 것 같은 남자의 격심한 고통으로 소리쳤습니다.

그녀는 돌아보지 않았고 걸음을 멈추지도 않았습니다. 그녀는 자기 이름을 거둬갔으므로 더는 그 이름에 반응하지 않을 것이라는 말조차도 내게는 할 필요가 없다는 듯 계속 걸어갔습니다. 티끌로 변한 수백만 명의 사람들이 차지하고 있을 골짜기, 그들의 영혼이 이제는 지구의 표면에 생기를 불어넣고 있을 그 무서운 골짜기에서, 나는 영광으로 그들을 밝혀줄 광활한 광채 아래 밀집한 군중 한가운데서 왜소한 존재로 서 있는 나 자신을 발견할 수도 있었겠지요. 하지만 그렇다 해도 그 하얀 형체 앞에서만큼 내가 납작하게 눌리지는 않았을 것입니다. 그녀는 꺾이지 않는 어떤 해일이 한 도시의 거리들을 덮치러 올라가듯, 일정한 걸음으로 자기의 클로슈구르드 성으로 올라갔습니다. 그것은 천주교 신자 디도[89]의 영광과 시련이었습니다. 나는 아라벨을 저주했습니다. 그 단 한 마디 저주의 말을 그녀가 들었다면 아마 죽어버렸을지도 모릅니다. 인간이 신에게 모든 것을 바치듯이 그녀는 나에게 모든 것을 바쳤으니까요! 나는 사방에서 무한한 고통이 밀려옴을 느끼면서 생각의 세계 속에서 길을 잃고 말았습니다. 그때 가족 모두가 내려오는 것이 보였습니다. 자크는 그 나이의 순진함으로 격렬하게 달려왔습니다. 크고 온순한 눈이 죽어가는 마들렌은 어머니와 함께 있었습니다. 나는 자크를 가슴에 꼭 껴안고 아이의 어머니가 마다한 눈물과 영혼의 감동을 자크에게 쏟았습니

---

89) 베르길리우스의 『아이네이스』에 등장하는 카르타고의 여왕. 아이네이아스와 사랑에 빠지지만 버림받은 후 장작더미에 올라가 분신자살한다. 여기에서는 천주교 신자인 모르소프 부인에 빗대어 천주교 신자 디도로 묘사하고 있다.

다. 모르소프 씨가 내게로 다가와 두 팔을 뻗어 나를 껴안고
는 두 뺨에 입을 맞추며 내게 말했습니다. "펠릭스, 당신에게
내 목숨을 빚졌다는 걸 알았다오!"

모르소프 부인은 그 광경이 벌어지는 동안 어리둥절해진
마들렌에게 말을 보여준다는 구실로 우리에게서 등을 돌리고
있었습니다.

"하! 이것 참! 여자들이라니," 화가 난 백작이 소리쳤습니
다. "당신, 말이나 구경하고 있지 않소."

마들렌이 돌아서서 내게로 왔고, 나는 얼굴을 붉힌 백작 부
인을 바라보며 아이의 손에 입을 맞췄습니다.

"마들렌은 훨씬 나아졌군요." 내가 말했습니다.

"가엾은 딸!" 백작 부인이 마들렌의 이마에 입을 맞추며 대
답했습니다.

"그래요, 지금은 아이들 모두 괜찮아요." 백작이 대답했습
니다. "나 혼자만 곧 무너질 오래된 탑처럼 망가졌소, 나의 다
정한 펠릭스."

"장군님은 여전히 검은 용들(dragons noirs)을 갖고 계신 것
같습니다." 내가 모르소프 부인을 쳐다보며 말했습니다.

"사람은 누구나 저마다의 '블루스 데블스(blues devils)'를 지
니고 있죠." 그녀가 대답했습니다. "영어로는 그렇게 말하지
않나요?"90)

---

90) 우울증을 뜻하는 '검은 용들'이라는 표현에 대해, 모르소프 부인이 경
쟁자인 더들리 부인을 의식해 일부러 영어를 쓴 것이다.

우리는 함께 걸으면서 텃밭 쪽으로 다시 올라갔습니다. 모두들 어떤 중대한 사건이 일어났음을 느끼고 있었습니다. 그녀는 나와 단둘이 있고 싶은 생각이 전혀 없었습니다. 결국 나는 그녀의 손님이었습니다.

"그건 그렇고, 당신 말은?" 우리가 밖으로 나왔을 때 백작이 말했습니다.

"그것 보세요." 백작 부인이 다시 말했습니다. "내가 말을 생각해도 잘못한 거고, 생각하지 않아도 잘못한 거잖아요."

"그렇고말고요." 백작이 말했습니다. "모든 일에는 때가 있는 법이오."

"제가 가겠습니다." 그렇게 차가운 대접을 참기 힘들다고 여긴 내가 말했습니다. "저만 말을 나가게 할 수 있고 울안에도 제대로 넣을 수 있습니다. 내 마부가 쉬농에서 마차로 와서 말에게 먹이를 줄 겁니다."

"그 마부도 영국에서 오나요?" 그녀가 말했습니다.

"그곳에 다 있지 뭐." 자기 아내가 침울해지는 걸 본 백작은 기분이 좋아져서 대답했습니다.

아내의 차가움이 그녀를 반박할 좋은 기회가 된 그는 우정으로 나를 괴롭혔습니다. 나는 남편이 가진 집착의 무게를 알게 되었습니다. 남편이라는 존재의 세심한 배려가 고귀한 영혼을 짓밟는 순간이 아내들이 그동안 빼앗긴 듯한 애정을 아낌없이 쏟아내는 때라고 생각하지 마세요. 그건 아닙니다! 사랑이 날아가 버리는 날, 그들은 참으로 혐오스럽고 견디기 힘든 존재가 됩니다. 그렇게 되면 그런 종류의 애착에 필수 조건인 훌륭한 이해력이 하나의 수단으로 보이게 되고, 그러면 그 이해력은 저울질하게 되며, 목적으로도 정당화할 수 없는 모든 수단처럼 끔찍한 것이 됩니다.

"내 다정한 펠릭스 군," 백작이 내 두 손을 잡고 다정하게 꼭 쥐며 말했습니다. "모르소프 부인을 용서하시오. 여자들에게는 변덕스러워지려는 욕망이 있어요. 나약하니까 그런 거요. 여자들은 우리가 가진 의연함이 없으니 언제나 똑같은 기분을 가질 수 없어요. 아내는 당신을 많이 사랑해요. 내가 알아요. 하지만……,"

백작이 말하는 동안 모르소프 부인은 우리 둘만 남겨두기 위해 조금씩 우리에게서 멀어졌습니다.

그러자 백작이 두 아이를 데리고 성으로 다시 올라가는 그의 아내에게서 눈을 떼지 않은 채 낮은 목소리로 말했습니다. "펠릭스, 나는 모르소프 부인의 영혼 속에서 무슨 일이 일어나는지는 모르지만, 6주 전부터는 성격이 완전히 바뀌어버렸다오. 전에는 그렇게 온화하고 헌신적이었던 사람이 믿을 수 없을 정도로 무뚝뚝해졌단 말이오!"

마네트가 나중에 내게 말해 준 바에 따르면 백작 부인은 실의에 빠져 백작의 등쌀에도 무감각해졌다고 했습니다. 자기 화살을 꽂을 물렁물렁한 땅을 만나지 못한 이 남자는 자기가 괴롭히는 불쌍한 벌레가 움직이는 것을 볼 수 없는 아이처럼 불안해졌습니다. 그때 사형집행인에게 조수가 필요한 것처럼 그는 마음을 털어놓을 사람이 필요했습니다.

"모르소프 부인에게 한번 물어보시오." 잠시 후 그가 말했습니다. "아내는 남편에게 언제나 비밀이 있는 법이오. 하지만 당신에게는 자기 고통에 관해서 털어놓을 거요. 내게 남은 날들의 절반과 내 재산 절반을 들여야 한다고 해도 아내를 행복하게 해주기 위해서라면 모든 걸 희생할 거요. 그 사람은 내 인생에 꼭 필요한 사람이오! 노년기에 저 천사를 곁에서 늘 느끼지 못한다면 나는 세상에서 제일 불행한 사람이 될 겁니다. 나는 평온하게 죽고 싶어요. 그러니 나를 참아내는 것도 오래가지 않을 거라고 얘기해 줘요. 난 말이오, 내 가엾은 친구 펠릭스, 곧 죽을 거요. 그걸 알고 있어요. 난 모든 사람에게 치명적인 진실을 감추고 있어요. 식구들을 미리 마음을 아프게 할 필요가 있겠어요? 언제나 유문(幽門)이 문제요, 친구! 난 마침내 병의 원인을 알아냈어요. 감정이 나를 죽였단 말이오. 사실 우리의 모든 감정은 위의 중심부를 타격해요……."

"그러니까" 내가 웃으면서 그에게 말했습니다. "심성이 고운 사람들은 위장(胃腸) 때문에 죽는다는 말씀이군요?"

"웃지 말아요, 펠릭스, 그보다 더한 진실은 없어요. 너무 격심한 고통은 교감신경을 필요 이상으로 작동하게 해요. 그렇게 흥분한 감정은 위 점막을 계속 자극해요. 그런 상태가 지속되면 소화 기능에 장애가 생기는데, 처음엔 잘 느끼지 못해요. 위액 분비가 나빠지고 식욕이 저하되어 소화가 잘 안 돼요. 곧이어 찌르는 듯한 통증이 나타나고 더 심해지는데, 날이 갈수록 빈도가 잦아져요. 그런 다음에는 조직 파괴가 극에 달해요. 마치 서서히 죽이는 어떤 독약이 입안의 음식물 덩어리에 섞여 있기라도 한 것처럼 말이오. 점막이 두꺼워지고 유문 판막 경화가 진행되어 종양이 형성되면 그것으로 죽게 돼요. 그런데 내가 지금 그런 상태라오, 친구! 경화가 진행되고 있어서 무엇으로도 막을 수가 없어요. 누런 지푸라기 같은 내 안색과 건조하게 빛나는 눈, 지나치게 마른 몸이 보이시오? 난 말라 죽어가고 있어요. 어떡하겠소, 망명 생활에서 이 병의 근원을 내가 가지고 왔으니. 그땐 정말 고통스러웠어요! 망명의 불행을 치유할 수 있었던 내 결혼은 깊이 상처받은 영혼을 달래주기는커녕 상처를 더욱 악화시켰어요. 이곳에서 내가 발견한 게 무엇이었을까요? 내 아이들로 인한 끝나지 않을 불안, 집안의 근심, 재산 회복, 절약 때문에 아내에게 떠맡긴 수많은 내핍 생활, 그 때문에 내가 가장 많은 괴로움을 겪었지만 말이오. 마지막으로 내가 이런 비밀을 털어놓을 수 있는 사람은 당신밖에 없지만, 내게 가장 힘든 고통은 이것이오. 블랑슈는 천사지만 나를 이해하지 못해요. 내 고통을 전혀 모르고 오히려 더 애를 먹이지. 하지만 난 그녀를 용서해요! 자, 이건 말하기도 몹시 흉하지만, 그녀보다 덜 정숙한 여자라면 블랑슈는 상상하지도 못할 유연함을 이용해 나를 더 행복하게 해주었을 거요. 그 사람은 어린애처럼 다둔하단 말이오! 게다가 하인들도 날 괴롭혀요. 난 프랑스어로 말하는데 그리스어로 듣는 바보들이오. 우리 재산이 그럭저럭 회복되고 내 근심이 좀 덜어졌을 때 병이 생겼어요. 나는 식욕이 감퇴하는 시기에 들어선 거요. 그다음엔 중병이 들었는데 오리제가 진단을 너무 못했지. 이젠 내가 살날이 6개월도 안 남았다오……."

나는 백작의 말을 들으며 무서웠습니다. 백작 부인을 다시 보았을 때 나는 그녀의 건조한 눈의 광채와 누런 지푸라기 같은 이마 색깔 때문에 몹시 놀랐습니다. 나는 백작을 집 쪽으로 데리고 가면서 그의 의학적 장광설이 섞인 불만에 귀를 기울이는 척했습니다. 하지만 나는 앙리에트만을 생각하며 그녀를 자세히 보고 싶었습니다. 백작 부인은 거실에 있었습니다. 그녀는 마들렌에게 타피스리의 한 지점을 보여주면서 도미니스 신부가 자크에게 가르치는 수학 수업을 참관하고 있었습니다. 옛날 같으면 내가 도착한 날에는 자기 일을 모두 제쳐두고 온전히 내게만 신경 썼을 것입니다. 그러나 내 사랑은 너무도 깊이 진실했기에 현재와 과거의 대조로 생겨난 슬픔을 마음속에서 밀어냈습니다. 나는 그 천상의 얼굴에서 누런 지푸라기 같은 치명적인 색조를 보았기 때문입니다. 그것은 이탈리아 화가들이 성인들의 얼굴에 넣어놓은 거룩한 빛의 반사와 흡사했습니다. 그때 나는 내 안에서 죽음의 차가운 바람을 느꼈습니다. 그러다가 한때는 그녀의 눈길이 헤엄치던 맑고 투명한 물기가 사라진, 메마른 그녀의 눈에서 뿜어져 나온 불이 내게로 떨어졌을 때 나는 몸을 떨었습니다. 그리고 나는 슬픔으로 인한 몇 가지 변화를 알아챘습니다. 밖에서는 조금도 눈치채지 못했던 것이었습니다. 지난번에 왔을 때 그녀의 이마 위에 아주 가볍게 나 있던 가느다란 선들이 깊게 패 있었습니다. 그녀의 푸르스름한 관자놀이는 뜨겁고 오목해 보였고, 그녀의 눈은 부드러운 아치 아래 움푹 들어가 있었으며, 가장자리는 갈색을 띠고 있었습니다. 멍이 들기 시작하면서 안에 있는 벌레 때문에 너무 빨리 황금색을 띠는 과일처럼 그녀는 괴저 상태에 있었습니다. 그녀의 영혼에 넘치는 행복을 부어주는 것이 야망의 전부였던 내가 그녀의 삶이 새로워지고 그녀의 용기가 다시 잠기는 샘 속에 쓰라린 고통을 던져넣지 않았던가요? 나는 그녀 곁으로 다가가 앉아서 참회의 눈물을 흘리는 목소리로 그녀에게 말했습니다. "건강은 괜찮으세요?"

"네," 그녀가 내 눈 속에 자신의 눈을 담으며 대답했습니다. "내 건강은 여기 있어요." 그녀가 자크와 마들렌을 가리키며 말했습니다.

열다섯 살에 자연과의 싸움에서 승리하고 나온 마들렌은 여성이 되었습니다. 그녀의 키가 자라났고, 거무죽죽했던 두 뺨에는 벵골의 장미색이 다시 살아났습니다. 그녀는 정면을 똑바로 바라보는 아이의 무사태평한 태도를 버리고 눈을 아래로 떨구기 시작했습니다. 마들렌의 움직임은 그녀의 어머니처럼 진귀하고 위엄이 있었습니다. 그녀의 허리는 날씬했고, 앞가슴의 우아함도 이미 피어나고 있었습니다. 에스파냐 여인 같은 이마 위에 두 갈래로 나누어진 그녀의 아름다운 검은 머리칼은 벌써 우아한 윤기가 흘렀습니다. 그녀는 중세 시대의 예쁜 조각상을 닮았는데, 윤곽이 너무 섬세하고 형체가 너무 가늘어서 눈으로 어루만지며 보기만 해도 부서질까 두려울 정도였습니다. 그녀의 건강은 그토록 끈질긴 노력 끝에 맺은 결실이었습니다. 건강한 그녀의 두 뺨에는 복숭아의 부드러운 벨벳이 얹혀 있었고, 기다란 목선에는 그녀의 어머니처럼 비단 같은 솜털이 빛을 머금은 채 덮여 있었습니다. 그녀는 살아야만 했어요! 하느님은 이 말을 써놓으셨습니다. 인간의 꽃들 가운데 가장 아름다운 꽃봉오리야, 네 눈꺼풀의 긴 속눈썹 위에, 네 어머니처럼 풍성하게 자라리라 약속한 네 어깨의 곡선 위에 쓰노라, 너는 살아야 한다고! 미루나무 허리를 가진 이 갈색 머리의 소녀는 연약한 열일곱 살 청년 자크와는 대조적이었습니다. 그는 머리가 커졌고, 이마는 빠르게 넓어져서 불안감을 주었으며, 열기를 머금은 피곤한 눈은 깊이 울리는 목소리와 융화되어 있었습니다. 목소리가 너무 큰 소리를 내는 것과 마찬가지로 시선에서도 너무 많은 생각이 빠져나왔습니다. 그것은 앙리에트가 자신의 지성과 영혼과 마음을 다해, 순식간에 타오르는 불꽃으로 허약한 몸을 집어삼킨 결과였습니다. 자크의 안색은 지정된 시간에 죽도록 재앙의 표시가 찍힌 젊은 영국 여자들의 특징과 유사하게, 우윳빛이면서도 불타는 색조로 생기를 띠었습니다. 눈을 속이는 건강이지요! 앙리에트는 나에게 마들렌을 가리킨 다음에 자크를 가리켰습니다. 나는 그녀가 가리키는 대로 자크를 보았습니다. 그는 도미니스 신부 앞에서 칠판에 기하학 도형을 그리고 대수학 계산을 하고 있었습니다. 나는 꽃 밑에 숨어 있는 죽음을 보고 몸서리를 쳤지만 가엾은 어머니의 실수를 존중했습니다.

"이렇게 아이들을 보고 있으면 기쁨으로 고통을 잊어버려요. 아이들이 아플 때도 고통이 침묵하고 사라지는 건 마찬가지지만요, 친구." 그녀는 어머니의 기쁨으로 눈을 반짝이며 말했습니다. "다른 애정들이 우리를 배신한다 해도 여기에선 감정을 보상받고 의무를 완수하고 성공의 관을 쓴다면 다른 곳에서 겪은 패배를 보상할 거예요. 자크는 당신처럼 높은 교양과 고결한 지식을 충만하게 갖춘 사람이 될 거예요. 당신처럼 나라의 명예가 되고 아주 높은 지위에 있을 당신의 도움을 받아 지도자가 되겠죠. 하지만 나는 자크가 처음 가진 애정에 충실하도록 지도할 거예요. 사랑하는 딸 마들렌은 벌써 숭고한 마음을 지니고 있어요. 알프스산맥의 최고봉에 있는 눈처럼 순수해요. 여성의 헌신과 우아한 지성을 지닐 테고, 르농쿠르 가문 출신답게 자랑스러운 사람이 될 거예요! 한때는 그렇게도 고통스러웠던 어머니인 내가 지금은 아주 행복해요. 아무것도 섞이지 않은 무한한 행복을 맛보고 있어요. 그래요, 내 삶은 충만하고 풍요로워요. 보시다시피 하느님께서는 허용된 애정 한가운데서는 내 기쁨을 꽃피우게 하시고, 나를 위험한 비탈로 끌고 가신 애정에는 쓰린 고통을 섞어주시네요……."

"잘했어요." 신부가 기쁘게 외쳤습니다. "자작님은 그것에 대해 이제 나만큼 아십니다……."

자크는 증명을 마치면서 가벼운 기침을 했습니다.

"오늘은 그만하세요, 신부님." 감동한 백작 부인이 말했습니다. "특히 화학 수업은 안 돼요. 말을 타거라, 자크." 그녀가 애정 가득한, 그러나 어머니의 품위를 동반한 쾌감으로 아들의 키스에 몸을 맡기며 말했습니다. 그러면서 내 추억을 모욕하려는 듯 나를 향해 눈을 돌렸습니다. '자, 아들, 조심해."

"그런데" 그녀가 눈으로 자크를 오래 쫓아가는 동안 내가 말했습니다. "아직 대답하지 않으셨어요. 어디 아픈 데가 있으세요?"

"네, 가끔 위가 아파요. 내가 만약 파리에 있다면 위염을 앓는 영광이라도 있을 텐데. 유행병이잖아요.”

“어머니는 자주, 그리고 많이 아파요.” 마들렌이 내게 말했습니다.

“아!” 그녀가 말했습니다. “내 건강에 관심 있어요……?”

이 말에 담긴 깊은 아이러니에 놀란 마들렌이 우리를 차례로 바라보았습니다. 내 눈은 거실을 장식한 회색과 초록색 가구 쿠션에 있는 장미꽃을 세고 있었습니다.

“이런 상황은 견디기 힘들어요.” 내가 그녀의 귀에 대고 말했습니다.

“이렇게 만든 게 나인가요?” 그녀가 내게 물었습니다. “친애하는 도련님,” 여자들이 복수를 미화하는 잔인한 쾌활함을 가장하며 그녀가 큰 소리로 덧붙였습니다. “현대사를 모르세요? 프랑스와 영국은 언제나 적이 아니던가요? 마들렌도 그걸 알아요. 거대한 바다, 차가운 바다, 먹구름 가득한 바다가 두 나라를 갈라놓고 있다는 걸 안단 말이에요.”

벽난로 위에 있던 꽃병 대신 촛대가 놓여 있었습니다. 그것은 틀림없이 꽃병을 꽃으로 채우는 내 즐거움을 없애기 위해서였을 것입니다. 나는 훗날 그녀의 침실에서 그 꽃병들을 발견했지요. 내 하인이 도착했을 때 나는 그에게 지시하기 위해 밖으로 나갔습니다. 하인은 내가 침실에 두고 싶어 하는 몇 가지 물건들을 가지고 온 터였습니다.

“펠릭스,” 백작 부인이 내게 말했습니다. “착각하면 안 돼요! 옛날 우리 큰어머니 방은 지금은 마들렌의 방이에요. 당신 방은 백작 방 위에 있어요.”

죄는 지었지만 내게도 심장은 있었습니다. 그 말은 그녀가 찌르기 위해 선택했을 가장 민감한 부분에 냉정하게 가해진 비수의 일격이었습니다. 정신적 고통은 절대적인 것이 아니고 영혼의 섬세함에 비례합니다. 그리고 백작 부인은 그 고통의 사다리를 힘들게 거쳐 왔습니다. 그러나 바로 그런 이유로 최고의 여인은 자비로웠던 만큼 더욱 잔인해질 것입니다. 나는 그녀를 바라보았지만 그녀는 고개를 숙였습니다. 나는 내게 주어진 새로운 방으로 갔습니다. 흰색과 초록색의 예쁜 방이었습니다. 거기에서 나는 눈물을 펑펑 쏟았습니다. 앙리에트가 그 소리를 듣고는 꽃다발을 들고 방으로 왔습니다.

"앙리에트," 내가 그녀에게 말했습니다. "당신은 아무리 가벼운 잘못이라도 절대로 용서하지 않는 분인가요?"

"나를 앙리에트라고 부르지 말아요." 그녀가 말했습니다. "이제 그 불쌍한 여자 앙리에트는 없어요. 하지만 모르소프 부인은 언제나 볼 수 있어요. 당신의 말을 들어주고 당신을 사랑하는 헌신적인 친구죠. 펠릭스, 나중에 얘기해요. 아직도 나에게 애정을 품고 있다면 내가 당신을 보는 데 익숙해질 때까지 날 내버려 둬요. 이야기를 듣고도 가슴이 덜 아프게 될 때, 내가 조금이라도 용기를 되찾을 때, 그래요, 그때, 딱 그때 얘기해요. 저 골짜기를 보세요." 그녀는 내게 앵드르강을 가리키며 말했습니다. "저 골짜기는 나를 아프게 해요. 그래도 난 여전히 골짜기가 좋아요."

"아! 영국도 영국 여자들도 모두 사라지기를! 국왕께 사표를 내겠어요. 나는 여기에서 용서받고 죽을 겁니다."

"아니에요! 그 여자를 사랑하세요! 앙리에트는 이제 없어요. 이건 장난이 아니에요. 아시게 되겠지만."

그녀가 방에서 나갔습니다. 마지막 말은 그녀의 상처가 얼마나 큰지를 말투로 드러내고 있었습니다. 나는 급히 뛰어나가서 그녀를 붙잡고 말했습니다. "그러니까 이젠 나를 사랑하지 않는다는 말인가요?"

"당신은 다른 사람 모두를 합친 것보다 더 큰 아픔을 주었어요! 지금은 아픔이 좀 덜해요. 그러니까 당신을 사랑하는 마음도 적어진 거죠. '절대로도 없고 언제나도 없다'는 말은 영국에만 있어요. 여기에서는 '언제나'라고 말하죠. 그냥 가만히 있어요. 날 더 고통스럽게 만들지 말아요. 그리고 당신이 고통스러우면 내가 살아 있다는 걸 생각하세요."

그녀는 내가 잡고 있던 손을 뺐습니다. 차갑고 움직임이 없었으나 축축한 손이었습니다. 그리고 그녀는 참으로 비극적인 그 장면이 벌어진 복도를 가로질러 화살처럼 빠르게 가버렸습니다. 저녁 식사 중에는 백작이 내게 고문을 가했습니다. 나는 생각지도 못한 것이었습니다.

"더들리 후작 부인이 파리에 없어요?" 그가 내게 물었습니다.

나는 심하게 얼굴을 붉히며 대답했습니다. "없습니다."

"투르에는 없어요." 백작이 계속 말했습니다.

"부인은 이혼하지 않았기 때문에 영국에 갈 수도 있습니다. 부인이 남편에게 돌아가길 원한다면 후작께서는 아주 좋아하실 겁니다." 내가 성급하게 말했습니다.

"아이들이 있나요?" 모르소프 부인이 성마른 목소리로 물었습니다.

"두 아들이 있습니다." 내가 말했습니다.

"어디에 있는데요?"

"영국에 아버지와 함께요."

"그런데 펠릭스, 솔직하게 말해 봐요. 부인이 소문처럼 아름다워요?"

"이 사람에게 그런 질문을 할 수 있어요? 자기가 사랑하는 여자는 언제나 제일 아름다운 여자 아니에요?" 백작 부인이 소리쳤습니다.

"맞습니다. 언제나 그렇습니다." 내가 그녀에게 눈길을 던지며 자랑스럽게 말하자 그녀는 내 눈길을 피했습니다.

"당신은 행운아요." 백작이 말했습니다. "아무렴, 행운아고말고. 아! 젊은 시절에 나도 그런 연애에 미쳐보았더라면……."

"그만해요." 모르소프 부인이 백작에게 눈짓으로 마들렌을 가리키며 말했습니다.

"난 아이가 아니오." 다시 젊어지는 기분을 즐기면서 백작이 말했습니다.

식탁에서 물러난 뒤에 백작 부인은 나를 테라스로 이끌었습니다. 테라스로 나오자 그녀가 흥분해서 말했습니다. "뭐라고요, 남자를 위해 자식을 버리는 여자들이 있어요? 재산, 세상, 그런 건 수긍할 수 있어요. 영원불멸? 그래요, 그것도 어쩌면! 하지만 아이들이라니! 아이들을 포기하다니요!"

"맞아요, 그리고 그 여자들은 아직도 더 많이 희생하고 싶어 해요. 모든 걸 줍니다……."

백작 부인에게는 세상이 뒤집힌 셈이었습니다. 그녀의 생각은 혼란스러워졌습니다. 그 어마어마함에 사로잡혀 행복이 그 희생을 정당화할 수 있을지 의심하면서, 반항하는 육체의 울부짖음을 자신 안에서 들으면서, 자기의 실패한 삶을 마주한 그녀는 아연실색해지고 말았습니다. 그렇습니다. 그녀는 한순간 무서운 의심을 했습니다. 그러나 그녀는 머리를 높이 쳐들고 위대하고 거룩하게 다시 일어섰습니다.

"그러면 그 여자를 많이 사랑해 주세요, 펠릭스." 그녀가 눈물을 글썽이며 말했습니다. "그녀는 나의 행복한 자매가 될 거예요. 당신이 여기에서 한 번도 발견하지 못한 것, 당신이 내게서 얻을 수 없었던 것을 그녀가 당신에게 준다면 그녀가 내게 준 아픔을 용서할게요. 당신이 옳았어요. 난 당신에게 사랑한다는 말을 한 적이 없고, 세상 사람들이 사랑하듯이 당신을 사랑한 적도 없어요. 하지만 그녀가 어머니가 아니라면 어떻게 사랑할 수 있을까요?"

"사랑하는 성녀여," 내가 말했습니다. ".내가 지금보다는 덜 흥분한 상태에 있어야 당신에게 잘 해명할 수 있을 테지만, 당신은 그녀를 아래에 두고 의기양양하게 날고 있으며, 그녀는 지상의 딸, 타락한 종족의 딸이고, 당신은 천상의 딸, 사랑받는 천사이며, 당신은 내 마음을 전부 가지고 있지만 그녀는 내 육체만을 가지고 있습니다. 그녀는 그 사실을 알고 절망에 빠져 있어요. 그녀는 당신과 맞바꾸고 싶을 겁니다. 그 교환의 대가로 가장 잔혹한 고통이 뒤따른다 해도 말이에요. 하지만 이젠 돌이킬 수 없어요. 당신에겐 영혼을, 당신에게 생각을,

순수한 사랑을, 당신에게 젊음과 늙음을, 그녀에겐 덧없는 정열의 욕망과 쾌락을, 당신에겐 내 추억 전체를, 그녀에겐 가장 깊은 망각을 주었습니다."

"말해요, 말해 줘요. 어서 그런 말을 해줘요, 오 내 친구여!" 그녀는 벤치로 가서 앉아 하염없이 눈물을 흘렸습니다. "그러니까 펠릭스, 정절, 성스러운 생활, 모성애는 잘못이 아니잖아요. 오! 내 상처를 달래줘요! 날 천극으로 데려가는 말을 계속해 주세요. 난 당신과 나란히 천국으로 날아가고 싶었어요! 눈길로, 성스러운 말로 나를 축복해 줘요. 두 달 동안 받았던 아픔을 용서할게요."

"앙리에트, 우리 남자들의 삶에는 당신이 모르는 비밀이 있어요. 나는 남자들의 본능에서 생기는 욕망을 감정으로 억누를 수 있는 나이에 당신을 만났습니다. 하지만 죽음이 다가올 때 나를 따뜻하게 해줄 추억의 몇 장면은 그 나이가 지났을 때였습니다. 당신에게 증명할 수 있을 겁니다. 그리고 당신의 변함없는 승리는 그 무언의 희열을 연장하는 데 있었어요. 소유하지 않는 사랑은 욕망의 자극 그 자체로 유지됩니다. 그다음엔 우리 남자들 내부에서 모든 것이 고통이 되는 순간이 옵니다. 여자들과는 비슷한 점이 하나도 없지요. 남자들에게는 포기되지 않는 힘이 있습니다. 그게 없으면 더 이상 남자가 아니지요. 마음이 먹고살 양식을 빼앗기면 자기 자신을 먹어 치우다가 죽음은 아니지만 죽음 직전의 쇠약함을 느낍니다. 그래서 본능은 오랫동안 속일 수가 없습니다. 극히 사소한 우연에도 광기와 흡사한 힘과 함께 깨어납니다. 아니에요, 난 사랑하지 않았습니다. 하지만 사막 한가운데서 목이 말랐어요.”

“사막에서!” 그녀가 골짜기를 가리키며 쓸쓸하게 말하더니 이렇게 덧붙였습니다. “설득을 정말 잘하는군요. 미묘한 구분도 참 많아요! 정조를 지키는 사람들은 그렇게 재치가 있지 않아요.”

“앙리에트,” 내가 그녀에게 말했습니다. “생각 없이 말한 표현으로 논쟁하지 말아요. 아니에요, 내 영혼은 동요하지 않았지만, 감각은 통제하지 못했어요. 그 여자는 당신이 내가 사랑하는 단 한 사람이라는 사실을 모르지 않아요. 그녀는 내 인생에서 부수적인 역할을 한다는 사실도 알고 체념하고 있어요. 난 매춘부를 떠나듯이 그녀와 헤어질 권리가 있어요…….”

“그러면요……?”

“죽어버리겠다고 말하더군요.” 나는 그런 결심이 앙리에트를 놀라게 하리라 생각하고 대답했습니다. 그러나 내 말을 들은 그녀는 경멸적인 미소를 지었습니다. 미소가 전달하는 생각들보다 훨씬 표현력이 강한 그런 미소였습니다. “내 사랑하는 양심,” 내가 다시 말했습니다. “당신이 내 상실을 획책한 유혹과 내 저항을 생각해 본다면 이해할 거예요. 그 치명적인……,”

“오! 그래요, 치명적인!” 그녀가 말했습니다. “내가 당신을 너무 믿었어요! 사제가 지키는 정절이 당신에게도 있을 거라고 생각했는데, 그리고…… 모르소프 씨도 그건 지켜요.” 그녀는 목소리에 날카로운 독설을 실어서 덧붙였습니다. “다 끝났어요.” 그녀가 잠시 후 다시 말했습니다. “당신에게 많은 걸 빚졌어요, 친구. 당신은 내 안에 있는 육체적 생명의 불꽃을 꺼

주었어요. 제일 어려운 길을 왔어요. 나이는 먹어가는데 난 이렇게 고통스럽네요. 곧 병이 들겠죠. 난 당신에게 은혜로운 비를 내려줄 빛나는 요정이 될 수 없을 거예요. 아라벨 부인에게 충실하세요. 당신을 위해 잘 키운 마들렌은 누구에게 갈까요? 가엾은 마들렌, 가엾은 마들렌!” 그녀는 고통스러운 후렴구처럼 되풀이했습니다. “그 아이가 내게 ‘어머니는 펠릭스 아저씨한테 친절하지 않아요!’라고 하는 말을 당신이 들었다면, 사랑하는 내 딸!”

그녀는 나뭇잎 사이로 스미는 석양의 따뜻한 햇빛 아래에서 나를 바라보다가 우리의 부서진 조각들에 대해 알 수 없는 연민에 사로잡혀 참으로 순수했던 우리의 과거 속으로 다시 잠겼습니다. 우리는 깊은 생각 속에 빠져들었습니다. 우리는 추억을 되새기며 골짜기에서 텃밭까지, 클로슈구르드의 창문에서 프라펠까지 바라보았습니다. 그리고 우리의 향기로운 꽃다발과 우리 욕망의 이야기로 몽상을 가득 채웠습니다. 그것은 순진무구한 그리스도교 영혼으로 맛본 그녀의 마지막 쾌감이었습니다. 우리에게는 참으로 위대한 그 광경에 우리는 똑같은 우울 속에 빠졌습니다. 그녀는 내 말을 믿었고, 내가 데려간 천국에서 자신을 보았습니다.

“나의 친구,” 그녀가 내게 말했습니다. “나는 하느님께 복종해요. 그분의 손가락이 이 모든 것 안에 있으니까요.”

나는 그 말의 깊이를 훗날에야 알았습니다. 우리는 테라스를 따라 천천히 다시 올라갔습니다. 그녀는 내 팔을 붙잡고 체념한 듯 기댔습니다. 쓰라린 아픔이었지만 그녀의 상처에 치료 도구를 가져다 댄 것입니다.

"인생은 그래요." 그녀가 말했습니다. "모르소프 씨는 무슨 일을 해서 그런 운명일까요? 그건 더 나은 세계가 있다는 걸 우리에게 보여주고 있어요. 좋은 길을 걸었다고 불평하는 사람들에게 불행이 있기를!"

그러면서 그녀는 인생을 아주 잘 평가하고 인생을 다양한 면으로 깊이 생각해 보기 시작했습니다. 그런 냉철한 계산은 이승의 만물에 대해 그녀를 사로잡았던 혐오감을 내게 드러냈습니다. 현관 앞 작은 계단에 이르자 그녀는 내 팔을 놓고 다음과 같은 마지막 말을 했습니다. "하느님께서 우리에게 행복의 감정과 맛을 주셨다면 이승에서 불행만을 경험한 죄 없는 영혼들은 책임을 지셔야 하지 않을까요? 그러니까 하느님은 없거나 우리 인생은 그저 슬픈 장난이거나."

그 마지막 말을 마친 그녀는 급히 집으로 들어갔습니다. 그리고 나는 소파 위에서 그녀를 발견했습니다. 그녀는 마치 성 바오로를 쓰러뜨린 예수의 목소리[91]로 벼락을 맞은 듯 누워 있었습니다.

"왜 그래요?" 내가 그녀에게 물었습니다.

"미덕이 뭔지 이젠 모르겠어요." 그녀가 말했습니다. "내 미덕도 의식할 수 없어요!"

우리는 심연 속에 던져진 돌멩이 소리 같은 그 말의 소리를 듣고 둘 다 돌처럼 굳어졌습니다.

---

91) 「사도행전」 9장 3절~6절 참조.

"내가 살아가는 방식이 틀렸다면, '그녀'가 옳아요, '그녀'가!" 모르소프 부인이 말했습니다.

그렇게 그녀의 마지막 쾌감에 이어 마지막 투쟁이 따라왔습니다. 백작이 들어오자 한 번도 불평한 적이 없었던 그녀가 투덜거렸습니다. 나는 그녀의 고통을 분명하게 밝혀달라고 간청했지만, 그녀는 설명을 거부하고 침실로 가버렸습니다. 나는 그렇게 남겨진 채 꼬리를 물고 생겨나는 후회에 사로잡혔습니다. 마들렌이 어머니와 같이 있었습니다. 그리고 이튿날 나는 백작 부인이 그날의 격한 감정으로 인해 구토에 시달렸음을 마들렌을 통해 알았습니다. 그녀를 위해 목숨을 바치고 싶어 했던 나는 그렇게 그녀를 죽였습니다.

"백작님," 트릭트랙 주사위 게임을 하자고 강요하는 모르소프 씨에게 내가 말했습니다. "제 생각에 백작 부인께서 아주 심각하게 아프신 것 같습니다. 아직 늦지 않았으니 오리제 씨를 부르시지요. 그리고 그의 의견을 따르도록 부인께 간청하시면……."

"나를 죽인 오리제?" 그가 내 말을 막으며 말했습니다. "안 돼, 안 돼요. 카르보노에게 진찰받겠소."

그 한 주 동안, 특히 처음 며칠 동안은 심장마비가 시작된 듯했고, 상처받은 자존심, 상처받은 영혼 등 내게는 만사가 고통이었습니다. 빈자리의 공포를 알기 위해서는 모든 것, 시선과 탄식의 중심이 되어봤어야 하고, 삶의 원칙이 되어봤어야 하며, 그로부터 각자 자기 빛을 끌어내는 광원이 되어봤어야 합니다. 똑같은 것들이 그곳에 있었지만, 그것들에 생명을 주는 정신은 바람에 꺼진 불꽃처럼 꺼져 있었습니다. 사랑이 끝났을 때는 연인들이 다시는 만나지 않을 필요가 있다는 끔찍한 사실을 나는 깨달았습니다. 한때 군림했던 곳에는 더 이상 아무것도 없습니다! 생명의 즐거운 빛이 반짝이던 곳에는 죽음의 말 없는 차가움만 있을 뿐! 그 대조는 괴롭게만 할 뿐입니다. 그로 인해 나는 내 젊음에 어두운 그늘을 드리웠던 모든 행복에 대해 무지했음을 뼈아프게 후회하기에 이르렀습니다. 그리하여 내 절망은 몹시 깊어졌고, 그런 저를 보고 백작부인도 마음이 누그러졌으리라 생각합니다. 어느 날, 저녁 식사 후에 우리는 모두 함께 물가로 산책하러 나갔습니다. 그동안 나는 용서를 받아내기 위해 마지막 노력을 시도했습니다. 나는 자크에게 마들렌을 데리고 앞에 가라고 부탁하고, 백작은 혼자 가게 했습니다. 그리고 모르소프 부인을 낚싯배 쪽으로 데려갔습니다. "앙리에트," 내가 말했습니다. "용서한다는 한마디만 해주세요. 그러지 않으면 앵드르강에 뛰어들겠어요! 내가 잘못했어요, 그래요, 사실이에요. 하지만 나는 숭고한 애착을 가진 개를 흉내 내고 있잖아요! 내가 그 개처럼, 수치심을 가득 안은 개처럼 돌아왔어요. 개가 잘못하면 벌을 받지만 자기를 때리는 손을 숭배합니다. 나를 산산조각 깨뜨리세요. 하지만 당신 마음은 돌려주세요……."

"가엾은 사람!" 그녀가 말했습니다. "당신은 언제나 내 아들 아닌가요?"

그녀는 내 팔을 붙잡고 말없이 자크와 마들렌과 합류했고, 나를 백작에게 남겨두고 텃밭을 지나 아이들과 함께 클로슈구르드로 돌아갔습니다. 백작은 그의 이웃들에 관해 정치를 논하기 시작했습니다.

"돌아가시지요." 내가 그에게 말했습니다. "모자도 안 쓰셔서 저녁 이슬이 무슨 문제를 일으킬 수도 있습니다."

"당신이 다 나를 동정하는구려, 펠릭스!" 그가 내 의도를 오해하고 대답했습니다. "내 아내는 한 번도 날 위로하려고 하지 않았어요. 형식적으로 그랬겠지."

예전 같으면 그녀는 절대로 나 혼자서 남편과 함께 있게 하지 않았을 테지만, 이제는 그녀에게 다시 가기 위해 구실이 필요했습니다. 그녀는 아이들과 함께 있으면서 자크에게 트릭트랙 주사위 게임 규칙을 설명해 주고 있었습니다.

"봐요," 그녀가 두 아이에게 지닌 애정을 언제나 질투하는 백작이 말했습니다. "바로 저 아이들 때문에 나는 언제나 버림받는 처지요. 남편들은 말이오, 펠릭스, 언제나 열세에 놓인다오. 아무리 정숙한 아내라도 결국은 브부간의 애정을 빼돌려 자기 욕망을 충족시킬 방법을 찾아냅니다."

그녀는 대답하지 않고 아이들만 계속 쓰다듬었습니다.

"자크," 백작이 말했습니다. "이리 오너라!"

자크는 내키지 않는지 머뭇거렸습니다.

"아버지가 부르시잖아, 어서 가봐, 아들." 어머니가 그를 밀어내며 말했습니다.

"아이들은 명령으로 나를 사랑한다오." 때로는 자기 처지를 잘 아는 그 노인이 말했습니다.

"여보," 아름다운 금줄을 이마에 두른 마들렌의 머리칼을 여러 번 쓸어내리며 그녀가 말했습니다. "불쌍한 아내들에 대해 부당하게 말하지 말아요. 아내들의 삶은 살아내기가 언제나 쉽지 않아요. 아마도 아이들은 어머니의 미덕일 거예요."

"여보," 논리를 찾아낸 백작이 말했습니다. "당신 말은 아내들에게 아이들이 없다면 미덕이 없어서 남편들을 버릴 거라는 의미요."

백작 부인이 급히 일어나더니 마들렌을 데리고 현관 앞 작은 계단으로 나갔습니다.

"이런 게 결혼이오, 펠릭스." 백작이 말했습니다. "그렇게 나가면서 나더러 비합리적이라고 말하고 싶어요?" 백작이 소리치면서 아들의 손을 잡고 현관 앞에 있는 자기 아내 곁으로 가서는 노기 어린 눈길을 그녀에게 던졌습니다.

"그 반대예요. 당신이 나를 겁박했어요. 당신 생각은 나를 끔찍하게 아프게 해요." 그녀가 공허한 목소리로 말하면서 내게 죄스러운 눈길을 던졌습니다. "미덕이 아이들과 남편을 위해 자기를 희생하는 게 아니라면 미덕이란 도대체 뭐예요?"

"자기를 희-생-한-다-고!" 백작이 희생자의 마음을 막대기로 내려치듯 한 음절마다 막대기로 끊어가며 말했습니다. "도대체 당신이 아이들에게 무엇을 희생한단 말이오? 나에게 희생하는 건? 누가? 무엇을? 대답해요! 대답할 거요? 도대체 여기에서 무슨 일이 일어나고 있는 거요? 무슨 말을 하고 싶어요?"

"백작님," 그녀가 대답했습니다. "그러면 당신은 하느님의 사랑으로 사랑받는 것에 만족하시겠어요, 아니면 당신의 미덕 있는 아내를 미덕 그 자체로 아는 것에 만족하시겠어요?"

“부인 말씀이 옳습니다.” 나는 감격한 목소리로 두 사람의 말을 가로채며 말했습니다. 내 말은 두 사람의 마음속에 울림을 주었습니다. 나는 그들의 마음속에 영월히 잃어버린 나의 희망을 던져 넣었고, 모든 고통 가운데서도 최상의 고통을 표현함으로써 그들을 진정시켰습니다. 마치 사자가 포효하면 온 세상이 조용해지듯이 들리지 않는 고통의 울부짖음이 그 다툼을 끝낸 것입니다. “그렇습니다. 이성이 우리에게 부여한 가장 아름다운 특권은 우리의 미덕을 남들에게 돌려줄 수 있다는 데 있습니다. 남들의 행복은 우리가 만들어주는 것이고, 우리는 계산이나 의무로써가 아니라 고갈되지 않는 자발적 애정으로 그들을 행복하게 해줍니다.”

앙리에트의 눈에서 눈물이 반짝였습니다.

“그러니 백작님, 혹시라도 어떤 부인이 사회적 의무와는 다른 어떤 감정에 자기도 모르게 끌려갔다면, 그 감정이 저항할 수 없는 것일수록 그녀가 그것을 억제하고 아이들과 남편을 위해 자신을 희생함으로써 더욱 높은 미덕을 지니게 된다는 사실을 인정하십시오. 이 이론은 불행하게도 그 반대의 예를 보여주는 저에게도, 그리고 그와는 전혀 관련이 없는 백작님께도 적용되지 않습니다.”

끈적하고 뜨거운 손이 내 손 위에 놓이더니 말없이 꼭 쥐었습니다.

“당신은 참 아름다운 영혼이오, 펠릭스.” 백작은 그렇게 말하면서 자기 아내의 허리로 손을 넣어 자기 쪽으로 부드럽게 끌어당겼습니다. 그리고 그녀에게 이렇게 말했습니다. “여보,

날 용서하시오. 불쌍한 환자가 분에 넘치는 사랑을 받고 싶었나 보오."

"세상에는 정말 너그러운 마음씨를 지닌 사람들이 있어요." 그녀가 백작의 어깨에 머리를 기대며 대답했습니다. 그는 그 말을 자기에게 했다고 생각했습니다. 그 실수는 백작 부인에게 알 수 없는 떨림을 일으켰습니다. 그녀의 빗이 떨어졌고 머리가 헝클어지면서 얼굴이 창백해졌습니다. 그녀를 받치고 있던 남편은 그녀가 실신하는 것을 느끼고 울부짖듯 비명을 질렀습니다. 백작은 마치 딸에게 하듯 그녀를 안고 거실의 소파 위로 옮겼고, 우리는 그녀 주위에 둘러앉았습니다. 앙리에트는 내 손을 쥐고 있었습니다. 마치 그 장면의 비밀은 우리만이 알고 있다고 내게 말하려는 듯했습니다. 겉으로는 아주 단순해 보이지만 고통스러운 그녀의 영혼에는 몹시 무서운 장면이었습니다.

"내가 잘못 생각했어요." 백작이 오렌지꽃을 우린 물 한 잔을 시키러 가고 우리 둘만 남게 되자 그녀가 낮은 목소리로 내게 말했습니다. "당신에게 정말 많은 잘못을 했어요. 감사하게 맞았어야 할 당신을 절망하게 만들고 싶었어요. 당신은 오직 나만이 감사할 수 있는 아주 착한 사람이에요. 그래요, 알아요, 정열이 불러일으키는 선량함이 있어요. 사람들이 선량한 방식에는 여러 가지가 있어요. 경멸, 훈련, 계산, 무감각한 성격 등으로 선량해요. 하지만 내 친구 당신은 좀 전에 절대적으로 선량함을 가진 사람이었어요."

"만약 그렇다면," 내가 그녀에게 말했습니다. "내 안에서 내가 가질 수 있는 위대한 것은 모두 당신에게서 비롯했다는 사실을 알아두세요. 내가 당신의 작품이라는 걸 정말 몰라요?”

“그 말은 한 여자를 행복하게 해주는 데 충분해요.” 그녀가 대답했을 때 백작이 돌아왔습니다. “이제 좀 나아요.” 그녀가 일어나며 말했습니다. “바깥공기 좀 쐬어야겠어요.”

우리는 모두 테라스로 내려갔습니다. 그곳은 아직 꽃이 피어 있는 아카시아 향기로 가득했어요. 그녀는 내 오른팔을 잡고 자기 가슴에 꼭 껴안으며 괴로운 생각을 나타냈습니다. 그러나 그녀의 표현에 따르면, 그것은 그녀가 고통을 사랑하기 때문이라고 했습니다. 그녀는 틀림없이 나와 단둘이 있고 싶어 했을 테지만, 여자의 술책에 능숙하지 못한 그녀의 상상력은 그녀의 아이들과 남편을 돌려보낼 방법을 하나도 찾아내지 못했습니다. 그래서 우리는 별것 아닌 이야기를 나눴는데, 그러면서도 그녀는 머리를 짜내어 자기 마음을 내 마음속에 털어놓을 수 있는 순간을 마련하려고 애썼습니다.

“마차로 돌아다녀 본 지도 아주 오래됐군요.” 그녀가 마침내 저녁의 아름다움을 보며 말했습니다. “여보, 제가 한 바퀴 돌아볼 수 있도록 조치 좀 해주세요, 부탁이에요.”

그녀는 기도 시간 전에는 어떤 구실도 불가능하다는 사실을 알고 있어서 백작이 트릭트랙 주사위 게임을 하고 싶어 할까 봐 걱정했습니다. 남편이 잠자리에 들면 그 훈훈하고 향기로운 테라스에서 나와 함께 있을 수 있었습니다. 그러나 그녀는 어쩌면 쾌락의 불빛이 흘러드는 그늘에 머무르거나, 초원 속 앵드르강의 흐름을 바라볼 수 있는 난간을 따라 산책하는 건 두려워했던 것 같습니다. 마찬가지로 어둡고 조용한 둥근 천장의 대성당은 기도를 권하고, 또 달빛을 받아 봄의 소리 없는 소음들로 생기를 띠며 가슴을 파고드는 향기를 퍼뜨리는 나뭇잎들은 세포를 흔들어 의지를 약하게 하지요. 전원은 노인들의 정열을 잠재우지만, 젊은이들의 정열을 자극합니다. 우리는 그런 사실을 알고 있었습니다! 종소리가 두 번 울리며 기도 시간을 알리자, 백작 부인은 몸을 떨었습니다.

"내 사랑 앙리에트, 왜 그래요?"

"앙리에트는 이제 없어요." 그녀가 대답했습니다. "그 여자를 다시 태어나게 하지 말아요. 까다롭고 변덕이 심한 여자예요. 이제 당신에게는 평온한 여자 친구가 있어요. 좀 전에 하늘이 당신에게 암시한 말들로 보강된 미덕을 지녔어요. 이 모든 건 나중에 얘기해요. 기도 시간을 준수해야죠. 오늘은 내가 기도할 차례예요."

백작 부인이 인생의 역경에 맞서 하느님께 도움을 청하는 말을 했을 때, 그녀는 어떤 억양을 실어 발음했는데, 나 혼자만 그렇게 느낀 것이 아니었습니다. 내가 아라벨과 맺은 약속들을 잊어버림으로써 야기될 서툰 실수로 인해 그녀가 감내해야 할 끔찍한 감정을 그녀는 천리안 능력을 이용해 내다볼 수 있었던 것 같습니다.

"말들을 마차에 연결할 때까지 우리에게는 왕 세 명을 만들 시간이 있어요." 백작이 나를 거실로 이끌며 말했습니다. "내 아내와 산책하러 나가요. 나는 잘 테니까."

우리의 게임이 늘 그랬듯이 이번에도 소란스러웠습니다. 백작 부인은 자기 방에서나 마들렌의 방에서 남편의 목소리를 들을 수 있었습니다.

"당신은 손님 대접을 이상하게 악용해요." 그녀가 거실로 돌아와 백작에게 말했습니다.

나는 그녀를 멍하니 바라보았습니다. 나는 그녀의 엄격함이 조금도 익숙하지 않았습니다. 옛날 같으면 백작의 횡포에서 나를 빼내려고 무척 조심했을 것이고, 그녀는 내가 자기 고통을 함께 나누며 자기에 대한 사랑으로 고통을 참아내는 것을 보고 좋아하던 사람이었습니다.

나는 그녀의 귀에 대고 말했습니다. "'가엾은 사랑! 가엾은 사랑!'이라고 당신이 속삭이는 말을 다시 들을 수 있다면 내 목숨을 바칠 거예요."

그녀는 내가 암시한 그때를 회상하며 눈을 떨궜습니다. 그녀의 눈길은 내게로 흘렀지만 아래쪽이었습니다. 그 눈길은 다른 사랑의 깊은 열락보다 자기 마음을 스치는 아주 순간적인 떨림을 더 좋아하는 여인의 기쁨을 나타냈습니다. 그래서 나는 그런 모욕을 당할 때마다 그랬듯이 이해받는다는 느낌으로 그녀를 용서했습니다. 백작이 게임에서 불리해지자 그는 게임을 중단하기 위해 피곤하다는 말을 중얼거렸습니다. 우리는 마차를 기다리며 잔디밭 주위를 산책하러 나갔습니다. 백작이 가고 우리만 남았을 때 그 즉시 내 얼굴에는 희색이 만면했습니다. 백작 부인은 의아하고 놀란 눈으로 무슨 일이냐는 듯 나를 쳐다보았습니다.

"앙리에트는 존재합니다." 내가 그녀에게 말했습니다. "나는 여전히 사랑받고 있어요. 당신은 내 마음을 상하게 하려는 명백한 의도로 내게 상처를 주고 있지만, 나는 아직 행복합니다!”

“이젠 여자의 남루한 부분밖에 남지 않았어요.” 그녀가 소름 끼치게 말했습니다. “그리고 당신은 지금 그마저 날려버리고 있어요. 감사합니다! 내가 받아야 할 고통을 견딜 용기를 주신 그분께. 그래요, 난 아직도 당신을 너무 사랑해요. 자칫하면 잘못을 저지를 뻔했는데, 영국 여자가 내게 심연을 밝혀 주었어요.”

그때 우리는 마차에 올랐고, 마부가 목적지를 물었습니다.

“큰길을 거쳐 쉬농 국도로 가요. 돌아올 땐 샤를마뉴 광야와 사세 길을 거쳐서 오세요.”

“오늘이 무슨 요일이죠?” 내가 너무 성급하게 물었습니다.

“토요일입니다.”

“그리로는 절대 가지 마세요, 부인. 토요일 저녁엔 투르로 가는 농산물 상인들로 길이 꽉 막힙니다. 그들의 수레를 만나게 돼요.”

“내 말대로 하세요.” 그녀가 마부를 쳐다보며 말했습니다. 우리는 목소리를 아무리 무한하게 바꾼다 해도 그 변화를 서로 너무나 잘 알고 있었으므로 지극히 미세한 감정도 속일 수 없었습니다. 앙리에트는 모든 것을 알았습니다.

“당신은 농산물 상인들을 생각하지 않고 오늘 밤을 선택했어요.” 그녀가 가벼운 조롱기가 띠고 말했습니다. “더들리 부인은 투르에 있어요. 거짓말하지 말아요. 그 여자가 이 근처에서 당신을 기다리고 있어요. ‘무슨 요일, 농산물 상인들! 수레

들!'이라니요." 그녀가 말했습니다. "우리가 전에 외출할 때 그
런 관찰을 한 번이라도 한 적이 있어요?"

"그건 내가 클로슈구르드에서는 모든 것을 잊어버린다는
증거입니다." 나는 간단하게 대답했습니다.

"그 여자가 당신을 기다리고 있어요?" 그녀가 말했습니다.

"네."

"몇 시에?"

"11시에서 자정 사이에요."

"어디에서?"

"광야에서요."

"절대로 날 속이면 안 돼요. 호두나무 아래 아니에요?"

"광야라니까요."

"가요." 그녀가 말했습니다. "그 여자를 봐야겠어요."

나는 그 말을 들으면서 내 인생이 마침내 끝나버린 것 같았
습니다. 한순간 나는 더들리 부인과 결혼해 버리고 그 괴로운
싸움을 끝내기로 결심했습니다. 내 감수성을 고갈시키고, 수
없이 반복되는 충격으로 과일 꽃과 흡사한 쾌락의 달콤함을
앗아가려고 위협하는 그 싸움을요. 내 잔인한 침묵은 백작 부
인에게 상처를 주었습니다. 나는 그녀의 위대함을 전부 알고
있지 못했습니다.

"나한테 화내면 절대로 안 돼요." 그녀가 황금 같은 목소리
로 말했습니다. "이건 나의 벌이에요. 당신은 절대로 여기에서
처럼 사랑받지 못할 거예요." 그녀는 자기 가슴 위에 손을 얹
으며 말했습니다. "당신에게 고백하지 않았던가요? 더들리 후

작 부인이 나를 구했다고요. 그 여자에게는 얼룩이 묻어 있어요. 나는 그런 그녀를 조금도 부러워하지 않아요. 내게는 천사들의 영광스러운 사랑이 있으니까요! 당신이 온 이후로 나는 드넓은 벌판을 헤매고 다녔어요. 그리고 인생에 관해 생각해 보았어요. 영혼을 들어 올리면 갈기갈기 찢기는 법이에요. 당신이 높이 올라갈수록 당신과 함께하는 마음을 만나기 힘들어져요. 골짜기 안에서 고통받는 대신 당신은 어느 거친 목동이 쏜 화살을 가슴에 꽂은 채 날아다니는 독수리처럼 공중에서 고통받을 거예요. 나는 하늘과 땅이 양립할 수 없음을 오늘 깨달았어요. 그게 맞아요. 천상에서 살기를 원하는 존재가 있다면 그건 하느님만 가능해요. 우리의 영혼은 지상의 모든 것으로부터 분리되어야 하죠. 자기 아이들을 사랑하듯 친구들을 사랑해야 해요. 자신을 위해서가 아니라 친구들을 위해서 말이에요. 자아는 불행과 슬픔의 원인이에요. 내 마음은 독수리보다 높이 날 거예요. 바로 거기에 나를 절대로 속이지 않을 사랑이 있어요. 지상의 삶을 살아간다는 것, 이 삶에선 감각의 이기주의가 우리 안에 있는 천사의 정신성을 지배해서 우리를 너무나 타락시켜 버려요. 정열이 주는 향락은 무섭게 몰아쳐서 무기력하게 만드는 불안의 대가를 치르고 말지요. 그 불안 때문에 영혼의 힘이 파괴돼요. 나는 그 폭풍우가 몰아치고 있는 바닷가에 와서 그걸 너무 가까이서 봤어요. 나는 그 먹구름에 자주 휩싸였고, 서슬 퍼런 파도가 언제나 내 발밑에서 부서지진 않았지만, 나는 심장을 얼어붙게 하는 무서운 중압감을 느꼈어요. 나는 높은 곳으로 피신해야 해요.

이 거대한 바다 옆에 있으면 죽을 거예요. 내 마음을 아프게 한 모든 이들과 마찬가지로 당신에게서도 내 미덕의 수호자들이 보여요. 내 삶에는 다행스럽게도 내 힘에 맞는 고뇌가 섞여 있었어요. 그래서 나쁜 정욕으로부터, 유혹의 틈도 없이 언제나 하느님 앞에 떳떳한 순수함을 지켰어요. 우리 관계는 무분별한 시도'였어요'. 순진한 두 아이가 자기들의 마음을, 인간과 하느님을 만족시키려는 노력이었죠……. 어리석은 짓이었어요, 펠릭스! 하!" 잠시 후에 그녀가 말했습니다. "그 여자가 당신을 뭐라고 불러요?"

"아메데." 내가 대답했습니다. "펠릭스는 영원히 당신에게만 속한 별도의 존재예요."

"앙리에트는 죽기도 힘들군요." 그녀가 믿음의 미소를 띠며 말했습니다. 그녀가 다시 말했습니다. "하지만 앙리에트는 겸손한 가톨릭교도, 자랑스러운 어머니, 어제는 흔들렸지만 오늘은 굳건해진 여자가 처음으로 기울인 노력 속에서 사라질 거예요. 뭐라고 하면 좋을까? 음, 그래요, 내 삶은 더없이 중대한 상황에서든 지극히 사소한 상황에서든 언제나 한결같아요. 내가 처음으로 애정의 뿌리를 내려야 했던 마음, 내 어머니의 마음은 내게 닫혀 있었어요. 나는 어머니의 마음에 스며들어 갈 수 있는 틈을 끈질기게 찾았는데도 달이에요. 나는 세 아들이 죽은 다음에 태어난 딸이었어요. 그래서 부모의 애정 속에서 아들 자리를 차지하려고 노력했지만 허사였어요. 나는 가문의 긍지에 난 상처를 조금도 낫게 해주지 못했어요. 그렇게 어두운 유년기를 보낸 후, 나의 사랑하는 큰어머니를 알게 되었지만, 죽음이 큰어머니를 너무 빨리 빼앗아 가버렸어요. 내 삶을 모두 바치게 된 모르소프 씨는 쉴 새 없이 나를 줄곧 괴롭혔어요. 자기는 나를 괴롭힌다는 사실을 모르죠. 가엾은 사람! 그 사람의 사랑에는 우리 아이들이 우리를 사랑하는 것처럼 천진난만한 이기주의가 있어요. 그 사람은 자기가 내게 일으키는 아픔의 비밀도 모르니 언제나 용서할 수밖에요! 내 아이들, 그 사랑스러운 아이들은 자기들의 모든 고통을 내 육체에, 모든 품성은 내 영혼에, 순박한 기쁨은 내 천성에 연결되어 있어요. 그 아이들은 어머니들의 가슴에는 힘과 인내심이 얼마나 있는지를 보여주기 위해 주어지지 않았을까요? 오! 그래요, 내 아이들은 내 미덕이에요! 내가 얼마나 아이들 때문에, 아이들 안에서, 아이들을 무릅쓰고 혹독하게 시달렸는지 당신은 알아요. 어머니가 된다는 것이 내게는 언제나 고통받을 권리를 사들이는 일이었어요. 하갈[92]이 사막에서 울부짖었을 때 한 천사가 그 노예를 너무나 사랑한 나머지 맑은 샘물이 솟아나게 했잖아요. 하지만 당신이 나를 인도하려고 했던 맑은 샘물은, 기억나요?, 클로슈구르드 주위로 흘러와서 내게 쓰디쓴 물만 부어주고 말았어요. 그래요, 당신은 내게 지금껏 들어보지 못한 고통을 안겨주었어요. 하느님께서는 고통을 통해서만 애정을 알았던 사람은 틀림없이 용서해 주시겠지요. 그러나 내가 느낀 가장 격심한 고통을 당신이 주었다 해도

---

92) 하갈은 아브라함의 노예이자 둘째 부인이다. 그 아들 이스마엘은 아랍계 민족의 선조라고 한다. 「창세기」 21장 14절~21절 참조.

그건 아마 내가 그런 고통을 받을 만했기 때문일 거예요. 하느님은 부당하지 않아요. 아! 그래요, 펠릭스, 아무도 모르게 이마에 입을 맞춘 것은 아마 죄가 될 거예요! 저녁에 산책할 때 아이들이나 남편하고 상관없는 추억과 생각에 잠겨 혼자 있으려고 그들보다 앞서서 걸었던 일도 가차 없이 벌을 받아야 할 거예요. 그렇게 걸으면서 다른 영혼과 결합했으니까요! 서로 결합할 때 생기는 자리만 차지하려고 내면의 존재가 웅크리고 작아질 때 그건 아마 가장 나쁜 죄악일 거예요! 아내가 이마를 내주지 않으려고 고개를 숙여 머리칼에 남편의 입맞춤을 받을 때, 거기엔 죄가 있어요! 죽음에 기대어 미래를 만들어가는 것도, 미래에 불안하지 않은 어머니를 상상하는 것도, 저녁에 행복한 어머니가 감동 어린 눈으로 바라보는 가운데 온 가족이 사랑하는 아버지와 함께 노는 아름다운 아이들을 상상하는 것도 죄가 돼요. 그래요, 난 죄를 지었어요. 큰 죄를 지었단 말이에요! 성당에서 시키는 고해성사에 끌렸지만, 내 잘못을 충분히 씻어내진 못했어요. 신부님이 내 잘못에 대해 너무 관대하셨던 게 틀림없어요. 하느님께서는 틀림없이 그 모든 잘못의 중심에 벌을 내리셔서 잘못을 저지르게 한 사람에게 복수하라고 명하셨을 거예요. 내 머리카락을 주는 건 나를 약속하겠다는 뜻이잖아요? 난 도대체 무엇 때문에 하얀 드레스를 즐겨 입었을까요? 그렇게 하면 더욱 당신의 백합 같았어요. 당신은 여기에서 처음으로 하얀 드레스를 입은 나를 보지 않았던가요? 아 슬퍼요! 난 내 아이들을 충분히 사랑하지 않았어요. 강렬한 애정이 당연한 애정을 물리쳤기 때문이에요. 알겠어요, 펠릭스? 모든 고통에는 의미가 있어요. 때리세요. 모르소프 씨와 내 아이들보다 더 세게 때려요. 그 여자는 분노하신 하느님의 도구예요. 나는 미워하지 않고 그 여자에게 가서 미소를 지을 거예요. 가톨릭 교인이며 아내고 어머니가 되려면 나는 그녀를 사랑해야 해요. 당신 말대로, 당신 마음이 아름다움을 잃을 수도 있는 접촉으로부터 당신을 보호하는 데 내가 도움을 줄 수 있다면, 그 영국 여자는 날 미워할 수 없을 거예요. 여자는 자기가 사랑하는 남자의 어머니를 사랑해야 하고, 나는 당신의 어머니예요. 당신의 마음속에서 내가 원한 게 무엇이었을까요? 방드네스 부인이 비워두었던 자리예요. 오! 그래요, 당신은 항상 내가 차갑다고 불평했었지요! 그래요, 난 당신의 어머니일 뿐이에요. 그러니 당신이 왔을 때 나도 모르게 퉁명스럽게 말했던 것도 용서하세요. 어머니는 자기 아들이 그렇게 많은 사랑을 받고 있다는 걸 알면 기뻐해야 하니까요." 그녀는 내 가슴에 머리를 기대며 되풀이했습니다. "미안해요! 미안해요!" 그때 나는 한 번도 들어본 적 없는 어투를 들었습니다. 그것은 처녀 시절의 목소리도 아니고 즐거울 때의 음계도, 아내의 목소리로 내는 명령조의 종결 어투도, 고통스러운 어머니의 탄식도 아니었습니다. 그것은 새로운 고통을 대하는 처음 듣는 비통한 목소리였습니다. "당신 얘기를 하자면, 펠릭스," 그녀가 생기를 띠며 다시 말했습니다. "당신은 행실을 나쁘게 할 수 없는 친구예요. 아! 당신은 내 마음속에서 아무것도 잃은 게 없으니 자책하지 말고 후회할 것도 전혀 없어요. 불가능한 미래를 위해 가장 큰 즐거

움을 희생하라고 당신에게 요구하는 건 이기심의 극치 아니에
요? 한 여자는 그것을 즐기기 위해 자기 아이들을 버리고 지
위도 포기하며 내세의 불멸도 단념하니까요. 난 당신이 나보
다 우월하다는 생각을 얼마나 많이 했는지 몰라요! 당신은 위
대하고 고귀했고, 나는 보잘것없는 죄인이었어요! 자, 이제 결
론이 났어요. 난 당신에게 높은 곳에서 반짝이는 차가운 빛일
수밖에 없어요. 하지만 변하지는 않아요. 다만 펠릭스, 내가
스스로 선택한 형제를 나 혼자서만 사랑하게는 하지 말아요.
당신도 날 사랑해 줘요! 누이의 사랑에는 나쁜 미래도 힘든
순간도 없어요. 당신은 이 너그러운 영혼에게는 거짓말할 필
요가 없어요. 당신의 아름다운 삶으로 살아가고, 당신이 고통
을 받을 땐 반드시 함께 마음 아파하며, 당신이 기쁠 때는 함
께 즐거워하고, 당신을 행복하게 해줄 여자들을 사랑할 테지
만 배신에는 분노할 테니까요. 내게는 그렇게 사랑해 줄 형제
가 없었어요. 이기심은 모두 버리고, 지금까지는 그렇게도 의
심스럽고 파란만장했던 우리 관계를 이 온화하고 거룩한 애정
으로 해소할 수 있도록 마음을 크게 가져요. 나는 이제 그렇
게 살아갈 수 있어요. 내가 더들리 부인의 손을 잡는 것으로
먼저 시작할게요."

쓰라린 지혜가 가득한 그 말을 하면서도 그녀는 울지 않았
습니다! 그리고 그 말을 통해 내게 감추고 있던 자기 영혼과
고통의 마지막 베일을 벗으면서 그녀는 자기가 얼마나 많은
사슬로 나에게 묶여 있었는지, 그 강한 사슬들을 내가 얼마나
많이 잘라버렸는지 보여주었습니다. 우리는 그렇게 열광해 있

어서 비가 억수로 퍼붓는 것도 전혀 몰랐습니다.

"백작 부인 마님, 여기에 잠깐 들어가시지 않겠습니까?" 마부가 발랑에서 가장 큰 객주를 가리키며 말했습니다.

그녀는 동의한다는 몸짓을 했고, 우리는 입구의 궁륭 아래에서 30분가량 머물렀습니다. 객주 사람들이 매우 놀라서 모르소프 부인이 어째서 11시에 나다니는지 서로 수군거렸습니다. 투르에 가는 길일까? 투르에서 돌아오는 길인가? 거센 비바람이 멎고, 빗줄기가 투르 사투리로 '브루에'라고 불리는 는개로 바뀌자, 달빛이 하늘에 뜬 안개를 비추는가 싶더니 이내 높은 바람이 불어와 걷어가 버렸습니다. 마부가 나와 오던 길로 되돌아가자, 나는 크게 기뻐했습니다.

"내 지시대로 하세요." 백작 부인이 그에게 부드럽게 소리쳤습니다.

그리하여 우리는 샤를마뉴 광야로 가는 길로 접어들었고, 비가 다시 오기 시작했습니다. 광야 중간쯤에서 아라벨의 애견이 짖어대는 소리가 들렸습니다. 갑자기 말 한 마리가 쓰러진 떡갈나무 그루터기 아래에서 튀어나오더니 펄쩍 뛰어오르며 도랑을 뛰어넘어 길을 건넜습니다. 그 도랑은 경작이 가능할 것으로 생각되는 그 황무지에 땅 주인들이 각자 자기 영역을 구분하기 위해 파놓은 것이었습니다. 더들리 부인은 사륜마차가 지나가는 것을 보려고 광야에 자리를 잡으러 갔습니다.

"죄를 짓지 않고 저렇게 자기 연인을 기다릴 수 있다면 얼마나 좋을까!" 앙리에트가 말했습니다.

더들리 부인은 개가 짖는 소리로 내가 마차 안에 있다는 것을 알았습니다. 그녀는 틀림없이 내가 궂은 날씨 때문에 마차를 타고 자기를 찾아왔다고 생각했을 것입니다. 후작 부인이 서 있는 곳에 우리가 도착하자, 그녀는 그녀 특유의 승마 솜씨로 길가 위로 날아올랐습니다. 그 모습을 본 앙리에트는 마치 기적을 본 듯 놀라워했습니다. 아라벨은 아양을 떨며 영어식 발음으로 내 이름의 마지막 음절만을 불렀습니다. 그녀의 입술 위에서는 그 소리가 마치 요정 같은 매력을 지니고 있었습니다. 그녀는 나만 들을 것으로 생각하고 외쳤습니다. "마이 디(My Dee)."

"그 사람 여기 있어요, 부인." 백작 부인이 대답하며 환한 달빛 아래 드러난 환상적인 여인을 바라보았습니다. 그녀의 애타는 얼굴에 웨이브가 풀린 기다란 곱슬머리가 야릇하게 내려와 있었습니다.

두 여인이 서로 얼마나 빠르게 훑어보았을지 아시겠지요. 영국 여자는 자기의 연적을 알아보았고, 영국 여자로서 명예로운 모습을 보였습니다. 그녀는 우리를 영국적 경멸이 가득한 눈길로 휘감더니 히스가 우거진 들판으로 쏜살같이 사라졌습니다.

"어서 클로슈구르드로!" 백작 부인이 외쳤습니다. 그녀에게 그 매서운 눈길은 심장에 가해진 도끼의 일격 같았습니다.

마부는 사셰 도로보다 상태가 좋은 쉬농 도로로 가기 위해 마차를 돌렸습니다. 사륜마차가 다시 광야를 따라 달리자, 우리는 아라벨이 탄 말의 맹렬한 말발굽 소리와 개가 달리는 소리를 들었습니다. 그들 셋 모두 히스가 우거진 땅의 건너편 숲을 따라 달리고 있었습니다.

"그녀가 떠나요. 당신은 그녀를 영원히 잃고 말 거예요." 앙리에트가 내게 말했습니다.

"뭐," 내가 대답했습니다. "가버리라지요! 저 여자는 후회도 하지 않을 겁니다."

"오! 불쌍한 여자들." 백작 부인이 동정하는 두려움을 나타내며 외쳤습니다. "그런데 어디로 가는 거예요?"

"그르나디에르.[93] 생시르 근처에 있는 작은 집이에요." 내가 말했습니다.

"혼자 가네요." 앙리에트가 말했습니다. 여자들은 사랑으로는 연대감을 느끼며 서로를 절대 버리지 않음을 증명하는 말투였습니다.

우리가 클로슈구르드 대로에 진입했을 때 아라벨의 개가 마차 앞으로 달려와 반갑다는 듯이 낑낑댔습니다.

"우리보다 먼저 왔네요." 백작 부인이 외쳤습니다. 그리고 잠시 쉬었다가 다시 말했습니다. "난 그보다 아름다운 여자를 본 적이 없어요. 그 손이며 허리! 그녀의 얼굴빛은 백합을 무색하게 하고 그녀의 눈은 다이아몬드처럼 빛나요! 하지만 그녀는 말을 너무 잘 타서 자신의 힘을 과시하기를 좋아할 것

---

93) 루아르강 우안의 생시르에 있는 석류나무로 가득한 전원주택이다. 발자크는 실제로 1830년 여름에 베르니 부인과 함께 이 집에 머물렀으며, 그 뒤로 이 집을 사고 싶어 했으나 돈이 모자라서 사지 못했다. 1832년 《르뷔 드 파리》지에 발표한 『라그르나디에르(La Grenadière)』가 이 집을 배경으로 한 작품이다.

같아요. 나는 그녀가 활동적이고 격정적일 거라고 생각해요. 그래서 내가 보기에 그녀는 좀 지나칠 정도로 대담하게 관습을 무시하는 것 같아요. 법을 의식하지 않는 여성은 자기 변덕에만 귀를 기울일 가능성이 아주 커요. 눈에 띄기 좋아하고 활동을 많이 하는 사람들은 참을성을 타고나지 못했어요. 내생각에 사랑은 더 평온하기를 원해요. 나는 그 무엇으로도 바닥을 잴 수 없는 거대한 호수로 사랑을 상상했어요. 그 호수에서는 폭풍이 격렬할 수는 있지만 거의 일지 않으며 건너지 못할 한계 안에 갇혀 있지요. 그 호수에 꽃이 만발한 섬이 있고 거기에 두 사람이 세상과 멀리 떨어져서 살고 있어요. 그들은 세상의 사치와 화려함이 싫을 거예요. 그러나 사랑에는 성격의 각인이 찍혀야 해요. 어쩌면 제가 틀렸는지도 몰라요. 자연의 원리가 기후에 필요한 형식에 좌우된다면 개인의 감정도 그렇지 않을 이유가 있겠어요? 틀림없이 다수의 일반 법칙을 따르는 감정은 오로지 표현하는 방식만 다를 거예요. 영혼에는 저마다 자신만의 방식이 있어요. 후작 부인은 거리를 뛰어넘고 남자의 힘으로 행동하는 강한 여성이에요. 포로가 된 자기 연인을 구하고 간수와 경비병과 사형집행인을 죽일 수 있어요. 그런가 하면 어떤 여자들은 자기의 온 영혼을 다해 사랑할 줄만 알아요. 위험에 처하면 무릎을 꿇고 기도하다가 죽지요. 당신은 이 두 여자 중에서 누구를 더 좋아해요? 그것이 문제의 핵심이에요. 하지만 맞아요, 후작 부인은 당신을 사랑해요. 그녀는 당신을 위해 정말 많은 희생을 했어요! 아마 당신이 더 이상 그녀를 사랑하지 않을 때도 변함없이 당신을 사랑할 사람은 바로 그녀일 거예요!”

“사랑하는 천사여, 당신이 언젠가 제게 했던 말을 저도 해야겠어요. 당신은 그런 것들을 어떻게 알아요?”

“고통마다 가르침이 있어요. 나는 많은 일들로 고통을 겪어서 지식이 넓어진 거예요.”

내 하인은 아까 한 지시를 들었기 때문에 우리가 테라스로 돌아오리라 생각하고 내 말을 완전히 채비시켜서 거리에 세워 두었습니다. 아라벨의 개는 그 말 냄새를 맡았고, 개의 여주인은 아주 당연한 호기심에 이끌려 숲을 가로질러 개를 따라간 것이었습니다. 그녀는 틀림없이 숲속에 숨어 있었겠지요.

“가서 화해하세요.” 앙리에트가 우울함을 드러내지 않고 미소 지으며 말했습니다. “내 의도를 얼마나 오해한 건지 말해 줘요. 나는 그녀에게 굴러든 보물의 값어치를 몽땅 드러내 보여주고 싶었어요. 내 마음속엔 그녀에 대해 좋은 감정만 있어요. 더욱이 분노나 경멸 같은 건 전혀 없어요. 난 그녀의 자매이지 연적이 아니라고 설명해 주세요.”

“절대로 안 갈 거예요!” 내가 외쳤습니다.

“배려가 어떤 경우엔 모욕이 될 수도 있다는 걸 당신은 한 번도 경험한 적 없어요? 자, 어서요.” 그녀가 순교자들의 빛나는 긍지를 지니고 말했습니다.

그리하여 나는 더들리 부인이 어떤 상황에 놓여 있는지 알기 위해 달려갔습니다. 나는 ‘만약에 그녀가 화를 내고 나를 떠난다면 난 클로슈구르드로 돌아갈 텐데.’라고 생각했습니다. 개가 떡갈나무 밑으로 나를 안내했습니다. 그곳에서 후작 부인이 튀어나오며 내게 소리쳤습니다. "가버려! 가!(Away! away!)" 내가 할 수 있는 거라곤 그녀를 따라 생시르까지 가는 일밖에 없었습니다. 우리는 자정에 그곳에 도착했습니다.

"그 부인은 아주 건강하던데요." 아라벨이 말에서 내리면서 말했습니다.

그녀를 아는 사람들만이 그런 관찰이 담고 있는 온갖 조롱을 상상할 수 있습니다. '나 같으면 죽어버렸을 텐데!'라는 뜻을 담은 태도로 아무렇게나 한 관찰이었죠.

"모르소프 부인에 대해 그렇게 독이 든 농담을 감히 하는 건 단 한 마디도 허용하지 않겠소." 내가 대답했습니다.

"당신의 소중한 마음으로 사랑하는 사람이 누리는 완벽한 건강을 말하는 것이 각하[94]를 언짢게 하는 걸까요? 듣기로는, 프랑스 여성들은 자기 연인의 개까지 미워한다던데, 영국에서 우리는 지존님이 사랑하는 것은 다 사랑하고 미워하는 건 다 미워합니다. 우리는 지존님 안에서 살고 있으니까요. 그러니 당신이 그 부인을 사랑하는 만큼 나도 사랑할게요. 다만, 내 사랑," 그녀는 비에 젖은 두 팔로 나를 얼싸안으며 말했습니다. "당신이 나를 배신한다면 나는 서지도 눕지도 않을 거예요. 하인 딸린 사륜마차에도 타지 않을 거고, 샤를마뉴 광야를 산책하지도 않겠어요. 어떤 세계, 어떤 나라, 어떤 광야도, 내 침대에도, 우리 가문의 지붕 아래에도 있지 않을 거예

---

94) 영국에서 공작이나 공작 부인, 또는 영국국교회(성공회) 주교를 부를 때 흔히 사용하는 경칭인 'your grace'를 펠릭스에게 쓰고 있다.

요! 난 더 이상 존재하지 않을 거예요. 나는 여자들이 사랑으로 죽는 고장 랭커셔에서 태어났어요. 당신을 알았는데 당신을 양보하라고요! 난 어떤 힘에도, 그것이 죽음일지라도 당신을 양보하지 않을 거예요. 난 당신과 함께 죽을 테니까요.”

그녀는 나를 자기 침실로 데려갔습니다. 거기엔 이미 안락함이 쾌락을 예고하고 있었습니다.

“부인을 사랑해 줘, 자기.” 나는 그녀에게 따뜻하게 말했습니다. “부인은 자기를 사랑해. 놀리는 게 아니라 진심으로.”

“진심으로?” 그녀가 승마복의 코르셋을 풀며 말했습니다.

나는 연인의 허영심에서, 이 오만한 여자에게 앙리에트의 숭고한 성품을 보여주고 싶었습니다. 프랑스어를 한마디도 모르는 내실 하녀가 머리를 빗겨주는 동안 나는 모르소프 부인의 삶을 대략 얘기하면서 그녀를 그려보려고 했고, 모든 여성이 작아지기도 하고 타락해 버리기도 하는 위기에 처했을 때 그녀에게 들었던 위대한 생각들을 반복해서 말했습니다. 아라벨은 나에게 조금도 관심을 기울이지 않는 것 같았지만 내 말을 하나도 놓치지 않았습니다.

“정말 기뻐.” 우리가 단둘이 되었을 때 그녀가 말했습니다. “그런 가톨릭교 얘기에 당신이 관심을 두고 있다는 걸 알게 돼서 말이야. 우리 영지 중 한 곳에 성공회 보좌신부가 있는데, 누구보다도 설교문을 잘 써서 우리 농부들도 다 이해할 만큼 듣는 사람에게 문장이 아주 잘 맞춰져 있어. 내일 아버지께 편지를 써서 그분을 배편으로 보내달라고 할게. 그러면 당신이 파리에서 그분을 보게 될 거야. 당신이 그분 말을 일단 듣기만 하면 그분 말만 듣고 싶어 할걸. 그분 역시 완벽한 건강을 누리고 있으니까. 그분의 도덕학은 당신을 울게 만드는 심리적 충격을 조금도 주지 않아. 맑은 샘물처럼 잔잔하게 흘러서 달콤한 잠을 선물하지. 당신 마음에 든다면, 매일 저녁 설교에 대한 당신의 열정을 만족시킬 수도 있어. 식사한 것도 소화하면서 말이지. 자기야, 영국의 도덕학은 투렌의 도덕학보다 수준이 높아. 우리 칼붙이 제품과 은 제품과 말이 당신 나라의 칼과 가축들보다 낫듯이 같이야. 우리 보좌신부의 설교를 듣는 은총을 내게 베풀어줘, 약속할 거지? 난 여자일 뿐이야, 내 사랑, 난 사랑할 줄 알고 당신이 원한다면 당신을 위해 죽을 수도 있어. 하지만 난 이튼이나 옥스퍼드나 에든버러에서 공부하진 않았어. 난 박사도 아니고 성직자도 아니야. 그래서 난 당신을 위해 도덕학을 준비할 수가 없단 말이야. 내겐 전혀 맞지 않아. 내가 그걸 시도한다면 제일 서툰 사람이 되고 말걸. 당신 취향을 비난하진 않아. 그보다 더 타락한 취향을 가진다 해도 난 거기에 맞춰갈 거야. 난 당신이 사랑하는 건 전부 다 내 가까이에서 당신이 발견하게 하고 싶어. 사랑의 기쁨, 식탁의 기쁨, 성당의 기쁨, 맛있는 보르도산 포도주와 가톨릭교의 미덕도. 당신은 오늘 밤에 내가 고행이라도 했으면 좋겠어? 그 부인은 참 행복한 분이야. 당신에게 도덕학을 다 강의해 주다니! 프랑스 여자들은 어느 대학에서 학위를 취득해? 가엾은 나! 난 줄 수 있는 게 내 몸밖에 없어. 난 당신의 노예에 불과해……."

"그런데 당신은 왜 도망갔어? 당신들을 함께 보고 싶었는데."

"미쳤어, '마이 디'? 난 파리에서 로마까지 하인으로 변장하고 갈 수도 있어. 당신을 위해서라면 사리에 어긋나는 일도 할 거야. 하지만 소개받지도 않았고 세 가지 설교를 시작할 여자에게 길가에서 내가 어떻게 말을 할 수 있겠어? 난 농부들과 이야기하고, 노동자에게 나하고 빵 좀 나눠 먹자고도 청할 수 있어. 배가 고프면 몇 기니[95] 주면서. 그런 건 다 수긍할 수 있는 일이야. 하지만 영국에서 신사들이 대로변에서 하는 것처럼 사륜마차를 세우는 건 내 규범에 없어. 그러니까 당신은 사랑할 줄만 알지, 가엾은 내 사랑, 살아갈 줄은 모르는 거지? 게다가 난 아직 당신을 완전히 닮지 못했어, 나의 천사님! 난 도덕학을 좋아하지 않아. 하지만 당신 마음에 들기 위해서라면 엄청난 노력을 기울일 수 있어. 자, 이제 조용히 해, 시작할 테니까! 내가 설교자가 되도록 노력할게. 내 옆에서는 예레미야도 곧 광대가 되고 말 거야. 성서의 구절을 끼워 넣지 않으면 애무도 안 할 테니까."

그녀의 마법이 시작되자마자 내 눈에는 뜨거운 빛이 서렸고, 그걸 본 그녀는 곧바로 자기 힘을 써서 나를 정복해 버렸습니다. 그녀는 모든 걸 제압했습니다. 나는 잔재주를 부리는 가톨릭 방식보다는 자기를 잃고 미래를 포기하며 사랑만을 자기의 미덕으로 삼는 여인의 위대함에 더욱 만족했습니다.

"그러니까 그 부인은 당신보다는 자신을 더 사랑하는 거지?" 그녀가 내게 말했습니다. "말하자면 당신이 아닌 어떤 것

---

95) 21실링에 해당하는 영국의 옛 금화다.

을 더 좋아하는 거잖아? 우리 여자들이 가진 것 중에서 당신네 남자들에게 중요한 것이 성관계 말고 다른 거라고 어떻게 생각할 수 있지? 아무리 도덕적인 여자라고 해도 여자는 절대로 남자와 동등해질 수 없어. 우리 여자들을 짓밟고, 죽이고, 우리 때문에 당신네 삶이 절대로 방해받지 않게 해. 우리 여자들에겐 죽음이, 당신네 남자들에겐 위다 하고 자랑스러운 삶이 주어질 뿐이지. 당신들로부터 우리에게 오는 건 칼이고, 우리로부터 당신들에게 가는 건 사랑과 용서야. 태양이 햇볕을 쬐며 그 덕에 살아가는 각다귀들을 걱정해? 각다귀들은 능력껏 버티다가 태양이 사라지면 죽고 말지……."

"아니면 날아가든가." 내가 그녀의 말을 끊으며 말했습니다.

"아니면 날아가든가." 그녀가 무심하게 따라 했습니다. 그 무심한 태도는 아무리 단호한 남자라도 그녀에게 부여 받은 특별한 권력을 행사하려는 마음을 뜨끔하게 할 정도였습니다. "당신은 종교와 사랑은 양립할 수 없는 법이라고 설득하기 위해 미덕이라는 버터 바른 빵 조각을 남자에게 삼키게 하는 것이 여자로서 마땅하다고 생각해? 그럼 난 부도덕한 여자야? 우리는 자기를 바치거나 아니건 거부해. 하지만 거부하면서 도덕론을 펴는 건 모든 나라의 법에 어긋나는 이중 처벌이야. 당신은 이곳에서 당신의 하녀 아라벨이 손수 준비한 훌륭한 샌드위치만 먹을 거야. 아라벨의 도덕이란 천사들의 계시를 받아 지금까지 어떤 남자도 느껴보지 못한 애무를 생각해 내는 일밖에 없어."

나는 이 영국 여자가 구사하는 농담보다 더 문란한 것은 일찍이 들어본 일이 없습니다. 그녀는 농담에 웅변적 진지함과 과장된 확신의 태도를 섞어 넣습니다. 영국인들은 그런 태도 아래에 편견에 찬 그들 삶의 높은 어리석음을 감춥니다. 프랑스 농담은 레이스 같아서 여자들은 자기들이 주는 기쁨과 자기들이 만들어내는 다툼을 농담으로 미화할 줄 알지요. 그것은 그녀들의 화장처럼 도덕적이고 우아한 장식입니다. 그러나 영국 농담은 사람들 위로 떨어져서 이내 부식시켜 버리는 산(酸)입니다. 사람들이 부식되면 그걸 씻어내고 솔질해서 해골을 만듭니다. 재치 있는 영국 여자의 혀는 장난삼아서 뼈까지 살을 발라내는 호랑이의 혀를 닮았습니다. '겨우 그거야?' 하고 히죽거리며 오는 악마의 만능 무기입니다. 조롱은 재미 삼아 상처를 열어 놓고 거기에 치명적인 독을 남겨둡니다. 그날 밤, 아라벨은 술탄이 자기 솜씨를 증명하기 위해 무고한 사람들의 목을 즐겨 자르듯이 자기 힘을 보여주고자 했습니다.

"나의 천사," 행복감 외에는 모든 걸 잊은 비몽사몽 상태에 나를 빠뜨린 뒤 그녀가 내게 말했습니다. "나도 방금 도덕학을 공부했어! 당신을 사랑해서 내가 죄를 지었는지, 신의 율법을 어겼는지 생각해 보았거든! 그런데 이보다 더 종교적이고 자연스러운 건 없다는 걸 알았어. 하느님이 다른 사람들보다 아름다운 사람들을 창조하신 이유가 뭘까? 그건 우리가 그들을 사랑해야 한다는 것을 우리에게 가르쳐주기 위한 게 아니겠어? 죄가 되는 건 당신을 사랑하지 않는 거야. 당신은 천사잖아? 그 부인은 다른 남자들과 당신을 혼동함으로써 당신을 모욕하는 거야. 도덕률이 당신에겐 적용되지 않아. 하느님은 당신을 제일 높은 곳에 올려놓으셨어. 당신을 사랑하는 것이 그분께 가까이 가는 게 아닐까? 가엾은 여자가 거룩한 것을 탐낸다고 탓하실 수 있을까? 당신의 넓고 빛나는 가슴은 하늘을 닮았어. 그래서 나는 축제의 촛불에 달려들어 타버리고 마는 각다귀들처럼 당신이 하늘인 줄 안단 말이야! 이 각다귀들에게 잘못했다고 벌을 내릴까? 게다가 그게 잘못이야? 빛에 대한 최고의 동경 아니야? 사랑하는 것의 목에 달려드는 걸 소멸하는 거라고 부른다면 각다귀들은 지나친 종교심으로 소멸되는 거지. 내겐 당신을 사랑한다는 약점이 있지만, 그 부인에겐 자기의 가톨릭 성당에 머무르는 힘이 있어. 눈살 찌푸리지 마! 당신은 내가 그 부인을 원망한다고 생각해? 아니야, 프티! 난 당신을 자유롭게 놔둬서 내가 당신을 이렇게 정복하고 당신을 영원히 지킬 수 있게 해준 그분의 도덕성을 찬양하는 거야. 당신은 영원히 내 것이니까, 안 그래?"

"맞아."

"영원히?"

"응."

"그럼 내 부탁 하나 들어줄래, 술탄? 당신의 모든 가치를 짐작한 사람은 나밖에 없어! 그 부인은 땅을 경작할 줄 안다고 당신이 그랬지? 난 그런 일은 소작농들에게 맡기고, 당신 마음을 경작하는 게 훨씬 좋아."

나는 그녀의 이 황홀한 수다를 기억해 내려고 애쓰고 있습니다. 그 여자를 당신에게 제대로 묘사하그, 내가 당신에게 했던 말을 증명하며, 그렇게 해서 결말의 비밀을 당신에게 모두 털어놓기 위해서입니다. 그러나 당신이 아는 그 달콤한 말과 함께 벌어진 일들을 당신에게 어떻게 묘사하면 좋을까요! 그것은 우리 꿈들 가운데 가장 터무니없는 환상에 비할 수 있는 광기였습니다. 때로는 내가 만든 꽃다발과 흡사한 창작으로, 화산같이 분출하는 정열에 맞서는 힘과 부드러움, 말랑한 느림과 결합한 우아함이 있었고, 때로는 음악의 가장 박식한 단계적 상승이 우리 쾌락의 콘서트에 적용되기도 했습니다. 그런 다음엔 얽힌 뱀들이 노는 것 같은 유희가 있고, 마지막에는 가장 즐거운 생각으로 장식된 지극히 다정한 말, 정신이 감각의 쾌락에 시를 더하는 모든 것이 있었습니다. 그녀는 격렬한 사랑의 벼락으로 앙리에트의 순결하고 고요한 영혼이 내 마음속에 남긴 인상을 파괴하려고 했습니다. 모르소프 부인이 그녀를 잘 보았듯이 후작 부인도 백작 부인을 잘 보았습니다. 두 여인의 생각은 모두 틀리지 않았습니다. 아라벨이 가한 공격의 크기는 연적에 대한 그녀의 두려움과 은밀한 찬탄의 넓이를 내게 드러내 보여줬습니다. 아침에 나는 눈물 고인 그녀의 눈을 보고 그녀가 잠을 자지 못했다는 것을 알았습니다.

"왜 그래?" 내가 그녀에게 말했습니다.

"지나친 사랑 때문에 내가 다칠까 봐 두려워." 그녀가 대답했습니다. "난 다 주었어. 나보다 단수가 높은 그 부인은 당신이 바라는 뭔가를 자기 안에 가지고 있어. 당신이 그 부인을 더 좋아한다면 날 더 이상 생각하지 마. 내 괴로움과 후회, 고통으로 당신을 괴롭히기 싫어. 아니야, 당신에게서 멀리 떠나 죽어버릴 거야. 생명을 주는 태양이 없는 식물처럼."

그녀는 내게서 사랑의 맹세를 끌어내고는 환희에 넘쳤습니다. 사실 아침에 울고 있는 여자에게 무슨 말을 하겠어요? 그런 때 냉혹한 태도를 보이는 건 파렴치한 일입니다. 전날 밤에 그녀에게 저항하지 않았다면 이튿날 거짓말을 할 수밖에 없지 않을까요. 『남성 규범서』에는 예의상 거짓말의 의무가 부과되어 있습니다.

"그래, 내가 봐줬다." 그녀가 눈물을 닦으며 말했습니다. "그 부인에게 돌아가. 당신이 내 사랑의 힘에 빚지길 원치 않아. 당신 자신의 의지라면 좋겠지만. 당신이 여기로 돌아오면 난 내가 당신을 사랑하는 만큼 당신도 나를 사랑한다고 생각할게. 내겐 그게 항상 불가능해 보였어."

그녀는 클로슈구르드로 돌아가라고 나를 설득했습니다. 내가 처하게 될 잘못된 상황을 행복에 겨운 남자가 짐작할 수는 없었습니다. 클로슈구르드에 가기를 거부함으로써 나는 앙리에트 대신 더들리 부인의 손을 들어주었습니다. 그러자 아라벨은 나를 파리로 데려갔습니다. 그러나 파리에 간다는 건 모르소프 부인을 모욕하는 게 아니겠어요? 그런 경우, 나는 더욱 확실하게 아라벨에게 돌아가는 셈이었습니다. 여성이 그런 반역죄를 용서한 적이 있었을까요? 하늘에서 내려온 천사가 아닌 이상, 또 천국에 들어가는 정화된 영혼이 아닌 이상, 사랑에 빠진 여자는 자기 연인이 다른 여자로 인해 행복해하는 걸 보기보다는 단말마적 고통으로 괴로워하는 모습을 보기를 더 좋아할 것입니다. 그녀의 사랑이 클수록 상처가 깊겠지요. 그렇게 양면으로 본 내 상황은, 일단 내가 클로슈구르드에서 나와 그르나디에르로 갔기 때문에, 우연의 사랑에는 유리한 만큼 선택한 사랑에는 치명적이었습니다. 후작 부인은 모든 상황을 깊이 연구하고 계산했습니다. 훗날 그녀가 내게 고백한 바에 따르면, 만약에 모르소프 부인이 광야에서 그녀를 만나지 않았더라면 그녀는 클로슈구르드 주위를 돌아다니며 내 평판을 어지럽힐 궁리를 했다고 했습니다.

내가 백작 부인에게 다가갔을 때 그녀는 창백했고, 힘든 불면증으로 고생한 사람처럼 쇠약해 보였습니다. 그때 나는 갑자기 그녀와 접촉하지 않고 '눈치'를 살폈습니다. 눈치는 많은 사람의 눈에는 대단치 않아 보이지만 위대한 영혼들의 해석으로는 죄가 되는 행동 중 하나로서 아직 고결한 마음을 가진 젊은이들에게는 그 영향력을 느끼게 해주는 법입니다. 그러자 꽃을 따면서 놀다가 심연으로 내려간 아이가 다시 올라가는 것이 불가능함을 알고 불안감에 사로잡히듯이, 또 인간의 땅에는 더 이상 갈 수 없을 만큼 멀리 떨어져 밤에는 오로지 혼자임을 느끼고 야생의 울부짖음을 듣듯이, 나는 우리 사이에 어떤 세계 전체가 가로놓여 우리를 떼어놓았다는 것을 깨달았습니다. 우리 두 영혼 안에서는 커다란 외침이 일어났습니다. 성금요일이면 구세주가 숨을 거두는 시간에 성당에서 터져나오는 '이제 다 이루었다!'[96]는 말의 비통한 메아리 같은 외침이었습니다. 그 무서운 장면에 종교를 첫사랑으로 여

---

96) 「요한복음」, 19장 30절. "예수께서는 신 포도주를 맛보신 다음 '이제 다 이루었다.' 하시고 고개를 떨어뜨리시며 숨을 거두셨다."

기는 젊은 영혼들은 얼어붙고 말지요. 앙리에트의 환상은 단번에 모두 사라져버렸고, 그녀의 마음은 정열의 아픔을 겪고 있었습니다. 쾌락을 그토록 멀리하며 쾌락의 마비시키는 꿈틀거림으로 한 번도 휘감겨 본 적이 없는 그녀가 이제는 행복한 사랑의 쾌락을 감지하고 내게서 시선을 거둬가 버린 걸까요? 그녀는 6년 전부터 내 삶을 비추던 빛을 거둬가 버린 셈입니다. 그러니까 그녀는 우리 눈에서 흘러나오는 빛의 원천은 우리 영혼 속에 있으며, 눈은 영혼에 이르는 길로 사용되어 거리낌 없이 서로 모든 것을 털어놓는 두 여자처럼 서로의 마음속에 들어가거나 한마음으로 합쳐지게 하고 헤어지게도 하면서 작용한다는 걸 알고 있었을까요? 나는 애무라고는 전혀 모르는 그 지붕 밑으로 쾌락의 날개가 알록달록한 부스러기들을 뿌려놓은 내 얼굴을 들이민 잘못을 통감했습니다. 만약 전날 밤에 내가 더들리 부인을 혼자 가게 놔뒀다면, 그리고 앙리에트가 나를 기다리고 있었을 클로수구르드로 돌아왔다면, 아마…… 결국 모르소프 부인은 그렇게도 잔인하게 내 누이가 되겠다는 제안을 하지 않았을지도 모릅니다. 그녀는 온갖 상냥한 태도로 과도한 호사를 보여줬습니다 그녀는 오로지 자기 역할에만 열중하며 다른 틈은 조금도 보이지 않았습니다. 점심을 먹는 동안 그녀는 나를 위해 온갖 세심한 주의를 기울였지만, 그 주의는 굴욕적이었습니다. 그녀는 나를 마치 동정하는 병자처럼 돌봤으니까요.

"일찍부터 산책을 나왔군." 백작이 내게 말했습니다. "그러면 식욕이 아주 좋을 거요. 당신은 위가 괜찮으니까!"

그 말은 백작 부인의 입술 위에 교활한 누이의 미소가 어리게 하지 않았고, 내 우스꽝스러운 처지만 나타내고 말았습니다. 낮에는 클로슈구르드에, 밤에는 생시르에 있기가 불가능했습니다. 아라벨은 나의 섬세함과 모르소프 부인의 도량을 믿고 있었습니다. 그 긴 하루 동안 나는 오랫동안 열망했던 여인을 친구로 대하기가 얼마나 어려운지 실감했습니다. 그렇게 바뀌려면 아주 간단하게 시간이 지나야 하는 법이지만, 어린 나이에는 병이 되고 맙니다. 나는 부끄러웠고, 쾌락을 저주했으며, 모르소프 부인이 차라리 내 피를 요구하면 좋겠다고 생각했습니다. 나는 그녀의 연적을 헐뜯을 수도 없었고, 그녀는 아라벨에 대한 언급도 하지 않았습니다. 그리고 아라벨을 비방한다는 것은 파렴치한 일이라 아름답고 고결한 앙리에트가 나를 마음속 깊이 경멸할 것이 틀림없었습니다. 더없이 친한 사이로 지낸 지 5년이나 되었지만 우리는 무슨 얘기를 나눠야 할지 몰랐습니다. 우리가 하는 말은 품고 있는 생각과 전혀 달랐습니다. 우리는 통절한 고통을 서로 감추고 있었습니다. 우리에게 고통은 언제나 충실한 매개자였습니다. 앙리에트는 행복한 척했습니다. 그건 그녀를 위해서, 또 나를 위해서였습니다. 그러나 그녀는 침울했습니다. 그녀는 줄곧 내 누이를 자처하면서도, 그리고 여자였는데도, 대화를 이어나갈 실마리를 전혀 찾지 못했습니다. 그래서 우리는 대부분 어쩔 수 없는 침묵 속에 잠겼습니다. 그녀는 자기가 더들리 부인의 유일한 희생자라는 생각을 감추면서 내 마음을 더욱 아프게 했습니다.

"당신보다 내가 더 괴로워요." 누이가 지극히 여성적인 반어법을 문득 흘렸을 때, 내가 그녀에게 말했습니다.

"뭐라고요?" 그녀가 언성을 높여 대답했습니다. 여자들이 자기 감정을 앞세우고 싶을 때면 으레 취하는 어조였습니다.

"그렇지만 다 내 잘못이에요."

그 순간 백작 부인은 차갑고 무관심한 태도를 나에게 보였고, 그로 인해 나는 완전히 절망하고 말았습니다. 나는 떠나기로 마음먹었습니다. 저녁에 테라스에서 온 가족에게 작별 인사를 했습니다. 잔디밭까지 모두 나를 따라왔다가 그곳에 있던 내 말이 앞발로 땅을 걷어차자 다들 물러섰습니다. 내가 말굴레를 잡았을 때 그녀가 내게로 왔습니다.

"우리 둘만 큰길까지 걸어서 가요." 그녀가 말했습니다.

나는 그녀에게 팔을 맡기고 마치 우리의 당황한 동작을 음미하기라도 하듯 느린 걸음으로 앞마당을 걸어 나갔습니다. 우리는 그렇게 바깥 울타리의 한쪽 구석을 에워싼 수풀에 이르렀습니다.

"안녕히, 친구." 그녀가 걸음을 멈추고 내 가슴에 머리를 묻고 두 팔로 내 목을 감싸며 말했습니다. "안녕, 이제 우리는 만나지 못할 거예요. 하느님은 나게 미래를 볼 수 있는 슬픈 능력을 주셨어요. 기억나지 않아요? 언젠가 당신이 아름답고 젊은 모습으로 돌아왔을 때, 그리고 오늘 당신이 클로슈구르드를 떠나 그르나디에르로 가듯이 내게서 등을 돌린 당신을 보고 내가 공포에 질렸었잖아요. 그런데 간밤에 다시 한번 우리 운명이 보였어요. 친구, 지금 우리는 마지막으로 얘기를 나누는 거예요. 겨우 몇 마디를 더 할 수 있을 거예요. 당신에게 말하는 사람은 완전한 내가 아닐 거예요. 죽음이 이미 내 안에 있는 뭔가를 덮쳤어요. 그래서 당신은 내 아이들에게서 어머니를 빼앗아 갈 거예요. 아이들에게 어머니 역할을 해주세요! 당신은 할 수 있을 거예요! 자크와 마들렌은 당신을 사랑하고 있어요. 마치 당신이 그들에게 언제나 고통을 준 것처럼 말이에요."

"죽다니요!" 나는 겁에 질려 그녀를 바라보며 말했습니다. 그리고 다시 보니 그녀의 반짝이는 눈에 메마른 불길이 있었습니다. 그것은 사랑하는 사람이 그 무서운 병에 걸려본 일이 없는 사람들에게는 어떤 말로도 설명할 수 없는 눈이었습니다. 그녀의 눈은 매끈한 은구슬 같았습니다. "죽다니요, 앙리에트! 살아야 해요. 명령이야. 전에 당신이 나한테 맹세하라고 했었지. 그런데 오늘은 내가 당신에게 맹세하라고 해야겠어. 오리제에게 진찰받고 그의 말에 절대복종하겠다고 내게 맹세해……."

"그러면 당신은 인자하신 하느님께 대항하겠다는 건가요?" 자기 말을 알아주지 않자, 그녀는 분노에 찬 절망의 울부짖음으로 내 말을 막으며 말했습니다.

"그러니까 당신은 저 비참한 더들리 부인처럼 모든 일에 무조건 내게 복종할 정도로 나를 사랑하지 않아요……."

"그래, 당신 마음대로 해." 그녀는 질투심 때문에 그때까지 지켜왔던 거리를 순간 넘어버렸습니다.

"여기에 계속 있을게요." 내가 그녀의 눈에 입을 맞추며 말했습니다.

그렇게 맞장구를 치자 그녀는 질겁하며 내 품에서 몸을 빼내더니 나무로 가서 몸을 기댔습니다. 그러더니 뒤도 돌아보지 않고 급한 걸음으로 집으로 돌아갔습니다. 나는 그녀를 따라갔습니다. 그녀는 울면서 기도하고 있었습니다. 잔디밭에 이르자 나는 그녀의 손을 붙잡고 경건하게 입을 맞추었습니다. 그 뜻밖의 순종이 그녀의 마음을 움직였습니다.

"그래도 난 당신 겁니다!" 내가 그녀에게 말했습니다. "난 당신의 큰어머니가 당신을 사랑했듯이 당신을 사랑하니까요."

그러자 그녀는 내 손을 세게 쥐어 몸을 떨었습니다.

"눈길을," 내가 말했습니다. "우리가 옛날에 바라보던 눈길을 다시 한번!" 그녀가 내게 던진 눈길로 영혼이 밝아진 것을 느끼며 내가 외쳤습니다. "자기의 모든 것을 바친다는 여자는 방금 내가 받은 생명과 영혼을 주지 못해요. 앙리에트, 당신은 내가 세상에서 가장 사랑하는 단 한 사람입니다."

"살게요!" 그녀가 내게 말했습니다. "하지만 당신도 회복하세요."

그 눈길은 아라벨의 빈정거림이 남긴 흔적을 지워버렸습니다. 그러니까 나는 당신에게 묘사한 저 양립 불가능한 두 정열의 노리개였습니다. 그 둘의 영향을 번갈아 가며 느꼈습니다. 나는 천사와 악마를 사랑했습니다. 두 여자 모두 아름다웠지만, 한 여자는 우리가 우리 자신의 불완전함을 증오함으로써 살해하는 온갖 미덕을 갖추었고 다른 한 여자는 우리가 이기주의로 숭배하는 온갖 악덕을 갖추고 있었습니다. 나는 대로를 따라 말을 달리면서 손수건을 흔들어 대는 아이들에게 둘러싸여 나무에 기대서 있는 모르소프 부인을 다시 보기 위해 여러 번 뒤돌아 보았습니다. 그때 나는 내 영혼 속에서 자만심이 꿈틀거리는 것을 알고 놀랐습니다. 그렇게 아름다운 두 운명의 지배자임을 확신하고, 그토록 탁월한 두 여인에게 아주 다르게 영광이 되며, 내가 없으면 두 여인 모두 죽음에 이를 정도로 크나큰 정열을 품게 했다는 자만심이었습니다. 그런 덧없는 자만심은 이중의 벌을 받았습니다. 정말이에요! 백작의 죽음이 앙리에트를 내게 넘겨줄 절망의 순간을 아라벨 곁에서 기다리라고 어떤 악마가 말했는지도 모릅니다. 앙리에트는 여전히 나를 사랑하고 있었기 때문입니다. 그녀의 굳은 표정, 그녀의 눈물, 그녀의 회한, 그녀의 가톨릭적 체념은 내 마음과 그녀의 마음에서 더 이상 지워질 수 없는 감정을 웅변적으로 나타내는 흔적이었습니다. 그 아름다운 길을 말을 타고 천천히 가면서 그런 생각에 잠겨 있을 때 나는 스물다섯 살이 아니라 쉰 살이었습니다. 한순간에 서른 살에서 예순 살로 넘어가는 건 여자보다는 역시 젊은 남자가 아닐까요? 그런 나쁜 생각들을 단숨에 쫓아버리긴 했지만, 솔직히 말하면 그 생각은 내 머릿속을 떠나지 않았습니다! 아마 그런 생각의 근원은 튈르리 궁의 왕실 대리석 판 밑에 있었을지도 모릅니다. 루이 18세의 꽃을 꺾는 취향에 저항할 자 누가 있겠습니까? 그의 지론을 말하자면, 진정한 정열은 원숙한 나이에만 가질 수 있는데, 그때는 성 불능이 섞여 있어서 쾌감을 느낄 때마다 마치 도박사가 마지막 판을 대하는 듯한 자신을 발견하게 되고, 정열은 그때만 아름답고 맹렬하기 때문이라는 겁니다. 길 끝에 다다랐을 때 나는 뒤를 돌아다봤습니다. 앙리에트가 혼자서 아직 거기에 있는 것을 보고 나는 순식간에 길을 건넜습니다. 나는 그녀에게 마지막 작별 인사를 하러 간 것이었습니다. 나는 속죄의 눈물에 젖어 있었지만, 그녀에게 눈물의 이유를 드러내지는 않았습니다. 영원히 잃어버린 그 아름다운 사랑들, 그 순수한 감정들, 이제는 되살아나지 않을 그 생명의 꽃들에, 나도 모르게 바치는 진심의 눈물이었습니다. 왜냐하면 훗날 남자는 주지는 않고 받기만 하기 때문입니다. 남자는 연인 안에 있는 자신을 사랑합니다. 젊은 시절에는 자기 안에 있는 연인을 사랑하다가, 이후에는 자기를 사랑하는 여자에게 자기의 취향과 어쩌면 악덕까지도 주입합니다. 반대로 인생 초기에는 여자가 자신의 미덕과 섬세함을 남자에게 강요합니다. 그녀는 미소로 우리를 아름다움으로 초대하고, 스스로 모범을 보임으로써 우리에게 헌신을 가르칩니다. 자기의 앙리에트를 갖지 못한 자는 불행하여라! 더들리 부인 같은 여자를 알지 못한 자는 불행하여라! 만약 결혼한다면, 후자는 자기 아내를 잘 지키지 못할 것이며. 전자는 아마도 자기 연인에게 버림받을 것입니다. 그러나 한 여자에게서 그 둘을 발견할 수 있는 자는 행복할 것입니다. 나탈리, 당신이 사랑하는 남자는 얼마나 행복할까요!

파리로 돌아가자 아라벨과 나는 전보다 더 가까워졌습니다. 얼마 지나지 않아 우리는 내가 스스로 지켰던 예절 규범을 우리도 모르는 사이에 서로 없애게 되었습니다. 예절을 엄격하게 지킨다면 세상은 흔히 더들리 부인이 처한 잘못된 입장을 용서합니다. 겉으로 보이는 모습 이상으로 파헤치기를 좋아하는 세상은 외관이 감싸고 있는 비밀을 알자마자 그 외관을 정당화해 줍니다. 상류사회의 한복판에서 살아가야 하는 연인들은 살롱의 해석이 요구하는 장애물을 뒤엎는 잘못을 언제나 저지를 것입니다. 풍습이 부과하는 모든 관례를 조심스럽게 위반하는 잘못이지요. 그러면 문제가 되는 건 남들보다는 그들 자신입니다. 간격을 건너야 하고, 외적으로 존경심을 보여야 하며, 연기도 해야 하고, 비밀은 감추어야 하는, 이 모든 행복한 사랑의 전략이 삶을 점령하고 욕망을 새롭게 하며, 태만한 습관으로부터 우리의 마음을 보호합니다. 그러나 본질적으로 낭비성이 강한 초기의 정열은 젊은이들과 마찬가지로 그들의 숲을 정돈하지 않고 전체를 베어내 버립니다. 아라벨은 그런 부르주아적 생각을 채택하지 않고 내 마음에 들기 위해 순응했습니다. 희생자를 자기 것으로 삼기 위해 미리 표시를 해두는 학살자처럼 그녀는 나를 자기의 '스포소(sposo)'[97]로 만들기 위해 파리 전체를 상대로 내 평판을 떨어뜨리려고 했습니다. 그녀는 또한 나를 자기 집에 머물게 하려고 교태를 부렸습니다. 증거가 없으니 부채 밑에서 수군거리기단 하게 만드는 우아한 추문이 마음에 들지 않았기 때문입니다. 그녀가 자기 처지를 솔직하게 드러내는 경솔한 언행을 하면서 몹시 행복해하는 걸 보고 내가 어떻게 그녀의 사랑을 믿지 않을 수 있었겠습니까? 일단 불륜의 결혼이 주는 달콤함

---

97) 합법적 남편을 뜻하는 이탈리아어다. 프랑스어가 아닌 이탈리아어를 쓴 것은 정상적 남편이 아닌데도 그에 준한 관계임을 나타내기 위해 사용하는 사교계의 어법이다.

에 빠진 나는 절망에 사로잡혔습니다. 앙리에트에게서 받은 생각과 권고와는 반대 지점에서 멈춘 나의 삶을 보았기 때문입니다. 그래서 나는 폐병 환자가 자기 죽음을 예감하고 자기가 숨 쉬는 소리에 사람들이 신경 쓰는 걸 원치 않듯 미친 듯이 살았습니다. 마음 한구석에 물러날 곳은 있었으나 고통스러웠습니다. 복수심으로 인해 여러 생각들이 끊임없이 떠올랐지만 그것에 대해 깊이 생각할 용기는 나지 않았습니다. 나는 앙리에트에게 보낸 편지에 그런 정신 질환을 묘사하며 끝없는 아픔을 이야기했습니다. "그렇게 많은 보물을 잃어버렸으니, 그 대가로 적어도 내가 행복하길 바랐다."고 그녀는 단한 번 보낸 답장에서 말했습니다. 그런데 나는 행복하지 않았습니다. 사랑하는 나탈리, 행복은 절대적인 것이어서 비교를 허용하지 않는답니다. 내 최초의 격정이 지나가자 나는 자연히 두 여자를 서로 비교하게 되었는데, 그것은 나로서는 그때까지 관찰할 수 없었던 대조였습니다. 사실, 커다란 열정이란 어김없이 우리의 성격을 몹시 강하게 짓누르기 마련이어서 먼저 그 우툴두툴한 면을 없애고 우리의 결점이나 자질을 구성하는 습관의 흔적도 메워버립니다. 그러나 시간이 지나면 서로에게 아주 익숙해진 두 연인에게서 정신적 면모의 특징들이 다시 나타납니다. 그러면 두 사람 모두 서로를 판단하고, 정열에 대해 성격이 반응하는 동안 헤어짐을 준비하는 반감을 선언하는 일이 흔히 있습니다. 경박한 사람들은 그런 헤어짐으로 무장하고 인간의 마음이란 변하기 쉬운 것이라고 비난합니다. 나도 그런 기간이 시작되었습니다. 유혹에도 마비되지 않고, 말하자면 내 쾌락을 잘게 나누면서 더들리 부인에게 해를 끼치는 검토를 시도하게 되었습니다. 그것은 아마 의도한 것은 아니었던 것 같습니다.

우선 그녀에게는 에스프리가 부족하다는 것을 알았습니다. 모든 여성 가운데 프랑스 여성에게만 있는 이 에스프리는 그녀를 가장 달콤한 사랑의 상대로 만들어줍니다. 우연한 기회에 각국의 사랑하는 방식을 경험할 수 있었던 사람들의 증언에 따르면 그렇습니다. 프랑스 여성은 사랑에 빠지면 변신합니다. 그녀는 자부심 강한 교태를 사랑을 꾸미는 데 사용합니다. 아주 위험한 자기의 자만심을 희생해 자기의 모든 주장을 잘 사랑하는 데 쏟아붓습니다. 그녀는 자기가 사랑하는 사람의 이익과 증오, 우정을 지지하지요. 그녀는 사업가의 노련한 면들을 단 하루 만에 터득하고, 관련 법규를 연구해 여신 구조를 이해하며 은행가의 금고를 농락합니다. 덤벙거리면서 돈을 헤프게 썼던 그녀가 단 한 번의 실수도 하지 않고 단 1루이[98]도 낭비하지 않을 것입니다. 그녀는 어머니, 가정부, 의사 역할을 한꺼번에 하기도 하며, 그 각각의 모습으로 변모할 때마다 행복의 은총을 불어넣어 지극히 미세한 세부 속에서도 무한한 사랑이 드러나게 합니다. 프랑스 여성은 여러 나라의 여성들에게서 보이는 특별한 장점들을 한데 모으고, 에스프리를 통해 그 혼합물에 통일성을 부여합니다. 프랑스 종자인 이 에스프리는 만사에 활기를 불어넣으며, 무엇이든 가능하게 하고, 해명하

---

98) 루이 13세 시대에 만들어진 프랑스 금화다.

며, 다양하게 만들어줍니다. 또한 오직 하나의 동사 현재 시제에만 의존하는 감정의 단조로움도 없애 버리지요. 프랑스 여성은 사람들 앞에 있든 혼자 있든, 때를 가리지 않고 쉼도 지침도 없이 언제나 사랑합니다. 사람들 앞에서는 오직 한 사람에게만 들리는 말투를 찾아내며, 침묵으로도 말할 수 있습니다. 그리고 눈을 아래로 떨군 채로도 당신을 바라볼 수 있습니다. 말과 시선을 주고받는 것이 금지되는 상황이 닥친다면 그녀는 모래를 이용할 것입니다. 모래 우에 발자국을 찍어서 자기 생각을 적을 테니까요. 혼자 있을 때는 심지어 자는 동안에도 자신의 정열을 표현합니다. 요컨대 프랑스 여성은 자기 사랑에 세상을 굴복시킵니다. 반대로 영국 여성은 자기 사랑을 세상에 복종시키지요. 얼음처럼 차가운 습관을 지니도록 교육받은 덕택에 전에 당신에게 말했던 아주 이기적인 영국식 품행이 몸에 밴 영국 여성은 영국산 기계처럼 쉽게 마음을 열었다 닫았다 합니다. 속이 들여다보이지 않는 가면을 갖고 있어서 침착하게 그 가면을 썼다 벗었다 하지요. 아무도 보지 않을 때는 이탈리아 여성처럼 정열적이지만, 누군가 끼어들기만 하면 곧바로 차가워집니다. 그러면 아무리 사랑받는 남자라고 해도 그녀의 딱딱하게 굳은 얼굴이나 차분한 목소리, 규방을 벗어난 영국 여성 특유의 완전히 자유로운 태도를 보고는 자기 사랑의 절대성을 의심하기 마련이지요. 바로 그때 위선은 무관심으로 변해 가고 영국 여성은 모든 것을 잊어버립니다. 사랑을 의복처럼 쉽게 벗어던질 수 있는 여성이라면, 사랑을 갈아타기도 쉬울 거라고 당연히 생각할 수 있지요. 마치 손으로 짠 타피스리처럼 사랑을 붙였다 떼었다 다시 붙이고 하는 여자를 보면 상처받은 자존심으로 마음이 흔들리고, 그러면 얼마나 큰 폭풍우가 마음에 거센 파도를 일으킬까요! 그런 여자들은 자아가 너무 강해서 남자의 소유가 될 수 없습니다. 그리고 세상에 미치는 영향력도 너무나 커서 우리 남성이 온 세상을 지배할 수 없습니다. 프랑스 여성은 인내하는 사람에게 위로하는 눈길을 보내고 손님에게는 재치 있는 농담으로 자기의 분노를 드러내지만, 영국 여성의 침묵은 절대적이어서 영혼을 자극하고 마음을 불안하게 만듭니다. 그녀들은 때와 장소를 가리지 않고 가장 높은 자리를 차지하므로 대부분 '패션' 만능주의가 그녀들의 쾌락에까지 걸쳐 있는 경우가 허다합니다. 부끄러움을 과장하는 사람은 사랑도 과장할 수 있는데, 영국 여성들이 그런 사람들입니다. 그녀들은 모든 것을 형식 안에 넣지만, 형식에 대한 그런 사랑이 그들에게 예술의 감정을 낳지는 않습니다. 그녀들이 무슨 말을 하든, 영국 여성의 이성적이고 타산적인 사랑보다 프랑스 여성의 영혼이 훨씬 우월한 이유는 프로테스탄티즘과 가톨릭의 차이점으로 잘 설명이 됩니다. 프로테스탄티즘은 믿음을 의심하고 검토하며 죽여버립니다. 따라서 그것은 예술과 사랑의 죽음입니다. 사교계가 지배하는 곳에서는 사교계 사람들은 사교계에 복종해야 합니다. 그러나 정열적인 사람들은 그 즉시 사교계를 떠납니다. 그들에게는 사교계가 견디기 어렵기 때문입니다. 그런데 더들리 부인은 사교계 없이는 살 수 없으며, 영국식 변심에 익숙하다는 사실을 알고 내 자존심이 얼마나 큰 충격을 받았을지 당신은 충분히 짐작할 것입니다. 사교계가 그녀에게 부과한 것은 희생이 아니었습니다. 절대로 아니었죠. 그녀는 자신을 상반된 두 모습으로 아주 자연스럽게 드러냈습니다. 사랑할 때는 정신이 완전히 나가버렸습니다. 어떤 나라의 어떤 여자도 그녀하고는 비교할 수가 없었지요. 그녀는 하렘의 후궁 전체와 맞먹을 정도였습니다. 그러나 그 몽환극 무대에 막이 내리면 그 추억까지도 말끔히 쫓아내 버렸습니다. 그녀는 눈길이나 미소에도 대응하지 않았습니다. 애인도 노예도 아니었고, 말과 태도를 부드럽게 해야 하는 대사 부인 같았습니다. 그녀의 침착한 태도가 참을 수 없게 했고, 그녀의 겉치레는 내 마음을 모욕했습니다. 그리하여 그녀는 열렬한 환희로 사랑을 이상에까지 끌어올리는 것이 아니라 육체적 욕구로 사랑의 품위를 떨어뜨렸습니다. 그녀는 걱정도 후회도 욕망도 보이지 않았습니다. 그러나 그녀의 애정은 주기적으로 갑자기 점화된 불길처럼 타올라서 평소의 조심성 있는 태도를 비웃는 것 같았습니다. 이 두 여자 가운데 나는 어느 여자를 믿어야 했을까요? 그때 나는 앙리에트와 아라벨을 가르는 무한한 차이점들을 수많은 바늘이 찌르듯 아프게 느꼈습니다. 모르소프 부인이 잠깐 내 곁을 떠났을 때도 그녀의 배려는 여전히 공기 중에 남아 내게 그녀에 대해 말해 주는 것 같았습니다. 그녀가 자리를 뜰 때는 그녀가 입은 드레스의 주름이 내 눈에 호소했고, 그녀가 돌아올 때도 드레스의 물결치는 소리가 내 귀에 즐겁게 와닿곤 했습니다. 눈이 땅을 향해 아래쪽을 바라볼 때 눈꺼풀을 내리는 그 모습 속에는 무한한 부드러움이 있었습니다. 그녀의 목소리, 그 음악 같은 목소리는 끊임없는 애무였습니다. 그녀의 말은 언제나 변함없는 생각을 입증해 주었고, 그녀 역시 언제나 한결같았습니다. 그녀는 자기 영혼을 한쪽은 뜨겁고, 다른 한쪽은 얼음처럼 차가운 두 기류로 나누지 않았습니다. 끝으로 모르소프 부인은 자기 생각의 꽃과 에스프리는 자신의 감정을 표현하기 위해 아껴두었고, 무엇보다도 나와 그녀의 아이들과 함께 나누는 생각을 무척 좋아했습니다. 그러나 아라벨은 삶을 아름답게 만드는 데 자기 에스프리를 이용하지 않았습니다. 그녀는 나를 위해서도 에스프리를 발휘하지 않았습니다. 그녀의 에스프리는 오직 사교계에 의해서만, 사교계를 위해서만 존재했고, 그녀는 순전히 냉소적이었습니다. 그녀는 찢고 물어뜯기를 좋아했습니다. 나를 즐겁게 해주기 위해서가 아니라 어떤 기호를 만족시키기 위해서였습니다. 모르소프 부인이라면 자기 행복을 모든 사람의 눈에 띄지 않게 숨겼겠지만, 아라벨은 파리 전체에 보여주기를 원했습니다. 그리고 다들 보란 듯이 나와 함께 불로뉴 숲을 걸으면서도 잔뜩 찌푸린 얼굴을 하며 점잔을 떨었습니다. 과시와 위엄, 사랑과 차가움이 섞인 그런 태도는 순결하면서 동시에 정열적이었던 내 영혼에 끊임없이 상처를 입혔습니다. 그리고 나는 한쪽 온도에서 다른 온도로 옮겨 갈 줄 몰랐던 탓에 내 기분은 줄곧 그 영향을 느낄 수밖에 없었습니다. 그녀가 상투적인 부끄러움을 되찾기라도 하면 나는 사랑으로 가슴이 뛰었습니다. 내가 아주 조심하다가도 어쩌다 불평할 기색이 보이기라도 하면, 그녀는 나에게 독설을 퍼부었습니다. 그 독설에는 내가 앞에서 당신에게 열심히 묘사했던 영국식 농담에 자기의 정열을 과대 포장한 말도 섞여 있었습니다. 그녀는 나와 의견 충돌이 생기면 곧바로 내 마음에 상처를 주고 내 정신을 모욕하는 일을 장난처럼 하면서 나를 밀가루 반죽처럼 마음대로 주물렀습니다. 우리가 매사에 잃지 말아야 할 중용의 입장에서 의견을 말하면 그녀는 내 의견을 희화화해서 응수했고, 그것을 극단화해 버렸습니다. 내가 그녀의 태도를 힐책하면 그녀는 파리 전체가 보는 앞에서, 또는 이탈리아 극장에서 키스해 주기를 바라는 거냐고 물었습니다. 그리고 그렇게 하겠다고 약속했습니다. 그 약속이 아주 진지했기 때문에 남들이 자기에 대해 이야기하면 좋아하는 그녀의 성향을 아는 나는 그녀가 정말로 그 약속을 이행하지나 않을까 두려웠습니다. 그녀의 정열은 거짓이 아니었지만, 앙리에트에게서 느꼈던 것처럼 몰입적이고 성스럽고 심오한 것은 하나도 없었습니다. 그녀는 모래땅처럼 언제나 채워질 줄 몰랐습니다. 모르소프 부인은 언제나 든든했습니다. 그래서 그녀는 아주 작은 억양이나 눈짓에서도 내 영혼을 감지했지만, 후작 부인은 쳐다보거나 손을 잡거나 달콤한 말 한마디로 애끓는 일은 한 번도 없었습니다. 어디 그뿐이겠습니까! 전날의 행복은 다음 날이 되면 아무것도 아니었습니다. 그녀는 어떤 사랑의 증거에도 놀라지 않았습니다. 흥분, 소리, 절정의 폭발에 대한 그녀의 욕망이 너무도 커서 그 방면에서 그녀가 꿈꾸는 이상에 도달하게 해주는 이는 아마 아무것도 없었을 것입니다. 그녀의 맹렬한 사랑의 노력은 바로 그로 인해 생겨난 것입니다. 그녀의 허무맹랑한 환상 속에서 중요한 것은 그녀이지 내가 아니었습니다. 여전히 내 삶을 비춰주는 빛이었던 모르소프 부인의 그 편지는 나의 모든 행운에 대한 끊임없는 경계와 지속적인 유지를 일깨움으로써 가장 덕망 높은 여인이 프랑스 여성의 화신으로서 어떻게 처신하고 행동해야 하는지 증명했습니다. 당신이 그 편지를 보면 이해하게 될 것입니다. 앙리에트가 나의 물질적 이익과 정치적 관계, 정신적 성과에 대해 얼마나 세심하고 정성스러운 배려를 했는지, 허용된 장소에서 나의 삶을 얼마나 뜨겁게 껴안았는지 말입니다. 이 모든 점에서 더들리 부인은 단순히 알고 지내는 사람처럼 조심성을 가장하고 있었습니다. 그녀는 내 사업, 내 재산, 내 업무에 대해서도, 또는 내 삶의 어려운 문제들이나 내가 싫어하는 것, 내가 사귀는 친구들에 관해서도 물어본 적이 한 번도 없었습니다. 남들에게는 후하게 베풀지 않지만 자기 자신을 위해서는 돈을 아끼지 않는 그녀는 이해관계와 연애를 지나치다 싶을 정도로 따로 떼어서 생각했습니다. 그런데 반대로 그런 경험은 없었지만 앙리에트라면 내게 슬픔을 주지 않기 위해 자기를 위해서는 구하지 않아도 될 것도 나를 위해서 찾아다 주리라는 것을 나는 알고 있었습니다. 아무리 지위가 높은 사람들이라 하더라도, 아무리 부유한 사람들이라 하더라도, 수많은 불행 가운데 어떤 불행이 들이닥칠 수 있음은 역사가 충분히 입증하고 있습니다! 내게 그런 불행이 닥친다면 앙리에트에게는 상의하겠지만, 더들리 부인에게는 한마디 말도 없이 그냥 감옥으로 끌려갈 것입니다.

여기까지는 감정 면에서 대조적인 부분들을 말했지만, 다른 일들에 관해서도 마찬가지였습니다. 프랑스에서 사치란 인간적 표현으로서 어떤 사람의 생각이나 그 사람의 특별한 시정(詩情)을 보여주는 것입니다. 그것은 성격을 그려내며, 연인들 사이에서는 사랑받는 사람이 갖는 가장 큰 생각을 우리 주위에 빛나게 함으로써 극히 작은 배려에도 가치를 부여합니다. 그러나 영국의 사치는 섬세한 꾸밈에 내 마음이 끌리기는 했지만 역시 기계적이었습니다! 더들리 부인은 자기 자신을 조금도 표현하지 못했습니다. 전부 낯들의 취향으로 채워졌고 돈으로 사들인 것이었습니다. 클로슈구르드에서 수없이 많았던 사랑스러운 배려도 아라벨의 눈에는 하인들의 일이었습니다. 하인들에게는 저마다 의무와 전문성이 있기 때문입니다. 가장 좋은 하인을 뽑는 일은 말을 고를 때처럼 하인의 우두머리인 집사가 할 일이었습니다. 그 여자는 자기 하인들에게 조금도 정을 붙이지 않았으므로 그들 가운데 제일 소중한 하인이 죽는다 해도 그녀는 조금도 슬퍼하지 않을 테고, 돈을 치르고 그와 똑같이 숙련된 다른 하인으로 대체할 것입니다. 불쌍한 사람들에 대해서도 마찬가지였습니다. 나는 그녀가 타인의 불행에 눈물 한 방울이라도 글썽이는 경우를 본 적이 없습니다. 오히려 그녀가 지닌 이기심이 너무도 순진해서 웃는 수밖에는 다른 도리가 없었지요. 귀족 부인의 붉은 옷감이 그 차디찬 본성을 가리고 있었던 겁니다. 저녁이면 양탄자 위를 구르며 온갖 광적인 사랑의 방울 소리를 울려대는 동양의 무희, 그리고 무감각하고 몰인정한 영국 여자, 젊은 남자는 그 두 여자에 신속하게 적응했습니다. 그와 함께 나는 그녀가 내 씨앗만 허망하게 앗아갈 뿐 수확은 전혀 기대할 수 없는 석녀라는 사실을 조금씩 알아갈 뿐이었습니다. 모르소프 부인은 그 짧은 만남 동안 그녀의 그런 본성을 단번에 꿰뚫어 보았습니다. 나는 그녀의 예언을 떠올렸습니다. 앙리에트가 모두 옳았습니다. 나는 아라벨의 사랑이 견디기 어려워졌어요. 그 뒤로 나는 말을 잘 타는 여자들이 대부분 다정하지 않다는 사실을 알게 되었습니다. 아마존족 여인들처럼 그녀들에겐 한쪽 젖가슴이 없어서 마음의 어느 한 곳이 굳어져 버린 상태였어요.

그 멍에의 무게를 느끼기 시작하는 순간, 내 몸과 마음에 피로감이 엄습했고, 진실한 감정이 사랑에 거룩함을 부여한다는 사실을 온전히 깨달았으며, 클로슈구르드의 추억에 휩싸이고 말았습니다. 몸은 비록 멀리 떨어져 있었지만, 그곳의 모든 장미 향기와 테라스의 열기를 들이마셨고, 나이팅게일의 노랫소리를 들었습니다. 그리고 물이 줄어든 격류의 자갈 바닥을 보았다고 생각한 그 무서운 순간에 나는 뭔가에 세게 얻어맞았고, 그 충격은 아직도 내 삶 속에서 울리고 있습니다. 시시각각 메아리치고 있으니까요. 나는 국왕의 집무실에서 근무 중이었습니다. 국왕께서는 4시에 외출할 예정이었으며, 르농쿠르 공작이 당직이었습니다. 국왕은 공작이 들어오는 것을 보고 백작 부인의 소식을 물었습니다. 그 말에 나는 급히 머리를 들었는데 그 모습이 너무도 큰 의미를 담고 있었는지 내 동작에 놀란 국왕이 나를 바라보았습니다. 그런 눈길 뒤에는 국왕의 특기인 신랄한 말이 으레 이어지곤 했지요.

"전하, 제 불쌍한 여식이 죽어가고 있습니다." 공작이 대답했습니다.

"전하, 제게 휴가를 주실 수 있겠는지요?" 나는 국왕의 분노가 폭발할 것을 무릅쓰고 눈물을 글썽이며 말했습니다.

"어서 달려가시오. 밀로르.99)" 국왕은 미소를 띤 채 한 마디마다 비꼬는 말을 넣었고, 자신의 그런 재담에 신경을 쓰느라 나를 질책하지는 않았습니다.

아버지보다는 조정의 대신이 먼저인 공작은 휴가를 요청하지 않고 국왕의 마차를 타고 전하를 수행했습니다. 나는 더들리 부인에게 작별 인사도 없이 떠났습니다. 다행히 그녀는 외출 중이었으므로 나는 국왕의 뎡을 받아 임무를 수행하러 간다는 쪽지를 남겨 놓았지요. 가는 길에 크루아 드 베르니에서 전하와 마주쳤습니다. 전하께서는 베리에르에서 돌아오는 길이었습니다. 꽃다발을 받고 그것이 발밑으로 떨어져도 개의치 않으시는 전하는 심오함이 압도하는 왕족 특유의 빈정거림이 가득 찬 눈길을 내게 던졌습니다. 그 눈길은 이렇게 말하는 것 같았습니다. '네가 정계에서 뭔가 되고 싶다면 돌아오너라! 죽은 사람들과 수다나 떨면서 놀지 말고!' 공작은 손짓으로 슬픔의 표시를 내게 보냈습니다. 여덟 마리의 말이 끄는 화려한 사륜마차 두 대와 금장을 두른 대령들, 그리고 왕실 호위대가 소용돌이 먼지를 일으키며 "국왕 만세!"라고 외치는 함성 속을 빠르게 지나갔습니다. 내가 보기에는 우리 인간들의

---

99) 영국의 귀족이나 부호에 대한 프랑스식 경칭이다. 왕은 펠릭스와 더들리 부인의 관계를 빗대어 말하고 있다.

재해에 대해 자연이 보이는 무감각한 태도로 궁정이 모르소프 부인의 몸을 짓밟는 것만 같았습니다. 공작은 탁월한 사람이었지만 국왕이 침소에 든 뒤에는 틀림없이 왕제[100]와 휘스트 게임을 할 참이었습니다. 공작 부인으로 말하자면, 그녀는 더들리 부인에 관한 얘기를 자기 딸에게 해줌으로써 이미 오래전에 그녀에게 최초의 일격을 가한 장본인이었습니다.

내 급한 여정은 꿈 같았습니다. 하지만 파산한 노름꾼의 꿈이었어요. 나는 아무 소식도 듣지 못해서 절망에 빠져 있었습니다. 고해신부가 너무 완고해서 내가 클로슈구르드에 가지 못하도록 막았던 것일까요? 나는 마들렌, 자크, 도미니스 신부, 그리고 모르소프 씨까지 모두를 원망했습니다. 투르를 지나 퐁세까지 이르는 미루나무 가로수길로 내려가기 위해 생소뵈르 다리를 건널 때 나는 오리제 씨를 만났습니다. 그곳은 내가 이름도 모르는 나의 연인을 찾아 헤맬 때 경탄해 마지않았던 곳이었습니다. 그는 내가 클로슈구르드로 가는 길임을, 나는 그가 그곳에서 오는 길임을 서로 알아보았습니다. 우리는 둘 다 마차를 세우고 마차에서 내렸습니다. 나는 상황을 묻기 위해, 그는 내게 그 답을 주기 위해서였죠.

"모르소프 부인의 병세는 어떻습니까?" 내가 그에게 물었습니다.

"부인이 살아 있을 때 뵙게 될지 의심스럽습니다." 그가 대

---

100) 루이 18세의 동생인 아르투아 백작을 가리킨다. 후사가 없었던 형의 뒤를 이어 샤를 10세로 즉위한다.

답했습니다. "부인은 끔찍하게 죽어가고 있는데, 굶어서 죽는 겁니다. 지난 6월에 내게 사람을 보내 왕진을 청했을 때 이미 의학의 힘으로는 병마와 싸울 방법이 전혀 없었어요. 부인에게는 무서운 징후들이 있었습니다. 그게 어떤 것인지는 모르소프 씨에게서 들으셨을 겁니다. 자기에게도 그런 징후가 있다고 믿었으니까요. 당시 백작 부인은 마음의 갈등에서 생긴 일시적 혼란의 영향을 받고 있던 게 아니었어요. 그런 혼란은 의술로 다룰 수 있어서 더 나은 상태로 치료할 수 있어요. 또는 처음에 그 증상이 나타났을 때 이상 증세를 바로잡을 수도 있고요. 그런데 그런 정도가 아니었어요. 부인의 병은 의술이 소용없는 지경까지 진행되었습니다. 마치 비수에 찔려서 치명상을 입은 것처럼 모종의 슬픔으로 인해 불치의 병을 얻은 겁니다. 그런 질환은 심장만큼이나 생명 유지에 필수적인 어떤 신체 기관이 무력해지면서 발병하게 됩니다. 슬픔이 비수의 역할을 한 거죠. 틀림없는 사실입니다! 코르소프 부인은 우리가 모르는 어떤 슬픔 때문에 죽어가고 있습니다."

"우리가 모르다니요!" 내가 말했습니다. "아이들이 앓았던 적은 없습니까?"

"없습니다." 그가 의미심장한 태도로 나를 바라보며 말했습니다. "부인이 아주 심각한 상태가 된 뒤로는 모르소프 씨도 더는 부인을 괴롭히지 않더군요. 이젠 나도 아무 도움이 되지 못합니다. 아제의 델랑드 씨만으로 충분해요. 이젠 치료제도 없으니, 고통이 끔찍할 겁니다. 부유하고 젊고 아름다운 부인이 굶주림으로 야위어서 늙은이처럼 죽다니요. 부인은 먹지 못해서 돌아가시는 거니까요. 40일 전부터 위장이 닫혀 버린 듯 어떤 형태로 음식을 주어도 모두 거부하고 있습니다."

오리제 씨가 인사하려는 몸짓으로 내 손을 잡으려고 했습니다. 그는 내가 내민 손을 꼭 쥐었습니다.

"힘내십시오." 그가 하늘을 올려다보며 말했습니다.

그는 내가 그녀와 똑같이 고통을 나누리라고 생각하고 그에 대한 연민을 나타낸 말이었습니다. 그는 자기의 말이 내 심장에 화살처럼 박히는 독침임을 짐작조차 하지 못했습니다. 나는 황급히 마차에 오르며 마부에게 나를 제시간에 데려다주면 두둑하게 보상하겠다고 약속했습니다.

나는 몹시 초조했는데도 단 몇 분 만에 길을 주파했다고 생각했습니다. 그만큼 내 마음속에서는 쓰라린 상념들이 일제히 고개를 들고 일어났고, 나는 그 속에 깊이 함몰되어 있었던 것입니다. 그녀는 슬픔으로 죽고, 아이들은 건강하다니! 그렇다면 그녀가 죽는 건 나 때문이 아닌가! 내 양심이 비난의 말을 쏟아내며 나를 위협했습니다. 그 말은 평생, 때로는 저승에서도 계속 울려댈 것입니다. 인간의 정의에는 얼마나 취약하고 무능한 면이 있는지 모릅니다! 명백한 행위들만 처단하잖아요. 단 일격에 죽이거나, 너그럽게도 잠이 들었을 때 불시에 습격해서 영원히 잠들게 하는 살인자, 또는 갑작스럽게 공격해서 죽음에 이르는 고통을 느끼지 않게 해주는 살인자에게만 죽음과 치욕을 안겨주는 이유는 뭘까요? 영혼 속에 악의를 한 방울씩 흘려 넣어 서서히 육체를 좀먹고 결국엔 죽이고 마는 살인자에게는 어찌하여 행복한 삶과 높은 명망을 안겨주는 걸까요? 벌을 받지 않은 살인자들이 얼마나 많을까요! 우아한 악덕에 호의를 베풀다니요! 정신적 학대로 인한 살인에 무죄라니요! 나도 모르는 어떤 복수의 손이 사회를 덮고 있는 채색된 장막을 갑자기 들어 올렸습니다. 나는 당신과 내가 잘 아는 희생자들 가운데 몇 사람을 보았습니다. 내가 떠나기 며칠 전에 노르망디에서 죽어가는 몸으로 떠난 보제앙 부인! 명예를 잃은 랑제 공작 부인! 투렌으로 와서, 더들리 부인이 2주일 동안 머물렀던 누추한 집에서 죽은 브랜든 부인은 무슨 끔찍한 파국에 의해 살해된 걸까요?[101] 당신은 아시지요! 우리가 사는 시대에는 이런 종류의 사건들이 수두룩합니다. 질투심을 이기지 못해 독극물을 마시고 자살한 가엾은 여인[102]을 모르는 사람이 어디 있겠습니까? 모르소프 부인도 어쩌면 그 질투심 때문에 죽는 게 아닐까요? 등에에 쏘인 꽃처럼, 결혼한 지 2년 만에 시들어버린 그 사랑스러운 젊은 여자의 운명에 어느 누가 전율하지 않겠습니까? 그녀는 순

---

101) 다주다 후작에게 버림받고 파리를 떠나 노르망디의 성으로 은신했던 보제앙 자작 부인은 그곳에서 만난 청년과 새로운 사랑에 빠지지만, 또다시 버림받고 스위스로 떠나게 된다.(『버림받은 여인(La Femme abandonnée)』, 1833) 몽리보 장군에게 버림받은 랑제 공작 부인은 에스파냐 마요르카섬의 수녀원으로 은신하고, 그녀를 찾아 헤매던 몽리보가 마침내 수녀원에 도착하기 직전, 공작 부인은 숨을 거둔다.(『랑제 공작 부인(La Duchesse de Langeais)』, 1834) 브랜든 부인은 『라그르나디에르』의 주인공인데, '마리 빌렘상스'라는 이름으로 전원주택을 임대해 두 자녀와 함께 머문다. 사실 그녀는 불치병을 앓고 있으며, 남편과는 사이가 소원하다. 그녀가 죽은 뒤에야 브랜든 경의 아내였음이 밝혀진다.
102) 1824년에 실제로 일어났던 벨륀 공작의 딸 자살 사건을 가리킨다.

결한 무지의 희생자였으며, 롱크롤, 몽리보, 드 마르세[103]가 자기들의 정치 공작을 돕는다는 이유로 손을 잡은 파렴치한 남자의 희생자였습니다. 어떤 기도로도 꺾을 수 없었고, 그렇게도 고결하게 빚을 청산한 후로는 자기 남편을 절대로 다시 보려고 하지 않았던 여인의 마지막 순간에 관한 이야기에 가슴 뛰지 않을 사람이 누가 있겠습니까? 데글몽 부인은 거의 죽음에 이르지 않았던가요? 만약에 내 형이 돌보지 않았다면 그녀가 살아 있을까요?[104] 사교계와 학문은 그런 범죄들의 공범입니다. 그걸 취급하는 재판소도 없지요. 슬픔, 절망, 사랑, 감춰진 궁핍, 끊임없이 다시 심지만 뿌리가 뽑혀 결실 없이 경작된 희망으로 죽는 사람은 하나도 없는 듯이 보입니다. 새로운 용어집에는 기발한 단어들이 들어 있어서 무엇이든 설명할 수 있습니다. 위염, 심낭염, 귓속말로 속삭여지는 수많은 여성 질환의 명칭들이 위선적인 눈물이 흘러가는 관(棺)들의 통행증으로 사용되며, 그 관들을 따라 흐르는 위선적인 눈물은 공

---

103) 롱크롤 후작, 몽리보 백작, 드 마르세 백작은 모두 발자크의 『인간극』의 등장인물들로, 나폴레옹 제정기에 '13인당'이라는 비밀결사를 조직한다. 이들 중 특히 드 마르세는 파리 최고의 댄디로 이름을 떨치는데, 사실 그는 영국 귀족이자 본 작품에 등장하는 더들리 부인의 남편인 더들리 경의 혼외자다. 더들리 부인 못지않게 사생활이 문란한 더들리 경이 그의 모친을 가난한 프랑스 노귀족 마르세 백작과 결혼시켜 아들에게 작위를 만들어주고, 재산도 상속해 주었다.
104) 『서른 살 여인』에서 데글몽 후작 부인은 냉담한 남편과의 불행한 결혼 생활 속에서, 펠릭스의 형으로 외교관이 된 샤를 드 방드네스와 오랫동안 불륜 관계를 이어가며 배다른 자식을 여럿 낳는다.

증인의 손으로 이내 닦여집니다. 그런 불행의 밑바닥에는 우리가 모르는 어떤 법칙이 있는 걸까요? 백만장자가 수많은 소기업들의 노력을 빨아들여 자기 것으로 만드는 것과 마찬가지로 100살까지 사는 노인은 죽은 이들을 땅에 무자비하게 늘어놓고 자기 주위의 땅을 말려서 자기 몸을 일으켜 세우는 걸까요? 온화하고 부드러운 사람들을 잡아먹는 유독성의 힘센 생명체가 존재하는 걸까요? 하느님 맙소사! 그렇다면 나도 호랑이 종족이란 말입니까? 죄책감의 뜨거운 손가락들이 내 심장을 조여왔고, 내 얼굴은 눈물범벅이 되었습니다. 그때 나는 클로슈구르드 가로수길에 접어들고 있었습니다. 10월의 다습한 아침나절, 앙리에트의 지휘로 심긴 디루나무들에서 낙엽이 지고 있었습니다. 얼마 전까지만 해도 그 가로수길에서 앙리에트가 나를 다시 부르는 듯이 손수건을 흔들지 않았던가! 그녀는 살아 있을까요? 내 조아린 머리 위로 그녀의 하얀 두 손을 느낄 수 있을까요? 한순간 나는 다라벨에게서 받은 쾌락의 값을 모두 치렀지만 그건 너무 비싸다고 생각했습니다. 나는 다시는 그녀를 보지 않으리라 다짐하며 영국을 증오했습니다. 더들리 부인은 그 종족의 한 변종이긴 하지만 나는 모든 영국 여자를 내 판결의 베일 안에 넣어버렸습니다.

클로슈구르드에 들어서면서 나는 다시 한번 충격을 받았습니다. 자크, 마들렌, 도미니스 신부님이 모두 나무 십자가 밑에서 무릎을 꿇고 있었습니다. 그 십자가는 철책을 설치할 때 울타리 안으로 들어오게 된 경작지의 한 모퉁이에 박혀 있었는데, 백작도 백작 부인도 없애기를 원치 않았습니다. 나는 마차 밖으로 뛰어나가 눈물범벅이 된 얼굴로 그들을 향해 갔습니다. 하느님께 애원하는 두 아이와 근엄한 신부님의 모습에 내 마음은 찢어졌습니다. 몇 걸음 떨어진 곳에 조마사 영감도 모자를 벗고 서 있었습니다.

"신부님?" 나는 도미니스 신부님께 말하며 자크와 마들렌의 이마에 입을 맞추었으나 아이들은 내게 차가운 눈길을 던지며 기도를 멈추지 않았습니다.

신부님이 일어섰을 때 나는 그의 팔을 잡고 몸을 기대며 말했습니다.

"부인께서는 아직 살아 있습니까?"

그는 슬프고 조용한 동작으로 고개를 숙였습니다.

"말씀해 주세요. 우리 주님의 수난을 걸고 애원합니다! 이 십자가 밑에서 기도하는 이유가 무엇입니까? 왜 부인 곁에 있지 않고 여기에 있는 겁니까? 어째서 이 차가운 아침에 아이들이 바깥에 있는 건가요? 다 말씀해 주세요. 제가 몰라서 무슨 불미스러운 일을 만들지 않도록 말입니다."

"백작 부인께서는 며칠 전부터 정해진 시간에만 아이들을 보겠다고 하십니다." 신부님은 잠시 쉬었다가 다시 말씀하셨습니다. "모르소프 부인을 보려면 아마 몇 시간을 기다리셔야 할 겁니다. 부인은 많이 변하셨습니다. 그러니 만나시기 전에 부인이 준비하시도록 시간을 드리는 것이 좋겠습니다. 선생께서 부인의 고통을 가중하실 수도 있으니까요…… 죽음이 축복일 수도 있습니다."

나는 그 성직자의 손을 꼭 쥐었습니다. 그의 눈길과 목소리는 타인의 상처를 자극하지 않고 어루만져 주었습니다.

"우리 모두 여기에서 부인을 위해 기도하고 있습니다." 그가 다시 말했습니다. "지극히 성스럽고 모든 것을 받아들이며, 죽을 준비가 되어 있는 부인께서 며칠 전부터는 죽음에 대해 은밀한 공포심을 가지기 시작했습니다. 생명력이 넘치는 사람들을 처음으로 우울하면서도 부러운 감정이 담긴 시선으로 바라보고 계십니다. 제 생각에 부인의 현기증은 죽음에 대한 두려움보다는 내면의 도취, 시들어가면서 발효되는 젊음의 시든 꽃 때문에 일어나는 것 같습니다. 그래요, 나쁜 천사가 하늘에서 이 아름다운 영혼과 다투고 있습니다. 부인은 올리브산 (감람산)에서 분투하시면서, 결혼한 입다[105]가 자기 머리에 씌워진 화관의 하얀 장미들이 하나씩 떨어질 때마다 눈물로 함께하고 계십니다. 기다리십시오. 아직은 모습을 보이실 때가 아닙니다. 궁정의 밝음을 부인께 가져다주시면 당신 얼굴에서 사교계 축제의 그림자를 발견하실 테니 부인의 탄식이 더욱 커질 것입니다. 나약함을 불쌍히 여겨주세요. 하느님께서도 사람이 된 당신 아들의 나약함을 용서하셨습니다. 적수 없는 승리가 무슨 공적이 되겠습니까? 부인의 고해신부와 나, 우리 두 늙은이는 다 늙어서 부인의 눈을 조금도 자극하지 않습니다. 그러니 이 예상치 못한 만남을 우리가 부인께 준비시키겠습니다. 비로토 신부님이 흥분은 금물이라고 부인께 말씀하셨

---

105) 「사사기」(11장 34절~39절)에 나오는 이스라엘 추장 입다의 외동딸로서 처녀의 몸으로 야훼에게 번제로 바쳐졌다. 앙리에트는 결혼한 백작 부인이므로 '결혼한 입다'로 비유하고 있다.

지요. 그러나 이 세상의 일들에는 눈에 보이지 않는 하늘의 원리가 존재합니다. 그것이 종교인의 눈에는 보입니다. 당신이 여기에 오신 것도 아마 정신세계에서 반짝이는 하늘의 별 하나가 당신을 이끌었기 때문일 겁니다. 그 별은 그리스도의 구유로 안내하듯 무덤으로도 안내하지요……."

신부님은 마음 위에 내리는 이슬방울처럼 감동적인 웅변으로 내게 말해 주었습니다. 백작 부인은 오리제 씨의 치료에도 불구하고 여섯 달 전부터 날이 갈수록 고통이 더욱 심해져만 갔다고 했습니다. 의사는 두 달 동안 매일 저녁 클로슈구르드에 와서 죽음으로부터 부인을 떼어내려고 했답니다. 백작 부인이 이렇게 말했기 때문입니다. "저를 살려주세요!" 늙은 의사는 어느 날 이렇게 울부짖었다고 했습니다. "하지만 몸을 낫게 하려면 먼저 마음이 나아야 합니다!"

"병이 진행됨에 따라 그토록 온화하던 부인의 말도 날카로워졌습니다." 도미니스 신부님이 내게 말했습니다. "부인은 하느님께 데려가달라고 하지 않고 땅을 향해 자기를 지켜달라고 하더니, 다음엔 하늘의 명령에 대해 불평한 것을 후회합니다. 부인은 그런 갈등 때문에 마음이 극심한 고통을 겪고 몸과 영혼의 싸움이 처절해집니다. 몸이 승리할 때가 많지요! '너희들 때문에 내 희생이 너무 커!' 어느 날 부인이 마들렌과 자크를 침대에서 밀어내며 말했습니다. 하지만 그 순간 나를 보고는 하느님을 떠올렸는지 마들렌 양에게 천사 같은 말씀을 하셨습니다. '남들의 행복은 더 이상 행복해질 수 없는 사람들의 기쁨이 된단다.' 그때 부인의 어조가 어찌나 애절했는지 내 눈시울이 축축해지는 걸 느꼈습니다. 부인이 넘어지는 건 사실입니다. 하지만 발을 잘못 디딜 때마다 부인은 다시 일어나서 하늘로 더 높이 올라가십니다.”

우연히 전해 들은 그 연속적 메시지, 그 크나큰 역경들의 대합주 속에서 고통스러운 전조(轉調)를 통해 죽음의 주제를, 죽어가는 사랑의 커다란 외침을 준비하는 메시지에 충격을 받은 내가 울부짖었습니다. “신부님, 꺾여버린 이 아름다운 백합이 천국에서 다시 피어날 거라고 믿으시지요?”

“당신이 떠났을 때 부인은 아직 꽃이었습니다.” 신부님이 말했습니다. “하지만 이제 고통의 불속에서 타버리고 정화되어 재 속에 아직 묻혀 있는 다이아몬드처럼 순수한 부인을 보시게 될 겁니다. 네, 그 빛나는 정신, 천사의 별이 빛의 왕국으로 가기 위해 구름에서 찬란하게 나올 것입니다.”

감사하는 마음에 가슴이 벅차오른 내가 신부님의 손을 꼭 쥐었을 때 백작이 완전히 하얘진 머리를 집 밖으로 내밀더니 깜짝 놀란 몸짓으로 나를 향해 달려왔습니다.

“아내 말이 정말이군! 그가 왔다더니. ‘펠릭스, 펠릭스, 펠릭스가 왔어요!’라고 모르소프 부인이 소리쳤다오.” 백작이 공포로 비정상적인 눈길을 내게 던지며 말했습니다. “친구, 죽음이 여기에 있다오. 왜 이놈의 죽음은 내게 먼저 손을 뻗쳐놓고는 나 같은 미친 늙은이를 데려가지 않았는지…….”

나는 용기를 내어 성을 향해 걸어갔습니다. 그러나 저택을 가로질러 잔디밭으로부터 현관 앞 낮은 층계에 이르는 긴 대기실의 입구에서 비로토 신부님이 나를 멈춰 세웠습니다.

“백작 부인께서 아직 들어오지 말라고 하시네요.” 신부님이 내게 말했습니다.

얼핏 보니 하인들이 바쁘게 오가는 모습이 보였습니다. 모두 슬픔으로 제정신이 아니었고 마네트가 그들에게 전달한 지시들 때문에 놀라 있는 것 같았습니다.

“무슨 일입니까?” 그런 움직임을 보고 겁에 질린 백작이 말했습니다. 무서운 일이 일어나지나 않았을까 하는 두려움과 성격상 타고난 불안감 때문이었습니다.

“환자의 일시적 욕망입니다.” 신부님이 대답했습니다. “백작 부인께서는 현재 모습으로 자작님을 맞이하고 싶지 않아 하십니다. 단장을 원하시니 거역할 이유가 없지 않습니까?”

마네트는 마들렌을 찾으러 갔고, 우리는 마들렌이 어머니 방에 들어갔다가 잠시 후에 나오는 것을 보았습니다. 그리고 자크와 자크의 아버지, 두 신부님과 나, 우리 다섯 명은 잔디 밭에 면한 저택의 정면을 따라서 아무 말 없이 걷다가 저택을 벗어났습니다. 나는 노랗게 물든 골짜기를 바라보면서 몽바종과 아제를 차례로 응시했습니다. 나를 흔드는 감정에 언제나 화답했던 골짜기도 애도하고 있었습니다. 갑자기 나는 가을꽃을 따라다니며 틀림없이 꽃다발을 만들기 위해 꽃을 꺾는 사랑스럽고 귀여운 소녀를 본 것 같았습니다. 내 사랑의 정성을 복제한 그 장면이 무엇을 의미하는지 생각에 몰두하고 있을 때 내 안에서 알 수 없는 어떤 뱃속의 움직임이 있었고, 나는 비틀거리며 눈앞이 캄캄해졌습니다. 두 신부님이 양쪽에서 나를 부축해 테라스의 가장자리 돌로 데리고 갔습니다. 그곳에서 나는 축 늘어진 채 그러나 의식을 완전히 잃지는 않고 잠깐 머물렀습니다.

"가엾은 펠릭스," 백작이 내게 말했습니다. "아내는 당신에게 편지하지 말라고 한사코 말렸다오. 당신이 아내를 얼마나 사랑하는지 아내는 알고 있다오!"

고통받을 각오를 했다고는 해도 내 행복한 추억을 모두 압축한 그 배려에 나는 저항할 힘이 없었습니다. 나는 생각했습니다. '바로 저것이다. 해골처럼 달라붙은 저 황무지. 흐린 빛을 받는 저 황무지 한가운데에는 꽃이 핀 총림이 딱 하나만 있었지. 옛날에 내가 돌아다니면서 감탄했을 때도 꼭 불길한 전율이 일었는데, 그게 바로 이 침통한 시간의 이미지였어!' 옛날에는 그토록 생기 넘치고 활발했던 그 작은 성안이 온통 스산했습니다! 모든 것이 눈물을 흘리고 모든 것이 절망과 체념을 말하고 있었습니다. 갈퀴질이 절반만 된 산책길, 시작했다가 중단된 공사, 성만 바라보거 서 있는 노동자들. 포도밭에서는 포도를 수확하고 있었지만, 아무 소리도, 잡담 소리도 들리지 않았습니다. 포도밭에 사람이 하나도 없는 것처럼 깊은 정적이 흘렀습니다. 우리는 마음이 괴로워서 평범한 말을 거부하는 사람들처럼 걸으면서 우리 가운데서 유일하게 이야기하는 백작의 말에 귀를 기울였습니다. 자기 아내에게 느끼는 기계적 사랑에 따라 판에 박힌 말들을 한 후에 백작은 자기 본래의 성향대로 백작 부인에 대한 불만을 늘어놓기 시작했습니다. 백작의 아내는 남편이 좋은 의견을 내놓았을 때 거기에 신경을 쓰거나 귀를 기울이려 한 적이 한 번도 없었답니다. 백작은 병의 증상을 가장 먼저 알아차렸는데, 그는 식이요법 외에는 다른 어떤 도움도 받지 않고 격한 감정도 모두 피하면서 스스로 연구하고, 싸우고, 혼자서 치료했기 때문입니다. 그는 또한 백작 부인을 치료할 수도 있었지만, 남편은 그런 종류의 책임을 받아들일 수는 없다고 했습니다. 특히 불행하게도 모든 문제에서 자신의 경험이 무시당하는 걸 볼 때는 더욱 그렇다고 했습니다. 백작이 그렇게 말했는데도 백작 부인은 오리제를 주치의로 삼았습니다. 한때 백작을 잘못 치료했던 오리제가 그의 아내를 죽일 것이었습니다. 이 병의 원인이 지나친 슬픔이라면 그는 병에 걸릴 수 있는 모든 조건을 갖추고 있었습니다. 하지만 그의 아내의 슬픔은 무엇일까요? 백작 부인은 행복했습니다. 고통도 노여움도 없었습니다. 그녀의 정성과 좋은 아이디어 덕분에 그들의 재산은 만족스러운 상황이었습니다. 그는 모르소프 부인에게 클로슈구르드의 지배권도 주었습니다. 건강하게 잘 자란 그녀의 아이들은 이제 걱정할 일도 전혀 없습니다. 그런데 도대체 병이 어디에서 발생할 수 있었을까요? 백작은 이런저런 이야기를 늘어놓으며 무분별한 비난에 자기 절망의 표현을 섞어 넣었습니다. 그러더니 얼마 지나지 않아 어떤 추억으로 인해 그 고결한 여인이 마땅히 받아야 할 찬사로 돌아가게 되었고, 아주 오래전부터 말라 있던 그의 눈에서 눈물 몇 방울이 흘러내렸습니다.

마들렌이 와서 어머니가 나를 기다리고 계신다고 알렸습니다. 비로토 신부님이 나를 따라왔습니다. 의젓한 소녀는 백작 부인이 나와 단둘이 있고 싶어 할 것이며, 여러 사람이 함게 있으면 피곤하다고 핑계를 댈 거라고 말하며 아버지 곁에 남았습니다. 그 순간의 엄숙함으로 인해 내 안에서는 내면은 뜨거운데 바깥은 차갑다는 느낌이 생겨났습니다. 그런 느낌은 삶의 중대한 상황에서 우리를 망치는 법입니다. 하느님께서 당신 사람으로 표시해 두고 온화함과 소박함을 입히시고 인내 와 자비를 베푸신 사람들 가운데 한 분인 비로토 신부가 나 를 따로 불렀습니다.

"자작님," 그가 내게 말했습니다. "내가 이 만남을 막기 위 해 인간적으로 가능한 모든 일을 했다는 것을 알아두십시오. 저 성녀를 구원하기 위해서는 그렇게 해야만 했습니다. 나는 부인만 보았고 당신은 보지 않았습니다. 천사들이 당신에게 접근을 금지해야 했을 여인을 당신이 다시 만나게 될 지금, 알 아두셔야 할 일이 있습니다. 나는 당신으로부터, 그리고 어쩌 면 부인 자신으로부터 부인을 보호하기 위해 두 분 사이에 있 을 것입니다. 부인의 약점을 존중해 주십시오. 나는 부인을 위 해 사제로서가 아니라 소박한 친구로서 당신에게 자비를 구합 니다. 이 친구를 당신은 알지도 못하지만, 당신이 후회하지 않 기를 바라는 친구입니다. 우리의 사랑하는 환자는 정확하게 말해서 배고픔과 목마름으로 죽어가고 있습니다. 부인은 오 늘 아침부터 이 끔찍한 죽음에 앞서 나타나는 심한 열에 시 달리고 있습니다. 나는 부인이 얼마나 삶을 아쉬워하고 있는 지 당신에게 숨길 수가 없군요. 부인의 반항하는 육체의 울부 짖음이 내 마음속에서 꺼져 가고는 있지만 아직도 너무나 달 콤한 메아리로 상처를 주고 있습니다. 하지만 도미니스 신부님과 나는 이 종교적 과업을 수락하고 이제는 저녁과 새벽에 자기 별을 알아보지 못하는 이 귀족 가문에서 정신적 고통의 광경을 감추려고 합니다. 남편, 자녀, 하인들 모두가 부인이 어디 계시는지 묻기 때문입니다. 그만큼 부인은 많이 변했습니다. 당신을 보게 되면 다시 탄식하게 될 겁니다. 사교계 사람의 생각을 버리고 허영심을 잊으십시오. 지상의 보조자가 아니라 하늘의 보조자로 그녀 곁에 계십시오. 저 성녀가 의혹을 품고 절망의 말을 입 밖에 내며 죽지 않기를 바랍니다……."

나는 아무 대답도 하지 않았습니다. 내 침묵은 그 가엾은 고해신부를 깜짝 놀라게 했습니다. 나는 보고 듣고 걷고 있었습니다. 하지만 나는 더 이상 지상에 있지 않았습니다. '도대체 무슨 일이 일어난 걸까? 다들 이렇게 조심할 정도라니 나는 그녀의 어떤 모습을 보게 된단 말인가?' 이런 생각 때문에 불안감이 일었고, 그 불안감은 막연해서 더욱 가혹했습니다. 그 생각에는 모든 고통이 함께 담겨 있었기 때문입니다. 우리는 침실 문 앞에 도착했고, 수심에 찬 고해신부가 내게 문을 열어주었습니다. 하얀 드레스를 입고 작은 소파에 앉아 있는 앙리에트가 보였습니다. 소파 뒤에 있는 벽난로는 꽃이 가득 꽂힌 우리의 꽃병 두 개가 장식하고 있었고, 십자형 유리창 앞에 놓인 원탁 위에도 꽃들이 더 있었습니다. 이 즉흥적인 축제의 모습, 예전 상태로 갑작스럽게 복원된 침실의 변화를 보고 깜짝 놀란 비로토 신부님의 얼굴을 보니, 죽어가는 여인이 환자들의 침대를 둘러싸기 마련인 혐오스러운 기구를 다 치워버렸을 거라는 짐작이 들었습니다. 그녀는 그 순간 세상 무엇보다 사랑했던 사람을 품위 있게 맞이하기 위해 어수선한 방을 꾸미는 데 사라져 가는 열기의 마지막 남은 힘을 다 썼던 것입니다. 물결치는 레이스 아래로 그녀의 수척해진 얼굴이 반쯤 피어났을 때의 목련처럼 푸르스름한 창백함을 띠고 있었는데, 마치 초상화의 노란 화폭 위에 사랑스러운 머리를 분필로 스케치한 것처럼 보였습니다. 그러나 독수리의 발톱이 내 마음을 얼마나 깊이 파고들었는지 느끼려면 이 스케치가 완성되어 생기가 넘치는 눈, 죽은 얼굴에서 이례적인 광채로 빛나는 움푹 팬 눈을 상상해 보십시오. 그녀에게는 더 이상 평온한 위엄이 없었습니다. 그 위엄은 언제나 자기 고통을 이겨낸 승리감에서 생겨난 것이었습니다. 얼굴에서 유일하게 아름다운 비율을 유지하고 있는 그녀의 이마에는 욕망과 억압된 위협의 공격적 대담성이 나타나 있었습니다. 길쭉해진 그녀의 얼굴은 밀랍 같은 색조를 띠고 있었는데도 더운 날 들판 위로 뜨겁게 올라가는 유체처럼 내면의 불길이 어떤 빛줄기를 통해 얼굴에서 빠져나오고 있었습니다. 움푹 들어간 관자놀이, 안으로 들어간 두 뺨은 얼굴 안쪽의 형태를 드러냈고, 그녀의 하얀 입술이 짓는 미소는 죽음의 비웃음을 어렴풋이 닮아 있었습니다. 그녀의 가슴에서 앞자락을 겹친 드레스는 그녀의 아름다운 몸통이 말랐음을 증명하고 있었습니다. 그녀의 표정은 자신이 변했다는 사실을 잘 알고 있으며 그로 인해 절망에 빠져 있음을 충분히 말해 주고 있었습니다. 그 모습은 나의 사랑하는 앙리에트가 아니었고, 숭고하고 성스러운 모르소프 부인도 아니었습니다. 그것은 무(無)에 맞서 싸우고, 굶주림과 기만적 욕망이 죽음에 대항해 삶의 이기적인 싸움으로 내모는, 보쉬에의 '이름 없는 어떤 것'이었습니다.[106] 나는 그녀 옆으로 다가가 앉으면서 그녀의 손에 입을 맞추기 위해 손을 잡았습니다. 그녀의 손이 뜨겁고 건조했습니다. 그녀는 내가 깜짝 놀라서 괴로워하지만 내색하지 않으려고 노력한다는 것을 알았습니다. 그러자 그녀는 핏기 없는 입술을 아무것도 먹지 못한 치아 위로 당겨 올려 억지로 미소를 지어 보이려고 했습니다. 우리가 복수의 아이러니, 쾌락에 대한 기대, 영혼의 도취, 실망의 분노를 숨길 때도 그런 미소를 지으려고 하지요.

"아! 이게 죽음이에요, 나의 가엾은 펠릭스." 그녀가 내게 말했습니다. "당신은 죽음을 좋아하지 않죠! 가증스러운 죽음, 살아 있는 생명체라면 모두, 아무리 용감한 연인이라도 두려워하는 죽음이에요. 여기에서 사랑은 끝나요. 난 아주 잘 알고 있었어요. 더들리 부인은 자기의 변한 모습에 놀라는 당신을 절대로 보지 못하겠지요. 아! 난 어째서 당신을 그토록 원했던 걸까요, 펠릭스? 당신이 마침내 왔어요. 그런데 당신의 이 헌신에 대해서 난 끔찍한 광경으로 보답하는군요. 옛날에 트라피스트 수도사 랑세 백작이 그랬었지요. 나는 당신의 추억 속에서 언제나 아름답고 고결한 사람으로 남기를, 한 송이 영원한 백합으로 살아 있기를 바랐는데, 지금 내가 당신의 환상을 지우고 있네요. 진정한 사랑은 아무것도 계산하지 않아요. 도

---

106) 보쉬에(1627~1704)는 17세기 프랑스의 가톨릭 사제이자 신학자, 작가로서 죽음을 "어떤 언어로도 이름이 없는 어떤 것"이라고 표현했다.

망치지 말고 옆에 있어 주세요. 오리제 씨가 오늘 아침에 많이 나아졌다고 했어요. 다시 살아날 거예요. 당신이 보는 앞에서 다시 태어나겠어요. 그리고 얼마간 기운을 차리게 되면, 조금씩 음식을 먹을 수 있게 되면, 다시 아름다워질 거예요. 내 나이 이제 겨우 서른다섯이에요. 아직 아름다운 시절을 누릴 수 있어요. 행복이 젊어지게 해줘요. 난 행복을 알고 싶어요. 내가 아주 멋진 계획을 세웠어요. 다른 사람들은 클로슈구르드에 남겨 두고 우리 둘이 함께 이탈리아에 가는 거예요.”

내 눈이 눈물로 축축해졌습니다. 나는 꽃을 보는 척하며 창문 쪽으로 몸을 돌렸습니다. 비로토 신부님이 내게로 급히 다가와 꽃다발 쪽으로 몸을 굽히고는 내 귀에 속삭였습니다. “눈물은 안 돼요!”

“앙리에트, 우리의 사랑하는 골짜기는 이제 좋아하지 않아요?” 나는 내 갑작스러운 동작을 합리화하기 위해 이렇게 대답했습니다.

“아니요,” 그녀가 대답하며 아양 떠는 몸짓으로 내 입술 아래까지 이마를 바짝 들이댔습니다 “하지만 당신 없이는 골짜기가 삭막하기만 해요……. 자기 없이는.”[107] 그녀는 뜨거운 입술로 내 귀를 스치면서 마지막 두 단어를 한숨처럼 토해 냈습니다.

나는 그 광기 어린 애무에 겁이 났습니다. 두 신부님의 무서운 말들이 더욱 크게 부풀려져 와닿는 것 같았어요. 그 순

---

107) 존대어를 쓰다가 갑자기 연인 사이의 호칭으로 부르고 있다.

간에 내 최초의 놀람은 사라졌습니다. 그러나 내 이성은 사용할 수 있었다고 해도 그 장면이 연출되는 동안 나를 불안하게 한 그 발작적 움직임을 억누를 만큼 내 의지가 강하지는 못했습니다. 나는 대답하지 않고 듣기만 했습니다. 아니 그보다는 그녀의 기분을 거스르지 않기 위해 어머니가 아이를 대하듯 미소를 띤 채 동의하는 몸짓으로 답했다고 해야겠습니다. 그녀의 변한 모습에 놀란 후 나는 알게 되었습니다. 예전에는 숭고해서 그토록 위엄 있던 여인이 태도, 목소리, 몸가짐, 눈길과 생각 속에 어린아이 같은 천진한 무지와 순박한 우아함, 탐욕스러운 동작, 자기 욕망이 아니거나 자기와 상관없는 것에 대한 깊은 무관심 등, 요컨대 아이를 보호해야 한다는 생각이 들게 만드는 온갖 취약함을 지니고 있었습니다. 죽어가는 사람들은 모두 그런가요? 아이가 아직 사회적 가면을 쓰지 않은 것과 마찬가지로 그 가면을 모두 벗어버리는 건가요? 아니면 영원의 가장자리에 있는 백작 부인이 인간의 모든 감정 가운데 오직 사랑만을 받아들이고 클로에[108]처럼 사랑으로 그윽한 순결함을 표현한 것일까요?

"날 옛날처럼 다시 건강하게 만들어줘요, 펠릭스." 그녀가 말했습니다. "골짜기도 내게 유익할 거예요. 당신이 주는 음

---

108) 헬레니즘기 그리스 작가 롱고스(또는 롱구스)가 쓴 것으로 알려진 소설 『다프니스와 클로에』의 주인공이다. 16세기에 프랑스어 번역본이 큰 인기를 끌었다. 레스보스섬에서 목동들에 의해 발견된 소년 소녀 다프니스와 클로에가 자연 속에서 성장해 가면서 사랑에 눈뜨고, 이후 여러 시련을 거친 끝에 부부가 되어 자연으로 돌아간다는 내용이다.

식을 내가 어떻게 먹지 않을 수 있겠어요? 당신은 아주 훌륭한 간병인이잖아요! 그리고 당신은 힘이 넘치고 워낙 건강해서 당신 옆에 있으면 생명력이 옮아올 거예요. 친구여, 그러니 나는 죽을 수 없다는 걸, 죽음이 아니라는 걸 내게 증명해 줘요! 내게 가장 격심한 고통은 갈증이래요. 오! 맞아요, 난 목이 많이 말라요, 친구. 앵드르강의 물을 바라보기가 몹시 힘들어요. 하지만 내 마음은 더욱 뜨거운 갈증을 느껴요. 난 자기가 목말랐어." 그녀는 뜨거운 손으로 내 손을 잡으며 더욱 숨찬 목소리로 말했습니다. 그리고 나를 자기 쪽으로 끌어당기고 내 귀에 이런 말을 쏟아냈습니다. "죽을 것만 같은 내 고통은 자기를 보지 못하는 거였어! 자기가 나더러 살라고 하지 않았어? 난 살고 싶어. 나도 말을 타고 싶단 말이야! 파리, 축제, 쾌락, 다 알고 싶어."

아! 나탈리, 잘못된 감각의 속듈주의로 인해 차갑게 거리를 두게 만드는 그 끔찍한 절규가 늙은 사제와 나의 귀에 울렸습니다. 그 장엄한 목소리의 어조는 그녀 평생의 싸움, 실망한 참사랑의 고뇌를 그려내고 있었습니다. 백작 부인이 장난감을 원하는 아이처럼 초조한 동작으로 일어났습니다. 자기의 고해 신자가 그러는 것을 본 가엾은 고해신부는 갑자기 무릎을 꿇고 두 손을 모으더니 기도문을 암송했습니다.

"그래요, 살아야 해요!" 그녀가 나를 일으켜 세우고 내게 몸을 기대며 말했습니다. "거짓으로가 아니라 실제로 살아야 해요. 내 삶은 전부 거짓이었어요. 내가 며칠 전부터 그 거짓 속임수들을 세어보았지. 아직 살아보지도 못했는데 내가 죽다니 말이 돼요? 황무지로 누군가를 찾으러 가본 적도 없는 내가?” 그녀가 멈춰 서서 귀를 기울이는 것 같더니 벽 너머로 무슨 냄새를 맡았습니다. “펠릭스! 포도를 수확하는 아낙들이 저녁을 먹으려고 해. 그런데 나는, 나는,” 어린아이 같은 목소리로 그녀가 말했습니다. “내가 안주인인데. 난 배가 고파. 사랑도 마찬가지야. 저 여자들은 행복해. 저 여자들은!”

“키리에 엘레이손(주님, 자비를 베푸소서)!” 가엾은 사제는 손을 모은 채 하늘을 보며 신도송을 암송했습니다.

그녀가 두 팔로 내 목을 감아 격렬하게 끌어안더니 힘을 주어 안으며 말했습니다. “이제 날 벗어나지 못해요! 나도 사랑받고 싶어요. 나도 더들리 부인처럼 미친 짓을 할 거야. 영어를 배워서 ‘마이 디’라고 잘 말해 볼게요.” 그녀가 옛날에 내 곁을 떠나면서 했던 것처럼 내게 고갯짓을 했습니다. 그건 곧 돌아오겠다는 뜻이었습니다. “우린 함께 저녁을 먹을 테니까” 그녀가 내게 말했습니다. “마네트에게 일러둬야겠어요…….” 그러더니 그녀가 갑자기 현기증을 느끼고 멈춰 섰습니다. 나는 그녀를 옷 입은 그대로 침대 위에 눕혔습니다.

“전에도 한 번 당신이 날 이렇게 옮겼어요.” 그녀가 눈을 뜨며 내게 말했습니다.

그녀는 정말 가벼웠습니다. 그런데 무엇보다도 몸이 너무 뜨거웠습니다. 그녀를 안으면서 나는 그녀의 몸 전체가 불덩이처럼 뜨거운 걸 느꼈습니다. 델랑드 씨가 들어왔습니다. 그는 방이 장식된 걸 보고 놀라다가 날 보고는 모든 걸 이해한 듯이 보였습니다.

“죽을 때도 고통을 많이 받는군요, 선생님.” 그녀가 변한 목소리로 말했습니다.

그가 앉아서 환자의 맥을 짚어보더니 갑자기 일어나 사제에게 낮은 목소리로 뭐라고 말하고는 밖으로 나갔습니다. 나는 그를 따라갔습니다.

“뭘 하시려고요?” 내가 그에게 물었습니다.

“임종의 무서운 고통을 덜어드리려고요.” 그가 내게 말했습니다. “저렇게 기력이 많은 걸 누가 믿을 수 있겠습니까? 부인이 살아온 방식을 생각하면 어떻게 아직도 살아 계시는지 우리는 이해하기 어렵습니다. 백작 부인께서 먹지도 마시지도 않고 잠도 주무시지 않은 것이 오늘로 42일째입니다.”

델랑드 씨는 마네트를 불렀습니다. 비르토 신부님이 나를 정원으로 데리고 갔습니다.

“의사가 하는 대로 맡겨둡시다.” 신부님이 내게 말했습니다. “의사가 마네트의 도움을 받아서 부인께 아편을 놓을 거예요. 자, 부인의 말씀을 들으셨지요. 그런데 부인에게 그런 광기가 숨어 있었다니……!”

“아닙니다.” 내가 말했습니다. “그건 부인이 아닙니다.”

나는 괴로워서 정신을 차릴 수 없었습니다. 생각하면 할수록 그 장면의 세세한 부분들 하나하나가 더 확대되었습니다. 나는 테라스 아래쪽에 난 작은 문으로 급히 나가서 조각배로 들어가 앉았습니다. 나는 그곳에 숨어 혼자 머무르며 생각 속에 깊이 빠져들었습니다. 나는 내가 생명을 유지하고 있는 힘으로부터 나 자신을 떼어내려고 했습니다. 그것은 타타

르인들이 간통죄를 처벌할 때와 비슷한 고문이었습니다. 죄인의 사지 하나를 나뭇조각 안에 넣어놓고 굶어 죽고 싶지 않으면 그것을 잘라낼 수 있도록 죄인에게 칼을 하나 남겨두는 고문입니다. 내 영혼은 끔찍한 가르침을 감내했습니다. 나의 가장 아름다운 반쪽을 잘라내야 했으니까요. 내 인생도 망가졌습니다! 나는 절망 때문에 아주 엉뚱한 생각을 품기도 했습니다. 때로는 그녀와 함께 죽고도 싶었고, 때로는 최근에 트라피스트 수도사들이 정착한 라메이예레 수도원에 틀어박히고도 싶었습니다. 흐려진 내 눈은 더 이상 외부의 사물들을 보지 못했습니다. 나는 앙리에트가 고통으로 신음하고 있는 방의 창문을 바라보며 내가 그녀와 약혼하던 날 밤 그녀를 비추어주던 빛이 보인다고 생각했습니다. 나는 그녀가 나를 위해 만들어 준 단순한 삶을 따르고 업무에 충실하면서 그녀와 관계를 유지해야 하지 않았을까요? 내가 그랬듯이 남자라면 모두 겪는 천박하고 수치스러운 정열로부터 나를 보호하기 위해 그녀는 내게 위대한 사람이 되라고 명령하지 않았던가요? 정절은, 나는 지키지 못했지만, 가장 숭고한 품격이잖아요? 나는 갑자기 아라벨이 생각하는 사랑이 역겨워졌습니다. 앞으로는 내게 빛과 희망이 어디에서 올 것이며, 사는 게 무슨 재미가 있겠느냐고 생각하며 떨군 고개를 드는 순간, 대기가 가벼운 소음으로 흔들렸습니다. 나는 테라스 쪽을 향해 있었는데, 마들렌이 느린 걸음으로 혼자서 산책하는 모습이 시야에 들어왔습니다. 그 사랑스러운 아이가 십자가 밑에 있을 때 내게 차가운 눈길을 던진 이유를 묻기 위해 내가 테라스 쪽으로 다시 올라가는 동안 마들렌은 벤치 위에 앉았습니다. 내가 절반쯤 올라갔을 때 마들렌이 나를 보고는 나와 단둘이 있지 않기 위해서 자리에서 일어나 나를 못 본 척했습니다. 그녀의 걸음걸이는 다급하면서도 어떤 의미를 담고 있었습니다. 그녀는 나를 미워하고 있었고, 제 어머니를 죽게 만드는 사람으로 여기며 나를 피하고 있었습니다. 저택 앞 낮은 계단을 통해 클로슈구르드로 되돌아오면서 보니 마들렌이 움직이지 않고 서서 내 발걸음 소리를 듣고 있는 조각상처럼 보였습니다. 자크는 계단에 앉아 있었는데 그의 태도 역시 마찬가지로 무감각해 보였습니다. 우리 모두 함께 산책했을 때 나는 자크의 그런 모습에 많이 놀랐지만, 내게 어떤 생각들을 불러일으켰습니다. 우리가 우리의 영혼 한구석에 남겨두었다가 나중에 한가할 때 다시 꺼내 깊이 파고 들어가는 그런 생각들 말입니다. 나는 자기 안에 죽음을 담고 사는 젊은이들은 죽음에 대해 무감각하다는 사실을 알게 되었습니다. 나는 그 어두운 영혼에게 묻고 싶었습니다. 마들렌이 자기 생각들을 혼자만 간직하고 있었는지, 자기의 증오심을 자크에게도 불어넣었는지 말입니다.

"알지?" 내가 대화를 시작하기 위해 말했습니다. "난 네 일이라면 뭐든지 다 할 수 있는 형이야."

"아저씨의 우정은 필요 없어요. 난 어머니를 따라갈 테니까요!" 자크가 고통으로 일그러진 눈길로 나를 바라보며 대답했습니다.

"자크, 너도?" 내가 외쳤습니다.

그가 기침을 하면서 내게서 멀리 떨어졌습니다. 그러고는 다시 돌아와 피 묻은 손수건을 내게 재빨리 보여줬습니다.

"이제 아시겠어요?" 그가 말했습니다.

그렇게 그들은 각자 숙명적 비밀을 갖고 있었습니다. 그때부터 나는 남매가 서로 피한다는 사실을 알았습니다. 앙리에트가 쓰러지자 클로슈구르드는 완전히 황폐해지고 말았습니다.

"마님께서 주무십니다." 백작 부인에게 고통이 없어진 것을 알고 기뻐한 마네트가 우리에게 와서 알렸습니다.

그런 무서운 때에는 누구나 피할 수 없는 종말을 알고는 있지만 진실한 애정이 걷잡을 수 없게 되어 사소한 행복에 집착하게 되는 법입니다. 1분은 우리가 유익하게 만들고 싶은 100년처럼 됩니다. 환자들이 장미꽃 위에서 쉬기를 원하고, 그들의 고통을 대신 짊어지기를 원하며, 마지막 숨을 예상치 못한 순간에 거두기를 바랍니다.

"델랑드 씨가 마님의 신경을 너무 강하게 자극한 꽃들을 치우게 하셨어요." 마네트가 내게 말했습니다.

그러니까 꽃이 섬망의 원인이었습니다. 부인의 본모습이 아니었던 거지요. 지상의 사랑, 수태의 축제, 식물들의 애무가 그녀를 향기로 취하게 했고, 젊은 시절부터 그녀 안에서 잠들어 있던 행복한 사랑의 생각들을 일깨웠던 것 같습니다.

"가보세요, 펠릭스 자작님," 그녀가 말했습니다. "가서 마님을 보세요. 천사처럼 아름다우십니다."

내가 죽어가는 그녀의 방으로 돌아갔을 때 해가 지면서 아제 성 지붕의 가장자리 장식을 금빛으로 물들이고 있었습니다. 사방이 고요하고 맑았습니다. 은화한 빛이 전신에 아편을 적신 앙리에트가 누워 있는 침대를 비추고 있었습니다. 그 순간에 육체는 폐기된 셈이나 마찬가지였습니다. 폭풍우가 지나간 후의 화창한 하늘처럼 맑은 얼굴에는 오직 영혼만이 지배하고 있었습니다. 한 여인의 숭고한 두 얼굴, 블랑슈와 앙리에트가 더욱 아름답게 다시 나타났습니다. 내 추억, 내 생각, 내 상상력에 본래의 모습을 더해 변형된 특징들을 모두 바로잡은 데다가, 지배하는 영혼이 호흡의 파동과 섞인 파장으로 빛을 발하고 있었기 때문입니다. 두 사제는 침대 옆에 앉아 있었습니다. 백작은 사랑하는 그 여인 위에서 펄럭이는 죽음의 깃발을 발견하고는 얼이 빠진 채 서 있었습니다. 나는 소파로 가서 그녀가 앉던 자리에 앉았습니다. 그리고 우리 네 사람은 모두 천상의 아름다움에 대한 찬탄에 회한의 눈물이 섞인 눈길을 서로 주고받았습니다. 생각의 빛이 가장 아름다운 감실(龕室)109) 속에서 하느님의 귀환을 알리고 있었습니다. 도미니스 신부님과 나는 신호로 대화를 나누며 서로의 생각을 교환했습니다. 그렇습니다. 천사들이 앙리에트의 곁을 밤새워 지키고 있었습니다! 그렇습니다. 미덕의 존엄한 빛이 되살아난 그 고결한 이마 위에서 천사들의 검이 번쩍이고 있었습니다. 옛날에는 그 빛이 눈에 보이는 영혼 같은 것으로서 천상계의 정령들과 대화를 나누었습니다. 그녀의 얼굴 윤곽은 깨끗해졌고, 그녀 안에 있는 모든 것은 그녀를 지키는 세라핌의 보이지 않

---

109) 성당의 제단 한가운데 고정된 작은 상자로서 성체를 모셔두는 곳이다.

는 향로 아래에서 확대되고 장엄해졌습니다. 육체적 고통의 초록 색조들은 완전히 하얀 톤으로 바뀌어 다가오는 죽음의 윤기 없고 차가운 창백함을 띠고 있었습니다. 자크와 마들렌이 들어왔고, 마들렌은 열렬한 사랑의 몸짓으로 침대 앞으로 뛰어가더니 그녀의 손을 잡고 숭고한 탄성을 내질러 우리 모두를 전율하게 했습니다.

"드디어! 이게 우리 어머니예요!" 자크는 미소를 짓고 있었습니다. 그는 어머니가 가는 곳으로 따라가리라고 확신하고 있었습니다.

"부인께서 항구에 도착하십니다." 비로토 신부님이 말했습니다.

도미니스 신부님이 '별이 찬란하게 빛을 내며 올라갈 것이라고 내가 말하지 않았던가요?'라고 다시 말하려는 듯 나를 쳐다보았습니다.

마들렌은 어머니에게 시선을 붙박은 채 어머니가 숨을 쉴 때 같이 쉬면서 어머니가 생명을 유지하는 마지막 실인 가녀린 숨결까지 따라 하고 있었습니다. 우리는 매 순간 그 실이 끊어지지나 않을까 염려하면서 그 모습을 두렵게 지켜보았습니다. 지성소의 문 앞에 선 천사처럼 소녀는 간절했지만 침착했으며 강인했지만 부복하고 있었습니다. 그때 마을 종탑에서 만종이 울렸습니다. 부드러워진 대기의 물결이 종의 울림을 연속적으로 밀어내며 여성의 원죄에 대해 속죄한 여인에게 천사가 한 말을 그리스도교인 전체가 그 시간에 반복하고 있음을 우리에게 알렸습니다. 그날 저녁 '성모송'이 우리에게는 하늘의 인사로 보였습니다. 예언이 너무나 분명하고 사건이 너무 가까워서 우리는 눈물을 흘렸습니다. 저녁의 속삭임, 나뭇잎들 사이에 이는 미풍의 아름다운 선율, 새들의 마지막 지저귐, 벌레들의 단조로운 노랫소리와 윙윙거리는 소리, 물소리, 청개구리의 애처로운 울음 등 전원 전체가 골짜기에서 가장 아름다운 백합에, 그녀의 소박하고 전원적인 삶에 작별을 고하고 있었습니다. 그 모든 자연의 시들과 결합한 이 종교시는 떠남의 노래를 너무나 잘 표현하고 있어서 우리의 흐느낌은 곧바로 다시 시작되었습니다. 침실의 문은 열려 있었지만, 우리는 마치 그 기억을 우리 영혼에 영원히 각인시키려는 듯 무서운 묵상에 너무 빠져 있어서 집안의 하인들이 모여서 무릎을 꿇고 열렬한 기도를 드리고 있는 것을 알지 못했습니다. 희망에 익숙한 그 불쌍한 하인들은 모두 여주인이 생명을 보존할 것이라고 여전히 믿고 있었습니다. 그런데 매우 뚜렷한 징조가 그들을 압도했습니다. 비로토 신부님이 몸짓으로 신호를 보내자, 조마사 영감이 사세의 교구 사제를 모셔 오기 위해 나갔습니다. 의사는 침대 옆에 서서 과학자처럼 침착하게 환자의 잠든 손을 잡고 고해신부에게 신호를 보냈습니다. 그 잠이 하늘의 부름을 받은 천사에게 남은 고통 없는 마지막 시간임을 말하는 신호였습니다. 그녀에게 교회의 마지막 성사를 줄 시간이 다가왔습니다. 9시에 그녀는 조용히 잠에서 깨어났습니다. 그녀는 놀랐지만 온화한 눈으로 우리를 바라보았고, 우리는 모두 그녀가 아름다웠던 시절의 모습 속에서 우리의 우상을 다시 보았습니다.

“어머니, 돌아가시기에는 너무 아름다워요. 생명과 건강이 다시 돌아왔어요.” 마들렌이 울부짖었습니다.

“사랑하는 딸, 난 살 거야. 네 안에서.” 그녀가 미소를 지으며 말했습니다.

그리고 어머니가 아이들에게, 아이들이 어머니에게 비통한 심정으로 입을 맞추었습니다. 모르소프 씨는 아내의 이마에 경건하게 입을 맞추었습니다. 백작 부인은 나를 보고는 얼굴을 붉혔습니다.

“친애하는 펠릭스,” 그녀가 말했습니다. “내 생각엔 이게 내가 당신에게 주는 유일한 슬픔인 것 같아요. 하지만 내가 당신에게 무슨 말을 했더라도 잊어버려요. 가엾게도 정신이 나간 상태였으니까요.” 그녀는 내게 손을 내밀었고, 나는 그 손을 잡고 입을 맞추었습니다. 그때 그녀가 정절의 우아한 미소를 지으며 내게 말했습니다. “예전처럼, 펠릭스……!”

우리는 모두 침실 밖으로 나가 살롱으로 갔습니다. 그동안 병자의 마지막 고해성사가 이루어질 것이었습니다. 나는 마들렌 옆에 자리를 잡았습니다. 모든 사람이 보는 앞이라 그녀가 무례를 범하지 않고는 내 옆에서 벗어날 수 없었습니다. 그러나 마들렌은 어머니처럼 아무도 쳐다보지 않았고, 나에게도 단 한 번의 눈길도 주지 않고 침묵을 지켰습니다.

“사랑하는 마들렌,” 내가 낮은 목소리로 그녀에게 말했습니다. “내게 못마땅한 게 뭘까? 죽음 앞에서는 모두 화해해야 하는데 왜 그렇게 차가워?”

“지금 어머니가 뭐라고 말씀하시는지 들리는 것 같아요.”

그녀는 앵그르가 자기 그림 「신의 어머니」[110]를 위해 찾아냈던 표정으로 대답했습니다. 그건 이미 고통받는 성처녀가 자기 아들이 죽게 될 세상을 보호할 채비를 하는 표정입니다.

"그런데 어머니께서 나를 용서하실 때 마들렌이 나를 단죄하는군. 아무리 내가 죄를 지었다고 해도 말이야."

"당신, 언제나 당신밖에 모르죠!"

그녀의 어조는 코르시카 사람의 증오심처럼 투철한 증오심을 드러내고 있었습니다. 삶을 깊이 공부해 본 적이 없는 탓에 마음의 규율을 어긴 잘못에 대해서는 조금도 동정심을 베풀지 않는 사람들의 판단처럼 집요한 증오였습니다. 깊은 침묵 속에 1시간이 흘렀습니다. 비로토 신부님이 모르소프 백작 부인에게 최후의 고해성사를 준 후 돌아오자 우리는 모두 방으로 들어갔습니다. 그때는 고귀한 영혼들, 즉 수녀 같은 의지를 지닌 여인이라면 누구나 하게 될 생각에 따라 앙리에트가 수의로 사용할 긴 옷으로 다시 입은 때였습니다. 우리는 그녀가 앉아서 속죄하는 모습이 아름다웠고 그녀의 소망이 아름답다고 생각했습니다. 나는 벽난로에서 방금 불태워진 내 편지들의 검은 재를 보았습니다. 죽음의 순간에 이르렀을 때 그녀가 하기를 원했던 번제였다고 그녀의 고해신부가 내게 말해 주었

---

110) 앵그르는 발자크와 동시대에 활동했던 화가이므로 「신의 어머니」라는 그림은 『골짜기의 백합』이 발표된 1836년 이전의 그림일 테지만, 똑같은 제목의 그림은 남아 있지 않고, 「푸른 베일의 동정녀」(1827)가 가장 가까워 보인다. 플레이아드판 주석에는 「루이 13세의 서원」(1824)으로 추정하고 있으나 똑같은 표정이다.

습니다. 그녀는 예전의 미소로 우리 모두에게 미소를 지었습니다. 눈물로 촉촉해진 그녀의 눈이 최고의 개안(開眼)을 알리고 있었으니, 그녀는 이미 약속된 땅의 천상의 기쁨을 보고 있었습니다.

"친애하는 펠릭스," 그녀가 내게 손을 내밀어 내 손을 꼭 쥐며 말했습니다. "여기에 그대로 있어요. 당신은 내 삶의 마지막 장면을 지켜봐야 해요. 모든 장면 가운데 가장 힘들지 않은 건 아니겠지만 당신이 많은 부분을 차지하는 장면이니까요."

그녀가 손짓하자 문이 닫혔습니다. 그녀의 권유로 백작이 앉았고, 비로토 신부와 나는 서 있었습니다. 백작 부인이 마네트의 도움으로 일어나더니 놀란 백작 앞에 무릎을 꿇고 그대로 있기를 원했습니다. 그리고 마네트가 물러나자 놀란 백작의 무릎 위에 얹었던 머리를 들고는 변한 목소리로 말했습니다.

"저는 당신에게 충실한 아내로 처신해 왔지만, 가끔은 제 의무를 소홀히 한 적도 있었을 거예요. 제 잘못에 대해 당신에게 용서를 구할 힘을 주시라고 방금 하느님께 기도했어요. 저는 당신에게 기울여야 할 관심보다 가정 밖에 있는 우정의 배려에 훨씬 많은 사랑의 관심을 기울였어요. 아마도 당신은 그 정성과 생각을 당신이 받는 것과 비교해 보고 제게 노여워했을 것 같아요. 사실 저는," 그녀는 목소리를 낮춰서 말했습니다. "아주 강렬한 애정을 품고 있었어요. 그런데 아무도, 심지어 그 애정의 상대조차도 그것을 온전히 알지 못했어요. 제가 비록 인간의 법에 따라 정절을 지켰고 당신에게는 흠잡을 데 없는 아내였지만, 고의였든 고의가 아니었든 많은 생각들이 내 마음을 스쳐간 적이 자주 있었고, 지금은 제가 그 생각들을 너무 많이 받아들인 까닭에 드려워요. 하지만 제가 당신을 따뜻하게 사랑했고, 당신의 순종하는 아내로 남아 있었기 때문에, 구름이 하늘 아래를 지나면서도 순결함을 조금도 더럽히지 않았듯이, 보다시피 제가 이렇게 순결한 모습으로 당신에게 축복을 간청하고 있어요. 당신의 블랑슈, 당신 아이들의 어머니를 위한 따뜻한 말 한마디를 당신 입으로 듣는다면, 그리고 우리 모두를 지배하는 법정이 보증한 이후에야 자신을 용서할 수 있을 그 모든 일들을 당신이 용서해 준다면, 저는 가슴 아픈 생각 하나 없이 죽을 수 있을 거예요.”

“블랑슈, 블랑슈,” 노인이 울부짖으며 갑자기 아내의 머리 위로 눈물을 쏟았습니다. “나를 죽게 하고 싶소?” 그가 이례적인 힘으로 아내를 일으켜서 마주보고는 그녀의 이마에 경건하게 입을 맞추었습니다. 그리고 그 자세를 유지하며 말했습니다. “내가 당신에게 용서를 구해야 하지 않겠소? 자주 모질게 굴었던 건 나잖소? 아이처럼 소심하게 너무 크게 생각하는 거 아니오?”

“그럴지도 몰라요.” 그녀가 말했습니다 “하지만 친구여, 죽어가는 사람들의 약한 모습은 너그럽게 봐주세요. 제 마음을 평온하게 해줘요. 당신이 나중에 이런 순간에 이르렀을 때 제가 당신을 축복하며 떠났다고 생각하게 될 거예요. 여기 있는 우리의 친구에게 깊은 감정의 표시를 남기도록 허락해 주시겠어요?” 그녀가 벽난로 위에 놓인 편지를 가리키며 말했습니다. “그는 이제 내 양아들입니다. 그게 다예요. 친애하는 백작님, 마음에도 유언이 있는 법입니다. 제 마지막 소원으로 사랑하는 저 펠릭스가 수행할 성스러운 일을 그에게 남겨둡니다. 제가 그를 과대평가했다고는 생각하지 않아요. 그에게 제 몇 가지 생각을 물려주도록 허락해 줌으로써 제가 당신을 과대평가하지 않았음을 보여 주세요. 저는 여전히 여자입니다." 그녀는 그윽한 우수에 젖어 고개를 기울이며 말했습니다. "저를 용서해 달라고 하고는 당신에게 또 다른 부탁을 하는군요."

"읽어보세요. 하지만 내가 죽은 후에요." 그녀가 내게 그 수수께끼의 편지를 내밀며 말했습니다.

백작은 아내의 얼굴이 창백해지는 걸 보고는 그녀를 안고 손수 침대까지 데려갔습니다. 우리는 그녀 주위로 둘러섰습니다.

"펠릭스," 그녀가 내게 말했습니다. "내가 당신에게 잘못했을 수도 있어요. 당신에게 기쁨의 희망을 품게 하고는 내가 물러나서 고통을 준 적이 자주 있었잖아요. 그런데 내가 모든 사람들과 화해하고 죽음을 맞이할 수 있는 건 아내로서, 어머니로서의 용기 덕분 아니겠어요? 그러니 당신도 나를 용서해 줘요. 당신은 나를 그렇게도 많이 원망했지만 나는 그 부당한 원망이 참 좋았어요!"

비로토 신부님이 자기 입술에 손가락을 갖다 댔습니다. 그 신호에 빈사 상태의 그녀가 고개를 기울이며 갑자기 약해졌습니다. 그녀는 두 손을 흔들며 성직자와 아이들, 하인들을 들어오게 했습니다. 그런 다음 그녀는 명령하는 듯한 몸짓으로 실의에 빠진 백작과 달려온 아이들을 내게 가리켰습니다. 우리만이 그 비밀스러운 광기를 알고 있는 아버지, 그토록 허약한 아이들의 보호자가 된 아버지를 보자 그녀는 내게 부탁하고 싶은 마음이 일었고, 그 말 없는 애원은 내 영혼 속에 거룩한 불길처럼 떨어졌습니다. 종부성사를 받기 전에 그녀는 하인들에게 가끔 다그쳤던 일에 대해 용서를 구했습니다. 그녀는 그들의 기도를 간청하고 그들 모두를 백작에게 일일이 소개했습니다. 그녀는 최근 한 달 동안 그리스도교인답지 않은 불만을 토로해 하인들의 빈축을 살 수도 있었음을 품위 있게 고백했습니다. 그녀는 아이들을 밀어냈고 적절치 못한 감정을 품었지만, 그렇게 하느님의 뜻을 따르지 않은 것은 참을 수 없는 고통 때문이었다고 했습니다. 마지막으로 그녀는 인간사의 덧없음을 몸소 보여주신 비로토 신부님께 감동적인 마음의 표현을 담아 공개적으로 감사했습니다. 그녀가 말을 마치자 기도가 시작되었습니다. 기도 후에는 사셰의 교구사제가 그녀에게 마지막 성체 배령을 해주었습니다. 잠시 후 그녀의 호흡이 거칠어졌고, 그녀의 눈에 구름이 퍼지더니 이내 걷혔습니다. 그녀는 마지막으로 나를 한 번 쳐다보고는 모두가 지켜보는 가운데, 어쩌면 우리 모두의 흐느낌 소리를 들으며, 숨을 거두었습니다. 그때 정원에서 우연하지만 아주 자연스럽게 나이팅게일 두 마리가 서로 주고받는 노래가 들려왔습니다. 새들은 그 단조로운 음계를 다정한 부름처럼 맑고 길게 빼며 여러 번 반복했습니다. 그녀의 마지막 숨, 기나긴 고난이었던 그녀 생애 최후의 숨을 거두는 순간, 내 안에서는 어떤 충격이 느껴지며 내 모든 신체 기능이 멎는 것만 같았습니다. 백작과 나는 두 신부님과 교구사제와 함께 밤새도록 침대 곁에 머무르며 희미한 촛불 아래, 매트리스 없는 침대에 누워 숨을 거둔 그녀를, 그토록 많은 고통을 겪었던 그곳에서 이제는 평온해진 그녀를 지켰습니다. 그것이 내가 접한 최초의 죽음이었습니다. 나는 그날 밤 내내 앙리에트만 바라보고 있었습니다. 나는 모든 폭풍우가 잠잠해진 뒤에 생기는 맑은 표정에 매료되어 있었고, 내가 여전히 무한한 애정을 주고 있지만 이제는 내 사랑에 반응하지 않는 하얀 얼굴에 사로잡혀 있었습니다. 그 침묵과 차가움 속의 엄청난 위엄! 표현되지 않는 생각은 또 얼마나 될까요? 그 절대적 안식 속의 아름다움, 부동성 속의 위압감! 모든 과거가 아직 거기에 있고, 미래가 거기에서 시작됩니다. 아! 나는 살아 있는 그녀를 사랑한 것과 똑같이 죽은 그녀도 사랑했습니다. 아침이 되자 백작은 잠자리에 들었고, 지친 세 사제는 밤샘하는 사람들에게는 아주 잘 알려진 힘든 시간에 잠이 들었습니다. 그리하여 나는 아무도 보는 사람 없이 내 사랑 전부를 담아 그녀의 이마에 키스할 수 있었습니다. 그것은 그녀가 한 번도 허락한 적이 없는 내 사랑의 표현이었습니다.

이틀 후, 신선한 가을 아침나절에 우리는 백작 부인의 마지막 안식처까지 동행했습니다. 조마사 영감과 마르티노 형제, 그리고 마네트의 남편이 그녀의 운구를 맡았습니다. 우리는 내가 그녀를 찾아냈던 날 무척 즐거운 마음으로 올라갔던 길을 내려간 다음, 앙드르의 골짜기를 가로질러 사셰의 작은 묘지에 도착했습니다. 언덕 등성이 위, 성당 뒤편에 자리한 마을의 초라한 공동묘지였습니다. 그녀는 그리스도교인의 겸손함으로 가난한 시골 여인처럼 간단한 검은 나무 십자가와 함께 그곳에 묻히고 싶다고 생전에 말했다고 했습니다. 골짜기 한복판에서 마을의 성당과 묘지의 광장이 눈에 들어왔을 때 나는 전율을 느끼며 몸을 떨었습니다. 아! 우리 모두의 생애에는 골고다 언덕이 있습니다. 우리는 이 언덕에서 인생의 첫 33년 동안 마음은 창에 찔리고 머리에는 장미 화관 대신 가시관을 느끼며 보냅니다. 그 언덕은 나에게 속죄의 산이었을 것입니다. 우리 뒤로는 거대한 군중이 따랐습니다. 그들은 그녀가 말없이 수많은 선행을 남몰래 베풀었던 그 골짜기에 슬픔을 표하기 위해 달려온 사람들이었습니다. 그녀가 가난한 사람들을 돕기 위해 저축해 둔 돈이 충분하지 않을 때는 자신의 몸단장 비용을 줄였다는 사실을 우리는 그녀의 몸종인 마네트를 통해서 알았습니다. 헐벗은 아이들에게 옷을 입혀 주었고, 갓난아이에게 기저귀를 보냈으며, 어머니들을 구조하고, 겨울에 신체가 자유롭지 못한 노인들을 위해 방앗간 주인들에게 돈을 주어 밀가루 포대를 보내게 했고, 가난한 집에는 암소 한 마리를 주기도 했습니다. 그 모든 일은 그리스도교 신도로서, 어머니로서, 귀족 부인으로서 한 일들이었습니다. 그뿐만이 아닙니다. 서로 사랑하는 연인들을 맺어주기 의해 때맞춰 지참금을 제공하고, 추첨에 뽑혀 병역 대리복무를 해야 하는 젊은이들을 위해 대신 돈을 내주기도 했습니다. '타인의 행복은 더 이상 행복할 수 없는 사람들을 위한 위로'라고 말했던 사랑 깊은 여인의 감동적인 기부였습니다. 이런 이야기들이 사흘 전부터 밤을 새워 전해지면서 군중은 엄청나게 늘어났습니다.

나는 자크와 두 신부님과 함께 관 뒤에서 걸었습니다. 관습에 따라 마들렌과 백작은 우리와 함께 있지 않았고, 클로슈구르드에 남아 있었습니다. 마네트는 무슨 일이 있어도 동행하기를 원했습니다.

"가엾은 마님! 가엾은 마님! 이젠 행복하시겠죠." 그녀가 흐느끼면서 하는 말이 여러 번 들려왔습니다.

운구 행렬이 물레방앗간의 제방 길을 벗어나는 순간, 신음 소리가 울음소리에 섞여 일제히 터져나왔습니다. 그건 마치 골짜기 전체가 그녀의 영혼을 애도하는 듯했습니다. 성당 안은 사람들로 가득했습니다. 장례미사가 끝나고 우리는 그녀가 십자가 옆에 묻힐 묘지로 갔습니다. 흙과 함께 돌과 자갈이 관 위로 굴러떨어지는 소리가 들리자 나는 더 이상 버틸 힘이 없었습니다. 나는 몸을 비틀거리며 마르티노 형제에게 부축해 달라고 했고, 그들은 다 죽어가는 나를 사셰 성까지 데려다주었습니다. 성의 주인들은 내게 정중하게 안식처를 마련해 주었습니다. 당신에게 고백하건대, 나는 클로슈구르드로 돌아가고 싶지 않았고, 앙리에트의 성이 보이는 프라펠에 있기도 정말 싫었습니다. 사셰 성이 그녀와 가까이 있을 수 있는 곳이었습니다. 나는 창밖으로 조용하고 외따로 떨어진 작은 골짜기가 보이는 방에서 며칠 동안 머물렀습니다. 그 골짜기에 대해서는 당신에게 말한 적이 있습니다. 그곳은 광대한 습곡지로서 200년 된 떡갈나무로 둘러싸여 있으며 폭우가 내리면 급류가 흐르는 곳입니다. 그 점이 내가 전념하고 싶었던 엄격하고 엄숙한 명상에 적합했습니다. 나는 그 죽음의 밤이 지난

다음 날 내가 클로슈구르드에 얼가나 귀찮은 존재인지 깨달았습니다. 백작은 앙리에트의 죽음에 격렬한 감정을 느꼈지만 그 끔찍한 결말을 예견하고 있었고, 그의 생각 밑바닥에는 무관심과 비슷한 편견이 있었습니다. 나는 그런 눈치를 여러 번 알아챘는데, 백작 부인이 머리를 조아리며 그 편지를 내게 건넸을 때도, 나를 향한 그녀의 애정을 말했을 때도 그 까다로운 남자는 내가 예상했던 쏘는 듯한 눈길을 내게 보내지 않았습니다. 그는 앙리에트가 아주 순수한 양심을 지녔음을 잘 알고 있고, 그래서 그런 말을 한 것도 지나치게 과민하기 때문이라고 생각했습니다. 그런 이기적인 무감각은 자연스러운 것이었습니다. 그 두 사람의 영혼은 육체처럼 맺어지지 못했습니다. 그들에게는 감정에 활기를 불어넣는 지속적인 소통이 없었고, 고통이나 기쁨을 함께 나눈 적도 없었습니다. 우리의 모든 섬유질에 닿아 있고, 마음 깊은 곳까지 연결되어 있으며, 연결될 때마다 확인하는 영혼을 서로가 어루만져 주기에 그것이 끊어지는 순간 우리를 수천 갈래로 찢어놓는, 그런 강한 유대감이 그들에게는 없었습니다. 나를 향한 마들렌의 적의는 클로슈구르드의 빗장을 닫아걸었습니다. 그 모진 소녀는 어머니의 관 위에 놓인 자기의 증오심을 누그러뜨릴 뜻이 없었으니, 내게 줄곧 자기 이야기만 늘어놓는 백작과, 나를 향해 극복할 길 없는 혐오감을 드러내는 이제는 안주인이 된 그녀 사이에서, 나는 끔찍하게 난처한 지경에 빠질 것이었습니다. 한때는 꽃들이 애무하던 곳, 현관 앞 작은 계단이 의미심장했던 곳, 내 모든 추억이 발코니와 갓돌들, 난간, 테라스, 나무들과 전망대들을 시로 물들였던 곳이 그렇게 되고 말았습니다. 나는 모든 것이 나를 사랑하던 곳에서 미움받고 있다는 생각을 견디기 힘들었습니다. 그러니 내 결정은 처음부터 내려져 있었습니다. 애석하게도 그것이 한 남자의 마음에 닿은 가장 생생한 사랑의 결말이었습니다. 낯선 사람들의 눈에는 내 행동이 비난받을 만한 것이겠지만, 그것은 내 양심의 승인을 받은 것이었습니다. 청춘의 가장 아름다운 감정과 가장 큰 드라마는 이렇게 막을 내립니다. 우리는 거의 모두가 아침에 출발합니다, 내가 투르에서 클로슈구르드를 향해 출발했듯이 세상을 지배하고 사랑에 굶주린 마음을 안고서. 그런 다음에 우리의 부가 도가니를 통과하고 우리가 인간과 사건에 뒤섞이게 되면 부지불식간에 모든 것이 줄어들어 우리에게는 금은 거의 없고 재만 많이 남게 됩니다. 그것이 인생입니다! 포부는 크지만 현실은 보잘것없는 것이 인생입니다. 나는 내 꽃을 모두 베어가 버린 공격을 당한 후에 내가 어떻게 해야 할지 생각하면서 나 자신에 관해 오랫동안 명상했습니다. 나는 야망의 굴곡진 길로 들어서서 정치와 학문을 향해 달려가겠다고, 내 삶에서 여자를 제거하고 냉정하고 사랑을 모르는 정치가가 되겠다고, 내가 사랑했던 성녀에게 충실한 사람으로 남겠다고 결심했습니다. 내 명상은 한없이 뻗어나갔습니다. 그러는 동안 내 눈은 꾸밈없는 꼭대기에 청동색 밑동을 가진 황금빛 떡갈나무들이 그려내는 웅장한 타피스리에 붙박여 있었습니다. 나는 앙리에트의 정절이 무지는 아니었을지, 그녀의 죽음에 대해 진정으로 내게 죄가 있는지 생각했습니다. 나는 회한 속에 빠져 몸부림쳤습니다. 마침내 어느 달콤한 가을날 한 낮에, 투렌의 그토록 아름다운 하늘이 마지막 미소를 지을 무렵, 나는 그녀의 편지를 읽었습니다. 그녀의 부탁에 따라 나는 그녀가 세상을 떠난 후에야 편지를 열어 봐야 했습니다. 그 편지를 읽은 내가 어땠을지 생각해 보세요!

펠릭스 드 방드네스 자작에게 보내는
모르소프 부인의 편지

너무나 사랑하는 친구 펠릭스, 이젠 당신에게 내 마음을 열어야겠어요. 내가 당신을 얼마나 사랑하는지를 보여주기 위해서라기보다는 당신이 내 마음에 낸 상처의 깊이와 위중함을 당신에게 밝힘으로써 당신의 의무가 얼마나 큰지 당신에게 가르쳐주기 위함입니다. 여행의 피로로 인해 기진맥진해지고, 싸우는 동안 받은 공격으로 녹초가 된 순간, 다행스럽게도 아내는 죽고 어머니만 살아남았어요. 당신이 어떻게 내 병의 근본 원인이 되었는지 이제 곧 알게 될 거예요. 나중에는 내가 당신의 공격에 기꺼이 몸을 내어줬다 해도, 오늘 나는 당신에게서 받은 최후의 상처 때문에 죽는 겁니다. 그러나 사랑하는 사람으로 인해 망가졌다는 느낌에는 과도한 쾌감이 있습니다. 이제 곧 고통이 틀림없이 내게서 힘을 앗아갈 거예요. 그래서 나는 내 지성의 마지막 희미한 빛을 이용해 당신에게 다시 한 번 간청하려고 합니다. 내 아이들에게서 당신이 빼앗아 간 내 마음을 아이들 곁에서 당신이 대신해 달라고요. 내가 당신을 덜 사랑했다면 당신에게 이 책임을 강압적으로 맡겼을 거예요. 하지만 난 당신이 스스로 이 책임을 지도록 당신 뜻에 맡겨두는 게 더 좋아요. 그것이 성스러운 회개의 결과여도 좋고, 또한 당신의 사랑이 연장된 것처럼 보이니까요. 사랑은 우리의 내면에서 회개하는 명상, 속죄의 두려움과 끊임없이 뒤섞이지 않았던가요? 나도 알아요. 우리는 여전히 서로 사랑하고 있다는 것을. 당신의 잘못은 당신으로 인해서는 그렇게 치명적이진 않아요. 나 자신의 내부에 내가 부여한 울림 때문이죠. 당신에게 내가 말하지 않았던가요? 나는 질투로 죽을 정도로 질투가 심하다고. 그래서 보다시피 난 죽어가고 있어요. 그렇지만 우리는 인간의 계율을 지켰으니 그 점을 위안으로 삼으세요. 나는 지극히 순수한 성당의 목소리를 들었어요. 하느님께서는 당신의 계율을 지키기 위해 타고난 성향을 희생한 사람들을 관대하게 여기실 것이라고 말이에요. 사랑하는 당신, 그러니 모든 것을 알아야 해요. 난 당신이 내 생각들 가운데 단 하나라도 모르는 걸 원치 않기 때문이에요. 내 생애 마지막 순간에 내가 하느님께 털어놓는 이야기를 당신도 알아야 해요. 하느님이 하늘의 왕이시듯 당신은 내 마음의 왕이니까요. 앙굴렘 공작을 위해 열린 파티는 내가 평생 참석한 단 한 번의 파티였어요. 나는 결혼은 했지만 누가 젊은 여자들의 영혼에 천사의 아름다움을 부여해 주는지 그때까지도 몰랐어요. 맞아요, 나는 어머니였어요. 그러나 나는 사랑이라는 이름으로 허용된 쾌락을 전혀 몰랐어요. 나는 왜 그렇게 되었을까요? 모르겠어요. 그뿐만 아니라 어떤 법칙에 따라 내 안의 모든 것이 한순간에 바뀌었는지도 모르겠어요. 당신은 당신이 내게 했던 입맞춤을 지금도 기억하고 있나요? 그 입맞춤은 내 삶을 지배했고, 내 영혼에 깊은 흔적을 남겼어요. 뜨거운 당신의 피가 내 피의 열기를 깨웠어요. 당신의 젊음이 내 젊음에 스며들었고, 당신의 욕망이 내 가슴속으로 들어왔어요. 그래서 내가 아주 뿌듯한 마음으로 자리에서 일어났을 때 나는 어떤 언어로도 표현할 길 없는 감동을 느꼈어요. 아이들은 빛과 자기들의 눈이 결합했을 때도, 생명의 입맞춤이 자기 입술에 닿았을 때도 어떻게 표현해야 할지 아직 모르잖아요. 그래요, 그것은 메아리로 와닿는 소리, 어둠 속에 던져진 빛, 우주에 주어진 운동이었어요. 최소한 그것들처럼 빨랐어요. 그러나 훨씬 아름다웠어요. 그건 바로 영혼의 생명이었기 때문이에요! 나는 세상에는 내가 모르는 어떤 미지의 것이, 생각보다 아름다운 힘이 존재한다는 사실을 깨달았어요. 그것은 모든 생각, 모든 힘, 공유된 감정 안의 미래 전체였어요. 그때부터 나는 어머니로서의 감정을 절반밖에 느끼지 못했어요. 그 벼락이 내 마음 위로 떨어지면서 나도 모르게 잠들어 있던 욕망에 불을 댕겼어요. 그 순간 나는 갑자기 큰어머니가 내 이마에 입을 맞추시면서 '가엾은 앙리에트!'라고 외치셨던 의미를 온전히 간파했지요. 클로슈구르드로 돌아오는 길에는 봄, 최초의 나뭇잎들, 꽃들의 향기, 예쁜 흰 구름, 앵드르강, 하늘 등 세상 만물이 그때까지 이해하지 못했던 언어를 내게 말해주기 시작했어요. 그 언어는 내 감각에 당신이 새겨놓은 움직임을 내 영혼에 약간 되돌려주었습니다. 당신은 설령 그 무서운 입맞춤을 잊어버렸다고 해도 나는 그것을 기억에서 결코 지울 수 없었어요. 그 때문에 내가 죽잖아요! 그래요, 그 후로 당신을 볼 때마다 당신은 그 새겨놓은 흔적을 되살리곤 했어요. 나는 당신의 모습만 봐도, 당신이 올 거라는 예감이 들기만 해도 머리끝에서 발끝까지 흥분했어요. 시간이 아무리 지나도, 아무리 굳은 의지를 품어도 그 억제할 수 없는 쾌락을 꺾을 수는 없었어요. 나는 '쾌락은 어떤 것이어야 하지?'라는 의문을 나도 모르게 가졌어요. 우리가 주고받는 눈길, 당신이 경의의 표시로 내 손등에 하는 입맞춤, 당신의 팔에 팔짱을 낄 때, 부드럽게 내는 당신의 목소리 등 요컨대 아주 사소한 것들이 몹시 격렬하게 나를 휘저어 놓았고, 그럴 때면 거의 언제나 내 눈 위에 구름이 퍼졌어요. 그리고 반항하는 감각의 소리가 내 귀를 가득 채웠어요. 아! 내가 당신을 더욱 차갑게 대하는 그런 순간에 당신이 나를 품 안에 끌어안았다면 나는 죽을 만큼 행복했을 거예요. 가끔 난 당신이 어느 정도 폭력적이기를 바라기도 했지만, 그런 나쁜 생각은 기도로 재빨리 쫓아버렸어요. 내 아이들이 당신의 이름을 말하면 내 심장이 따뜻한 피로 채워지며 이내 내 얼굴이 붉게 물들었어요. 난 내 가엾은 마들렌이 당신 이름을 말하게 하려고 계략을 짜기도 했어요. 그만큼 난 그 감각이 끓어오르는 걸 좋아했어요. 당신에게 또 무슨 말을 할까요? 당신의 글은 매력적이었어요. 나는 당신의 편지를 사람들이 초상화를 응시하듯 바라보았어요. 당신이 첫날부터 이미 어떤 치명적인 힘으로 나를 정복했다면, 친구여, 내가 당신의 영혼을 읽을 기회가 주어졌을 때는 그 힘이 무한해졌음을 당신은 알 거예요. 당신이 그토록 순수하고, 완벽하게 진실하며, 지극히 아름다운 자질을 타고났고, 큰일을 할 능력을 충분히 갖추어서 이미 그렇게 검증된 사람이라는 것을 알고는 내게 얼마나 큰 희열이 넘쳤겠어요! 수줍음을 타면서도 용감한, 남자이자 어린아이! 우리 둘다 공통된 고통으로 축성 받았음을 알았을 때는 얼마나 기쁘던지! 우리가 서로에게 마음을 털어놓았던 그날 저녁 이후로 당신을 잃는다는 건 내게는 곧 죽음을 의미하는 것이었어요. 그래서 나는 이기심으로 인해 당신을 내 곁에 두었지요. 라베르주 신부님은 내가 당신과 사이가 멀어지면 죽을 것이 틀림없다는 확신을 하고는 크게 감동했어요. 그분은 내 영혼을 읽었기 때문이에요. 신부님은 아이들과 백작에게 내가 필요하다고 판단했어요. 그래도 당신이 들어오지 못하도록 우리 집 문을 걸어 잠그라고 처방하지는 않았어요. 내가 생각과 행동의 순결을 지키겠다고 약속했기 때문이죠. 신부님은 "생각은 의지하고는 상관이 없지만, 고통을 받고 있을 땐 유지될 수 있습니다."라고 말했어요. 그래서 너가 대답했어요. "제가 생각한다면 모든 걸 잃을 거예요. 저 자신으로부터 저를 구해 주세요. 그 사람이 내 곁에 있게 해주시고, 순결을 지킬 수 있게 해주세요."라고. 그 선량한 노인은 아주 엄격한 분이었지만 그런 솔직함에는 너그러우셨어요. "부인의 딸을 그에게 맺어주시고 아들을 사랑하듯 그를 사랑하세요."라고 말씀하셨어요. 나는 당신을 잃지 않기 위해 그 고통의 삶을 용감하게 받아들

였어요. 그리고 우리가 같은 멍에를 짊어진 것을 보면서 사랑
으로 괴로워했어요. 오 하느님! 나는 중립을 유지했고 남편에
게 충실했어요. 그리고 펠릭스, 당신이 당신의 왕국에서 단 한
걸음도 내딛는 걸 허용하지 않았어요. 내 정열의 위대함이 내
능력에 반응했고, 모르소프 씨가 내게 가한 고통을 속죄의 벌
로 여기며 자랑스럽게 견뎌냈어요. 비난받아 마땅한 내 충동
을 모욕하기 위해서였어요. 예전에 나는 투덜대는 경향이 있
었어요. 그런데 당신이 내 곁에 있게 된 후로는 얼마간 쾌활함
을 되찾았어요. 모르소프 씨가 그 쾌활함을 마음에 들어 했
었어요. 당신이 내게 준 그 힘이 없었다면 나는 오래전부터 당
신에게 이야기해 준 내 내면의 삶을 따랐을 거예요. 내 잘못
에 당신이 깊이 관여되어 있었다면, 내 의무를 이행하는 데도
당신이 큰 부분을 차지했어요. 내 아이들에게도 마찬가지였어
요. 나는 아이들에게서 뭔가를 빼앗았다고 생각했고, 아이들
을 위해 충분하게 해주지 못할까 봐 두려웠어요. 그때부터 내
삶은 내가 사랑한 고통의 연속이었어요. 나는 어머니가 아니
고 정숙한 여자가 아니라는 느낌과 함께 마음속에 후회가 자
리했어요. 그리고 내가 해야 할 일들을 못 하게 될까 봐 두려
워서 끊임없이 그 일들을 넘어서려고 했어요. 나는 실패하지
않기 위해 당신과 나 사이에 마들렌을 두었고, 당신과 마들렌
을 맺어주려고 했어요. 그렇게 해서 우리 두 사람 사이에 장
벽을 세웠어요. 그 장벽은 무력했지요! 당신이 내게 일으킨 전
율은 그 무엇으로도 억누를 수 없었어요. 당신이 여기에 있
든 없든, 당신에게는 똑같은 힘이 있었어요. 나는 자크보다 마

들렌을 더 좋아했어요. 마들렌이 당신의 사람이어야 하기 때문이었죠. 그러나 난 싸우지도 않고 당신을 내 딸에게 내어주지는 못했어요. 내가 당신을 만났을 때 내 나이 겨우 스물여덟 살이었고, 당신은 스물두 살이 다 되었다는 걸 생각했어요. 나는 거리를 좁히고 잘못된 희망에 빠졌어요. 오 하느님, 펠릭스, 내가 이런 고백을 하는 이유는 당신의 후회를 덜어주기 위해서이며, 또 내가 무감각하지 않았으껴 우리 사랑의 고통이 아주 잔인할 정도로 똑같았고, 그리고 어쩌면, 아라벨이 나보다 조금도 우월하지 않았음을 당신에게 알려주기 위해서일 거예요. 나도 남자들이 그렇게도 좋아하는 타락한 족속의 딸이었어요. 싸움이 너무 끔찍해서 매일 밤새도록 울던 때가 있었어요. 내 머리카락이 빠졌어요. 당신은 그 머리카락을 가지고 있어요. 당신은 모르소프 씨가 앓았던 병을 기억하겠지요. 그때 당신 영혼의 위대함은 나를 높이 들어 올려준 게 아니라 작아지게 했어요. 아! 그날부터 나는 그 영웅적 행위에 대한 보상으로 나를 당신에게 바치고 싶었어요. 그러나 그 광기는 짧았어요. 나는 당신이 참석하기를 거부한 미사에서 하느님의 발밑에 그 광기를 내려놓았어요. 자크의 병과 마들렌의 고통은 길 잃은 양을 당신 쪽으로 강하게 끌어당기시는 하느님의 위협처럼 보였어요. 그런 다음에는 그 영국 여인을 향한 당신의 자연스러운 사랑이 나 자신도 몰랐던 비밀들을 내게 드러냈어요. 나는 내가 생각했던 것보다 훨씬 더 당신을 사랑하고 있었던 거예요. 마들렌이 사라졌어요. 파란 많은 내 생애의 끊임없는 감정, 종교 외에는 다른 구원이 없이 나 자신을 길들이기 위해서 내가 기울인 노력, 모든 것이 내 죽음에 이르는 병을 준비했던 거지요. 그 끔찍한 타격이 위기를 불러왔지만, 난 그에 대해 침묵을 지켰어요. 나는 이 미지의 비극을 끝낼 수 있는 유일한 결말을 죽음에서 보았어요. 어머니가 당신과 더들리 부인의 관계에 대한 소식을 내게 전해 주었던 때로부터 두 달이 흐른 뒤에 당신이 왔어요. 그 두 달 동안 내 삶은 완전히 쓸려가 버렸어요. 질투와 분노의 삶이었지요. 나는 파리에 가고 싶었고, 살인의 갈증을 느꼈으며 그 여자가 죽기를 바랐어요. 아이들의 애무에도 무감각했어요. 그때까지 내게 위안의 향유 같았던 기도도 내 영혼에 아무런 작용도 하지 못했어요. 질투가 죽음이 들어오는 넓은 틈을 냈어요. 그렇지만 나는 평온한 얼굴을 유지했어요. 그래요, 그 싸움의 계절은 하느님과 나 사이의 비밀이었어요. 내가 당신을 사랑한 만큼 나도 당신의 사랑을 받았음을 깨달았을 때, 내가 배신을 당한 건 어쩔 수 없는 본능 때문이지 당신의 생각 때문이 아니었음을 알았을 때, 나는 살고 싶었어요……. 그런데 더 이상 시간이 없었어요. 하느님께서는 나를 당신의 보호 아래 두셨고, 자기 자신에게 진실하고 그에게도 진실한 여자, 지성소의 문 앞에 자기의 고통을 자주 가져왔던 여자를 틀림없이 가엾게 여기셨을 거예요. 내 사랑하는 당신, 하느님께서는 나를 심판하셨어요. 모르소프 씨는 틀림없이 나를 용서할 거예요. 하지만 당신은, 당신은 자비로울까요? 당신은 지금, 이 순간 내 무덤에서 흘러나오는 목소리를 들을까요? 당신은 아마도 나보다는 덜하겠지만 우리가 똑같이 죄지은 불행을 당신이 바로

잡을까요? 내가 당신에게 묻고 싶은 것이 무엇인지 당신은 알고 있어요. 애덕회 수녀님이 환자 곁에 있어 주듯이 모르소프 씨 곁에 있어 주세요. 그분 말을 들어주고 그분을 사랑해 주세요. 아무도 그분을 사랑하지 않을 거예요. 내가 했던 것처럼 아이들과 그분 사이에 끼어드세요. 당신의 임무가 오래 지속되진 않을 거예요. 자크는 곧 집을 떠나 파리의 할아버지 곁으로 갈 거예요. 당신이 세상의 위험을 가로질러 자크를 안내하겠다고 내게 약속했었지요. 마들렌은 결혼하겠지요. 당신이 언젠가는 마들렌의 마음에 들 수 있을 거예요! 마들렌은 완전히 나 자신이에요. 게다가 강하고, 내게 없는 의지도 있으며, 파란만장한 정치계에 몸담아야 하는 남자의 동반자에게 필요한 에너지도 지니고 있어요. 마들렌은 능란하고 통찰력이 있어요. 당신 두 사람의 운명이 연결된다면 마들렌은 제 어머니보다 더 행복할 거예요. 클로슈구르드에서 내 일을 이어받아 계속할 권리를 획득함으로써 당신은 하늘과 땅에서는 용서를 받았지만 충분히 속죄되지 않은 잘못을 지울 수 있을 거예요. '그분'은 너그러워서 나를 용서하실 테니까요. 당신도 아시다시피 나는 언제나 이기주의자예요. 하지만 그건 독차지하고 싶은 사랑의 증거가 아닌가요? 나는 내 소유 안에서 당신의 사랑을 받고 싶어요. 당신의 사람이 될 수 없었던 나는 당신에게 내 생각과 의무를 물려줍니다! 당신이 나를 너무 사랑해서 내 말을 따를 수 없다면, 마들렌과도 결혼하고 싶지 않다면, 적어도 모르소프 씨를 가능한 한 최대로 행복하게 해줌으로써 내 영혼의 안식을 빌어주세요.

안녕, 사랑하는 내 마음의 아이, 이것은 아직 생명력이 가득한 완전히 지적인 이별이며, 영혼의 이별이에요. 이 영혼에 당신이 너무도 큰 기쁨을 퍼뜨려 놓아서 그 기쁨들로 인해 생겨난 재앙에 대해 당신은 최소한의 후회도 할 수 없어요. 나는 당신이 나를 사랑한다고 생각해서 이 재앙이라는 낱말을 사용합니다. 왜냐하면 나는 의무의 희생양이 된 후 이제 안식처에 이르기 때문이에요. 그래서 나는 소름이 끼쳐요. 후회스럽기도 해요! 내가 성스러운 계율을 그 정신에 따라 얼마나 잘 실천했는지는 하느님이 나보다 잘 아시겠지요. 내가 자주 흔들렸던 건 틀림없지만 절대로 쓰러지진 않았어요. 내 잘못의 가장 강력한 구실은 나를 둘러싼 유혹의 크기 바로 그 자체에 있어요. 주님께서는 내가 유혹에 굴복했을 때와 똑같이 떨고 있는 나를 보실 거예요. 다시 한번 안녕을 고합니다. 이 안녕은 내가 어제 우리의 아름다운 골짜기에 고했던 것과 흡사해요. 나는 곧 이 골짜기의 품에서 쉬게 될 거예요. 그러면 당신이 이 골짜기로 자주 돌아오지 않겠어요?

앙리에트

나는 그때 그 마지막 불꽃으로 밝혀진 그녀의 삶, 그 알지 못했던 깊이를 느끼고 깊은 생각의 심연 속으로 떨어졌습니다. 내 이기심의 구름이 흩어졌습니다. 그러니까 그녀는 나만큼, 아니 나보다 더 큰 고통을 겪었던 것입니다. 그녀는 죽었으니까요. 그녀는 자기 친구를 위해 남들이 탁월해야 한다고 생각했습니다. 그녀는 자기 사랑에 너무나도 눈이 멀어 딸의 적개심을 조금도 의심하지 못했습니다. 그녀 애정의 그 마지막 증거가 나를 몹시 아프게 했습니다. 클로슈구르드와 자기 딸을 내게 주고 싶어 했던 가엾은 앙리에트!

나탈리, 내가 앙리에트의 유해와 함께 처음으로 묘지에 들어갔던 날, 그 영원히 가혹할 그날 이후로 태양의 열기가 식었고 빛을 잃었으며 밤은 더욱 어두워졌습니다. 움직임이 느려지고 생각이 둔해졌습니다. 우리가 땅속에 묻는 사람들이 있습니다. 그러나 우리의 마음을 수의로 삼는, 그 추억이 매일 우리의 맥박 속에서 뛰노는 더욱 특별하게 소중한 사람들이 있습니다. 우리는 호흡하듯 그 사람들을 생각합니다. 그 사람들은 사랑에만 있는 달콤한 윤회의 법칙에 따라 우리 마음속에 존재합니다. 어떤 영혼은 내 영혼입니다. 내가 어떤 선행을 베풀었을 때, 어떤 아름다운 말을 했을 때, 그 영혼은 말하고 행동합니다. 내가 가질 수 있는 좋은 것은 모두 그 무덤으로부터 나옵니다. 한 송이 백합이 주위를 향기롭게 하듯이 말입니다. 조롱, 악, 당신이 내게 비난하는 모든 것은 나 자신으로부터 비롯합니다. 이제 내 눈이 구름에 가려 흐릿해져서 하늘을 향할 때, 오랫동안 대지를 관찰한 후 당신의 말과 배려에 내 입이 침묵할 때, 더 이상 내게 "당신은 무슨 생각을 하고 있어요?"라고 묻지 마십시오.

사랑하는 나탈리, 나는 한동안 글쓰기를 중단했습니다. 그 기억들이 내게 너무 벅찼기 때문입니다. 이제 나는 당신에게 그 재앙에 이어 일어난 사건들에 관해 이야기할 일만 남았는데 할 말이 거의 없습니다. 삶이 오직 행동과 움직임으로만 구성되어 있을 땐 모든 일이 즉시 이야기됩니다. 그러나 영혼의 가장 높은 영역에서 삶이 펼쳐졌을 땐 이야기가 장황해지죠. 앙리에트의 편지는 내 눈에 일말의 희망이 빛나게 해주었습니다. 그 커다란 조난 사고에서 내가 해변에 닿을 수 있는 섬을 하나 본 것입니다. 마들렌에게 내 삶을 바치고 클로슈구르드에서 그녀와 함께 사는 일은 내 마음을 설레게 했던 모든 생각들을 충족하는 운명이었지만, 마들렌의 진심을 알아야 했습니다. 나는 백작에게 작별 인사를 해야 했습니다. 그래서 나는 백작을 보러 클로슈구르드로 갔고, 테라스에서 그를 만났습니다. 우리는 오랫동안 거닐었습니다. 우선 그는 백작 부인에 대해 내게 말했습니다. 그녀를 잃은 상실의 크기를 맛보고, 그녀로 인해 그의 가정생활에 야기된 온갖 손실을 체험한 남자로서 한 말이었습니다. 그러나 고통의 첫 비명을 지른 다음에는 그는 현재보다는 미래를 더 걱정하는 모습을 보였습니다. 그는 딸을 걱정했습니다. 그는 딸이 제 어머니와 같은 온화함을 지니지 못했다고 내게 말했습니다. 어머니의 우아한 자질에 알 수 없는 어떤 영웅적 면모가 섞인 마들렌의 억센 성격 때문에 앙리에트의 부드러움에 익숙한 그 노인은 겁이 났습니다. 그 무엇에도 꺾이지 않을 의지를 예감하기도 했습니다. 그러나 그 돌이킬 수 없는 상실에 대해 그를 위로할 수 있었던 것은 곧 자기 아내와 다시 만날 수 있다는 확신이었습니다. 그 최후의 날들 동안 있었던 동요와 슬픔으로 인해 그의 병이 악화하였고, 그의 오랜 고통을 일깨웠습니다. 아버지로서 그의 권위와 집안의 안주인이 된 딸의 권위 사이에 준비된 싸움은 그의 생애를 고통 속에 마치게 할 참이었습니다. 아내와 싸울 수 있었던 지점에서 그는 언저나 자식에게 양보해야 했기 때문입니다. 그뿐만 아니라 아들은 집을 떠날 것이고 딸은 결혼할 테니까요. 그의 사위는 누가 될까요? 그는 빨리 죽을 것이라고 말만 했을 뿐, 오랫동안 여전히 누군가와 마음을 나눌 줄도 모른 채, 홀로임을 느끼고 있었습니다.

백작이 아내의 이름으로 내게 우정을 구하며 자기 자신에 대해서만 이야기하는 동안, 그는 우리 시대의 가장 위엄 있는 유형들 가운데 하나인 망명 귀족의 위대한 모습을 내게 완벽하게 그려 보였습니다. 겉보기에는 약하고 당가져 보였지만 그의 내면에는 생명력이 오래 지속될 것 같았습니다. 정확히 말하면 그의 절제하는 품행과 전원생활 덕분이었습니다. 내가 글을 쓰는 이 순간에도 그는 아직 살아 있습니다. 마들렌은 우리가 테라스를 따라 걷고 있는 것을 보고도 내려오지 않았습니다. 그녀는 나에 대한 경멸을 나타내기 위해 현관 앞 낮은 계단을 향해 걸어갔다가 집 안으로 들어가기를 여러 번 반복했습니다. 나는 그녀가 계단으로 가는 순간을 포착해 백작에게 성으로 올라가 달라고 부탁했습니다. 나는 마들렌에게 말을 해야 했기 때문에 백작 부인이 내게 부탁한 마지막 소망이라고 핑계를 댔습니다. 그녀를 보기 위해서는 그 방법밖에 없었습니다. 백작은 그녀를 불러온 다음 테라스에 우리만 남겨두고 자리를 떴습니다.

"사랑하는 마들렌," 내가 그녀에게 말했습니다. "내가 너에게 말할 필요가 있을 땐 바로 이곳에서 해야 하지 않을까? 여긴 네 어머니가 나에 대한 불만보다는 세상일에 대한 불만을 털어놓으실 때 내 말에 귀를 기울이시던 곳이니까. 난 네 생각을 알고 있지만, 넌 사실을 제대로 알지도 못한 채 나를 단죄하는 건 아닐까? 너도 알다시피 내 삶과 행복은 이곳에 연결되어 있어. 그런데 넌 우리를 결합해 준 형제애를, 죽음이 똑같은 고통의 끈으로 더욱 좁혀 놓은 그 형제애를 차가움으로 바꾸며 나를 이곳에서 쫓아내려고 해. 사랑하는 마들렌, 난 널 위해 아무 보상도 바라지 않고 즉시 목숨을 내어줄 수도 있어. 네가 그걸 알지 못한다 해도 괜찮아. 그만큼 우리 남자들은 사는 동안 자기를 지켜준 여인들의 아이들을 사랑한단다. 넌 네 훌륭한 어머니께서 지난 7년 동안 소중하게 품었던 계획을 몰라. 그 계획은 틀림없이 네 감정을 변화시킬 텐데 말이야. 하지만 난 그런 이점을 조금도 원하지 않아. 내가 네게 간청하는 것은 이 테라스에 와서 공기를 들이마실 권리, 사회생활에 관한 네 생각이 시간이 지나 바뀌기를 기다릴 권리를 내게서 빼앗지 말아 달라는 게 전부야. 지금도 난 네 감정을 거스를까 몹시 조심하고 있어. 난 널 방황하게 하는 고통을 존중해. 그것은 내가 처한 상황들을 건전하게 판단할 능력을 내게서도 앗아가기 때문이야. 지금 우리를 지켜보고 있는 성녀는 네 감정과 나 사이에 오로지 중립을 지켜달라고 네게 간청하는 나의 조심스러운 태도를 칭찬할 거야. 네가 내게 보여준 반감에도 불구하고 난 널 너무 사랑하기 때문에 백작님께서 열렬하게 지지하실 계획을 백작님께 설명할 수가 없어. 자유로워지렴. 훗날 세상에서 너보다 날 더 잘 아는 사람은 아무도 없을 것이며, 그 어떤 남자도 마음속에 나보다 더 헌신적인 감정을 품지 못하리라는 것을 생각해……."

그때까지 마들렌은 눈길을 아래로 향한 채 내 말을 듣고 있었습니다. 그러다가 손짓으로 내 말을 막았습니다.

"아저씨," 그녀가 흥분하여 떨리는 목소리로 말했습니다. "저도 당신의 생각을 다 알고 있어요. 하지만 당신에 대한 제 감정은 조금도 바뀌지 않을 거예요. 그리고 당신과 잘 지내느니 차라리 앵드르강에 몸을 던지는 게 나을 거예요. 저는 저에 관해 당신께 말하지 않겠어요. 하지만 제 어머니의 이름이 아직 당신에게 얼마간 힘을 갖고 있다면, 어머니의 이름으로 부탁드립니다. 제가 이곳에 있는 한 클로슈구르드에는 절대로 오지 마세요. 당신을 보기만 하면 표현할 수 없는 혼란에 빠집니다. 그 혼란을 나로서는 도저히 극복하지 못하겠어요."

그녀는 매우 품위 있는 동작으로 내게 인사하고는 클로슈구르드 쪽으로 올라갔습니다. 언젠가 단 한 번 그녀의 어머니가 그랬던 것처럼 무표정하면서도 무자비하게 뒤도 돌아보지 않았습니다. 그 소녀의 혜안은 뒤늦게나마 어머니의 마음속에서 모든 것을 짐작해 냈고, 죽음의 원인으로 보이는 남자에게 품은 증오심은 아마 자기도 모르게 가담한 공모에 관한 얼마간의 후회 때문에 더욱 커졌을 것입니다. 바로 거기에서 모든 것이 어긋났습니다. 마들렌은 내가 그 불행의 원인인지 희생자인지 알려고도 하지 않고 나를 미워했습니다. 그녀의 어머니와 나, 우리 두 사람이 행복했다 하더라도 그녀는 우리를 똑같이 미워했을 것입니다. 그렇게 해서 내 행복의 아름다운 조직 안에 있던 모든 것은 파괴되었습니다. 오직 나만이 그 알려지지 않은 위대한 여인의 삶을 통째로 알아야 했고, 오직 나만이 그녀의 비밀스러운 감정 속에 있었으며, 오직 나만이 그녀의 영혼을 구석구석 들여다보았습니다. 그녀의 어머니도, 아버지도, 남편도, 아이들도 그녀를 알지 못했습니다. 기이한 일이지요! 나는 그 잿더미를 파헤쳐서 당신 앞에 기쁘게 펼쳐 보입니다. 우리 모두 거기에서 우리의 가장 소중한 재산을 발견할 수 있습니다. 얼마나 많은 가족이 그들의 앙리에트를 가지고 있는지! 얼마나 많은 고귀한 사람들이 그들의 심정을 헤아려 그 깊이와 넓이를 측정하는 훌륭한 역사가를 만나지도 못하고 세상을 떠나는지! 이런 것이 진짜 인간의 삶입니다. 흔히 어머니들은 자기 자녀들이 어머니들을 아는 것보다 자녀들을 더 잘 알지 못합니다. 부부, 연인, 형제들도 마찬가지입니다! 언젠가 아버지의 관 위에서, 내가 승진에 그렇게 많은 도움을 주었던 나의 형 샤를 드 방드네스에게 소송을 제기하리라는 것을 난들 알았겠습니까? 오 하느님! 지극히 단순한 이야기 속에도 얼마나 많은 가르침이 들어 있는지요! 마들렌이 현관문으로 사라지자 나는 아픈 마음을 안고 돌아와 집주인들에게 작별 인사를 했습니다. 그리고 처음으로 이 골짜기에 올 때 거쳐 왔던 앵드르강의 오른쪽 강변을 타고 파리로 떠났습니다. 나는 퐁드뤼앙의 예쁜 마을을 슬픈 마음으로 가로질러 갔습니다. 그렇지만 나는 부유했고 정치 생활도 아주 순조로웠으므로 이제는 1814년의 피로에 지친 도보 여행자가 아니었습니다. 그 당시 내 마음은 욕망으로 가득했고, 오늘은 내 눈에 눈물이 가득 고였습니다. 옛날엔 내 삶을 계속 채워야 했지만, 오늘은 삶이 황량함을 느낍니다. 나는 아주 어렸습니다. 내 나이 스물아홉 살에 내 마음은 이미 시들어 있었습니다. 최초의 장엄한 풍경을 벗겨내고 내가 삶에 역겨움을 느끼기까지 몇 년이면 충분했습니다. 이제 당신은 내가 몸을 돌려 테라스에서 마들렌을 보았을 때 내 감정이 어땠을지 이해할 수 있을 것입니다.

나는 억제할 수 없는 슬픔에 압도되어 더 이상 여행의 목적도 생각하지 않았습니다. 더들리 부인은 내 생각에서 아주 멀리 벗어나 있었는데도 나는 부지불식간에 그녀의 집 뜰로 들어갔습니다. 일단 바보 같은 짓을 했으니 그걸 합리화해야 했습니다. 나는 그녀의 집에서 동거하던 습관이 있었고, 결별할 때의 온갖 귀찮은 일들을 생각하니 괴로움이 밀려왔습니다. 당신이 더들리 부인의 성격과 몸가짐을 잘 이해했다면 그녀의 집사가 여행복 차림의 나를 살롱으로 안내해 그녀가 다섯 사람에 둘러싸여 화려한 옷을 입고 있는 것을 보게 했을 때 내가 얼마나 실망했을지 상상이 갈 겁니다. 영국에서 가장 영향력 있는 정계 원로들 가운데 한 사람인 더들리 경은 점잔을 빼고 거드름을 가득 피우며 의회에서나 취할 조롱하는 태도로 차갑게 벽난로 앞에 서 있었습니다. 그는 내 이름을 듣고 미소를 지었습니다. 더들리 경의 사생아들 가운데 하나인 드 마르세도 거기에 있었는데 후작 부인 옆에 있는 2인용 안락의자에 앉아 있었고, 놀랍게도 드 다르세를 쏙 빼닮은 아라벨의 두 아이가 자기들의 어머니 곁에 있었습니다. 아라벨이 나를 보고는 곧바로 거만한 태도를 보이며 내 여행용 모자에 시선을 고정했습니다. 마치 자기 집에 무슨 볼일이 있어서 내가 왔는지 묻고 싶은 것 같은 태도로 말입니다. 그녀는 소개받은 시골 신사를 대하듯 나를 위아래로 훑어보았습니다. 우리의 내밀한 관계, 영원한 정열, 내가 그녀를 사랑하지 않는 순간 죽어버리겠다는 맹세, 아르미다[111]의 마법 램프, 그 모든 것들이 꿈처럼 사라져 버렸습니다. 나는 그녀의 손을 잡은 적도 없었고, 낯선 사람이며 그녀가 모르는 사람이었습니다. 당시 익숙해지기 시작했던 냉정한 외교적 태도를 보이면서도 나는 놀랐습니다. 내 자리에 다른 사람 그 누가 있었다고 해도 그보다 덜하지는 않았을 것입니다. 드 마르세는 기묘한 가식적 태도로 자기 장화를 훑어보며 미소를 짓고 있었습니다. 나는 곧 결심했습니다. 다른 여자였다면 나는 겸허하게 패배를 받아들였을 것입니다. 그러나 사랑으로 죽기를 원했던 비극의 여주인공이, 죽은 여인을 비웃는 여자가 서 있는 것을 보고 격분한 나는 무례함에는 무례함으로 맞서기로 결심했습니다. 그녀는 브랜든 부인의 재앙을 알고 있었습니다. 그녀에게 그 재앙을 상기시킨다는 것은 무기가 무디어졌다고 해도 그녀의 심장에 비수를 꽂는 일이었습니다.

"부인," 내가 그녀에게 말했습니다. "저는 투렌에서 오는 길

---

111) 16세기 이탈리아 시인 타소의 『해방된 예루살렘』에 등장하는 이교도 마녀다. 기독교 기사 리날도를 유혹해 자기 집 마법 정원에 붙잡아 두고 십자군에 합류하지 못하게 한다.

이며 브랜든 부인께서 잠시도 지체하지 말고 부인께 전해 드리라는 메시지를 갖고 왔음을 아신다면 부인 댁에 이렇게 무례하게 들어온 것을 용서하실 겁니다. 저는 부인께서 랭커셔로 떠나시지나 않았을지 걱정했습니다만, 이렇게 파리에 계시니 부인의 명령과 저를 맞아주실 시간을 기다리겠습니다."

그녀가 고개를 숙였고, 나는 밖으로 나왔습니다. 그날 이후로 나는 그녀를 만나지 않았습니다. 다만 사교계에서 마주치면 친구로서 인사를 나누었고 가끔은 독설을 교환하기도 했습니다. 내가 랭커셔의 위로할 수 없이 비탄에 잠긴 여자들에 대해 이야기하면, 그녀는 프랑스 여자들은 위장병까지도 절망의 품격으로 삼는다고 말했습니다. 그녀의 배려 덕택에 나는 그녀가 깊이 애정하는 드 마르세의 철천지원수가 되었습니다. 그리고 나는 그녀가 두 세대와 결혼한 셈이라고 말합니다. 그렇게 내 재앙에는 아무것도 빠진 게 없었습니다. 나는 사셰에서 은둔하는 동안 세웠던 계획을 실행에 옮겼습니다. 나는 일에 몰두했습니다. 과학, 문학, 정치에 전념했습니다. 고인이 된 국왕 밑에서 종사했던 내 직무를 샤를 10세가 즉위하면서 없애버렸기 때문에 나는 외교에 입문했습니다. 그때부터 나는 아무리 아름답고 아무리 정신적이며 아무리 사랑스러운 여성이라 해도 절대로 관심을 기울이지 않으리라고 결심했습니다. 이 결정은 제게 놀라운 성공을 가져다주었습니다. 나는 믿을 수 없을 만큼 정신적 평온함과 일에 대한 엄청난 힘을 얻었고, 여자들이 애교 넘치는 몇 마디 말로 우리 남자들에게 대가를 치렀다고 믿으며 우리 남자들의 삶을 탕진한다는 것을 완전

히 깨달았습니다. 그러나 나의 그 모든 결심도 허물어지고 말
았습니다. 당신은 어떻게, 무슨 이유로 그렇게 됐는지 잘 알고
있습니다. 사랑하는 나탈리, 내가 나에게 말하듯이 내 삶을
거리낌 없이 꾸미지 않고 당신에게 말함으로써, 그리고 당신
과는 아무런 상관이 없는 감정에 관해 이야기함으로써, 어쩌
면 당신의 질투심 많고 섬세한 마음에 생채기를 냈을지도 모
르겠어요. 하지만 평범한 여자라면 분노했을 일이 당신에게는
오히려 나를 사랑하는 새로운 이유가 될 것이라고 확신합니
다. 고통받고 병든 영혼들에게 엘리트 여성들이 해야 할 숭고
한 역할이 있습니다. 상처를 치료하는 자선 수녀의 역할, 아이
를 용서하는 어머니의 역할입니다. 예술가들과 위대한 시인들
만이 고통받는 게 아닙니다. 조국을 위해, 민족의 미래를 위해
사는 사람들은 자신의 열정과 생각의 범위를 넓혀 가면서 매
우 가혹한 고독을 스스로 만들어내기 일쑤입니다. 그들은 곁
에서 순수하고 헌신적인 사랑을 느낄 필요가 있습니다. 그들
은 그 사랑의 위대함과 대가를 이해하고 있다고 생각하세요.
내가 당신을 사랑하는 것이 잘못인지 어떤지는 내일이면 알게
되겠지요.

*

펠릭스 드 방드네스 백작님께

친애하는 백작님, 그 가엾은 모르소프 부인으로부터 편지

한 통을 받으셨는데 그 편지는 당신을 사교계로 인도하는 데 무용하지 않았고 크게 출세한 것도 편지 덕분이라고 말씀하셨지요. 이제 제가 당신의 교육을 완성하고 싶습니다. 제발 부탁이니 그 가증스러운 습관 좀 버리세요. 언제나 첫째 남편 얘기를 하며 둘째 남편 앞에서 죽은 남편의 미덕을 끊임없이 늘어놓는 과부들 흉내 좀 그만 내시라는 말입니다. 친애하는 백작님, 저는 프랑스 여자입니다. 저는 제가 사랑하는 남자와 오롯이 결혼하고 싶어요. 사실 모르소프 부인과는 결혼할 수가 없는 노릇이지요. 제가 당신에게 얼마나 관심이 있는지는 잘 알고 계십니다. 그래서 당신의 이야기를 주의 깊게 읽을 필요가 있었어요. 읽은 후 드는 생각은 이렇습니다. 당신은 모르소프 부인의 완벽함을 내세워 더들리 부인을 엄청나게 괴롭혔고, 백작 부인에게는 영국식 사랑의 방법을 암암리에 강요하면서 많은 아픔을 주신 것 같았어요. 당신은 제게는 요령 부족이세요. 저는 당신의 마음에 들었다는 것밖에는 다른 장점이 없는 불쌍한 여자입니다. 제가 당신을 사랑하는 건 앙리에트처럼도 아니고 아라벨처럼도 아니라는 사실을 넌지시 알려 주신 셈이에요. 제 결점들을 인정해요. 저도 제 결점을 잘 알고 있어요. 하지만 그렇게 노골적으로 내가 결점들을 느끼게 만드시는 이유가 뭘까요? 제가 누구에게 연민을 느끼는지 아세요? 당신이 사랑하실 네 번째 여인이에요. 그녀는 앞의 세 여인과 반드시 싸워야만 할 거예요. 저는 또한 당신의 이익과 그녀의 이익을 위해, 당신이 지닌 기억의 위험에 당신이 대비하도록 해드려야 합니다. 당신을 사랑하는 고된 영광은 단념하렵니다. 가톨릭이나 영국국교회의 품성이 너무 많이 필요할 것 같고, 저는 유령들과 싸우는 데도 관심이 없습니다. 클로슈구르드 성모님의 미덕은 가장 자신감 넘치는 여성도 절망하게 할 것이며, 당신의 당돌한 여기사(女騎士)는 행복에 대한 가장 대담한 욕망도 좌절시킬 것입니다. 여자는 어떻게 해도 자기가 기대하는 만큼의 기쁨을 당신에게서 바랄 수 없을 것입니다. 마음도 감각도 당신의 기억을 이기지 못할 거예요. 당신은 우리가 자주 말을 탄다는 것을 잊어버렸습니다. 나는 당신의 성녀 앙리에트의 죽음으로 식은 태양을 덥힐 줄 몰랐습니다. 그러니 내 곁에서는 한기가 드실 거예요. 내 친구여, 앞으로도 당신은 언제나 내 친구일 테니까, 당신의 환멸을 드러내고 사랑을 좌절시키며 여자가 자신을 의심하게 만드는 그런 속 깊은 이야기는 다시는 하지 않도록 조심하세요. 친애하는 백작님, 사랑의 생명은 오직 신뢰입니다. 어떤 말을 하기 전에, 또는 말에 올라타기 전에 천상의 앙리에트가 말을 더 잘하지 않았을까, 아라벨 같은 기수가 더 우아하게 타지 않았을까 생각하는 여자는 다리와 혀가 떨릴 것입니다. 제 말을 믿으세요. 당신은 도취시키는 꽃다발을 받고 싶은 욕망을 제게 심어주시고는 더 이상 그 꽃다발을 만들지 않습니다. 이제는 당신이 할 엄두를 내지 않는 그런 일들, 당신에게서 이제는 되살아나지 않는 생각들, 즐거움들이 많이 있어요. 당신이 마음속에 간직하고 있는 죽은 여인과 가까이 지내고 싶어 할 여자는 하나도 없을 거라는 사실을 잘 알아두세요. 당신은 제가 그리스도교의 자비심으로 사랑해 주기를 바라십니다. 당신께 솔직히 말씀드리자면, 저는 자비심으로는 무수히 많은 일들을 할 수 있습니다. 사랑만 빼고 뭐든지요. 당신은 가끔 상대방을 지루하게 만들기도 하고 스스로 지루해하기도 합니다. 당신은 당신의 슬픔을 멜랑콜리라는 이름으로 부르지요. 그건 좋아요. 하지만 당신은 참을 수 없을 만큼 견디기 어려운 사람이에요. 당신을 사랑하는 여자에게 잔인한 근심을 안겨줘요. 저는 우리 둘 사이에서 성녀의 무덤을 너무 자주 만났어요. 저는 혼자서 생각해 보았어요. 난 나를 알아요. 저는 그녀처럼 죽고 싶지 않아요. 아주 뛰어난 여자인 더들리 부인을 당신이 지치게 했는데, 그녀처럼 격렬한 욕망이 없는 저한테는 그녀보다 더 빨리 식어버릴까 두려워요. 우리 사이에서 사랑을 없애기로 해요. 당신은 이게 죽은 여자들에게서만 행복을 맛볼 수 있으니까요. 그리고 우린 친구로 남아요. 그랬으면 좋겠어요. 백작님, 어떻게 그래요? 당신은 인생을 시작하는 시기에 최고로 사랑스러운 여자를 만났어요. 그 완벽한 여인은 당신의 출세를 생각했고, 당신에게 귀족원 의원직도 주었으며 당신을 열렬히 사랑하면서 오직 자기에게 충실하기만을 바랐잖아요. 그런데 당신은 그녀를 슬픔으로 죽게 했어요. 저는 그보다 끔찍한 일을 알지 못해요. 파티의 포도 위로 야망을 끌고 다니는 가장 열렬하고 가장 불행한 젊은이들 가운데, 당신은 알아보지도 못했던 특혜의 반만이라도 얻을 수 있다면 10년이라도 얌전히 기다리지 않을 사람이 누가 있을까요? 그렇게 사랑을 받았는데 그 이상 더 무엇을 요구할 수 있을까요? 가엾은 여인! 그녀는 고통을 깊이 받았는데, 당신은 감상적인 말 몇 마디를 하고 나서 그녀의 죽음에서 벗어났다고 생각하고 있어요. 당신에 대한 내 애정도 틀림없이 그런 대가가 기다리고 있겠지요. 고맙습니다, 백작님. 저는 죽어서든 살아서든 연적을 원치 않아요. 그런 죄를 의식하고 있다면 적어도 그것을 발설해서는 안 됩니다. 제가 당신께 경솔한 요구를 했어요. 저는 여성의 역할, 이브의 딸로서 역할이 있었고, 당신의 역할은 당신 대답의 범위를 계산하는 일이었어요. 제게 거짓말을 하셨어야 해요. 그러면 나중에 당신께 고마워했을 거예요. 그러니까 당신은 운이 좋은 남자들의 미덕을 정말 모르신단 말이에요? 자기들은 사랑한 적이 없다고, 처음으로 사랑하는 거라고, 우리 여자들에게 맹세하는 그들이 얼마나 너그러운 사람들인지 느끼지 못하세요? 당신의 프로그램은 실행 불가능한 것입니다. 모르소프 부인이면서 더들리 부인이 되어야 한다니, 친구여, 그건 물과 불을 합치려는 거 아니에요? 그러니까 당신은 여자를 모르시는 거잖아요? 여자들은 있는 그대로 여자들이고, 품성에 결함도 있기 마련이에요. 당신은 더들리 부인을 너무 일찍 만났기 때문에 그녀를 제대로 알 수가 없었어요. 그리고 당신이 말하는 그녀의 악은 제가 보기에는 당신의 상처받은 허영심에 대한 복수인 것 같아요. 당신은 모르소프 부인을 너무 늦게 이해했어요. 당신은 한 여자를 다른 여자가 되지 못했다는 이유로 그녀들을 벌한 셈이에요. 그러면 그 두 여자 가운데 어느 쪽도 아닌 제게는 무슨 일이 일어날까요? 저는 당신을 사랑하기에 당신의 미래를 깊이 생각해 보았습니다. 당신을 정말 많이 사랑하고 있기 때문입니다. 슬픈 얼굴의 기사 돈키호테를 닮은 당신의 도습에 나는 언제나 깊은 관심을 가졌습니다. 저는 우수에 젖은 사람들은 변함이 없다고 믿었어요. 하지만 저는 당신이 사교계에 나왔을 때 당신이 가장 아름답고 고귀한 여성을 죽였다는 사실을 몰랐습니다. 그건 그렇고, 저는 지금 당신에게 남은 해야 할 일이 무엇인지 생각해 보았어요. 생각을 많이 했어요. 친구여, 당신은 샌디 부인[112] 같은 사람과 결혼해야 한다고 생각해요. 사랑이나 정열에 대해 아무것도 모르잖아요. 더들리 부인이나 모르소프 부인에 대해서는 신경 쓰지 않고, 당신이 비처럼 즐기는, '멜랑콜리'라고 당신이 명명한 그런 권태 속에서도 지극히 무덤덤해서, 당신을 위해 당신이 요구하는 훌륭한 자선 수녀가 되어줄 그런 사람과 결혼하세요. 사랑하기, 한마디 말에 전율하기, 행복을 기다릴 줄 알기, 행복을 주고받기, 정열의 수많은 폭풍우를 느끼기, 사랑하는 여자의 소소한 허영심들을 받아주기, 이런 일들은 포기하세요, 백작님. 당신은 젊은 여자들에 관해 당신의 그 선한 천사가 당신에게 해준 조언을 너무도 잘 따랐습니다. 당신은 젊은 여자들을 너무나 잘 피해서 여자들을 하나도 모르지요. 모르소프 부인이 처음부터 당신을 높은 자리에 앉힌 건 잘한 일이었습니다. 모든 여자들이 당신을 싫어해서 당신은 그 어디에도 이르지 못했을 테니까요. 이제 당신이 공부를 시작하기에는 너무 늦었어요. 여자들이 듣기 좋

---

112) 아일랜드 출생의 영국 소설가 로렌스 스턴(1713~1768)의 『트리스트럼 샌디의 인생과 생각 이야기』의 등장인물이다.

아하는 말을 하는 법을 배우기에도, 계제에 맞게 넉넉해지기에도, 우리 여자들이 어려지고 싶을 때 그 어리광을 귀여워해 주기에도 너무 늦었다는 말입니다. 우리는 당신이 생각하는 것처럼 그렇게 바보가 아니에요. 사랑할 때는 우리가 선택한 남자를 그 무엇보다도 우선시합니다. 우리가 우월하다는 믿음이 흔들리면 사랑도 흔들립니다. 우리를 치켜세우면 당신들이 저절로 치켜세워지게 되지요. 사교계에 계속 남아 계시려면, 여자들과 교제를 즐기시려면, 제게 말씀하신 모든 일을 꼭꼭 숨기세요. 여자들은 바위 위에 사랑의 꽃들을 심는 일도, 병든 마음을 치료해 주기 위해 헌신적으로 어루만져 주는 일도 좋아하지 않아요. 여자라면 누구나 당신 가슴이 메말라 있음을 알게 될 테고, 그러면 당신은 항상 불행하실 거예요. 제가 당신께 말씀드린 것들을 당신께 말해 줄 만큼 솔직한 여자, 앙심도 품지 않고 당신에게 우정을 약속하며 헤어질 만큼 착한 여자는 거의 없을 거예요. 오늘 당신의 헌신적인 친구임을 자처하는 여자가 하듯이 말이에요.

나탈리 드 마네르빌

1835년 10월, 파리에서

'골짜기'의 백합과 '도시'의 욕망
— 발자크 문학의 이중성

발자크의 소설과 역사

오노레 드 발자크(Honoré de Balzac, 1799~1850)가 살았던 19세기 전반기는 1789년의 프랑스 대혁명 이후 끊임없는 변혁과 갈등의 시기였다. 궁극적으로는 근대 시민사회가 자리를 잡아가는 진통의 시기였으므로 민주적으로나 정치적으로 이상을 실현하기 위한 수많은 시행착오가 있을 수밖에 없었다. 프랑스는 그러한 내적 혼란과 동요를 거치면서 대혁명의 기치인 자유, 평등, 박애라는 인류의 이상을 향해 나아가고 있었다. 오늘날 자본주의 경제는 영극의 산업혁명에, 민주주의 정치는 프랑스 대혁명에 빚지고 있는 것만 보아도, 서양의 역사에서 이 시대의 중요성을 가늠해 보기어 충분하다. 그런 변혁기와 과도기에는 혁신적이거나 이상적인 제도와 사상 들이 다양하게 제기되면서 논쟁과 충돌이 빚어지는 까닭에 가치관의 혼란이 일어나기 마련이다. 실제로 이 시기의 프랑스 사회는 역사상 그 어느 때보다 많은 체제 전복이 있었다. 권력과 신분 세습을 지향하는 이들의 욕망과 일반 서민들의 지난한 삶이 거듭 충돌하면서 이루어진, 역동적이면서도 흔히는 비극적인 드라마였으며, 그것은 더 나은 미래를 향한 프랑스 국민의 열망에 기인한 결과일 터였다. 그런 변혁과 혼란의 시기 한복판에서 소설을 통해 당시 프랑스 사회와 인간 군상의 거대한 벽화를 그려낸 작가 발자크, 그가 기획하고 이루어낸 방대한 『인간극』은[1] 세계 문학의 거대한 이정표가 되었다.

소설의 성장과 발전은 근대 시민계급의 성장과 궤를 같이

---

[1] 발자크는 자기가 쓴 소설 전체를 *La Comédie Humaine*이라고 명명하고, 소설의 주제에 따라 여러 묶음으로 분류했다. 우리는 이 총서명을 옛날에는 '인간희극'으로, 요즘은 '인간극'이라는 말로 옮기고 있다. 그런데 역자는 '인간극'이라는 번역도 부자연스러운 느낌을 떨칠 수 없다. 'comédie'가 비극에 대비된 희극이 아니므로 '인간극'이라고 했지만, 이 역시 'comédie'의 일차적 의미에만 집착한 탓에 우리말로는 조화롭지 못한 느낌이다. 처음엔 단순히, 단테의 『신곡』에서 가져온 제목이므로 '인곡'을 생각했지만, 이 역시 억지 번역의 느낌이 강하고, 오히려 '인간극'보다도 부자연스럽다. 더욱이 단테의 *La Divina Commedia*는 신의 세계인 지옥, 연옥, 천국을 시로 노래한 '운문'이므로 '신곡(神曲)'이라는 번역이 적절하지만, 발자크의 *La Comédie Humaine*는 인간 세계의 욕망과 이상을 그린 '산문'이므로 '곡'이 아니다. 필자는 오랜 고민 끝에 *La Comédie Humaine*의 번역어로 '인간극장'이 가장 적절하다는 결론을 내렸다. 발자크의 기획 의도에 비추어 보아도 그렇고, 소설 장르에도 매우 어울려 보인다. 결국 발자크가 구축한 것은 단일 작품이 아니라 '무대(사회) 위에 반복적으로 등장하는 인물들의 총체적 레퍼토리'이므로 '인간극장'은 기획의 형식을 가장 직관적으로 드러내기도 하기 때문이다. 그러나 본 번역에서는 전집에 포함된 발자크의 다른 작품들과 통일성을 위해 기존의 '인간극'을 유지하기로 한다.

했으며, 이 사실은 소설이 다른 문학 장르에 비해 통속성과 경향성이 두드러지는 주된 이유가 된다. 실제로 발자크도 초기 습작 시절에는 가명으로 통속소설을 쓰면서 생계를 유지했다. 그는 돈을 벌기 위해 엄청난 양의 소설을 썼다. 이때의 소설을 경멸하여 그 자신이 쓰레기라고 부르기도 했지만, 그의 『인간극』은 이 시기의 '폭포 같은 글쓰기 훈련 덕분'에 탄생할 수 있었을 것이다. 그리고 1829년, 서른 살에 자신의 이름으로 발표한 역사소설 『올빼미당원들』부터 발자크는 자신만의 글쓰기 기법과 예술성을 불어넣음으로써 소설을 시나 희곡과 어깨를 나란히 하는 문학의 한 장르로 격상시키기 시작했다. 이후 소설가로서 명성을 얻기 시작한 발자크는 상상을 초월하는 초인적 창작력으로 수많은 소설을 써내기 시작했다.

발자크는 단테의 『신곡』과 대비된 개념으로 이름을 붙인 『인간극』을 크게 《풍속 연구》《철학 연구》《분석 연구》의 세 갈래로 분류하고, 이중 가장 큰 부분인 《풍속 연구》는 다시 '사생활 장면' '지방 생활 장면' '파리 생활 장면' '정치 생활 장면' '군대 생활 장면' '시골 생활 장면'의 여섯 항목으로 나누어, 당대 역사가 개인의 삶에 미치는 모습들을 뛰어난 사실성과 함께 담아냈다. 따라서 『인간극』에 담긴 소설들 대부분은 당대 역사가 작품의 기본 토대를 이루고 있다. 발자크는 『인간극』 서문에 그 사실을 천명하고 있다.

프랑스 사회는 역사가가 될 것이었고, 나는 단지 서기 노릇만 하면 되었다. 악덕과 미덕의 목록을 작성하고, 정열의 주된 현상들을 모으며, 인물들을 그려내고, 사회의 주요 사건들을 골라내며, 몇몇 동질적인 성격의 특징들을 합쳐서 전형들을 만들어내면 나는 아마도 많은 역사가들이 잊었던 역사, 즉 풍속의 역사를 쓰는 데 성공할 수 있을 것이었다.

그러므로 발자크의 소설은 역사적 사실들과 밀접하게 연결되어 있을 수밖에 없다. 발자크 자신도 영국 역사소설의 대가인 월터 스콧(Walter Scott, 1771~1832)의 열렬한 독자로서 문학과 역사의 이상적 결합을 꿈꾸었다. 발자크의 야심은 풍속의 역사를 쓰는 것이었다. 그의 『인간극』에는 1789년 프랑스 대혁명부터 1846년까지의 정확하고 구체적인 역사의 증언이 담겨 있다. 그는 프랑스 역사상 그 어느 때보다도 변화와 굴곡이 심했던 시대를 살면서 그 시대 사람들의 삶과 욕망을, 그 변화무쌍하고 극적인 모습들을 사실적으로 그려냈다. 그는 역사적으로 중요한 날짜들을 소설 속에 적시하고, 중요한 정치 사건들을 환기하며, 장소와 직업, 당시의 관례나 의상, 가구 등을 세부까지 정확하게 묘사했다. 그의 작품은 곧 역사적 증언이자 역사 자체라고도 할 수 있을 것이다. 바로 이 점이, 즉 '당대 사회 현실의 충실한 반영'이 발자크를 사실주의의 선구자로 각인시켰음은 물론이다. 그러므로 소설이 시대상을 담는 그릇이라는 말은 발자크로부터 비롯했다 해도 과언이 아니다.

역사소설이라 하면 실제로 있었던 역사적 사실이나 인물을 소설의 중심 주제로 삼고, 작가의 세계관과 역사관에 따라 허구적 요소를 가미해 재구성한 소설을 말한다. 발자크는 1799년에 일어났던 브르타뉴 폭동에 관한 소설인 『올빼미당원들』(1829), 16세기에 앙리 2세의 왕비였고 프랑수아 2세, 샤를 9세, 앙리 3세의 어머니로서 위그노 전쟁에 깊숙이 관여했던 카트린 드 메디치에 대한 소설 『카트린 드 메디치에 대하여』(1830~1842), 그리고 14세기에 이탈리아에서 추방된 단테 및 다른 인물들을 등장시켜 신비주의를 다룬 『추방자들』(1831) 등 세 편의 본격 역사소설을 쓰기도 했다. 그런데 역사소설로 분류되진 않지만, 『골짜기의 백합』도 발자크의 역사소설에 대해 말할 때 종종 언급되는 작품이다.

소설 『골짜기의 백합』에 관하여

『골짜기의 백합』은 비평가 생트뵈브(Sainte-Beuve, 1804~1869)가 쓴 단 한 편의 소설 『관능(Volupté)』(1834)이 직접적 자극이 되어 탄생했다. 발자크가 앞서 발표한 『절대 탐구』를 혹평했던 생트뵈브에게 복수의 감정으로 썼다고는 하지만, 《풍속 연구》의 '시골 생활 장면'에 들어 있는 이 소설은 발자크의 『인간극』 가운데서도 걸작 중 하나로 꼽히며, 한국에도 많이 알려져 꾸준히 사랑받는 작품이기도 하다. 이 소설은 투렌의 전원을 배경으로 펼쳐지는 목가적 전원소설이며, 플라토닉러브를 연상시키는 지고지순한 연애소설이다. 그런데 이 작품 역시 역사적 사건들이 플롯의 중요한 뼈대를 이루고 있다. 루이

18세의 왕정복고와 나폴레옹의 백일천하라는, 역사적 사실이 하나의 틀로 작용하면서 이야기의 진행에 중요한 역할을 하며, 때로는 정치적 상황이 작중인물들의 행위와 정서에 영향을 미치기도 한다.

작가 폴 모랑(Paul Morand, 1888~1976)은 이 작품을 "낭만주의 문학의 클레브 공작 부인"이라고 했고, 철학자 알랭(Alain, 1868~1951)은 "루아르 강변의 성에서 바라본 나폴레옹 백일천하의 역사"라고 했다. 그러나 무엇보다도 이 소설은 좌절된 사랑을 통한 성장의 서사이자 사랑의 부재에 관한 이야기이다.

젊은 시절 첫사랑의 경험을 간직한 독자들은 이 이야기가 지닌 보편성 속에서 자신을 발견할 수 있을 것이다. 이 작품은 발자크가 쓴 글 중에서도 자전적 성격이 가장 많은 이야기일 가능성이 높다. 발자크는 1836년 3월 24일 한스카 부인에게 보낸 편지에서 "자연은 내 안에 사랑과 다정함을 지닌 존재를 만들어주었고, 우연은 내 욕망을 충족시키는 대신 그 욕망을 글로 쓰도록 내몰았습니다."라고 고백했다. 작품 속에서 "두 어린 시절"과 "두 여성"이 언급되는 만큼, 발자크 자신의 삶에서 어머니와 베르니 부인 사이에서 겪은 두 어린 시절, 그리고 그를 받아들이지 않았던 카스트리 공작 부인(Mme de Castries)과 쥘마 카로(Zulma Carraud)라는 두 여성과의 관계가 자연스럽게 대비된다. 바로 이 지점, 이 두 세계가 겹치는 경계면에 이 작품의 부인할 수 없는 매력이 존재한다.

그러나 주인공의 감성적 성장이 이 작품 전체를 탐색하는 아리아드네의 실이라고 하더라도, 작품 속에는 여성의 욕망, 정치철학, 자연, 종교, 모자(母子) 관계 등 감정과 사유를 자극하는 무수한 주제들이 들어 있다. 비평적 해석들도 무척 다양하며, 읽는 이의 이념적이거나 미학적인 관심사에 따라 여러 가지 관점으로 읽힐 수 있는 고전이다.

1835년 3월 6일, 베르데(Werdet) 출판사가 펴낸 『고리오 영감』 초판 서문에서, 발자크는 '고결한 여성'의 초상을 만들어내겠다고 독자들에게 약속한다. 그는 며칠 뒤 1835년 3월 10일, 카스트리 공작 부인에게 보낸 편지에서 자신이 약속한 그 '위대한 여성상'을 "골짜기의 백합"이라 명명한다. 이 제목은 구약성서 「아가서」에 나오는 "나는 샤론의 수선화요, 골짜기의 백합"이라는 구절에서 따온 것으로 보이며, 발자크는 이 구절을 『팔튀른』 등 여러 작품에서 이미 반복적으로 사용한 바 있다. 이 작품의 집필은 여러 차례에 걸쳐 이루어졌으며, 1836년 6월이 되어서야 완성된다. 실제로 원고의 4분의 3은 7월의 어느 일주일 동안, 연인이었던 베르니 부인 곁에서 쓰였다. 하지만 이후 발자크는 여기에 엄청는 양의 원고를 추가하고, 일고여덟 번을 개작한다. 이야기의 시작도 원래는 투르의 무도회 장면이었고, 펠릭스의 고통스러운 어린 시절은 처음에는 거의 암시 정도로만 그려져 있었다.

1835년 3월부터 1836년 6월 사이, 발자크는 『골짜기의 백합』 일부를 발췌해 발표하고, 여러 지역을 여행하며, 『세라피타』를 비롯한 다양한 작품을 집필한다. 그는 또한 《르뷔 데 되 몽드(Revue des deux Mondes, 양세계 평론)》의 편집장 뷜로즈

(Buloz)와의 법정 다툼에서도 치열하게 싸웠고, 결국 승소한다. 뷜로즈는 『골짜기의 백합』을 당시 더 영향력 있는 잡지였던 《르뷔 데 되 몽드》에 연재하기로 약속했지만, 마음을 바꿔 《르뷔 드 파리》에 연재를 시작했다.[2] 더 심각한 문제는, 발자크의 동의도 없이 이 작품의 초판 교정쇄를 상트페테르부르크에서 출판함으로써 발자크에게 상업적으로나 문학적으로 상당한 피해를 끼친 사실이다.

발자크는 생트뵈브가 『관능』으로 거둔 성공을 보고, 그 작품을 다시 쓰겠다는 마음으로 『골짜기의 백합』을 구상했다고 한다. 여성 독자층의 기대에 부응하려는 것이 발자크의 동기 중 하나였음이 분명하고, 생트뵈브의 소설이 거둔 성공보다 훨씬 큰 성공을 반드시 거두어야 한다는 자신만의 필연성이 있었다. 이러한 필연성은 무엇보다도 서간체 소설이라는 선택에서 먼저 드러난다. 발자크는 초고 발표본과 초판 서문에서 "편지 형식의 소설만이 허구적 이야기를 그럴듯하게 만들 수 있는 유일한 방식"이라고 썼다.

화자인 펠릭스 드 방드네스는 좋은 가문에서 태어난 젊은이지만, 발자크와 똑같은 유년기를 보내며, 이야기 초반에는 작가와 동일한 감정교육 과정을 공유한다. 펠릭스가 말하듯

---

2) 《르뷔 데 되 몽드》와 《르뷔 드 파리》는 모두 1829년 창간된 잡지인데, 《르뷔 데 되 몽드》의 편집장 뷜로즈가 1834년 《르뷔 드 파리》를 인수했다. 『골짜기의 백합』은 1835년 11~12월 《르뷔 드 파리》에 작품 앞부분 일부가 실린 뒤, 분쟁과 소송을 거쳐 1836년 6월경 베르데 출판사에서 단행본으로 출간되었다.

이, "나는 아무것도 사랑할 수 없었지만, 나는 선천적으로 다정한 성격이었"다. 둘 다 어머니의 사랑이 결핍된 채 버려진 아이였으며, 그 때문에 서로 다른 방식으로 대체 어머니를 찾는다. 발자크에게는 어머니의 친구였던 베르니 부인(Mme de Berny)이 그 역할을 해주었고, 그는 그녀 안에서 어떤 "낙원"을 발견했다. 펠릭스에게 그 역할을 하는 여인은 펠릭스가 앙리에트라는 애칭으로 부르는 모르소프 백작 부인이다. 그녀의 이름은 카스트리 공작 부인에게서 따왔으며, 불행한 결혼 생활을 하고 있으면서도 자신의 애정을 자녀들(마들렌과 자크)에게만 쏟는 여인이다. 이는 우연이 아니라, 발자크가 자신의 어머니에게 정확히 '모성적 사랑의 결핍'을 캇하고 있었다는 점을 고려하면 더욱 의미심장하다. 발자크는 이 소설을 통해 자신의 정서적 결핍의 원인과 그것이 자기 사랑에 미친 지속적 영향을 놀라울 만큼 정확하게 분석한다. 다시 말해 그는 이 작품을 통해 일종의 심리 분석처럼, 자신을 억누르고 있던 '사랑의 사막'이 만들어낸 장애들을 벗어던지고 있는 셈이다.

라파엘 드 발랑탱, 루이 랑베르, 외젠 드 라스티냐크 등 발자크가 창조한 분신들은 작가 자신이 실현하지 못한 야망의 일부를 구현하고는 있지만, 아름다움이나 천재성이 없다는 점에서는 발자크와 다르다. 물론 펠릭스 드 방드네스의 사회적 지위가 빠른 속도로 상승하기는 하지만, 이는 그의 능력이라기보다는 인맥과 역사적 우연이 크게 조용한 결과다. 펠릭스는 정치적 사상가가 아니라, 여성들에게 쉽게 휘둘리는 나약한 인물이다. 모르소프 백작 부인은 발자크의 어머니이자 누이이자 연인이었던 첫사랑 베르니 부인, 그리고 순결한 친구이자 조언자였던 쥘마 카로를 결합해 탄생시킨 예술적 결정체지만, 실제로는 두 여인 중 어느 한쪽과도 완전히 일치하지는 않는다. 베르니 부인에게는 연인들이 많았으며, 발자크의 탁월한 조언자 역할을 한 것은 사실이지만(작품 속에서 앙리에트가 젊은 여성들에 대해 펠릭스에게 해주는 충고를 보라.) 소설 속 앙리에트처럼 고결하고 은둔적인 여성은 절대로 아니었다. 쥘마 카로는 한쪽 다리가 불편한 장애인이었고, 빼어난 미모를 지니고 있지도 않았다. 성실한 의무감의 소유자였으며, 자유주의적이고 좌익 성향을 지닌 인물이었기에, 발자크의 변덕스러운 연애 감정과 정치적 성향에 대해 자주 불쾌감을 드러내곤 했다.

그렇다면 1835년 3월 11일 한스카 부인에게 보낸 편지에서 말하듯이 발자크는 왜 "지상에서의 완벽한 여인상"을 굳이 창조해 보이고자 한 것일까? 더욱이 그는 앙리에트와 달리 양심의 가책이라곤 전혀 없는 또 다른 유혹자 레이디 더들리를 등장시킨다. 이는 단순히 펠릭스가 두 여성 중 누구를 선택해야 하는 문제일 뿐일까? 그렇다면 이 레이디 더들리는 누구인가? 더들리 가문이 실존했던 만큼, 발자크에게 이 이름은 현실감을 불어넣는 명칭이었다. 실제로 『황금 눈의 여인』에서는 드 마르세가 더들리 경의 사생아로 설정된다. 그러나 아라벨 더들리라는 인물도 역시 복합적으로 구성된 캐릭터다. 그녀에게는 발자크에게 익명의 팬레터를 보냈던 카스트리 공작 부인의 면모가 약간 담겨 있는데, 발자크가 보기에 공작 부인은 새로운 '요부(妖婦)'의 계보에 오른 인물이자, 특히 그와의 잠자리를 거부한다는 이유로 마음이 메마른 여자로 비쳤다. 그러나 무엇보다 아라벨을 이루는 핵심 요소는 영국 여성 제인 엘리자베스 딕비(Jane Elizabeth Digby, 1807~1881), 결혼 후 엘런버러 남작 부인이 되었던 그녀의 실제 인생에서 비롯한다. 딕비는 끊임없이 스캔들을 일으킨 인물이었다. 오스트리아 대사관의 한 외교관과 관계를 맺은 뒤 간통을 이유로 이혼당하고, 잠시 바이에른 왕 루트비히 1세의 사랑을 받는 연인이 되었다가, 이후 바이에른 귀족 카를 폰 벤닝겐과 재혼했다. 바로 이 여성을 발자크는 1835년 5월, 빈으로 가는 길에서 만났고, 그녀의 자유분방함과 대담함에 깊은 인상을 받는다. 또한 그녀는 『결혼 계약』에서 결혼을 '사랑'이 아니라 '계약 전쟁'으로 만들어 버리는 '나탈리 드 마네르빌'의 모델이 되기도 했다. 나탈리는 『골짜기의 백합』에서도 화자인 펠릭스가 쓰는 편지의 수신자로서 작품 마지막에 독자를 약육강식의 냉혹한 현실 세계로 되돌아오게 만드는 답장을 쓴다.

'시골 생활 장면'에서 빼놓을 수 없는 풍경 또는 자연에 대해서도 말해 보자. 『골짜기의 백합』에서는 풍경도 등장인물이라고까지 말할 수 있을 정도로 매우 중요한 역할을 한다. 자전적 성격이 강한 전원생활의 정경으로 구성된 이 작품에서, 발자크가 선택한 투렌 지방의 풍경은 상징으로 가득 차 있으며 등장인물들의 영혼이 어떤 상태에 있는지 드러내는 역할을 한다. 따라서 펠릭스는 자신이 사랑하는 여인이 투렌에 산다는 사실을 알게 되자 '기쁨에 겨워 공기를 들이마시며', 그곳에서만 볼 수 있는 특유의 하늘빛을 발견한다. 발자크에게 자연은 모든 것이 징표이자 서로 대응하는 관계로 이루어져 있으며, 인간도 그 자연의 한 요소이고, 빛은 에너지와 연결된 생명의 유체(流體)로서 『인간극』 전체를 관통하는 근본적 원리다.

발자크는 투르에서 태어났기 때문에 투렌 지방을 여러 번 찾아갔고, 따라서 그곳에는 '제2의 가족'이 존재했다. 먼저 사세(Saché) 성이 있다. 이 성은 발자크 어머니의 연인이었던 마르곤 씨(M. de Margonne)의 소유로, 발자크는 그곳에 자주 머물렀다. 발자크도 그의 작중인물 펠릭스 드 방드네스처럼 투르에서 사세까지의 길을 수없이 걸었다. 그리고 바로 이 사세에서 『고리오 영감』을 집필한다. 발자크의 여성 편력도 앵드르강 골짜기에서 펼쳐졌다. 그중 하나가 소설에도 등장하는 '그르나디에르(La Grenadière)'다. 이 집은 아름다운 작은 오두막으로서, 그 이름처럼 석류나무가 가득했다. 그는 그곳에서 첫사랑이었던 베르니 부인과 몇 달 동안 완전한 행복 속에서 지냈다. 발자크는 앵드르강 골짜기를 "사유의 영역에서 내가 성장해 온 기억들이 연결된 곳"이라고 회상한 바 있다. 그 때문에 투렌 지방은 발자크의 작품 속에서 대부분 밝고 부드러운 모습, 사랑을 북돋고 치유를 가져다주는 지역으로 등장한다. 그곳에서 잠깐만 머물러도 엄청난 행복을 경험할 수 있다. 그러나 발자크가 앵드르강 골짜기를 그토록 아름답게 노래하는 이유는 단순히 향수 때문만은 아니다. 그는 그곳을 '예술가가 예술을 사랑하듯' 사랑했다. 이 골짜기를 묘사하는 부분은 그야말로 소설의 백미다.

　　그녀는 당신이 아직은 아무것도 모르지만 이미 알고 있듯이 "골짜기의 백합"이었습니다. 그녀는 미덕의 향기로 그 골짜기를 가득 채우며 하늘로 떠오르고 있었습니다. 스치듯 겨우 한 번 보았을 뿐 다른 계기도 없이 내 영혼을 가득 채운 무한한 사랑, 그 사랑의 표현을 나는 보았습니다. 햇빛을 받으며 양쪽의 푸른 강변 사이로 흐르는 기나긴 물의 띠, 그 사랑의 골짜기를 흔들거리는 레이스로 장식하는 미루나무들의 행렬, 강으로 인해 언제나 다른 모양으로 둥글어지는 언덕 위의 포도밭들, 그 사이로 몸을 내민 떡갈나무 숲, 대조적인 모습으로 멀어져가는 흐린 지평선들이었죠. 약혼녀처럼 아름답고 순결한 자연을 보고 싶다면, 어느 봄날 그곳에 가 보세요. 당신 마음의 쓰라린 상처를 달래고 싶으면, 가을이 끝날 무렵 그곳에 다시 가 보세요. 봄에는 그곳에서 사랑이 하늘 가득 날갯짓하고, 가을에는 없는 사람들을 생각게 합니다. 병든 폐는 유익한 신선함을 호흡하고, 눈은 영혼에 평화로운 달콤함을 전해 주는 금빛 수풀 위에서 편히 쉰답니다. 그때 앵드르 강의 폭포 위에 자리한 물레방아가 떨리는 그 골짜기에 소리를 주었고, 미루나무들은 웃으며 몸을 흔들었으며, 하늘에는 구름 한 점 없고, 새들이 노래하고 매미가 울어, 그곳에서는 모든 것이 멜로디였습니다. 내가 투렌을 왜 사랑하는지 더는 묻지 마십시오. 내가 투렌을 사랑하는 것은, 사람들이 자기의 요람을 사랑하거나 사막의 오아시스를 사랑하는 것처럼 사랑하는 게 아니라 예술가가 예술을 사랑하듯 그곳을 사랑합니다. 당신을 사랑하는 만큼 그곳을 사랑하진 않지만, 투렌이 없었다면 아마 나도 살아 있지 않을 것입니다.(39~40쪽)

이 말은 펠릭스가 투르에서 사셰까지 발자크와 똑같은 길을 걸어간다고 하더라도, 발자크 자신은 감정적 또는 미적 요구에 따라 지형을 자유롭게 변형시킨다는 뜻이기도 하다. 모르소프 백작의 소유지인 클로슈구르드는 사셰 성 근처에 있는 본(Vonne) 저택의 건축 양식을 참고한 것이며, 프라펠(Frapesle)이라는 이름은 이수됭(Issoudun) 근처에 사는 그의 친구 카로 부부의 영지에서 따온 것이다. 앵드르강 골짜기는 때로는 '에메랄드의 잔', 때로는 '태양 없는 사막'으로 묘사되며, 이는 훗날 마르셀 프루스트의 어린 시절을 규정하게 되는 콩브레의 레오니 이모의 작은 정원이 지니게 될 상징적 위상과도 다르지 않다. 발자크에게 풍경은 단순한 배경이 아니라 모든 사물을 관통하는 에너지, 곧 만물과 대우주를 연결하는 힘을 드러내는 역동적이고 진동하는 요소이자 종교적 차원을 부여하는 매개체다. 빛의 움직임, 대비 효과, 색채와 질감의 낭만주의적 역학이 서로 결합하거나 충돌하면서 풍경은 살아 움직이고 거의 초현실적 차원에 이른다. 작가에 따르면, 이 밝고 아름다운 계곡 속에 무한한 사랑이 표현되어 있다. 풍경은 극적 의미를 띠고, 영적 가치를 획득하며, 신비의 표현이 된다. 더욱이 발자크는 『골짜기의 백합』을 『세라피타』와 직접 연결한다. 그는 1835년 카스트리 공작 부인에게 보낸 편지에서,

모르소프 백작 부인은 '지상에서의 완벽한 여인상'이며, 세라피타는 '하늘에서 완전함을 구현한 존재'라고 말한다. 모르소프 백작 부인은 세속적 허영을 점차 벗어던지는 성녀와 같은 존재라고들 한다. 실제로 이 '사랑의 계곡'에서 펠릭스와 앙리에트는 세라피타가 갈망하던 양성(兩性) 합일, 즉 양성구유(androgyne)를 한순간 경험한다. 그리고 발자크가 이 이야기 속에 부여한 영적 차원은 아마도 이 작품의 가장 큰 독창성일 것이다. 앙리에트는 행복을 누리지 못한 여인이지만, 육체적 사랑을 포기한 자신의 결단을 힘의 원천으로 여기며, 플라톤적 사랑 속에서 더 높은 숭고함을 찾을 수 있으리라 믿는다. 그녀는 생마르탱, 스베덴보리, 페늘롱 같은 신비가들이 노래한 '순수한 사랑(Le Pur amour)'의 가르침에 따라, 체념을 통해 신에게 다가갈 수 있다고 생각한다. 그러나 펠릭스가 그녀에게서 거절당한 것을 다른 여자에게 가서 구했다는 사실을 알게 되는 순간 모든 것이 무너진다. 질투가 그녀를 집어삼키고, 의심이 틈입하며, 그녀가 쌓아온 모든 환상이 무너진다. 그녀의 '천사성(angélisme)'조차도 그 순간 치솟는 반항의 감정을 조금도 저지하지 못한다.

발자크의 배후에는 늘 파스칼의 사유가 있다. 그는 파스칼을 따라 "천사가 되려는 자는 짐승이 된다."고 단언하며, 체념과 반항은 이런 상황에서 모두 지속 불가능한 태도임을 보여준다. 『세라피타』와 『골짜기의 백합』 사이에는 분명 연속성이 있지만, 그것은 완전성의 연속이 아니라, 도달 불가능한 절대에 대한 추구의 연속이다. 이 실타래를 발자크는 《철학 연구》

전반에 걸쳐, 특히 『추방자들』에서 계속 풀어나간다. 영혼은 육체를 무시할 수 없고, 육체는 결국 어떤 방식으로든 복수한다. 펠릭스 드 방드네스가 말하듯 "심성이 고운 사람들은 위장(胃腸) 때문에 죽는다."

앙리에트의 절망을 이해하려면, 그녀의 임종을 가득 채운 절규와 고통의 울음을 들어야 한다. 그 순간 그녀는 감람산에서 고뇌하던 그리스도에 비견되지만, 사랑에 대한 보답은 너무나 가혹한 것이었다. 발자크는, 일상의 유혹에 대한 이 엄밀한 분석과 그에 대한 소설적 배치를 통해, 마치 자신의 삶의 궤적과 베르니 부인의 삶을 스스로 정당화하려는 듯 보인다. 여기에 더해, 그는 어머니의 신비주의적 이미지를 해체하고, 책임감, 헌신, 자기희생뿐 아니라 통찰과 예지에 기반한 사회적 가톨릭 신념을 주장한다.

이 작품은 당시 비평계에서 상당히 좋지 않은 평가를 받았다. 발자크는 1836년 8월 22일 한스카 부인에게 보낸 편지에서 "모든 신문이 『골짜기의 백합』에 적대적이었습니다. 모두가 이 작품을 혐오하며 그 위에 침을 뱉었답니다."라고 쓴다. 베르니 부인이 세상을 떠난 직후였고, 그녀는 『골짜기의 백합』을 '프랑스어로 쓰인 가장 아름다운 책'이라고 발자크에게 확신시키곤 했던 터라, 이런 혹독한 비판은 발자크의 가슴에 깊은 상처를 주었다. 그러나 책이 출간되고 소송에서도 승소한 뒤, 투렌에서의 체류는 그의 고통을 치유해 주었으며, 그의 피로를 풀어주고 정신을 되돌려주었다.

『골짜기의 백합』의 빛나는 분위기를 제대로 감상하려면, 무엇보다 발자크와 같은 시대를 산 작가 테오필 고티에(Théophile Gautier, 1811~1872)의 말을 들어야 한다. 그는 이 작품을 "흔들리는 산들바람의 숨결, 수줍은 새벽빛, 푸른 향내의 안개가 감도는 분위기"(1853년 6월 20일 자 《라프레소》지)라고 찬미했다. 이 작품은 일종의 주술적 창조, 상상적 체험이다. 그리고 그 속에는 실로 거대한 힘이 깃들어 있다. 바로 발자크가 노래한 투렌에 대한 사랑이다. 그가 말했듯, 투렌은 시적 공간이자 '가장 위대한 도덕적 구상들이 태어나는 장소'였다.

서간체 감성 소설

발자크의 작품 중에 편지나 서간이 중요한 장치로 쓰인 소설은 꽤 있지만, 완전한 서간체 형식으로 쓰인 작품은 『골짜기의 백합』과 『두 젊은 부인의 서간』이 있다. 두 작품의 차이는, 『골짜기의 백합』이 서간체를 기본으로 고백과 회상의 형식을 취하는 반면, 『두 젊은 부인의 서간』은 편지를 통한 대화와 논쟁 구조로 되어 있다는 점이다.

서간체는 사건을 객관화하지 않고 개인의 감정이나 정서의 렌즈로 재배치한다. 그러므로 프랑스의 정치적 사건들보다는 펠릭스가 앙리에트라고 부르는 모르소프 부인과의 감정적 교류에 초점을 맞춘다. 펠릭스에게는 당연히 프랑스의 이야기보다 자기의 사랑 이야기가 더 중요할 수밖에 없다. 모르소프 부인의 아주 작은 몸짓이나 한숨도 장황하게 묘사하지만, 역사

적 사건을 상기시킬 때는 간략해진다. 모르소프 백작 부인과
의 대화는 언제나 몇 페이지에 달할 정도로 길다. 그런데 반대
로 나폴레옹의 최후를 초래한 패배라든가 부르봉 왕가의 귀
환은 단 두 줄로 일갈해 버린다. 그는 루이 18세보다는 클로
슈구르드의 여왕을 더 좋아한다. 그에게 왕국은 단 하나, 사랑
의 왕국밖에 없다.

　부르봉 왕가의 문장에 백합이 그려져 있다고 해도, 펠릭스
에게는 그 꽃이 왕정주의적 신념보다는 천사 같은 여인을 향
한 사랑을 더욱 상징할 것이다. 야망보다는 사랑을 선택하고,
역사가라기보다는 사랑을 노래하는 시인 펠릭스는 오로지 자
기의 정열만이 중요하다. 따라서 소설 안에서 역사는 부차적
일 수밖에 없다. 고백 편지를 쓰는 펠릭스가 정치에 관심이 없
기 때문이다. 그는 어떤 사건이 벌어져도 자기와의 관련성을
느끼지 않는다. 그는 '자기를 위해서나 타인들을 위해서 왕정
복고의 결과들을 생각하지 않는다'. 심지어 왕의 밀사로서 위
험한 상황을 많이 넘기고 클로슈구르드에 은신해 있을 때조차
도 황제 나폴레옹이 워털루 전투의 패전으로 어떻게 될지 관
심이 없다. 펠릭스와 모르소프 백작 부인에게 시대의 문제는
남의 일이고, 자신들의 고백과 산책이 더 중요하다. 그들은 자
기들만의 내면세계 속에 칩거하며 시대를 초월하여 살고 있다.
이는 역사가 부차적이어서가 아니라, 사랑의 언어로 인해 역사
를 사유하는 방식 자체가 사적으로 굴절되는 것이다.

　루이 18세는 프랑스 최고 권력자의 모습이 아닌, 단순한 개
인으로 재현되어 있다. 그는 한 나라의 왕이라는 공인이 아니

라, 펠릭스를 총애하는 한 사람이다. 그를 위해 일하는 펠릭스는 외교 관계를 분석하는 게 아니라 인간관계를 분석한다. 발자크는 군주의 공식적 존재는 전혀 그리지 않고 사적인 내면의 삶을 그린다. 작품 속에서 왕의 근엄함이나 정치사에 관한 묘사는 전혀 없다. 다만 독자로서는 발자크가 왕에게 매우 호의적이며, 그의 정치 성향이 왕당파라는 사실만 짐작할 수 있을 뿐이다. 이것이 발자크의 개인화된 역사다.

『골짜기의 백합』은 감성적 성장을 다루는 감정교육 소설이다. 그래서 이 작품에는 사랑과 결혼(관능과 신비주의의 이중성), 어머니와 자녀의 관계(애정과 보호의 한계, 특히 이 작품에서는 백작 부인의 역할), 욕망과 열정(욕망과 열정은 사회에서 어떤 쓸모가 있는가) 같은 주제들이 반복적으로 등장한다. 그리고 종교와 정치의 자리도 무시할 수 없다. 가톨릭 소설이라 해도 될 만큼 모르소프 백작 부인의 신앙과 실천이 큰 부분을 이루고 있고, 정치적으로는 특히 백작에게서 볼 수 있듯이, 사회적 성공을 위해서, 또는 자신의 지위에 따른 명예를 잃지 않기 위해서는 주저하지 않고 권모술수를 작동시킨다.

몰락한 귀족 가문에서 태어난 청년 펠릭스 드 방드네스는 부모의 사랑과 관심을 받지 못한 채 유년 시절을 보냈다. 그는 파리에서 학업을 이어가지만, 나폴레옹의 제1제정 몰락을 둘러싼 소요 때문에 파리를 급히 떠날 수밖에 없게 된다. 그는 고향인 투렌 지방의 부모 집으로 돌아오지만, 마음은 공허하기만 하다. 그러던 중 투르에서 앙굴렘 공작(훗날 샤를 10세)의 귀환을 축하하는 무도회가 열리고, 그곳에서 펠릭스는 정체를 알 수 없는 한 여인을 보고 처음으로 깊은 육체적 충동을 느낀다. 욕망을 제어하지 못하고 그녀의 어깨에 키스를 퍼부은 그는 여인의 품위 있는 말과 행동에 더욱 큰 충격을 받는다. 이 갑작스러운 사랑은 그를 병에 걸린 듯한 상태로까지 몰아넣고, 이를 걱정한 어머니는 그를 시골로 보내 휴양하게 한다.

시골에 도착하자마자 펠릭스는 그곳 풍경의 고요하고도 찬란한 아름다움에 매혹되면서 무도회에서 본 여인이 그 근처에 살고 있으리라고 직감한다. 그리고 운명처럼 그녀를 다시 만나게 되는데, 그녀가 바로 그 골짜기의 '백합'인 모르소프 백작 부인이다. 클로슈구르드를 둘러싼 투렌의 골짜기에서는 미적 감정들이 연속적으로 피어나며 풍성하게 펼쳐진다. 장소와 풍경 자체가 사랑과 감정의 근원이 된다. 발자크는 문학에서 풍경이 차지하는 중요성을 서문에서 먼저 언급하면서, 풍경이 말 대신 감정을 표현하는 또 하나의 예술적 표현 방식이 될 수 있음을 암시한다. 이 골짜기를 묘사하는 발자크의 문장은 소설의 백미라고 할 만큼 아름답고 완벽하다.

펠릭스는 점차 클로슈구르드 성에 사는 백작 부부와 가까워진다. 처음에는 그들이 조화롭고 평온한 삶을 살고 있다고 믿지만, 곧 그 이면에는 깊은 고통이 자리하고 있음을 발견한다. 오랜 망명 생활로 인해 거칠고 예민해진 백작의 성격, 병약한 아이들, 그리고 이를 묵묵히 감내하며 침묵 속에 살아가는 백작 부인의 삶이 드러난다. 고립과 희생으로 지쳐 있던 백작 부인은 펠릭스에게서 진정한 위로를 얻는다. 그는 그녀의 고통을 들어주고 마음을 기댈 수 있는 존재가 되어주며, 그녀 역시 펠릭스에게 경외와 순정이 깃든 절대적 사랑의 대상이 된다. 그의 투렌 체류는 결국 이 고귀한, 그러나 이루어질 수 없는 사랑의 이야기로 채워진다.

백합의 의미

장미가 꽃의 여왕이라면 백합은 왕이라고 할 수 있다. 백합은 다산의 상징이며 성모 마리아에 연결된 꽃으로서 가톨릭적 함의를 강하게 지닌다. 그뿐 아니라 순결 또는 순결한 사랑을 상징하는 꽃으로서 결혼식이나 성찬식에서도 흔히 등장하며, 프랑스에서는 왕족, 가톨릭교, 여성의 미덕, 빛 등을 상징하는 꽃으로 수 세기 동안 사용되었다.

앵드르강 골짜기에 핀 백합은 파리에 있는 프랑스 국왕 루이 18세의 백합과 대조를 이룬다. 프랑스를 통치하는 국왕 가문의 문장(紋章)에는 한가운데에 백합 세 송이가 그려져 있다. 14세기 발루아 왕조 때부터 이어져 내려온 전통이다. 그런데 부르봉 왕가인 루이 18세의 문장에는 백합이 한가득이다. 이 때문에 발자크가 소설 제목을 『골짜기의 백합』으로 정한 의도가 또 하나 있을 것이라는 추측이 가능해진다.

『골짜기의 백합』은 발자크가 구약성서 「아가서」에서 가져온 제목이라고 알려져 있다. 구약에서 유일하게 남녀 간의 사랑을 노래한 책이 「아가서」인데, 그 2장 1절과 2절에 '골짜기의 백합(un lis des vallées)'이 나온다. 그런데 구약성서에는 이 소설의 제목처럼 'dans la vallée'가 아니라 'des vallées'로 되어 있다. 그러니까 발자크는 구약성서의 이 부분을 응용하여 'des vallées'를 'dans la vallée'로 바꾸고 부정관사 'un'을 정관사 'le'로 바꿈으로써 앵드르강 골짜기의 모르소프 백작 부인을 비유하고자 했던 것 같다. 그래서 테오필 고티에는 이 소설을 구약성서의 「아가서」에 견줄 만한 작품으로 평가했다. 이는 발자크가 가톨릭을 시(詩)의 형태로 이해하고자 했던 사실과 맞닿아 있다. 비록 당대 비평가들은 이 소설을 높이 평가하지 않았으며 혹독한 언어로 깎아내렸지만, 시간이 지나면서 『골짜기의 백합』은 발자크가 진정한 의미의 시적 표현을 발전시킨 작품이자, 육체적 사랑의 열정을 새로운 언어로 승화시켰다는 후대의 평가와 함께 걸작의 반열에 올랐다.

앵드르강 골짜기에 있는 클로슈구르드의 백합이 앙리에트라면, 파리의 백합은 '꽃을 꺾는 정신'을 지닌 루이 18세라는 해석도 가능하다. 주인공 펠릭스가 파리에서 귀족들의 살롱에 드나들며 힘 있는 인사들과 교분을 맺음으로써 옛날의 천진함과 수줍음을 벗어나 정치에 입문하게 되고, 이는 역사에 무관심했던 과거와는 달리 역사를 인식하기 시작했음을 의미한다. 그리고 펠릭스는 영국의 귀족 부인 더들리에게서 육체적 사랑을 배우게 된다. 파리와 지방의 대비, 육체적 사랑과 정신적 사랑의 대비가 백합을 통해서 이루어진다. 그러나 안타깝게도 앵드르강 골짜기의 백합은 시들어버리고 만다. 더들리 부인과 함께 있는 펠릭스에게서 버림받았다고 생각한 앙리에트가 처음에는 질투에, 다음에는 슬픔과 절망에 휩싸여 자신이 거부했던 애무와 행복감을 헛되이 부르짖으며 비극적 죽음을 맞이한다. 그 죽음은 『고리오 영감』의 최후만큼이나 감동적이며, 빠져나가는 삶을 붙잡기 위한 그의 절규처럼 희망 없는 외침을 남긴다. 그것은 그녀가 여전히 줄 수 있었던 모든 것에 대한 마지막 절규다. 그녀의 죽음은 성녀의 죽음에 비유되지만, 플라토니즘이 완전한 사랑이라고 믿었다면 그렇게 고통스러운 인내와 절망에 빠져서 죽음에 이르지는 않으리라는 의문도 남을 수 있다. 그 역시 정신적 사랑의 숭고함과 육체적 정열의 필요성에 관한 발자크의 의도일 터이다. '발자크적'이라는 말은 한쪽의 도덕만을 승리시키는 게 아니라 서로 모순되어 보이는 두 진실을 동시에 끝까지 밀어붙이는 태도를 뜻한다. 『골짜기의 백합』에서 앙리에트의 '성녀성'은 현실도피가 아니라 욕망과 세계의 거친 법칙 앞에서 끝내 무너지지 않으려는 윤리적 위대함으로 그려진다. 그러나 발자크는 그 위대함을 찬양하는 데서 멈추지 않는다. 육체와 질투는 타락이 아니라 인간 조건의 필연이며, 억압된 정열은 결국 가장 성스러운 영혼에게조차 복수할 수 있음을 보여준다. 앙리에트의 비극은 그녀가 부족해서가 아니라 오히려 그녀가 너무 고결하게 살고자 했기 때문에 발생한다. 천사와 짐승 사이에서 어느 한쪽을 제거하지 않는 것, 바로 그 잔혹할 만큼 공정한 균형 감각이 이 소설을 발자크적으로 만든다. 그래서 이 작품의 결말은 도덕 교훈이 아니라, 인간에 대한 최후의 증언처럼 남는다.

발자크의 소설에는 언제나 복합적 가치관이 반영되어 나타난다. 그것은 종종 모순적이며 이중적 성격을 띨 수밖에 없다.

이러한 그의 이중성 또는 복합성은 창작의 고통을 겪으며 신의 경지 혹은 완벽의 경지에 이르고자 하는 작가의 자연스러운 산물일 터이며, 삶과 우주의 불변하는 법칙을 가능한 한 편견 없이 반영하려 노력한 결과일 것이다. 그는 문학적으로는 낭만주의 성향을 지닌 사실주의 작가이며, 사상적으로는 진보성을 지닌 보수주의자다. 정치적으로 왕정주의와 귀족주의를 지향하면서도 혁명과 시민계급의 승리를 믿는다. 또한 생래적으로 예술적 글쓰기를 추구하면서도 늘 대중성이 있는 작품을 생각한다. 이처럼 양립하기 어려운 그의 이중성 또는 모순성이 언제나 공존하는 이유는 당시의 과도기적 시대상과 발자크의 탁월한 정신(고대 그리스 철학 용어로는 '아레테')에서 비롯한 역사관 때문일 것이다.

2026년 정초에 이서헌(以書軒)에서

송덕호

1799년   5월 20일, 프랑스 중서부에 있는 루아르 강변 도시 투르, 라르메 디탈리가 25번지 (현 나시오날가 47번지)에서 오노레 출생. 아버지 베르나르 프랑수아 발자크는 농촌 출신의 자수성가한 인물로 당시 투르의 군량 공급 부서 책임자였으며, 어머니 안 샤를로트 로르 살랑비에는 파리 마레 지구의 부르주아 집안 출신이었다. 1797년 결혼 당시 아버지의 나이는 쉰하나였고 어머니의 나이는 열아홉으로, 두 사람의 나이 차는 서른둘이었다. 오노레는 출생 직후 근위병의 아내인 유모에게 맡겨져 4년간 양육된다

1800년   첫째 누이 로르가 태어난다.

1802년   둘째 누이 로랑스가 태어난다.

1804년   발자크 가족, 나시오날가 29번지(현 53번지)의 저택으
           로 이사하고, 지방 유지들이 모이는 살롱을 운영한다.

1807년   아버지가 다른 남동생 앙리가 태어난다.(앙리의 생부
           는 발자크 집안의 친구인 사셰 성의 성주 장 드 마르곤이
           다.) 유년 시절 오노레는 어머니가 혼외자인 앙리를 편
           애한 것에 깊은 상처를 입는다. 훗날 발자크는 어머니
           의 애인인 장 드 마르곤과 우정을 나누고, 그가 소유한
           사셰 성에 머물며 작품을 집필하기도 한다. 샤셰 성은
           현재 발자크 박물관(Musée Balzac-Chateau de Saché)
           이다.

1804년   투르의 르 게 기숙학교를 1807년까지 통학한다.

1807년   6월 22일, 방돔의 오라토리오 수도회 기숙학교 입학해
           6년 동안 생활한다. 발자크의 자전적 소설로 평가되는
           『루이 랑베르』에는 방돔 학교 시절의 불행했던 기억이
           생생하게 표현된다.

1813년   4월 22일, 신경증 악화로 방돔 기숙학교를 그만두고 집
           으로 돌아와 요양한다. 파리 토리니가 50번지의 강세
           르 신부가 운영하는 기숙학교에 입학한다.

1814년   11월, 아버지가 파리의 군수품 조달회사 책임자로 임명
           되면서 발자크 가족은 투르를 떠나 파리 탕플가 40번
           지(현 탕플가 122번지)에 정착한다. 튀랭가 37번지 르
           피트르가 운영하는 학교에 입학한다.

1815년   9월, 다시 강세르 신부가 운영하는 학교로 전학, 동시
           에 샤를마뉴 고등학교에서 수학한다.

1816년   11월 4일, 소르본 대학의 법학부에 등록한다. 동시에
         소송대리인 기요네 메르빌 사무실에서 1819년 초여름
         까지 16개월 동안 견습 서기로 근무한다.

1818년   4월, 발자크의 집과 같은 건물에 있던, 공증인 빅토르
         파세의 사무실에서 서기로 근무한다.

1819년   1월 4일, 법과대학 수료 시험(당시 학위 편제로 '법학 바
         칼로레아')을 통과한다. 7월 말에서 8월 초 사이, 발자
         크 가족은 경제적인 이유로 파리 북쪽 근교 빌파리지
         로 이사한다. 법률가가 되길 원하는 부모의 뜻을 거스
         르고 작가가 되기로 결심한 발자크는 8월, 파리 바스티
         유 광장 근처 레디기에르가 9번지에 있는 월세 5프랑
         의 다락방에 칩거하면서 집필에 몰두한다. 부모는 2년
         간의 유예 기간 동안 오노레에게 월 120프랑의 생활비
         를 지급한다.

1820년   5월, 운문 비극 『크롬웰(Cromwell)』 완성 후 빌파리지
         가족과 친지들 앞에서 낭독하나 부정적 평가를 받는
         다. 가족들은 그에게 확고한 직업을 가지고 부수적으
         로 글을 쓰는 분별 있는 삶을 살 것을 권유한다. 9월,
         누이동생 로르, 에콜 폴리테크니크 출신의 쉬르빌과
         결혼한다.

1821년   1월, 부모의 재정지원 중단으로 빌파리지의 본가에
         들어가지만, 문학에 대한 꿈을 버리지 않고 『팔튀른
         (Falthurne)』, 『스테니 혹은 철학적 오류(Sténie ou les
         Erreurs philosophiques)』, 『기도론(Taité de la prière)』,

『팔튀른 II(Falthurne II)』 등의 철학적 종교적 신비주의적 작품들을 계속 집필한다. 9월, 여동생 로랑스가 결혼한다.

1822년   오귀스트 르 푸아트뱅 드 레그르빌과 동업으로 삼류소설을 양산하기 시작한다. 로르 훈, 오라스 드 생토뱅 등의 필명으로, 8편의 소설을 출간한다.

1822년   8월, 빌파리지의 이웃인 로르 드 베르니 부인과 내밀한 관계가 시작된다. 스물두 살 연상인 베르니 부인은 연인이자 어머니로서 발자크에게 조언자이자 후원자 역할을 했다. 그들의 관계는 1836년 부인이 사망할 때까지 지속된다.

1824년   《푀유통 리테레르(Feuilleton littéraire)》라는 문학 관련 신문에 글을 기고하며 저널리스트로서의 첫걸음을 내딛는다. 투르농가 2번지에 작은 아파트 얻는다.

1825년   8월, 동생 로랑스가 사망한다. 9월, 누이 로르의 베르사유 집에 체류하던 중 만난 다브랑테스 공작 부인과 교류를 시작한다. 부인은 나폴레옹 시대의 장군이었던 주노 공작의 과부로, 발자크를 파리 사교계에 입문시키는가 하면, 그에게 나폴레옹에 관한 정보도 제공한다. 공작 부인의 자서전 집필에 도움을 준다. 이후 1828년까지 인쇄업, 출판업, 활자주조업 등에 투신한다. 자본금은 가족과 베르니 부인에게서 충당한다. 3년간의 사업 실패로 6만 프랑(현재 가치 약 3억 원)의 빚을 진다.

1828년   문학으로 돌아와 역사물에 관심을 보이고, 브르타뉴 지방에서 일어난 올빼미당의 반혁몇 운동을 소재로 소설을 쓰기로 결심한다. 9월 17일부터 두 달 동안 브르타뉴의 푸제르에 사는 집안의 친구 포므뢸 남작의 저택에 기거하면서 증인들의 이야기를 듣고 현지를 답사한다. 4월, 빚쟁이들을 피해 파리 남쪽 포부르 생자크(일명 파리 천문대 구역)의 카시니가 1번지의 아파트를 누이의 남편 쉬르빌의 이름으로 계약해, 1836년까지 그곳에 머문다.

1829년   3월, 자신의 본명으로 출관한 최초의 소설『마지막 올빼미당원 혹은 1800년 브르타뉴(Le Dernier Chouan ou la Bretagne en 1800』〔1845년, 『인간극』 총서 출간 시 **『올빼미당원들 혹은 1799년 브르타뉴**[1]**(Les Chouans, ou la Bretagne en 1799)』**로 제목 변경〕를 출간한다. 〔이하『인간극』에 속하는 발자크 작품들의 발표 연도는 최초 단행본 출간(première publication)을 기준으로 표기한다.〕

6월 19일, 아버지 베르나르 프랑수아 드 발자크가 사망한다.

12월에는 익명으로 **『결혼 생리학**(Physiologie du mariage)』(『인간극』 체제 정립 이후《분석 연구》에 편입)을 출간해 큰 반향을 일으키고, 이를 계기로 사교계에 입성한다.

---

1) 작가 연보에서『인간극』 총서에 포함되는 작품은 볼드체로 구분했다.

1809년, 여동생 로르를 통해 알게 된 쥘마 카로 부인과
친분을 맺는다. 카로 부인은 발자크에게 진지한 문학적
조언자의 역할을 하며 상당한 영향을 미친다.

1830년   여러 언론 매체에 시사적인 논평을 다수 발표하는 한
편, 본격적으로 문학 작품 생산에 돌입한다. 당시 그
가 관여한 신문은 《푀유통 데 주르노 폴리티크(Le
Feuilleton des journaux politiques)》, 《라카리카튀르
(La Carricature)》, 《르탕(Le Temps)》, 《라실루에트(La
Silhouette)》, 《라모드(La Mode)》, 《르볼뢰르(Le Voleur)》
등이다. 특히 7월혁명 직후부터 19차례에 걸쳐 연재한
『파리 통신(Lettres sur Paris)』에서 그는 7월혁명 이후
의 체제를 신랄하게 비판한다.

본격적으로 소설 창작에 몰두, '사생활 장면'이라는 제
목 아래 여섯 편의 단편 『**라벤데타**(La Vendetta)』, 『불
류의 위험(Les Dangers de l'inconduite)』〔1842년, 『**곱
세크**(Gobseck)』로 제목 변경〕, 『**소의 무도회**(Le Bal de
Sceaux)』, 『영광과 불행(Gloire et malheur)』〔1842년, 『**공
놀이하는 고양이 상점**(La Maison du chat-qui-pelote)』으
로 제목 변경〕, 『덕성스러운 여인(La Femme vertueuse)』
〔1842년, 『**두 집 살림**(Une double famille)』으로 제목 변
경〕, 『**가정의 평화**(La Paix du ménage)』〕을 묶어 2권으
로 출간한다. 《분석 연구》에 속하는 『**우아하게 사는 법**
(Traité de la vie élégante)』을 출간한다.

1831년   4월, 정치 논평 「두 내각의 정치에 관한 앙케트」 발표,

현실정치 참여 야심을 표명한다. 이 해와 이듬해에 국회의원 선거 출마를 계획하나, 재산에 따라 선거권과 피선거권을 부여하는 당시 선거제도에서 피선거권 자격을 갖추지 못해 무위에 그친다. 9월 말에서 10월 초 사이, 익명으로 보낸 카스트리 공작 부인의 편지를 받는다.

8월, '철학 소설'이라는 부제가 붙은 『**나귀 가죽**(La Peau de chagrin)』을 출간해 성공을 거두고 작가로서 입지를 굳힌다. 『**사라진**(Sarrasine)』, 『**엘베르뒤고**(El Verdugo)』, 『**저주받은 아이**(L'Enfant maudit)』, 『**불로장생의 묘약**(L'Elixir de longue vie)』, 『**추방자들**(Les Proscrits)』, 『**미지의 걸작**(Le Chef-d'oeuvre inconnu)』, 『**징용군**(Le Réquisitionnaire)』, 『**여인 연구**(Etude de femme)』, 『**플랑드르의 예수그리스도**(Jésus-Christ en Flandre)』, 『**두 개의 꿈**(Deux rêves)』(1844년, 『**카트린 드 메디치에 대하여**(Sur Catherine de Médicis)』 3부로 편입)을 출간한다.

1832년   정통주의로 정치적 전향을 한다. 카스트리 공작 부인과 관계가 시작되고, 8월에는 그녀와 함께 엑스 레 뱅, 제네바 등지를 여행한다. 10월, 제네바에서 공작 부인에게 열렬히 구애하지만 끝내 거절당한다. 이때의 경험은 2년 후 출간되는 『**랑제 공작 부인**(La Duchesse de Langeais)』의 모티프가 된다. 몇몇 여자들과의 결혼을 모색하지만 모두 실패한다. 2월 28일, 발신지가 우크라이나의 오데사이고 발신인은 '외국 여인'이라고만 서명된 한스카 부인의 편지를 받은 바 있다. 11월, 사랑의 좌절로 절망에 빠져 있던 그는 외국 여인으로부터 두 번째 편지를 받고, 그 후 한스카 부인과의 서신 왕래가 시작된다.

『**돈주머니**(La Bourse)』, 『**여인의 의무**(Le Devoir d'une femme)』(1834년, 『**아듀**(Adieu)』로 제목 변경), 『**독신자들**(Les Célibataires)』(1843년, 『**투르의 사제**(Le Curé de Tours)』로 제목 변경), 『**재판관 코르넬리우스**(Maître Cornélius)』, 『**피르미아니 부인**(Madame Firmiani)』, 『**붉은 여인숙**(L'Auberge rouge)』, 『**루이 랑베르**(Louis Lambert)』를 출간한다.

1833년   9월, 서신 교환만 하던 한스카 부인과 뇌샤텔에서 처음 만난다.

『**시골 의사**(Le Médecin de campagne)』, 『**외제니 그랑데**(Eugénie Grandet)』, 『**전언**(Le Messager)』, 『**버림받은 여인**(La Femme abandonnée)』, 『**라그르나디에르**(La Grenadière)』, 『**명사 고디사르**(L'Illustre Gaudissart)』를 출간한다. 《분석 연구》에 속하는 『**발걸음의 이론**(Théorie de la démarche)』을 출간한다.

1834년   자신의 모든 작품을 하나의 체계 속에 집대성하고자 하는 계획을 세우고, 총서의 통일성을 위해 '인물 재등장' 기법 고안한다. 1833년 12월 24일, 제네바에 도착해 가족과 함께 체류 중이던 한스카 부인을 만나 45일간 깊은 교분을 나눈다. 1834년 1월 26일은 "잊지 못할 날"로 기억된다. 6월, 마리아 뒤 프레네와의 사이에서 딸을 얻지만 두 사람의 관계는 오래 지속되지 않는다. 마리 카롤린 뒤 프레네라는 이름의 딸은 후손을 남기지 않은 채 1930년 사망한다. 쥘 상도를 문하생 겸 비서로 삼는다.

10월 한스카 부인에게 보내는 편지에서 자신의 작품 세계 전체의 구상을 밝힌다. 아직 『인간극』이라는 제목은 등장하지 않지만, 작품 총서는 인간사의 다양한 현상을 보여주는《풍속 연구》, 그러한 현상의 원인을 탐구하는《철학 연구》, 현상의 원인과 결과를 종합하여 원칙을 세우는《분석 연구》라는 체계에 따라 구성될 것임을 밝힌다. 「19세기 프랑스 작가들에게 보내는 편지」를 통해 작가의 권리에 대한 각성을 촉구한다.

『마라나 가문의 여인들(Les Maranas)**』**, **『페라귀스** (Ferragus)**』**, 『도끼에 손대지 마시오(Ne Touchez pas la hache)』(1840년, **『랑제 공작 부인』**으로 제목 변경), **『절 대 탐구**(La Recherche de l'Absolu)**』**, 『똑같은 이야기 (Même histoire)』(1842년, **『서른 살 여인**(La Femme de trente ans)**』**으로 제목 변경), **『바닷가의 비극**(Un drame au bord de la mer)**』**을 출간한다.

1835년 오스트리아 여행. 빈에서 다시 한스카 부인을 만나지만 이후 8년 동안 둘은 서로 만나지 못한 채 서신만 주고받는다. 평생 충실한 친구르 남을 기도보니 비스콘티 백작 부인과 교제를 시작한다. 12월, 독자적 발표 지면의 확보를 위해 정치문예지 성격의 《크로니크 드 파리(Chronique de Paris)》를 인수하나, 1836년 1월 첫 호를 발행한 지 반년만인 6월에 파산, 다시 한 번 상당한 금전적 손실을 보게 된다.

『고리오 영감(Le Père Goriot)』, 『황금 눈의 여인(La Fille aux yeux d'or)』, 『남편이 둘인 백작 부인(La Comtesse à deux maris)』〔1832년 잡지에 발표 시 제목은 『타협(La Transaction)』이었으며, 1844년 전집 출간 시 『샤베르 대령(Le Colonel Chabert)』으로 제목 변경〕, 『회개한 멜모스(Melmothe réconcilié)』, 『사교계의 총아(La Fleur des pois)』〔1842년, 『결혼 계약(Le Contrat de mariage)』으로 제목 변경〕, 『세라피타(Séraphîta)』를 출간한다.

1836년   1월, 『골짜기의 백합』 저작권과 관련해 《르뷔 드 파리》지와 《르뷔 데 되 몽드(Revue des deux Mondes, 양세계 평론)》지의 공동 편집장을 맡고 있던 뷜로즈를 고소한다. 국민군 복무 의무를 수행하지 않아 4월 27일에서 5월 4일까지 감옥에 구금된다. 7월 베르니 부인이 사망한다. 7~8월, 기도보니 비스콘티 백작의 상속 문제를 해결하기 위해 이탈리아 토리노를 여행하고 스위스를 거쳐 귀국한다. 남장한 마르부티 부인을 여행에 대동한다. 9월, 빚쟁이들을 피해 카시니가의 집을 버리고 샤이오에 있는 상도의 다락방으로 피신한다.

『골짜기의 백합(Le Lys dans la vallée)』, 『금치산

(L'Interdiction)』을 출간한다.

1837년   2월, 빚쟁이들을 피해 또다시 기도보니 비스콩티 부인의 도움으로 이탈리아를 여행한다. 5월, 거래하던 베르데 출판사의 파산으로 경제적 위기가 가중된다. 채권자 고발로 구속을 피하고자 피신한다. 9월, 파리 근교 세브르의 '레 자르디'에 농가를 사서 증축하고 1838년 그곳에 정착, 농장 운영을 시도하지만 막대한 비용만 날린다. 훗날 제3공화국의 주요 정치인이었던 레옹 강베타가 이 집의 주인이 되었고, 현재 이 집은 강베타의 유품이 보관된 기념관으로 사용된다.

          『**노처녀**(La Vieille fille)』, 『**잃어버린 환상**』 1부 「두 시인」, 『**무신론자의 미사**(La Messe de l'athée)』, 『**파시노 카네**(Facino Cane)』, 『**사막에서 피어난 열정**(Une Passion dans le désert)』, 『**세자르 비로토**(César Birotteau)』를 출간한다.

1838년   로마 시대 은 채굴지였던 사르데냐의 폐광 개발 계획을 가지고 현지를 방문하나 성공하지 못한다. 후일 사르데냐의 은광산은 엄청난 매장량을 가진 것으로 판명된다. 2월 말~3월 초, 노앙에 있는 조르주 상드의 저택에 머물며 문학적 교분을 나눈다.

          『**뉘싱겐 은행**(La Maison Nucingen)』, 『**탁월한 여인**(La Femmes supérieure)』[1844년, 『**하급 공무원들**(Les Employés)』로 제목 변경]을 출간한다.

1839년   8월, 작가 협회 회장직을 맡아 저작권 보호를 위한 맹렬한 활동을 펼친다. 12월, 아카데미 프랑세즈에 출마하나 고배를 마신다.

『골동품 진열실(Le Cabinet des antiques)**』**, **『감바라(Gambara)』**, **『잃어버린 환상』** 2부 「파리의 지방 위인」, **『이브의 딸**(Une fille d'Eve)**』**, **『마시밀라 도니**(Massimilla Doni)**』**, **『베아트리체**(Béatrix)**』** 1부와 2부, **『피에르 그라수**(Pierre Grassou)**』**를 출간한다. 《분석 연구》에 속하는 **『현대의 자극제론(論)**(Traité des excitants modernes)**』**을 출간한다.

1840년　희곡 『보트랭(Vautrin)』의 초연 직후 공연 금지 처분을 받는다. 《크로니크 드 파리》의 실패 이후 다시 월간지 《르뷔 파리지앵(Revue parisienne)》을 발간하나, 7월호를 시작으로 총 세 호를 출간한 후 종간한다. 9월, '레자르디' 집을 압류당하고 채권자들을 피해 가정부이자 정부인 브뢰뇰 부인의 이름으로 임대한 파시 지구의 바스가 19번지, 현재 파리의 레누아르가 47번지의 집으로 이주한다. 발자크는 1847년까지 그곳에서 지낸다. 이 집은 오늘날 발자크 기념관으로 사용된다. 『인간극』이라는 총서 제목을 결정한다. 12월, 작가의 권리 보장을 위해 저작권법을 제안한다.

『파리의 대공 부인(Une princesse parisienne)』[1844년, **『카디냥 대공 부인의 비밀**(Les Secrets de la princesse de Cadignan)**』**로 제목 변경], **『피에레트**(Pierette)**』**를 출간한다.

1841년   9월 작가 협회 회장직을 사임한다. 10월, 퓌른 출판사
        와 『인간극』을 제목으로 하는 전집 출판 계약을 체결
        한다. 한스카 부인의 남편 한스카 백작이 사망하지만,
        발자크는 이듬해 1월에야 그 소식을 듣는다.
        『마을 사제(Le Curé de village)』, 『제드 마르카스(Z.
        Marcas)』를 출간한다.

1842   한스카 부인과의 결혼을 위해 전력을 기울인다. 7월과
        12월 아카데미 프랑세즈 회원이 되기 위해 출마하나
        두 번 다 낙선한다. 『인간극』 총서의 서문을 집필한다.
        『두 젊은 부인의 서간(Mémoires de deux jeunes
        mariées)』, 『위르쥘 미루에(Ursule Mirouët)』, 『가짜 애
        인(La Fausse maîtresse)』, 『알베르 사바뤼스(Albert
        Sabarus)』, 『속(續) 여인 연구(Autre étude de femme)』,
        『1793년의 미사(Une messe en 1793)』[1846년, 『공포정
        치 시대의 일화(Un Episode sous la Terreur)』로 제목 변
        경], 『두 형제(Les Deux Frères』[1842년, 수정 퓌른 판에
        서 『가재 잡는 여자(La Rabouilleuse)』로 제목 변경]를
        출간한다.

1843년   여름, 상트페테르부르크를 방문해 두 달간 체류하며
        8년 만에 한스카 부인을 만난다. 과로와 긴 여행으로
        건강이 악화된다.
        『어둠 속의 사건(Une ténébreuse affaire)』, 『지방의 뮤즈
        (La Muse du département)』, 『잃어버린 환상』 3부 「발명
        가의 고뇌」를 출간한다.

1844년   『**인생의 첫출발**(Un début dans la vie)』, 『**사교계의 영
광과 비참**(Splendeurs et misères des courtisanes)』1부
와 2부, 『**카트린 드 메디치에 대하여**(Sur Catherine de
Médicis)』, 『**오노린**(Honorine)』, 『**떠돌이 왕자**(Un prince
de la bohème)』, 『**모데스트 미뇽**(Modeste Mignon)』, 『**고
디사르 II**(Gaudissart II)』를 출간한다. 『**소시민들**(Les
Petits Bourgeois)』은 원고 상태로 중단되었다가 발자크
사후 미완인 채로 『인간극』 전집에 편입되고, 『**농민들**
(Les Paysans)』은 신문 연재 중단으로 미완 상태로 남았
다가 발자크 사후 한스카 부인의 가필을 거쳐 전집에
수록된다.

1845년   한스카 부인에게 창작에 대한 부담을 토로한다. "참 딱
한 일입니다. 나는 하루에 16시간을 일합니다만, 아직
도 빚이 10만 프랑이 넘습니다. 그리고 나이는 마흔다
섯 살이고요! 슬프기 그지없는 일입니다." 한스카 부인
과 프랑스, 독일, 네덜란드, 벨기에, 이탈리아 등지를 여
행한다. 레지옹도뇌르 훈장을 받는다.
『**베아트리체**』 3부를 출간한다.(완간)

1846년   한스카 부인과 이탈리아, 스위스 등지를 여행하며 생활
한다. 8월, 퓌른 출판사에서 『인간극』 총서를 16권으로
완간한다. 한스카 부인과 결혼해 살 집으로 포르튀네
가(현 발자크가)의 저택을 매입하고 꾸민다. 한스카 부
인의 임신 소식에 결혼을 앞당길 수 있다는 기대에 부
풀었으나 11월 사산 소식을 듣고 낙담한다.

『본의 아닌 코미디언들(Les Comédiens sans le savoir)』,
『사업가(Un homme d'affaires)』,『사교계의 영광
과 비참』 3부,『현대사의 이면(L'Envers de l'Histoire
contemporaine)』1부를 출간한다. 1830년부터 여러 차
례 수정 및 분재했던『부부 생활의 작은 불행(Petites
Misères de la vie conjugale)』(《분석 연구》)을 단행본으로
출간한다.

1847년　2월~5월, 한스카 부인이 비밀리에 파리에 체류한다.
6월, 발자크가 유서를 작성한다. 9월, 한스카 부인의
집이 있는 우크라이나의 베르히우냐(Верхівня)로 떠
난다.

『사촌 베트(La Cousine Bette)』,『사촌 퐁스(Le Cousin
Pons)』,『사교계의 영광과 비참』 4부를 출간한다. 신문
연재 중이던『아르시의 국회의원(Le Député d'Arcis)』은
발표를 중단해 미완 상태로 남아 있다가, 발자크 사후
미완 상태로『인간극』전집에 편입된다.

1848년　우크라이나에서 6개월 체류한 후 2월 파리로 귀환한
다. 2월혁명을 접하고 국회의원 선거 출마를 고려하기
도 하나, 9월 다시 우크라이나로 떠나 1850년 4월까지
그곳에 체류한다. 아카데미 프랑세즈에 네 번째 도전,
1849년 1월 선거에서 빅토르 위고의 적극적인 지지를
받았음에도 실패한다.

『현대사의 이면』 2부를 신문에 연재한다. 단행본은 발
자크 사후인 1854년 출간되고, 1855년『인간극』전집

에 편입된다.

1849년   1년 내내 우크라이나 베르히우냐의 한스카 부인 집에
        머문다. 건강이 악화된다. 한스카 부인은 러시아 황제
        에게 발자크와의 결혼을 청원하고, 남편 한스카 백작
        의 막대한 상속 재산과 영지를 포기하는 조건으로 허
        락받는다.

1850년   3월 한스카 부인과 결혼한다. 5월 한스카 부인과 함께
        파리로 돌아와 신혼살림을 위해 준비해 둔 포르튀네
        가 14번지 저택에서 지낸다. 계속 와병 중이던 발자크
        는 여러 날 동안 의식불명 상태에 있다가, 8월 18일 밤
        11시 30분에 사망한다. 생필립뒤룰 교회에서 장례식을
        치른 후 페르라셰즈 묘지에 묻힌다. 빅토르 위고의 유
        명한 추도 연설이 이뤄진다. "그 자신도 모르는 사이에,
        그가 원하든 원치 않든, 그가 동의하든 동의하지 않든,
        『인간극』이라는 이 방대하고 비범한 작품의 저자는 혁
        명적인 작가들의 강력한 혈족에 속합니다."
        한스카 부인은 발자크 사후 홀로 살다가 1882년에 생
        을 마친다.

세계문학전집 474

골짜기의 백합

1판 1쇄 찍음   2026년 2월 23일
1판 1쇄 펴냄   2026년 2월 28일

지은이   오노레 드 발자크
옮긴이   송덕호
발행인   박근섭, 박상준
펴낸곳   (주)민음사

출판등록   1966. 5. 19. (제 16-490호)
서울특별시 강남구 도산대로1길 62(신사동) 강남출판문화센터 5층 (우편번호 06027)
대표전화 02-515-2000   팩시밀리 02-515-2007
www.minumsa.com

© 송덕호, 2026. Printed in Seoul, Korea

ISBN 978-89-374-6474-4 04800
ISBN 978-89-374-6000-5 (세트)